兒子與情人

D・H・勞倫斯 David Herbert Lawrence 著

宋瑛堂——譯

目次

導讀

彩虹出現之前

文／伍軒宏（文學評論家、《撕書人》作者）

他的作品充滿爭議。到了二十一世紀，經過百年風雨，人們如何看待勞倫斯？他通過考驗了嗎？還是沒有？

雖然人看來靦腆，D．H．勞倫斯是理念強勢的作家。倡議小說是生命的光明之書，他堅持透過小說傳達想法，「載道」意圖強烈。中後期作品裡，如《戀愛中的女人》（一九二〇年），他以小說敘事為工具，不惜犧牲藝術，來凸顯主張：歌頌性愛、肉體、「血意識」，以宗教的嚴肅看待「性」，不止男女結合，也指向男男相連，帶來「重生」，對比保守道德的死寂，以及摧毀自然的工業文明。這一切，在在跟正從維多利亞時代轉入現代的英國社會，產生摩擦、衝突。

勞倫斯的背景，在英國文學界，也是異類。諾丁罕礦工家庭出身，是少數來自工人階級的作家。雖然念了地區大學，但「自學」傾向濃厚，認同自學出身的前代小說家哈代（並寫了一本研究）。儘管並非牛津劍橋菁英，且爭議性高，英國的主流評論傳統，無論右派（「大傳統」的李維斯）、左派（雷蒙．威廉斯）、中間派（法蘭克．柯默）都看出勞倫斯扣緊英國「文化與社會」論述重要議題，肯定他的地位。

勞倫斯跟英國社會格格不入，交戰點多，最大矛盾在「性」。《虹》（一九一五年）曾經被禁，著名的《查泰萊夫人的情人》只能在一九二八年，於義大利佛羅倫斯限量出版。在英國，要等到勞倫斯死了三十年後的一九六〇年，才由企鵝叢書正式推出，而且馬上引發訴訟，英國文壇名人紛紛出庭作證，點燃關於審查制度、藝術／色情猥褻之分的話題。

判決出爐，《查泰萊夫人的情人》得以出版。看來，英國社會終於跟勞倫斯和解。但以上，都不是勞倫斯的真正難關。他最大的爭議，將會讓他粉身碎骨。這次，挑戰來自美國。倫敦訴訟後十年，論述架構丕變，原本前衛的可被翻轉，證明其實反動。一九七〇年，凱特．米列（Kate Millett）經典作《性別政治》（*Sexual Politics*）在紐約出版，解析性別關係中的「政治」，即權力關係，並指出十九世紀開始的性別革命，造就了改革，也遇到反撲。書中第三部分「文學反思」，批判對象第一名，就是勞倫斯。來自女性主義的挑戰，揭露勞倫斯的性宗教，其實只是陽具中心主義，使他再度被打入問題作家之列。現代主義的「生殖、重生迷思」，雖是普遍現象，於勞倫斯尤烈（或劣）。

鋪陳這些背景，目的在呈現，經過一個世紀各種紛爭，評價上沖下洗，尤其是第二波女性主義以來的批判、解讀，以及冷落漠視之後，閱讀勞倫斯的難局。儘管不乏有人為他翻案，或套理論來模糊他的偏見，大多是相當邊緣的企圖。本導讀無力全面討論勞倫斯作品，但有限的目標，在為《兒子與情人》說幾句話。

一九一三年出版的《兒子與情人》，在勞倫斯作品群裡，地位很清楚。最早的力作，非最具代表性，但總被提及，因為是成名作。重要性也許不如《虹》、《戀愛中的女人》，也沒有《查泰萊夫人的情人》的世界知名度，《兒子與情人》是勞倫斯捱過重重考驗，事過境遷之後，最值得好好閱讀之作。它尚未負載勞倫斯後來充滿漏洞的「學說」，卻已經成功展現他最擅長的人物關係描繪，與故事佈局。簡單說，《兒子與情人》處於喧嘩與教條之前，享有單純的魅力。勞倫斯式缺點最少，優點最多。

小說一開始，寫礦區生活環境，當年是一大突破。故事從主角保羅．莫瑞爾出生之前，父母相識寫起，十足寫實主義小說影子，但語言清晰現代（也沒有後來裝腔作勢的聖經「先知」式語句）。更重要的是人物關係、心理描寫，非常細膩，是勞倫斯絕對強項。保羅母親與礦工父親的疏離、母親跟兒子們之間的親密和張力，情節慢慢聚焦保羅的成長，以及他和女性的關係。

重心放在兒子們身上的母親，把兒子當情人，給予呵護，也給束縛。同時，保羅嘗試跟女孩米瑞恩探索愛情。戀愛時害怕自我被吞噬、喪失的焦慮，激情的需求，雙方不確定能得到、能給什麼的猜疑，勞倫斯的刻畫是我所讀過最仔細、複雜，也最可信的。保羅是否需要更有經驗、更能理解身體的女性？保羅跟礦工父親之間，幾乎毫無互動，他能否跟別的男性，建立既競爭又相連的關係？親情、愛情、性的拉扯之下，他要如何找到自己，表達自己？

這些，在勞倫斯後來的作品，一一以加強版的色彩登場，例如書名充滿宗教預示隱喻的《虹》。但《兒子與情人》，在《虹》之前兩年出版，以最質樸的語言呈現「勞倫斯元素」，尚未用理念去駕馭小說敘事。所以我稱之為「彩虹出現之前」的勞倫斯。《兒子與情人》是礦區母親之子（不宜以「礦工之子」定位保羅）發展自我的「教養小說」。勞倫斯的極度敏感、矛盾、抒情特質，成功灌注到人物中，賦予本書飽滿的厚度，出版一百多年後的現在讀起來，依然生動豐富。

附記：

多年來，對於勞倫斯，我總感到多處「不合」。這點在二〇一九年〈自由副刊〉，我的「和解書」專欄第四篇，曾經提及。國三那年，從陳之藩散文，得知勞倫斯。上了高中，某次書展買了志文出版社剛出的《少女與吉卜賽人》，後來在花蓮市博愛街的今日書局，買到禁書《查泰萊夫人的情人》。上大學之後，讀的勞倫斯是英文本，但從高中時代就注意到陳蒼多老師翻譯好幾部勞倫斯重要著作，包含《戀愛中的女人》、《兒子與情人》（晨鐘）。新譯本推出的此時，也要向舊譯者陳蒼多老師致敬。

第一部

1 莫瑞爾夫婦早年生活

「谷底鎮」的前身是「地獄徑」。地獄徑位於青丘巷的溪邊，由幾幢矮胖的獨棟茅頂屋組成，居民是煤礦工。礦坑規模小，三腳架橫跨坑口，和地獄徑相隔兩片田野。驢子辛苦在坑口繞圈，將煤礦提轉至地面。小溪承蒙赤楊樹庇蔭，大致上不受這些小礦坑污染。整片鄉村地帶隨處可見類似的礦坑，有些早在十七世紀查理二世國王時期即已開採。礦工和驢子如蟻，在礦坑鑽進鑽出，奇形怪狀的土堆在麥田與牧草地之間隆起，地面黑斑處處。礦工的住宅兩兩並立或成群集結，其中偶見農場和織襪工住的民房，散見於教區各處，組成貝斯伍德村。

爾後，約莫六十年前，村景驟變，財主資助的大礦場取代了三腳架礦坑，諾丁罕郡和德貝郡的煤礦與鐵礦見天日，卡爾斯頓威特公司成立。在雪伍德森林邊緣的史賓尼園，帕默斯頓子爵特為卡威公司首座礦場隆重揭幕，現場情緒高亢異常。

在此時前後，因老態漸露而臭名遠揚的地獄徑遭大火夷為平地，污物也被掃除大半。

卡威公司自覺挖到寶藏後，開始在歐爾比至納托爾的溪谷增闢新礦坑，不久後，便有六座礦坑同時運作。高海拔的納托爾坐落於砂岩之上，依偎樹林間，鐵道由此起跑，途經廢棄的嘉都西會修道院，路過羅賓漢井，向下行經史賓尼園，接著到麥田環抱的大礦區明敦。從明敦礦區，火車穿越谷側農田，來到邦克氏丘，由此分岔，北上貝格里和歇爾比，俯瞰克萊契村和德貝郡的丘陵。這六座礦場猶如釘附鄉野間的黑螺栓，由細鏈條般的環狀鐵路串起。

為提供礦工大軍住宿，卡威公司在貝斯伍德鎮山腰闢建幾大座方形的住宅區，隨後在溪谷的地獄徑舊址開創谷底鎮。

谷底鎮共有六個礦工住宅群，三三並立成兩排，如同西洋骨牌中的〇六牌，每一群有十二戶。這群民房坐落於貝斯伍德下方的陡坡，從閣樓窗才勉強可見歇爾比方向的緩坡。

這些住宅架構堅實，外形體面。繞著房子走，下層住宅群的陰影中可見前院小花園種植寶春花和虎耳草，上層住宅群陽光充足，栽種西洋石竹和粉紅石竹。從外面也可見精緻的前窗、小門廊、女貞樹構成的小綠籬、閣樓的天窗。從屋內見到的風景就不一樣了。屋外人能望穿每一戶礦工妻閒置的客廳。活動最頻繁的地方是廚房，反而位於屋子後方，面向住宅群之間，窗景是以矮樹為主的後花園，除此之外只見得到煤灰坑。兩排房子之間是巷子，長排煤灰坑分列巷邊，而巷子則是兒童玩耍、婦人講閒話、男人抽菸的地方。由此可見，谷底鎮的民宅縱然構築完善，外觀美好，其實居住環境不盡人意，因為居民等於是被迫進駐廚房，而廚房外盡是煤灰坑夾道的髒巷弄。

莫瑞爾夫人不期待搬進谷底鎮。這時的谷底鎮已落成十二載，她從高高在上的貝斯伍德搬下來時，鎮上環境已一年不如一年。但她住不起比這裡更好的房子。況且，她這間房子位於上層住宅群的末端，僅與一戶相鄰，另一邊多一座狹長的花園。此外，由於她這棟在住宅群盡頭，週租五先令六便士，高於「中間屋」鄰居的五先令，她在鄰居婦人之間高居近似貴族的地位。然而，對莫瑞爾夫人而言，身分優越的安慰感並不大。

三十一歲的她已婚八年，體形嬌小，心思細膩但個性果決。和谷底鎮的其他婦人首次接觸時，她不由得略略畏首畏尾。她在七月搬下來，九月便懷第三胎。

莫瑞爾先生是礦工。遷入新家才三星期，市集來了。她知道他必定大玩特玩。市集在星期一展開，他大清早便出門。家裡兩個小孩興奮不已。七歲大的威廉早餐後奪門而出，去探勘市集的場地，留下五歲的胞妹安妮整個上午吵著也想去。莫瑞爾夫人忙著做家事。她幾乎不太認識鄰居，不知該託誰照顧安妮，只好承諾在午餐後帶女兒去趕集。

十二點半，威廉回家了。他是個非常好動的小孩，一頭金髮，雀斑臉，略顯丹麥或挪威人的模樣。

「我可以吃午餐了嗎，母親？」他喊叫，小帽不脫就衝進門來。「因為有人說，市集在一點半開始。」

「午餐一煮好，你就可以上桌。」母親回應。

「還沒煮好嗎？」他大叫，憤慨的藍眼直瞪母親。「那我乾脆別吃了。」

「不准。再過五分鐘就煮好了。現在才十二點半。」

「市集就快開始了啊。」威廉急得半哭半喊。

「市集開始了，你又死不了，」母親說。「更何況，現在才十二點半，你有整整一個鐘頭的時間。」

威廉趕緊在桌上擺餐具，母子三人立即就座。正在吃鬆糕和果凍的當兒，威廉跳下椅子，木然站著。遠處依稀傳來旋轉木馬發出的第一記尖嘯，間雜號角聲。他望著母親，臉皮顫動著。

「我就說嘛！」他邊說邊衝向碗櫥取小帽。

「鬆糕帶去吃——現在才一點五分，你剛才說錯了——我還沒給你兩便士。」母親不換氣高喊。

威廉跑回來拿錢，失望難耐，隨後不吭一聲出門。

「我也想去，我也想去。」安妮哭鬧起來。

「好啊，妳可以去，妳這個愛發牢騷的小呆瓜磨娘精！」母親說。下午，沿著高綠籬，她帶女兒信步走上山。牧草已從農地上採收，牛群正在禿地上啃草梗。今天的氣象溫煦祥和。

莫瑞爾夫人不喜歡市集。現場有兩座旋轉木馬，一座靠蒸汽驅動，另一座靠一頭矮腿馬拉著跑；有三臺風琴演奏著；現場不時爆出槍聲、椰販搖響板的駭人尖響、棍打莎莉嬸頭遊戲的攤販吆喝聲、拉洋片女老闆的尖嗓。莫瑞爾夫人見兒子在雄獅瓦勒士攤位外看得津津有味。威廉正在觀賞的影片是曾咬死一黑人、導致兩白人終身殘廢的名獅。母親不去打擾他，去買太妃棉花糖給安妮吃。威廉走過來，興高采烈站在母親面前。

「妳怎麼沒說妳也想來？——好玩的東西多得很哪，對不對？那頭獅子咬死過三個人——我的兩便士已經花光了——對了，妳看。」

他掏出口袋內的兩個水煮蛋杯，杯身畫著粉紅色的馬齒莧小花。

「那邊有一攤讓人玩彈珠，打進洞裡就能得獎。我才玩兩手就贏到這兩杯——一便士玩一次——而且，上面畫著馬齒莧呢，妳看。我好想要。」

她知道兒子為的是送她。

「嗯！」她高興說：「的確好漂亮！」

「妳幫我拿，好不好？我怕被我摔碎。」

見母親也來，他樂不可支，帶她四處逛，大小事物全指給她看。來到拉洋片的攤位，她以講故事的方式說明片子的含義，威廉聽得出神。小男生的他不肯離開母親身邊，一直黏著她，高高挺著胸，感覺好光榮，因為母親頭戴黑色小女帽，身披斗篷，貴氣勝過全場婦女。她每見認識的婦人便微笑致意。她累了，對兒子說：

「好了，可以回家了吧？或者你想再玩？」

「妳已經想走了啊？」他驚呼，滿臉責備之意。

「已經？下午都過四點了，連我都知道。」

「妳急著回家做什麼？」他哀怨說。

「你不想一起回家就算了。」她說。

語畢，她牽著女兒緩緩走開，兒子威廉駐足看著她遠去，心如刀割，卻也捨不得離開市集。她走過月星酒館前的空地時，聽見裡面有男人的叫嚷聲，嗅到啤酒味，於是加快腳步些許，心想丈夫八成在裡面。約莫六點半，兒子回家，現在也累了，臉色相當蒼白，略顯落魄。他有所不知的是他心情鬱悶，苦的是他在市集留不住母親。母親一走，他在市集便玩不起勁。

「爸回家了嗎？」他問。

「沒有。」母親說。

「他在月星幫忙招呼酒客。酒館窗戶掛著錫做的那種黑東西，上面有洞，我從洞裡看見過他捲袖子在忙。」

「哈！」母親氣呼呼地感嘆。「他沒錢喝酒。如果老闆賞錢給他，他就滿足了。賞不賞都成問題。」

天色漸黑，暗到莫瑞爾夫人無法縫紉，只好起身，走向門口。鎮上洋溢著喜氣，滿是假日坐不住的氛圍，她終於也受感染了。她走進側院花園。婦人紛紛從市集走回家，兒童抱著綠腿白綿羊或木馬。偶爾可見男人蹣跚而過，肚子飽到幾乎走不動。有時，好丈夫陪同家人路過，神態安詳。但通常路過的只有婦孺。留守的人母們站在巷弄的轉角講閒話。隨著暮色漸深，她們把雙臂縮進白圍裙內交叉胸前。

兒女上樓睡了，莫瑞爾夫人孤獨一人，但她已習慣。感覺上，整個家在她背後，固定而恆常。但即將降臨的第三胎令她苦惱。這世界感覺沉悶——除了生育，她總遇不到好事——至少等威廉長大才能見曙光。但對她本身而言，她只能把苦水往肚子裡吞，等子女長大再說。提到子女，她不禁感嘆！她難以負荷第三胎。她不想要。孩子的父親在酒館倒啤酒待客，自己喝得醉醺醺。被綁在他身上，她鄙視他。第三胎是她無法承受的重擔。若非看在威廉和安妮的份上，她已厭倦和窮困、醜陋、低賤生活的纏鬥。

她心情沉重到無法出門，卻也在家裡待不住，於是踏進前院。燠熱的天氣烤得她難以呼吸。她展望人生，一股被活埋的感受油然而生。

方形的小前院有一道女貞樹的綠籬。她站在前院裡，儘量以花香和漸退的餘暉美景撫平心境。院子的小門對面有一座上山的過籬梯，位於高聳的綠籬下，兩旁是火紅的禿草地。天光悸動著，脈動著，光線迅速退離原野而去，土地與綠籬被晚霞燻得暗沉。天色轉暗之際，山頂冒出一派紅光，底下是趨近平息的市集喧囂。

有幾次，有人踉踉蹌蹌走過樹籬蔭下的小徑返家。其中一位是年輕人，在下山最後一段陡坡失足，直衝而下，一頭撞上過籬梯。莫瑞爾夫人看得怵目驚心。男子自行站起來，滿口穢語，神態相當狼狽，彷彿過籬梯想和他作對似的。

她進門時懷疑著，日子是否將終生一成不變。到這階段，她漸漸明瞭生活不可能有所起色。如今的她距離少女時代已十分遙遠，令她不禁懷疑，在谷底鎮後院舉步維艱爬坡的她，是否和十年前在敘內斯港飛奔上防波堤的她是同一人。

「我能怎麼辦？」她自言自語。「我拿得出什麼辦法來呢？肚子裡還有個孩子等著出娘胎呢！這世界好像根本不把我看在眼裡。」

有時候，一個人被人生大神扣押，人的軀殼隨波逐流，流過一生一世，景物卻不盡真實，日子過得渾渾噩噩。

「我等著，」莫瑞爾夫人告訴自己——「我等著，而我等待的東西可能一輩子等不到。」

她整理廚房，點燃油燈，照料爐火，收拾明天待洗的衣物，加水浸泡，然後坐下來縫紉。漫漫幾小時，縫衣針在織物間不停穿梭，她偶爾歎一口氣，移動坐姿以鬆懈心情。在此同時，她心裡盤算的是如何盡其在我，為孩子打算。

夜裡十一點半，丈夫才回家，臉頰紅通通，黑鬍子以上的臉皮透亮，腦袋瓜微微點著，一副自鳴得意的模樣。

「喔！喔！還在等俺嗎？姑娘？俺整晚幫安東尼招呼客人，結果他賞俺多少，妳猜？才區區半克朗啊，而每一分錢……」

「他覺得，你喝掉的啤酒能折抵一部分工錢。」她氣憤說。

「俺才沒有——沒有就是沒有。相信俺，俺今天喝很少，是真的。」他的口氣轉為溫柔。「看，俺帶一些白蘭地脆餅回家送您，也帶一個椰子給孩兒。」他放下薑餅和毛茸茸的椰子在桌上。「哼，您這輩子從來不講謝字嗎？」

為了讓步，葛楚．莫瑞爾拿起椰子搖一搖，確認裡面是否有椰子水。

「有水的啦，不信白不信。是比爾．霍吉克森給俺的。俺說，『比爾，您用不著三個吧？乾脆給俺一個，讓俺帶回家送妻小吧？』比爾說，『可以啊，沃特老弟，你自個兒挑一個你喜歡的吧。』所以俺挑一個，謝他一聲。俺根本不想在他面前搖搖看，是他自己說，『不搖一搖，怎麼確定裡頭有水沒水啊，沃特。』所以囉，俺知道這一個有水。好傢伙啊，比爾他是，好傢伙一個！」

「人一醉，叫他給什麼就給什麼，何況你還跟著他一起醉。」葛楚．莫瑞爾說。

「醉？髒嘴小騷包。誰醉了？俺想知道。」沃特．莫瑞爾說。他在月星酒館幫工一天，因此得意忘形，講個沒完。

莫瑞爾夫人累壞了，無法再聽他絮叨，所以儘快就寢，隨他去撥弄爐火。

葛楚出身中產階級世家，知名的祖先屬於獨立教派，曾與赫勤森上校上過戰場，至今仍堅信獨立派的公理主義。諾丁罕原本是蕾絲布的重鎮，後來無數家工廠倒閉，葛楚的祖父也跟著破產。葛楚的父親名叫喬治．寇帕德，職業是機械工，體形壯碩，相貌堂堂，神態威武，以藍眼珠和白皙的皮膚為傲，但最令他驕傲的則是剛正不阿的個性。葛楚承繼母親嬌小的體態，但高傲不屈的脾氣則得自寇帕德家族的真傳。

喬治．寇帕德對自己的窮相感到忿恨苦惱。他在敘內斯港的修船廠擔任機械工的工頭。葛楚是次女，偏愛母親，認為她是全世界最值得敬愛的人，但葛楚遺傳了寇帕德家的清澈藍眼、濃眉、叛逆眼神。她記得兒時痛恨父親以霸道的態度對待溫順、幽默、善體人心的母親。她記得在防波堤上奔跑找船。她是個自尊心相當強、心思細膩的女孩，記得每次去修船廠，總被所有工人摸頭讚美。她記得就讀私校期間，女老師上了年紀，為人風趣，請她擔任助理，她也很樂意在校幫老師忙。她仍保留著約翰．菲爾德送的《聖經》。十九歲那年，她常從禮拜堂陪約翰．菲爾德走回家。約翰的父親從商，家境好。約翰曾赴倫敦讀大學，準備投身商界。

她總能細數的一件往事是當年九月某週日下午，在她父親家後院，她和約翰坐在藤蔓下，日光的鋒芒穿透藤葉間隙而下，營造出精美的圖案，宛如蕾絲圍巾，灑落在兩人身上。部分藤葉呈清爽的黃色，如同平坦的黃花。

「妳坐好，別動，」約翰大喊。「哇，妳的頭髮好美，我不曉得怎麼形容！像黃銅、黃金一樣亮，和暖色系的鐵鏽一樣紅，而且有一條條的金絲被陽光照亮。奇怪，大家都說這種頭髮是褐色。妳母親說顏色像小老鼠。」

她迎接約翰的明眸，清純的臉孔幾乎不露一絲心頭的喜悅。

「咦，你不是說你不喜歡做生意嗎？」她追問。

「對，我不喜歡。我恨透了做生意！」他激動說。

「你的志願是當神職人員。」她以半懇求的語氣說。

「應該是。如果我自認能成為一流的牧師，應該會喜歡當神職人員。」

「既然如此，你為什麼放棄——為什麼放棄？」她的語調充滿叛逆。「假如我是男人，天塌下來都攔不住我。」

她把頭舉得高高的，約翰在她面前相當怯弱。

「可是，我父親很頑固。他有心栽培我成商人，我知道他一定辦得到。」

「不過，你是**男人**啊！」她大喊。

「身為男人，又不是想做什麼就做什麼。」他回應，困惑無助地顰眉。

如今，定居谷底鎮的莫瑞爾夫人做著家事，已能體會身為男人的滋味，總算明白男人也有身不由己之苦。

二十歲那年，葛楚因健康緣故離開敘內斯港。當時父親已退休至諾丁罕養老。約翰．菲爾德的父親經商失敗，約翰在諾伍德教書。時隔兩年後，始終沒有約翰的音訊，她才下定決心打聽約翰的近況。原來，約翰已經結婚，對象是四十歲、有家產的寡婦。

儘管如此，葛楚保留著約翰．菲爾德致贈的《聖經》。現在的她不相信他是不是會……唉，可能會，也可能不會，答案到底是哪一個，她心裡有數。於是她保留這本《聖經》，在心田塵封對他的眷戀，以慰藉自我。直至她臨終當天，繾棧三十五年的她不曾提起約翰．菲爾德。

二十三歲那年，她參加一場耶誕舞會，結識來自伊爾瓦許谷的青年沃特．莫瑞爾。當年莫瑞爾二十七歲，體格好，姿態挺拔，帥勁十足，烏黑的鬈髮令他更形醒目，茂盛的黑鬍鬚從未刮過。他的臉頰緋紅。紅潤的嘴唇引人注目，是因為他經常開懷大笑。他的笑聲奇特，雄渾而餘音繞樑。在舞會上，葛楚．寇帕德觀察著他，對他神往不已。他的舉止生動活潑，神采奕奕，語音動不動轉為耍寶的調調，能隨時隨地親近所有人。葛楚的父親也滿腹幽默感，但父親的幽默帶有諷刺意味。莫瑞爾則不然；莫瑞爾的個性柔韌、不牽涉智識層面、態度溫馨、別具嬉鬧心。

葛楚和莫瑞爾相反。深具好奇心的她頭腦似海綿，易吸收新知，聆聽他人能帶給她莫大的樂趣。她深諳引人侃侃而談之道。她熱愛他人的想法，認識她的人認為她的智力不俗。她最喜歡探討宗教、哲學、政治，對象最好是受過教育的男人，無奈這種機會不多，她只好逢人就叫對方談談自己的想法，從中尋索樂趣。

她的外形小巧而纖細，眉毛濃厚，褐色鬈髮如絲，翩然傾瀉。她的藍眼珠不斜視，目光誠懇，帶有探尋的含義。她有一雙寇帕德家族真傳的玉手，服飾從不花稍。她常穿深藍色絲質洋裝，佩戴銀扁貝串成的銀項鍊，式樣獨特。除了項鍊外，她唯一的飾品是一枚沉甸甸的扭紋黃金胸針。二十三歲的她仍是完璧之身，信仰虔誠，渾身綻放美顏的光彩。

在她面前，沃特．莫瑞爾簡直快融化了。對礦工莫瑞爾而言，她代表高深莫測的奧祕，是個名媛。她對他開口時，嘴裡吐出的是南部腔，用詞是正統英語，他飽受耳福。葛楚觀察著他。他的舞技不錯，彷彿是天生舞棍，跳起來得心應手。莫瑞爾的祖父是法國難民，娶到英國女侍應——有無步入禮堂則不得而知。葛楚．寇帕德看著青年礦工起舞，見他舉手投足隱含眉飛色舞的魅力，臉孔猶如從身體綻放出的一朵紅花，黑髮迤邐，無論頷首邀誰共舞皆歡笑連連。從未認識這種人的葛楚為他一見傾心。對她來說，父親喬治是所有男人的典範。喬治．寇帕德一身傲骨，相貌堂堂，怨氣沉重，好讀神學書，全天下只認同《聖經》裡的使徒保羅一人。喬治．寇帕德治家嚴厲，慈祥時帶有反諷的意味，排斥所有感官情趣。總之，他與青年礦工莫瑞爾大相逕庭。葛楚本身瞧不起舞蹈，完全提不起興致踏進舞池，甚至連一支柯弗利鄉村舞也不屑學習。她的觀念傾向清教徒，和父親一樣自視甚高，性格極為嚴峻。在此背景下，她見到心性迥異的沃特．莫瑞爾，看出他一身骨肉散發感官人生的異彩，金光柔和似黃昏，宛如燭火，不像她被思想和性靈調教淬煉成的白熾光，令她傾心，認為是可望而不可及的理想。

沃特走過來，對她行頷首禮，一股暖流霎時從她的頭頂盈灌到腳底，彷彿葡萄美酒入喉。

「來吧，過來陪我跳這個舞，」他語氣親切。「這個舞很容易跳的，妳知道。我渴望看妳跳舞。」

她對沃特說過她不會跳舞。這時，她瞥一眼沃特謙遜的姿態，不禁微笑。她的微笑嬌滴滴，沃特見了腦筋一片空白。

「謝了，我不想跳舞。」她小聲說，字正腔圓，語音清脆。

沃特不知如何是好，憑直覺反應的他通常能見招拆招。他在葛楚身旁坐下，以遵從的模樣對她低頭。

「你總不能錯過這支舞吧！」她語帶責備。

「算了，我不想跳這個舞——這個我不喜歡。」

「不喜歡，為何邀我跳？」

他聽了開懷爆笑。

「我倒沒想到啊。您兩三下就把俺的鬈髮擺平了。」

爆笑的人輪到她。

「哪有？你怎麼看也不像哪根頭髮變直了。」她說。

「我就像一個豬尾巴，捲不捲由不得我作主啊！」他笑得肆無忌憚。

「而你竟然是礦工啊！」她驚呼。

「是的。我十歲大就下礦坑去了。」

她以驚愕的眼神看著沃特。

「才十歲大！那不是很辛苦嗎？」她問。

「不久就習慣了。礦工的生活像老鼠，夜裡才露頭出來看上面的狀況。」

「我覺得這種生活像瞎子。」她皺眉說。

「像地爬鼠才對吧！」他呵呵笑著說。「有些礦工真的像地爬鼠，鑽來鑽去的。」他閉眼伸頭向前，模仿鼴鼠伸鼻子嗅的動作，想看清方向。「牠們才不是瞎子！」他天真地抗議。「牠們的動作，您一定從來沒看過。不過，改天您有空，一定要讓俺帶您下去，您自己可以看個究竟。」

她看著沃特，暗中心驚。在她眼前開展的是一塊人生新疆界。她明白礦工的生活，知道成群的礦工在地底賣命，工作到天黑才出坑口。葛楚覺得他很高尚。他每日冒生命危險，帶著快活的心情做工。葛楚看著他，崇敬之心對他怦然一動。

「您想不想去看啊？」他溫柔問：「還是不要算了，您會弄得髒兮兮。」

東一句「您」，西一句「您」，她從來沒有被人尊稱過。

翌年耶誕節，兩人成親了，接下來三個月她快樂似神仙，婚後半年的她生活幸福美滿。

他簽署過禁酒誓言，也佩戴代表誓不沾酒的藍緞帶：他最大的特點就是愛表現。她起初以為，小倆口住的是他名下的房子。新房雖小，卻還算便利，而且裝潢相當美觀，傢俬穩固耐用，迎合她耿直的心。鄰居的女眷把她當異類看待，莫瑞爾的母親和姊妹們則常竊笑她貴婦般的作風。只要有丈夫在身旁，她生活上無所挑剔。

有幾次，她厭倦談情說愛，想敞開胸懷，和沃特聊點正經事，見他洗耳恭聽卻聽不懂，只好作罷，不再追求高層次的身心契合，同時難掩心中陣陣恐懼。有時候，他晚上坐不住，她後來明瞭，有她陪伴在身旁，他仍嫌不夠。他有小事可忙時，她感到欣慰。

沃特是個雙手萬能的男人，修補任何東西難不倒他，更能憑空製作物品。所以她對沃特說：

「我好喜歡婆婆家的那支煤耙喔，小巧又實用。」

「您真的喜歡嗎？俺的嬌妻？那個是俺做的，俺可以再做一個給您！」

「什麼！那支的材料是鋼鐵啊！」

「是鋼鐵又怎樣？就算俺做不出一模一樣的，俺也能做個八成像的送您。」

她不介意敲敲打打的噪音，不在意髒亂。沃特有事可做，忙得開心就好。

婚後進入第七個月，某天，她梳刷著沃特做禮拜穿的外套，摸到胸前口袋裡好像有紙，禁不住陡然興起的好奇心，掏出來看。這件是沃特婚禮的長外衣，平日鮮少穿。她先前知道口袋裡有紙張，卻沒有好奇到想看。現在她總算發現，口袋裡裝著買傢俱積欠至今的帳單。

晚上沃特回家，洗完澡，吃完晚餐，她說：「你看。我從你結婚禮服的口袋找到的。你還沒有繳清這些帳單嗎？」

「沒有。俺還沒機會繳。」

「你不是說全繳清了嗎？我這星期六最好去諾丁罕一趟，趕快繳清。我不喜歡坐別人的椅子，用沒繳清錢的桌子進餐。」

他沉默不語。

「你的存摺可以給我嗎？」

「可以是可以，不過，給了您又有啥用？」

「我還以為……」她欲言又止。他說過他存了不少錢。但現在她明白多問無益。她僵著身體坐著，心裡盡是怨氣和憤慨。

隔天，她下山去找婆婆。

「傢俱不是妳幫沃特買的嗎？」她問婆婆。

「是我買的，沒錯。」婆婆語氣尖酸。

「他交給妳多少錢？」

義憤如細針，戳進婆婆心靈。

「妳想問到底的話，好，八十英鎊。」婆婆回答。

「八十英鎊！那我們怎麼還欠人家四十二英鎊！」

「那我就管不著囉。」

「可是，那筆錢是怎麼花光的？」

「妳用心找，大概能全找到收據吧——另外他欠我十英鎊，還有六英鎊花在我們家辦的喜宴。」

「六英鎊！」莫瑞爾夫人跟著說。父親斥資為她籌備婚禮，婆家竟然還另外吃喝掉親家的六英鎊，她覺得吃相太猙獰了。

「他買兩棟房子花多少錢？」莫瑞爾夫人問。

「他買房子……買哪裡的房子？」

莫瑞爾夫人臉色唰白，連嘴唇也失血色。他對莫瑞爾夫人的說法是，現住的房子和隔壁的一棟同樣是他的。

「我還以為，我們住的那一棟……」她講不下去。

「那兩棟全是我的房子，」婆婆說。「而且還沒繳清貸款。拚了我老命才繳得出利息。」

蒼白的莫瑞爾夫人默默坐著。現在的她成了她父親。

「那我們應該付房租給妳。」莫瑞爾夫人冷冷說。

「沃特正定期付我房租。」婆婆回應。

「多少錢？」莫瑞爾夫人問。

「一個星期六先令六便士。」婆婆譏誚說。

以那棟房子而言，房租太貴了。莫瑞爾夫人挺直頸子，直視前方。

「妳也太好命了吧，」婆婆刻薄地說：「丈夫能把缺錢的煩惱全攬在他身上，落得妳清閒。」

年輕的莫瑞爾夫人啞言。

回家後，她對丈夫話不多，但態度變了。她心靈裡那份高尚的尊嚴已結晶成硬如岩石的東西。

時序進入十月，她的心中只有耶誕節。前年耶誕，她和沃特邂逅。去年耶誕，兩人成親。今年耶誕，她即將為他生小孩。

「妳不跳舞，對吧，夫人？」最近的一戶鄰居問她。這時是十月，盛傳貝斯伍德鎮的磚瓦客棧考慮開辦舞蹈班。

「對……我從小就對跳舞沒一丁點興趣。」莫瑞爾夫人回答。

「好奇怪喔！那妳怎麼會看上妳先生？他是知名的舞棍，妳知道吧。」

「我倒不知道他有名氣。」莫瑞爾夫人笑答。

「有啊，好紅呢！他呀，以前在礦工徽的康樂室開班教人跳舞，開了五年呢。」

「是嗎？」

「錯不了。」鄰居夫人口氣高傲。「而且啊，每星期二四六人擠人哪……綜合各家的說法，現場玩得很風騷呢。」

諸如此類的事多不勝數，令莫瑞爾夫人惱怒生怨。由於莫瑞爾夫人怎麼也藏不住優越感，鄰居婦人們起先不願諒解。

後來，莫瑞爾先生變得晚歸。

「他們最近比較晚下班，是吧？」莫瑞爾夫人問洗衣婆。

「不比平常晚吧。不過，他們倒是常去艾倫酒館灌啤酒聊天，聊到沒天沒地的！午餐都涼了——活該。」

「可是，莫瑞爾先生不沾酒。」

洗衣婆放下衣物，看著莫瑞爾夫人，然後繼續洗衣，不再多說。

兒子誕生時，莫瑞爾夫人身體非常虛弱，莫瑞爾先生對她呵護得無微不致，但她心情孤寂，感覺與娘家相隔萬水千山。和莫瑞爾先生同在，她也覺得寂寞；有莫瑞爾先生在身邊，寂寞感更形強烈。

新生兒威廉起初細瘦羸弱，幸好健康迅速見起色。威廉模樣可愛，滿頭深金色的小捲，深藍眼珠逐漸轉為澄澈的灰色。莫瑞爾夫人對他疼愛有加。兒子出生時，陷入幻滅之苦的她幾乎無法自拔，對人生的信心搖搖欲墜，心靈困頓而寂寥。她至為珍視兒子，身為父親的莫瑞爾先生望而生妒。

最後，莫瑞爾夫人鄙夷丈夫，心從丈夫身上轉向兒子。莫瑞爾先生冷落她在先，因為自立門戶的新鮮感不復存在。她忿忿在心裡嘀咕：這男人沒韌性。莫瑞爾先生最在意當前的樂趣，其餘一概不管。他心無定性。他是個虛有其表的草包。

夫妻之間開始鬥爭，一場浴血戰打得鬼哭神號，下場唯有你死我活的結局。她拚命叫他肩挑起責任，逼他盡義務，奈何他和她是天南地北的兩樣人。莫瑞爾先生的本性只重逸樂，莫瑞爾夫人致力為他培養道德心和宗教觀。她極力逼他正視事物，逼得他受不了，逼得他喪失理智。

嬰兒還小時，莫瑞爾先生的脾氣早已變得暴躁易怒，莫瑞爾夫人放不下心託他照顧小孩。小威廉只要稍微哭鬧，莫瑞爾先生的動作就變得粗蠻。哭鬧聲再大一些，礦工的粗手就飛落嬰兒身上。嬰兒一挨打，莫瑞爾夫人便憎恨丈夫，連續賭氣幾天，他會出去買醉。莫瑞爾夫人不太關心他出去做什麼，只在他回家後對他冷嘲熱諷。

夫妻感情疏遠，導致莫瑞爾先生跳脫常態，變得有意無意惹她生氣。

滿週歲的威廉長相極可愛，令母親驕傲。現在家境不寬裕，幸好有姊妹資助，小威廉才有華麗的衣服可穿。他有白外套可穿，有白色小帽可戴，上面插一根彎彎的鴕鳥羽毛，髮絲糾結纏繞頭上，外形深得她心。有一次，星期日早晨，她躺在床上，聽見樓下父子嘰嘰喳喳講話，聽著聽著睡著了。後來她起床下樓，見壁爐鐵柵裡爐火旺盛，烘得客廳熱呼呼，早餐隨便擺一桌，莫瑞爾先生坐在扶手椅上，靠在壁爐架旁，面露怯弱的神色。小威廉站在父親大腿之間，面帶疑問望著她，一頭金髮被剃盡，活像剛被剪禿的綿羊，光頭異常渾圓。壁爐前的地毯上鋪著一張報紙，無數新月形的鬈髮散落其上，像被熾燄染紅的金盞花瓣。

莫瑞爾夫人呆立著。威廉是她的第一胎。她臉色慘白，無法言語。

「這頭妳覺得剃得怎樣啊？」莫瑞爾先生笑得不自然。

她握緊雙拳舉起，朝莫瑞爾先生進逼，莫瑞爾先生縮身後退。

「看我敢不敢宰了你！」她說。她舉著雙拳，氣得哽咽。

「妳該不會想把他栽培成小姑娘吧。」莫瑞爾先生以畏懼的口吻說，垂頭不敢正視她的眼睛，逗笑的心意一掃而空。

莫瑞爾夫人看著被狗啃似的小禿頭，雙手放在頭上，輕撫著殘餘的髮根。

「唉……我的兒子！」她斷斷續續說，嘴唇顫抖，臉孔悽愴，一把抱起兒子，頭埋進兒子的肩窩痛哭。她不是個愛哭哭啼啼的女人，和有淚不輕彈的男人一樣。嗚咽聲宛如被人硬從她嘴裡扯出來的。

莫瑞爾先生以肘壓膝蓋坐著，兩手緊握，力道重到指關節發白。他凝望爐火，近乎驚嚇過度，彷彿無法呼吸。

哭夠了，莫瑞爾夫人安撫兒子，收拾桌上的早餐。壁爐前的報紙上有被剪掉的頭髮，她留著不收。最後，莫瑞爾先生上前收拾，把報紙連同頭髮扔進爐火深處。莫瑞爾夫人閉嘴忙家事，保持緘默。莫瑞爾先生表現得安分，垂頭喪氣默默來去，午餐和晚餐食之無味。對他講話時，她相敬如賓，絕口不提剃頭一事。但莫瑞爾先生意識到，夫妻情已踏上不歸路。

後來，莫瑞爾夫人說她反應過度了，反正孩子的頭髮遲早該剪。最後，她甚至勉強告訴丈夫，他自己扮理髮師也好。但她明白——莫瑞爾先生也明白——剃頭事件已在她心靈造成烈震。此事產生無與倫比的劇痛，令莫瑞爾夫人終生無法釋懷。

莽夫為兒子亂剃頭事件無形中構成一支矛，從旁戳穿她對莫瑞爾先生的愛。在此之前，儘管她對莫瑞爾先生嘖有煩言，卻也唯恐莫瑞爾先生的心飄走。如今，她不再擔心莫瑞爾先生不再愛她：對她而言，莫瑞爾先生已成外人。這份心態讓日子加倍容易忍受。

話說回來，她仍持續和莫瑞爾先生鬥爭。深受歷代清教徒祖先薰陶的她依然謹守道德高標準。如今，習慣成自然，她對待莫瑞爾先生的態度近乎宗教狂，只因她愛他或曾經愛他。莫瑞爾先生一犯錯，就挨她折騰。如果莫瑞爾先生喝酒，而且撒謊，經常露出懦夫狀，有時候顯得像無賴，她就祭出無形的宗教鞭，毫不留情伺候他。

可嘆的是，兩人的對比太強烈了。莫瑞爾先生的志向太短淺，無法滿足莫瑞爾夫人；她對莫瑞爾先生的期望過高。因此，在鞭策莫瑞爾先生超越本性、向高道德看齊的同時，莫瑞爾夫人毀了莫瑞爾先生，連帶挫傷自我，在心靈留下傷疤，幸好她本身的價值毫無減損。此外，她也保有子女。

他貪杯無度，卻也不比多數礦工喝更多，而且專喝啤酒，因此儘管健康受影響，幸好從來無大恙。週末是他大喝特喝的日子。每逢週五晚，他在礦工徽酒館坐到打烊，週六晚和週日晚也一樣。每週一和週二，他在晚間十點前滿心不情願離開。有時候，週三四晚上，他會待在家，或者只出門一小時。他幾乎不曾因酗酒而曠職。

然而，儘管他不曠職，薪水卻節節下降。他是個大嘴巴，口舌不留情，痛恨權威，因此對礦坑主管只有壞話可說。在帕默斯頓酒館，他常說：

「領班今天早上來到咱們場子說，『沃特，我告訴你好了，這樣做不行。支柱怎麼豎成這樣？』俺對他說，『怎麼著？你在講啥？支柱又怎麼了？』他說，『這邊的這一根絕對不行，總有一天會塌。』結果俺說，『那您最好找個硬一點的地方站，用您的大頭去頂住。』他聽了火大，氣得跳腳，髒話一直罵，其他弟兄笑翻了。」莫瑞爾先生擅長模仿。他揣摩胖子領班的尖嗓子，模仿領班講文明人英語。

「他說，『沃特，我不接受。誰比較內行，你還是我？』俺聽了說，『艾費德，您懂多少，俺一直沒機會知道。睡過一覺再說吧。』」

莫瑞爾先生以類似的說法娛樂友伴。他的說法部分屬實，領班的教育程度的確不高。莫瑞爾先生和他從小一起長大，兩人雖然彼此看不順眼，卻也還能相安無事。但艾費德．查茲渥斯無法原諒同事在酒館尋他開心。結果是，儘管莫瑞爾先生在礦坑裡盡職盡力，婚後有時週薪高達五英鎊，後來分配到的採掘場一個不如一個，煤礦稀薄，即使有也難以挖掘，無利可圖。

此外，在夏天，採礦工作閒散。通常在豔陽高照的上午，有人看見礦工在十點、十一點、十二點便打道回府。坑口不見空車。山腰上的婦人拿著小地毯打圍牆，瞭望採礦場，數著火車頭後面拖幾車廂上山。學童回家吃午餐時，也眺望礦區，見吊車上的轉輪靜止不動，說：

「明敦停工了。我爸就快回家。」

遇到這狀況，一陣陰影會籠罩下來，男女老少都躲不掉——週末領到的薪水一定少。

每星期，莫瑞爾先生應給妻子三十先令，以繳房租、保險費、會費、看醫生、買食品和衣物。偶爾，進帳豐碩時，莫瑞爾先生會給她三十五先令。但多給的數目絕對無法彌補只給二十五先令的時日。冬天，如果採到好場子，礦工可能一星期進帳五十或五十五先令。他開心了。週五晚，乃至於週六和週日，他出去揮霍，足足花掉大約一英鎊。進帳雖多，他卻鮮少多給子女一毛錢，也不買一磅蘋果回家，閒錢全被他喝掉。時機不好時，情況堪慮，但他比較不常醉，所以莫瑞爾夫人會說：

「錢少了，大概也比較好吧，因為他錢多多的時候，家裡很少有平靜的機會。」

他如果賺四十先令，會自己留十先令；賺三十五先令時，他自留五；賺三十二先令，自留四；賺二十八，自留三；賺二十四，自留二；賺二十，自留一先令六便士；賺十八，自留一先令；賺十六，自留六便士。他向來一文不存，也不給妻子儲蓄的機會，偶爾幾次，妻子甚至反過來代他償債。莫瑞爾夫人沒有償過酒債，因為男人的酒債從不丟給女人。莫瑞爾先生欠的是買金絲雀或高級手杖的錢。

市集來的時候，莫瑞爾先生工作難以專心，莫瑞爾夫人儘量存錢忍受拘禁生活，因此每當她想到丈夫在外花錢找樂子，自己卻出不了門，愈想愈怨，心神不寧。這次連假兩天，星期二莫瑞爾先生早起，心情好，六點不到，莫瑞爾夫人便聽見他一人在樓下吹口哨。他的哨聲悅耳，調子活潑悠揚，幾乎只獨鍾聖歌。兒時的沃特曾待過教堂唱詩班，歌喉美妙，也在南威爾大教堂獨唱過。從他清早的口哨聲便能窺知他的音樂底子。

莫瑞爾夫人躺在床上，聆聽他在院裡鋸木頭、敲鐵鏈，口哨穿插其間。在無雲的大清早，小孩仍未起床，床上的莫瑞爾夫人聽見大男人自得其樂的音符，內心總洋溢一份溫馨祥和感。

九點，光著腿和腳丫的小孩坐在沙發上玩耍，莫瑞爾夫人正在洗東西，做完木工的莫瑞爾先生進來，袖子高捲著，背心敞開。黑髮如浪、嘴上黑鬍子豐濃的他依然帥氣。他的臉色或許嫌太火紅，而且表情近乎不耐煩，但現在的他神情愉悅，直接走向洗濯臺，見妻子正在洗東西。

「什麼，您在這裡啊！」他大聲說：「快走開，讓俺洗一洗。」

「你可以等我洗完再來。」妻子說。

「喔，非等不可嗎？假如俺不想等呢？」

這句無惡意的威脅令莫瑞爾夫人好氣又好笑。

「不想等的話，你可以去軟水缸洗。」

「哈！不想也不要，髒嘴小娘們。」

說完，他站著看她幾秒，然後才走開，等她洗完。

有心的話，他仍能重拾風流倜儻的扮相。平日，他喜歡圍著圍巾出門。但今天，他特別梳妝一番。他盥洗時，吐氣和沖刷聲起勁，匆忙進廚房照鏡子的身手也顯得極為敏捷。鏡子太低，他彎腰照，一絲不苟地為溼頭髮分邊，令莫瑞爾夫人心煩。他穿上一件領尖向下的襯衫，佩戴黑蝴蝶結，外加週日燕尾服，看起來英氣煥發，至於服裝美中不足之處，他可以用俊俏的儀容舉止來彌補。

九點半，好友傑瑞．普爾迪上門找他。傑瑞是莫瑞爾先生的至交，莫瑞爾夫人不喜歡他。傑瑞身材高瘦，臉形像狐狸，看起來如同缺睫毛。他的步態帶有一份僵硬而脆弱的尊嚴，彷彿支撐他頭顱的是木製彈簧。他的本性冷漠而精明，有意慷慨時才出手闊綽，似乎非常欣賞莫瑞爾先生，莫瑞爾先生差不多對他言聽計從。

莫瑞爾夫人討厭他。莫瑞爾夫人認識傑瑞的妻子。她罹患肺疾，病入膏肓時，變得厭惡丈夫到極點，丈夫一進她房間，她就吐血。傑瑞似乎毫不在意。妻子過世後，如今傑瑞家由十五歲長女照料，家境貧寒，下有兩弟妹。

莫瑞爾夫人對他的評語是：「卑鄙無恥的竹竿！」

「俺一輩子從來沒見過傑瑞對誰卑鄙，」莫瑞爾先生抗議。「以俺的知識，比他更慷慨更自由的人，全天下找不到。」

「對你是慷慨，」莫瑞爾夫人反駁，「對子女倒是一毛不拔。可憐的小孩。」

「可憐的小孩！他們哪一點可憐，俺想知道。」

但莫瑞爾夫人不願在傑瑞一事上讓步。

傑瑞出現了，拉長頸子，從洗滌間窗簾上面往內瞧，和莫瑞爾夫人的視線撞個正著。

「早安，夫人！先生在嗎？」

「是的……他在。」

傑瑞不請自進，駐足廚房門邊，沒人請他坐。他站著，冷峻地伸張男人與丈夫的權利。

「天氣真好。」他對莫瑞爾夫人說。

「對。」

「今早外面的風景美極了——適合出去散散步。」

「你是說，**你**想出去散步？」莫瑞爾夫人問。

「是的，我們打算散步到諾丁罕。」他回答。

「哼！」

莫瑞爾先生迎接他，兩人顯得快活，不同的是傑瑞一臉狂妄，莫瑞爾先生則含蓄多了，唯恐在妻子面前表現得太雀躍。但他趕緊穿上靴子綁鞋帶，精神奕奕。他們想穿越原野，健行十英里到諾丁罕。他們從谷底鎮爬上山腰，踏著欣喜的步伐進入晨曦。來到月星酒館，他們喝今天第一杯，然後轉戰老地方酒館。隨後是五英里無酒可喝的乾旱路，兩人想進入布維爾鎮，暢飲苦啤酒，不料半路在田裡遇見一群曬乾草的工人，一加侖裝的大桶裡滿是啤酒，他們喝多了，走到能見布維爾時，莫瑞爾先生已昏昏欲睡。市景在兩人前面往上延伸，正午烈日當空，輕煙繚繞，模糊了山頂，南方的山脊上有林立的尖塔和煙囪，也有龐大的工廠。走到最後一片田，莫瑞爾先生在橡樹下躺，熟睡一個多小時，醒來想再往前走，腦袋昏昏沉沉。

兩人在牧地酒館吃午餐，傑瑞的妹妹同桌，隨後兩人前去酒缸酒館看賽鴿，和其他酒客一同起鬨。莫瑞爾先生一生不打紙牌，認為紙牌上畫的是「惡魔圖！」，具有不為人知的惡勢力，但他是九柱球遊戲和骨牌的高手。在酒館裡，他接受一名來自紐瓦克的男子挑戰，以九柱球一較長短。在這間狹長的老酒館裡，所有酒客下注。莫瑞爾先生脫掉外套，傑瑞握著裝有賭資的帽子，有人坐在酒桌前觀望，有人則捧著啤酒杯站著看。莫瑞爾先生慎重撫摸著大木球，然後出手，把九根柱子撞得東倒西歪，贏得半克朗，重振財力。

到了晚上七點，兩人身心安康，搭上七點三十分的火車回家。

在谷底鎮，下午是難熬的時段，無處可去的居民在家裡待不住，婦女三兩成群，穿著白圍裙，不戴帽，在巷子裡閒聊。男人在兩杯之間的空檔蹲著交談。空氣不流通，石板屋頂在酷暑中亮閃閃。

牧草地上有一條小溪，離家不過兩百碼，莫瑞爾夫人帶幼女去玩，溪水潺潺流過石子和破瓦盆之上。母女倆倚靠在舊羊橋欄杆上，看著大家戲水。牧地另一端有一座天然水潭，莫瑞爾夫人看得見男童打赤膊，在深黃色的水潭周圍出沒，偶爾可見一個水亮的身形奔過黑綠色死氣沉沉的草地。莫瑞爾夫人知道威廉去了水潭，提心吊膽，深怕他溺水。女兒安妮在高聳的老綠籬下玩耍，誤將赤楊果當成醋栗撿拾。安妮還小，需多加照顧，而且蒼蠅趕不完。

晚間七時，莫瑞爾夫人讓子女上床睡覺，然後她忙家事一陣子。

莫瑞爾先生和傑瑞抵達貝斯伍德時，卸下心頭的重擔，因為他們不必再急著趕搭火車了，可以慢慢為美好的一天寫下完結篇。他們走進內爾遜酒館，面帶歸鄉人的滿足神情。

明天是工作日，一想到這事，酒客無不覺得掃興，而且多數人已無錢可花，有些人已拖著沉重的腳步準備回家，為明天的工作養神。莫瑞爾夫人聽著他們哀怨的歌聲，進門去等丈夫回家。九點過了，守候到十點，「那兩個」仍不回來。某戶的門階上有個男人以慢半拍的調子高歌《慈光引領我》。每聽惆悵的醉漢唱這首聖歌，莫瑞爾夫人總忿忿不平。

「《珍妮薇》[1]不夠好嗎？怎麼不唱？」她說。

廚房充滿著烹煮香料和蛇麻籽的氣味，鍋架上擺著長柄大黑鍋，徐徐吐出蒸氣。莫瑞爾夫人取出一個

[1]《慈光引領我》原文為Lead, Kindly Light，《珍妮薇》為Genevieve。

紅陶製的厚盆子，舀一匙白砂糖倒進去，然後吃力提鍋子，把湯汁倒進陶盆。

就在此時，莫瑞爾先生進門了。他在內爾遜酒館喝得酣暢淋漓，回家路上心情變得煩躁。去諾丁罕的半路上，他熱得在樹下睡大覺，醒來後始終掃不清煩躁，一直延續到現在。逐步接近家門之際，他飽受良心折磨。他內心有一把怒火而不自知。院子門卡住，他推不開，憤而踹門，門閂應聲迸裂。他進門的當兒，莫瑞爾夫人正在倒熬好的湯汁進陶盆，步伐欠穩的他猛然推桌子一下，滾燙的湯汁濺溢。莫瑞爾夫人心驚後退。

「老天爺，」她驚呼，「喝得醉醺醺才回家！」

「喝得怎樣才回家？」他咆哮，眼睛被帽子遮住。

她忽然血氣暴衝。

「你敢說你沒醉！」她破口說。

她這時已放下長柄鍋，正攪拌著啤酒以溶解砂糖。莫瑞爾先生雙手重重拍桌，臉湊向她面前。

「『說你沒醉，』」他附和。「哼，像妳這種髒嘴小賤貨，才會以為俺醉了。」

他把臉伸向她面前。

「有錢不養家，只拿去浪費。」

「俺今天沒花到兩先令。」他說。

「沒錢怎麼能喝到爛醉如泥，」她回應。「更何況，」她忽然怒火沖天，大罵，「把你最心愛的傑瑞的錢吸乾了，他怎麼有錢養家裡的小孩？」

「胡扯，胡扯。閉上妳狗嘴，娘們。」

夫妻此時已進入戰鬥情緒，所有想法一掃而空，僅剩仇恨，只想激戰一場。雙方的怒火同等激昂，你一句我一句，罵到莫瑞爾先生指稱她是騙子。

「我不是，」她衝上前大喊，呼吸困難。「不許你罵我是騙子……你自己才是文明史上最面目可憎的騙子。」她硬從窒悶的肺葉擠出最後幾個字。

「妳是個騙子！」他大罵，以拳頭擊桌面。「妳是個騙子，妳是個騙子。」

她身體僵直，雙拳緊握。

「家裡有你就變得髒兮兮！」她大叫。

「那妳幹嘛不走……這房子是俺的。還不快滾蛋！」他嚷著。「賺錢回家的人是俺。家是俺的，不是妳的。還不滾蛋嗎？……快滾啊！」

「我早就想走了，」她大喊，忽然發抖，掉出無助的淚珠。「啊，要不是為了孩子，我好久以前就想一走了之了。唉，在只有我一個的時候，我後悔當時沒走——」她突然止淚，轉為憤怒。「你以為我不走是為了**你**……你以為我會為了**你**而多待一分鐘嗎？」

「好啊，快滾，」他情緒失控大喊。「滾！」

「我不要！」她左右看。「不行，」她大哭說：「我不能事事順著你心意，不能大小事全依你。家裡有孩子等我養。天啊，」她大笑，「我哪敢奢望你照顧他們。」

「滾，」莫瑞爾先生粗魯喊著，舉起拳頭。莫瑞爾先生怕她。「滾！」

「我求之不得。能擺脫你的話，我會哈哈笑個沒完，天啊！」她回應。

莫瑞爾先生走向她，面紅耳赤，血絲佈滿眼球，伸手攫住她雙臂，她驚恐之餘大叫，極力想掙脫。莫瑞爾先生的神智稍微清醒一些，喘著氣，蠻橫將她推到外門，趕她出門，轟然鎖上門閂，旋即回到廚房，坐進扶手椅，血衝腦門的他垂頭至兩膝之間，以這坐姿因倦意和醉意漸漸打起盹來。

月亮高掛，閃耀在八月的夜空。怒焰焚身的莫瑞爾夫人氣得直發抖，發現自己置身戶外，鋪天蓋地的冷月光照在她身上，震撼到沸騰的心靈。她佇立片刻，無助地凝視種植門邊的大黃，大葉子反射著斑斑月光。她終於能容納空氣進胸中。她走在院裡的步道，四肢不停顫抖，胎兒在肚子裡翻扭。一時之間，她無法控制自己的意識，機械式地反覆回想剛才那一幕，一遍又一遍。每一次，某些語句、某些時刻宛如火熱的烙鐵，在她心靈上烙一印；每次她重拾剛才的景象，每次烙印落在同一個時間點，燒灼成抹不平的戳記，燒到痛無可痛，她才恢復理智。她神情恍惚了約莫半小時。然後，夜景才重新映入眼簾。她環視周遭，心存畏懼。她已來到側院，在步道上躑躅，旁邊有沿著長牆下種植的醋栗叢。狹長側院的另一邊是馬路，以茂密的荊棘叢為界。院子外的馬路橫切住宅群而過。

她快步離開側院，進入前院，站在宛如大海灣的皎潔月光中，讓從天而降的白光灑落臉上。月光從前方的山丘盈灌谷底鎮所處的整座山谷，亮得幾乎無法逼視。在這裡，她按捺不住苦情，喘著氣，以夾雜哭音的語調再三喃喃自語：「礙事的莽夫！礙事的莽夫！」

她察覺到週遭事物。她強打起精神，去查看究竟。高聳的白色百合花在月光中顫巍巍，空氣充滿靈異的馨香。害怕的莫瑞爾夫人倒抽一小口氣。她觸摸百合花瓣，隨即哆嗦一陣。月光下的花瓣似乎延展開來。她伸手進花房，月光幾乎照不到沾染她手指的金花粉。她彎腰看花房裡黃色的花粉，但只看得見昏暗。接著，她深吸一口花香，差點頭暈。

莫瑞爾夫人靠在院子門上，往外看，一時忘記自己的存在。她不清楚自己在想什麼。除了微微反胃之外，除了意識到腹中的胎兒之外，她本身如花香，和淡白的月色交融。片刻之後，胎兒也隨著她，一同融入月光調理盆中，她棲息在山丘、百合、房舍之間，全體神韻顛倒，悠遊天地。

回過神來，她累得想睡覺。她慵懶地四下張望，天藍繡球草開著一簇簇白花，猶如床單覆蓋樹叢。一隻蛾逐花飛，劃過全院子，她以視線跟進，精神振奮不少。繡球草的濃烈香氣多吸幾口，她更加振作。她隨著步道走，駐足在白玫瑰叢旁。玫瑰花香甜美而單純。她觸摸花瓣的褶邊。清新的花香，加上涼涼柔柔的葉子，勾起晨曦的印象。她非常喜歡玫瑰花。然而，她累了，她想睡覺。在戶外祕境中，她覺得無依無靠。

四處聽不到聲響。看樣子，剛才子女沒被吵醒，或者醒了又入眠。三英里外有火車噗噗橫越山谷。夜空非常遼闊，非常詭譎，灰白的地物綿延無邊際。幾縷沙啞的聲音隱隱約約，穿透銀灰色的夜霧而來：不遠處有一隻長腳秧雞正在啼叫、宛如嘆息的火車聲、遠方男人叫囂聲。

平靜下來的心又加速起來，她快步回側院，來到屋子的後門。她輕輕提起門閂，門仍鎖著，她推不動。她輕敲幾聲，靜候一陣，然後再敲門。**不能驚動小孩和鄰居**。莫瑞爾先生想必是睡著了，不容易被叫醒。她開始急著想進門。她貼著門把。氣溫下降了，她怕著涼，有身孕的她更受不得風寒！

莫瑞爾夫人以圍裙裹頭和手臂，急忙再進側院，來到廚房窗外，靠著窗臺，從窗簾下面向內望，隱約能見到丈夫雙臂攤開，趴在桌上呼呼大睡。他的態度令她厭倦。從室內洋溢的銅光，她猜油燈仍在冒煙燃燒。她敲窗戶，一次比一次急，簡直要把玻璃敲碎似的。莫瑞爾先生依然不醒。

屢試不成功，她一來因為挨著冰涼的岩磚，二來因為筋疲力竭，她開始顫抖。總是為胎兒擔憂的她思索著如何保暖。昨天，她把一面舊的壁爐地毯拿出來，放在貯煤間，等收破爛的人帶走。她走過去，拿小地毯來裹肩膀，烏漆麻黑但不無暖意。接著，她在院子步道上來回走動，不時從窗簾下面往內窺視，敲敲窗戶，同時告訴自己，趴著睡的他筋骨終究會因痠痛而醒來。

最後，經過約莫一小時，她再度輕敲窗戶，連續敲個不停，叩叩聲逐漸鑽進他的意識。她急慌了，停手不再敲，這時看見莫瑞爾先生蠢動一下，抬頭視而不見。心跳吃力，痛得他恢復意識。她再急著敲窗戶，莫瑞爾先生才驚醒，拳頭緊握，眼睛露凶光，渾身毫無一絲畏懼。哪怕窗外來了二十個盜賊，莫瑞爾先生照打不誤，不分青紅皂白。他瞪著眼睛，前後左右看，神情疑惑，但已做好格鬥的準備。

「開門啊，沃特。」她冷冷說。

他的雙手鬆懈下來，恍然大悟自己做出什麼傻事。他垂下頭，神態是既落寞又頑強。莫瑞爾夫人見他趕忙走向門，聽見插銷移動。他試試門閂。門開了，他見到屋外是一片銀灰色的夜景，習慣室內和煦油燈光的他心生恐懼。他匆匆回頭走。

莫瑞爾夫人進門時，見他以近乎狂奔的腳步衝進通往樓上的樓梯門。他急著在她進來前逃走，竟把領子扯掉，扔在地上，鈕釦孔被扯壞了，莫瑞爾夫人看了好生氣。

她暖暖身子，安撫自己，倦意深沉的她忘掉一切，忙著一些沒做完的雜事，幫他擺早餐用品，清洗他的礦工水壺，把他的工作服放在壁爐前烘暖，工作靴擺在衣服旁邊，為他準備一條乾淨的圍巾、布包、兩顆蘋果，撥一撥壁爐裡的炭火，然後就寢。他已經睡死了，黑色細眉毛在額頭擠成動不動發脾氣的愁容，臉頰往下垂，唇形不悅，似乎說著：「不管你是誰，是哪來的神聖，老子想幹什麼就幹什麼。」

莫瑞爾夫人對他的認識太深了，不想看他。她照鏡子解開胸針，見自己滿臉是百合花的黃花粉，不禁淡然一笑。抹乾淨後，她終於躺平，腦海餘波蕩漾，但在沃特酒醒之前總算睡著。

2 保羅誕生與另一戰

歷經上一場風波之後，沃特．莫瑞爾羞愧靦腆數日，隨即恢復霸道的老習性。然而，他自大的態度收斂幾分，甚至整個人顯得縮水，怡然自得的表象也轉弱。體格向來不胖的他，原本挺拔的身段和果決的姿態消沉一些之後，個頭隨著傲氣和道德心式微也顯得矮一截。

然而，如今他明瞭妻子做家事多辛苦，懂得體恤她，再加上他有意悔改，現在總不忘趕緊上前幫忙。礦場收工後，他直接回家，平日整晚不外出，直到星期五晚上才沉不住氣出門，但一定趕再十點前回家，而且幾乎不醉。

他習慣自己準備早餐。早起的他時間多，不像有些同事大清早六點硬把妻子攆下床。莫瑞爾先生習慣在五點醒來，有時候甚至更早，直接下床，下樓。莫瑞爾夫人睡不著時，會躺著靜候這一刻來臨，享受片刻的安寧。真正能放鬆身心的時刻似乎是丈夫出門之後。

他穿著上衣下樓，然後從壁爐前拿來烘整夜的礦工褲，掙扎著穿上身。莫瑞爾夫人勤撥炭火，所以清早總有熱火暖屋子。每天家裡的第一陣聲響來自壁爐，是撥火棍敲擊火耙子的鏗鏘聲，因為莫瑞爾先生想敲碎殘煤，把昨晚放在鍋架上的熱水壺燒滾。除了早餐之外的東西——刀叉和杯子——墊在報紙上，擺在桌面等他。他準備自己的早餐，沏茶，拿小地毯堵塞門下防風，添煤把爐火燒旺，坐下享受一小時的清閒。他以餐叉戳著培根烤，用麵包去接油脂，然後把培根壓在厚厚一片麵包上，用摺刀切塊食用。他把茶倒進茶碟，開懷吃喝。有家人同桌時，吃正餐必定不會如此愜意。他討厭餐叉：這種餐具是現代用品，尚未普及到一般民眾的層級。莫瑞爾先生喜歡以摺刀代替叉子。早餐他獨自吃吃喝喝，通常在寒天背對溫暖的壁爐架，坐在小凳子上，食物放在壁爐圍欄上，茶杯擺在壁爐前地上。然後，他閱讀昨夜的報紙——識字不多的他費力逐字讀。即使是大白天，他也喜歡閉著窗簾，點蠟燭照明。這是在礦坑養成的習慣。

五點四十五分，他從凳子上起身，切下兩片厚麵包和牛油，放進白色印花布午餐包，對著錫水壺裡灌茶。下礦坑工作時，他喜歡喝不加奶的無糖冷茶。準備好後，他脫掉上衣，換上材質是厚法蘭絨的低胸礦工內衣，短袖如女用內衣。

然後，他端茶上樓給妻子，一來是因為她身體不好，二來是他正好想到。

「老婆，俺端茶來給您喝了。」他說。

「唉，不用吧，你明知道我不喜歡茶。」她說。

「還是喝掉吧，能幫助您再睡一會兒。」

她接下了。她舉杯喝茶，令他欣慰。

「我敢對天發誓，茶裡忘了加糖。」她說。

「有啊——俺加了好大一塊。」他回說，心靈受傷。

「那就奇怪了。」她說，再喝一小口。

莫瑞爾夫人頭髮不紮時，臉蛋顯得討喜。莫瑞爾先生喜歡見她以這種模樣發牢騷。他繼續看著，毫無告退的意思。上工時，他午餐頂多只帶兩片麵包加牛油，如果多一顆蘋果或柳橙，算是額外的點心。妻子預留水果給他，他總心存感激。他圍好圍巾，穿上厚重的大靴子和口袋特大的外套。午餐包和茶壺放在口袋裡。他踏出家門，走進清新的晨風，順手把門帶上，不鎖。他喜愛清晨風光，喜愛散步過原野的滋味。因此，來到礦坑口的時候，他通常叼著從綠籬摘來的小樹枝，成天在地底嚼不停，以維持口腔潤澤，重溫漫步原野的歡樂。

後來，臨盆之日愈來愈近，莫瑞爾先生上工之前會隨便處理煤灰，搓洗壁爐，打掃屋內環境，然後帶著志得意滿的心，上樓向妻子報告。

「俺為您打掃好了，您放心，整天不必動一根指頭，好好坐著讀您的書就行了。」

莫瑞爾夫人聽了按捺憤慨的心，呵呵一笑。

「我不動手，午餐會自動煮好嗎？」她說。

「呃，俺哪曉得怎麼煮午餐。」

「晚餐沒煮，你才會注意到吧。」

「唉，說的沒錯。」他說完離去。

她下樓，會發現屋子整理得整齊，她卻嫌髒。除非家中清掃得一塵不染，否則她一刻不得閒。她拿著畚箕去煤灰坑倒。科克夫人有監看她的習慣，見她出門，自己會假裝正巧也要去倒煤灰。科克夫人會隔著木頭圍牆呼喚：

「妳一直這樣拖著身子忙啊？」

「是啊，」莫瑞爾夫人語帶貶義說：「不然又能怎樣？」

「妳最近見過霍斯嗎？」對面鄰居喊著。她是安東尼夫人，黑髮，體形極瘦小，怪人一個，總穿貼身褐絨洋裝。

「我沒有。」莫瑞爾夫人說。

「唉，我希望他會來。我積了一大鍋子的衣服，以為剛聽見他搖鈴的聲音。」

「聽！他不正在巷尾嘛。」

兩女朝巷尾望去。一名男子站在老式輕馬車上，彎腰整理著成堆的乳白色織物，一群婦女捧著東西給他，有些人捧著一大捆。安東尼夫人自己手臂上也掛著一堆乳白色待染的襪子。

「我這星期做了十打。」她向莫瑞爾夫人炫耀。

另一婦人嘖嘖稱奇說：「妳哪來那麼多時間啊，我不懂。」

「哎唷！」安東尼夫人說：「時間挪一挪就有啦。」

「妳怎麼有辦法做這麼多雙？」莫瑞爾夫人問：「妳能賺多少？」

「一打兩便士半。」另一人回答。

「為了兩便士半坐下縫二十四支襪子，那我豈不會餓死？」

「喔，不會吧，」安東尼夫人說：「妳的動作不比她們慢。」

霍斯搖鈴鐺過來了。各家婦人在院子邊等候，襪子成品掛在手臂上。霍斯是平民，跟她們有說有笑，想揩她們油水，欺負她們。莫瑞爾夫人心存鄙夷，從院子走回房裡。

這一帶不言自明的規矩是，女人只要家中有急事，可以拿撥火棍往壁爐深處猛敲，由於兩戶的壁爐只隔一道牆壁，聲響會傳遍鄰居家。有天早上，科克夫人在家攪拌麵粉，準備烘焙鬆糕，未料聽見壁爐柵裡傳出砰砰砰，差點嚇得魂飛魄散。她滿手麵粉衝向圍牆。

「莫瑞爾夫人，是妳在敲嗎？」

「希望妳別介意，科克夫人。」

科克夫人以大鍋墊腳，翻牆站上莫瑞爾家的大鍋，衝進莫瑞爾夫人家中。

「呃，親愛的，妳不舒服嗎？」她的呼聲帶有關切。

「麻煩妳去請鮑爾夫人。」莫瑞爾夫人說。

科克夫人進院子，扯開中氣十足的尖嗓，呼喚：

「艾姬……艾姬！」

她的喊叫聲傳遍谷底鎮。最後，艾姬直奔而來，被叫去找鮑爾夫人，科克夫人則扔下鬆糕不管，陪伴在鄰居身旁。

莫瑞爾夫人回床上躺。科克夫人帶安妮和威廉回家吃午餐。體態臃腫的鮑爾夫人蹣跚而來，對所有人發號施令。

「切幾片冷肉給先生當午餐，幫他烘一個蘋果夏樂蒂鬆糕，」莫瑞爾夫人說。

「他今天可能沒鬆糕可吃了。」鮑爾夫人說。

平日，莫瑞爾先生不率先在坑底排隊等著出坑。收工的哨聲在下午四點響起，有些礦工不等哨聲響，就等著下工，莫瑞爾先生不然。莫瑞爾先生的場子礦藏貧瘠，這時已挖了大約一英里半，他通常忙到大副停手，他才跟著停。然而，今天，莫瑞爾先生愈做愈心煩，兩點就藉著綠燭的火光看錶——這時他在安全區幹活——兩點半再看一次時間。他正在敲一塊妨礙明天進度的大岩石。他或蹲或跪，拿著鎬猛劈。「嘿咻……嘿咻！」他喊著。

「對不起，可以停了吧，」同事伊斯瑞．巴克高喊。

「停什麼停？地球照樣轉啊！」莫瑞爾先生咆哮。

他繼續敲打。他累了。

「這種工作會敲爛心臟啊。」伊斯瑞說。

但無計可施的莫瑞爾先生已氣得講不出話，鼓足力氣，一味埋頭苦幹。

「算了吧，別敲了，沃特，」伊斯瑞說。「再敲下去，你的胃腸都會受不了，明天再說吧。」

「老子才不想留到明天，伊斯瑞！」莫瑞爾先生喊叫。

「好吧，不跟你爭了。」伊斯瑞說。

莫瑞爾先生繼續敲岩石。

「喂，弟兄……收工囉！」隔壁場子的同事們喊，陸續下工。

莫瑞爾先生繼續敲擊。

「回頭見吧。」伊斯瑞臨走時說。

他走後，場子只剩莫瑞爾先生一人，滿腹火氣。工作仍未完成。他累到情緒賁張。他站起來，汗漬漬，扔下工具，穿上外套，吹熄蠟燭，提起油燈離開。走在主坑道上，他見其他礦工的油燈擺盪著，眾人的講話聲顯得空泛。咚咚腳步聲沉重，路途漫長。

他在坑底坐下，大滴大滴的水珠子嘩嘩濺落。許多礦工等著上去，交談聲嘈雜。莫瑞爾先生回應的口氣唐突失禮。

「抱歉，正在下雨。」老蓋爾斯轉述坑口傳來的消息說。

莫瑞爾先生幸好有一支心愛的舊雨傘，放在油燈屋裡。終於，他坐上椅子，升上坑口，去油燈室放油燈，順便取傘。他以一先令六便士標到這支雨傘。他駐足坑緣片刻，瞭望原野，灰雨直直落。貨車滿載溼亮的煤礦，停在一旁，雨水從側面流過「卡威公司」的字樣。礦工無視於雨勢，魚貫離開，步上灰茫而陰鬱的原野。莫瑞爾先生撐傘，覺得雨聲啪啪很悅耳。

回貝斯伍德的一路上，礦工灰頭土臉，渾身溼透，紅嘴卻講得起勁。莫瑞爾先生也跟著一群同事走，但他一言不發。他皺眉走，表情不高興。很多同事走進威爾斯王子酒館或艾倫酒館。莫瑞爾先生心情不開朗，足以抵抗誘惑，繼續沿著公園圍牆走，頭上是滴滴答答的樹。他踏進泥濘的青丘巷。

莫瑞爾夫人躺在床上，聆聽雨聲伴隨從明敦回家的礦工腳步，聽著他們的交談聲，聽他們爬過籬梯上山的砰砰關門聲。

「食品儲藏間的門後有一些香料啤酒，」她說：「先生如果不去酒館，回家會想喝一杯。」

但莫瑞爾先生遲遲不回家，於是她認定，他決定進酒館躲雨喝一杯。他哪管得著胎兒或她的狀況？

小孩出生時，她身體非常虛弱。

「是男是女？」她問，虛脫到快斷氣。

「男娃娃。」

她覺得安慰。身為男人的母親，她一想到備感窩心。她看著嬰兒。眼珠藍色，金髮濃密，健康活潑，頓時不顧一切，對兒子的熱愛如泉湧。她把兒子抱到床上。

莫瑞爾先生腦袋一片空白，拖著腳步踏上院子步道，疲憊又氣憤。他收傘，把傘立在洗濯臺中，然後進廚房沖洗工作靴。鮑爾夫人出現在門內。

「她嘛，」鮑爾夫人說：「情況是糟到不能再糟了。孩子是男的。」

莫瑞爾先生哼一聲，把吃完的午餐包和水壺放上碗櫥，回洗滌間掛外套，然後過來坐在椅子上。

「有酒喝嗎？」他問。

鮑爾夫人進食品儲藏室，傳出軟木塞打開的聲音。她放下馬克杯在莫瑞爾先生面前，敲出一小聲，有厭煩的意味。他喝一大口，喘喘氣，用圍巾一頭擦濃鬍，再喝一口，再喘氣，然後往椅背靠。鮑爾夫人不肯再和他講話。她把午餐端給他，隨即上樓。

「剛才是先生嗎？」莫瑞爾夫人問。

「我弄午餐給他吃了。」鮑爾夫人回答。

鮑爾夫人不為他擺桌布，用小盤子盛晚餐，不用標準型的大餐盤，惹他不高興。他雙臂壓著桌面，開始用餐。妻子病弱，他剛多了一個兒子，這些事目前對他無關緊要。他累壞了，只想吃午餐，只想用手臂撐著桌面坐，不喜歡鮑爾夫人在家裡走動。爐火太弱，他也不開心。

飯後，他呆坐二十分鐘，然後才去把爐火燒旺。接著，他不脫襪子，心不甘情不願上樓。在這一刻面對妻子是件痛苦的事，而且他身心俱疲。他黑臉上有汗漬。背心已經乾了，泥濘滲透進布料，脖子圍著骯髒的羊毛圍巾。因此，他在床尾止步。

「呃，身體還好吧？」他問。

「過一陣子就好。」她回答。

「嗯！」

他呆呆站著，不知如何接話。他很累，此時令他心煩不已，不知如何是好。

「是男孩吧。」他結巴說。

她掀開被單，顯露嬰兒。

「祝福他！」他喃喃說，莫瑞爾夫人笑了，因為他的祝福顯得機械化，缺乏這時應感受到的父子之情。

「走吧。」她說。

「我會的，老婆。」他回說，轉頭即將離開。

臨走前，他想吻她卻不敢。莫瑞爾夫人有點希望他吻，卻難以橫下心暗示。莫瑞爾先生出房間後，她才能自由呼吸。莫瑞爾先生在房間裡留下淡淡的礦場土味。

公理會牧師每日前來拜訪，姓席頓，年輕窮困，妻子在為他生第一胎時難產而終，至今他仍獨守牧師府。他擁有劍橋大學藝術學士學位，生性非常靦腆，不會開口閉口宣教。莫瑞爾夫人欣賞他，他也仰賴莫瑞爾夫人。她身體康復後，牧師常和她閒聊，一聊就是幾小時。她讓孩子認他為教父。

偶爾，莫瑞爾夫人請牧師留下來喝茶。她預先鋪好桌布，取出杯口有綠色細線的上等茶杯，希望莫瑞爾先生不要太早回家，暗許他今天去酒館喝一杯沒關係。她每天煮兩次午餐，因為她主張兒童應在中午吃最豐盛的一餐，而莫瑞爾先生五點回家想飽餐一頓。牧師上門喝茶時，莫瑞爾夫人請他抱嬰兒，自己忙著攪拌麵粉做鬆糕，削馬鈴薯，牧師則一直觀望她，討論下一次佈道的主題。他的點子天馬行空。莫瑞爾夫人以賢明的建議勸他務實。今天的主題是《聖經》裡的迦拿婚禮。

「當祂在迦拿把水變成葡萄酒的時候，」牧師說：「象徵著原本淡如水的夫妻日常生活充滿神性，甚至連血也一樣，紅如葡萄酒，因為當愛加身之時，人的心靈結構徹底生變，充滿聖靈，連外形也幾乎改變。」

莫瑞爾夫人心想：「可憐的傢伙，妻子年紀輕輕過世，所以他才把愛轉成聖靈。」

第一杯茶才喝一半，他們聽見沖洗礦工靴的聲響。

「我的老天爺！」莫瑞爾夫人驚呼，無視客人在場的事實。

牧師露出懼怕的神色。莫瑞爾先生進門來，心情相當暴躁，向牧師點個頭，說聲「你好」。牧師起身，想和他握手。

「不要，」莫瑞爾先生露手說：「您看！手髒成這樣，您絕對不想握，對吧？這手握過太多鎬柄，沾太多鏟子上的土了。」

牧師臉紅，不知所措，只好坐回原位。莫瑞爾夫人起身，端出熱騰騰的長柄鍋。莫瑞爾先生脫掉外套，將扶手椅拉到桌邊，一屁股坐下。

「你累了吧？」牧師問。

「累？還用說嗎？」莫瑞爾先生回答。「像咱們這種累法，你呀，沒法子體會。」

「對。」牧師說。

「就是說嘛，」莫瑞爾先生露出背心肩膀。「現在有點乾了，不過剛才被汗溼得像抹布似的。摸摸看。」

「亂來！」莫瑞爾夫人大喊。「席頓先生才不想摸你的髒背心。」

牧師謹慎伸出一手。

「算了，他大概不想摸，」莫瑞爾先生說：「不過，汗還不是全從俺身體流出來的嘛，不摸拉倒。每一天，俺的背心溼到可以擰出水。男人從礦坑回家，滿身泥巴結成塊，夫人家裡有酒喝嗎？」

「啤酒全被你喝光了，你明明知道。」莫瑞爾夫人倒茶給他。

「一滴也沒得喝啊？」他轉向牧師——「煤礦坑的灰塵很多，你知道，男人渾身被塵土封住，回到家，最想做的事就是來一杯，不喝不行。」

「我相信是的。」牧師說。

「不過，俺敢打賭，家裡十之八九沒酒給他喝。」

「家裡有水啊……也有茶。」莫瑞爾夫人說。

「水！水哪能清喉嚨。」

他把茶倒進茶碟，吹涼，吸進黑色濃鬚下的嘴巴，然後歎息。接著，他再倒一碟，把茶杯放在桌面上。

「我的桌布！」莫瑞爾夫人說，連忙把茶杯放在餐盤上。

「像俺這樣的男人太累了，哪管得著桌布不桌布的。」莫瑞爾先生說。

「好可憐喔！」莫瑞爾夫人感嘆，語帶嘲諷。

廚房裡充斥肉菜香和礦工服的臭味。

他湊向牧師，濃鬍鬚逼近，黑臉上的嘴顯得特別紅。

「席頓先生，」他說：「一個男人成天待在黑洞裡，對著煤層敲敲打打，煤礦比那堵牆壁還硬好幾倍啊……」

「沒必要哀嘆吧。」莫瑞爾夫人插嘴。

每次莫瑞爾先生訴苦有人聽，無不大打悲情攻勢，以贏取同情，莫瑞爾夫人痛恨他這種行為。威廉抱嬰兒坐著，討厭他的虛假，也排斥爸爸把媽媽當傻瓜對待。安妮從來不喜歡父親，能躲儘量躲。

牧師離開後，莫瑞爾夫人檢查桌布。

「髒透了！」她說。

「俺坐下，手不放桌上，難不成垂著嗎？只因為妳請牧師喝茶？」他咆哮。

兩人都動怒，但她不吭一聲。嬰兒哭起來，莫瑞爾夫人正好從壁爐取長柄鍋，不慎敲中安妮的頭，安妮唉唉叫，莫瑞爾先生兇她。混亂之中，威廉抬頭看著壁爐架上方的釉字，咬字清晰說：

「願上帝保佑吾家！」

莫瑞爾夫人急著安撫嬰兒，聽見大兒子喊這句話，衝過去摑他耳光，說：「小孩子插什麼嘴？」然後，她坐下，呵呵笑著，笑到淚水流下臉頰，威廉則踹他剛才坐的凳子，莫瑞爾先生低吼：「有那麼好笑嗎？俺不懂。」

有天晚上，牧師剛告辭，莫瑞爾夫人無法忍受丈夫又裝可憐，於是帶著嬰兒和安妮外出。威廉剛挨父親踹，莫瑞爾夫人死也不肯原諒他。

她走過羊橋，穿越牧草地角落，來到板球場。草地上盈灌著夜光，與遠方的水車呼應低吟。她在板球場的赤楊樹下坐，面對夜景。前方是平整的綠色大球場，猶如一片光芒輝映的海。兒童在涼亭的紫影下玩耍，高空有大群禿鼻烏鴉，嘎嘎啼叫歸巢，橫越軟如織物的天空。烏鴉在金色餘暉中排列成長弧形，專注飛行，啼叫著，盤桓著，宛如緩慢漩渦中的黑渣，下方有一樹叢，構成草地上的黑浮雕。

幾位紳士正在練球，莫瑞爾夫人聽得見擊球聲和突然振作起來的呼聲，看得見白衣球員在綠地上無聲易位，而球場上的陰影已漸深沉。在不遠處的莊園，乾草堆的一側被夕陽照亮，其他部位呈藍灰色。一輛運乾草的馬車搖晃前進，顯得渺小，駛過逐漸暈黃的餘光。

太陽西沉，每次晴朗的傍晚，德貝郡的丘陵全被紅豔的夕陽點燃。莫瑞爾夫人欣賞著太陽從亮麗的天空降落，徒留頭上一片柔美的花藍色，西天則轉紅，彷彿火焰全游轉到西邊，蒼穹落得湛藍無瑕。在黑葉子的襯托下，歐州山梨樹上的漿果在原野上霎時之間顯得紅彤彤。麥田休耕中，一隅殘留幾株矗立，彷彿仍有生命；她想像它們正在鞠躬；把兒子取名為約瑟好了。東方映照著夕陽，以縹緲的粉紅呼應西天的紅霞。山邊有幾捆巨大的乾草堆，邊緣沾光，色澤變冷。

面對這美景，莫瑞爾夫人能享受幽靜的片刻，小小的煩惱飄逝無蹤，凸顯景物美，她能藉心寧和勇氣來重新認識自我。偶有一隻燕子俯衝到她附近，安妮偶爾捧著赤楊醋栗回來。嬰兒在母親大腿上坐不住，小手伸向夕陽餘暉亂揮。

莫瑞爾夫人低頭看他。原本，因為她對丈夫不滿，她把這一胎視為禍害，深怕嬰兒降生於人世。如今，她對這嬰兒有一份異樣的感情。她為這孩子心情沉重，幾乎相當於孩子帶病或畸形。幸好，兒子表面上很健全。但是，她留意到兒子眉頭異常深鎖，眼神有一份詭異的凝重，彷彿試圖悟透某一份苦楚。她看著嬰兒深邃的瞳孔，感覺心頭有一塊大石頭壓著。

「他好像在思考什麼事……相當哀愁。」科克夫人曾說。

這時候，莫瑞爾夫人看著嬰兒，心頭重擔突然融解，化為熱烈的哀戚。她對著兒子低頭，心中急湧出幾滴淚。嬰兒伸出手指。

「我的小綿羊！」她輕輕哭著。

就在此刻，在內心深處極僻靜的角落裡，她覺得夫妻倆都有罪。

嬰兒向上望著她，藍眼如母親，但眼神凝重、沉穩，彷彿已領悟到大事，心靈受震撼。

她抱著嬌嫩的嬰兒。深藍色的眼眸總向上望著媽媽，目不轉睛，似乎想探求她最深層的意念。她不再愛丈夫了；她原本不想再生，而今嬰兒躺在懷中，撥動她的心弦。她覺得母子之間的臍帶彷彿未曾切斷。一股熱愛從她心中傾瀉而出，撲向嬰兒。她抱兒子貼臉貼胸。她願使出渾身解數，願傾盡愛心，好好照顧他，以彌補她在不懷母愛的情況中生下他。既然孩子生下來了，她願意加倍疼愛他。孩子的眼睛清澈，似有所知，勾起她心痛畏懼。難道孩子能摸清她的心意？胎兒窩在娘胎中，位於心臟下方，難道一直在探聽心聲嗎？孩子的這副表情帶有責備的意味嗎？她感覺骨髓在骨子裡溶化，混雜著恐懼和痛苦。

她再一次意識到，火紅的夕陽在對面山頂下沉中。她忽然高高抱起嬰兒。

「看！」她說：「快看，我的寶貝！」

血紅的夕陽脈動著，她把嬰兒舉向西天，幾乎有如釋重負感。她見嬰兒舉起小拳頭。隨後，她再把嬰兒抱回懷裡，幾乎慚愧自己當初不想生他的衝動。

「如果他活下來，」莫瑞爾夫人心想，「長大會變成怎樣？……能做什麼大事？」

她心情焦慮。

「就把他取名叫『保羅』好了。」她突然說，原因不明。

再待一陣子後，她才回家。一片薄薄的黑影覆蓋在深綠草地上，萬物因而暗沉。不出她所料，丈夫仍未回家。但莫瑞爾先生在十點前還是回來了，至少這天相安無事。

莫瑞爾先生這時情緒極為暴躁易怒，似乎是被工作掏空身心，回家對任何人口氣都粗蠻。如果壁爐不夠熱，他出言罵人。午餐發牢騷。如果孩子講話，他會罵小孩，口氣令莫瑞爾夫人血氣沸騰，令兒女對他生恨。星期五，他晚上十一點仍未返家。嬰兒身體不舒服，吵鬧不休，一放下就哭，把莫瑞爾夫人累得半死。身子仍虛弱的她幾乎無法控制。

「但願討厭鬼在家就好了。」疲憊的她自言自語。

嬰兒終於在她懷裡睡著。她累到沒力氣抱他進搖籃。

「他回家再晚，我也不對他囉嗦，」她說：「不然只會惹自己不高興。我不會對他講一句話。但我知道，如果他敢亂來，只會惹我火大。」她繼續告訴自己。

莫瑞爾先生的腳步聲接近，她歎一口氣，彷彿難以承受。他喝到接近醉醺醺，以作為報復。莫瑞爾先生進門時，她低頭抱著嬰兒，不想看他。他走過身邊，步履蹣跚，擦撞到碗櫥，頓時鍋子罐子鏗鏘亂響，他抓住鍋蓋的白握把才穩住重心。他掛好外套和帽子，然後回來，隔空站著瞪她。莫瑞爾夫人繼續低頭抱小孩。

「家裡沒東西可吃嗎？」他問，語氣傲慢，把她視為傭人看待。酒後，他依醉意深淺可分為幾階段，在目前這階段，他模仿都市人明快清晰的語句。莫瑞爾夫人深恨他這種醉言。

「家裡有什麼，你應該很清楚。」她語氣冰冷，聽來無情。

莫瑞爾先生站在原地怒視她，絲毫不動一條筋。

「我問一句文明人的問題，指望聽見文明人的答覆。」他裝腔說。

「我答覆了啊。」她說，仍不想理會他。

莫瑞爾先生的眼睛再度噴火。接著，他搖搖擺擺上前，一手按著桌子，另一手猛拉桌子抽屜，想拿刀子切麵包。由於他斜著拉，抽屜卡住了，他動肝火用力扯，刀叉調羹連帶抽屜，悉數飛騰而出，一百件金屬製品嘩嘩墜落地磚上，嬰兒嚇一跳，微微抽抖一下。

「你想幹什麼？你這個笨手笨腳的傻醉漢！」莫瑞爾夫人驚叫。

「妳不幫俺拿該死的東西，叫俺自己動手嗎？妳應該學學別家的女人，好歹也站起來伺候男人吧。」

「伺候你……伺候你？」她大叫。「對啊，我會伺候你。」

「對，看俺教妳。還不快來伺候俺……」

「我抵死不從，大人。我寧願先伺候門外的一條狗，也不願伺候你。」

「什麼……什麼？」

莫瑞爾先生正想把抽屜裝回去，聽見這番話，轉身面對她，臉色爆紅，眼球血絲密佈。他默默瞪她一秒，傳達威脅的意味。

「呸！」她急忙以貶意回敬。

激動之下，抽屜從他手裡掉下去，重擊小腿，基於反射動作把抽屜拋向她。

淺抽屜飛出他的手，一角掠過她的額頭，掉進壁爐。她搖晃幾下，差點暈頭從椅子上跌落。她厭倦到心坎裡了。她把嬰兒緊緊抱進懷中。片刻之後，她使勁強打起精神，嬰兒嗚咽著。左眉毛大量淌血的她低頭看嬰兒，感到頭暈，幾滴血滲進嬰兒的白披肩，所幸嬰兒無恙。她把頭擺正，以維持平衡感，鮮血因此流進眼眶。

莫瑞爾先生站在原處，一手按著桌子，表情茫然，穩住重心後，他走向她，手腳欠穩，握住她的搖椅的椅背，幾乎把她甩出椅子。他晃著身體，彎腰對她說，語帶疑問和關懷：「有沒有打中妳？」

他的身體又搖起來，彷彿即將栽在嬰兒身上。一番風波之後，他已經喪失所有平衡感。

「走開。」她說，極力想維持理智。

他打嗝。「來……給俺看看。」他說，再度打嗝。

「走開！」她高喊。

「俺看看……讓俺看一下嘛，老婆。」

她嗅到酒味，醉手握著椅背，搖椅亂搖一陣。

「走開。」她說著以無力的手推開他。

他站直，重心忽左忽右，眼睛凝視著她。莫瑞爾夫人鼓起全身氣力站起來，一手抱著嬰兒。她憑意志力使出蠻勁，夢遊似地走向洗滌間，以冷水清洗眼睛一分鐘，但她頭暈目眩，擔心即將昏倒，於是回搖椅坐下，從頭到腳的所有筋骨皆頻頻顫抖。基於本能，她抱緊嬰兒。

心難安的莫瑞爾先生總算把抽屜推回定位，現在跪地，以麻木的手掌摸索散落一地的調羹。

她的眉毛仍在淌血。莫瑞爾先生起身，引頸向她。

「您被它傷得怎樣了，老婆？」他問，語氣極為難過、卑微。

「你自己看就知道。」她回答。

莫瑞爾先生站著，彎腰向前，雙手按大腿近膝蓋處，支撐上身，目測傷勢，嘴上的大鬍子湊得太近，她的臉儘可能迴避。檢查傷口時，她的神情被動，態度冰冷如石，嘴唇緊閉，他心虛到絕望。正當他即將移開陰鬱的視線之際，他見到一滴血從妻子轉開的臉上滴落嬰兒的嫩髮。他看得出神，只見深紅色的濃液掛在閃亮輕盈的髮絲間，然後拉扯頭髮往下墜。另一滴掉下來。血勢必將滲進嬰兒的頭皮。他發呆看著，感覺到血滲進小孩的皮膚，這時候，他的男子氣概終於崩解了。

「這孩子怎麼辦？」妻子只對他說這句話，但低沉而熱切的口吻逼他頭垂得更低。她緩和語氣：「中間抽屜有墊子，幫我拿一些過來。」她說。

他遵命，蹣跚去拿，立刻遞給妻子一片紗布墊。她拿著在壁爐前烤一烤，覆蓋額頭，嬰兒坐在大腿上。

「接著，幫我拿那條乾淨的礦工圍巾。」

莫瑞爾先生再次去抽屜翻找，未久取來一條紅色細圍巾。她接過來，抖著手，以圍巾包頭。

「讓俺來為您綁緊。」他謙恭說。

「我自己能綁。」她回應。纏緊後，她上樓，叫他撥一撥爐火，把門鎖上。

翌晨，莫瑞爾夫人對子女說：

「蠟燭被吹熄了，我摸黑去貯煤間拿火耙子，頭不小心撞到門閂。」兩名幼子瞪大眼睛抬頭看她，目光驚惶，不吭聲，但閉不緊的嘴巴似乎透露他們潛意識中感應到的悲劇。

這天，莫瑞爾先生拖到近午餐才下床。他幾乎不反省昨晚做的好事。他想的事情不多，但他不願回想那件事。他躺在床上，心情悽苦，活像一條生悶氣的狗。受傷最重的人是他，更痛的是，他不肯對她開口，避不表達他的哀傷。他努力想甩開昨晚的事。「都怪她不好，」他告訴自己。然而，他再怎麼撇清，仍躲不掉良心的鞭笞，自責心如鏽斑，寸步直逼心靈深處，而他僅能借酒消愁。

他找不到下床的動機，更不想講話或移動，只想學木頭人躺著。此外，他頭疼欲裂。今天是星期六。近中午時分，他總算起床，去食品儲藏間切幾片東西裹腹，垂頭吃著，然後穿上靴子，外出，三點回家時略帶酒意，心情鬆懈不少。接著，他直接上床再睡。晚上六點，他又起床，喝茶後直接出門。

星期日亦然：睡到中午，去帕默斯頓酒館混到兩點半，午餐之後就寢，幾乎一言不發。下午快四點的時候，莫瑞爾夫人上樓，穿上禮拜日服裝，見他呼呼大睡。假如他說一句：「老婆，對不起，」莫瑞爾夫人必定會為他感到難過。但他不肯認錯，在心裡堅持錯在她身上。她乾脆不理他。夫妻之間的嘔氣形成拉鋸戰，占上風的是莫瑞爾夫人。

全家坐下來喝茶。全星期唯有週日，全家人得以同桌用餐。

「父親不想下床嗎？」威廉問。

「讓他睡吧。」母親回答。

整棟房子瀰漫著哀愁的氣息。小孩吸進呼出的是毒氣，心情沉悶，鬱鬱寡歡，不知該做什麼、該怎麼玩。

莫瑞爾先生一醒來，立刻下床，這是他從小到現在的特性。他靜不下來。連續兩早臥榻不動，他悶得無法喘氣。

他下樓時已近晚間六點。這一次，他毫不遲疑走下樓，恢復厚臉皮，不再在乎家人的眼光或感想。茶具擺在桌上，威廉正朗讀《兒童故事集》給妹妹安妮聽，安妮不斷問「為什麼？」兩兄妹聽見穿著襪子的腳步聲，知道父親來了，噤若寒蟬，見他出現，立刻縮頭。然而，他對小孩的態度是溺愛如常。他獨自準備飲食，舉止粗魯，吃喝聲超乎常態，沒人對他開口。他一現身，居家生活隨之萎縮、退卻、噤聲。但他再也不在乎被家人孤立。

茶一喝完，他立即起身外出，動作敏捷。正因他急著走的身手敏捷，莫瑞爾夫人看了才更加嘔氣。她聽見他用冷水開懷漱洗，聽見急著梳頭的他拿鋼梳子沾水，臉盆被敲得叮叮咚咚。她閉眼感到厭煩。莫瑞爾先生彎腰綁鞋帶，動作帶有一種粗鄙的興味，使他與矜持、警覺的家人涇渭分明。在和他自己的對抗戰中，他總是一個逃兵。即使在不為人知的內心裡，他照樣為自己找藉口：「要不是她講那種話，絕對不會出那件事。是她自討苦吃。」在他準備出門的當兒，子女不敢亂動，等他出門後才鬆一口氣。

他走出去，帶上門，心情愉快。這天晚上下著雨，帕默斯頓酒館一定舒適多了。他滿懷期望，加快腳步前進。在雨中，谷底鎮每一戶的石板屋頂被淋得烏黑溼亮，天天被煤礦塵染黑的路面溼成黑泥地。他快步往前走。帕默斯頓酒館的窗戶霧濛濛。走廊被溼答答的腳踩髒了，但空氣溫暖，就嫌臭了點，洋溢著人聲、啤酒味、菸味。

莫瑞爾先生一進門就聽人喊，「你想喝什麼，沃特？」

「喔，吉姆，老弟，您是從哪裡冒出來的？」

大家讓位子，熱忱接納他。他很高興。只消一兩分鐘，他懷抱的所有責任全煙消雲散，所有恥辱、所有煩惱一概消失，心情輕盈，準備享受歡樂的一夜。

到了星期三，莫瑞爾先生已身無分文。他怕面對妻子。傷了她之後，他痛恨她。這天晚上，他無計可施。他連兩便士也沒有，不能去帕默斯頓酒館。他已經賒太多帳了。於是，他等妻子帶小孩進院子的空檔，打開碗櫥最上面的抽屜。莫瑞爾夫人把荷包放在這裡。他找到荷包，打開看，發現裡面有半克朗、兩枚半便士的硬幣、一枚六便士。他拿走六便士，謹慎將荷包歸原位，然後出門。

隔天，莫瑞爾夫人想去買菜，打開荷包，找不到六便士，心直墜谷底。後來，她坐下，思索著，「荷包裡真有六便士硬幣嗎？該不會是被我花掉了吧？該不會被我忘在別的地方吧？」

她不知所措。她翻箱倒櫃找。在尋找的過程中，一個想法在心中凝結成定見：錢被丈夫偷走了。她所有的錢全放在荷包裡。丈夫竟然偷她的錢，她怒不可遏。莫瑞爾先生已有兩次偷錢的前科。第一次一先令不翼而飛，她不動聲色，週末時，他悄悄把錢歸還荷包，所以她認定小偷是莫瑞爾先生。第二次，他拿了錢不還。

這一次，她忍無可忍。這天他提早回家，用完餐後，莫瑞爾夫人冷冷對他說：

「你昨晚從我荷包拿走六便士嗎？」

「俺！」他抬頭看她，一臉被觸犯到的模樣。「哪有？俺從來不看妳錢包一眼。」

但她能識破謊言。

「哼，你睜眼說瞎話。」她平靜說。

「俺說沒有就沒有，」他大叫。「妳又想跟俺作對了，是嗎？俺快受夠了。」

「你趁我去院子收衣服，從我錢包偷走六便士。」

「妳會受報應的。」他說，氣急敗壞，把椅子往後推開，匆忙洗一洗，毅然決然上樓，不久換好衣服，捧著藍格子特大號手帕包裹的大包袱下樓。

「俺這一走，」他說：「以後看得到俺，算妳有福氣。」

「是禍不是福吧。」她應聲。旋即，他帶著行囊，大步離去。椅子上的莫瑞爾夫人微微顫抖，但心裡充斥著輕蔑。假使說，莫瑞爾先生去投效別處的礦坑，找到工作，和野女人產生瓜葛，那我怎麼辦？她心想。然而，她對丈夫的心態太熟悉了——他做不出這種事。她萬分篤定。儘管如此，她的心裡仍有小蟲啃噬著。

「爸去哪裡了？」威廉放學回家問。

「他說他離家出走了。」莫瑞爾夫人回答。

「去哪裡？」

「呃，我不知道。他用藍手帕包了一堆東西，說他一去不回了。」

「那我們怎麼辦？」威廉快急哭了。

「唉，沒什麼大不了的，他不會走太遠的。」

「可是，如果他不回家的話，那怎麼辦？」安妮哀嚎著。

兄妹倆退至沙發一起哭。莫瑞爾夫人坐下來，笑著說：

「你們這一對傻瓜！」她笑嘆。「今晚睡覺前，一定看得到他。」

但兒女不認帳。傍晚降臨。莫瑞爾夫人疲憊不堪，情緒變得焦慮，一方面慶幸終於擺脫他，另一方面卻又煩惱無法對子女交代。而且在心中，她仍未有釋手的準備。內心深處，她深知莫瑞爾先生無法一走了之。

她去院子盡頭的貯煤間，察覺門內有異物，打開一看，見到藍色大包袱擺在暗室裡。她坐在一塊煤上，呵呵笑了起來。每看那包袱一眼，看到胖胖一包，模樣落魄，縮在陰暗的角落，打結的兩頭往下垂，活像喪氣的耳朵，她又大笑一陣，情緒鬆懈下來。

莫瑞爾夫人坐著等。她知道，莫瑞爾先生沒錢，即使下班順道去酒館，帳會愈賒愈多。她極度厭倦他——厭倦到半死。他連扛著包袱走出院子的勇氣也沒有。

在她沉思的當兒，到了約莫晚間九時，莫瑞爾先生開門進來，行動偷偷摸摸，臭著臉。她不發一語。他脫掉外套，默默走向他的扶手椅，開始脫靴子。

「最好先去拿包袱回來再脫吧。」她輕聲說。

「俺今晚回家，算妳運氣好，妳該謝天才對。」他說，垂著頭看她，臭著臉，儘量講得語重心長。

「不會吧，你又能上哪兒去呢？你連行囊都不敢拎到院子外面。」她說。

莫瑞爾先生面露吃癟狀，她對他怒氣全消。他繼續脫靴子，準備上床。

「你用你那條藍手帕包了些什麼，我不清楚，」她說：「不過，你再不去拿進來，明早恐怕會被小孩撿走。」

他一聽立刻站起來走出去，不久後回來，穿越廚房而過，偏開臉，匆匆上樓。莫瑞爾夫人見他抱著包袱，迅速躲進門廳，不禁偷笑，但她心有怨氣，因為她曾經愛他。

3 捨沃特、迎威廉

接下來一星期，莫瑞爾先生的脾氣令人幾乎難以忍受。礦工酷愛偏方，莫瑞爾先生也不例外。奇怪的是，藥錢通常由他自行支付。

「去幫俺弄一滴柳酸鹹液吧，」他說：「家裡怎麼能不準備這種神藥呢？」

莫瑞爾夫人去買硫酸仙液給他。這是他最愛用的第一線藥品。他幫自己泡一壺苦艾茶。他在閣樓懸掛大把大把的乾草藥：苦艾、芸香、歐洲夏至草、接骨木花、芫荽草、蜀葵、牛膝草、蒲公英、歐洲百金花。通常鍋架上有一壺某某藥劑，他大口大口灌。

「棒極了！」他喝完苦艾茶後嘖舌說：「棒極了！」他鼓勵兒女嘗試。

「比你們喝的茶或巧克力泥漿美味多了。」他信誓旦旦。可惜小孩不為所動。

然而，這一次，仙丹仙液以及他收藏的藥草無一能治療他腦袋裡「整死人的頭痛」。他的病因是頭腦發炎。那天和傑瑞步行去諾丁罕，途中在樹下席地而睡，之後腦袋一直不太對勁。之後他屢次喝醉發酒瘋。如今，他病情嚴重，由莫瑞爾夫人照料。他是人間最難纏的病患。然而，儘管如此，就算養家活口的人不是他，莫瑞爾夫人從來也不希望他撒手人寰。她對他依舊有一份眷戀。

鄰居熱心善待她，偶爾叫她小孩去家裡用餐，偶爾幫她應付樓下的家事，有鄰居也會代她照顧嬰兒一天。儘管有人幫忙，家事仍忙不過來。並不是天天有鄰居代勞。她仍需照顧嬰兒和病夫、打掃、煮食，事情繁多。她心力交瘁，卻仍盡心盡她的本份。

錢勉強夠用。互助會每星期給她十七先令。每週五，巴克和另一同事捐出礦坑些許收入給莫瑞爾夫人。鄰居也幫忙煮羹湯，送雞蛋，以病弱者吃得下的甜食招待。若非在危難時期有這些人慷慨相助，莫瑞爾夫人必定欠債一堆，深陷水深火熱的處境。

病了幾星期，莫瑞爾先生九死一生，總算撿回一條命。他的體質不錯，因此一扳倒病魔後，他立刻踏上康復之路。未久，他就能下樓走動。病倒的那幾星期，莫瑞爾夫人稍微寵壞他，現在他希望繼續受寵。他常伸手摸自己的頭，嘴角向下彎，無病呻吟。但她沒有那麼好騙。起初，她見了只是偷笑，後來改為嚴詞訓斥。

「天啊，男人，別裝得那麼可憐兮兮的。」

他聽了心中微微淌血，照樣持續裝病。

「如果是我，我不會表現得像被寵壞的嬰兒。」莫瑞爾夫人氣得說。

挨罵後，他會滿腔憤慨，像小男童沉聲嘀咕幾句。他被迫恢復正常語調，不再無病呻吟。

儘管如此，家中風平浪靜一段時日，莫瑞爾夫人對他較能容忍，而他由於倚賴心重如兒童，日子過得相當快樂。兩人有所不知的是，她較能容忍他是因為對他的愛大不如前。直至這段期間，儘管歷經風風雨雨，他是她的丈夫，她的男人。以前她多少覺得，他以對待自己的方式對待她。她依賴他維生。她對他的愛退潮可分為許許多多階段，但始終有退無進。

如今，生下第三胎之後，她的身心不再迎合他，莫可奈何，現在的她猶如幾乎不漲的潮汐，避而不湧向他。自此之後，她鮮少對他心動。此外，由於她對他較為疏遠，夫妻合體的感受大減，只認為他是居家環境的一部分，基於這些因素，她不太在意莫瑞爾先生做什麼，可以不去管他。

接下來一年，夫妻相安無事，徘徊著留戀之情，宛如人生進入秋季。他一步步遭妻子拋棄，妻子的心態略有悔恨，意志卻冷酷。她拋棄他，如今投向子女，尋求愛和生命力。從此以後，他不過是個空殼子。而他自己也默許，讓位給子女，和天下無數男人一樣。

在他養病期間，在情路真正走到盡頭的時候，夫妻倆曾試圖重溫新婚時期的舊情。晚上他待在家中，等孩子上床後，看她縫紉——他的所有上衣和子女的衣物全出自她的針線——這時他會讀報紙給她聽，緩緩發音，傳達一字一句，像在玩擲鐵環遊戲。她常催他讀快一點，常提示他下一句，他會虛心接受學習。

兩人之間的幽靜顯得奇特。她的針線發出輕輕的「喀」，來去迅速；他吐菸時嘴唇爆出的「啵」；他朝壁爐吐痰時，鐵柵傳來的「滋」，散發暖意。這時候，她的心思轉向威廉。大兒子長高了。威廉是全班第一名，老師稱讚他是全校最聰明的學生。她憧憬威廉長大成人，年輕有活力，讓她的世界再度大放光明。

在這時候，莫瑞爾先生默默坐著，感覺孤立，苦無事物可思考，微有坐立難安的心情。他的心對她盲目伸出手，卻摸不著她的心。他感覺到某種空虛，幾乎像心靈裡有一片真空。他定不下心，坐不住。未久，他無法在這種氣氛中生活，進而影響到妻子。夫妻倆被湊在一起，獨處些許時刻的時候，兩人都覺得呼吸有壓迫感。後來他就寢，她才能享受單人世界，忙家事、想事情、過生活。

在這段平靜、柔情的日子，若即若離的兩人有了恩愛的結晶，即將迎接第四胎。老么誕生時，保羅才十七個月大。寶寶長得白胖，安分，藍眼凝重，眉宇也有微微蹙的怪模樣。這一胎也是兒子，金髮，清秀。莫瑞爾夫人發現自己懷孕，心情懊惱，一來是家境拮据，二來是她不愛丈夫。對丈夫無愛並非嬰兒的緣故。

老么命名為亞瑟，長相非常可愛，鬈髮茂盛，第一眼就愛上父親。莫瑞爾夫人慶幸這孩子愛父親。老么一聽見父親的腳步聲，會立刻舉起雙手咕咕叫。莫瑞爾先生如果心情好，會立即以溫和快活的語氣高喊：

「什麼事，俺的小可愛？俺馬上過去。」

他一脫下礦工外套，莫瑞爾夫人便為老么套上圍兜，讓他給父親抱。

「這孩子多麼賞心悅目啊！」她有時如此讚嘆，把嬰兒抱回來。莫瑞爾先生的吻在嬰兒臉上留下煤渣。莫瑞爾先生開懷大笑。

「天佑這個小寶貝，他是個小礦工啊！」他歡呼。

子女將莫瑞爾先生納入她心中，這才是目前她生命中的美滿時光。

威廉長高變壯了，更加活躍，胞弟保羅卻不然。保羅向來文靜纖瘦，如今身子變得更單薄，在母親背後亦步亦趨的模樣宛如她的影子。通常，他舉止活躍，對事物表現興趣，但有時他顯得沮喪失意。母親常在沙發上看見三、四歲的他正在哭。

「怎麼了？」她問，不見兒子回應。

「不曉得。」保羅抽泣著。

她盡力開導，討兒子開心，但成果不彰，她把持不住情緒。如果是向來無耐性的莫瑞爾先生，見兒子悶悶不樂，他會從椅子上跳起來，大罵：

「再哭下去，老子打得他哭不出來。」

「諒你不敢，」莫瑞爾夫人冷冷說。她把保羅抱進院子，扔他坐在小椅子上，對他說：「想哭就在這裡哭個夠，愛哭鬼！」

隨後，也許是逗留在大黃葉上的蝴蝶扣住他的視線，也許是他哭到睡著了，哭聲才止息。保羅鬧性子的頻率不高，卻在莫瑞爾夫人心中鋪蓋一片陰影，她對待保羅的態度也有別於另外三子女。

某晨，她望進巷子裡，看酵母販是否來了，這時聽見有人在喊她，原來是身材瘦小、常穿褐色絨布衣的安東尼夫人。

「對了，莫瑞爾夫人，我想告訴妳一件事，和你們家威廉有關。」

「喔，什麼事？」莫瑞爾夫人回應。「出了什麼事？」

「有個小孩捉住我家小孩的衣服，把衣領扯掉了，」安東尼夫人說：「想逞威風。」

「你們家艾菲德跟我們家威廉一樣大。」莫瑞爾夫人說。

「是這樣子沒錯，不過，這不表示他能隨便扯掉別人的領子吧。」

「嗯，」莫瑞爾夫人說：「我不喜歡打小孩，就算我打得下手，我也想先聽聽他的說法。」

「小孩子嘛，好好挨一頓揍，才會乖一些，」安東尼夫人反駁。「小孩一把扯掉別人的領子，而且是故意……」

「我相信他不是故意的。」莫瑞爾夫人說。

「妳敢說我騙人！」安東尼夫人嚷嚷起來。

莫瑞爾夫人退開，關上院子門。酵母販來了，她抖著手，拿馬克杯給他。

「那妳別怪我告訴妳先生。」安東尼夫人對著她的背影咆哮。

午餐後，十一歲大的威廉又想出去，母親問他說：

「你為什麼扯掉艾菲德．安東尼的領子？」

「我什麼時候扯掉他領子了？」

「日子我不清楚，不過他母親說是被你扯掉的。」
「喔……是昨天……他的領子本來就破了。」
「被你一扯，破得更嚴重。」
「呃……我有個霸王珠，敲碎過十七個，艾菲德．安東尼他唱兒歌：
『亞當夏娃和涅我，
一同去河邊戲水
亞當夏娃溺水了，
猜猜看誰獲救？』
我說：『喔，涅你。』所以我捏他一下，他火大了，搶走我的霸王珠，一溜煙跑掉。我追過去，眼看就快追上了，他從我手裡閃躲開來，結果領子就被我扯掉了。幸好我搶回霸王珠……」
威廉從口袋取出掛在繩子上的一顆舊的黑色馬栗。同樣吊在繩子上的馬栗有十七顆敗在它手下，因此威廉對這號老將驕傲不已。
「唉，」莫瑞爾夫人說：「你沒理由扯掉他的領子，你知道吧。」
「母親啊！」他說：「我完全沒有扯掉他領子的意思……他的領子是天然橡膠做的，很舊，而且早就破掉了。」
「下一次，」母親說：「應該當心的人是你。你的領子如果被扯掉，我會不高興哦。」
「我才不管，母親，我又不是故意的。」
挨罵的威廉相當難過。
「對……算了，當心一點準沒錯。」

威廉慶幸逃過一劫，飛也似地跑掉。莫瑞爾夫人討厭和鄰居產生嫌隙，認為最好親自向安東尼夫人解釋個清楚，以化解風波。

然而，同一天晚上，莫瑞爾先生下工回家，表情非常難看。他在廚房裡站定，怒視左右前後，幾分鐘不開口，最後說：

「威廉滾到哪裡去了？」他問。

「你找他做什麼？」莫瑞爾夫人明知故問。

「俺逮到他再說。」莫瑞爾先生說，把水壺重重杵在碗櫥上。

「我猜，安東尼夫人剛找你告狀說，艾菲德的領子被扯掉了，對吧？」莫瑞爾夫人說，語帶冷笑。

「誰找俺不是重點，」莫瑞爾先生說：「等俺揪出他，看老子打得他滿地找牙。」

「哪門子沒口德、愛告狀的悍婦，對著你嚷嚷你家孩子做錯事，你就準備跟她站同一陣線，」莫瑞爾夫人說：「未免太可悲了吧。」

「看俺教訓他一頓！」莫瑞爾先生說：「是誰家小孩無所謂，不准他再到處亂撕亂扯。」

「『到處亂撕亂扯！』」莫瑞爾夫人學他的說法。「他的霸王珠被艾菲德搶走，他跑過去追，艾菲德閃躲一下，他不小心抓到領子。安東尼家的人最會閃躲了。」

「俺曉得！」莫瑞爾先生語帶威脅吼叫。

「你未卜先知。」妻子尖酸回應。

「妳別插手。」莫瑞爾先生發脾氣說：「俺懂狀況。」

「不見得吧！」莫瑞爾夫人說：「長舌婦能唬得你打自家小孩，你懂狀況才怪。」

「俺懂。」莫瑞爾先生重複。

他不再多說，一屁股坐下，醞釀著脾氣。威廉突然衝進來說：

「我可以吃下午茶嗎？母親？」

「等著你吃的不只是下午茶！」莫瑞爾先生罵他。

「小聲一點，大男人，」莫瑞爾夫人對丈夫說：「態度沒必要那麼荒唐。」

「等俺收拾他之後，他的樣子會更荒唐！」莫瑞爾先生大喊，從椅子起立，狠狠瞪兒子。

威廉比同年齡小孩高，但心性非常敏感，見場面不妙，臉色泛白，面帶懼色看著父親。

「出去！」莫瑞爾夫人對兒子下令。

威廉不敢動。突然間，莫瑞爾先生握拳，採取半蹲姿勢。

「看老子攆他『出去』！」他發狂似地大吼。

「什麼！」莫瑞爾夫人驚呼，氣得喘不過氣。「我不准你憑她的告狀就打小孩，聽到沒！」

「不准俺？」莫瑞爾先生大喊。「不准俺？」

說完，他怒視著威廉，對準他衝刺。莫瑞爾夫人蹦進父子中間，舉起拳頭。

「諒你不敢！」她大喊。

「什麼！」他叫著，一時困惑不解。「什麼！」

莫瑞爾夫人旋身面對兒子。

「還不趕快離開家裡！」她盛怒下令。

威廉彷彿被嚇得全身麻痺，倏然轉身出門，莫瑞爾先生衝向門口，遲了一步，悻悻然走回來，礦土遮不住蒼白的皮膚。但現在，妻子正在氣頭上。

「我警告你！」她以迴盪四壁的大嗓門說：「我警告你，大人，休想動那孩子一根汗毛！否則你一生一世後悔莫及。」

莫瑞爾先生怕她。怒髮衝冠的他坐下。

到了子女夠大，不需要全天候照顧時，莫瑞爾夫人加入婦女協會——一個附屬於批發合作社的小社團。女會員每週一晚間聚會，地點在貝斯伍德「合作社」雜貨店樓上的長廳，主旨是討論合作社營利事宜和社會議題。有時候，莫瑞爾夫人閱讀著文書。一向忙進忙出的母親居然在桌前坐定，快筆寫著字，思考著，參考著書籍，然後再提筆，子女看了心中有異樣的想法。見到這種情形時，兒女對她心存最深切的敬意。

但他們愛婦女協會。這是他們唯一不吝惜給母親的東西，原因之一是她喜歡參加，之二是他們能從中得到好處。有些丈夫認為妻子變得太獨立，對婦協產生敵意，罵婦協是「嘰呱屁」——意指她們是一群長舌婦。以婦協立會的基礎來看，女會員確實能正視自家環境和生活狀況，從中檢討出瑕疵。家裡的女人自創新人生觀，礦工們看了心情七上八下。此外，莫瑞爾夫人每週一晚上開完會回家，總有許多消息可報告，弟妹們希望威廉這時在家，因為母親告訴他很多事。

威廉十三歲那年，莫瑞爾夫人為他在合作社找到工作。他聰穎過人，個性坦率，五官相當粗獷，有著一雙正統維京人的藍眼珠。

「幹嘛幫他找一個坐辦公桌的鳥差事？」莫瑞爾先生說：「只會坐到褲子磨破露屁股，賺不了什麼錢。他起薪多少？」

「起薪多少不是重點。」莫瑞爾夫人說。

「很重要啊！叫他跟俺進礦坑，一個星期起碼輕鬆賺十先令。不過，俺曉得，坐板凳把褲子磨破，薪水六先令，總勝過跟俺下礦坑賺十先令。」

「我不准他下礦坑，」莫瑞爾夫人說：「這事情沒有討論的餘地。」

「採礦對俺挺合適的，對他就不夠好。」

「你十二歲就被母親叫去採礦是你家的事，我犯不著叫自己的兒子下礦坑。」

「十二歲！被妳少算好幾年啊！」

「誰管你幾歲下礦坑。」莫瑞爾夫人說。

兒子令她面子頗為光彩。他就讀夜校，學習速記，十六歲就躍居全合作社次佳速記員兼簿記。後來，他在夜校當老師。然而，他的個性莽撞，唯有善良的本性和高壯的體格能護衛他。

男人能做的正經事，威廉全會。他跑步能追風，十二歲就跑出第一名的佳績，贏得琉璃墨水台一座。他把形狀像鐵砧的獎座光榮展示在碗櫥上，莫瑞爾夫人喜悅不可名狀。威廉只為她參加賽跑。他捧著鐵砧獎座飛奔回家，氣喘如牛，說著：「母親，妳看！」這是她畢生獲得的第一件真正的貢品。她以皇后的姿態接受。

「好美！」她讚嘆。

後來，他的野心漸增。他把薪水悉數交給母親。他週薪提高到十四先令時，母親退兩先令給他。由於他滴酒不沾，他覺得自己是有錢人，常和貝斯伍德的資產階級往來。小鎮裡的居民沒有一個地位比牧師高。後來，多了一位銀行經理，來了幾位醫師，接著有幾位商人跟進，之後是整批整批來的煤礦工。威廉開始和藥劑師、校長、商人的兒子往來，常去機械工廳打撞球。儘管母親反對，他也喜歡跳舞。在貝斯伍德，從教堂街上的六便士舞廳，乃至於體育和撞球，他無不喜歡。

保羅聽哥哥精采描述一個個如花似玉的淑女，各個都像一束在威廉心中只活兩星期的鮮花似的。

偶爾，某個俏佳人找上門來，想見迷途情郎一面。莫瑞爾夫人開門，見到陌生的女孩站在門口，立刻嗤之以鼻。

「莫瑞爾先生在家嗎？」小姑娘以懇求的口吻說。

「我丈夫在家。」莫瑞爾夫人回答。

「我……我指的是莫瑞爾公子。」少女忍著心痛說。

「哪一個？我們家有好幾個。」

嬌滴滴的臉蛋乍紅，女孩變得支支吾吾。

「我……我在瑞普利……認識莫瑞爾先生。」她解釋。

「喔……在舞會！」

「是的。」

「我不認同兒子在舞會認識的女孩。而且，他不在家。」

威廉回家後，得知母親無禮趕走女孩，對母親發脾氣。他是個粗心大意但表情熱切的孩子，走路跨大步，有時候眉頭皺著，小帽的帽簷常高高豎起，顯得快活。今天他回家皺著眉頭，小帽拋向沙發，手托著剛強的腮幫子，怒視母親。她身形矮小，頭髮往後紮，露出額頭。她能默默散發權威感，鮮少展現溫情。

她心知兒子生氣了，內心在顫抖。

「母親，今天是不是有位淑女來找我？」他問。

「有淑女來嗎？我不清楚。門口倒是來了一個女孩子。」

「那妳為什麼不告訴我？」

「因為我忘了，就這麼簡單。」

他微微發怒。

「她是不是長得漂亮……看起來像貴婦？」

「我沒仔細看。」

「大眼睛是不是褐色的？」

「我沒有仔細看。兒子，勸你去告訴你的那些女孩子，想追你的話，不應該來家裡問母親你在不在。你去告訴她們——你在舞蹈班認識的那些厚臉皮的累贅。」

「我相信她是個好女孩。」

「我相信她不是。」

吵不下去了。為了跳舞一事，母子產生莫大的心結。吵的最嚴重的一次是威廉想去哈克諾妥卡鎮參加化裝舞會。一般人認為，赫諾妥卡是個不入流的小鎮。威廉想扮演蘇格蘭高地民族。他的朋友租過這套服裝，他試穿，完全合身，所以決定租用。衣服送到家時，莫瑞爾夫人冷冷收下，不願打開包裝紙。

「我的高地服來了嗎？」威廉高聲問。

「前廳裡有個包裹。」

他衝進去，切斷包裝繩。

「妳能想像自己的兒子穿這套衣服嗎！」他欣喜若狂說，展示高地服給她看。

「你知道我不願想像你穿這種衣服。」

舞會當天，他下班回家著裝，莫瑞爾夫人戴上女帽，穿上外套。

「妳不想停下來看看我的打扮嗎，母親？」他問。

「我不想看你。」她回答。

她的臉色相當蒼白，表情閉鎖而冷硬。她擔心兒子會步上他父親的後塵。他遲疑片刻，焦急得心跳暫停。然後，他見到高地帽和帽子上的飾帶，喜孜孜拿起來，忘掉母親的存在。莫瑞爾夫人出門。

十九歲時，威廉忽然辭去合作社的工作，在諾丁罕市找到差事。在新職位上，他週薪從十八先令暴增至三十，母親和父親的驕傲之情溢於言表。人人都讚美威廉。看樣子，他即將步步高陞。莫瑞爾夫人希望借重他，拉拔他的兩個弟弟。安妮正在接受師範教育。保羅也聰穎過人，在教父的指導下，德文與法文都學得不錯。教父是同一位牧師，現在依舊是莫瑞爾夫人的朋友。亞瑟被寵壞了，長相非常出色，目前就讀公立小學，但據說他有意爭取獎學金，前進諾丁罕就讀中學。

威廉在諾丁罕的新職待了一年。他努力用功，個性轉為嚴肅。他似乎為了某事煩惱。儘管如此，他仍參加舞會和河濱歡樂會。他不喝酒。他家四個小孩全誓言不沾酒。他晚上非常晚回家，苦讀到深夜。母親懇求他多多照顧自己，不要一心多用。

「想跳舞就全心去跳，兒子，不能以為你能一面在辦公室工作，一面跳舞娛樂，一面又想讀書，身子受得了才怪。一次做一件就好，不是專心娛樂就是學習拉丁文，不能兩項全包。」

後來，他在倫敦找到工作，年薪一百二十，數目誘人，但母親幾乎不知該哀或該喜。

「母親，他們叫我星期一去萊姆街報到。」他閱信高呼，目光如炬。莫瑞爾夫人頓時覺得內心一片沉寂。他繼續讀信：「『接受與否，敬請於週四前回覆。謹此——』母親，他們要我耶，年薪一百二，連面試都省了。我不是說過嗎？我一定會成功的！想想看我進軍倫敦的樣子！媽，我一年能給妳二十英鎊。將來我們錢多得用不完。」

「是的，兒子。」她感傷地回應。

威廉未曾想到的是，母親固然為他平步青雲感到欣慰，卻難敵兒子遠去的心痛。隨著威廉告別的日子逼近，她的心逐日封閉起來，絕望之情令她的心田日漸乾涸。她愛兒子至深！不只是愛，她對兒子的期望太大了，幾近仰賴兒子過活。她喜歡為威廉做事，例如他喝茶時為他準備茶杯，為他熨衣領。熨得直挺的衣領令威廉驕傲，而威廉為衣領驕傲能帶給她喜悅。洗衣由他人代勞，因此她只需以凸形小熨斗為他撫平皺摺，讓領子被她的手勁壓得平整亮麗。今後，她無法再為兒子熨衣領了。威廉離家之日在即，她覺得兒子簡直像即將跳脫她的心境之外。威廉似乎不讓她逗留在他心中。所以她才感受到悲哀和心痛。他幾乎把所有身心全部抽離掉。

臨行前幾天，才二十歲的他燒燬所有情書。他把情書一併保留在碗櫥上面。以前，他曾從中抽取幾封，摘錄片段給母親聽。有些由她親自閱讀。但多數內容太瑣碎了。

這一天是星期六早上，威廉對大弟保羅說：「來吧，使徒，我們去整理我的信，裡面的花鳥，你要的全送給你。」

莫瑞爾夫人提前在昨天趕完星期六的工作，因為他在臨走前多放一天假。莫瑞爾夫人正在準備他愛吃的米餅，好讓他帶走。他幾乎對母親的悽苦毫無感覺。

他從信裡取出第一封，淡紫色的信紙上有綠色和紫色的薊，威廉拿起來嗅一嗅。

「好香！你聞聞看。」

他把信紙挪至保羅的鼻子下。

「嗯！」保羅吸一口氣說：「是什麼東西的香味啊？母親，妳聞一下。」

母親將嬌小細緻的鼻子移開。

「我才不想聞她們亂七八糟的味道。」她嗤之以鼻說。

「這女孩的父親富可敵國喔，」威廉說：「土地多到數不清。她喊我拉法葉，因為我懂法文。她寫說，『你將知道，我已經原諒你』——我喜歡她原諒我。『我今天上午已經稟告母親，你如能在週日前來飲茶，她將滿心歡喜，但她必須徵求我父親的同意。我全心希望父親會同意。我將告知後續發暫。然而，如果你……』」

「『我將告知』什麼？」莫瑞爾夫人打斷他。

「『後續發暫』——被妳挑到語病了！」

「『發暫！』」莫瑞爾夫人再以嘲諷的語氣說一遍。「她不是教育程度很高嘛！」

威廉略顯困窘，連忙捨棄這位嬌嬌女，讓保羅收藏信紙一角的薊花。他接著朗讀其他信件片段，有些令母親開心，有些令她傷感，令她為兒子憂愁。

「孩子，」她說：「她們的腦子精得很。她們知道，只要往你臉上貼金，你就會像哈巴狗一樣黏著他們，讓她們搔搔你的頭。」

「哼，搔頭也不可能永遠搔不停，」他說。「等她們搔夠了，我轉頭就走。」

「不過，總有一天，你會發現，脖子上的狗繩子怎麼甩也甩不掉。」她說。

「我才不會！媽，我跟她們平起平坐，她們用不著自抬身價。」

「自抬身價的人是**你自己**。」她幽幽說。

未久，爐裡多了一堆扭曲焦黑的信紙，香味蕩然無存，只剩保羅收集到的三、四十個信紙角落的花鳥圖，有燕子、勿忘我花、常春藤。之後，威廉遠赴倫敦，展開新人生。

4 保羅的童年

老三保羅的體形像母親，纖細而瘦小，金髮先是多了一分赭紅，隨後轉為深褐色。他的眼珠是灰色。他是個蒼白文靜的小孩，眼神似乎能傾聽心聲，下唇豐滿下垂。

平時，他顯得超齡。他常意識到他人的感受，尤其是母親。母親煩惱時，他能體會到，心情也無法平靜。他的心靈似乎無時無刻留意她。

隨著年齡增長，他也變得較為堅強。威廉離他太遠，無法和他作伴，起先他幾乎是胞姊安妮的跟屁蟲。安妮的個性像小男生，母親說她是一個「女飛俠」，但她極為疼愛大弟保羅。安妮常拖著保羅到處跑，把他納入她玩的遊戲中。她常和谷底鎮上其他小野貓玩踢桶子遊戲，跑起來橫衝直撞，保羅在她身旁飛奔陪玩，因為他還沒大到可以參一腳。他個性沉默，不太引人注意，但姊姊很疼愛他。姊姊要他喜歡的東西，他似乎會跟著喜歡。

安妮有個大玩偶，逢人誇耀，但她不太喜歡這娃娃，所以把娃娃平放沙發上，蓋上防污套罩，讓娃娃睡覺，結果忘了娃娃睡在沙發。保羅喜歡爬上沙發扶手，從扶手跳進沙發，不知娃娃在睡覺的他踩破娃娃臉，安妮嘶聲哀嚎，衝向沙發搶救，坐下來啜泣哀悼。保羅不敢動。

「誰曉得娃娃躺在那裡嘛，母親。一眼根本看不出來，」他反覆說。安妮一直哭個沒完，他只能在一旁哀愁無助。後來，安妮傷心夠了，寬恕弟弟——保羅的情緒低迷不振。事隔一、兩日，她赫然聽保羅說：「我們把阿拉貝拉當成獻祭品，燒掉算了。」

她大驚失色，心中卻也不無期待。她想看弟弟有何能耐。保羅用磚頭堆積成祭壇，從娃娃身上摘取一些含蠟的屑，塞進娃娃臉上的破洞，倒進一點點石蠟油，點火燒掉娃娃。在娃娃破碎的額頭上，蠟一滴滴熔化，宛如汗水，滴進火焰中，他看著，心中洋溢一股邪惡滿足感。討厭的大娃娃浴火之際，他默默雀躍著。最後，他拿棍子戳一戳餘燼，撈出焦黑的手腳，以石頭碾碎。

「阿拉貝拉夫人被火葬了，」他說：「燒得一絲不剩，我很高興。」

安妮的心海暗暗起波瀾，但她無動於衷。照情況看，他之所以對娃娃恨之入骨，原因是娃娃被他弄壞了。

家裡四個小孩全跟著母親，一起對抗父親，其中以保羅的反叛心特別強。莫瑞爾先生繼續酗酒欺負妻小。有時候，一連幾個月，他讓家庭生活佈滿愁雲慘霧。某星期一晚上，保羅從慈善機構希望團回家，發現母親一眼青腫，父親岔開雙腳，站在壁爐前，低著頭，剛下班回家的威廉瞪著他。弟妹進門時，全場安靜無聲，但他們的視線不曾移動。

威廉氣得嘴唇發白，雙拳緊握，等弟妹安靜下來，弟妹的怒火和恨意高漲，他才接著說：

「你這個懦夫，趁我不在家才敢動手。」

但莫瑞爾先生的火氣正旺，對兒子揮拳。威廉個頭比父親高壯，但父親肌肉發達，而且已被怒火燒昏頭。

「俺不敢嗎？」他咆哮：「俺不敢嗎？臭小子，竟敢對老子頂嘴，討老子揍嗎？哼，看俺敢不敢揍死你。」

莫瑞爾先生半蹲出拳，動作醜陋，近似野獸。威廉氣白了臉。

「你敢嗎？」威廉沉聲挑釁。「不過，你一出手，以後恐怕就沒機會了。」

採取半蹲姿的莫瑞爾先生蹦向前一步，拳頭往後縮，預備攻擊。威廉也舉起雙拳備戰。這時候，他的藍眼一亮，幾乎含有笑意。他冷眼瞅著父親。這時如果再講一個字，父子勢必開戰。保羅希望他們打架。三個孩子坐在沙發上，臉色蒼白。

「住手，你們兩個，」莫瑞爾夫人以冷硬的語調喝斥。「大家都受夠了，今晚到此為止。至於**你**，」她轉向丈夫。「看看你的孩子們！」

莫瑞爾先生向沙發瞥一眼。

「看看孩子們，妳這個討人厭的小賤貨！」他冷笑說：「俺對孩子們怎麼了，告訴俺啊。他們全跟妳一樣，是妳教他們耍賤招對付俺……全是妳教的。」

她拒絕回應。沒人開口。片刻之後，他脫掉靴子扔進桌子下，然後上樓去睡覺。

「妳怎麼不讓我收拾他嘛？」威廉等父親上樓後說。「我三兩下就能擺平他。」

「你講得出口啊……他是你親生爸爸。」她說。

「『爸爸！』」威廉說：「那種人算什麼爸爸！」

「唉，他是……他太……」

「妳為什麼不讓我收拾他？對我來說是易如反掌的事。」

「休想！」她驚呼。「事情還沒到那種地步。」

「對，」威廉說：「事情只變得比以前糟。看看妳自己。妳**為什麼**不讓我對付他？」

「因為我受不了，所以從來沒考慮過！」她大喊，口氣急促。

之後，孩子們也抱著沉痛的心就寢。

威廉尚未成人之前，莫瑞爾舉家從谷底遷移至山脊，從家中能居高臨下，俯瞰狀似鳥蛤或夾具的山谷。房子前面有一株巨大的老梣樹，來自德貝郡的西風直撲房子，老樹的咻咻聲更形高亢，深得莫瑞爾先生的心。

「是音樂啊，」他說：「是俺的催眠歌。」

然而，保羅、亞瑟和安妮討厭風聲。對保羅而言，這種風聲幾乎是魔音。搬進新家的第一個冬天，莫瑞爾先生惡行惡狀。在深幽寬廣的山谷邊緣，孩子們在馬路上玩耍到八點，然後上床，母親坐在樓下縫紉。家門前多出如此廣大一片空間，孩子們能意識到黑夜，產生遼闊感、恐懼感。恐懼來自老樹發出的颯颯聲以及家庭失和的苦痛。通常，保羅睡了好久以後醒來，聽見樓下傳來碰撞聲，睡意霎時全消，隨後聽見幾乎爛醉的父親回家的怒吼，母親尖嗓回應，然後是父親握拳敲桌子的砰砰砰。接著，父親音量提高，變成惡犬亂吠的叫囂聲。後來，風吹老樹的嘶吼聲交雜刺耳，淹沒所有聲響。孩子們提心吊膽，靜靜躺著，等待風勢稍歇，想聽聽父親正在做什麼。母親可能再次挨打。縈繞孩子們心中的是恐懼感，一種暗地裡毛髮直豎的感覺，一股血腥。他們躺著，內心苦不堪言。風吹老樹的勁道愈來愈強，宛如大豎琴上的弦齊聲躁動、吹哨子、嘶吼。隨即，一切靜止，屋外與樓下絲毫無聲響，孩子們更加畏懼。怎麼了？見血才安靜嗎？他到底做了什麼事？

孩子們躺著，呼吸暗夜的氣息。最後，他們終於聽見父親摔靴子的聲音，穿著襪子的大腳砰砰上樓。他們繼續聆聽。最後，如果風聲允許，他們能聽見燒水壺接水龍頭的水聲，知道母親正為明早預作準備，他們才總算能安眠。

每天早上，他們快快樂樂的，日子過得歡樂，遊戲照玩，晚上圍著唯一的路燈跳舞，不顧四周的漆黑，快快樂樂。但在他們心中，有個緊繃的地方充滿焦慮，眼裡有一片黑影，終生難以抹滅。

保羅討厭父親，童年私底下熱切禱告不停。

「叫他別再喝酒了，」他夜夜祈禱著。「主啊，讓我父親趕快死吧，」他經常祈禱。「別讓他死在礦坑。」下午茶之後如果父親仍未下工回家，他會如此祈禱。

有一次，家人再度為了他吃盡苦頭。那天，孩子們放學回家，吃完下午茶，鍋架上的長柄大黑鍋嘶嘶冒著蒸氣，莫瑞爾先生的午餐已煮好，放在烤箱裡的陶罐裡。他應該在五點回家才對，但近幾個月以來，他每晚回家路上會進酒館買醉。

冬天夜裡，天氣變冷，提早天黑，莫瑞爾夫人會在餐桌上擺銅燭台，點油脂燭照明，以節省煤氣。孩子們吃完塗牛油的麵包或肉汁，準備出去玩，但如果父親仍未返家，他們會猶豫。莫瑞爾先生辛苦工作一天，渾身泥土，進酒館喝酒，遲遲不回來用餐洗澡，空著肚子坐著喝酒，莫瑞爾夫人一想到就受不了。她的這份情緒傳染給孩子們。她不再兀自受苦受難了：孩子們陪她一起吃苦。

保羅出去和其他孩子一起玩。在浩渺深幽的暮色中，幾小群燈火顯示礦坑的所在地。零星的最後幾位礦工走在昏暗的原野小徑上。點燈人走過來。不再有礦工來了。夜色籠罩山谷，工作結束，夜已深。

這時候，保羅衝進廚房，態度焦躁。燭火仍在桌上亮著，壁爐的火勢熊熊。莫瑞爾夫人獨自坐著。鍋架上的長柄鍋冒蒸氣，餐盤擺在桌上恭候主人。整個廚房充滿等候的氣氛，等待身穿骯髒礦工裝、尚未用餐的男人。莫瑞爾先生遠在大約一英里外猛灌酒，暗夜擋在他和家之間。保羅站在門口。

「爸回來了嗎？」他問。

「沒有。你明知故問。」莫瑞爾夫人說，為了兒子多此一問而心煩。

接著，保羅在母親身旁徘徊，母子內心有著相同的煎熬。莫瑞爾夫人出去，倒掉煮馬鈴薯的水。

「全被煮黑了，不能吃，」她說：「不過，我何必在意呢？」

交談不多。母親因為父親下工不回家而難受，保羅幾乎因此討厭母親。

「妳沒必要難過吧，」保羅說：「如果他下工想去喝醉，妳乾脆隨他去吧，不行嗎？」

「隨他去！」莫瑞爾夫人生氣起來。「『隨他去』還得了。」

她知道，下工直接進酒館的男人沒幾年就會自毀，拖累全家。孩子們還小，仰賴養家活口的父親。有威廉，她總算能鬆一口氣，因為萬一莫瑞爾先生爬不起來，她還能依靠威廉。然而，在廚房苦等不到莫瑞爾先生的緊繃氣氛夜夜如常。

時光分分秒秒流逝。晚間六時，桌布仍鋪在桌上，午餐仍等人吃，同樣的焦慮和期待依然充斥廚房。保羅再也無法忍受了。他沒有心情出去玩，只好衝向隔壁的隔壁鄰居英格夫人家，找她交談。她沒有小孩，丈夫善待她，但他為了看店很晚才回家。因此，她一見保羅站在她家門口，立刻喊：

「進來吧，保羅。」

兩人閒聊片刻後，保羅突然起立說：

「我該走了，不曉得我母親會不會要我幫她跑腿辦事。」

他故作快活無比的模樣，不肯向夫人吐露難受的心事。他衝回家中。

在遲歸的晚上，莫瑞爾先生進門時態度火爆，充滿恨意。

「挑這個時間點回家，不錯嘛。」莫瑞爾夫人說。

「俺幾點回家干妳啥事？」他大罵。

家中所有人聽了不敢動彈，因為大家知道這時的他有凶性。他以蠻橫到極點的動作吃晚餐，飯後把桌上所有東西疊成一堆推開，雙臂壓桌面，趴著睡覺。

保羅痛恨父親。莫瑞爾先生的小頭顯得卑鄙，黑髮微有銀絲，側趴在裸露的手臂上，污穢的紅臉中間有個酒糟鼻，眉毛單薄貧瘠，啤酒臭、倦意、難纏的脾氣構成一幅睡相。如果有人忽然進門來，或者發出聲響，莫瑞爾先生會抬頭臭罵：

「再亂敲亂吵，頭就等著吃俺一拳！聽見沒？」

最後三字以恫嚇的口氣喊出，通常是針對安妮，全家聽了對他恨得牙癢。

他被排除在家中的大小事務之外。再大的事也沒有人告訴他。只有母親在家時，孩子們對她傾吐一切，訴說今天發生的所有事。在他們心中，唯有向母親傾吐後，事情才算真正發生過。然而，父親前腳一踏進門，和樂融融的氣氛戛然止息。若將居家生活比擬為一臺運作順暢而歡樂的機器，莫瑞爾先生如同一枚礙事的制動墊塊。他一進門，全家歸於沉寂，他向來心裡有數，自知被排除在外，自知不受歡迎。但如今，情況已惡化到無法挽回的地步。

他多麼迫切希望孩子們找他聊天，可惜他們開不了口。有時候，母親對孩子們說：

「你應該講給你父親聽才對。」

有一次，保羅在兒童作文比賽得獎，全家興高采烈。

「對了，你最好在父親進門時告訴他，」莫瑞爾夫人說：「不然他會嘟噥說，家人有事從來不告訴他。」

「好吧。」保羅說。但他幾乎寧可退回獎品，也不願被逼著向父親開口。

「爸，我比賽得獎了。」他說。莫瑞爾先生轉向他。

「是嗎，兒子？什麼樣的比賽？」

「喔，沒什麼啦……主題是知名婦女的作文比賽。」

「那你贏了多少錢啊？」

「獎品是一本書。」

「喔，不錯嘛！」

「內容和鳥有關。」

「嗯……嗯！」

談不下去了。莫瑞爾先生和家中任何一成員的對話全窒礙難行。他是局外人。他背棄了他心中的上帝。

在家有事可做、做得快樂的時候，他才有機會回歸居家生活。有時候，晚上他在家，他會修補靴子或燒水壺或礦工水壺。這時他總需要幾個助手，孩子們樂於幫忙。在勞動的時刻，孩子們才和他團結一心，他才恢復原來的他。

他是個優秀工匠，手腳靈活，心情好的時候總會高歌一曲。情緒低落時，他脾氣難纏，常和人起衝突，連續幾星期如此，甚至幾個月，陰霾幾乎幾年不消，有時候卻快活起來，見他夾著一塊炙紅的鐵，衝進洗滌間，大喊：

「快走開，別擋路……別擋路！」

然後，他在鵝形鐵砧上趁熱打鐵，塑造他心目中的形狀。有時候，他會坐下來片刻，專心烙鐵，孩子們在一旁看得津津有味，見到金屬突然塌陷熔化，被烙鐵尖頭推著跑，室內瀰漫著燒樹脂和熱錫的氣味，莫瑞爾先生則默默無語，專注精神片刻。修補靴子時，敲敲打打的聲音悅耳，他總因而引吭高歌。礦工褲的質料是鼴鼠皮，該補丁的時候太髒也太硬，莫瑞爾夫人縫不動，所以他通常會坐下來自己補，動作開開心心。

然而，最歡樂的時光莫過於孩子們幫他做導火線。莫瑞爾先生從閣樓抱來一把長而堅固的小麥梗，親手清理到每一根金光閃閃，然後切割成約莫六英寸，儘量在每一根的尾部留一個缺口。他有一把鋒利得無懈可擊的刀子，能一刀切得乾乾淨淨，絲毫不傷害麥梗。然後，他在桌子中間倒出一小堆火藥，刷洗白淨的板子上襯托一粒粒的黑點。他負責清理、切斷麥梗，保羅和安妮則負責填充火藥，塞住梗口。保羅喜歡握起一把黑火藥，看著顆粒順著掌紋，快活地涓流進梗口，直到填滿為止，然後他以拇指指甲，從淺碟上的肥皂摳下一小塊，用來塞住梗口，這才大功告成。

「爸，你看！」他說。

「沒錯，我的小可愛。」莫瑞爾先生說。他對次子特別不吝惜親暱語。保羅把填妥的導火線放進火藥桶，等父親明早帶進礦坑，用來引爆炸彈以炸開煤礦層。

老么亞瑟依然對父親友好，這時候會挨著父親椅子的扶手上，對他說：

「爹地，告訴我們礦坑裡面的事情。」

正中莫瑞爾先生的下懷。

他會開始說：「這個嘛……礦坑裡面有個小馬——咱們管牠叫泰菲。他呀，奸詐得很哪！」

莫瑞爾先生總有辦法把故事講得溫馨。他能讓聽者體會泰菲的狡猾。

莫瑞爾先生說：「牠毛皮是棕色的，個子不怎麼高。牠嘛，咋咋呼呼進礦場，然後你會聽見牠打噴嚏。你會問他，『哈囉，泰菲，怎麼打起噴嚏了？鼻菸吸太多了嗎？』才問完，牠又打噴嚏了。然後牠偷偷走過來，一頭湊向你，裝得好乖的樣子。你會問，『泰菲，你要什麼東西？』」

「牠要什麼東西？」亞瑟總會問。

「牠要一點菸草啦，小鴨鴨。」

泰菲的故事永無止境，大家都喜歡聽。

有時候，他會改講新的故事。

「那一天，午餐時間到了，俺去穿外套，結果，有個東西順著手臂衝上來，你猜猜看是什麼？小老鼠一隻啊。俺大叫，『哇啊，跑到這裡來啦！』幸好俺來得及抓住牠尾巴。」

「你有沒有弄死牠？」

「有啊，因為老鼠討人厭，在礦坑裡滿地爬啊。」

「牠們靠什麼過活？」

「馬掉的穀子——而且，你不小心的話，老鼠會鑽進口袋吃你的東西——外套掛再高也一樣。那些個小討厭鬼很奸詐啊，喜歡亂咬東西吃。」

除非莫瑞爾先生有事可動手做，否則晚上不會出現上述的歡樂時光。事後，他總會早早上床，常比孩子們更早。他一旦敲敲打打完畢，掃瞄過報紙的標題之後，晚上便無事可做，不如去睡覺。

父親就寢後，孩子們覺得安全。他們躺在床上，輕聲交談一陣子，然後被天花板突然出現的光嚇一跳，原來是外面有礦工提燈路過，搖晃的燈火投射進屋裡。這些夜班礦工在九點上工。孩子們聆聽礦工的講話聲，想像礦工潛進黑暗的山谷。有時候，孩子們靠近窗戶，看著三、四盞燈愈縮愈小，在黑暗中的原野上搖晃。然後，孩子們衝回床上緊緊依偎，享受暖意。

保羅的體質相當脆弱，很容易罹患支氣管炎，其他小孩相當強韌，這也是母親對他態度不同的原因之一。有一天，他回家吃午餐，身體不適，但莫瑞爾家不會為了小病痛而大驚小怪。

「你是怎麼一回事？」母親尖聲問。

「沒事。」保羅回答。

但他午餐吃不下。

「你不吃午餐，我不准你回學校。」她說。

「為什麼？」他問。

「為的就是這個。」

午餐後，他躺在沙發上，壓著孩子們喜愛的溫暖印花棉布軟墊，隨後打起盹。那天下午，莫瑞爾夫人正在熨衣服，一面聽著兒子喉嚨發出的浮躁小聲響，往日那股近乎倦怠的情緒重回心中。她本來從不認為保羅能存活，然而，他幼小的軀殼裡卻具有充沛的生命力。或許，假如保羅年幼夭折，她會能卸下心頭的一塊小石頭。對這兒子，她的母愛總夾雜著苦悶。

保羅在半睡半醒之間，隱約意識到熨斗架上的熨斗嘎嘎聲，聽見熨斗壓燙衣板的輕輕噗聲。他爬起來，睜眼見母親站在壁爐前，見她拿著火熱的熨斗貼近臉頰，彷彿在聽熱氣聲。她表情木然，嘴唇因苦難、幻滅、克己而緊閉，鼻樑微乎其微歪一邊，藍眼年輕、機靈、溫暖，保羅看得感懷揪心。每當她如此沉默，她顯得充滿活力，勇於面對人生，但也彷彿承受不公義的待遇。小保羅同情她之餘，內心也深切體認到，母親從無成就感，而他自己未能彌補她此生的缺憾，令他更因無能為力而加倍痛心，卻也使得他更懂得沉住氣以報答母親。這是年幼的他未來的志向。

她對熨斗面吐口水，一小滴唾液在光滑的底部奔竄，然後她跪下，使勁熨燙壁爐前的麻布地毯。在旺盛的爐火映照下，她散發暖意。保羅喜愛她蹲著偏頭的姿勢。她的動作輕盈敏捷，他總看得舒服。在她子女眼中，她做的任何事，任何動作，全找不到可以挑剔之處。廚房裡暖和，充滿熱布料的氣息。後來，牧師來了，和她輕聲交談。

保羅因支氣管炎病倒了。他不太在乎。反正病都病了，再抗爭也無用。他喜歡臥病的晚上，在八點熄燈後，他能看著壁爐火焰在漆黑的牆上和天花板蹦跳，能看著偌大的陰影揮舞翻轉，把整個廚房鬧得看似擠滿人，正在無聲打鬥中。

保羅回到床上後，莫瑞爾先生會進來探病。家裡無論有誰生病，他總會露出至為溫柔的一面。可惜保羅享受的氣氛被他打亂了。

「你睡著了嗎？親愛的？」莫瑞爾先生柔聲問。

「沒有。母親會來嗎？」

「她還沒摺完衣服。你要不要什麼？」莫瑞爾先生鮮少以「您」稱呼保羅。

「我什麼也不要。她還要忙多久？」

「不會太久的，小鴨鴨。」

莫瑞爾先生在壁爐前躊躇一陣子。他意識到兒子不想要他陪伴。他上到樓梯頂，對妻子說：

「孩子在問您還要忙多久？」

「等我忙完再說，拜託行不行！叫他快睡。」

「她叫你趕快睡。」莫瑞爾先生輕聲轉述給保羅聽。

「呃，我要**她**過來嘛！」保羅堅持。

「他說除非妳來，不然他睡不著。」莫瑞爾先生從樓下喊。

「唉！我就快好了，不要在樓下大聲小叫了，家裡還有其他小孩……」

莫瑞爾先生又回到臥房，蹲在爐前。他熱愛爐火。

「她說她再一下就好。」莫瑞爾先生說。

他繼續留連，沒有離開的意思，急得保羅快發燒。父親在身旁，他不耐煩，病情似乎因此加重。莫瑞爾先生站著看兒子好一陣子，最後才小聲說：

「晚安，親愛的。」

「晚安。」保羅回話，如釋重負翻身，總算能獨處了。

保羅喜歡和母親同睡。儘管衛生專家反對，能和至親同床，睡眠才最安穩，能分享暖意、安全感、心寧，能因肢體碰觸獲得通體安適感，由這些因素交織成的睡意才能讓身心全然進入療癒的境界。有母親睡在身旁，保羅病情好轉了。至於莫瑞爾夫人，平日總是睡不安穩的她後來睡著，熟睡到似乎能賦予她信心的境界。

康復期間，保羅會在床上坐起來，看著長毛飄逸的馬在田裡的食槽前嚼食，乾草散落在被踩成土黃色的雪地上。他看著礦工回家，黑色的小身影成群結伴，緩緩穿越白色原野。接著，雪地散發深藍色蒸氣，混進夜色，向上瀰漫。

康復期間，一切如意。雪花忽然飄撒在窗臺上，宛如燕子逗留片刻，隨即消失，徒留一滴水滑下玻璃。雪花在屋角兜圈轉，如同鴿子飛掠而過。在山谷另一邊，黑黑的小火車在皚皚大地上爬行，步伐遲疑。

家境雖貧寒，孩子們卻樂於盡一己之力貼補家用。夏季清晨，安妮和保羅和亞瑟一大早外出摘野菇。他們踏遍露溼的草地，驚動雲雀飛竄，尋覓著蹲躲在綠地上的鮮美裸體小白菇。如果採集到半磅重，他們會樂不可支。這份喜悅來自於尋獲東西，直接從大自然手裡接受東西，對家庭經濟有所貢獻。

然而，除了拾穗熬成香甜牛奶麥粥之外，最重要的收成是黑莓，因為每逢週六，莫瑞爾夫人必須買水果製作鬆糕，何況她也喜歡黑莓。因此，每到週末，保羅帶著弟弟亞瑟，找遍矮林、樹林、舊採石場，只要有黑莓可採就不放過。在採礦部落的地區，黑莓相對而言成了珍饈。但保羅走得遠，範圍廣泛。他熱愛荒野，忘情於灌木叢之間。但他也無法忍受空手回家面對母親的滋味。他覺得，空手會讓母親失望，他寧死也不肯這麼做。

她見兒子們累得半死，很晚才回家，飢腸轆轆，驚叫：「我的天啊！你們去哪裡了？」

「呃，」保羅回答：「附近完全找不到，我們只好跑到密斯克山區那邊去找。結果，母親，妳看！」

她看籃子裡的收穫。

「哇，上等的果子！」她讚嘆。

「而且有兩磅多喔——這裡是不是超過兩磅？」

她掂一掂籃子的斤兩。

「對。」她語帶懷疑。

保羅從籃中取出一枝黑莓。他每次都挑最好的一枝送母親。

「好漂亮！」她說，語氣奇特，是女人接受情人贈禮的口吻。

保羅為了摘黑莓，不惜跋涉數英里，不願飲恨空手回家。在保羅小時候，她從不知道這份心意。她只盼孩子們長大，而盤據她大半心靈的人是威廉。

然而，威廉離家去諾丁罕後，經常不在家，母親改以保羅作伴。無意間，保羅嫉妒威廉，而威廉也嫉妒保羅，但兩兄弟也是好朋友。

莫瑞爾夫人與長子的關係較為親暱，與次子的關係則較為內斂微妙。每到週五下午，莫瑞爾夫人規定保羅去領薪水。五座礦坑在每週五發薪，但薪水先集中發包交給每一礦場的工頭，由他在酒館或自宅發放給礦工。學校在週五下午提早放學，學童可以前去代領。莫瑞爾家的小孩都領過，先是威廉，開始就業之後傳給安妮，安妮上班後傳給保羅。保羅常在下午三點半出發，口袋裡裝著一個印花布小袋子。前去辦公室的路上，到處是婦人、女孩、兒童、成年男人，全往辦公室前進。

辦公室都相當氣派，紅磚新建築幾乎像豪宅，矗立在青丘巷尾。大家在大廳等候。大廳長而空曠，鋪著藍地磚，沿著四壁有椅子可坐。灰頭土臉的礦工們坐在這裡。他們提早下工。婦孺通常在紅石子路上閒晃。保羅老是盯著周圍的草地看，看著大片長滿青草的斜坡，因為裡面長著嬌小的三色堇和勿忘我。四周的人聲吱吱喳喳，婦人們戴著做禮拜戴的帽子，女孩大聲閒聊著，小狗東奔西跑，周遭的灌木叢寂靜無聲。

不一會兒，辦公室裡有人喊：「史賓尼園——史賓尼園。」等著代領史賓尼園的人湧向裡面。輪到布雷提礦場的時候，保羅才隨著人群入內。發薪室相當小，一座櫃檯把整間一分為二，裡面站著兩個男人——布雷威特先生和他的職員溫特巴騰先生。布雷威特先生體形龐大，稍具嚴肅大家長的神態，白鬍子稀薄，脖子通常裹著粗大的頸巾。壁爐柵裡的火勢猛烈，酷暑來臨時才停用。沒有一扇窗戶開著。在冬天，呼吸新鮮空氣的人從外面進來，有時會被這裡的熱氣烤得喉嚨發燙。溫特巴騰先生的個頭矮胖，頭髮寥寥可數，常講沒學問的話，而布雷威特則常以大家長的口氣責罵礦工。

發薪室裡擠滿灰頭土臉的礦工、回家換過衣服的礦工、婦女、一、兩個兒童，通常也有一條狗。保羅的個子相當矮，常被大人擠到後面，他被迫站在靠近爐火處挨火烤。發薪按照礦場編號，保羅知道順序。

「哈勒迪。」布雷威特先生以清脆的嗓音喊。哈勒迪夫人默默上前，領到薪水後站到一旁。

「鮑爾——約翰．鮑爾。」

一名男童走向櫃檯，脾氣暴躁的布雷威特先生從眼鏡上緣怒視著他。

「約翰．鮑爾！」他再喊一次。

「我就是。」男童說。

「咦，你以前鼻子不是長這樣子吧，」油光滿頭的溫特巴騰先生望向櫃檯外面說。眾人想到約翰．鮑爾一世，哧哧笑起來。

「你父親怎麼不來！」布雷威特先生以威嚴的吼聲問。

「他身體不好。」男童回應。

「你應該叫他少喝點酒。」出納主任布雷威特先生說。

「休想叫他踏進這裡一步。」有人從後面揶揄。

所有人哄堂大笑。莊重的壯漢布雷威特先生低頭看下一頁。

「弗烈德·皮金頓。」他唱名，語氣相當冷淡。

布雷威特先生是採礦公司的大股東。

保羅知道，下下一個就輪到他，心臟開始噗噗跳。他被推到靠著壁爐架，小腿腹發燙，但他不想鑽進人牆。

「沃特·莫瑞爾！」布雷威特先生喊。

「有！」保羅提高嗓門說，音量細小，別人聽不見。

「莫瑞爾——沃特·莫瑞爾！」布雷威特先生再喊一遍，拇指和食指捏著餉單，準備翻頁。

保羅羞赧到難以行動，無法也不願喊叫。擠在人牆外的他被吞噬了。幸好溫特巴騰先生為他解圍。

「他來了。莫瑞爾的小孩躲到哪裡去了？」

禿頭紅臉矮胖子溫特巴騰先生以銳利的目光左看右看，指向壁爐，礦工也東張西望，讓開來，小保羅才現身。

「他果然來了！」溫特巴騰先生說。

保羅走向櫃檯。

「十七英鎊、十一先令、五便士。剛才叫到你，你怎麼不大聲喊有？」布雷威特先生問。他用一袋五英鎊銀幣壓住餉單，然後以細膩美觀的動作拿起一疊十英鎊金幣，堆在銀幣旁，在紙上灑下一道金光。布雷威特先生數完錢，保羅把總數挪到溫特巴騰先生前面的櫃檯上，由溫特巴騰先生扣除租金和工具費用。這時候，保羅又有苦可吃了。

「十六先令六便士。」溫特巴騰先生說。

保羅害臊到無法算數。他把半英鎊和幾枚銀幣推向前。

「你總共給我多少，你曉得嗎？」溫特巴騰先生問。

保羅看著他，講不出話。他絲毫沒有概念。

「你嘴巴裡沒舌頭嗎？」

保羅咬咬唇，再推向前幾枚銀幣。

「公立小學不教算數嗎？」他問。

「只教代數和法文。」一名礦工說。

「另外還教厚臉皮和不懂分寸。」另一人說。

保羅讓後面的人等得不耐煩。他伸出顫抖的手指，把錢收進袋子，鑽出人牆。在這類場合，他領會到賤民深受的煎熬。

離開後，他走在曼斯菲路上，大大鬆了一口氣。公園圍牆上的青苔碧綠，蘋果園的樹下有幾隻金毛和白毛的禽鳥在啄食。礦工魚貫步行回家。保羅挨著圍牆走，在意旁人的目光。這些礦工，他認識其中不少人，但灰頭土臉的他們令保羅難以辨別誰是誰。他又因這事飽受煎熬。

來到布雷提礦場的新客棧，父親仍未來。房東渥姆比夫人認識他。祖母是渥姆比夫人的朋友。

「你父親還沒來。」女房東說。她講話的對象大多是成年人，對保羅講話的口氣獨特，輕蔑與討好兼半。「坐下。」

保羅在吧台前的長椅邊緣坐下。在角落，有幾名礦工正在「結算」——分工錢。他們全向保羅瞥一眼，不吭聲。最後，莫瑞爾先生來了，步履輕快，即使黑著臉，照樣展現一分神氣。

「哈囉！」他對兒子說，語氣相當溫柔。「你搶先俺一步？你想不想喝點什麼？」

家裡四個小孩從小極力反對喝酒，保羅寧願拔牙，也不肯在這些人面前喝檸檬水。

女房東以高高在上的眼光同情他，同時也憎恨這小孩明確而堅決的道德感。保羅苦著臉回家，默默進家門。星期五是烘焙日，家裡通常有熱騰騰的麵包可吃。母親在他面前放一塊。

倏然間，他轉向母親，眼球冒怒火：

「以後我不想再去發薪室了。」他說。

「怎麼了？出了什麼事？」母親訝然問。兒子暴怒令她好氣又好笑。

「我以後絕對不去。」他宣稱。

「好啊，可以，你自己去告訴父親。」

他嚼著麵包，彷彿在洩恨。

「我不要……我以後不想再去領錢了。」

「那麼，我們可以找卡爾林家的小孩去領。他們有六便士的獎金可拿，一定求之不得。」莫瑞爾夫人說。

這六便士是保羅唯一的收入，多數被他用來買生日禮物。話說回來，這畢竟是收入，他很珍惜。然而……

「他們要，就給他們吧！」他說：「我不想要。」

「唉，好吧，」母親說：「不過，你犯不著對**我**大小聲。」

「那些人仇恨心很強，而且是平民，而且仇恨心很強，那些人，我再也不去了。布雷威特先生的發音省略h，溫特巴騰先生的文法有毛病。」

「你不想再去，原因就是這個？」母親微笑說。

保羅沉默半晌。他臉色蒼白，目光陰鬱而憤慨。母親繼續忙家事，不再關心他。

「他們老是擋在我前面，害我擠不出去，」他說。

「唉，兒子，開口**拜託**一聲，不就得了嗎？」母親說。

「然後艾菲德．溫特巴騰說，『公立小學教你什麼？』」

「學校倒是沒教**他**太多東西，」母親說：「這是事實——他沒學到禮貌，沒學到理智——而且狡猾的個性倒是有，不過是他與生俱來的。」

莫瑞爾夫人以她自己的方式安撫孩子。保羅敏感到荒謬的程度，令她心疼。有時候，保羅眼中的怒燄燒醒她沉睡的心靈，令她赫然留意片刻。

「總共領多少？」她問。

「十七英鎊十一先令五便士，扣除額是十六先令六便士，」保羅回答：「這星期收入不錯，父親只被扣五先令。」

莫瑞爾夫人可因此比對數字，計算丈夫是否謊報收入。莫瑞爾先生總是把週薪的數目藏在心底。

星期五是烘焙夜，也是市場夜，常規是保羅看家，負責烘焙。他喜歡待在家裡畫圖或閱讀；他熱愛畫畫。每逢星期五晚上，姊姊安妮總是出去「找樂子」，弟弟亞瑟照常做他自己喜歡做的事，所以保羅落單。

莫瑞爾夫人喜歡逛市場。通往諾丁罕、德貝、尤克斯屯、曼斯菲的四條路在山頂匯聚，路口設立許多攤位，蔚為市場。鄰近村莊的機器被運到此地。市場裡到處是婦女，在街上男人熙來攘往。街上到處是男人，構成奇異的景象。在市場，莫瑞爾夫人通常和賣蕾絲的女販爭吵，和水果販產生共鳴——水果販是個傻瓜，但妻子是惡女。魚販做事草率但言行滑稽，莫瑞爾夫人和他一同談笑。油地氈販常挨莫瑞爾夫人一頓罵。有一位陶碗販專賣不成套的器皿，莫瑞爾夫人冷淡對待他，只在心動時上前光顧。這次她看上一個小盤子，上面畫著矢車菊。她這時的態度是冰冷不失禮貌。

「我想知道那個小盤子多少錢。」她說。

「算妳七便士。」

「謝謝你。」

她放下盤子走開，但在離開市場前，她無法扔下盤子不買。她再度逛到陶瓦販的攤位，見到鍋子被冷冷放在地上，偷瞄矢車菊盤子幾眼，假裝沒興趣。

她身材嬌小，穿黑衣，戴著女帽。這頂帽子已戴了兩年多，安妮對它很有意見。

「母親！」安妮懇求她，「不要再戴那頂凹凸不平的小帽子啦。」

「不然我能戴什麼帽子？」母親尖酸問。「何況，我相信這頂帽子好得很。」

起初，她為帽頂加個裝飾品，接著再添幾朵花，如今被迫用黑蕾絲與一小塊煤玉石來遮醜。

「看起來滿破舊的，」保羅說：「妳不能修一修嗎？」

「講話這麼放肆，當心被我敲頭。」母親說著戴上黑帽子，堅決在下巴下面綁好。

她再瞄矢車菊盤子一眼。她和陶瓦販心裡都有疙瘩，彷彿兩人之間有點什麼似的。他忽然高聲說：

「五便士，妳買不買？」

她陡然詫異。她橫下心不理會；但旋即，她彎下腰去，拾起盤子。

「我買。」她說。

「幫俺做件好事，行嗎？」他說：「妳最好對這盤子吐口水，就像有人送妳東西的時候。」

莫瑞爾夫人付給他五便士，態度冷冰冰。

「你才不會送我，」她說：「你如果不想給，就不會賣我五便士。」

「在這個雞不拉屎的鳥地方，東西能送得出去，就算走狗運了。」他低吼著。

「對，有時候時機壞，有時候好。」莫瑞爾夫人說。

但她已原諒陶瓦販。現在兩人是朋友了。她敢摸他賣的鍋子。因此她很高興。

保羅正在等她，喜歡她回家的那一刻——她表現出最好的一面，得意洋洋、疲憊、手中大包小包的，感覺心靈豐足。保羅聽見她輕快的腳步聲從門口傳來，視線從圖畫移向她。

「喔！」她嘆氣，從門口對保羅微笑。

「媽呀，妳買這麼多啊！」他放下畫筆驚呼。

「的確是！」她喘氣說：「可惡的安妮約我在市場碰頭，結果沒去。重死我了！」

她在桌上放下網線袋和包裹物。

「麵包烤好了嗎？」她走向烤箱問。

「最後一個正在烤，」他回答：「妳用不著檢查，我沒忘記。」

「唉呀，那個陶瓦販子！」她合上爐門說：「我不是罵過他嗎？說他多討人厭？現在我倒不覺得他有那麼糟。」

「怎麼說？」

保羅用心聽她講話。她摘下黑色小帽子。

「我覺得，他是因為賺不到錢——唉，最近大家不都有同樣的怨言嘛——所以他才顯得不和氣。」

「換成是我，我也會。」保羅說。

「唉，這種事很難體會的。結果，他讓我買……這盤子他賣我多少錢，你猜猜看？」

她從舊報紙裡取出盤子，站著看，滿心喜悅。

「讓我看一下！」保羅說。

母子一同站著，喜孜孜看著盤子。

「我好愛畫在東西上的矢車菊喔。」保羅說。

「對，這讓我聯想倒你送我的茶壺……」

「一先令三便士。」保羅說。

「五便士！」

「太便宜了，母親。」

「對。你知道嗎，我差不多是偷偷帶它走的。不過，我花太多錢了，如果再貴一點，我就買不起。假如他不想賣給我，他也沒必要降價。」

「對呀，沒必要吧。」保羅說，母子互相安慰著，唯恐害陶瓦販失血。

「我們可以用它盛鮮果燴吃。」保羅說。

「蛋奶凍也行，果凍也行。」母親說。

「小紅蘿蔔和萵苣也可以。」他說。

「別忘了烤箱裡的麵包。」她說，語氣閃爍著欣喜。

保羅查看烤箱，按一按下面的長條麵包。

「烤好了。」他說，捧麵包給母親。

她也按一按。

「對，」她說，然後去打開網線袋。「唉，我是個愛揮霍的壞女人，遲早會窮到沒錢花。」

保羅興沖沖跳到她身旁，想看她今天揮霍的成果。她再解開一團舊報紙，裡面有幾顆三色堇和紅雛菊的球莖。

「才四便士！」她哀叫。

「好**便宜**！」他高呼。

「對，不過，我這星期最捨不得花這種錢。」

「漂亮就好啊！」他高呼。

「就是說嘛！」她驚嘆，縱情歡喜一下。「保羅，看看這朵黃花，好美，對不對？……而且，長得像老人臉！」

「對耶！」保羅高呼，彎腰去嗅。「而且好香喔！只不過，花有點乾枯。」

他衝進洗滌間，帶著法蘭絨抹布，小心清洗這株三色堇。

「被淋溼了，妳看，變成這樣耶！」他說。

「對啊！」她驚嘆，心頭洋溢著滿足。

史卡基爾街上的兒童有優越感。在莫瑞爾家住的街尾，小孩不多見，因此兒童更形團結，男女生結夥玩，女生加入打仗等劇烈遊戲，男生加入女生的跳舞遊戲、投環、家家酒。

冬天晚上如果不下雨，正合安妮、保羅、亞瑟的心意。他們會等到礦工全回家，等到夜色黑壓壓，街上無人蹤，然後，藐視大衣的他們會圍上圍巾綁好，出門。所有礦工的小孩都討厭大衣。街口昏暗，暗夜街尾宛如山窟的開口，山下在明敦礦坑周圍有一小簇燈火，對面遙遠的歐爾比另有一團。最遠的光點似乎在黑暗深淵裡，遠不可及。三個小孩焦慮地望向路上唯一的街燈，豎立在原野步道盡頭。如果街燈照亮的地方無人，兩個男孩才覺得氣氛真正荒涼。在街燈下，他們雙手插口袋，背對著黑夜，心情悽苦，望著黑漆漆的房子。忽然，他們看見有人穿著短外套，下面露出圍裙，見到一個長腿女孩直奔而來。

「比利．匹林斯和艾迪．達金和你們家安妮在哪裡？」

「不知道。」

無所謂——總共來了三個人。他們圍著街燈，準備玩遊戲，等其他人嚷嚷衝過來加入。接著，遊戲才玩得火熱奔放。

附近唯有這一支路燈，燈光以外是大片黑暗，彷彿能涵蓋所有暗夜。前方，從山頂往下望，另有一道寬而黑的虛空。偶爾有人朝這裡走來，順著步道走進田野，前進十幾碼便被黑夜吞噬。孩子們繼續玩。

由於環境偏僻，這些小孩往來極為密切。如果有人吵架，大家一同鬧翻就玩不下去了。亞瑟動不動耍性子，比利．匹林斯更糟糕。他的姓其實是菲利普斯。一旦亞瑟被惹惱，保羅會袒護亞瑟，而艾麗斯一向和保羅同一國，而比利背後總有艾咪．林姆和艾迪．達金撐腰。接著，六個小孩會大鬧一場，把對方當成仇人，恨得眼紅，然後怕得衝回家。在這類兩敗俱傷的熱戰裡，保羅永生難忘的一次是，戰後他看見偌大的紅月從荒涼路和山頂之間徐徐升起，宛如一隻大鳥，穩穩上揚。他聯想起《聖經》，妄想月亮萬一化為鮮血，那還得了？翌日，他急忙去找比利和解。隨後，所有小朋友和好如初，繼續在街燈下大玩特玩，不顧周圍是團團暗夜。莫瑞爾夫人進客廳時，常聽見孩子們在屋外吟唱著：

蠶絲編織我襪子，

西班牙皮製我鞋；
十指各戴一戒指，
自身以牛奶清潔。

融入遊戲中的他們唱得渾然忘我，音符穿透黑幕而來，猶如野獸在唱歌，莫瑞爾夫人聽得心裡毛毛的。到了八點，孩子們回家，她見他們玩得臉色紅潤，兩眼炯炯有神，口舌靈活，語音激動，才明白他們在外面玩得盡興。

位於史卡基爾街的這個家地形開放，能俯瞰大扇貝形的天地，這一點深得全家大小的心。夏日入夜後，婦女們常站在田邊的圍欄旁閒聊，面對著西方，觀看夕陽最後一絲光輝溜走，直到天邊的紅暈襯托出德貝郡的丘陵，宛如水螈身上的黑花紋。

在夏季，礦坑從不上全天班，軟煤區提早下工的現象尤其普遍。莫瑞爾家隔壁的達金夫人去田邊圍欄撢壁爐前地毯時，常監看著緩緩上山回家的男人們，一旦看出他們是礦工，這位高瘦的悍婦會站上山頂等候，幾乎像一臉凶巴巴，等著可憐的礦工辛苦走上來。這時才上午十一點鐘，從蓊鬱的遠山飄來的霧仍未散盡，猶如細薄的黑紗，垂掛在夏日午前的背景。「叩——叩！」率先抵達過籬梯的礦工推開門。

「什麼？你們已經下工了？」達金夫人大聲問。

「是啊，夫人。」

「這麼早下工，多可惜啊。」她語帶譏諷說。

「就是嘛。」礦工回應。

「才不呢，你們巴不得趕快出坑。」她說。

礦工走了。達金夫人進自家院子往回走，見到莫瑞爾夫人出來倒煤灰。

「明敦好像下工了，夫人。」她大聲說。

「多討厭啊！」莫瑞爾夫人憤而感嘆。

「哈！不過，我剛只看到瓊特・赫其比。」

「乾脆別白跑那一趟了，省得磨破皮鞋。」莫瑞爾夫人說。語畢兩人各回自己家中，一肚子煩躁。

臉幾乎不黑的礦工紛紛回家。莫瑞爾先生討厭回家。他熱愛陽光普照的上午，但一早非上工不可，現在又被迫下工，搞得他心情鬱悶。

他一進門，妻子便喊：「我的天，才幾點就停工！」

「俺能作主嗎，女人？」他大喊。

「我煮的午餐一定不夠吃。」

「那俺吃早上帶去礦坑吃的東西就好，」他可憐兮兮地用哭音說，心情屈辱而酸楚。

午休的孩子們回家，見父親沒午餐可吃，只悶悶啃著兩片被帶去礦坑走一遭、乾而髒的奶油麵包，不禁納悶。

「為什麼爸爸啃麵包？」亞瑟問。

「哼，俺豈敢不吃？不吃會被人拿麵包砸頭。」莫瑞爾先生說。

「哪來的瞎話！」莫瑞爾夫人感嘆。

「不吃豈不糟蹋東西嗎？」莫瑞爾先生說。「俺又不像你們那樣浪費，俺不懂得揮霍。如果俺在礦坑裡掉了一小塊麵包，沾滿灰土，俺照樣撿起來吃。」

「會被老鼠吃掉啦，」保羅說：「不會白白浪費掉。」

「奶油麵包是好東西，老鼠不配吃，」莫瑞爾先生說：「髒或不髒，俺寧願吞下肚子，也不願浪費。」

「建議你麵包留給老鼠吃，省下啤酒錢買午餐，不就好了？」莫瑞爾夫人說。

「喔，可以這樣嗎？」莫瑞爾先生感嘆。

那年秋季，莫瑞爾家的財務告急。威廉剛去倫敦就職，交給母親的生活費劇減。去倫敦後，威廉曾一兩次寄十先令回家，後來因為有太多初期的開銷而作罷。他固定每星期寄家書一封。他寫信詳述生活近況、交友情形、和法國人語言交換、多麼喜歡倫敦，以諸如此類的內容洋洋灑灑稟告母親，讓她再度覺得兒子不曾遠行，依然守在她身邊。她每星期寫信給威廉，筆法直率，妙語如珠。在打掃屋子的同時，她對威廉念念不忘。他去倫敦了；他的前途看好。感覺上，他近似她的騎士，正佩戴著她賦予的徽章上戰場。

耶誕節將至，威廉預定返鄉共度佳節五天。家裡的籌備工作是前所未有的浩大。保羅和亞瑟去野地找冬青和松柏。安妮依照古法，製作美美的紙環串起來。食品室裡有前所未見的奢華。莫瑞爾夫人烤一個壯觀的大蛋糕，然後抱持皇后的心，教導保羅如何為杏仁剝皮。保羅遵命，一面剝皮一面數著杏仁，以免少了一顆。據說，雞蛋最好在冷一點的地方攪拌，於是保羅進入臨近冰點的洗滌間，攪拌再攪拌，見蛋白變濃變得雪白，他才興高采烈衝向母親。

「快看啊，母親！很漂亮吧？」

他在鼻頭上滴一小滴，然後吹走。

「好了啦，不要浪費。」母親說。

全家都興奮難耐。威廉即將在耶誕前夕回家。莫瑞爾夫人審視著食品儲藏室，裡面有個梅香大蛋糕、一塊米餅、幾個果醬撻和檸檬撻、幾塊碎肉餡餅，滿滿兩大盤。烹飪即將告一段落，最後兩項是西班牙撻和起司蛋糕。家中隨處可見裝飾品。一束有紅果子的槲寄生搭配亮晶晶的飾品高高掛，在莫瑞爾夫人頭上徐徐兜圈子，她忙著在廚房妝點小甜點。壁爐裡火勢猛烈。家中瀰漫著糕餅出爐的香味。威廉的火車預計七點到站，但這班車必定會誤點。三個弟妹早已去車站接他。家裡只剩莫瑞爾夫人一人。六點四十五分，莫瑞爾先生進門，夫妻倆無言。他坐進他的扶手椅，興奮得舉止彆扭，莫瑞爾夫人則靜靜烘焙甜點。唯有從她謹慎的身手，才可看透她的心情何其激動。時鐘滴滴答答，滴滴答答。

「他說他幾點到？」已問過四次的莫瑞爾先生再問。

「火車六點半進站。」她強調。

「那他七點十分會進家門。」

「呃，天賜福，中部列車一定會延誤幾個鐘頭的，」她故作不在乎說，其實她為自己做的心理建設是，預期兒子晚歸，才會覺得兒子提前到家。莫瑞爾先生去門口看他到家了沒有，然後走回來。

「天啊，男人！」她說：「你像一隻坐不住的母雞。」

「去幫他弄點東西，好讓他一進家門就有東西吃吧？」莫瑞爾先生問。

「時間多的是。」她回答。

「俺倒覺得時間不多。」他說，在椅子裡氣呼呼轉身。莫瑞爾夫人開始清餐桌，燒水壺嗚嗚唱著歌。

夫妻倆等了又等。

在此同時，三個兒女佇立在賽斯里橋車站的月台，等候中部列車進站。車站離家兩英里。他們已經等了一小時。火車來了——威廉不在這班車上。順著鐵軌望去，他們見到紅綠燈光，四周非常暗，非常冷。

「去問他嘛，問倫敦的火車幾點才會到。」保羅對安妮說。他們看見月台上有個戴軍警帽的男子。

「我才不要，」安妮說：「你不要亂開口……當心被他趕走。」

但保羅迫切想讓那人知道，三個小孩迎接的是來自倫敦的人：聽起來好高貴。然而，他太害羞，不敢去面對任何人，更不敢去問戴軍警帽的男人。三個小孩不太敢進候車室，因為他們害怕被趕走，擔心火車在他們離開月台時進站。他們只好一直在黑暗中挨寒受凍。

「都遲了一個半小時了。」亞瑟可憐兮兮地說。

「唉，」安妮說：「因為今天是耶誕夜。」

大家沉默下來。大哥仍不見人影。他們望向黑漆漆的鐵軌盡頭。這條鐵路直通倫敦！感覺上，倫敦遠在天邊。大老遠從倫敦來，難免會出事吧，他們暗忖著。三小煩惱到無法言語，在月台上瑟縮成一團，天氣冷，心裡不高興，講不出話。

守候兩個多小時之後，他們終於看見火車頭轉彎，燈光從黑暗中照過來。一位腳伕衝出來。孩子們心跳如鼓，往後退。一輛前往曼徹斯特的巨大火車靠近，打開兩道門，其中一門吐出威廉。他們飛奔而上。威廉興沖沖交給他們幾包行李，連忙解釋說，賽斯里橋站這麼小，原本不停靠的這輛大火車特別為他而進站。

在此同時，在家的父母愈等愈焦急。餐桌擺好了，排骨煮好了，一切就緒。莫瑞爾夫人穿上黑圍裙，以免弄髒一身最稱頭的衣服。後來她坐下，假裝讀東西。分秒對她而言無異於煎熬。

「嗯！」莫瑞爾先生說：「都過了一個半鐘頭了。」

「而且孩子們還去等呢！」她說。

「火車不可能還沒到站。」他說。

「告訴你，在耶誕夜，火車延誤**幾個鐘頭**是常有的事。」

夫妻倆焦躁難忍，對彼此都有點生氣。屋外的梣樹在冷冽夜風中呻吟。從倫敦歸鄉，一路上的夜色何其深濃！莫瑞爾夫人忍住心痛。時鐘裡的零件輕輕滴答響，惹惱莫瑞爾夫人。夜愈來愈深了，愈來愈難耐。

終於，屋外傳來人聲，腳步聲出現在門口。

「他回家了！」莫瑞爾先生跳起來驚叫。

他往後站，母親朝門口跑幾步，隨即站住等候。門外有一陣匆忙的走路聲，門倏然打開。威廉回來了。他放下葛拉斯東行李袋，擁抱母親入懷。

「媽媽！」他說。

「我的兒子！」她大喊。

在長不過兩秒的瞬間，她緊抱威廉親吻，然後縮身，儘量表現平常心：

「怎麼拖這麼久啊！」

「就是說嘛！」他大聲說，轉身面對父親。「哇，爸爸！」

兩人握握手。

「哇，我的孩子！」

莫瑞爾先生的眼眶溼潤。

「還以為你回不了家了呢。」莫瑞爾先生說。

「會的，遲早的事！」威廉感嘆。

隨後，威廉轉向母親。

「你氣色不錯嘛。」她滿懷驕傲，笑著說。

「是啊！」他高聲說：「好不容易回家，當然高興啊！」

威廉長得相貌堂堂，身材高壯而挺拔，一副毫無恐懼心的模樣。他環視家裡，見到松柏、槲寄生和壁爐前金屬容器裡的小水果撻。

「謝天謝地！母親，家裡還是老樣子！」他說，彷彿如釋重負。

大家沉默片刻。他突然衝向前，拿起壁爐前的點心，整個放進嘴裡。

「哇，從沒看過那麼大的嘴巴！」父親說。

威廉帶回來數不清的禮物送家人。他把每一分錢全花在禮物上。一股奢華感盈灌全家。他送母親一把雨傘，灰色傘柄上有金紋。後來，這把傘成了她最不願捨棄的寶物，珍存到臨終之日。每一位家人都收到精美的禮物。除此之外，威廉也帶回大批陌生的甜食：土耳其軟糖、糖霜鳳梨等等。弟妹都以為，唯有在繁榮的倫敦才享受得到這些東西。保羅拿去向朋友炫耀。

「是真的鳳梨做的喔，切成小塊小塊的，然後做成糖霜……超級棒喔！」

全家樂得衝昏頭。家畢竟是家，吃再多苦，他們仍以熾熱的心愛著這個家。家裡辦了幾場舞會和慶祝會，很多人前來看威廉，想看他接受倫敦洗禮後的差別多大。大家異口同聲說：「多麼棒的紳士，多麼高尚啊，我的天！」

假期結束，威廉走後，弟妹們各別躲起來偷偷哭。莫瑞爾先生帶著沉痛的心上床，莫瑞爾夫人覺得自己好像吃錯藥，七情六慾全被麻痺了。她對威廉的母愛多麼熾烈。

威廉效勞的律師事務所客戶之一是某大船運公司。仲夏，主管以低價招待他乘船遊覽地中海，莫瑞爾夫人去信：「去吧，你去，我的兒子，錯失這次機會，以後可能再也等不到。與其等你回家，我幾乎寧願你去遊覽地中海光景。」然而，威廉回家度假兩星期。連地中海也無法打動他旅遊的慾望，也無法激發窮男子對綺麗南國的憧憬，他一心只想返鄉。母親至感欣慰。

5 保羅出社會

莫瑞爾先生生性莽撞，不懂得趨吉避凶，因此意外接連不斷。每次莫瑞爾夫人聽見空煤車停在門口走道盡頭，立即衝進客廳看，幾乎總以為會見到丈夫坐在煤車上，被泥沙遮住的臉色蒼白，肢體癱軟，身上有某種病痛。如果車上的人真的是他，莫瑞爾夫人會衝出去幫忙。

威廉去倫敦上班後約莫一年後，在保羅畢業後和就職之間的某一天，莫瑞爾夫人在樓上，畫筆靈巧的保羅在廚房畫油畫，這時有人敲門。保羅不高興地放下畫筆，母親同時在樓上開窗往下看。

一名灰頭土臉的小礦工站在門檻上。

「這裡是沃特．莫瑞爾家嗎？」他問。

「是的，」莫瑞爾夫人說：「什麼事？」

她已經猜到了。

「妳先生受傷了。」小礦工說。

「唉呀！」她感嘆。「孩子，他沒受傷才是奇蹟啊。這次他傷到哪裡？」

「我不確定，不過好像是腿。他們正要送他去醫院。」

「可憐我吧！」她感嘆：「唉，他真會折騰人！我安寧才不到五分鐘。超過五分鐘的話，我死給你看！他的拇指才差不多好了，現在又……你有沒有看見他？」

「我在坑底看到，然後看見他被裝進推車，那時候他暈死了。後來富萊澤醫生在提燈室檢查他的時候，他唉唉叫得像什麼似的……脾氣好大，亂罵一通，還叫人送他回家……說他不想去醫院。」

小礦工結巴講完。

「他呀，當然想回家，這樣才可以讓我忙翻天。謝謝你，孩子。唉，我不急得反胃噁心才怪！」

她下樓。保羅已機械式地繼續作畫。

「送醫院，表示傷勢相當嚴重，」莫瑞爾夫人說。「他未免也太不小心了吧！其他礦工怎麼不會大傷小傷連連呢？他呀，最想為我添負擔。唉，我們家才總算能輕鬆一些的時候，他又出事了。快把東西收起來，現在沒空畫畫。火車幾點？要是想趕去科斯頓搭火車，我非馬上離開臥房不可。」

「先讓我畫完再說。」保羅說。

「沒必要。我應該能搭七點的火車回來吧。唉，上帝保佑我這顆心啊。不知道他會鬧成什麼樣的烏煙瘴氣！在亭德山鋪的那些花崗石板——乾脆叫做腎結石還比較貼切——一定會把他震得差點粉身碎骨。奇怪，為什麼不能就地搶救呢？為什麼受傷非送上救護車呢？在本地開一間醫院不就好了嗎？那些人買下礦區，意外肯定會多到醫院生意興隆。結果，礦工受傷，卻非得要送上慢吞吞的救護車，載到十英里外的諾丁罕。多折騰人啊！唉，他一定會痛得大呼小叫的！我敢保證！不知道誰帶他去醫院。巴克，八成是。可憐的巴克，他一定滿心不情願。不過，巴克會好好照顧他，我知道。他會住院多久，沒人知道……他一定巴不得快點出院！話說回來，如果只傷到腿，傷勢大概不重。」

她邊說邊準備出發。她匆忙脫掉束腹，半蹲在燒水鍋前，等著熱水慢慢流進熱水桶中。

「可惡的燒水鍋，真想把它丟進海底！」她感嘆著，不耐煩地扭擰著握柄。以嬌小的身材來說，她的手臂出奇敏捷有力。

保羅把畫具收起來，把熱水壺放到爐子上，擺餐具上桌。

「四點二十分才有火車，」他說：「妳時間多的是。」

「才怪！」她驚呼。她一面用毛巾擦臉，一面瞪保羅。

「時間多的是啦。妳最起碼應該喝一杯茶。要不要我陪妳去科斯頓？」

「陪我去？為什麼，告訴我？對了，我該帶什麼給他？唉！乾淨的上衣——幸好洗乾淨了。不過最好再風乾一下。襪子——他不會想穿。毛巾——大概吧。還有手帕。另外呢？」

「梳子、刀叉和勺子。」保羅說。父親住過院。

「天知道他的腿傷嚴不嚴重啊。」莫瑞爾夫人邊梳頭邊說。她的褐色長髮細緻如絲，如今點綴著灰色。「他洗上身洗得仔細，只洗到腰，以下就不管了。不過醫院的人大概見怪不怪吧。」

保羅已擺好餐具，為母親切好一兩片非常薄的麵包塗牛油。

「來吃吧。」他說著把茶端到母親的桌位。

「我哪有閒工夫！」她氣得喊。

「都已經幫妳準備好了，妳非吃不可。」他堅持。

於是她坐下飲茶，小嚼幾口，一言不發。她正在想事情。

不消幾分鐘，她出門了，徒步兩英里半到科斯頓車站。帶去醫院的物品全塞在鼓脹的網線袋中。保羅看著她從綠籬之間的路走出去，碎步匆忙，看得為她心疼，捨不得她再次被拋進苦痛風波之中。而她，心情焦慮，快步如飛，意識到兒子的心在她背影鵠候著，心知兒子儘可能承擔她的包袱，甚至為她撐腰。到醫院後，她心想，「傷勢這麼嚴重，我如果回家據實告訴兒子，他絕對會難過。我最好小心一些。」踽踽走回家的路上，她感覺兒子即將為她分擔負荷。

她前腳一踏進門，保羅即刻問：「嚴不嚴重？」

「夠嚴重了。」她回答。

「什麼？」

她嘆氣坐下，解開女帽的繫繩。她掀掉帽子之際，保羅觀察著她的表情，見她因操勞家事而粗糙的小手撫摸著頸子上的蝴蝶結。

「是這樣的，」她回答：「傷勢其實沒有大礙，不過護士說，骨折非常嚴重。有一塊大石頭壓到他的腿——壓到這裡——產生粉碎性骨折，有幾片碎骨穿出皮肉——」

「啊……好恐怖！」孩子們驚呼。

「另外，」她繼續，「他當然說他快死了——他不這樣講才怪。他看著我說，『老婆，俺這下死定了！』我對他說，『別傻了，才斷一條腿，你死不了啦，斷得再厲害也有救。』他呻吟說，『俺保證會躺進木箱子被扛出去。』我說，『哼，等你傷勢好轉，你想躺進木箱子被抬出去逛花園，我敢說，院方絕對願意。』修女說，『如果院方覺得對他有益的話才會。』這修女的心腸好得不得了，只不過，性子嚴厲了點。」

莫瑞爾夫人脫下女帽。孩子們默默等著她繼續說。

「當然，他的情況的確很差，」她說：「短短幾天不會康復。他受到很嚴重的驚嚇，而且大量失血。另外，當然了，石頭把他的腿砸爛了，能不能三兩下就痊癒，沒人說個準。還有，發燒和壞疽也成問題——假如傷勢惡化，他很快就不治。幸好他是個血氣乾淨的男人，肢體的康復力很強，所以我不認為病情有惡化的機會。當然了，另外還有一個外傷……」

心急的她百感交集，臉色轉蒼白，三小孩明瞭父親傷勢非常嚴重，全家無言以對，心情焦慮。

「他每次都能康復。」保羅久久之後才說。

「我也是這樣勸他。」母親說。

所有人默默走動。

「起先，他真的讓人以為他快沒命了，」她說：「不過修女說，那是因為太痛了。」

安妮幫母親拿外套和帽子。

「我臨走前，他看著我，捨不得我走！我說：『我該走了，沃特。我有火車要趕……還有孩子要照顧。』他看著我。感覺好苦。」

保羅重拾畫筆，繼續作畫。亞瑟去外面取煤。安妮坐著，一臉哀愁。莫瑞爾夫人坐在搖椅上。懷第一胎期間，莫瑞爾先生特別打造這張小搖椅給她坐。她毫無動作坐著沉思。丈夫身受重創，她為他痛心疾首。然而，儘管如此，在她心中應有愛火燃燒之處，卻只見一片空白。如今，正當女性同情心被激發到最高點之際，正當她應該做牛做馬照顧他、挽救他之際，正當她應在內心深處捨身代他受苦之際，她卻對他茫然無感，無視於他的苦難。即使在丈夫激發她強烈情緒的此時，她仍未能愛他，這現象最令她心痛。她反省著。

「出發後，」她突然說：「我往科斯頓車站走，半路才發現我穿的是工作靴——你們看。」子女看著保羅穿過的褐色舊靴子，鞋尖被磨破了。「我連自己都沒法子關照好，太丟臉了。」她說。

翌晨，安妮和亞瑟去上學後，保羅幫母親做家事，母親再和他談起醫院的事。

「我在醫院見到巴克。可憐的小傢伙啊，他精神好差啊！我對他說，『你陪著他，必定吃了不少苦頭吧？』他說，『夫人，快別問俺了！』我說，『你不用說，我也知道他鬧成什麼情況。』他說，『不過，他是真的很痛啊，莫瑞爾夫人，真的是！』我說，『我知道。』他說，『每被震動一下，俺都以為俺的整個心臟快蹦出嘴巴了。震得他叫得好慘啊！夫人，給俺再多錢，俺也不肯再做這種事了。』我說，『我能理解。』他說，『不過，他真的是傷得很重，看樣子他好一陣子才可能再站起來。』我說，『恐怕是的。』我欣賞巴克先生——真的。他有一種說不出來的男子氣概。」

保羅默默繼續作畫。

「另外，」莫瑞爾夫人接著說：「對於你父親這樣的人來說，住院當然很難受。他無法理解準則和守則的必要。如果他能作主，他絕對不肯讓人碰一下。由於他的大腿有外傷，每天要換藥四次，他死不讓別人碰，只准我和他母親為他換藥。所以說，他住院只有跟護士嘔氣的命。我很捨不得丟下他。我跟他吻別的時候，感覺很遺憾。」

就這樣，她向兒子娓娓敘述，幾乎宛如當著兒子的面自言自語，而保羅也儘可能聆聽，為她分擔煩憂。最後，在不知不覺中，她已對兒子幾乎吐盡心聲。

莫瑞爾先生住院的日子非常難熬。有一星期的時間，他病情告急，後來才漸漸好轉。家人得知病情有起色，如釋重負，繼續過著快樂的日子。

莫瑞爾先生住院期間，家境不見得困難，因為每週礦坑給十四先令，傷病互助會給十先令，傷殘基金給五先令，此外每一星期，礦工同僚也會捐五到七先令給莫瑞爾夫人，以減輕她的負擔。莫瑞爾先生住院病況好轉的同時，家庭生活特別歡樂平靜。每週三和週六，莫瑞爾夫人前往諾丁罕探望丈夫，回程總不忘帶些小禮物給子女：一小管顏料或幾張厚紙送保羅，一把線鋸和小塊漂亮的木頭送亞瑟，兩、三張明信片送安妮。母親會讓全家讚賞明信片幾天，然後才准安妮寄走。莫瑞爾夫人欣然描述逛大商店的歷程。繪畫用品店的人不久就認得她，也知道保羅喜歡畫畫。書局的女店員對她關注有加。從諾丁罕，莫瑞爾夫人總帶著滿懷的資訊回家。子女三人圍著她坐著，聽她敘述，不時插嘴爭論，直到就寢時分為止。

「我現在是一家之主了。」他以喜悅的口吻對母親說。全家如今知道，家庭生活可以過得完全平靜無風波。無人敢提起一個惡毒的念頭：父親即將出院一事令他們感到微微遺憾。

保羅十四歲大了，正在找工作。他個子不高，心思細膩，眼珠淡藍，頭髮深褐色，臉已褪下嬰兒肥，漸漸神似威廉的長相——五官雄赳赳，近乎粗獷，表情極為豐富。平常，他有一副若有所思的神態，活力充沛，態度熱情，像母親動不動展笑顏，非常容易親近。但有時候，運轉迅速的心神被異物卡住，臉色會變得呆滯醜陋。以他這一型的男孩來說，別人無法理解他的時候，他立刻佯裝小丑和無賴，或者自覺被人輕忽。隨即，一有人對他現溫情，他會瞬間變得親切動人。

初次接觸任何人事地物的他總是苦不堪言。七歲那一年，上學第一天對他猶如惡夢一場，他飽受煎熬。幸好後來他變得喜歡上學。如今，他覺得自己有必要朝社會踏出第一步，太在意別人眼光的他肚子裡有反覆奔騰的苦水。以同年齡的男孩而言，他的畫筆高明，而且拜席頓牧師為師的他略通法文、德文和數學。然而，這些學識才華全掙不到幾分錢。母親說，他的體力無法勝任粗工。他不喜歡靠雙手勞動，比較喜歡到處亂跑、深入鄉野踏青、閱讀、作畫。

「你的志願是什麼？」母親問他。

「都可以。」

「『都可以』不算志願。」母親說。

但老實說，除此之外，保羅也無法回答。以這世界的運作方式來說，他的志向是在家附近低調就業，週薪三十到三十五先令，然後等父親過世後，他會帶母親搬進鄉間小木屋，隨心所欲作畫或出遊，從此過著幸福快樂的日子。這是他的人生規劃。然而，他暗自洋洋得意，以個人價值觀無情藐視他人。此外，他也以為，**或許有朝一日**他有希望成為不折不扣的畫家。但他不敢奢望。

「既然這樣，」母親說：「你應該去翻報紙，找找徵才廣告。」

他看著母親。找工作似乎是難以下嚥的羞辱和苦頭。但他不吭聲。翌晨，他起床，身心全被一個念頭死死纏住：

「我非去找徵才廣告不可。」

這念頭擋在早晨的關口，攔阻一切喜悅，甚至不給他一條生路。他的心頭像被打了一個死結。

十點鐘，他出門。在別人眼裡，他是個文靜的怪孩子。走在陽光普照的小鎮街上，他覺得迎面而來的所有鎮民都在想：「他想去合作社閱覽室翻報紙找工作，不然沒人要。我猜他正賴著老媽過活。」合作社後面有一間布店，他踏上店前的石階，往閱覽室裡面瞧。通常，裡面有一、兩人，不是沒用的老頭子，就是「靠互助會接濟」的礦工。他怯生生縮頭走進去，見他們抬頭看。他找桌位坐下，假裝閱報。他知道旁人會心想：「十三歲小毛頭進閱覽室拿報紙幹什麼？」他愈想愈痛苦。

後來，他望窗外，若有所思。他竟然已淪為工業化社會的階下囚。對面花園裡的大向日葵從舊紅磚牆上探頭，歡歡喜喜往下望，看著忙著張羅午餐的婦女來去。山谷裡種滿穀物，正在豔陽下閃耀。兩座礦區在田野中飄搖著細小的白蒸氣。在遠方的丘陵，林木蓊鬱之處是安納斯里村，深幽而吸引人。他的心早已下沉。他即將被五花大綁。在這片心愛的山谷家園裡，他的自由即將流失。

釀酒廠的馬車載著偌大的酒桶，從科斯頓前來，一邊四桶，狀似爆開的豆莢。馬車伕高高坐著，晃得厲害，和保羅的視線差不多等高。馬車伕穿著布袋裁製成的圍裙，頭小如子彈，頭髮幾乎被烈日烤白，粗糙的紅手臂上的毛髮亦然白光閃耀，被動地在座位上搖晃，臉紅得發亮，幾乎被曬得打瞌睡。幾匹棕馬自顧自地走著，外表英挺，有君臨天下之勢。

保羅但願自己頭腦簡單就好了。他心想，「但願我和他一樣肥，像一條曬太陽的狗。但願我是一條豬，是釀酒廠的馬車伕。」

終於，閱覽室冷清下來，他才急忙把一個徵才廣告抄下來，然後再抄另一個，溜走，大大鬆一口氣。他想帶回家讓母親看。

「好，」她說：「你可以試試看。」

威廉曾寫過一封應徵信，字裏行間堆積著好聽的商業用語，保羅依樣畫葫蘆，稍作修改。保羅的筆跡難看，曾讓樣樣精通的威廉教得不耐煩，火氣高漲。

胞兄威廉的運勢亨通。在倫敦，他發現他能和上流人士交往，比他在貝斯伍德的朋友地位高好幾階。事務所裡有些職員研讀過法律，多半正在受訓。無論到哪裡，脾氣佳的威廉向來很容易和人交好，因此才到倫敦不久，他就能拜訪上流人家，甚至過夜。這些人假如到貝斯伍德，必定會鄙視拒人於千里外的銀行經理，去拜訪牧師公館時，態度必定也冷淡。因此，威廉開始憧憬自己已成大人物。能如此輕易躋身紳士之林，他自己也相當訝異。

見威廉似乎高興，母親覺得欣慰。威廉在倫敦東區渥薩斯多的住處太寒酸了。現在，威廉的家書似乎多了一分狂熱。在新生活的湍流中，威廉被變局沖刷得無所適從，無法站穩腳跟，似乎被沖昏理智。母親為他感到焦慮。她能意識到，威廉有迷失自我之虞。威廉忙著跳舞，進劇場看戲，乘船遊河，隨友人外出，但她知道，威廉玩夠了，回到冰冷的臥房，必定熬夜苦讀拉丁文，因為他志在事務所更上一層樓，在法律界力求發展。現在，他不再寄錢養家了。他賺的小錢全花在自己身上。而她也不奢求，只有在手頭拮据的幾天，在十先令能解消諸多煩惱的日子，她才盼威廉灑下及時雨。她仍夢到威廉，夢想他能成就何等大事，能帶著她晉升何方。她未曾自我承認的是，為了威廉，她的心多麼沉重，多麼焦慮。

威廉也常在信中提及他在舞會邂逅的一女孩，一個五官線條分明的棕髮美女，相當年輕，是淑女，追她的男士眾多而殷勤。

母親寫信勸他，「我懷疑，倘使沒有那麼多男士追她，你應該不會跟著起鬨吧。在人群中，你覺得夠安全，夠虛榮。但你務必當心，體會一下孤單時有何感受，有所斬獲時心境如何。」威廉討厭她說教，繼續競逐美女。他曾帶美女遊河。「母親，見到她，妳才會明瞭我的感受。她高䠷優雅，橄欖色肌膚吹彈得破，頭髮黑亮如煤玉，灰色眼眸明亮含笑，宛如夜裡水面反射的燈火。沒見過她本人，妳大可語帶尖酸。而且，她的衣裝能媲美倫敦閨秀。我告訴妳，當她陪妳兒子走在皮卡迪利大街時，妳兒子走得昂頭挺胸。」

莫瑞爾夫人在心中存疑：陪兒子走在皮卡迪利大街的究竟是華服高雅的美女，或者是他心愛的女人。但莫瑞爾夫人仍以半信半疑的筆調恭喜他。她站在洗濯缸前，為兒子擔憂。她能預見，收入微薄的兒子被風姿綽約、揮霍無度的妻子拖累，蝸居在郊區的醜小屋中。她告訴自己，「但在這裡，我極有可能是個窮擔心的傻子。」儘管如此，沉重的焦慮感幾乎不曾離開心中一刻，她只唯恐威廉誤入歧途。

在這當兒，保羅的求職信有回音了。外科用品製造商湯瑪斯．喬丹，地址是諾丁罕西班牙巷二十一號。莫瑞爾夫人雀躍不已。

「你看吧！」她驚呼，眼睛爍亮。「你才寄四封應徵信，第三封就有回音了。你運氣不錯，兒子，我不是一直這樣告訴你嘛。」

喬丹先生的信紙上印著一支木腿和彈性襪等等用品，保羅看得心驚。他不知道世上竟然有彈性襪這種東西。他似乎能感受到工商社會裡的調節價值體系，感受到缺乏人情味的世界，因而畏怯。此外，憑木腿怎麼做生意嘛，他覺得可怕。

星期二早晨，母子一同出發，前往諾丁罕。八月的朝陽火熱。保羅走著，心腸打結。他寧可身受劇痛，也不願面對陌生人，不肯承受錄取與否這種無理的磨難。但他照樣和母親有說有笑。他絕不願向母親吐露這種事對他的折磨多大，而母親也只能略為猜想到。她宛如結交到青梅竹馬的玩伴，心情愉快。來到貝斯伍德的購票處，她伸手進荷包取錢買車票，保羅看著她戴著陳舊的小山羊皮黑手套，伸進破舊的荷包，掏出銀幣，看得愛母之心疼痛揪結。

她相當興奮，相當愉悅，保羅卻難受，因為她竟然在其他乘客面前高聲講話。

「快看那頭笨牛！」她說：「左搖右晃的，自以為這裡是馬戲團呢。」

「八成是有馬蠅啦。」保羅把嗓門壓得非常低。

「有什麼？」她爽朗地問，毫不羞赧。

母子倆沉思一陣子。母親坐在他對面，他的舉止始終是合情合理。霎然間，母子的視線相接，母親對他微笑，笑裡有一份罕有的親密，笑中含情而亮麗。隨後，兩人改望窗外。

十六英里的慢車送他們進諾丁罕站。莫瑞爾夫人和保羅走上車站街，興奮如情侶結伴出遊。來到卡凌頓街，他們靠著護欄，向下看運河上的駁船。

「看起來就像威尼斯。」他說，因為他見到工廠高牆之間的水面波光瀲 。

「也許吧。」她微笑回應。

母子在商店街上逛得盡興。

「你看那件女裝，」她說：「給你姊安妮穿，不正適合嗎？而且才一英鎊十一先令三便士，不是很便宜嗎？」

「而且還是手工縫紉的。」他說。

「對。」

時間充裕，所以他們不急。他們對市區不熟悉，感覺趣味橫生。然而，保羅內心因憂慮而緊張，畏懼著即將來臨的面試。

路過聖彼得教堂，已近十一時，他們轉彎走進一條通往城堡的窄街，沿途建築陰鬱而老式，商家低矮而黑暗，民房深綠色的門上有銅製門環，黃赭色門階連接人行道。接著，他們路過另一家老店，窗戶很小，看似一隻半閉的眼睛，模樣狡猾。母子謹慎前行，四處尋找「喬丹父子公司」，宛如在野外狩獵，興奮得踮腳尖走路。

忽然間，他們瞧見一座深幽的大拱門，上面註明幾家公司的名稱，喬丹父子公司也在其中。

「在這裡！」莫瑞爾夫人說：「只不過，究竟是哪一間呢？」

母子四下張望，一邊有一家幽暗詭異的厚紙板工廠，另一邊是一家商務旅館。

「在入口那邊。」保羅說。

他們走進拱門，彷彿潛進噴火龍的大嘴。拱門內是一座寬廣的天井，四面是樓房，散見麥梗、箱子、厚紙板。陽光投射在一個木箱上，裡面的麥梗落在天井裡，猶如撒了一地金子。但其他地方看起來像土坑。他們看見幾道門和兩層樓梯。在他們正前方的樓梯頂端有個髒兮兮的玻璃門，門上寫著斗大的「喬丹父子外科用品公司」。莫瑞爾夫人走在前面，兒子跟著走。他隨著母親的腳步踏上骯髒的樓梯，朝髒門前進。查理一世國王在斷頭台上的心情和此時的保羅．莫瑞爾相形之下反而顯得輕鬆。

她推開門一看，欣然驚奇。她眼前是一間大倉庫，到處是乳白色紙包裹，職員捲著袖子走動，有居家的閒散氣息。這裡的採光柔和，櫃檯以深棕色木頭製作，因此散發乳白光澤的包裹顯得明亮。一切靜悄悄，居家氣氛濃厚。莫瑞爾夫人往前踏出兩步，等著。保羅站在她背後。她戴著週日女帽，蒙著黑紗；保羅穿著男童寬白領襯衫，外加諾佛克西裝。

一名職員望過來。高瘦的他長著一張小臉。他的表情像有所警覺。接著，他望向倉庫另一端的玻璃辦公室，然後走向母子。他不說話，只以半鞠躬的模樣面對莫瑞爾夫人，態度溫和，面帶疑問。

「我可以見喬丹先生嗎？」莫瑞爾夫人問。

「我去通知他。」年輕人回答。

他走向玻璃辦公室。一名紅臉白鬚的老男人望過來。他令保羅聯想到博美犬。他走進倉庫。短腿的他相當粗壯，穿著羊駝外套，歪著頭，一耳朝天，面帶疑問，大搖大擺走來。

「早安！」他說，在莫瑞爾夫人面前遲疑一下，納悶她是不是顧客。

「早安。我是帶我兒子保羅過來的。你通知他今天上午前來。」

「這裡請。」喬丹先生說，態度相當直率，一副公事公辦的模樣。

母子跟著老闆進一個邋遢的小房間，座椅以美國黑皮裝整，被無數顧客磨得發亮。桌上有一疊環狀的疝帶，材質是黃色軟羊皮，彼此糾纏不清，看起來像新品，也像生物。保羅被新皮革的臭味嗆到。他納悶這些東西有何用途。這時候他已愣得不知所措，只留意到外在的事物。

「坐下！」喬丹先生對著莫瑞爾夫人說，指著一張馬毛椅。她猶豫著，半坐在椅子前緣。然後，矮老頭子摸索著，找來一張紙。

「這信是你寫的嗎？」他口氣很衝，猛然把信紙推向保羅。保羅認出是他寄的應徵信。

「是的。」他回答。

此刻，他心裡只容得下兩個想法，一是因說謊而內疚，畢竟他抄襲了威廉的寫法，二是他見到同一封信握在一隻紅皮胖手中，心裡產生異樣的感受，覺得和家裡餐桌上的那一封早就截然不同，感覺像自己身上缺了一角，跑到老闆手裡。他憎恨老闆握信的動作。

「你是在哪裡學寫信的？」老闆的口氣帶有不悅。

保羅只羞愧地乾瞪眼，回答不出來。

「他寫字確實是不太工整。」莫瑞爾夫人代答，語帶歉意，隨即掀開面紗。保羅不喜歡母親在這個平民矮老頭面前哈腰，老頭見母親揭開面紗正心喜。

「你寫說，你懂法文？」老闆問，口氣仍尖銳。

「是的。」保羅說。

「你讀哪一所學校？」

「公立小學。」

「是在那裡學的嗎？」

「不是……我……」保羅面紅耳赤，講不下去了。

「法文是他的教父教他的。」莫瑞爾夫人說，略帶懇求的意味，口氣相當疏離。

老闆猶豫著。接著，他以煩躁的態度——雙手似乎老是隨時預備行動——從口袋掏出一張摺紙，攤開遞給保羅。這張紙發出沙沙聲。

「翻譯給我聽。」他說。

紙上寫的是法文，字體細小，筆跡潦草，保羅難以判讀，只能茫然盯著紙看。

「『Monsieur，』」他開始讀，隨即以滿腔困惑的神態望喬丹先生。「這……這……」

他想說的是「筆跡」，無奈他緊張到連這個詞都難以出口，覺得自己笨透頂了，也痛恨喬丹先生，只能按捺絕望的心，把視線轉回法文。

「『先生，……請寄給我』……呃……呃……我看不清這……呃……『兩雙……gris fil bas……灰線襪』……呃……呃……『sans……沒有』……呃……這字寫得不清楚……呃……『doigts……手指』……呃……我看不清楚這……」

他想說的是「筆跡」，卻絞盡腦汁想不起這字怎麼講。老闆見他撞壁了，伸手把紙搶回來。

「『請寄來兩雙黑線無**腳趾**襪。』」

「唔，」保羅精神來了，「『doigts』可以是『手指』……也可以是……一般來說……」

矮老頭看著他。「doigts」是否有「手指」的含義，他不清楚，只知道「襪子」指的必定是腳趾頭。

「襪子哪來的手指頭！」他厲聲說。

「呃，doigts的確有手指的意思。」保羅堅稱。

他討厭這個把他當成傻瓜的矮子。喬丹先生看著這個蒼白、叛逆的笨小子，視線轉向母親，見她坐著不吭聲，見她一副窮人家那種自閉的神態，知道窮人只能仰賴他人的施捨。

「他什麼時候能開始上班？」老闆問。

「這個嘛，」莫瑞爾夫人說：「他已經畢業了，你叫他哪一天報到都行。」

「他想繼續住在貝斯伍德嗎？」

「是的，不過，他可以搭火車——七點四十五分到站。」

「嗯！」

面試最後，保羅獲錄取為「初級螺旋職員」，週薪八先令。自從堅稱「doigts」是「手指」後，保羅不曾再開口。結束後，他隨著母親下樓。母親以亮澄澄的藍眼看他，充滿母愛與歡喜。

「你一定會喜歡在這裡上班的。」她說。

「『doigts』真的有『手指』的意思，母親。而且，筆跡很難辨認。我看不清楚他寫的是什麼。」

「不要緊了，兒子。我相信他不在意，而且你以後可能不會太常碰到他。我們見到的第一個大哥哥不是很和氣嗎？我相信你以後會跟他們相處愉快。」

「可是，喬丹先生是平民出身的吧，母親？公司是他的嗎？」

「他大概做過工人，後來發達了，」她說。「你不能太在乎別人的反應。人家又不是在責罵你——只是他們的態度本來就那樣。你老是以為別人對你有意見，其實才沒有。」

這天豔陽高照，市場空曠荒涼，正上方是蔚藍的天空，地上的花崗岩卵石閃閃動人。長巷兩旁的商店位於影子深處，陰影充滿色彩。馬拉著街車橫越市場的地方有一排水果攤，鮮果在陽光下晶亮，有蘋果，有成堆偏紅色的柳橙，有小西洋李，有香蕉，母子路過時，一陣溫馨的果香撲鼻而來。漸漸地，保羅胸中的怒火和恥辱消散了。

「我們去哪裡吃午餐呢？」母親問。

感覺現在是恣意揮霍的場合。保羅從小到現在只上過一、兩次館子，而且只點小麵包和一杯茶。貝斯伍德鎮民多數認為，進諾丁罕只能吃奶油麵包配茶，頂多能吃到罐裝牛肉餐。在鎮民心目中，需要烹調的主菜是一種奢侈品。保羅覺得相當愧疚。

母子找到一間看似便宜的館子，但莫瑞爾夫人瀏覽菜單後心情沉重，因為餐飲樣樣昂貴，於是她點最便宜的腰子餡餅加馬鈴薯。

「我們不應該進這一間啦，母親。」保羅說。

「沒關係，」她說：「我們以後不會再來。」

她堅持為兒子點一個小醋栗撻，因為他愛吃甜食。

「我不想吃，母親。」他懇求。

「不行，」她堅持，「你一定要吃。」

她左看右看，尋找女服務生，見到她正在忙，不想麻煩她。於是，母子倆等著，讓她和男客人盡情打情罵俏。

「厚臉皮的騷包！」莫瑞爾夫人對保羅說：「你看她，她端著鬆糕給那男人。我們進來很久以後，那個男人才上門。」

「沒關係啦，母親。」保羅說。

莫瑞爾夫人很生氣。但她太窮，點的餐飲也太低廉，鼓不起勇氣抗爭權益。就這樣，母子倆乖乖等。

「我們乾脆走吧，母親？」他說。

莫瑞爾夫人這時起立。服務生正從附近經過。

「可以端一個醋栗撻過來嗎？」莫瑞爾夫人口齒清晰說。

女孩望過來，眼神傲慢。

「馬上到。」她說。

「我們等夠久了。」莫瑞爾夫人說。

不一會兒，女孩端著醋栗撻上桌，莫瑞爾夫人冷冷表示要付錢。保羅好想鑽進地下。他對母親的強硬態度暗中稱奇。他知道，唯有靠多年來的奮鬥，她才學會爭取這種小之又小的權益。她其實和兒子一樣畏縮。

母子走出館子，慶幸能擺脫怨氣，她高聲說：「我寧死不願再進**那一間**了！」

「我們去逛奇普布特商店吧，」她說：「然後看看另外一、兩家，好不好？」

母子倆欣賞著圖畫，討論著，莫瑞爾夫人想買一支他渴望的黑貂毛小畫筆送他，但他婉拒接受這份溺愛。他駐足女帽店和布店前，幾乎悶得發慌，但他只要母親高興就好。母子繼續逛。

「哇，看看那些黑葡萄！」她說：「光是看，就能讓人流口水。好幾年來我一直想吃卻吃不起，只能再等幾年再說了。」

來到花店，她站在門口嗅花香，喜上眉梢。

「哇！哇！香味真的好甜美喔！」

保羅見到，陰暗的店內有一位優雅的黑衣年輕淑女，正從櫃台裡向外好奇觀望著。

「有人在看妳。」他說著拉母親走。

「咦，那是什麼花？」她驚呼，拒絕離開。

「紫羅蘭！」他回答，匆匆一嗅。「看，有一大盆。」

「的確是——紅色和白色的花。不過，老實說，我從來不知道紫羅蘭這麼香！」接著，她走出門口，讓他大大鬆一口氣。但她逗留在櫥窗前。

「保羅！」她驚呼著，保羅則儘量躲避黑衣女店員的視線。「保羅！快看這裡！」

「快看那盆吊鐘花！」她指著驚呼。

他不情願地回去。

「嗯！」他發出好奇、感興趣的聲音。「這些花長得這麼大，這麼重，看起來好像隨時會落地似的。」

「而且花開得這麼多！」她大聲說。

「而且枝葉打結往下垂！」

「對啊！」她感嘆。「好美！」

「不曉得誰會買！」他說。

「就是說嘛！」她回應。「總之不是我們。」

「買回家，也只會死在客廳裡。」

「就是嘛，陽光照不到，冷到臭頭的鬼地方，盆栽種一個死一個，放進廚房會被燻死。」

他們買幾樣東西，最後走向車站。從樓房的黑暗空隙望向運河時，他們瞧見城堡聳立在有綠樹叢的褐色岩崖上，在旖旎的陽光照耀下展現奇景。

「開始上班以後，午餐時間我可以出來逛，應該很不錯吧？」保羅說：「我可以到處走走看看。我應該會喜歡這裡。」

「一定會。」母親向他保證。

他和母親共度一個完美的下午。在柔和的夜色中，母子倆回到家，快快樂樂，容光煥發，疲倦。早上，他填妥申購季票的表格，帶去火車站，回來後，母親正開始洗地板。他把腳伸上沙發坐著。

「他說季票在星期六能寄到。」保羅說。

「到時候要繳多少錢？」

「大概一英鎊十一先令。」他說。

她繼續洗地板，變啞巴。

「很貴吧？」他問。

「不比我想的貴。」她回答。

「以後我每星期能賺八先令。」他說。

她不應，一味埋頭洗地板，久久之後才說：

「那個威廉啊，他去倫敦的時候向我保證說，一個月會給我一英鎊，結果只寄給我十先令——才寄兩次而已。現在我知道，就算我對他伸手，他連一文錢也給不出來。又不是我向他討錢。只不過，像這個時候，假如他能跳出來幫弟弟買季票，那該多好？我倒是沒指望他這麼慷慨。」

「他賺不少錢嘛。」保羅說。

「年薪一百三十英鎊。不過呢，他們全都一樣。大餅畫一大堆，能兌現的諾言少之又少。」

「他每星期花超過五十先令。」保羅說。

「我養這個家只憑不到三十先令，」她說：「更何況，有額外的開銷，我還得自己想辦法呢。可是，小孩長大離開家以後，哪管得著幫忙貼補家用。他寧願把錢花在那個花枝招展的女人身上。」

「如果她真有那麼高貴，她應該有她自己的錢可花。」保羅說。

「應該有卻沒有。我問過威廉。我知道他不會平白無故送她金手鐲。誰送過**我**金手鐲呢？」

威廉追到她了。他給她取的綽號是「吉普賽」，全名是路易莎．莉莉．丹尼斯．維斯登。他請女友寄一張相片給母親。莫瑞爾夫人接到的是一位五官線條鮮明的棕髮女郎的上半身側面照，微微冷笑著，看似衣不蔽體，因為整張相片看不到任何布料，只見赤裸的半身。

「是的，」莫瑞爾夫人回信給威廉，「路易莎的相片確實非常吸引人，我也看得出她必定魅力十足，但是，兒子，你可曾想過，女孩給年輕人這種相片寄給他母親，而且是第一張，你認為她品味脫俗嗎？如你所言，露香肩確實曼妙，但我初次見她，萬萬沒想到一眼能見如此之多。」

相片放在客廳五斗櫃上，莫瑞爾先生看見了，以肥厚的食指和姆指捏著走過來。

「這相片拍的是誰？」他問妻子。

「是我們家威廉正在交往的對象。」莫瑞爾夫人回答。

「嗯！從她的外表看，她是一個明珠，對他可能壞處多於好處。她是誰？」

「她的姓名是路易莎．莉莉．丹尼斯．維斯登。」
「明天還有一場喔！」莫瑞爾先生說：「是一個演員嗎？」
「不是。據說她是個淑女。」
「俺想也是！」他說，仍盯著相片直看。「是淑女嗎？搞這門子把戲，要花多少錢啊？」
「一毛錢也不用。她住在她討厭的老姨媽家，姨媽給的小錢全收下。」
「嗯！」莫瑞爾先生說，放下相片。「那麼，他跟這種人交往是傻子一個。」
「親愛的母親，」威廉回信。「妳不喜歡那張相片，我很遺憾。我寄的時候沒想到妳會覺得不妥。我已轉告吉普賽說，那相片不太合乎妳拘謹的觀念，所以她會寄另一張給妳，希望妳會比較喜歡。她常常拍照，事實上，攝影師常要求免費為她拍照。」
未久，相片寄到，裡面附路易莎寫的短信，寫得傻裡傻氣。這一次，相片中的她穿黑綢露肩束腰晚禮服，方領口，袖子呈蓬蓬小球形，黑蕾絲從美臂上垂掛。
「她非晚禮服不穿嗎？我懷疑。」莫瑞爾夫人語帶諷刺說：「我應該覺得她了不起才對吧。」
「母親，妳很難討好哪，」保羅說：「我認為裸肩的那一張很美。」
「是嗎？」母親回應。「我倒不認為。」
週一清早，保羅六點起床，預備上班。季票所費不貲，放在他的襯身服口袋裡，由左到右畫著幾條黃線，他覺得設計不錯。母親為他準備好午餐，放在可閉緊的小籃子中，他在六點四十五分出門搭乘七點十五分的火車。莫瑞爾夫人走到門前步道盡頭送行。
這天晨曦明媚，梣樹的綠種籽長而扁，孩子們稱之為「鴿子」，隨微風愉悅飄落，金光瑩瑩，掉進幾家的前院。整座山谷瀰漫著明亮的黑霧，成熟的穀子破霧閃耀，從明敦礦坑裊裊升空的蒸氣迅速融入霧中。

徐徐陣風襲來。保羅望向奧德斯里山上的樹林，見到鄉野散發金光，家園對他的引力是前所未有的強勁。

「再見，母親。」他說，笑容底下卻是愁眉。

「再見。」她欣快溫柔地回應。

穿著白圍裙的她站在開放的路上，看著兒子越過田野而去。保羅的身材小而結棍，看似充滿活力。她看著兒子走過田野，心知兒子必能行抵他有心前進的目的地。她想起長子威廉。遇到綠籬，威廉必定翻牆而過，不會繞向過籬梯。威廉人在倫敦，日子過得不錯。保羅即將在諾丁罕就業。現在，她有兩兒子踏進社會。如今，她想到這兩大工業中心，就能聯想自己拉拔兩兒子長大成人，在都市裡實踐**她**的心願。他們出自於她，是她的一部分，他們工作的成果也屬於她。整個上午，她念念不忘保羅。

上午八時，保羅來到喬丹外科用品工廠，踏上陰沉的樓梯，無助地站在頭一座龐大的包裹架旁，等人過來招呼他。工廠仍在沉睡中，櫃台上蒙著大片大片的防塵布。只有兩人到公司，他聽見他們在角落交談，見他們脫掉外套，捲起衣袖。這時是八點十分。顯而易見，這公司不重視準時。保羅聆聽著兩職員的對話，然後聽見咳嗽聲，往盡頭的辦公室一看，發現一位年長羸弱的職員。他正在拆信，頭戴著圓形的黑絨吸菸帽，上面繡著紅綠花紋。保羅等了又等。一位低階職員進老職員辦公室，以欣快的口吻大聲向他問好。顯然，這位老「主任」的耳朵不靈光。接著，這位年輕職員自命不凡地邁向櫃台，瞧見保羅。

「哈囉！」他說：「你是新來的小弟嗎？」

「是的。」保羅說。

「嗯！你叫什麼名字？」

「保羅．莫瑞爾。」

「保羅．莫瑞爾？好，你過來這裡。」

保羅跟著他，繞過長方形的櫃台。這裡是二樓，樓板中央有個大洞，周遭以櫃台圍起，升降器在這個大洞裡垂直上下，一樓的光線也從這裡照進去。二樓的天花板也有同樣的橢圓形大洞，向上能看見三樓大洞的圍牆、幾臺機器、以及最上面的玻璃屋頂，光線從屋頂直灌三層樓，愈往下愈暗，乃至於一樓是永夜，二樓則半暗不明。工廠位於三樓，倉庫在二樓，儲藏所在一樓。這地方古舊而不衛生。

保羅被帶到一個非常暗的角落。

「這裡是『螺旋部』，」年輕職員說。「你所屬的部門就是『螺旋部』，主管是帕普伍斯，不過他還沒進來。他八點半才到，所以我建議你可以先去拿信，去那邊向梅令先生拿。」

職員指向辦公室裡的老人。

「好的。」保羅說。

「這裡有個鉤子，你可以把帽子掛在這裡。這幾本是你的紀錄冊。帕普伍斯先生再過幾分鐘就到。」

瘦瘦的年輕職員說完，邁大步匆忙踏著木地板，砰砰砰而去。

過了一兩分鐘，保羅走向玻璃辦公室，站在門口，戴吸菸帽的老職員向前傾頭，從鏡框上緣看人。

「早安，」老職員說，語氣親切動人。「你想拿螺旋部的信是不是，湯瑪斯？」

保羅討厭被稱呼為「湯瑪斯」，但他接下信件，走回原本地暗處。櫃台在此處轉彎，包裹架也到此為止，角落有三道門。他坐在高腳凳上讀信——筆跡不太難辨識。內容如下：

「請你即刻寄給我一雙女用無腳螺旋及膝長筒襪，長度、大腿至膝等等與我去年訂購的產品相同。」

另一封信：「錢伯倫少校想再訂購一個絲質非彈性懸吊繃帶。」

這些信有幾封是法文和挪威文，即使是英文，很多也讓保羅讀得滿頭霧水。他坐在凳子上，緊張等候「主管」到來。八點半，樓上的工廠女工魚貫走過他面前，他害臊得無地自容。

約莫八點四十分，帕普伍斯先生來了，其他人都已經開始上班。他嚼著哥羅丁口香糖，身材細瘦，面帶菜色，紅鼻子，反應敏捷，講話斷斷續續，衣冠楚楚但質料僵硬，年約三十六歲。他有點「狗模狗樣」，相當狡猾，相當機敏精明，有點熱情，略有瞧不起人的態度。

「你是我新來的小弟嗎？」他說。

保羅起立說是。

「信拿來了？」

帕普伍斯先生嚼一嚼口香糖。

「是的。」

「抄好了嗎？」

「沒有。」

「沒有？那還不趕快去抄。外套換了沒？」

「沒有。」

「明天記得帶一件舊外套，留在這裡。」最後半句，他把口香糖挪到側面嚼著說。他遁入包裹架後面的暗處，走出來時少了外套，現在穿著帥氣的條紋襯衫，露出瘦而多毛的手臂。接著，他穿上外套。保羅注意到他多麼瘦，也發現他的長褲口在後腰部打摺。他拉來一張凳子，坐到保羅旁邊。

「坐下。」他說。

保羅坐下。

帕普伍斯先生坐得非常靠近。他取信過來，從前面的架子拿來一本長型的紀錄冊打開，拿起筆說，

「你仔細看。這些信，你應該抄寫在這裡。」他吸鼻子兩次，快口嚼一下口香糖，凝視著其中一封

信，然後凝神靜止不動，快筆寫字，筆跡華麗。他瞄保羅一眼。

「看見沒？」

「看見了。」

「你辦得到吧？」

「辦得到。」

「好吧，就看你了。」

他從凳子上一躍而起。保羅拿起筆。主管離開。保羅相當喜歡抄信，但他寫字龜速，大費周章，而且筆跡醜不堪言。他抄到第四封信，忙得相當開心，這時候帕普伍斯先生回來了。

「抄得怎樣啦？全抄完了嗎？」

他彎腰看，嚼著口香糖，散發哥羅丁的氣息。

「我他奶奶的，小鬼，你的字寫得好工整啊！」他諷刺說：「算了。你抄了幾封？才三封啊！換成我，早被我抄完了。快一點啦，小子，記得註明號碼。看，就寫在這裡！動作快！」

保羅埋首抄寫，帕普伍斯先生則忙進忙出。冷不防，保羅耳邊響起一陣尖哨聲，把他嚇一跳。帕普伍斯先生過來，拔掉一條管子上的塞子，以出奇惱怒而跋扈的口氣說：

「什麼事？」

保羅聽見管口傳出微弱的人聲，應該是女人。他瞪得出神，因為他從未見過通話管。

「哼，」帕普伍斯先生對著管口說，語氣不悅，「那妳最好趕快跟上進度。」

管口再次傳來微小的女聲，口氣嬌美有怒意。

「我沒空站這裡陪妳聊天。」帕普伍斯先生說完，把塞子塞回管口。

「快，小子，」他叫保羅，「寶莉正在那裡吵著要訂單。你動作難道不能再快一點點嗎？算了，我自己來！」

帕普伍斯先生拿起紀錄冊，開始自己抄寫，令保羅懊喪萬分。帕普伍斯先生寫得迅速而工整。抄完後，他拿起幾張寬約三英寸的長條形黃紙，寫下今日訂單給女工。

「你最好邊看邊學習，」他對保羅說，一刻不耽擱。保羅看著怪異的小圖形，有小腿，有大腿，也有腳踝，有橫畫的線條，有號碼。主管也在黃紙寫簡短的指示。寫完後，帕普伍斯先生跳起來。

「跟我來。」他說，抓起黃紙，匆匆出門下樓梯，進入燒煤氣的地下室。他們走過溼冷的儲藏所，進入一個沉悶的長房間，裡面有一張用支架支撐的長桌，然後帕普伍斯先生帶他走進一個較小而溫馨的空間，不十分高，附著在主建築的外面。這裡面有一位身穿紅嗶嘰上衣的婦人，黑髮盤在頭上，正在等人，姿態活像一隻驕傲的小鬥雞。

「妳在這裡啊！」帕普伍斯說。

「應該是我說，『你終於來了』吧！」寶莉感嘆。「女工已經在這裡等了快半個鐘頭。時間被你白白浪費掉多少！」

「囉哩八嗦幹什麼，還不趕快去幹活，」帕普伍斯先生說：「說不定還能趕完。」

「我們老早在星期六全趕完了，你又不是不曉得。」寶莉衝著他大喊，黑眼珠閃現怒火。

「嘖——嘖——嘖——嘖嘖嘖！」他奚落著。「這個是新來的小弟，可別像上次那個，又把人家帶壞囉。」

「像上次哪一個！」寶莉說：「是嘛，**我們**專門整人，沒錯。告訴你，被你帶過的小弟，還輪得到我們整嗎？」

「該辦正事了，閒話少說。」帕普伍斯先生冷冷嚴厲說。

「老早就該辦正事了。」寶莉說，頭抬得高高的，大步走開。身材嬌小挺直的她年約四十歲。

這一間裡，有兩臺圓形的螺旋機器，放在窗戶下面的長椅上。內門裡面另有一個較長的房間，另有六臺機器，有一小群女工穿著素淨的白圍裙，正站著聊天。

「聊什麼聊，沒工作可做嗎？」帕普伍斯先生說。

「有啊，在等你。」一名五官線條分明的女工笑說。

「哼，快一點，快一點，」他說：「來吧，小子。這條路你多走幾次就熟。」

保羅跟在主管背後奔上樓。主管交代他做一些帳冊文書作業。他站在辦公桌前，努力寫著醜八怪的字。此時，喬丹先生從玻璃辦公室邁步走來，站在他背後，令他窘迫不安。突然間，喬丹先生的紅胖手指戳向他正在填寫的表格。

「J. A.貝茨**先生**閣下！」不悅的聲音從保羅耳後爆出。

保羅看著自己寫的「J. A.貝茨先生閣下」，納悶又做錯什麼事了。

「在學校，老師是這樣亂教小孩嗎？寫了『先生』，就不能再寫『閣下』——兩個尊稱不能擺在一起啊。」

保羅後悔自己太隨便加尊稱。他遲疑一陣子，抖著手，刪除「先生」。緊接著，整張收據被喬丹先生搶走。

「重新再寫一張！東刪西刪的，寄給紳士，見得了人嗎？」他煩躁地撕毀藍色表格。

保羅羞愧得耳朵赤紅，重新提筆，喬丹先生繼續觀察。

「學校現在都教什麼東西，我真不曉得。你以後不能再像那樣亂寫了。這年頭的小孩太不長進了，只懂得背背詩，拉拉小提琴。你看過他寫的字嗎？」他問帕普伍斯先生。

「看過。筆跡極好，不是嗎？」帕普伍斯先生淡然回答。

喬丹先生悶哼一小聲，並非脾氣不好。保羅猜測，老闆雖然罵得凶，待人其實不壞。的確，這位小廠商雖然英文不入流，為人卻夠紳士，懂得放手讓部屬發揮，不計較芝麻小事。但他自知外形不夠派頭，不像老闆，只好在開頭給一點下馬威，以便踏出正確的第一步。

「接下來，你叫什麼名字來著？」帕普伍斯先生問。

「保羅．莫瑞爾。」

兒童自報姓名總覺得萬分彆扭，說來也奇怪。

「保羅．莫瑞爾，對吧。好，那你在表格的這裡一律填保羅．莫瑞爾，然後……」

帕普伍斯先生退回凳子上，動筆寫字。一女孩從背後的門口走進來，在櫃台上擺一些剛熨好的彈性網織品，然後離去。帕普伍斯先生拿起白藍色的護膝檢查，迅速對照黃色訂單，擺到一旁。接下來是一支粉紅肉色的「小腿」。他忙完幾件事，寫妥兩、三份訂單，然後叫保羅跟他走。這一次，他帶保羅走進女孩剛進出的門。保羅發現這裡是木製小樓梯的頂端，下面的房間兩牆有窗戶，盡頭有六、七位女工彎腰坐在長椅上，湊著窗外的光線縫紉著，合唱《兩個藍衣小女孩》[2]。她們一聽門打開，所有人立刻轉頭，看見帕普伍斯先生和保羅從另一頭望過來。大家停止唱歌。

「吵什麼吵，不能安靜一點嗎？」帕普伍斯先生說：「會讓外人以為我們養了一窩子貓啊。」

一位駝背婦女坐在高腳凳上，長臉態度相當凝重，她轉向帕普伍斯先生，以女低音的語調說：

2《兩個藍衣小女孩》原文為 Two Little Girls in Blue。

「這麼說來，她們全是公貓。」

帕普伍斯先生想作威作福給保羅看，可惜受挫。他下樓梯，進入成品室，步向駝背女芬妮。由於她坐在高腳凳，上身短小，鮮棕色頭髮濃密，頭顯得超大，蒼白凝重的臉也是。她穿著黑綠色喀什米爾洋裝，從窄袖口露出的手腕細薄。她緊張地放下工作。帕普伍斯先生拿一件縫錯護膝的成品給她看。

「哼，」芬妮說：「你不必跑來這裡怪罪我吧。又不是我縫錯的。」血氣衝上她的臉頰。

「我又沒說是妳縫錯。妳能照我講的方式好好縫嗎？」帕普伍斯先生忿忿說。

「你嘴巴沒講，心裡其實把錯賴在我頭上。」駝背女芬妮高聲說，淚水幾乎決堤。隨後，她從「主管」手裡搶走護膝說：「好啦，叫我做，我就做，用不著罵人吧。」

「這個是新來的小弟。」帕普伍斯先生說。

芬妮轉頭，對保羅微笑，表情至為溫柔。

「喔！」她說。

「對；妳們可別把他教成軟腳蝦唷。」

「把他教成軟腳蝦的人不是我們。」她憤憤不平說。

「我們走，保羅。」帕普伍斯先生說。

「後會有期，保羅。」女工之一以英式法語說，引來一陣吃吃竊笑聲。

保羅不發一語，臉紅至耳根，跟著主管離開。

工作時間非常漫長。整個上午，工作人員陸續進來找帕普伍斯先生。保羅負責抄寫東西，學習包裝，準備中午寄件。下午一點，嚴格說應該是十二點四十五分，家住郊區的帕普伍斯先生出去搭火車。到了下午一點，迷惘的保羅帶著午餐進地下一樓的陳列室，這裡有一張長桌，光線昏暗，氣氛荒涼，別無旁人，他虎嚥掉午餐。然後他到外面去。街道上的光明和自由提振他的冒險心，也帶給他快樂。但在兩點，他回到大工作間的角落。不久，女工們魚貫走過他身旁，交換著意見。這些女工是平民，在樓上做粗工，負責對人造手腳進行加工並綁成捆。他等著帕普伍斯先生回來，不知該做什麼才好，只好坐著，在黃色訂單上寫字。帕普伍斯先生在兩點四十分回公司，然後坐下來和保羅閒聊，平等對待他，甚至把他視為同年齡人。

下午一向空閒，接近週末時例外，帳冊必須整理好。五時，所有男職員下樓進有支架桌的地下室，一同坐在骯髒的粗木板上，喝茶吃奶油麵包，和用餐時一樣忙亂而邋遢。反觀樓上，大家相處的氣氛總是愉悅而明朗。想必是地下室和支架桌影響到他們。

喝完茶，所有煤氣燈燃起，大家更加賣力工作，因為有一大批產品等著寄走。剛熨好的長筒襪從廠房熱呼呼出品。保羅已準備好貨單。現在，他進行包裝，註明地址，隨後負責為包裹秤重。到處有人喊著重量，此起彼落的是金屬碰撞聲和繩索繃緊聲，有人急忙跑去找老職員梅凌先生討郵票。最後，郵差扛著布袋前來，一副笑呵呵的歡樂模樣。之後，所有步調緩和下來，保羅拿起午餐籃，衝向車站，趕搭八點二十分的火車。工廠的一天僅僅十二小時。

母親坐著等他，相當焦慮。他在科斯頓車站下車，徒步到家後已經大約九點二十分。而今早他在七點前出門。莫瑞爾夫人為他的健康憂心。但是，吃過不少苦的她期望孩子們也能承受同樣的境遇，必須能逆來順受。如此，保羅留在喬丹公司，但礙於採光不良、空氣不流通、工時漫長，他的健康受到摧殘。進門的保羅臉色蒼白，氣力貧乏。母親看著他。她看得出兒子相當高興，心中的焦慮因而一掃而空。

「上班情況如何啊？」她問。

「挺有意思的，母親，」他回答：「根本不必努力工作，大家都對我很好。」

「你沒出狀況吧？」

「對，只被嫌字寫得難看而已，不過我的主管帕普伍斯先生對老闆喬丹先生說，我應該沒問題。母親，我負責的是螺旋部門，建議妳過來看一看。裡面很不錯。」

不久後，他對喬丹公司培養出興趣。「螺旋主管」帕普伍斯先生具有某種「雅座酒吧」的風格，為人總是隨性而自然，把他當成同夥看待。有時候，帕普伍斯先生心浮氣躁，口香糖嚼得比平常更勤，但即使他動不動生氣，也不至於冒犯到人，因為他這種人發脾氣頂多只傷自己身，傷不到對方。

「還沒做完啊？拖到現在？」他會如此大聲喊。「再拖啊，沒關係，把整個月當成天天是星期日也行。」

轉眼間，他又變得嬉皮笑臉好心情，令保羅摸不清他的心。

「我明天想帶我的小母狗約克夏㹴來公司。」他對保羅興高采烈說。

「什麼是約克夏㹴？」

「不曉得什麼是約克夏㹴？**不曉得什麼是約克夏㹴……**」帕普伍斯先生震驚。

「是不是那種毛像絲的小型犬……顏色像鐵或像生鏽的銀子？」

「答對了，小子。她是個寶貝。她已經生了價值五英鎊的小狗，而她本身就值不只七英鎊。何況她體重連二十盎司都不到。」

隔天，母狗來了，小小的身子頻頻顫抖，模樣可憐，保羅不喜歡，覺得她像一條永遠晾不乾的溼抹布。有個男職員叫她過去，淨講一些粗俗的笑話。但帕普伍斯先生不以為意，朝著他的方向點點頭，繼續低聲交談。

喬丹先生後來再來評估保羅一次，這次只嫌他把筆放在櫃台上。

「筆不用時，應該擱在耳朵上面，這樣才有職員樣。筆用耳朵夾著！」有一天，他對保羅說：「下來。」他帶保羅進玻璃辦公室，為他戴上預防駝背的特殊護具。

然而，保羅最喜歡親近的還是女工。男職員顯得平凡，相當乏味。他不是不喜歡男職員，只是覺得他們無趣。手腳輕快的樓下監工寶莉發現保羅躲在地下室吃午餐，問保羅想吃什麼儘管說，她可以用小爐子煮給他吃。翌日，母親給保羅一盤可以加熱的餐點。保羅端進宜人乾淨的地下室給寶莉。不消幾天，午餐衍生出一個慣例：保羅應和她一同用餐。每天早上八點進公司，保羅把午餐籃交給寶莉，下午一點下樓時，她會把他的午餐準備妥當。

保羅的身材不十分高，膚色蒼白，栗子色的頭髮濃密，五官不規則，嘴闊唇豐滿。寶莉長得像小小鳥，常被保羅喊「小知更」。保羅生性儘管文靜，和寶莉同坐時，卻常喋喋不休講著家裡的事。女工全喜歡聽保羅講話，常簇擁著坐在長椅上的保羅，聽著保羅對她們談笑風生。有些女工認為他是個小怪人，嚴肅得不得了，但個性也爽朗欣悅，對待女工總是言行細膩。女工全喜歡他，而他也敬愛她們。他覺得自己和寶莉最投緣。至於紅髮康妮，臉蛋似蘋果花，講話呢喃細語，寒酸的黑罩衫掩不住貴氣，最能撥動他的浪漫心弦。

「妳坐著操作機器的時候，」他說：「看起來就像妳在轉動紡紗機似的——動作很好看，讓我聯想到《國王之歌》詩集[3]裡的依蓮。希望我能幫妳作畫。」

她聽了瞄他一眼，含羞臉紅。後來，他果真對著康妮素描：康妮坐在凳子上，面對轉輪，紅髮稍散落在鏽色的黑罩衫上，紅唇緊閉，態度嚴肅，專心抽取紅線，纏繞上線軸。保羅對這幅素描萬分珍惜。

有一位女工名叫露依，五官線條明顯，臉皮很厚，總喜歡對著他扭腰擺臀，保羅常和她開玩笑。

3《國王之歌》詩集（*Idylls of the King*），為丁尼生的敘事詩合集，寫於一八五九年至一八八五年間。

艾瑪上了年紀，外形樸素，瞧不起他。她以奚落保羅為樂，保羅並不介意。

「針是怎麼裝進去的？」他問艾瑪。

「走開啦，別煩我。」

「可是，我一定要搞清楚針是怎麼裝進去的。」

她繼續操作機器，絲毫沒有稍停的意思。

「你該搞清楚的事情可多著呢。」她說。

「好啊，那就教我怎麼把針裝進機器裡。」

「哎呀，這孩子多討人厭啊！看著啊，就是這樣裝進去。」

保羅凝神看。突然，哨聲響起，寶莉走來，以清亮的嗓門說：

「帕普伍斯先生想知道，你想在樓下陪女工再玩多久，保羅。」

保羅飛奔上樓，回頭喊：「再見！」

艾瑪直起身子說：「是他自己想玩機器的，我又沒拉住他。」

下午兩點，午休結束，女工回工作崗位，保羅照例跑上樓，去成品室找駝背女芬妮。帕普伍斯先生兩點四十分才回公司，通常發現小弟坐在芬妮身邊聊天，或在聊天，或和女工們一同歌唱。

通常，芬妮遲疑一分鐘後，也會隨歌聲唱起來。她的女低音音色美好。全體齊聲唱得和諧。在這裡，保羅和六、七名女工同坐，一陣子之後，他絲毫不感到羞赧。

唱到最後，芬妮會說：

「我知道你們一直在取笑我。」

「別胡思亂想了，芬妮！」女工之一大喊。

有一次，有人提起康妮的紅頭髮。

「芬妮的頭髮比較好看，我比較喜歡。」艾瑪說。

「用不著這樣尋我開心嘛。」芬妮臉紅到耳根。

「沒錯啊，保羅，她的確比較好看；她的頭髮好美。」

「這種顏色的頭髮賞心悅目，」他說：「色調偏冷，像土一樣，不過卻亮麗。就好比沼澤水似的。」

「扯到哪裡去了！」女工之一驚嘆，呵呵笑著。

「我只有被批評的命。」芬妮說。

「保羅，她的頭髮美極了，」艾瑪積極喊。「你應該見識一下。芬妮，妳把頭髮放下讓他看。說不定他想畫。」

芬妮表面不從，心裡卻想。

「那別怪我動手囉。」保羅說。

「好吧，隨你便吧。」芬妮說。

保羅細心從綁好的頭髮抽出髮夾，滿頭深褐色的秀髮唰然流瀉在駝背上。

「好美麗的頭髮！」他驚嘆。

女工們旁觀者，全場啞然。保羅把玩著放直的頭髮。

「太亮麗了！」他說，嗅著香水味。「我敢說，這頭髮值好幾英鎊。」

「保羅，你要的話，我死後可以捐給你。」芬妮半開玩笑說。

「妳看起來就像一個正坐著晾乾頭髮的任何人。」女工之一對長腿駝背女芬妮說。

可憐的芬妮敏感到了病態的程度，總是幻想別人話中帶刺。寶莉講話口氣唐突，一副公事公辦的嘴臉。

兩部門的仗永遠打不完，保羅總發現芬妮在哭。他擔起聽取芬妮冤屈的角色，不得不代她向寶莉求情。

如此，上班的時光尚屬歡樂。這座工廠具有居家的氣息，沒人催，沒人趕。每到接近出貨的時刻，大家加緊賣力，所有男職員團結一心，保羅喜歡這種氣氛。他喜歡觀察工作中的同事。人如工作，工作如人，兩者暫時融合為一體。女工則不然。真正的女人心似乎永遠不在工作崗位上，彷彿被擱置一旁，靜候著。

搭乘火車回家的路上，保羅望著市區的燈火在丘陵上密集閃爍，在山谷裡則匯聚為一盆火。他感覺人生豐足而美滿。火車遠離市區後，途經布維爾鎮，一簇燈火宛如流星擊中花朵，灑落無數花瓣。更遠處有熔爐的紅光，彷彿巨人對雲吐熱氣。

在科斯頓車站下車後，他必須再跋涉兩英里半，踏上兩道長坡，步下兩道短坡，一路上通常覺得疲勞，邊爬坡邊數著前方的路燈，還要走過幾盞才能到家。從坡頂，在漆黑的夜幕中，他環視五、六英里外的村落，見它們聚縮成團，猶如亮晶晶的生物，簡直像他腳下有一座天堂似的。在遠方，馬爾普村和西諾爾鎮以光明驅趕黑暗。偶爾，山頂和村落之間的黑谷有火車呼嘯而過，不是南下倫敦，就是北上蘇格蘭。偌大的火車如拋投物體，橫越暗夜，燒著煤，吐著白煙，路過時震得山谷噹噹響。火車走後，村鎮的燈火繼續默默閃耀。

最後，他走到家門前的一角，從這裡面對黑夜的另一邊。如今，這株梣樹已如朋友。他進門，母親起身，神色喜悅。他光榮無比地把八先令放在桌上。

「幫得上忙吧，母親？」他渴望地說。

「扣掉你的季票和午餐等等，所剩無幾了。」她回答。

接著，他細數今日點滴。夜復一夜，如同《一千零一夜》，他對母親傾吐親身經歷，說得幾乎像她過的日子。

6 家有喪事

亞瑟・莫瑞爾快長大了。他是個敏捷、粗心、衝動的男孩，很像父親。他討厭用功，該做功課時大吐怨氣，一逮到機會便又溜去玩他的遊戲。

表面上，他依舊集全家寵愛於一身，外形體面，舉止優雅，活力充沛。他的頭髮深褐色，肌膚鮮嫩，深藍眼珠敏銳，睫毛如刷，在慷慨氣度和敢愛敢恨的習性烘托下，他成為最得寵的小孩。然而，隨著年歲增長，他的性情變得陰晴莫測，常莫名其妙大發脾氣，不修飾的個性和暴躁的態度令人難以忍受。

他敬愛的母親有時對他感到厭煩。他只顧自己。在他行樂的路上如果有障礙物，必定招他痛恨，即使是母親也一樣。遇到麻煩時，他對母親訴苦不休。

有一次，他對母親抱怨說老師討厭他，莫瑞爾夫人對他說：「天啊，兒子！你不喜歡的話就求變，如果變不動，就只好忍著點吧。」

至於父親，以前他敬愛父親，父親也崇拜他，如今他憎惡父親。在亞瑟成長期間，莫瑞爾先生的情況緩緩走下坡，原本舉止俊美的他縮水了，不見得愈陳愈香，只變得小心眼，相當令人蔑視。他的神態也多了一分卑鄙和低級。每當他欺負亞瑟或對他下命令，亞瑟氣得跳腳。此外，莫瑞爾先生的態度每況愈下，習性也變得略為討人厭。子女進入青少年關鍵成長期，莫瑞爾先生的存在如同膿瘡，殘害子女的心靈。他對待家人的態度一如對待礦坑同事的態度。

每當莫瑞爾先生的言行惡化，亞瑟會氣得大罵：「骯髒的討厭鬼！」然後從椅子上跳下，憤而走出家門。莫瑞爾先生見子女討厭他的言行，更加勤於使壞。在子女十四、十五歲敏感脆弱的階段，他惹子女討厭，氣得他們瀕臨發瘋，他似乎能獲得一種滿足感。因此，在亞瑟成長期間，不齒父親年邁墮落的他，比兄姊更痛恨父親。

有時，莫瑞爾先生似乎能感受到子女輕視他、痛恨他，會破口大罵，「世上沒有一個男人比俺更賣命愛家！俺盡了最大力氣養他們，卻被當成一條狗對待。告訴你們，休想叫俺再忍受下去！」

若非他口出重話，若非他不如他所想的那麼賣命，子女一定會為他感到難過。演變到最後，子女幾乎全面對他開戰，他也持續使壞、惹人討厭，只為了宣示獨立權。子女憎惡他。

亞瑟對他滿腔怒燄，變得暴躁易怒，後來取得獎學金，即將前往諾丁罕就讀中學時，母親索性讓他搬出去，投靠她住在市區的姊妹之一，僅在週末返家。

安妮在公立小學教書，仍是初級教師，週薪約四先令，但因她已通過資格考，不久即將加薪至十五先令，能為家中經濟解圍。

莫瑞爾夫人現在黏著保羅不放。保羅生性文靜，不屬於陽光型，但他仍持續作畫，仍緊挨在母親身旁。他做的一切全是為了她。晚間，她等保羅回家，然後對兒子傾訴一天下來的想法，道盡整天的經歷。保羅會坐著凝神聆聽。母子倆分享生活裡的大小事。

威廉已經和棕髮美女訂婚，戒指耗費八基尼，金額之高令弟妹們倒抽一口冷氣。

「八基尼！」莫瑞爾先生說：「可見是個傻子！假如他分一點給老子，他臉上倒比較會光彩一點。」

「分給**你**一點！」莫瑞爾夫人大叫。「幹嘛分一點給**你**！」

莫瑞爾夫人記得訂婚時，**他**根本沒買訂婚戒指。就算威廉傻，威廉心地不壞，在這一對父子檔中，她比較喜歡威廉。但現在，威廉三句不離他常帶未婚妻去跳舞，常買華麗的服飾給她穿戴。他也常興高采烈告訴母親，小倆口進戲院時，大家把他們視為名人。

他想帶未婚妻回家。莫瑞爾夫人說，應該在耶誕節帶她來。這一年耶誕，威廉帶回一位淑女，沒帶禮物。莫瑞爾夫人已煮好晚餐。她聽見門外傳來腳步聲，起身去門口。威廉進門。

「哈囉，母親！」他匆匆吻她一下，然後讓開，引介一位身材修長健美的女孩。她穿著黑白花格的服飾和皮草。

「她的綽號是吉普賽！」

莉莉．維斯登小姐伸出一手，露齒淺淺一笑。

「喔，妳好，莫瑞爾夫人！」她說。

「妳恐怕餓了吧。」莫瑞爾夫人說。

「不餓不餓，我們在火車上用餐了。胖子，我的手套在你身上嗎？」

高瘦的威廉急忙望她一眼。

「怎麼會在我身上？」他反問。

「那麼一定是被我搞丟了。別生我氣。」

皺眉的神情在他臉上一閃而逝，但他不語。莉莉左右看廚房的擺設。對她而言，這間廚房小而奇特，掛著亮閃閃的槲寄生，以松柏襯托相框，椅子是木製品，小餐桌也以粗木製成。就在此刻，莫瑞爾先生進門來。

「哈囉，爸！」

「哈囉，兒子！太意外了！」

父子握握手，威廉介紹未婚妻給父親認識。她以同樣的露齒淺笑回應。

「你好嗎，莫瑞爾先生？」

莫瑞爾先生卑屈地鞠躬。

「我非常好，希望妳也是。妳千萬不要見外。」

「喔，謝謝你。」莉莉含笑回應。

「妳應該想上樓吧。」莫瑞爾夫人說。

「如果妳不介意的話。如果太麻煩，那就不用了。」

「不麻煩。安妮可以帶妳上樓。莫瑞爾先生，幫她搬行李箱。」

「妳可別耗一整個鐘頭打扮唷。」威廉對未婚妻說。

莫瑞爾夫妻搬出前臥房給客人睡。這一間小而冷，只點蠟燭。礦工妻僅在家人生重病時才使用壁爐取暖。安妮端著銅燭台帶路，害臊到講不出話。

「需要我為您解開行李箱嗎？」安妮問。

「喔，非常謝謝妳！」

安妮盡女僕的職務，然後下樓打熱水。

「我猜她累壞了，母親，」威廉說：「這一趟旅途很趕，累得不成人形。」

「要不要我做點什麼東西給她吃？」莫瑞爾夫人問。

「不用了，她不會有大礙的。」

然而，家中多了一股寒意。半小時之後，莉莉．維斯登小姐換上偏紫的洋裝下樓，為礦工家廚房增色。

「我不是叫妳別換衣服了？」威廉對她說。

「哎唷，胖子！」說完，她轉頭，以略帶甜蜜的淺笑對莫瑞爾夫人說：「他老是嘟嘟噥噥的，妳不覺得嗎？莫瑞爾夫人？」

「是嗎？」莫瑞爾夫人說：「那他不太厚道。」

「就是說嘛！」

「妳覺得冷吧？」莫瑞爾夫人說：「要不要過來這邊，比較接近壁爐？」

莫瑞爾先生從他的扶手椅跳下來。

「過來坐這裡！」他叫著。「快來坐這裡！」

「不用，爸，你的椅子你自己坐。來，小吉，坐沙發。」威廉說。

「不行，不行！」莫瑞爾先生叫著。「這個椅子最暖了。過來坐這，維森小姐。」

「非常謝謝你，」莉莉說，坐進莫瑞爾先生的扶手椅——上位。她哆嗦著，感受到廚房的暖意襲身。

「去拿一條手絹給我，親愛的胖子！」她說，芳唇舉向他，語調親暱，旁若無人，令家人覺得打擾到小倆口。顯然，莉莉不把他們當作人看待。在她心目中，這家人無異於牲口。威廉縮一縮眉頭。

在倫敦南區的斯特里薩姆家中，莉莉是高高在上的千金小姐，身邊各個是下人。在她眼裡，這家人——言行態度全像小丑——簡而言之是工人階級，叫她如何調適呢？

「我去拿。」安妮自告奮勇。

莉莉一副沒聽見的樣子，彷彿講話的人是僕役。安妮拿手絹下來後，莉莉卻說：「哇，謝謝妳！」口氣不失風度。

她坐下，聊起火車上用餐一事，嫌棄車上的飲食。她也聊及倫敦和跳舞的事。她其實非常緊張，以勤動口舌來掩飾恐懼。莫瑞爾先生一直坐著觀察她，抽著麻繩狀的菸草，聽她油滑的倫敦腔，吞雲吐霧。莫瑞爾夫人為準媳婦穿上最稱頭的黑絲女裝，沉聲回應她，言語相當簡短。三弟妹面帶景仰，默默圍坐著。莉莉．維斯登小姐是公主。莫瑞爾家請出最高級的器皿款待她：上等茶杯、上等調羹、上等桌布、上等咖啡壺。三弟妹以為，她一定會覺得這些東西相當高貴。她心裡其實覺得怪異，畢竟她不懂這些人，不知如何和他們打交道。威廉插科打諢，略顯不自在。

約莫十時，他對莉莉說：

「妳不累嗎，小吉？」

「相當累，胖子。」她回答，立即改以親暱的口吻說話，微微向一旁傾頭。

「我去幫她點蠟燭，母親。」他說。

「很好。」母親說。

莉莉站起來，對準婆婆伸出一手。

「晚安，莫瑞爾夫人。」她說。

保羅坐在坐在鍋爐前，開水龍頭，讓熱水流入一支岩造啤酒瓶。安妮找一件舊的法蘭絨礦工背心，裹住瓶子保暖，吻母親道晚安。由於家裡沒地方睡，她只得和客人擠一間。

「妳等一等。」莫瑞爾夫人對安妮說。安妮抱熱水瓶坐著等。莉莉到處跟人握手，令所有人窘迫，隨後在威廉帶領下離開。五分鐘後，威廉下樓。他的心相當苦悶；他自己不明白原因何在。他話不多，等所有人上床、只剩他和母親，話匣子才打開。他岔開雙腿站在壁爐前，擺出老態度，遲疑地說：

「呃，母親？」
「什麼事，兒子？」
她坐在搖椅上，為兒子感到一股莫名傷痛和羞辱。
「妳喜歡她嗎？」
「是的。」母親的回答慢半拍。
「母親，她不習慣，還在害羞。妳知道，我們家和她姨媽家不一樣。」
「當然不一樣，兒子。她一定覺得難以調適。」
「的確是。」旋即，他皺眉。「錯就錯在她不該擺出那副『天之驕女』的嘴臉！」
「那只不過是初相見的彆扭罷了，孩子。過一陣子就沒事。」
「也對，母親，」他心懷感激說。但他仍愁眉不展。「妳知道嗎？她不像妳，母親。她不是一個認真的女人，而且她沒有思考能力。」
「她還年輕，兒子。」
「對，何況，她身世坎坷。她很小的時候，母親就過世了，從此在姨媽家生活。她受不了姨媽。另外，她父親是個生活糜爛的有錢人。她從小沒有親情滋潤。」
「可憐啊！唉，你一定要儘量彌補她。」
「所以說……有很多事，妳應該多多原諒她。」
「有什麼好原諒的，兒子？」
「不知道。她如果表現得膚淺，妳一定要記得，她從小沒人教她培養內涵。何況，她愛我愛得不得了。」
「大家都看得出來。」

「可是，母親，妳應該知道……她……她和我們不一樣。她那種人——在她生活圈裡的那些人，他們遵守的原則和我們不太一樣。」

「你不能妄下論斷。」莫瑞爾夫人說。

但他內心有一團忐忑不安。

然而翌晨他下床，在家裡唱歌，腳步輕盈。

「哈囉！」他坐在樓梯上呼喚。「妳起床了嗎？」

「對。」莉莉的呼聲微弱。

「耶誕節快樂！」他對莉莉喊。

莉莉笑聲吟吟曼妙，從臥房傳出。半小時之後，她仍未下樓。

「她剛說她起床了，是真的已經下床了嗎？」威廉問安妮。

「是啊。」安妮回答。

威廉再等一會兒，然後再度走向樓梯。

「新年快樂。」他喊。

「謝謝你，親愛的胖子！」帶笑的語音從遠方飄下來。

「快一點！」他懇求。

已經過了將近一小時，威廉依然苦等不到她的身影。習慣在六點前起床的莫瑞爾先生看時鐘。

「哇，怪事！」他感嘆。

全家人已吃完早餐，威廉例外。他來到樓梯口，抬頭問：

「要不要我送一顆復活節彩蛋上去給妳啊？」他語帶怒意喊。莉莉只笑一笑。家人等了這麼久，以為窩在房間裡的她想變魔術。最後，莉莉終於露臉，穿著好看的女裝和裙子。

「拖了半天，妳是**真的**在打扮嗎？」威廉問。

「親愛的胖子！怎能問女生這種問題呢？是不是啊？莫瑞爾夫人？」

起初，她扮演貴婦的角色。威廉帶她去禮拜堂，他穿長外衣，戴絲帽，莉莉則穿倫敦製套裝和皮草。保羅、亞瑟和安妮預期，全教堂會俯首跪地仰慕她。莫瑞爾先生穿週日西裝，站在路尾，看著這對佳偶走在前頭，自覺是王子和王子妃的父親。

但莉莉其實沒有高貴到哪裡。這一年來，她在倫敦一間辦公室裡從事祕書或職員之類的工作。然而，和準親家相處時，她卻擺出女王樣。她坐著讓安妮或保羅服侍，把弟妹視為僕役差遣。對待準婆婆，她油嘴滑舌，以奉承的態度對待準公公。然而，如此過了一、兩天之後，她逐漸變臉。

威廉帶莉莉去散步時，總喜歡叫保羅或安妮一起去。因為能增加趣味。說實在話，保羅對「吉普賽」是景仰得死心塌地，母親看在眼裡，幾乎無法原諒他。

第二天，莉莉說：「喂，安妮，妳有沒有看見我把皮手籠忘在哪裡？」

威廉回答：「妳明知道在臥房裡，幹嘛問安妮？」

莉莉緊抿雙唇，氣得上樓。未婚妻對他的胞妹頤指氣使，他實在看不過去。

第三天晚間，威廉和莉莉同坐在客廳壁爐邊，光線昏暗。到了十點四十五分，他們聽見廚房有人在撥火。威廉進廚房看見母親，未婚妻跟著進來。

「這麼晚了嗎，母親？」他說。母親獨自坐在廚房裡。

「不太晚，兒子，不過，我平常都這麼晚才上床。」

「那妳為什麼還不去睡？」他問。

「留你們兩個在樓下嗎？不行，孩子，我不放心。」

「妳信不過我們嗎？母親？」

「信得過或不信，我都不願意。你們想待到十一點隨便你，我可以讀讀書。」

「去睡吧，小吉，」他對未婚妻說：「我們不能讓媽媽等下去。」

「莉莉，安妮為妳留一盞蠟燭，」莫瑞爾夫人說。「妳上樓不至於摸黑。」

「好的，謝謝妳。晚安，莫瑞爾夫人。」

威廉在樓梯口吻未婚妻，目送她上樓。他回廚房。

「妳難道不能信任我們嗎？母親？」他再問一次，內心相當感冒。

「兒子，我告訴你，大家上床之後，留你們這樣的小倆口在樓下，我認為**不妥**。」

威廉被迫接受這說法。他吻母親道晚安。

復活節，威廉單獨返家探親，反覆找母親討論未婚妻的事。

「妳知道嗎，母親，她不在我身邊的時候，我一點都不想念她。能不能再見到她一面也不重要。不過，晚上如果有她在身邊，我會對她愛得半死。」

「如果她對你的引力只有這樣，為這種愛結婚，是嫌有點怪誕。」莫瑞爾夫人說。

「的確是很怪！」他感嘆。他既憂心又困惑。「話說回來……我們之間太複雜了，我不能現在說停就停。」

「最懂的人是你自己，」莫瑞爾夫人說：「不過，如果你們之間真如你所說，我倒不認為是**愛情**——怎麼看也不太像。」

「唉，我也不知道，母親。她是一個孤兒，而且……」

母子始終談不出結論。威廉似乎解不開疑惑，相當煩惱。她的說法也相當委婉。他傾盡心血和金錢照顧莉莉，返家探親時，幾乎拿不出錢帶母親去逛諾丁罕。

保羅在耶誕節獲得加薪，現在每週領十先令，他大為歡喜。在喬丹公司，他工作相當愉快，但因工時長，加上工作環境封閉，他的健康受影響。愈來愈看重他的母親思索著如何幫助他。

週一下午他只上半天班。五月某星期一上午，別無旁人，母子倆吃早餐時，她說：

「我認為今天會是個大晴天。」

他赫然抬頭。這話別有含義。

「利弗斯先生搬去一座新農場了，你是知道的。上星期，他問我願不願意來看利弗斯夫人，我答應說，如果星期一天氣好，我可以帶你一起去。你想不想跟？」

「太棒了，小婦人！」他驚呼。「今天下午一起去吧？」

保羅急忙去車站，心情輕快。德貝路上有一株櫻桃樹，閃閃動人。雕像廣場邊的老磚牆顯得火紅，春光是一派綠油油的景象。在清涼的早晨塵土中，大馬路陡坡在眼前開展，光影交織成精美的圖樣，靜止不動。大樹昂然傾垂著綠色巨肩膀。上班期間，保羅待在倉庫裡一上午，滿腦子是外面的春色。

午餐時間他回到家，母親相當興奮。

「要不要去？」他問。

「等我準備好。」她回答。

他趕緊站起來。

「我去洗餐具，妳趕快去換衣服。」他說。

母親照他的話去做。他洗好鍋子，整理廚房，然後取出母親的靴子。這雙相當乾淨。世上有一種人，天生有辦法踏過泥濘而不弄髒鞋子，莫瑞爾夫人就是這種人。但保羅必須為她清理靴子。這雙小山羊皮靴只值八先令，卻被保羅視為全天下最優美的靴子，把它們當成鮮花看待，抱著崇敬無比的心刷洗。

她忽然出現在門廳，神情嬌羞。她換上一件棉質新女裝。保羅跳起來，衝過去。

「哇，神啊！」他驚嘆。「好引人注目的衣服！」

她以略帶高傲的態度嗤之以鼻，頭抬得高高的。

「根本不會引人注目啦！」她回應。「這衣服非常低調。」

她走向前，保羅則在她身旁徘徊。

「怎樣？」她問得相當羞怯，卻硬裝尊貴。「喜歡嗎？」

「豈止是喜歡！能陪妳這樣的優質小婦人去踏青，是我的福氣！」

他走過去審視母親的背影。

「哼，」他說：「假如我走在街上，從背後看妳，我一定會說：『那位小婦人挺自負的嘛！』」

「自負才怪，」母親回嘴。「適不適合，她都不太確定呢。」

「說什麼話！如果她想穿髒兮兮的黑衣服，想把自己包進燒焦的黑紙團，那也無所謂。這衣服真的很合適，我覺得妳很好看。」

她淡淡嗤之以鼻，壓抑著欣喜，佯裝不認同。

「哼，」她說：「這衣服才花我三先令。現成品不可能便宜到這種地步，對吧？」

「我想也是。」他回答。

「而且，你看，這布料不錯。」

「美到沒話說。」他說。

這件衣服是白色，點綴著些許淡紫和黑色。

「不過，以我來說，這衣服恐怕太年輕了。」她說。

「太年輕！」他語帶排斥。「那妳乾脆買一堆白假髮，黏在頭上，不就好了？」

「很快就沒必要了，」她回應。「我的頭髮白得夠快了。」

「哼，不准妳白頭，」他說：「母親變成白頭婆，我要她做什麼呢？」

「恐怕你也只能忍著點了，兒子。」她的語氣相當詭異。

兩人浩浩蕩蕩出發。她拿著威廉送的雨傘遮烈日。保羅個頭雖然不高，卻比她高一大截。他自得其樂。

在休耕地上，麥苗散發絲光。明敦礦區的白蒸氣扶搖直上，搖擺著，咳嗽著，喀喀聲顯得沙啞。

「快看那邊！」莫瑞爾夫人說。母子駐足路上觀看。大礦場山丘的山脊上出現一小串黑影：一匹馬、一臺小貨車、一名男子，只見輪廓，朝天爬坡中。爬到盡頭，男子傾斜貨車，廢物往陡坡下直墜，紛鬧不已。

「妳坐一會兒，母親。」他說。他在田埂坐下，振筆素描。她靜靜隨他去作畫，自己環視著晴空下的午後風景，見到紅屋在綠地之中閃耀。

「這世界是個愜意的好地方，」她說：「美得愜意。」

「礦坑也是，」保羅說。「妳看，礦坑一堆堆擠在一起，幾乎像活生生的東西——像一隻不知名的巨獸。」

「對，」她說：「也許吧！」

「那麼多貨車停在那裡等，好像一行野獸等著被餵食。」他說。

「有貨車停在那裡等，我慶幸都來不及了，」她說：「因為這表示，這星期不至於停工。」

「不過，我喜歡物體動起來時的那種**活人**的感覺。貨車就有那種活人的感覺，因為它們每一臺全被人手操縱。」

「對。」莫瑞爾夫人說。

母子倆走在樹蔭下的大馬路。保羅不時指點東西給她看，但她看得高興。兩人通過尼瑟密爾鎮的尾端，見到豔陽如花瓣輕灑進小鎮懷抱中。之後，他們轉進一條民宅自用小路，帶著戒慎心，往一座大農場前進。有一條狗狂吠。一名婦人出來看究竟。

「從這裡走，可以到威利農場嗎？」莫瑞爾夫人問。

深怕被屋主驅趕的保羅故意落後幾步。幸好，這婦人態度和氣，對他們指引方向。母子倆穿越小麥田和燕麥田，走過小橋，進入一片野生牧草地。幾隻胸部皓白的鳳頭麥雞在他們身旁打轉、啼叫。湖面湛藍，靜止無紋。一隻蒼鷺在高空盤旋。對面的小山上林木蓊鬱而幽靜。

「這條路真有野趣啊，母親，」保羅說：「就像加拿大。」

「很美麗，不是嗎？」莫瑞爾夫人四下看著讚嘆。

「看那隻蒼鷺……看……有沒有看見她的腳？」

他頻頻指東西叫母親看，母親相當滿足。

「接下來往哪裡走？」她問：「他叫我穿越樹林進去。」

左邊這片樹林陰暗有圍牆。

「我覺得這邊有條小路，」保羅說：「奇怪，妳走市區的路從不會走丟。」

他們找到一道小門，入內不久後，走上樹林裡的一條綠意盎然的寬步道，一邊是新生冷杉和松樹，另一邊是稀稀朗朗的橡樹林，枝葉垂向路面。橡林裡有新生的綠榛樹，樹下鋪著大片淺黃褐色的橡葉，上面長出一群接一群的藍鈴花。他採花送母親。

「這裡有一點剛割下的牧草。」他說，隨即再採一把勿忘我送她。母親的手操勞家事而粗糙，捧著他送的一小束野花，他看著，內心因親情激盪而痛楚。她顯得樂陶陶。

這條林間馬道的盡頭有一座附有過籬梯的圍牆。保羅輕鬆翻越。

「來，」他說：「我拉妳。」

「不用了，走開。我自己爬得過去。」

他站在過籬梯另一邊，舉手準備接她。她謹慎攀爬著。

等她平安踩到另一邊的地上，他語帶輕蔑說：「怎麼那樣爬！」

「可惡的過籬梯！」她罵著。

「呆瓜小婦人，」他說：「被過籬梯難倒了。」

來到樹林外，前方有一簇低矮的紅色農場建築物，母子倆快步上前。與樹林緊鄰的是一座蘋果園，落花遍灑磨石上。樹叢和低垂的橡樹下有一座深塘。幾頭牛站在樹蔭下納涼。農場和建築物分據方院的三邊，朝著樹林擁抱陽光，環境非常幽靜。

母子倆走進有欄杆的小庭園，嗅到紅麝香石竹的芬芳。門開著，外面擺著幾條麵團降溫，一隻母雞正要過來啄食麵包。就在這時候，忽然有一名小女孩出現在門口。女孩穿著髒圍裙，約莫十四歲，紅暈的臉頰上有陰霾，短而捲的黑髮非常纖細，顯得無拘無束，眼眸深邃，神色羞赧，面帶疑問，似乎對陌生人略帶憎惡感。她掉頭就走。一分鐘後，另一人來了。這人是一位羸弱瘦小的婦女，臉色紅暈，有一雙深褐色的大眼睛。

「喔！」婦女驚呼，以微帶光彩的微笑說：「妳果然來了。我太高興了。」她的口氣親暱，相當感傷。

兩婦人握握手。

「我們來這裡，該不會打擾到妳吧？」莫瑞爾夫人說：「我知道農場生活很忙。」

「怎麼會！能看見新臉孔，我們慶幸都來不及了。這裡實在太偏僻了。」

「我想也是。」莫瑞爾夫人說。

她帶母子倆進入客廳——這間客廳長而矮，壁爐裡有一大束歐洲莢蒾花。兩婦人在客廳交談時，保羅出去外面探勘環境。他進院子裡嗅麝香石竹，賞花，剛才那位女孩快步走出來，走向堆在圍牆邊的煤。

「我猜這些是百葉薔薇吧？」他問女孩，指向圍牆邊的矮樹叢。

女孩望向他，褐色大眼露出驚嚇的神色。

「開花的時候，應該是百葉薔薇吧？」他再問。

「我不知道，」她結巴說：「花瓣是白色，中間是粉紅色。」

「那一定是少女腮紅薔薇了。」

女孩名叫米瑞恩。她的膚色溫煦嬌媚。

「我不知道。」她說。

「你們家院子種的東西不多嘛。」他說。

「我們搬來這裡還不到一年。」她回應，語調疏遠，略帶優越感，邊說邊退回屋內。保羅沒注意到，只顧著繼續探索。未久，母親出來，帶他參觀房舍。保羅大為雀躍。

「我猜你們也養雞鴨牛豬吧？」莫瑞爾夫人對利弗斯夫人說。

「沒有，」小婦人回答：「我抽不出時間養牛，而且我經驗也不多。光是照顧這個家，我就忙不過來了。」

「嗯，我想也是。」莫瑞爾夫人說。

未久，女孩走出來。

「母親，茶準備好了。」她以細聲悠揚的語調說。

「喔，謝謝妳，米瑞恩。我們馬上來。」利弗斯夫人回應，口氣近乎逢迎。「莫瑞爾夫人，妳現在想喝茶嗎？」

「當然，」莫瑞爾夫人說：「隨時都行。」

保羅陪母親和利弗斯夫人喝茶。然後，三人一同進樹林，看見滿地是藍鈴花，小徑兩旁則長滿如煙似霧的勿忘我。母子倆不亦樂乎。

回屋內時，利弗斯先生和長子艾格在廚房裡。艾格大約十八歲。接著，兩個高壯的男孩也進來，一個是十二歲的傑佛瑞，另一個是十三歲的莫利斯。他們剛放學。利弗斯先生是個盛年美男子，嘴上有一撇金棕色的小鬍子，被天色照得藍眼瞇瞇。

三個男孩瞧不起保羅，但保羅幾乎沒留意到。他們帶他出去，到處撿雞蛋，鑽進鑽出。餵雞的時候，米瑞恩出來。男孩們不理會她。雞籠裡有一隻母雞帶著一群黃毛小雞。莫利斯抓一把穀子放在掌心，讓母雞啄食。

「你敢嗎？」他問保羅。

「我試試看。」保羅說。

保羅的小手溫熱，看起來相當能幹。米瑞恩旁觀著。他伸手餵母雞。母雞歪頭以爍亮冷硬的雞眼看他，冷不防啄他的手心一下。他嚇一跳，哈哈笑起來。「啄、啄、啄！」雞嘴繼續吃他手上的穀子。他再度笑呵呵，其他男孩也跟進。

最後一粒穀子被咬走後，保羅說：「她會大口小口啄你，但怎麼啄也不痛。」

莫利斯說：「米瑞恩，輪到妳了。妳過來試試看。」

「不要。」她畏縮驚呼。

「哈！小娃娃一個。被寵壞的小孩！」胞兄胞弟嘲笑她。

「一點也不會痛的，」保羅說：「只輕輕啄幾下而已。」

「不要。」米瑞恩又說，猛搖頭畏縮，黑色鬈髮跟著晃。

「她不敢啦，」傑佛瑞說：「她呀，除了背詩，什麼都不敢。」

「不敢翻院子門，不敢吹口哨，不敢玩溜滑梯，挨女生揍也不敢還手。她呀，只會成天幻想自己是貴婦——亞瑟王傳奇裡的『湖中仙』！」莫利斯大喊。

米瑞恩羞愧難過得面紅耳赤。

「我敢做的事比你們多，」她大聲說：「你們充其量不過是愛欺負弱小的懦夫。」

「哎唷，愛欺負弱小的懦夫！」男孩們學她講得字正腔圓。

小丑無法惹惱我，
粗言以沉默回應。

他背她的詩取笑她，哈哈叫囂著。

米瑞恩回屋裡。保羅隨男孩們進果園，裡面設有雙槓。兄弟們吊著雙槓，鍛鍊體力。保羅力氣不大但身手靈巧，仍能應付雙槓。蘋果樹有一根樹枝低垂，保羅伸手摸摸上面的一朵蘋果花。

「不准摘蘋果花，」大哥艾格說：「不然明年長不出蘋果。」

「我又不想摘。」保羅說著走開。

男孩們對他展現敵意；他們比較想找自己的樂子。保羅漫步回屋內找母親。他繞到房子後面，看見米瑞恩跪在雞籠前，手心有幾粒玉米。她咬著嘴唇，彎腰聚精會神。母雞以邪惡的眼神瞅著她。她小心翼翼，伸手向前去。母雞點著頭，走向她。她趕緊驚叫縮手，既恐懼又懊惱。

「牠不會弄痛妳的。」保羅說。

她臉色漲紅，開始站起來。

「我只想試一試而已。」她沉聲說。

「看，不會痛啦。」他說著在掌心放兩粒穀物，讓母雞啄、啄、啄他的空手。「只會逗妳笑出來。」他說。

她伸手向前，縮回來，再試一次，接著驚叫一聲，又赫然縮手。他皺眉頭。

「有什麼好怕的？我甚至敢讓她從我臉上啄穀物，」保羅說：「雞嘴只輕輕戳一下而已。如果啄的力道很猛，那她每天啄來啄去，地面恐怕早被她啄翻了。」

他悶悶等著，看著。最後，米瑞恩總算讓母雞從她手心啄食。她輕呼一聲——出自於恐懼，也因為她怕痛——可憐兮兮。但她終於成功了。她再來一遍。

「我就說嘛，」保羅說：「一點也不痛，對吧？」

米瑞恩看著他，黑瞳孔擴大。

「對。」她笑著說，顫抖著。

她站起來，進屋內。她似乎有點憎恨保羅。

「他以為我只不過是個平民。」她心想。她多想證明自己是「湖中仙」之類的大人物。

保羅發現母親已準備回家。她對兒子微笑。他捧著一大束野花。利弗斯夫妻陪他們走進原野。夕陽把丘陵塗抹成金色；林深之處佈滿暗成紫色的藍鈴花。四面八方是一派幽靜，只聞樹葉婆娑和鳥鳴。

「偏僻歸偏僻，這地方真美啊。」莫瑞爾夫人說。

「是的，」利弗斯先生說：「的確是個不錯的小地方，只可惜野兔太猖獗，把牧草啃得光禿禿。恐怕再怎麼忙也攢不到錢。」

他拍拍手，樹林附近的地面爆發一陣騷動，褐色的兔子四散蹦跳著。

「太不可思議了！」莫瑞爾夫人驚呼。

丟下利弗斯夫婦，她帶保羅繼續走。

「農場的感覺很棒吧，母親？」他輕聲說。

眉月出來了。幸福盈漲他的心，飽滿到心痛的地步。母親一直長舌不休，因為她也快樂到想哭。

「換成我，我多想幫忙那男人啊！」她說：「我多想照顧那群母雞和小雞啊！我多想擠牛奶，多想和他商量事情、計畫事情啊。哇，假如我是他的妻子，那座農場我保證能經營成功！可惜，她拿不出力氣——她是真的無能為力。你知道，她根本不應該挑起那種重擔。我真為她難過，也為她丈夫難過。假如啊，他是我的男人，我絕不會嫌他不好！我的意思不是利弗斯夫人嫌棄他。而且她是個非常貼心的人。」

在聖靈降臨週，威廉放假一星期，再度攜未婚妻返家。天氣很好。早晨，威廉和莉莉照常和保羅一同出去散步。威廉不常對莉莉開口，說話時只略提童年往事。保羅對他們則有講不完的話。來到明敦教堂旁的草地，三人全躺下。在教堂的一邊，在城堡農場旁，有一排隨輕風搖曳的楊樹。山楂從綠籬上落地；田裏的便士雛菊和剪秋羅宛如在歡笑。二十三歲的威廉身材高瘦，比以前更瘦，甚至略顯枯槁。他躺著曬太陽，做白日夢，莉莉則撥弄著他的頭髮。保羅去摘大朵的雛菊。摘掉帽子的她頭髮烏黑如馬鬃。保羅捧著雛菊回來，妝點黑亮的秀髮——大朵的黃花白花插滿頭，粉紅的剪秋羅穿插其中。

「妳現在像是個小女巫，」保羅對她說。「威廉，你說是不是？」

莉莉笑了。威廉睜眼看她，眼神攙雜著悲哀和重度憂慮。

「我是不是被他打扮成妖怪了？」她問，對著地上的未婚夫呵呵笑。

「的確是！」威廉微笑回答。

他看著莉莉。莉莉的美貌似乎刺痛他。他看一眼野花滿頭的她，眉頭縮緊。

「妳看起來還不錯——如果妳想聽的是這句。」他說。她不戴回帽子，起身走。走了一會兒，威廉恢復精神，對她相當溫柔。來到橋上，威廉去刻字，把兩人的姓名縮寫刻進一顆心。

L.L.W.

W.M.

莉莉看著他強勁的手緊張刻著字，看見閃亮的手毛和雀斑，似乎看得出神。

威廉和莉莉回家期間，家裡瀰漫著一股哀戚又溫馨的氣氛，另外也含有某種柔情。然而，威廉經常動肝火。回家度假八日，莉莉帶了五件洋裝和六件上衣。

「對了，」她對安妮說：「可以麻煩妳幫我洗這兩件上衣和另外這幾件嗎？」

翌晨，安妮站著洗衣服，威廉則帶莉莉出去。莫瑞爾夫人火冒三丈。有時候，威廉瞥見未婚妻對待胞妹的態度，不禁討厭未婚妻。

星期日早晨，莉莉穿上薄軟綢洋裝，絲柔飄逸的姿態豔光四射，如藍鴉羽毛一般蔚藍。她也戴一頂乳白色大帽子，上面畫著無數玫瑰花，多數是血紅色。眾人無不仰慕她。但同一天晚上，即將出門之前，她再度問：

「胖子，我的手套在你那邊嗎？」

「哪一雙？」威廉問。

「新買的黑色**絨面革**。」

「沒有。」

東找西找，沒下落。被她搞丟了。

「我告訴妳，母親，」威廉說：「耶誕節到現在，這雙是她搞丟的第四雙——一雙五先令啊！」

「你只給過我**兩雙**。」她抗議。

晚餐後，威廉站在壁爐前，莉莉坐在沙發上，他暗暗恨著她。隔天下午，他出去見老友，留莉莉在家。她坐著，拿著一本書，看著。晚餐後，威廉想寫一封信。

「莉莉，這本是妳的書，」莫瑞爾夫人說：「想不想再讀幾分鐘？」

「不用了，謝謝妳，」莉莉說：「我想靜靜坐一下。」

「可是，枯坐著多無聊啊。」

威廉態度暴躁，快筆寫信。最後，他邊黏封口邊說：

「讀書！不會吧，她一輩子從來沒有讀過一本書。」

「唉，扯淡！」莫瑞爾夫人說，為兒子誇大其詞感到不悅。

「我說的是真的，母親——她一本書也沒讀過，」他大聲說，一躍而起，在壁爐前的老地方站定。「她這一輩子連一本書也沒讀過。」

「就像俺一樣，」莫瑞爾先生插嘴。「書裡有啥東西可看？鼻子直往書裡鑽，俺看不出道理。」

「可是，你不應該講這種話。」莫瑞爾夫人對兒子說。

「事實就是事實啊，母親——她**不識字**。妳給她什麼書？」

「呃，我給她安妮．斯萬[4]。薄薄一小本。星期日下午，沒人想讀硬邦邦的東西。」

「哼，我敢打賭，她連十行都讀不進去。」

「你錯了。」母親說。

舌戰期間，莉莉愁眉苦臉，一直坐在沙發上。威廉旋身面對她。

「妳有沒有讀到什麼東西？」他問。

「有，我有。」她回答。

「讀多少？」

「我哪知道讀多少頁。」

「妳讀到什麼，隨便講一個給我聽。」

她講不出來。

她根本連第二頁都沒有讀到。威廉讀書無數，智能敏捷而活躍，她卻只懂得做愛和閒聊。威廉習於和母親切磋想法。因此，每當他想找人作伴，對方卻要求他扮演接吻呢喃的情人，他這時就對未婚妻生恨。

夜裡，樓下只剩威廉和母親時，他說：「妳知道嗎，母親，她沒大腦，完全沒有錢的觀念，薪水一到手，她馬上去買糖漬栗子之類的垃圾，結果沒錢買季票，叫我幫她買。另外還有雜七雜八的東西，連內衣

---

4 安妮．斯萬（Annie Swan），蘇格蘭羅曼史作家。

褲都包括在內。而她還想結婚呢。我本來想，乾脆明年結婚算了。不過，照目前情況來看……」

「結了婚也會鬧得烏煙瘴氣，」母親接話。「最好再慎重考慮，兒子。」

「唉，都走到這地步，想悔婚也太遲了，」他說。「所以，我想還是儘早結婚比較好。」

「那也好，兒子。想結婚就去結婚吧，沒人能攔你。不過，我告訴你，這件事會讓我失眠。」

「唉，她將來應該還好啦，母親。我們應該能應付。」

「她叫你幫她買內衣褲？」母親問。

「這個嘛，」他語帶歉意說：「不是她主動要求的。有天早上冷得受不了，我發現她在車站發抖，怎麼也止不住，所以我問她，身上穿得不夠暖和嗎？她說，『應該夠。』我接著再問：『妳的內衣褲夠暖和嗎？』她說：『不夠，我穿的是棉衣。』我問她，天氣這麼冷，怎麼不穿厚一點的東西。她說是因為她沒有更厚的東西可穿了。她呀，等著支氣管炎上身！沒辦法，我只好帶她去買暖和一點的內衣褲。唉，母親，假如我有錢，我不會計較這種事。何況，妳知道，她**應該**留一點錢買季票才對。結果她連季票的錢都向我伸手討，我不得已，只好為她湊一湊數字。」

「前景黯淡。」莫瑞爾夫人哀怨地說。

威廉臉色蒼白，臉上皮包骨，從前無憂無慮，滿面春風，如今被衝突和絕望盤踞。

「可是，事情已經發展到這地步，我不能甩掉她，」他說：「更何況，有些方面，我不能沒有她。」

「兒子，你要記住，你的人生掌握在你自己手裡，」莫瑞爾夫人說：「再壞的事，也不會比結錯婚、日子沒希望的情況更糟。我的婚姻已經夠糟了，天知道，你應該從中學得到教訓才對。不過，比我更糟幾百倍的婚姻不是沒有。」

他背靠著壁爐架的一邊，雙手插口袋。身材高瘦的他看似不惜赴湯蹈火。但她看得出兒子臉上的徬徨。

「我現在沒辦法放棄她。」他說。

「好吧，」她說：「你要記得，世上比悔婚還慘的事天天都有。」

「**現在**我真的沒辦法放棄她。」他說。

時鐘滴滴答答，母子沉默不語，兩相對立，但他不願再多說什麼。最後，母親開口：

「這樣吧，兒子，你去睡覺。睡飽了，明早心情好一點，思路也比較清晰。」

他吻母親之後上樓。她撥一撥煤火。她的心不曾比此刻更沉重過。以前，嫁錯郎的她覺得內心磚瓦似乎一塊接一塊崩塌，卻不至於擊垮她的求生意志。如今，她覺得心靈一蹶不振。遭受重擊的是她內心的希望。

如此，威廉對未婚妻的恨意常溢於言表。假期結束前一晚，他向母親數落莉莉。

「好啊，」他說：「如果妳不信我舉的缺點，那妳信不信她做過三次堅信禮？」

「胡說八道！」莫瑞爾夫人笑著說。

「不管是不是胡扯，她是真的做了三次！對她來說，堅信禮就是表演的機會——讓她能出一出風頭，沒其他意義。」

「哪有那回事！莫瑞爾夫人！」莉莉喊著——「我沒有！沒有那回事！」

「什麼！」威廉大叫，衝過去站在她面前。「一次是在布隆里，一次在貝肯罕，另外一次在別的地方。」

「哪來的別的地方！」她流淚說——「沒有別的地方了！」

「有就是有！就算沒有，妳堅信禮幹嘛做**兩次**？」

「第一次我才十四歲，莫瑞爾夫人。」她噙淚哀求著。

「對，」莫瑞爾夫人說：「我能諒解，孩子。妳別理會他。威廉，講這種話，你應該覺得丟臉才對。」

「可是，我講的是真話啊。她信教，有過幾本絨皮祈禱書——其實，虔誠的程度還比不過那根桌腳。堅信禮做了三次，為的是出風頭，為的是自我炫耀。她的一切全是同樣的作風——**一切**！」

莉莉坐在沙發上哭。她個性並不堅強。

「至於**愛**！」他大吼：「乾脆叫蒼蠅去愛妳算了！蒼蠅最愛停在妳身上……」

「好了，不要再講了，」莫瑞爾夫人命令。「你如果想再講這種事，去找別的地方講。威廉，你讓我沒面子！你為什麼不能多拿出一點男人氣概？只會挑女孩子的小毛病，還說什麼她是你的未婚妻！」

莫瑞爾夫人的怒火和憤慨漸漸平息。

威廉不語。事後他認錯，吻莉莉，安撫她。然而，他說的是真話。他的確恨她。

小倆口告別時，莫瑞爾夫人一路陪他們坐到諾丁罕，離科斯頓有很長一段距離。

「妳知道嗎？母親，」他說：「莉莉她很膚淺。她一點深度也沒有。」

「威廉，你最好不要講這種話。」莫瑞爾夫人說。莉莉走在她身邊，她為莉莉感到十分窘迫。

「可是，她是真的膚淺，母親。她現在是非常愛我，沒錯，不過哪天我死了，三個月以後她就把我忘得一乾二淨。」

莫瑞爾夫人怕了。聽見兒子最後這番話含有怨氣，她的心臟狂跳。

「你怎麼知道？」她回應：「你根本不知道，因此你沒資格說這種事。」

「他老是講這種事！」莉莉說。

「我下葬三個月後，妳一定會有新歡，會把我忘掉，」他說：「妳的愛就這麼深！」

莫瑞爾夫人目送他們在諾丁罕上火車，然後自己一個人回家。

她對保羅說：「值得安慰的是……他絕對存不了錢結婚，這一點我敢保證。這是她能救他的方式。」

因此，她感到欣慰。事態尚未演變到山窮水盡的地步。她堅決相信威廉絕不會娶莉莉。她靜候著，有保羅依傍在身邊。

整個夏季，威廉的家書寫得狂熱，顯得不自然，語氣熱切。有時候，他快樂得誇張，但通常筆調沉悶而懷恨在心。

「啊，」母親說：「恐怕他快被那女孩整垮了。莉莉根本配不上他的愛……她充其量不過是個布偶。」

威廉想回家。仲夏的放假日已過，耶誕節仍遙遙無期。十月第一個週末舉行鵝園遊會，他來信說他想在星期六日回家，字裡行間興奮不已。

「你氣色不太好，兒子。」母親見到他時說。兒子再度回到她懷中，她樂得幾乎淚崩。

「對，我最近身體不太好，」他說：「上個月，我感冒一直沒好，拖了一個月，不過現在應該差不多了。」

十月的這天陽光普照。他似乎欣喜若狂，宛如擺脫桎梏的學童。但他也有沉默內斂的時刻。他的外表比以前更枯瘦，眼神多了一份呆滯。

「你太賣命了。」母親對他說。

他一直在加班，想存結婚基金，他說。他只在星期六夜裡和母親對話過一次，提起未婚妻的口吻是既感傷又溫柔。

「話雖然這麼說，母親，妳知道，假如我死了，她會心碎，但只維持兩個月，然後她會開始忘記我。到時候妳就知道，她絕不會回來這裡為我掃墓，一次也不會。」

「唉呀，威廉，」母親說：「你又不會死，何必講這種事嘛？」

「可是，會或不會……」他回答。

「她就是這樣，改不了的。何況，你已經選擇她了……不能再嘟噥了。」母親說。

週日早晨，他戴上領子，準備上教堂。

「妳看，」他抬起下巴對母親說：「這領子害我下巴下面長疹子！」下巴與喉嚨之間，皮膚發炎一大片。

「領子應該不會害人長疹子才對，」母親說：「來，塗一點這藥膏消炎。你最好換別的領子。」

週日午夜，他告別，氣色比兩天前剛回家時好轉，似乎比較健康。

週二上午，一封電報從倫敦傳來，告知威廉病倒的消息。莫瑞爾夫人本來跪著擦地板，讀完電報，趕緊找鄰居，然後去向女房東借一英鎊，換好衣物之後出發。她趕至科斯頓，在諾丁罕轉搭前往倫敦的快車。她在諾丁罕苦等了將近一小時。戴著黑帽子的她身材弱小，焦急問腳伕該搭哪一班車去倫敦的艾莫森德區。諾丁罕至倫敦的旅程長達三小時。她坐在角落，身心麻痺，一動也不動。來到國王十字站，她仍然問不到搭哪班車能到艾莫森德。她逐一問人，拎著網線袋，裡面裝著她的睡衣和梳子。最後，有人叫她下樓到坎農街。

她抵達威廉住處時已經晚上六點。窗簾仍未放下。

「他情況怎樣？」她問。

「沒有起色。」女房東說。

她跟隨女房東上樓。威廉躺在床上，眼球佈滿血絲，臉色相當難看。房間裡散佈著衣物，沒有爐火，床頭桌上有一杯牛奶。沒人看護他。

「兒子啊！」莫瑞爾夫人鼓起勇氣說。

他不應。他看著她卻視而不見。接著，他以無神的語調開口，彷彿在覆誦信件的內容：「由於本船貨艙漏水，砂糖已凝結成塊，固化為岩石，需要砍劈……」

他已進入半昏迷狀態。他原來的職務是在倫敦港查驗貨艙裡的砂糖。
「他病成這樣多久了？」母親問女房東。
「星期一早上他六點回來，好像睡掉整個白天。到了夜裡，我們聽見他在講話。今早他叫我通知妳。所以我發電報，幫他找醫生。」
「可以請妳生火嗎？」
莫瑞爾夫人盡力安撫兒子，讓他靜靜躺著。
醫師來了。診斷是肺炎，另有一種丹毒惡疾，從領子磨破皮的下巴下面蔓延至臉上。醫師希望病情不至於殃及大腦。
莫瑞爾夫人安頓下來照顧他。她為威廉禱告，祈禱他認得出母親。無奈他的臉色愈來愈難看。夜裡，他囈語連連，莫瑞爾夫人如何搖他喊他，他照樣無意識。凌晨兩點，威廉劇烈抽搐後斷氣。
在他臥房裡，莫瑞爾夫人呆若木雞，連續坐了一小時，然後才去叫醒女房東。
早上六時，在女清潔工協助下，她整理兒子的遺容，然後出門，在這個荒涼的倫敦郊區尋找專科醫師和駐院醫師。
上午九時，一封電報傳至莫瑞爾家：
威廉昨夜去世。讓父親帶錢來。
安妮、保羅、亞瑟在家。莫瑞爾先生去上工了。三個小孩不發一語。安妮害怕到嗚咽起來。保羅去通知父親。
這天是大晴天。在布林斯里礦坑，白蒸氣升向柔和的藍天，在豔陽下徐徐消散。採礦機吊車的兩個轉輪在高空閃耀，煤篩把煤送進貨車，製造出繁忙的聲響。

保羅在豎井口見到第一個人便說：「我想找我父親；他得去倫敦一趟。」
「你想找沃特．莫瑞爾？去那邊告訴喬．渥德。」
保羅進地面的小辦公室。
「我想找我父親；他得去倫敦一趟。」
「你父親？他在礦坑裡嗎？他姓啥？」
「莫瑞爾。」
「什麼，沃特嗎？家裡出了啥事？」
「他得去倫敦一趟。」
渥德走向電話，打給地下的辦公室。
「有人找沃特．莫瑞爾，四十二號，急。家裡出事；兒子來這裡找他。」
說完，他轉向保羅。
「他過幾分鐘就上來。」他說。
保羅離開辦公室，漫步到坑口斜坡頂，看著大鐵籠吊椅被拉上來，裡面裝滿煤礦。鐵籠子升至定位之後停下，一整煤車的煤礦被拖走，空車撞上吊椅，某處響起鈴聲，鐵籠抖一下，然後像石頭墜落。
威廉怎麼會死？保羅不瞭解；人來人往，日子照常忙，威廉不可能死了。拉繩者把小貨車吊上轉盤，另一人沿豎井口，朝彎曲的軌道跑去。
「威廉死了，母親去倫敦做什麼呢？」保羅自問著，彷彿是難題。
他看著吊椅輪番上坑口，依然不見父親。終於，火車旁邊站著一個人影！吊椅停下後，莫瑞爾先生走下來。最近發生過意外的他走路微跛。

「是你嗎？保羅？他情況變糟了嗎？」

「你最好去倫敦一趟。」

父子倆走下坑坡，礦工們好奇地望著他們。離開後，父子沿著鐵道走，一旁是陽光普照的秋景，另一旁是成排的貨車，莫瑞爾先生以懼怕的語調問：

「他走了是吧？孩子？」

「是的。」

「什麼時候？」

「昨晚。我們剛接到母親發的電報。」

莫瑞爾先生往前走幾步，然後倚靠貨車身，一手蒙住眼睛。他沒有哭。保羅站著等，四處看，看見秤重機上有輛貨車徐徐前進，什麼都看見了，獨不見父親好像累得倚著貨車休息。

莫瑞爾先生只去過倫敦一次。回家後，懼怕而憔悴的他動身去協助妻子。這天是星期二。三個小孩看家。保羅去上班，亞瑟去上學，安妮找一個朋友來陪她。

星期六夜裡，保羅從科斯頓車站回家途中，轉個彎，見到父母從賽斯里橋站走來。父母默默在黑暗中行走，步履疲憊，兩人分得很開。保羅等著。

「母親！」在黑暗中的他說。

渺小的莫瑞爾夫人似乎沒注意到。保羅再喊一聲。

「保羅！」她說，提不起興致。

她讓兒子親她，卻似乎不知兒子的存在。

在家裡，她仍然面無血色、渺小、啞巴，凡事視若無睹，也不吭聲，只說：

「今天晚上棺材會來，沃特，你最好去找幫手。」然後，她轉頭對子女說：「我們就要帶他回家了。」語畢，她再度茫然沉入無言的境地，雙手交疊在大腿上。保羅看著她，覺得自己呼吸困難。屋內是一片死寂。

「母親，我今天去上班了。」他淡然說。

「是嗎？」她悶悶回應。

半小時後，苦惱徬徨的莫瑞爾先生回家。

「他回來了擺哪？」他問莫瑞爾夫人。

「擺前廳。」

「那俺最好去移桌子吧？」

「好。」

「把棺材拱起在椅子上？」

「就那裡，你知道……對，大概吧。」

莫瑞爾先生和保羅端蠟燭進客廳。這裡沒有煤氣燈。莫瑞爾先生轉動桃花心木大橢圓桌的桌面卸下來，清走客廳中央的傢俱，然後擺出兩行並列的六張椅子，以架起棺材。

「從沒見過那麼長的棺材！」莫瑞爾先生說。他一邊忙，一邊望外面。

保羅走向凸窗，向外看。星月光隱隱照射下，龐然猙獰的梣樹聳立在寬廣的暗夜中。保羅回到母親身旁。

夜裡十時，莫瑞爾先生喊：

「他來了！」

大家動起來。前門傳來門閂和門鎖打開的聲響，打開，外面是夜色。

「再拿一支蠟燭過來。」莫瑞爾先生喊。

安妮和亞瑟去拿。在門廳，保羅站著陪伴母親，一手摟她的腰。客廳中間對放著六張空椅。亞瑟站在窗前，背靠著蕾絲窗簾，端著一支蠟燭，安妮站在打開的門邊，向前傾身，燭光在銅燭台上閃耀。外面傳來輪轉聲。保羅看得見山下漆黑的路上有幾匹馬拉著一輛黑車，點著一盞燈，幾張蒼白的人臉。接著，他看見幾位礦工，全穿襯衫，似乎在黑暗中吃力前行。未久，兩人走進院子，被重擔壓得直不起腰。這兩人是莫瑞爾先生和鄰居。

「走穩！」莫瑞爾先生喊，喘不過氣。

他和鄰居勃恩斯踏上院子的陡階，棺材頭反射燭火的光輝，後面另有幾人也奮力跟進。走在前面的莫瑞爾先生和勃恩斯腳步欠穩，整座沉重的大黑棺動搖起來。

「穩住，穩住！」莫瑞爾先生喊，彷彿身受苦痛。

六名抬棺人全數進入小院子裡，抬著大棺材，離門口仍有三階。馬車上的黃燈獨照黑街。

「加油！」莫瑞爾先生說。

棺材動搖著，抬棺人登上最後三階。安妮的燭火飄搖。頭兩人進門時，她嗚咽起來。低頭抬棺的六人奮力進客廳，棺木猶如感傷魔，騎在他們的血肉之軀上。

「唉，我的兒子……我的兒子！」莫瑞爾夫人輕聲吟誦著。每次抬棺人踏台階時腳步失衡，她說著：「唉，我的兒子……我的兒子……我的兒子！」

「母親！」保羅嗚咽著，一手摟著她的腰。

她沒聽見。

「唉，我的兒子……我的兒子！」她反覆說。

保羅看見豆大的汗珠從父親額頭滴落。抬棺人全走進來，六名沒穿外套的壯漢擠滿客廳，身手侷促，頻頻擦撞傢俱。棺材緩緩下降至椅子上，汗從莫瑞爾先生的臉灑在棺木上。

「不得了，他真的好重！」抬棺人之一說，其他五名礦工隨之嘆氣，垂著頭，因用力過度而顫抖，走出門，把門帶上，步下門階離去。

客廳裡剩一家五口守著一個光亮的大箱子。躺在裡面的威廉足足有六英尺四英寸長。鮮褐色笨重的棺材宛如一座平躺的紀念碑。保羅一時誤以為，棺材就此擺在這裡、永遠不會移出客廳了。莫瑞爾夫人撫摸著光亮的棺木。

星期一，威廉在山腰的小墓園入土，從這裡能遠望原野以外的大教堂和民房。這天晴空萬里，白菊花在暖風中相互磨蹭。

事後，無論眾人如何勸，莫瑞爾夫人再也沒興趣講話，不再對人生懷抱憧憬，始終拒人於千里外。搭火車回家途中，她自言自語：「如果死的是我就好了！」

保羅下班回家，發現母親一天的家事已經忙完，坐著，雙手交疊大腿上的粗布圍裙。之前，她習慣換衣服，改穿黑圍裙。現在，為保羅擺晚餐的人變成安妮，母親則凝望前方的空氣，嘴巴緊閉。保羅絞盡腦汁找新鮮事告訴她。

「母親，喬丹小姐今天下樓說，我素描的煤礦場畫得很好看。」

但莫瑞爾夫人置若罔聞。夜復一夜，儘管母親不聽，他仍逼自己向她報告事情。他見母親化為行屍走肉，急得近乎瘋狂。最後他問：

「母親，妳怎麼了？」

她沒聽見。

「怎麼一回事嘛？」他追問：「母親，妳怎麼了？」

「你明知是怎麼一回事。」她語帶煩躁說，把頭轉開。

十六歲的保羅拖著疲倦的身子上床去。十月、十一月、十二月，他日子過得悲慘，無處可吐苦水。母親不是沒努力過，可惜仍無法打起精神，只能黯然為死去的兒子哀悼；兒子孤苦死得好慘。

最後在十二月二十三日，保羅以五先令買耶誕禮盒，放在口袋裡，雙目呆滯走回家。母親看他一眼，心跳暫停。

「你怎麼了？」她問。

「我身體不舒服，母親！」他回答：「喬丹先生給我五先令買耶誕禮盒！」

他以顫抖的雙手捧禮物給母親。她把禮物擱在桌上。

「妳怎麼不高興一點！」他責怪她，身子卻抖得厲害。

「你哪裡痛？」她邊問邊為次子解開外套鈕釦。

她提的是老問題。

「我身體不舒服，母親。」

莫瑞爾夫人幫他脫衣服，帶他去就寢。醫師診斷說，他罹患肺炎，病情堪慮。

「假如我留他在家，不讓他去諾丁罕上班，他就不會染上肺炎了，對吧？」她最早問醫師的話之一是這句。

「可能不會病到這種地步。」醫師說。

受譴責的莫瑞爾夫人呆立著。

「我應該少惦記死人、多照顧活人才對。」她告訴自己。

保羅的病情非常嚴重。因為請不起看護，母親每夜陪伴在床邊。病情轉劇，危機步步進逼。有一夜，保羅翻身醒來，感覺渾身所有細胞強烈躁動著，瀕臨瓦解，意識正在鬼門關前最後奮力一搏，情緒近乎癲狂。

「我快死了，母親！」枕頭上的他喘氣喊著。

她扶他起來，細聲泣訴：「唉，我的兒子……我的兒子！」

此言喚回保羅。他領悟到母親的話。他全身的意志力驚醒起來，激勵身心。他頭靠母胸，尋求母愛的慰藉。

他的姨媽說：「那年耶誕節，保羅病倒，可以說是做一件好事。我相信他因此救了母親一命。」

保羅在床上躺了七星期，終於能下床時身子羸弱，膚色如白紙。在他養病期間，父親買一盆鬱金香送他。他在沙發上和母親聊天時，紅色和金色的花朵在窗前三月豔陽下亮如火炬。母子倆一同交織出濃得化不開的親密。現在，莫瑞爾夫人的生活在保羅身上紮根。

威廉生前的預言靈驗了。耶誕節，莫瑞爾夫人接到莉莉寄來的一份小禮物，附上一封信。信裡寫著：「我昨夜參加一場舞會，有幾位討人歡喜的賓客到場，我玩得非常盡興。我跳遍了每一支曲子——一首也未枯坐。」

從此，莫瑞爾夫人不再接到她的訊息。

威廉去世後，莫瑞爾先生和妻子和氣相處一段時日。他常發呆，睜大眼睛瞪著室內的空氣，然後突然起身，匆忙出門去三地酒館，恢復常態。不同的是，他從此不願散步上薛普岩，以迴避威廉曾上班的地方。此外，他也永遠避開墓園。

第二部

7 兒女情長

秋天，保羅曾多次造訪威利農場，和兩個小兒子成為好友。老大艾格起初瞧不起他，米瑞恩也排斥他。被親兄弟藐視的她唯恐被保羅輕忽。米瑞恩生性浪漫，幻想世上隨處可見渥特．史考特[5]刻畫的女主角，戴著頭盔或帽子插羽毛的男士包圍著她們，對她們獻殷勤。在個人幻想世界中，她原本貴為公主，不幸被變成豬小妹。在她眼裡，保羅有點像渥特．史考特筆下的英雄，懂得繪畫，熟稔法文，通曉代數，每天搭火車去諾丁罕，她深怕保羅見她會斥之為豬小妹，唯恐保羅看不出外表底下的真公主，因此，她戴上冰冷的面具。

她的良伴是母親。母女倆的眼珠同是褐色，常散發如夢似幻的光彩，視宗教信仰為貼心珍寶，以信仰為空氣，人生奉宗教為圭臬。因此，對米瑞恩而言，基督與上帝融合為一尊大人像，每當偌大的夕陽染紅西天，胸懷熱情的她會顫抖著身子敬愛上帝。而在上午，枝葉在豔陽下婆娑，象徵著小說人物伊蒂絲、露西、羅依娜，以及聖殿騎士布萊恩．第波瓦．基爾勃、蘇格蘭民間英雄洛伯．羅伊、小說軍官蓋伊．曼納林紛至沓來，或在下雪天獨坐閨房孤芳自賞，她也抱著同樣的心。對她而言，這就是人生。至於其他時刻，她在家裡做苦工。她做家事無怨言，只氣兄弟們的農場靴把她剛擦好的紅地板踩髒。她有個四歲的么弟，誠心但願小弟能讓她抱，讓她以親情溺愛他。她勤快做禮拜，虔誠垂著頭，在心中排斥唱詩班其他女孩的粗俗言行，排斥副牧師像平民的嗓音，氣得直發抖。她認為哥哥弟弟各個是蠻橫的無賴漢，常和他們吵架。她對父親的觀感也好不到哪裡去，因為父親心中缺乏如夢似幻的理念，只想儘量過安逸的生活，只願在肚子餓時有人供養他。

她痛恨豬小妹的處境。她想被人看重。她想學習，因為她以為，只要和保羅一樣能閱讀《俠女可倫芭》或《在自己的房間裡旅行》[6]等法文書，世人便能對她另眼相看，對她多一分敬重。她既不富裕，地位也卑微，當不上公主，因此她渴求學習知識，以提高個人尊嚴。畢竟，她與其他人不同，豈能把她歸類於市井小民？她寄望以學習拉抬自己的身價，別無他法。

羞怯、狂野、顫巍巍敏感的她自有一份美，但她似乎看不在眼裡。就連她那渴求妄想曲的心靈，她也認為不夠。她追求某種事物來強化自尊，因為她自覺有別於其他人。她以相當依戀的眼神偷看的人是保羅。整體而言，她蔑視男生。然而，保羅是個嶄新的例外，明快、開朗、優雅，可溫柔也可憂傷，腦筋靈活，見識也多，而且家裡剛辦過喪事。在她觀念中，懂得學習的保羅，地位崇高到幾乎碰觸天頂。儘管如此，她努力輕視保羅，因為他看不穿豬小妹表象底下的公主。何況他幾乎沒注意到她。

後來，保羅病倒了，她覺得他會變成弱者，於是立志變得比他堅強。如此一來，她就可以愛他。倘使她在保羅虛弱時成為他的夫人，照顧他，假如雙方能互相依賴，假如她能擁保羅入懷，她將會多麼愛他！

---

5 渥特．史考特（Walter Scott, 1771-1832），十九世紀初蘇格蘭歷史小說家。

6《俠女可倫芭》（*Colomba*）、《在自己的房間裡旅行》（*Voyage autour de ma Chambre*）皆為十九世紀起流行於英語世界的法文讀物。

天氣轉好，李花朵朵開之後，保羅立刻坐上笨重的送牛奶車，前往威利農場。利弗斯先生以親切的態度喊他，然後扣上馬，在清新的晨曦中驅車緩緩上山。白雲飄著，在春光中甦醒的丘陵後方推擠。尼瑟密爾鎮的水在山下流，在冒煙的草地和刺棘樹襯托下顯得蔚藍。

此行長達四英里半。小花苞在綠籬上露頭，鮮明如銅綠，綻放成玫瑰花結。鶇鳥啁啾，黑鳥嘎嘎罵人。這是個華麗新世界。

米瑞恩從廚房窗戶向外窺視，見馬車穿越院子的白色大門，進入農場，背景是仍光禿禿的橡樹林。身穿厚大衣的少年下馬車，伸出雙手，臉色紅潤英俊的利弗斯先生交給他鞭子和坐墊。

米瑞恩出現在門口。她將近十六歲，姿色非常嬌美，肌膚色澤溫煦，神態莊重，瞳孔倏然擴張宛如欣喜若狂。

「對了，」保羅說，羞怯地轉頭看旁邊，「你們家的黃水仙快開花了。這會不會太早了點？它們看起來好冷的樣子，對不對？」

「冷！」米瑞恩以曼妙的語音說。

「花苞綠綠的……」他結巴說，隨即因怯弱而縮口。

「坐墊讓我拿。」米瑞恩以過度溫柔的口吻說。

「我自己能拿。」他回應，尊嚴略受損。但他對她退讓。

這時候，利弗斯夫人來了。

「我相信你累了也被凍壞了，」她說：「你的外套脫下來給我拿。好重。穿這件外套，你一定走不了多遠。」

她協助保羅脫下外套。他不太習慣如此受人關照。夫人差點被外套壓得喘不過氣。

「哇，」穿越廚房的利弗斯先生笑說。他吃力搬著裝牛奶的大桶。「妳幾乎抱不動吧。」

她為保羅拍一拍沙發的軟墊。

廚房非常小，格局不方正。這座農場原本是工人小屋，家裡的傢俱老舊斑駁，但保羅喜歡。他愛布袋改製的壁爐地毯，喜歡樓梯下面奇特的小角落，喜歡角落深處的小窗，稍微彎腰才看得見後院的梅樹和優美的遠方圓丘。

「你怎麼不躺下來休息？」利弗斯夫人說。

「喔，不用了，我不累，」他說：「到外面走一趟，心情真好，妳不覺得嗎？我看見一叢黑刺李正在開花，也看到好多花毛茛。很高興今天是晴天。」

「要不要我弄點東西給你吃喝？」

「不用了，謝謝妳。」

「令堂最近怎樣？」

「我想她現在累了。她好像有太多事情要忙。也許過一陣子，我會帶她去斯凱格內斯，讓她休息一下。要是她願意去，我會很高興。」

「對，」利弗斯夫人說：「她自己沒病倒是萬幸。」

米瑞恩到處走動，準備午餐。保羅眼觀屋內的一切動靜。他的瘦臉蒼白，但眼神比以前更敏捷明亮。他看著米瑞恩四處忙著，神態奇異，近乎狂歡，一下子端一個大陶罐去放在爐子上，一下子查看長柄鍋。這家的氣氛與他家大異其趣。保羅覺得自己家裡的一切顯得平凡無聊。利弗斯先生在屋外，見馬伸脖子想偷吃院裡的玫瑰，吆喝一聲，米瑞恩被嚇一跳，轉頭以陰沉的目光看，彷彿有異物入侵她的世界。這家的裡裡外外都有一份靜謐感。米瑞恩宛如置身夢幻般的故事中，宛如身受束縛的閨女，心靈遙想著遠方的神奇國度。她的藍罩衫老舊褪色，靴子殘破，讓她更像十六世紀古畫非洲王科費圖亞裡乞丐女身上的幽情襤褸衣。

霎然間，她意識到保羅敏銳的藍眼對她聚焦，上上下下打量著她。剎那之間，破靴子和脫線舊罩衫刺痛她的心。她討厭被他看透一切。即使是他也知道她襪子沒有拉到頂。她進洗滌間，面紅耳赤。後來，她繼續忙，手微微顫抖，無論拿什麼東西都握不穩，差點落地。內心的幻夢遭撼動時，她的身體會怕得打顫。她討厭他能看見這麼多。

利弗斯夫人坐下，和保羅閒聊片刻，不顧自己也有家事得做。禮貌太周到的她無法扔下客人。最後她起身說她該去忙了。一陣子後，她去查看長柄錫鍋。

「我的媽啊，米瑞恩，」她驚呼：「馬鈴薯被妳煮焦了！」

米瑞恩彷彿挨蜂螫，跳了一下。

「是嗎，母親？」她大喊。

「早知道就不該把馬鈴薯交給妳，米瑞恩。」母親說，再往鍋裡看一眼。

米瑞恩彷彿挨一拳，愣住不動。她的黑瞳孔擴張，呆立原位。

「呃，」米瑞恩說，心被羞慚牢牢制住，「我相信我五分鐘前才去看過。」

「對，」母親說：「我知道，看一看是很輕鬆的事。」

「燒焦沒有太嚴重啊，」保羅說：「沒有關係吧？」

利弗斯夫人以受傷的棕眼珠看著他。

「對我兒子們就有關係，」她告訴保羅。「馬鈴薯『搞砸』時，只有米瑞恩曉得他們會鬧成什麼地步。」

「那麼，」保羅心想，「妳就不應該放縱他們去鬧。」

過一陣子後，艾格進來。他繫著綁腿，滿靴子是泥土。以農夫而言，他身材相當矮小，相當拘謹。他瞄保羅一眼，遠遠對他點頭說：

「午餐煮好了嗎？」

「快好了，艾格。」母親語帶歉意說。

「我肚子餓了，」艾格說，拿起報紙閱讀。未久，其他家人陸續進門。午餐上桌。這一餐氣氛相當殘酷無情。由於母親道歉連連，口氣太過於溫馴，兒子們心中所有惡行全被誘發而出。艾格嘗馬鈴薯一口，像兔子一樣快口嚼幾下，以憤慨的嘴臉看著母親說：

「馬鈴薯被煮焦了，母親。」

「是的，艾格。我一時忘記去看。你吃不下的話，可以改吃麵包。」

艾格怒目望向桌子對面的米瑞恩。

「米瑞恩有那麼忙嗎？她為什麼不能守著鍋子？」他說。

米瑞恩看著他，嘴巴合不攏，眼冒陰光，眉頭一皺，但她不語。她嚥下怒火和恥辱，頭垂下去。

「我相信她盡力了。」母親說。

「她連水煮馬鈴薯都不會，」艾格說：「留她在家裡有啥用？」

「只會把食品櫃裡的東西吃光光。」莫利斯說。

「他們忘不了米瑞恩偷吃馬鈴薯餡餅事件。」父親笑說。

她被羞辱得無地自容。母親默默坐著受苦，宛如某位被移駕到無情餐桌的聖人。

保羅不解。他朦朧納悶著，不過是幾顆馬鈴薯煮焦了而已嘛，何必激動成這樣？在這一家，再小的家事也被女主人捧抬到宗教境界。兒子們憎恨這種情況，覺得自己站不住腳，於是以蠻橫的言行回應，露出冷笑的嘴臉，目空一切。

保羅正值跳脫童年、進入成年的階段。這家人虔敬看待所有事物的氛圍微微令保羅著迷。空氣裡有一股氣氛。保羅的母親重邏輯，這家人不然。這家人的態度令他喜愛，有時候也惹他痛恨。

米瑞恩和兄弟們激辯起來。午餐後，他們再出門幹活後，母親對米瑞恩說：

「午餐的時候，妳令我失望，米瑞恩。」

米瑞恩頭抬不起來。

「他們太『蠻橫』了！」她忽然抬頭看母親，大喊著，眼眶噴火。

「罵不回嘴，妳不是答應過我嗎？」母親說。「還虧我對妳有信心呢。妳和他們鬥嘴，我實在受不了。」

「可是，他們真的好討厭啊！」米瑞恩喊：「而且……而且很**低級**。」

「沒錯，親愛的。不過，我不是常叫妳不要向艾格頂嘴嗎？他愛怎麼罵隨他去罵，妳難道非頂嘴不可？」

「可是，他憑什麼想怎麼罵、就怎麼罵？」

「妳不是夠堅強嗎？看在我份上，忍一忍不就好嗎，米瑞恩？難道妳軟弱到非跟他鬥嘴才過癮嗎？」

利弗斯夫人堅守「忍辱負重」的教條。對於兒子們，她無法灌輸同樣的觀念。對女兒們，成效較佳，而米瑞恩是最貼娘心的孩子。見對方隱忍不反擊，兒子們的反應是變本加厲。米瑞恩忍辱時，常擺出高傲的態度，反遭兄弟唾棄厭恨。但她照樣以謙遜不失傲氣的態度，過著內心世界的生活。

在利弗斯家，大動干戈的場面天天都有。母親總求兒子們得饒人處且饒人，期許他們謙遜不失傲氣，他們雖然忿忿不平，卻也難免被耳濡目染。在外人和他們之間，他們無法培養一般人情和火候適中的友誼；他們總是心浮氣躁，想追求更深遠的東西。在他們眼裡，一般人太膚淺了，既微不足道也不值得考慮。因此，他們不習於再單純不過的交際活動，言行生疏，內心煎熬，外表卻裝得優越倨傲，其實對心心相映的境界感到神往，可望而不可求，因為他們的言行太笨拙，每當他們想與人交好，卻因表現拙劣，輕視到對方，只好打退堂鼓。他們追求真誠的親密感，卻連噓寒問暖的層次都達不到，因為他們不屑跨出第一步，對於構成常情交際的瑣碎事不屑一顧。

保羅被利弗斯夫人迷倒。他在夫人身旁時，夫人所做的一切全隱含宗教意味，全有更深邃的奧妙。他受傷的心靈已發育成熟，尋求她的滋潤。兩人湊在一起，似乎能從經驗汲取人生大道理。

米瑞恩是母親的寶貝女兒。午後的豔陽下，母女帶保羅到野地尋找鳥巢。果園旁邊的綠籬裡有個鷦鷯窩。

「我好想帶你來看這個。」利弗斯夫人說。

他蹲下去，小心伸一指進入帶刺的樹叢裡，戳進圓形的鳥巢口。

「感覺簡直像伸進活鳥的身體裡，」他說：「熱熱的。聽說，鳥巢之所以做成圓杯形狀，是因為被鳥胸腹壓出來的。照這樣說，鳥窩的屋頂怎麼也圓圓的，奇怪？」

此後，母女倆似乎視鳥巢為命。米瑞恩天天過來看，感覺好密切。保羅和她再度來到綠籬旁，留意到溝渠邊有扇貝般的金色花毛茛。

「我喜歡它們，」他說：「當它們被陽光照到花瓣攤平的時候好像被太陽熨平了。」

從此以後，花毛茛似乎對她下一道小魔咒。她習慣把事物當成人類來欣賞，也激勵保羅培養同樣的習慣，如此一來，事物變成為她而活。她似乎需要先把事物在想像中以及心靈裡活化，然後才覺得她擁有這些事物。由於她是宗教狂，想法與日常生活產生隔閡，因此這世界對她而言若非毫無罪惡與知識的天堂或修女院的庭園，就是一個醜陋殘酷的地方。

就是在這種微妙的親暱氛圍中，雙方對大自然的感受重疊，愛意油然從中滋生而出。

以保羅個人而言，過了好一段時日，他才領悟她在心中的地位。大病一場後，保羅足不出戶長達十個月。有一陣子，他和母親去斯凱格內斯渡假，樂不思蜀。但即使在海邊，保羅仍寫長信給利弗斯夫人，告知海岸和大海的美景。利弗斯夫婦對這些事物的興趣幾乎比母親高。母親重視的不是他的畫，而是他本人，他的成就。反觀利弗斯夫人和子女，他們幾乎是他的弟子。他們點燃他心中的才華，讓他的作品發光，母親對他的影響則是默然果決、耐心、頑強、孜孜不倦。

不久，他和兄弟們交好。三兄弟的無禮是虛有其表。有自信時，他們全有一種異樣的溫柔和可親。

「你肯陪我去休耕田裡嗎？」艾格問得相當遲疑。

保羅高高興興跟去，在田裡忙一個下午，幫忙鋤田，挑揀蕪菁。保羅常和三兄弟躺在穀倉裡乾草堆上，告訴他們諾丁罕的事和喬丹公司的工作情形。他們也反過來教他擠奶的訣竅，讓他斬一斬乾草或搗一搗蕪菁之類的小事，讓他盡情發揮。仲夏，他從頭到尾幫三兄弟收割牧草，進而對他們產生兄弟情。這家人與外界太隔絕了，有點像法文所謂的「最後傳人」。儘管三兄弟身強體壯，個性卻全敏感過度，畏畏縮縮，所以日子才過得如此寂寞。然而，一旦外人贏得他們的親近，立刻能培養出綿密、細緻的友誼。保羅對他們用情至深，他們對他亦然。

和米瑞恩親近是後來的事。她在他心田踩出腳印之前，他已經進入她的世界很長一段時日了。某個沉悶的下午，男人上田，男孩上學後，只留米瑞恩和母親在家。米瑞恩遲疑片刻，才對保羅說：

「你看過那鞦韆嗎？」

「沒有，」保羅回答：「在哪裡？」

「在牛舍裡面。」她回答。

帶他去看或給他東西時，米瑞恩總是遲疑半天。男人的價值標準和女人南轅北轍，而她珍視的事物常遭三兄弟揶揄或嘲笑。

「那就帶我去看吧。」他跳起來說。

農場上有兩座牛舍，分別在穀倉的左右邊。較矮較暗的牛舍有四個位子給牛站。一群母雞見他們走進來，嘎嘎嘎飛越食槽壁。在他們頭上的黑暗中，有一條粗繩索從橫樑垂下，繩尾固定在牆上的掛鉤。他們走過去。

「這東西像繩索！」他讚嘆著。急著想盪盪看的他坐下，隨即站起來。

「來吧，快來，妳先盪。」他對米瑞恩說。

「喔，」她說著走進穀倉，「我們常在鞦韆上擺幾個布袋墊著。」她幫保羅擺布袋，坐起來比較舒服。此舉令她快樂。他握住繩索。

「來呀，妳先。」他對米瑞恩說。

「不要啦，我不想先玩。」她說。

她站到旁邊，態度文靜高傲。

「為什麼？」

「你先。」她懇求。

這幾乎是她今生第一次有榮幸對男人讓步，寵愛男人。保羅看著她。

「好吧，」他說著坐下。「小心喔！」

他跑跳著盪出去，不一會兒就盪上半空中，幾乎飛出牛舍門。牛舍上半部開著，外面下著毛毛雨，看得見骯髒的圍欄、牛悶悶不樂靠站在黑牛車棚旁邊、更遠處樹林形成的灰綠色牆壁。戴紅色蘇格蘭經典軟帽的她站著看。保羅向下看她，她看見他的藍眼珠瑩瑩閃光。

「有這鞦韆真好。」他說。

「對。」

他盪向高空，渾身上下無處不飄舞，猶如俯衝作樂的禽鳥。他低頭看她。她的紅帽蓋著黑鬈髮，下面是溫馨美麗的臉蛋，沉思狀顯得紋風不動。帽子被鞦韆掀起一角。牛舍裡漆黑，寒意相當濃。忽然，一隻燕子從高聳的屋頂俯衝而下，飛出牛舍門。

「有小鳥在看，我怎麼不知道啊。」他喊。

他縱情盪著鞦韆。她能感受保羅在空中起起落落，彷彿靠某種動力翺翔中。

「要掉下去囉。」他說，口氣不帶感情，像在做夢，彷彿自己化為鞦韆墜落的動作。她看著保羅出神。冷不防，他停止鞦韆，跳下來讓位。

「我玩夠久了，」他說：「不過，有這鞦韆真好——有這鞦韆可玩是真的很棒！」

米瑞恩見他如此重視鞦韆，感到有點好笑，心頭也多了一份暖意。

「不要。你繼續盪。」她說。

「妳為什麼不想玩一下？」他驚訝問。

「呃，不太想。我盪一下下就好。」

她坐上鞦韆，保羅為她調整布袋墊。

「真的很妙喔！」他說著推她盪起來。「縮腳，不然會踹到食槽壁。」

她感受著保羅推力的精準度，動作恰到好處，力道也恰如其分，她感到害怕。她進入他的掌握中。及時再推一把，力氣夠穩。她握緊繩索，幾乎快暈厥。

「哈！」她怕得大笑。「不能再高了！」

「可是，妳一點也不高啊。」他駁斥。

「不能再高了啊。」

他聽出恐懼，不再推鞦韆。等到他又該再推一把之際，她的心被一陣熱痛融化了。但保羅沒有動作。她恢復呼吸。

「妳真的不想再高一點嗎？」他問：「或是妳想坐著就好？」

「不要，讓我自己盪。」她回答。

保羅站開，觀望。

「這怎麼算盪鞦韆？妳簡直沒動啊！」他說。

她羞愧得微微一笑，幾秒之後下鞦韆。

「聽人家說，能盪鞦韆，以後就不會暈船，」他說著坐回鞦韆上。「我猜我以後絕不可能暈船。」

他繼續盪鞦韆。他有一份令她著迷的魅力。一時之間，他變成純粹一片飛舞的布料，全身沒有一個細胞不在飛舞。她自己絕不可能如此放縱，三兄弟也是。一股暖流在她心中滋生，幾乎像他是一把火，盪到半空中的當兒在她內心點燃暖意。

逐漸地，保羅和這家人其中三位分外親近：利弗斯夫人、艾格、米瑞恩。他向利弗斯夫人求取同情與共鳴，藉她抒發心意。艾格是他的摯友。至於米瑞恩，他差不多輕視她，因為她顯得太謙遜。

然而，米瑞恩漸漸贏得他的心。每當他帶素描本前來，對最後一幅沉思最久的人總是米瑞恩。看完圖畫，她會抬頭看他，眼珠突然如黑暗中的清流閃現水光，問他：

「我為什麼如此喜歡這一幅呢？」

每當米瑞恩以這種密切、親暱、深情的模樣看他，他胸中總產生一份退縮感。

「到底為什麼？」他問。

「我不曉得。總覺得好真實。」

「那是因為……因為這幅裡面幾乎沒有陰影，光點比較多，像是我在葉子和所有地方塗上閃亮的原生質，不畫硬邦邦的形狀。對我來說，形狀顯得死氣沉沉。只有畫這種亮閃閃，才顯得出真正的生命力。形體是個死掉的軀殼。閃亮其實存在於內部。」

她嘴裡含著小指，反芻著保羅的說法。保羅的言語為她重新詮釋生命的感受，活化了她本來認為毫無意義的事物。保羅說得吃力而抽象，她儘可能從中挖掘意義。從保羅的話中，她精確領會出她心愛的事物。

有一天傍晚，火紅的西天染紅幾株松樹，保羅揮舞畫筆描繪著，她坐在一旁看。他一直不吭聲。

「原來妳在這裡啊！」他突然說。「我正想找妳。來，妳看看，告訴我，矗立在黑暗中的這些到底是松樹幹，或是紅煤炭？這些是上帝的火樹，燒而不焦。」

米瑞恩看得心驚，但她覺得松樹幹畫得美好，而且精確。他收拾畫具起身。忽然，他看著她。

「妳為什麼老是在傷心？」他問。

「傷心？」她驚呼，抬頭以褐色明眸看他。

「對，」他說：「妳老是傷心。」

「我才沒有……一點也沒有！」她大喊。

「可是，連妳的喜悅都像是哀傷燃燒成的火焰，」他不放過。「妳從來不雀躍，甚至連心情平和都沒有過。」

「不會吧，」她沉思說：「我猜……為什麼呢？」

「因為妳不是；因為妳有個不同的內在，像松樹那樣，然後妳燃燒起來；不過，妳不只像一棵普通的樹，不只是碎動不休的樹葉和快活的……」

他舌頭打結了。但米瑞恩反思他說的話。他有一股異樣的、激動的感受，彷彿七情六慾全是新的。她如此貼近他。這是一份奇異的刺激。

但有些時候，他也恨她。米瑞恩的么弟年僅五歲，是個嬌弱的孩子，褐色大眼掛在古怪而脆弱的臉上——畫家約書亞・雷諾茲筆下的《天使聖樂團》，外加一點小精靈的特質。米瑞恩常跪在么弟面前，叫他過來。

「來嘛，我的休伯特！」她以情深款款的語音對弟弟吟唱。「來嘛，我的休伯特！」

擁弟弟入懷後，她以親情的動作搖晃著身體，臉孔半抬，眼皮半閉，語調洋溢著愛。

「不要！」弟弟不安地說——「不要啦，米瑞恩！」

「什麼話？你愛我，不是嗎？」她以深喉音低語，近似靈魂出竅，搖擺的身體也像被狂愛迷昏頭的痴狀。

「不要！」弟弟再次抗議，清秀的眉頭皺成一堆。

「你愛我，不是嗎？」她喃喃問。

「何必強求呢，」保羅問，對她用情太極端感到心疼。「妳為什麼不能以平常心對待他？」

她放弟弟走，站起來，不發一言。她習於大愛大恨，任何一種情緒都無法持平展現，保羅因此被惹惱。在小地方，她對人展現這種嚇人、赤裸的態度，也令他震驚。他習慣於母親的含蓄。遇到這種情況時，他總心懷感激，慶幸自己的母親頭腦清楚而身心健全。

米瑞恩全身的活力蘊藏在眼裡，而她的眼珠通常深邃如黝暗的教堂，但目光炯炯時能引燃熾焰。她鮮少露出沉思以外的神態。耶穌死後，有一群女信徒追隨抹大拉，如果米瑞恩當時在世，也會跟著追隨。她的身體不富伸縮彈性，缺乏活力，走路時身體搖擺，步伐相當沉重，傾頭向前沉思著。她並不笨拙，但一舉一動全不像「舉動」。通常，在擦乾餐具時，她把茶杯或酒杯擦成兩半了，愣得懊惱，不知所措，彷彿是她因為恐懼與自我猜忌，擦拭杯子時擦得太用力了。她的世界裡沒有鬆懈或放縱，凡事使勁握得緊緊的，衝過頭的舉動總害她得不償失。

她走路絕少脫離搖擺、前傾、熱切的步態。偶爾，她和保羅一同在原野奔跑，旋即，她的眼神燃起一股赤裸的光輝，態度狂熱，令保羅畏懼。但她的肢體很膽小。翻越過籬梯時，她苦悶緊握保羅的手，開始心慌意亂。保羅再怎麼勸，即使只剩小小一、兩階，她也不肯往下跳。她的瞳孔擴張，變得暴露而悸動。

「不要！」她驚叫著，半笑著——「不要！」

「跳啊！」他喊一聲，扯一下，把她從過籬梯拉下來。但她慘叫的「啊！」宛如失去意識瞬間的叫聲，劃傷他的心。她雙腳平安落地，日後面臨類似的狀況不再畏懼。

她對自己的命運非常不滿意。

「妳為什麼不喜歡待在家？」保羅吃驚問她。

「誰愛窩在家啊？」她沉聲反問，態度激動。「待在家裡有什麼好？我在家打掃一整天，哥哥弟弟一回家，五分鐘恢復打掃前的髒亂。我才不想待在家。」

「不然妳想怎樣？」

「我想做大事。我希望能和別人一樣擁有機會。只因為我是女生，難道就一定要守在家裡，不許做大事嗎？我到底有什麼機會？」

「妳想要什麼樣的機會？」

「我想認識更多東西——我想學習，想做任何事。只因為我是女人就不准我做，未免太不公平了吧。」

她顯得忿忿不平。保羅納悶著。在他家裡，胞姊安妮幾乎是慶幸自己是女生。安妮的責任不多，她的負擔比較輕。她從來不想當男生。反觀米瑞恩，她幾乎是強烈希望自己是男人。然而，她卻也討厭男人。

「不過，身為女人應該和男人一樣好吧？」他皺眉說。

「哈！是嗎？男人擁有一切。」

「我認為，男人慶幸自己是男人，女人也應該慶幸是女人才對。」他回答。

「才不是！」——她搖頭——「才不是！全天下都是男人的。」

「那妳想要什麼東西？」他問。

「我想學習。為什麼我就應該什麼都不懂？」

「什麼！妳想學數學和法文之類的東西嗎？」

「為什麼我就不能懂數學？我要！」她喊，叛逆心促使她眼睛大睜。

「好吧，我懂的東西，妳都可以學習，」他說：「妳要的話，我可以教妳。」

她的瞳孔擴張。她信不過他的教學能力。

「妳願意嗎？」他問。

她低著頭，吮著小指，陷入沉思。

「好。」她遲疑說。

在家裡，保羅常向母親報告這一類的事。

「我打算教米瑞恩代數。」他說。

「呃，」莫瑞爾夫人說：「我希望她吸收代數以後變胖。」

週一傍晚，他前往農場，暮色漸深。他進門時，米瑞恩正在掃廚房，跪在壁爐前。家裡只剩她一人。

她回頭看見保羅，臉紅起來，眼珠子明亮，柔細的秀髮散落在臉龐上。

「哈囉！」她說得柔和似音符。「我就知道是你。」

「怎麼猜到的？」

「我認得你的腳步聲。沒人走得像你那麼快而堅定。」

他坐下嘆息。

「他準備做一些代數習題了嗎？」他邊問邊從口袋掏出一小本書。

「可是……」

他能感覺到米瑞恩在退縮。

「妳說過妳想學。」他堅持。

「可是，今……晚嗎？」她結巴說。

「我是特地過來教妳耶。何況，如果妳想學的話，總要起個頭吧。」

她拿起被掃進畚斗裡的煤灰，望著他，略微顫抖著，笑著。

「對是對，可是今晚怎麼行呢？太意外了。」

「哇，天啊！煤灰端著，跟我來。」

他來到後院，在石頭做的長椅坐下。後院立著風乾中的大牛奶桶。家裡的男丁全在牛舍擠奶，他聽得見牛奶射進桶裡有韻律的吱吱細聲。未久她跟上，帶來幾大顆青蘋果。

「你知道你喜歡吃青蘋果。」她說。

他咬一口。

「坐下。」他滿嘴果肉說。

近視的她從保羅背後瞄，令他心煩。他趕快把書給她。

「給妳，」他說。「裡面全是字母和數字。用『a』來代表『2』或『6』。」

她埋首書中，聽他講課。他教得快而急促。她始終不吭聲。偶爾他問，「看見沒？」她抬頭看他，睜大眼睛，面帶恐懼的半笑。「沒看見嗎？」他喊。

他教得太快了。但她不語。他再問，火氣上升。他血脈賁張，因為他看見她坐著，任憑他擺布，張著嘴，瞳孔因恐懼的假笑而擴張，帶有歉意和羞恥。隨後，艾格提著兩桶牛奶過來。

「哈囉！」艾格說：「你們在幹什麼？」

「代數。」保羅回答。

「代數！」艾格好奇說。他臨走時哈哈一笑。保羅對著被遺忘的青蘋果再咬一口，看著院子裡被雞啄爛的包心菜，多想把它們攏整齊。接著，他瞥向米瑞恩。她正在看書，神情專注，卻又因擔心不懂而發抖。他不禁動怒。她臉色紅潤嬌媚，心靈卻似乎苦苦哀求著。她闔上代數書，心知惹他不高興而退縮。在此同時，他見她因不懂而傷心，對她態度轉溫和。

幸好，她慢慢懂了。每當她全神專注在課業上，顯得全然謙虛，渾身僵硬，他會因此動怒。他對她生氣，旋即感到羞愧，然後繼續上課，再次火大，辱罵她。她默默承受著。偶爾，她會為自己辯護，但這種情況非常罕見。她以陰沉水漾的眼珠注視他。

「你都不給我時間吸收知識。」她說。

「好吧。」他說，把書扔在桌上，點菸。一陣子後，他帶著悔意繼續上課。他的態度只有兩種，不是生氣，就是非常溫柔。

「妳為什麼上課一直抖到**心坎裡**？」他大聲問：「人不能用心靈來學代數。妳難道不能用單純的理智看待它嗎？」

通常，他回廚房時，利弗斯夫人會以責備的眼光說：

「保羅，不要對米瑞恩那麼凶嘛。就算她不是一教就會，我相信她盡了力。」

「我沒辦法，」他以相當可憐的口吻說。「我忍不住會生氣。」

後來，他問米瑞恩，「妳不會在意吧？」

「不會，」她以甜美低沉的嗓音說——「我不會在意的。」

「不要理我，是我的錯。」

然而，儘管他再怎麼自制，怒火仍不時噴發。奇怪的是，世上令他如此火大的人唯獨米瑞恩一個。他常對她勃然大怒。有一次，他氣得對著她的臉扔鉛筆。之後兩人沉默一陣。她微微把臉轉開。

「我不是……」他欲言又止，覺得全身的骨頭全軟掉了。她從不責備他，也不曾對他生氣。通常，他慚愧得心痛。儘管如此，他的火氣照樣像膨脹到極點的泡泡爆發。儘管如此，每當他看見她積極、沉默、看似盲目的臉，他直想對著她的臉丟鉛筆。儘管如此，每當他看見她抖著手，難過得嘴巴張開，他會為她心疼到自責。此外，由於她激盪他心中的情緒，所以他追求她。

後來，他常躲著不見米瑞恩，改去找艾格。米瑞恩和大哥的天性正好相反。艾格注重理性，好奇心強，以科學的眼光看待人生百態。米瑞恩見保羅棄她而去找艾格，心裡漲滿怨恨，因為她覺得艾格的層次比她低太多了。然而，保羅和艾格相處非常愉快。兩人常在田裡共度下午時光，雨天則一同在閣樓做木工。兩男常一起聊天，保羅也常教他唱歌，歌是保羅從安妮練鋼琴時學來的。通常，包括利弗斯先生在內的所有老少男人聚在一起，為了土地國有化等議題激辯。保羅已聽過母親在這方面的觀點，自己也有同感，因此代母進行辯論。米瑞恩也在場參與，但全程她只在等辯論結束，只盼一對一的交流能開始。

「畢竟，」她心想：「土地國有化以後，艾格和保羅和我就能平等了。」於是，她等著保羅回到她身旁。

保羅上課精進繪畫技巧。晚上，他喜歡坐在家中，與母親獨處，練習再練習。她不是縫紉就是讀書。畫累了，他的視線停留在母親臉上片刻，見她散發活躍的溫馨，這才高興地繼續練畫。

「妳坐搖椅的時候，母親，我的畫功才能發揮到最高點。」他說。

「我相信是！」她說，語帶揶揄懷疑。但她也有同樣的感受，心情雀躍。幾個小時下來，她坐著不動，忙著手工或讀書，隱約意識到他在一旁練畫。他用盡全心的熱度操作著鉛筆，內心能感受她的暖意賦予他近似力量的東西。如此相處，母子倆都非常愉快，但雙方都渾然不覺。這些時刻對母子倆意義重大，是真切的生活，兩人卻幾乎視若無睹。

他只在受啟發時產生意識。每當他完成一幅素描，他總想帶去給米瑞恩鑑賞。然後，受啟發的他會明瞭他在無意識間創作的是什麼作品。和米瑞恩接觸時，他能洞見自我，視覺能直探深層。他從母親身上獲得活力溫馨，獲得創作的力量。米瑞恩將這份溫馨催化為近似白熾的熱情。

回到工廠時，他的工作情況有所改善。每逢週三下午，他請假去上藝術學校——照喬丹小姐的規定——晚上回家。每週三，工廠在六點停工，週四、五是八點。

夏季某晚，米瑞恩和他從圖書館回家，路過赫若德農場旁的野地，離米瑞恩家僅三英里。收成的牧草上有一層黃光，小酸模的花梗被染成血紅。走在高地上，金色的西方轉紅，緊接著再轉成血紅色，然後逐漸由冷藍色取代。

他們來到通往艾菲頓鎮的大馬路。在漸漸深沉的原野之間，馬路是一條白帶。來到這裡，保羅躊躇不前。這裡離他家兩英里，米瑞恩再走一英里才到家。在西北邊的天光之下，這條路在陰影中向前延伸。他們朝路的盡頭望去。山頂的歐爾比鎮上有輪廓清晰的民房和高聳的採礦機，黑色的輪廓在天空下顯得渺小。

他看手錶。

「九點了！」他說。

兩人站著，不願分手，各自緊抱著書本。

「樹林現在好宜人，」她說：「我一直想帶你去看看。」

他跟隨她，慢慢過馬路，來到白色的圍牆門。

「如果我太晚回家，家人會發牢騷。」他說。

「你又沒做壞事。」她不耐煩回應。

在晚霞中，他跟著她穿越被啃過的草地。樹林裡有一份涼意，飄散著樹葉味和忍冬花香，瀰漫著暮光。兩人默默散步。夜幕降臨，在黑色樹幹包圍下，氣氛美好。他抱著期待的心四處看。

她以前發現一叢野玫瑰，今晚想帶保羅去看。她知道景色一定很美。然而，在保羅見到之前，她總覺得那叢玫瑰無法打進她的心靈。唯有保羅能把它變成她個人專屬，一生一世不凋零。現在的她不滿足。

露水已在小徑上形成。在老橡樹林裡，一股霧正在上升，他遲疑著，不知那片白究竟是一團霧，或者是石竹花構成的白雲。

走到松樹之前，米瑞恩已變得十分迫切，神態非常緊繃。那叢玫瑰可能早凋謝了。她可能找不到；而她非常想再看一次。她熱切希望自己能和保羅一同站在花叢前面，共享一頓心靈的聖餐。這神聖的念頭令她欣喜。保羅在她身旁默默走，彼此非常接近。她顫抖著，他聆聽著，微微焦慮。

來到樹林邊緣，他們看見前方的天色宛如珍珠母，地面則漸漸漆黑。在松樹林最外圍的枝葉下，某處有忍冬飄送著花香。

「在哪裡？」他問。

「走中間的那條小路進去就到了。」她以顫音喃喃說。

在小路上轉彎時，她站定。在松樹之間的寬步道上，她以相當恐懼的眼神凝望，一時無法看清任何東西。灰沉沉的天色剝奪了萬物的色彩。隨即，她看見她的玫瑰花叢。

「啊！」她驚呼，快步上前。

四周非常靜謐。松樹高大，枝葉下垂，松針覆蓋一叢山楂，濃密的長枝垂至草地上，大顆純白色的星花在黑暗中隨處可見。這些星花象牙白的玫瑰，幽暗的枝葉和草地背景中凸顯。保羅和米瑞恩湊近站，只看花，不講話。一朵又一朵的白玫瑰靜靜對著他們閃耀，似乎在他們心靈裡點燃某種事物。暮色如煙，籠罩四周，卻無法蒙蔽這叢玫瑰花。

保羅望進米瑞恩的眼睛。她臉色蒼白，既期待又迷惑，嘴唇微張，眼珠為他敞開。他的眼神似乎能透視她。她的心靈顫抖著。這就是她追求的聖餐。保羅彷彿心痛而轉移視線。他轉向玫瑰花叢。

「它們好像在學蝴蝶走路，學蝴蝶拍翅膀。」他說。

她看著玫瑰。有些花瓣往內曲，模樣神聖，有些則向外延展狂喜。松樹陰暗如黑影。衝動之餘，她對玫瑰伸出一手，上前碰觸它們，崇拜它們。

「我們走吧。」他說。

象牙白玫瑰飄散一股清香——一種白色的處女香。不知為何，他焦慮起來，感覺像遭囚禁。兩人默默走開。

「星期日再見，」他輕聲說，離她而去。她慢慢走回家，心靈因領受今晚的聖餐而飽足。他蹣跚走在步道上。一脫離樹林，來到自由開闊的草地上，總算能呼吸時，他立即拔腿盡全力奔跑，感覺像血脈裡流著一種甜蜜的狂喜。

每次他和米瑞恩見面，太晚回家，他知道母親會煩惱，會對他生氣——原因是什麼，他不清楚。他進家門，丟下小帽，母親抬頭看時鐘。在他回家前，她一直坐著思考，因為眼睛感受到的寒意阻止她閱讀。她感覺到保羅被米瑞恩拖走。她不喜歡米瑞恩。她告訴自己，「像米瑞恩那種女孩，專門想吸乾男人的靈魂，吸到一滴不剩。」她繼續想著，「而他只是一個大呆瓜，任憑自己被吸乾。她絕不會讓他成長為男人，永遠不會。」在保羅出去見米瑞恩的時候，莫瑞爾夫人愈想愈氣。

她看時鐘一眼，以相當疲倦的口吻，冷冷說：

「今晚走得夠遠了吧。」

和米瑞恩相處後，他的心靈原本溫暖而不設防，現在卻被這話澆一頭冷水。

「你一定是陪她走回家了。」母親繼續說。

他不應。莫瑞爾夫人匆匆看他一眼，見他因趕路而汗溼額前頭髮，見他以沉痛的表情皺眉，面帶憎恨。

「她一定是嫵媚動人，讓你無法脫離她，只好在深夜追隨她，一走就是八英里。」

他因左右為難而心痛：左是和米瑞恩相處後的餘韻，右是得知母親為這事心煩。他原本不打算開口，原本拒絕回應，但他硬不起心腸對母親置若罔聞。

「我的確是喜歡和她對話。」他煩躁地回應。

「找不到別人可以對話嗎？」

「要是我和艾格出去，妳就不會囉嗦吧。」

「你知道我應該會的。你也知道，不管你跟誰出去，如果是下班以後出去，如果你跑太遠，太晚回家，我都會囉嗦。更何況——」她的語調倏然爆發火力，語帶輕蔑——「太噁心了……小男生和小女生談戀愛。」

「才不是談戀愛。」他高喊。

「不然是什麼？」

「不是就不是！妳以為我跟她摟摟抱抱親熱嗎？我們只不過是聊天而已。」

「跑到天邊去聊到半夜。」莫瑞爾夫人以譏諷反駁。

保羅憤而解開靴子的鞋帶。

「妳生什麼氣？」他問：「因為妳不喜歡她而已。」

「我沒說我不喜歡她。我只是不喜歡男女生瞎混在一起，向來不喜歡。」

「咦，姊姊安妮和吉姆．英格爾出去，妳怎麼不管？」

「他們比你們兩個懂事。」

「怎麼說？」

「安妮沒有深度。」

他沒聽懂這句話的含義。但母親顯露疲態。威廉死後，她身體一直虛弱，現在眼睛也累痛了。

「呃，」他說：「鄉下地方景色好漂亮。史立斯先生向我關心妳。他說他好久沒見到妳了，問妳身體有沒有好一點？」

「我早幾個鐘頭就該睡了。」她回答。

「母親啊，妳明知道妳本來就不會在十點十五分之前上床。」

「唉，我早該上床了！」

「唉，小婦人，妳這時候不論說什麼，都故意和我作對，是不是？」

他吻母親額頭。他對這額頭瞭若指掌：眉宇之間的深溝、如今灰白而上揚的細髮絲、傲骨明顯的太陽穴。吻過額頭之後，他一手逗留在她肩膀上。然後，他慢慢準備就寢。他已經把米瑞恩拋向腦後；現在他腦子只容得下母親頭髮往後梳、暴露寬闊而溫暖的眉宇。他也明白，母親不知為何心痛。

下一次再和米瑞恩見面時，他說：

「今晚別讓我太晚回家——不能超過十點。不然，我母親會大發脾氣。」

米瑞恩垂下頭，沉思著。

「她生什麼氣？」她問。

「因為她說，我上班早起，不應該玩到太晚回家。」

「說得好！」米瑞恩細聲說，略帶一絲絲冷笑。

他厭惡這口氣。而這一晚，他又照常晚歸。

愛苗是否在兩小之間萌芽，保羅和米瑞恩都不願承認。保羅自認太執著於理性，不至於踏入柔情鄉，而米瑞恩認為自己太清高。這兩人都晚熟，而心理的成熟度更比生理落後許多步。米瑞恩過度敏感，和利弗斯夫人從小到大一樣。即使是遇到微乎其微的醜陋，她也避之唯恐不及，心情近乎苦悶。哥哥和弟弟的行為固然殘酷，言語卻從來不粗鄙。男人談農場事務時，一概在屋外討論。然而，每座農場天天有牲口受孕和分娩的事，或許正因如此，米瑞恩對這檔子事特別敏感，話題一稍微觸及這方面，她立刻擺出聖潔的一面，態度幾近嫌惡。保羅受她影響，兩人的親密關係因此被徹底漂白，潔淨無瑕疵。這一對絕口不提母馬懷小馬的事。

保羅十九歲這一年，週薪只二十先令，但他覺得快樂。他作畫如意，日子過得還算順暢。在四月的受難節當天，他號召一群人踏青至諾丁罕近郊的鐵杉奇岩參觀。這群人當中有三個和他同年紀的男孩，另有安妮、亞瑟、米瑞恩和傑佛瑞。亞瑟在諾丁罕擔任電工學徒，這天放假。莫瑞爾先生如常早起，在院子裡吹口哨、鋸木頭。七時，家人聽見他開門，以三便士向小女孩購買熱十字麵包，和小女孩聊得起勁，還以「我親愛的」稱呼她。隨後有幾位男孩登門兜售同樣的節慶麵包，全被他趕走。他對其中一人說，你們被一個小女生「超前」了。後來，莫瑞爾夫人起床，其他家人陸陸續續下樓。對全家人而言，在非週末的日子能賴床是一大福氣。保羅和亞瑟在早餐前讀書，飯後餐盤擺著不洗，穿著襯衫坐著。這也是假日的另一福氣。家裡很溫暖。萬事無憂無慮，家中瀰漫一股富足感。

兒子讀書期間，莫瑞爾夫人出門進院子。威廉下葬後不久，莫瑞爾家立刻搬出史卡基爾街的房子，搬來這棟老屋。花園裡這時傳來一陣歡呼：

「保羅！保羅！快出來看！」

是母親的嗓音。他扔下書，跑出去。這座長形的花園延伸進一片原野。天氣陰沉，冷風從德貝郡咻咻颳過來。隔著兩座田外是貝斯伍德的邊緣，可見一片雜亂的屋頂與紅牆，教堂鐘樓和公理會禮拜堂的尖塔矗立其中。更遠之處有樹林和丘陵，緊鄰淺灰色的本寧山脈高山。

保羅望向花園，尋找母親，見她的頭露在幾叢新生的醋栗之中。

「來這裡！」她喊。

「什麼事？」他問。

「過來看一看。」

她原本在看醋栗樹上的花苞。保羅走過來。

「我還以為，」她說：「在這地方絕對看不見這種花呢！」

兒子來到她身旁。圍牆腳有一小床亂草葉，看似幾顆幼球莖長出來的，從中綻放的是三朵深藍色的綿棗兒類的小花。莫瑞爾夫人指向它們。

「你看看這些花！」她驚呼。「我本來在看醋栗，眼角湊巧瞄到地上，心想，『什麼東西這麼藍啊？難道是糖包花嗎？』結果，你看！什麼糖包花！是三朵雪光花，開得多麼燦爛！只不過，它們是從哪裡跑出來的？」

「我不清楚。」保羅說。

「哇，奇蹟出現了！我還以為，這座花園裡，一草一葉都在我掌握中呢。可是，你看，它們長得真好，不是嗎？那叢洋醋栗正好保護到它們。沒人咬它們，沒人碰它們！」

他蹲下去，把小藍花的杯口翻向上。

「這色澤好豔麗！」他說。

「就是嘛！」她說：「我猜這種花是瑞士品種。我聽說過，瑞士有這麼漂亮的東西。想想看，雪地開這種花，多美啊！只不過，它們怎麼會跑到我們家院子來？總不可能是風吹來的吧？」

這時候，保羅才想起，前一陣子他帶回一小堆雜七雜八的球莖，丟在圍牆腳，等它們成熟。

「你怎麼不告訴我？」她說。

「就是啊！我本來想說，先丟在這裡，看它們會不會開花再說。」

「結果，現在你看看！沒仔細看，我還看不見呢。我一輩子從來沒在自家花園裡看過雪光花。」

她喜上眉梢，喜不自勝。這座花園帶給她無限歡愉。搬進這棟房子，家裡的花園能和原野相接，母親總算滿意，保羅也為她感到慶幸。每天早餐後，她會進花園走走逛逛，開開心心。她是真的對花園裡的一草一葉瞭若指掌。

保羅號召的親朋好友帶著野餐和歡樂的心，一同出發去踏青。他們在水車牆旁邊逗留，放紙船下水，看著紙船從另一端激射而出。一夥人停在船庫站附近的人行橋上，參觀冷光閃爍的金屬設施。

「六點半可以看到蘇格蘭飛人特快車通過喔！」雷諾德說。他父親是鐵路旗手。「快到連個聲音都不吭呢！」這一小群人看著前往倫敦的鐵道，然後望向通往蘇格蘭的方向，感受到這兩個神奇地方的牽引。

來到尤克斯屯，礦工們聚集在酒館外，等候開張時刻。這個鎮是閒散打混的地方。在史丹頓門，鑄鐵廠火勢熊熊。每見新奇事物，大夥總熱烈討論不休。來到卓韋爾鎮，他們再次從德貝郡進入諾丁罕郡。午餐時刻，他們抵達鐵杉奇岩，四處擠滿來自諾丁罕與尤克斯屯的遊客。

他們想參觀的是一座雄偉而莊嚴的巨石群，沒想到眼前竟是一小疊凹凸不平、歪七扭八的石頭，模樣像爛掉的蘑菇，狼狽站在空地的一邊。雷納德和迪克立即上前去，在古老的紅砂岩面上雕刻自己的姓名縮寫「L.W.」和「R.P.」。保羅不從，因為他曾在報上讀過譏諷的論點，認為刻名留念者的心態可議，指稱，唯有無以名留青史的人，才會出此下策。隨後，所有大小孩全爬上奇岩頂，登高望遠。

奇岩底下的空地上，工廠女工和男工一起吃午餐或四處閒逛。遠處看得見一座老莊園的庭院，裡面有漿果紫杉籬，草坪四周種滿黃色的番紅花。

「看，」保羅對米瑞恩說：「多麼幽靜的庭園！」

她看見深色的紫杉和金色的番紅花，然後以感激的神態欣賞著。在大夥之中，保羅似乎變了一個樣，不再屬於她。和她獨處時的保羅，能感應到她內心最深處微乎其微的悸動；現在的保羅則和她雞同鴨講，令她痛心，斬傷她的知覺。唯有在保羅回到她左右，唯有在他拋棄較遜色的一面時，她才有重獲新生的感覺。現在保羅叫她遠望庭園，再度想和她親近。她對空地上的人群感到不耐煩，目光對準閉合著的番紅花圍繞的幽靜庭園，一陣近乎狂喜的安寧席捲心頭，感覺幾乎像她和保羅獨自遊庭園。

隨即，保羅又離她而去，回到其他人身邊。不久，大家動身回家。米瑞恩隻身落後在隊尾。她和這群人格格不入；她絕少和人建立關係，因此她的好友、她的伴侶、她的情人是大自然。她看見太陽漸漸西下。在暮色中，冷冷的樹籬長著紅葉。她徘徊不前，採集著葉子，動作輕柔而熱情，指尖的愛撫觸著葉面，心中的熱情在葉子上凝聚成光輝。

忽然間，她發現這條陌生的路上只剩她一人，因此急忙往前走。轉進巷子時，她撞見保羅彎著腰，不知在專注著什麼事，動作規律而耐心，有點絕望。她放慢前進的步伐，躊躇著，觀望著。

他繼續在路中間彎腰專心。遠方的天邊有金澄澄的一縷薄雲，在灰暗無色的背景中分外耀眼。她看見精瘦的保羅彎腰站著，彷彿是夕陽致贈給她的厚禮。一股深痛制住她，她知道她非愛他不可。而她早已發現他，在他內心探掘出一種稀有的潛能，探掘出他的寂寞心。她宛如遇到「天使傳報」，不禁哆嗦起來，緩步朝保羅移動。

終於，他抬頭看。

「不會吧，」他語帶感激驚呼，「妳留下來等我！」

她看見他眼底有一片陰霾。

「怎麼了？」她問。

「這傘的彈簧斷掉了。」他說著指向損壞之處。

她立時知道，弄壞傘的人不是保羅，而是胞弟傑佛瑞，不禁略感羞愧。

「只不過是一把舊傘，不是嗎？」她問。

保羅平日不會為小事煩惱，今天為何小題大作，令她困惑。

「這把傘是威廉送母親的禮物，現在壞掉了，她一定會發現。」他小聲說，仍耐著性子修傘。

這句話如刀鋒，戳中米瑞恩。這話能證實她對他的觀感！她看著保羅。然而，他的態度有所保留，她不敢安慰他，甚至不敢對他輕聲細語。

「走吧，」他說：「我修不好。」兩人默默走在路上。

這天晚上，兩人走在下尼德格林村的樹下，以苦惱的語調對她啟齒，連自己都不太能說服似的。

「妳知道，」他勉強說：「如果有一個人動情，對方也會。」

「啊！」她回應：「就好像我小時候母親告訴我的『愛能生愛。』」

「對，很類似，我想一定是。」

「希望如此，因為如果不是的話，愛可能是一件非常糟糕的事。」她說。

「對，只不過，起碼對多數人而言，愛的確是很糟糕的事。」他說。

米瑞恩認為他已認同他自己的看法，現在她也覺得堅強。她總認為，小巷巧遇事件是一種啟示。這次對話烙印在她腦海中，凝鑄成金科玉律。

現在，她和他站立同一陣線，支持著他。大約在這時期，他在威利農場講了幾句傲慢的話，觸犯到米瑞恩家人，但她力挺他，相信他是對的。而在這時候，她夢到他，夢境栩栩如生，難以忘懷。這些夢後來再度出現，發展成更微妙的心靈舞台。

復活節假期週一，同一群人再度去郊遊，這次目的地是古蹟翁菲德莊園。法定假日人潮洶湧，能在賽斯里橋車站搭火車，對米瑞恩而言是一大鮮事。他們在艾菲頓站下車。保羅對街道感興趣，看著在路上遛狗的礦工。這鎮上的礦工是新品種礦工。抵達教堂，米瑞恩才活起來。這群人提著野餐袋，怕被趕走，各個在教堂門外裹足不前。雷納德是個言行滑稽的瘦子，他帶頭進教堂。保羅寧死也不願被趕走，因此殿後。為慶祝復活節，教堂裡滿是裝飾品。最前面插著數百朵水仙花，似乎還在成長中。陽光穿透彩色玻璃入內，為黯淡的室內增添色彩，空氣裡也瀰漫百合和水仙的微香。浸淫在這種氣氛，米瑞恩的心靈大放光明。保羅深怕做錯事，對教堂裡的事物很敏感。米瑞恩轉向他。他回應。兩人在一起。來到祭壇欄前，他不願再往前走，深得她的心。在他身旁，她的心靈擴展為祈禱詞。他感受到陰暗的宗教場所特有的幽幽興味。潛藏他心底的靈異思想傾巢而出。她被他吸引。他是祈禱者，與她同在。

米瑞恩和其他人的對話只有兩、三句。大家對她開口時，立刻變得彆扭，她常因此沉默。

中午過後，他們踏上通往莊園的陡坡。在陽光下，萬物反射著柔光，溫煦宜人，讓人精神奕奕。花毛茛和紫羅蘭開花了。大家快樂到最高點。常春藤的葉面光、城堡牆壁柔和寫意的灰色、古蹟附近萬物的親和，一切完美。

莊園以淺灰色硬石磚砌造，其餘牆壁空白而沉靜。這群少年雀躍不已。他們抱著畏怯的心前進，幾乎唯恐古蹟巡禮的樂趣被剝奪。第一座中庭的四周是殘破的高牆，裡面有幾座農場推車，旋轉軸閒置地上，輪箍上有鮮豔的金紅鏽斑。四處一片寂寥。

所有人興沖沖掏出六便士入場，怯生生走進內部中庭的精緻拱門。他們很害羞。在廳堂的原址，地板長出一株帶刺的老樹，上面有花苞。到處可見詭異的開口和破房間，全在陰影裡。

午餐後，他們再次進古蹟探險。這一次，女孩跟隨男孩走，讓男生擔任嚮導和解說員。角落有一座高塔，搖搖欲墜的樣子，據說是蘇格蘭女王瑪麗一世受囚禁之地。

在空洞的樓梯間拾階而上之際，米瑞恩沉聲說：「瑪麗女王走到那上面，很難想像！」

「走不動也得上去，」保羅說：「她罹患嚴重風濕病。我猜她被虐待得很慘。」

「你不認為她活該嗎？」米瑞恩說。

「怎麼會？她只不過比較活躍而已。」

眾人繼續踏著迴旋梯上去。疾風從小洞颳進來，在樓梯間往上直竄，把女孩們的裙子鼓成氣球，米瑞恩害羞，幸好保羅為她拉住裙襬。保羅的舉動完全自然，如同幫她撿手套似的。她把這舉動銘記在心。

常春藤在殘破的塔頂蔓生，古意盎然。此外也有幾棵冷冷的麝香石竹，清冷地展露白色的花苞。米瑞恩想靠過去摘常春藤葉子，但保羅不准她。保羅叫她站後面，自己去採給她接，一葉接一葉，騎士精神表現得淋漓盡致。這座塔似乎在強風中搖擺。一眼望去是綿延數英里的鄉野，有樹林也有青蔥的草地。

莊園的地窖保存得完美，值得欣賞。保羅當場素描，米瑞恩陪伴著他。她想像著瑪麗一世被關在這裡，眼神疲憊絕望，無法瞭解苦難，遠望著山丘，等不到救星，只能枯坐地窖裏，被告知說，上帝的心和她這座地窖一樣冰冷。

他們再歡欣動身，回首這座心愛的古蹟，看它聳立在小山頭，姿態魁偉，線條清晰。

「能擁有那座農場該有多好。」保羅對米瑞恩說。

「是啊！」

「來這裡看妳，滋味不曉得多美妙！」

這群人走進一片只有岩壁的鄉野，他喜歡這裡。雖然此地僅離家十英里，米瑞恩卻覺得像置身異國。整群人走得零零落落。來到背陽坡，橫越一大片草地時，沿途有無數細小晶亮的石子，這時保羅和米瑞恩並肩走，她提著網線袋，保羅伸手過去，手指穿透網線接觸她，她立即查覺安妮在背後盯人，充滿嫉妒心。然而，這片草地沐浴在燦爛的陽光下，小路遍地是晶鑽，而鮮少對她示好的保羅這時有所表示，她拎著網線袋的手靜止不動，任保羅的手指碰觸，周遭金碧輝煌如幻夢。

最後，他們抵達位於高地的克萊契村，灰色的屋舍零散。村子外矗立著聞名的克萊契塔，保羅從家裡的院子能遠遠看見。整群人繼續走。大片鄉下地方在四周和山下延展。男女孩們迫切想攻頂。山上有一座圓丘，被切平半截，上面立著一座古老的紀念碑，矮胖堅固，古時候在此對諾丁罕郡與萊斯特郡平原打訊號。

山頂無屏障，風勢猛烈，唯一的防禦法是躲在塔樓的背風處站定。腳邊是懸崖，底下的石灰岩被開採而去。山下是雜亂的丘陵和小村落：麻托克、安波蓋特、石東尼密朵頓。貝斯伍德位於左方一片相當擁擠的地區，男女孩們急著遙望教堂，發現教堂似乎位於平地，覺得掃興。他們見到德貝郡山丘漸次下沉至單調的中部，再下沉至南部。

風颳得米瑞恩有些害怕，但其他小孩喜歡吹風。他們繼續走，一英里接一英里，走到瓦茨丹維爾。這時，野餐悉數告罄，大家都餓了，回家的車資已所剩無幾，幸好還能湊足錢買一條麵包和一條醋栗甜麵包，拿折疊刀劈成幾片分食，坐在橋邊的岩壁上，看著清亮的德溫特河湍急而去，馬特拉克鎮來的幾輛馬車停靠在客棧前。

此時的保羅累得臉色蒼白。一整天下來，他負責指揮全隊，現在他總算能鬆一口氣。米瑞恩能理解，伴隨在他身旁，他也任她擺佈。

在安波蓋特車站，他們等了一小時，火車才進站，車上擠滿想回曼徹斯特、伯明罕、倫敦的旅客。

「其他人很可能以為，我們也會搭到那麼遠的地方。」保羅說。

下車時天色已深。米瑞恩和胞弟傑佛瑞走回家，看著碩大朦朧的紅月昇起。她的心中有一份完滿的感受。

她上有一姊，名叫愛葛莎，以教書為業。姊妹倆之間有心結。米瑞恩認為姊姊很世故。她自己也想當老師。

某星期六下午，愛葛莎和米瑞恩在樓上穿衣服打扮。她們臥房的正下方是馬廄。臥房格局矮，面積不很大，陳設稀疏。米瑞恩在牆上釘一張保羅．維諾內些的《聖凱薩琳》複製畫。她喜歡獨坐窗口做白日夢的女人。她自己的窗戶太小，坐不進去。但是，前窗垂掛著忍冬花和爬牆虎，看得見院子以外橡樹林的樹梢，後面的小窗不比手絹大，面向東方，能看見晨曦爬上心愛的圓形丘陵。

兩姊妹不常對話。金髮愛葛莎個子小，個性果決，從小就排斥家裡的氣氛，對抗「逆來順受」的教條。如今她出社會了，可望離家獨立。在外表上，在言行舉止上，在身分地位方面，她堅抱世俗價值觀，最令米瑞恩唾棄。

保羅來訪時，姊妹倆喜歡躲在樓上。她們比較喜歡衝下樓，打開樓梯尾的門，看他滿心期待行注目禮。米瑞恩想戴上保羅贈送的玫瑰珠項鍊，不料項鍊被頭髮纏住了，她站著猛扯，痛到頭皮。終於她戴上項鍊了，紅褐色的木珠子能烘托她褐色的涼頸子。她發育健全，面容非常醒目，可惜釘在白牆上的鏡子太小，她一次只照得到身體的一部分。愛葛莎自己買一面小鏡子，放著自己用。米瑞恩靠近窗戶。她忽然聽見熟悉的鏈條聲，看見保羅打開院子門，推腳踏車進來。她見保羅望著房子，她不禁往後退縮。他以若無其事的態度走動，把腳踏車當成牲口似地牽著走。

「保羅來了！」她驚呼。

「妳可高興了，對吧？」愛葛莎語帶譏誚問。

驚訝困惑中的米瑞恩站著不動。

「妳自己呢？」她問。

「對是對，不過，我可不願讓他看見我高興，不然他會以為我喜歡他。」

米瑞恩暗暗吃驚。她聽見保羅把單車停進樓下的馬廄，聽見他對吉米講話。吉米是一匹從礦場退休的馬，皮毛襤褸。

「哇，吉米老弟，你好嗎？」保羅以礦工腔說。「只有苦哈哈地日子可過，是嗎？唉，可憐啊，俺的老小子。」

她聽見繩索穿孔的聲音，吉米在保羅伸手摸頭時抬頭讓他摸。他以為只有馬聽見，不知有人在旁聽，米瑞恩樂在心中。然而，她的伊甸園裡有一條蟒蛇。她認真捫心自問，反省自己是否真的要保羅．莫瑞爾。她覺得，要他，肯定會蒙受恥辱。她內心百感交集，唯恐自己真的要他。她站著，為自己定罪。隨即，一股新來的羞慚刺痛她的心靈。飽受折磨的她在內心畏縮。她要保羅．莫瑞爾嗎？他知道她要他嗎？多麼微妙的一件醜事籠罩在她身上。她自覺整個心靈羞愧到打結。

愛葛莎先打扮好，下樓去。米瑞恩聽見她開心向保羅打招呼，完全知道姊姊以這種口氣講話時，灰眼珠會綻放何其明亮的光彩。她自己膽子不夠大，不敢用這種態度去迎接保羅。然而，她杵在原地，受困在愁雲，為了要他而自慚形穢。在苦悶疑惑之中，她下跪祈禱：

「主啊，讓我別愛上保羅．莫瑞爾。倘使我不應愛他，避免讓我愛上他。」

禱告詞中出現反常的語句，令她陡然心驚。她抬起頭思考。愛他又有什麼不好？愛是上帝的大禮。然而，愛卻引發她羞恥心。全是因為他，保羅．莫瑞爾。話說回來，此事和他無關，是她個人的事，是她和上帝之間的事。她註定成為獻祭品。但這是上帝的獻祭品，不是保羅．莫瑞爾的，也不是她的。幾分鐘後，她再度臉埋枕頭，說：

「可是，主啊，倘使您囑意我愛他，那就讓我愛上他——就像是為世人靈魂赴義的基督。讓我轟轟烈烈愛上他，因為他是您的子民。」

她繼續跪一段時間，幾乎不動，感懷深切，黑髮貼在拼花毯上的紅格子和薰衣草格子上。對她而言，祈禱近乎必需品。祈禱時，她陷入自我犧牲的狂喜，效法為世人犧牲的上帝。有犧牲，無數人心才獲得最真摯的喜樂。
當她下樓時，保羅躺在扶手椅上，對愛葛莎煞費苦心獻一小幅畫，愛葛莎則略表輕蔑。米瑞恩瞄這兩人一眼，迴避他們的輕鬆互動，自己走進客廳獨處。
到下午茶時間，米瑞恩才有機會和保羅交談，但她講話的態度疏離，令保羅以為哪裡惹她不高興。
每週四晚間，米瑞恩不再去貝斯伍德的圖書館。整個春天，她定期去保羅家找他，屢屢遇到一些小事件，受到莫瑞爾家人若有似無的羞辱，終於覺醒，決定再也不去找保羅。有天晚上，她向保羅宣布自己不會在週四晚去找他。
「為什麼？」他問，口氣很衝。
「沒事。我只是不想去而已。」
「那就算了。」
「不過，」她欲言又止，「如果可以約在別的地方碰面，我們還是可以一起去。」
「去哪裡碰面？」
「哪裡都行……隨你便。」
「哪裡都不要。我不懂妳為什麼不能再來我家找我。但是，如果妳不願意來，那我也不想和妳碰面。」
於是，她和他珍惜的週四夜會就此打住。多出來的空檔被他挪為上班用。對這樣的安排，莫瑞爾夫人哼一聲，表示滿意。
他不願被人視為他在和米瑞恩談戀愛。他把兩人間的親密關係維持得極為抽象，歸類於心靈交流，純粹是想法，全是拚小命去意識的東西，他視為僅是純純的友情。他矢口否認兩人之間存在曖昧關係。米瑞恩不表意見，或者她只是默認了。他傻到不明白自己的心。兩人各自懷抱著默契，攜手漠視眾人對他們的指指點點和影射。

「我們不是情侶，我們是朋友，」他對她說：「沒人比我們更清楚。他們愛講，隨他們去講吧，我們又少不了一塊肉。」

有時候，兩人走在一起，她會怯弱地勾他手臂，但他總是憎恨這動作，她也明白。此舉導致他內心強烈衝突。在米瑞恩面前，他總是立在高層次的抽象境界，天生的情火被傳輸進思想的清流。這合她的心意。如果他顯得快活，做出她嫌輕浮的言行，她會等他回歸身旁，等他變回以心靈為重的老樣子，等他懂得自省，眉毛深鎖，熱切渴求他人理解。在這種熱切尋求理解的時刻，她的心靈才與他契合，她才完全占有他。但前提是，非先把他變成抽象不可。

後來，如果她伸手去勾他手臂，他會覺得近似折磨，意識似乎一分為二：肌膚相親之處因摩擦而火熱。他是一場自相殘殺的戰役。因此，他對待她的態度變得殘酷。

盛夏某一天傍晚，米瑞恩前來莫瑞爾家，因爬坡而熱呼呼。保羅獨自在廚房，聽得見母親在樓上走動的聲響。

「跟我一起去看甜豌豆。」他對米瑞恩說。

兩人走進院子。小鎮和教堂後面的天空橙紅，花園裡洋溢著異樣的暖光，凸顯每一片葉子。保羅巡視著一排美觀的甜豌豆，鮮花朵朵開，有的乳白，有的是淺藍色。米瑞恩跟在後面，呼吸著花香。對她而言，花朵的吸引力如此之強，她覺得非把它們據為己有不可。每當她彎腰嗅花香，感覺彷彿人花相戀。保羅討厭這種動作。此舉可以說是開放，過於親暱。

保羅摘好一大把豌豆花之後，兩人回到屋內。他聆聽片刻，推測母親在樓上靜靜做什麼，然後說：「來這裡，讓我為妳插花。」他一次挑選兩、三朵，搭配在洋裝的胸前，然後後退一步，看看效果如何。「妳知道嗎？」他說著從嘴唇取下別針，「女人在自己身上插花，一定要照鏡子才行。」

米瑞恩呵呵笑了。她認為，在衣服上插花應該隨意，不必拘泥形式。保羅苦心為她插花是他一時興起的舉動。

他被她這麼一笑有點感冒。

「有些女人一定要照鏡子——外表中看的女人。」他說。

米瑞恩又笑起來，但皮笑肉不笑，因為他居然把她和一般女人混為一談。此言假如出自多數男人之口，她會假裝沒聽見，但聽見保羅如此說，她心痛。

花即將插好之際，他聽見母親下樓的腳步聲，急忙插好最後一支別針，把身體轉開。

「別讓我媽知道。」他說。

米瑞恩捧起她的書，站在門口，以懊喪的神態欣賞瑰麗的夕陽。她說，她不會再來找保羅了。

「晚安，妳好，莫瑞爾夫人。」她說得謙卑，言下之意彷彿她自覺無權來這裡。

「喔，是妳嗎，米瑞恩？」莫瑞爾夫人冷冷說。

保羅堅持大家認同他和米瑞恩之間的純友誼，莫瑞爾夫人是明理人，絕不會公開和米瑞恩撕破臉。

直到保羅二十歲以後，莫瑞爾家才有錢出遠門度假。莫瑞爾夫人從未度假過。婚後，她只出過一趟遠門，為的是去看姊姊。如今，保羅總算存攢夠錢，能請全家一起去渡假。除了家人，他邀請自己一位朋友和安妮的幾位友人，另也也邀請威廉一位青年同事，最後是米瑞恩。

為了租度假屋，保羅寫信時和母親討論個沒完沒了。他們想租一間傢俱齊全的獨棟小屋兩星期。母親認為一星期就夠了，但他堅持兩週。

最後，他們接到梅波索普鎮的回信，他們心目中的小屋每週租金三十先令。大家樂得手舞足蹈。保羅也為母親高興得癲狂。母親終於能真正度個假了。晚上，他和母親坐著，憧憬度假的滋味是什麼。安妮進來，接著是雷納德、愛麗絲、凱蒂，氣氛興高采烈，滿懷期待。保羅告訴米瑞恩。她似乎為這事暗喜片刻。莫瑞爾家則是喜氣洋洋。

大家預計週六上午搭七點火車出發，因此保羅建議家住太遠的米瑞恩來家裡過夜。她前來吃晚餐。大家興奮到熱情接受米瑞恩。然而，幾乎是在她前腳踏進門的一秒，家裡的氣氛瞬間封閉、緊繃。他事先找來吉恩·英格羅[7]提及梅波索普鎮的一首詩，非讀給米瑞恩聽不可。朗讀詩給家人聽是多愁善感的表現，保羅絕不願意，但現在他們願屈就。米瑞恩坐在沙發上，眼中只有他。每當他在場，米瑞恩總是顯得沉浸在他心中，被他吸收。吃醋的莫瑞爾夫人坐在自己椅子上。她也想聽詩。即使是安妮和父親也來了。莫瑞爾先生偏著頭，宛如正在聆聽佈道，也知道別人正在看他。保羅低頭看著書。該到的全到場了。莫瑞爾夫人和安妮幾乎和米瑞恩爭寵，看誰聽得最仔細。他朗讀得氣宇軒昂。

「可是，」莫瑞爾夫人插嘴說：「鈴鐺演奏『恩德爾比新娘』究竟是什麼意思？」

「是洪水警報時搖鈴演奏的一首老歌。我猜恩德爾比新娘是被洪水淹死的。」他回答。他根本不清楚這首詩的淵源，卻也不願在女人家面前丟臉。大家聽信他的說法。他自己也信以為真。

「鎮民都曉得那首歌的意義嗎？」母親說。

「對……好比蘇格蘭人聽到《森林之花》一樣……以前他們反著搖鈴警告大家。」

「怎麼搖？」安妮說：「鈴噹正著搖、反著搖，聲音不都一樣嗎？」

「不過，」他說：「如果先從低音鈴搖起，陸續搖愈來愈高音的鈴噹，聲音就變成……叮……叮……叮……叮……叮……叮！」

音調愈升愈高。大家都認為很巧妙。他自己也如此認為。一分鐘後，他繼續吟詩。

朗讀完畢，莫瑞爾夫人以異樣的口吻說：「嗯！不過，我倒但願所有文學作品不必寫得這麼悲哀。」

「他們幹嘛淹死自己，俺搞不懂。」莫瑞爾先生說。

眾人一時沒動靜也不講話。安妮起身去收拾餐桌。

米瑞恩也去幫忙洗鍋子。

「讓**我**幫忙洗。」她說。

「那怎麼行！」安妮說：「妳回去坐著。該洗的東西不多。」

米瑞恩是外人，無法堅持，只好坐回原位，和保羅看同一本書。

保羅是這一群人的總指揮；莫瑞爾先生沒輒。上火車後，莫瑞爾先生一直擔心火車只開到弗斯比而不是梅波索普。他不肯招一輛馬車。招馬車過來的是膽大身小的母親。

「喂！」她對某男人喊叫。「喂！」

保羅和安妮躲到大家背後，恥笑到抽筋。

「載我們去布魯克家要多少錢？」莫瑞爾夫人問。

「兩先令。」

「哇，路有多遠？」

「好一段距離。」

「我不信。」她說。

但她還是爬上馬車。八人擠進一輛陳舊的海邊馬車。

---

7 吉恩・英格羅（Jean Ingelow, 1820-1897），十九世紀英國作家。

「我算給你聽，」莫瑞爾夫人說：「平均每人才三便士。假如我們搭街車……」

馬車往前走著，每過一間獨棟小屋，莫瑞爾夫人就叫嚷：

「是這間嗎？對，就是這間準沒錯！」

大家坐著不敢呼吸。馬車經過後，大家才不約而同嘆氣。

「幸好不是那間醜八怪，」莫瑞爾夫人說：「我被嚇慘了。」馬車繼續走。

最後，他們抵達大馬路邊一棟民宅，孤立在一條溝渠旁，過一座小橋才進得去前院，大家興奮異常。但他們也喜歡房子如此偏僻，一邊是天然海藻池，另一邊是廣袤無垠的土地，白色的是大麥田，黃色的是燕麥田，紅色的是小麥田，綠色的是根莖作物，平坦延伸至天邊。

保羅計算著支出。他和母親掌握全局。每人每星期的住宿、飲食等消費總共十六先令。每天上午，他和雷納德去游泳。莫瑞爾大清早就出門散步。

「你，保羅，」母親從臥房呼喊：「吃一塊奶油麵包。」

「好。」他回應。

游完泳回來，他看見母親正在準備早餐。女屋主是個年輕洗衣婦，丈夫是盲人，因此莫瑞爾夫人天天進廚房洗鍋子，整理床鋪。

「可是，妳不是說，妳終於能真正度個假嗎？」保羅說：「妳現在卻又做家事。」

「家事！」她驚呼：「你在鬼扯什麼東西！」

他喜歡陪母親穿越田野，進村子逛，或是去看海。她怕踏上小橋上的木板，被他取笑是小娃娃。大致上，他陪伴在她身旁，彷彿是她的男人。

米瑞恩分到他的時間不多，例外可能只有在其它人去看把臉塗黑的「黑臉唱遊」表演的時候。米瑞恩覺得黑臉戲無聊到極點，保羅也有同感，常一本正經向安妮宣導黑臉戲有多蠢。話雖這麼說，黑臉戲裡的所有歌曲，保羅全耳熟能詳，走在路上甚至能大小聲高歌。自己如果聽著黑臉歌，再無聊的橋段也會令他開心。但他卻對姊姊安妮說：

「聽什麼垃圾！那種歌裡沒有一丁點腦筋。任何人只要比蚱蜢多一點頭腦，一定不會跑去坐著聽黑臉歌。」他對米瑞恩說：「他們大概去聽『黑臉唱遊』了，」指的是安妮和其它人，語帶強烈鄙夷。

聽米瑞恩唱黑臉歌的感覺詭異。她的下巴工整，下唇和下巴呈垂直線。她唱歌時，總讓保羅聯想起波提且利筆下的哀傷天使，即使她唱的是情歌也一樣：

同我進情人巷
伴我同行，陪我聊天。

唯有在保羅素描時，或其它人去看「黑臉唱遊」時，她才有機會獨享保羅。他不厭其煩談自己多麼熱愛水平線，說林肯郡的天和地筆直，象徵意志力永恆，正如同教堂的諾曼拱門一座接一座，象徵人心頑強躍進，奮鬥不休，能前進天涯何方，無人知道。水平線和垂直線、哥德拱門背道而馳。他說，水平線能躍上天堂，能碰觸到狂喜的境界，能迷失在神聖環境。他說他自己是諾曼，米瑞安是哥德。即使是這句話，她也低頭表示贊同。

有天晚上，他和她在廣大的沙灘上散步，朝歐德索普的方向走。長長的碎浪襲來捲去，在沙海交接處嘶嘶沖刷出泡沫。這天傍晚天氣溫暖，大片沙灘上唯獨兩人，只聽得見浪濤聲。保羅喜歡見浪拍沙灘的模樣。他喜歡介於浪聲和寂靜沙灘之間的感受。米瑞恩在他身旁。一切變得非常熱切。掉頭往回走時，天色已相當暗。回小屋必須通過沙丘之間的小徑，然後爬上兩條溝渠之間的草堤路。鄉下的景物黑而靜。沙丘背後隱隱傳來海的低語。保羅和米瑞恩默默散著步。忽然間，他心驚。他全身的熱血似乎沸騰，他差點無法呼吸。從沙丘邊緣，一輪橙色的大月亮凝望著他們。他駐足賞月。

「啊！」米瑞恩看到月亮說。

他保持紋風不動的姿勢，注視著紅紅的大月亮，整片廣泛的暗夜平地上只有這麼一件物體。他的心跳沉重，手臂的肌肉收縮。

「怎麼了？」米瑞恩喃喃問，等著他。

他轉頭看她。她站在身旁，永遠站在影子裡。她的臉被帽子遮黑，眼睛偷窺著他。但她在沉思。她微微感到害怕——深受感動，信仰虔誠。這才是她的最佳境界。遇到她這種情況，他束手無策。熱血凝聚在胸口，宛如火焰，但他無法主動接近她。他的熱血冒出一陣陣的火。然而，不知為何，她視而不見。她正期待著他進入宗教境界。仍在渴望的她略懂他心懷熱情，凝視著他，感到困惑。

「怎麼了？」她再度喃喃問。

「是月亮的關係。」他皺眉回答。

「對，」她附和。「很美，不是嗎？」她對他產生好奇。危機解除了。

他自己也不清楚為什麼。他還年輕，兩人的親密關係又如此抽象，他想抱她而不自知。他多想緊緊抱她入懷，以減輕心頭的苦悶。他怕她。一想到自己可能以男人渴望女人的心情渴望著她，他立刻壓抑住衝動，把衝動化為羞恥。她想到這檔子事時，身體會痛苦到抽搐蜷縮，這時候，他是徹頭徹尾暗暗叫慘。如今，這份「純潔」甚至妨礙到兩人的初吻。這種情況彷彿是她幾乎無法忍受肢體相愛的震撼，甚至連熱吻都不行，而他也太畏縮、太敏感，無法主動吻她。

兩人沿著幽暗的沼澤地前行時，他看著月亮不語，她在身邊亦步亦趨。他討厭她，討厭她似乎以某種方式逼他恨自己。前方可見黑暗中有光明——是窗內亮著油燈的度假小屋。

想起母親，想起歡樂的親朋好友，他心中甜蜜。

見他們進門，母親說：「嘩，大家老早就回來了！」

「那又怎樣！」他煩躁地回嘴。「我想散步就散步，不行嗎？」

「你就不能早點回來，和大家一起吃晚餐嗎？」莫瑞爾夫人說。

「那可要看我高興不高興，」他反駁道：「時間又不算太晚。我想怎樣是我自己的事。」

「隨便你，」母親語帶譏諷說：「你想怎樣就怎樣。」這一晚，母親不再理他，他也對她視若無睹，表現得滿不在乎，只坐著讀書。米瑞恩也讀書，忘掉自我。莫瑞爾夫人討厭她把兒子迷成這樣。在莫瑞爾夫人眼中，保羅愈來愈心浮氣躁、一本正經、鬱鬱寡歡。她認為全是米瑞恩的錯。安妮和朋友也加入母親這一邊，和米瑞恩作對。在這群人當中，米瑞恩無親無友，只有保羅。但她心中其實不怎麼苦，因為她鄙視這些人太無足輕重。

保羅討厭她是因為，不知何故，她破壞了他的閒散心和自然心。而他內心因羞辱感而難堪不已。

8 愛的紛爭

亞瑟完成學徒訓，在明敦礦場的電器工廠找到工作，薪水少得可憐，但有力爭上游的機會。然而，亞瑟生性狂野，放蕩不羈。他不喝酒也不賭博，卻有辦法闖出接二連三的小禍，災難不斷，總怪他性子莽撞，行事不經大腦思考。有時，他效法盜獵者，進樹林獵野兔，有時在諾丁罕流連忘返，通宵不回家。更有一次，他去貝斯伍德運河跳水，胸部被河床粗岩和廢金屬刮得傷痕累累。

上班不消幾月，有一天，他再度半夜不回家。

「亞瑟去哪裡了，妳知道嗎？」保羅在早餐問。

「我不知道。」母親回答。

「他是個傻小孩，」保羅說：「如果他闖禍，我也懶得管。不過，他頂多是跟人玩惠斯特紙牌，下不了牌桌，不然就是在溜冰場認識一個女孩，非護送她回家不行——想據為己有嘛——所以回不了家。傻小孩一個。」

「假如哪天他鬧了什麼事，丟盡全家的臉，那樣會不會比較好，我也不清楚。」莫瑞爾夫人說。

「哼，真的那樣的話，我會比較尊重他。」保羅說。

「我倒很懷疑。」母親冷言一句。

母子繼續吃早餐。

「妳是不是疼他疼得半死？」保羅問母親。

「問這做什麼？」

「因為據說是，母親一向最疼老么。」

「俗話是這樣說，沒錯——我卻不一樣。他啊，累壞我了。」

「妳其實希望他是個好孩子？」

「我比較希望他展現一點男人的判斷力。」

保羅心情煩躁，動不動不高興。他也經常累倒母親。母親見朝氣從他臉上褪去，她心裡不高興。早餐即將結束之際，郵差送來一封信。信寄自德貝市。莫瑞爾夫人瞇眼猛瞧地址。

「給我啦，瞎子！」兒子嘆氣說，搶走她手中的信。

她嚇一跳，差點賞兒子耳光。

「是妳兒子亞瑟寄來的。」他說。

「怎麼會——！」莫瑞爾夫人驚呼。

「『我最親愛的母親，』」保羅讀著信，「『為什麼做這種傻事，我自己也不清楚。我希望妳來接我回家。昨天我翹班，和傑克．卜列頓一起報名從軍了。他說，他上班把凳子都磨光了，愈坐愈討厭，結果，我有多傻，妳不是不知道，我竟然跟他一起走。

「『我已經簽字加入軍隊了，但是，如果妳能來接我，軍方也許能放我跟妳回家。我昨天做傻事。現在我不想從軍了。我親愛的母親，我淨是為妳惹麻煩。如果妳能前來救我回家，我保證今後做事會多一點理性，會慎重考慮……。』」

莫瑞爾夫人在搖椅坐下。

「唉，這下子，」她大聲說：「給他學點教訓！」

「對，」保羅說：「給他學點教訓。」

母子無語片刻。莫瑞爾夫人雙手握在圍裙上坐著，臉皮無動於衷，動著腦筋。

「唉呀，煩死我了！」她忽然高喊。「煩死了！」

「好了啦，」保羅說，漸漸皺眉起來，「我勸妳不要為這事傷透腦筋，聽見沒？」

「竟然叫我把這事當成天賜的福氣。」她掀然動怒，轉而對保羅出氣。

「不准妳把這事鬧成是一場悲劇。」他駁斥。

「那個傻子！——小傻子一個！」她大叫。

「他穿上軍服，應該很好看。」保羅煩躁地說。

母親如同復仇女神，怒目以對。

「喔，會嗎？」她大聲說：「我倒不覺得好看！」

「他應該加入騎兵團，一定會嘗到這輩子最光彩的滋味，看起來也會風風光光。」

「風風光光！——風風光光！——風光你的大頭鬼！——小兵一個而已！」

「咦，」保羅說：「難道我不也只是一個小職員嗎？」

「比他強太多了，我的孩子！」母親驚呼，心靈受刺傷。

「什麼？」

「再怎麼說，你是個**男人**，不是披著紅衫的東西。」

「我倒不介意穿紅衫——深藍色也行，比較適合我——只求長官不要管我太嚴就好。」

但母親已經聽不下去了。

「就在他工作快上軌道的時候，就在他可能快上軌道的時候——那個小壞蟲——他又作怪了，毀掉自己的前途。經過**這件事**之後，你認為他還能好到哪裡去？」

「他嘗過苦頭，刻骨銘心，說不定能記取教訓。」保羅說。

「刻骨銘心！——害蟲一條，哪來的骨和心。一個兵！——一個**小兵**！——充其量是一個命令一個動作的軀殼！還能好到哪裡去！」

「我不懂妳何必氣成這樣。」保羅說。

「你不懂就算了。我懂就好。」語畢，坐在搖椅上的她往後挪，一手托下巴，另一手墊在手肘下面，滿腔惱怒和懊喪。

「妳打算去德貝嗎？」保羅問。

「對。」

「去了也沒用。」

「去一趟才知道。」

「他想學乖，妳何必去干涉呢？這正是他想要的。」

「當然，」母親高呼，「**你**最清楚他想要什麼！」

她做好準備，搭乘第一班火車前往德貝，見到么兒和士官長，可惜無功而返。

晚間，莫瑞爾先生正在用餐的當兒，莫瑞爾夫人突然說：

「我今天去了德貝一趟。」

莫瑞爾先生的眼珠向上翻，黑臉上顯露白眼球。

「是嗎，老婆。您去那幹啥？」

「那個亞瑟啊！」

「喔──那小子又怎麼了？」

「他只是從軍去了。」

莫瑞爾先生放下餐刀，背向後靠椅背。

「鬼話，」他說：「他才不會！」

「而且明天就南下奧德修特鎮。」

「唉！」莫瑞爾先生嘆息。「這可就怪了。」他思索片刻，說：「哼！」繼續進餐。忽然間，他氣得滿臉橫肉。「希望他永遠別踏進俺家一步。」他說。

「什麼話！」莫瑞爾夫人大叫。「竟然講這種話！」

「俺說真格的，」莫瑞爾先生說：「傻瓜竟然跑去當兵，隨他去自求多福吧；俺再也不養他了。」

「反正你也沒養他多少。」莫瑞爾夫人說。

當晚，莫瑞爾先生幾乎沒臉上酒館去。

保羅下班回家，問母親，「妳去了嗎？」

「去了。」

「見到他了嗎？」

「見了。」

「他怎麼說？」

「我走時，他哇哇大哭。」
「哼！」
「我也一樣，所以你不必『哼』了！」
莫瑞爾夫人為老么擔心。她知道亞瑟不會喜歡軍隊生活。他的確不喜歡。鋼鐵紀律令他無法忍受。
「醫官倒是稱讚他，」莫瑞爾夫人以略帶驕傲的語氣告訴保羅，「說他的身材比率勻稱——幾乎完美，體檢全部合格。他的外型確實是一表人才，你也知道。」
「他的確是好看得不得了。不過，他不像威廉，女孩子一釣就上，對吧？」
「對，兩人的特質不相同。他的個性比較接近父親，不愛負責任。」
為了安慰母親，在這段時日，保羅不常去威利農場。城堡在秋季開辦學生作品展，保羅以水彩風景畫和靜物油畫各一幅參展，兩幅同夥優等獎。他樂不可支。
他晚上回家問，「母親，我的畫拿到什麼獎，妳猜。」從他眼神，她看得出兒子很高興。她臉紅起來。
「孩子啊，我哪知道！」
「畫玻璃罐的那一幅獲得優等獎——」
「嗯！」
「在威利農場畫的那一幅，也拿到優等獎。」
「兩個優等獎？」
「是的。」
「嗯！」
她臉上浮現瑰麗的紅暈，但她不多說什麼。

「很不錯，」他說：「對不對？」

「對。」

「妳怎麼不把我捧上天？」

她笑一笑。

「捧你上天了，我還得把你拉下來，何苦呢？」她說。

話雖這麼說，她心裡充滿喜悅。威廉曾帶體育獎回家給她，她至今仍留著，對威廉之死難以釋懷。亞瑟長相俊美——至少外型良好——為人熱情也慷慨，最後或許能有一番作為。但保羅不同；保羅勢必能出人頭地。她對保羅有很強的信心，特別是因為保羅不清楚個人的實力。保羅能發揮的實力太多了。她的人生飽含著期望。她將來有心滿意足的一天，辛苦總算能有所回報。

作品展期間，莫瑞爾夫人瞞著保羅，數度前往城堡，在藝廊徘徊，鑑賞他人作品。是的，他們畫得好，可惜就缺乏了某種她要求的特點，無法滿足她。有些作品優秀到令她嫉妒的程度。她端詳許久，想挑剔這些作品。後來，她忽然震驚，心跳加速。保羅的畫就掛在那邊！她一眼認得出，彷彿顏料就塗在她心頭。

「姓名——保羅．莫瑞爾——優等獎。」

他的作品掛在城堡藝廊牆上，在大庭廣眾下，看起來至為奇特。她不是沒來過城堡，看過的畫數不清。這時候，她左右瞧一瞧，看看是否有人注意到她又站在同一幅畫前面。

但她覺得好光榮。回家途中，她見到幾位服裝標緻的貴婦，心裡想：

「對，妳們看起來是很漂亮，沒錯——不過，我想妳們的兒子不會在城堡展獨得兩項優等獎吧。」

她繼續走著，儼然是全諾丁罕最光榮的小婦人。保羅也覺得自己總算為她盡了微薄的心力。他所有的成就全歸功於她。

有一天，他走向城堡，在大門遇見米瑞恩。上星期日才見到米瑞恩，他沒料到會在市區又碰見她。走在米瑞恩身旁的是一位姿色搶眼的金髮少婦，表情陰鬱，舉止有一分叛逆的氣息。常低頭沉思的米瑞恩，站在這位肩膀健美的婦人身邊，看起來居然矮了一大截。米瑞恩以探尋的目光望著保羅。他凝視著陌生婦人，她不理他。米瑞恩看見他伸展雄風。

「哈囉！」保羅說：「妳怎麼沒說妳要進市區？」

「對，」米瑞恩說，半帶歉意。「我陪父親駕馬車去牛市。」

保羅看著米瑞恩的身邊人。

「我對你提過鐸斯夫人，」米瑞恩沙啞地說；她很緊張。「克萊拉，你認識保羅嗎？」

「我好像見過。」鐸斯夫人淡淡說著和他握手。灰眼珠的她目光輕蔑，皮膚似白蜂蜜，嘴唇豐腴，上唇微翹，不知是因為蔑視所有男人，或迫切等對方獻吻，但前者的可能性居多。她昂首站著，彷彿瞧不起人，也許不想接近男人。她戴一大頂老氣橫秋的黑毛海狸呢帽，洋裝式樣素樸，稍嫌造作，看似布袋。她顯然是窮人，品味也不高。米瑞恩通常打扮不俗。

「妳在哪裡見過我？」保羅問婦人。

她看著他，好像懶得回答，一會兒才說：

「和露依・卓維爾斯走在一起的時候。」她說。

露依是螺旋部門的女工。

「什麼？妳認識她？」他問。

她不搭腔。保羅轉向米瑞恩。

「妳們要去哪裡？」他問。

「進城堡去。」

「妳們搭哪一班火車回家？」

「我陪父親坐馬車。希望你能跟我們一起走。你幾點下班？」

「妳知道的，今晚八點才下班，可惡！」

米瑞恩和克萊拉轉頭就走。

保羅記得，克萊拉．鐸斯是利弗斯夫人老友的女兒。米瑞恩之所以主動去認識克萊拉，是因為克萊拉曾在喬丹公司監督螺旋部作業，也因為克萊拉的丈夫巴克斯特．鐸斯是鐵匠，在喬丹公司工廠負責製作鐵質殘障用品。透過克萊拉，米瑞恩覺得能拉近自己和喬丹公司的距離，更能體會保羅的立場。然而，克萊拉已和丈夫分居，熱衷於女權運動。據說她很聰明。保羅對她深感興趣。

保羅認識鐵匠巴克斯特．鐸斯，不喜歡他。巴克斯特年約三十一二，偶爾路過保羅所處的角落。他身形高大壯碩，外表醒目，面貌英俊。他和分居妻子竟然有一分神似。他的皮膚同樣白，散發一許透明的金光。他的頭髮是柔和的棕色，有一抹金毛小鬍子。此外，在儀表和舉止方面，他也有類似的叛逆。但兩人也有差別。他的眼睛深褐，目光頻流轉，色眼風流，眼球微凸，眼瞼低垂，半含恨意。他的嘴也有色相。他整個人的態度是叛逆而不敢囂張，彷彿一見人不認同他，他就有意一拳揍扁對方——或許他最不認同的就是他自己。

打從第一天起，他就看保羅不順眼。保羅以藝術工作者的態度注視他，目光冷漠而慎重，看得他勃然大怒。

「看啥看？」他凶巴巴冷笑道。

保羅趕緊轉移視線。巴克斯特以前常站在作業台裡面，和帕普伍斯先生講話，談吐粗俗，吊兒郎當的。他再度發現保羅定睛冷眼批判著他，活像挨一針，陡然走出作業台。

「看啥看啊，沒用的臭小子。」他咆哮。

保羅微微聳一聳肩。

「你幹嘛——！」巴克斯特大罵。

「別理他。」帕普伍斯先生說，言下之意是：他不過是個小孬種，天生就那副眼神。

自從那次起，每次巴克斯特路過，保羅常以同樣詭異的批判眼神望著他，在他眼睛轉過來之前急忙移開視線，令他怒不可遏。兩人默默仇恨著對方。

克萊拉．鐸斯沒有小孩。她下堂求去時，家也瓦解了。她去投靠母親，巴克斯特去胞姊家同住。同一屋簷下也住一位姻親，保羅間接得知，這位姻親名叫露依．卓維爾斯，目前是巴克斯特的女人。露依是個五官線條分明、倨傲無禮的騷包，常對保羅冷嘲熱諷。但在她想回家時，保羅陪她走向車站的路上，她的臉色卻潮紅。

保羅再去見米瑞恩的日子是星期六晚間。她在客廳壁爐生一盆火，等候他光臨。家裡只剩父母和弟弟，所以兩人能聚在客廳。米瑞恩家的客廳暖和，呈長方形，天花板不高，牆上有三幅保羅的小作品，他的相片則擺在壁爐架上。在桌上，在直立式薔薇木老鋼琴上，各有一碗彩葉。他坐在扶手椅，她則跪坐在他腳邊的壁爐前小地毯。爐火烤得她五官醒目、悶悶不樂的臉暖洋洋，跪坐的姿態宛如堅貞信徒。

「你對鐸斯夫人有什麼樣的觀感？」她輕聲問。

「她一副不太和氣的模樣。」保羅回答。

「對，不過，她是個有氣質的女人，你不覺得嗎？」她沉聲說。

「對——外型是。可惜，她完全沒有一絲格調。她的有些地方讓我看得順眼。她真的很難相處嗎？」

「我不認為。我覺得她只是人生不如意。」

「哪一方面？」

「呃——被那種男人纏一輩子，換成是你，你會高興嗎？」

「結婚才幾年就嫌棄人家，那她當初為什麼嫁給他？」

「唉，當初為什麼呢！」米瑞恩跟著說，語帶哀怨。

「我也猜，一個巴掌打不響，她的鬥志一定跟巴克斯特不相上下。」他說。

米瑞恩垂頭。

「呃？」她話中帶刺問：「憑什麼這麼說？」

「看看她的嘴形——有衝動的底子——另外，看她的下巴，翹得那麼高——」說著，保羅猛然仰頭，模仿克萊拉的叛逆高姿態。

米瑞恩的頭再往下垂一些。

「對。」她說。

他思考著克萊拉，兩人一時無言以對。

「她有哪些地方讓你看得順眼？」她問。

「我也不清楚——她的皮膚和她個性裡的——和她的——不知道啦——總之，她個性裡有一種剛強。我以繪畫工作者的眼光欣賞她，這樣而已。」

「瞭解。」

他懷疑米瑞恩為何駝背坐地上，姿態怪異，話不多。他看得心煩。

「妳不太欣賞她，對不對？」他問米瑞恩。

米瑞恩看著他，黑色大眼珠被爐火照得目眩。
「我欣賞她。」她說。
「才不呢——妳看不上眼——不太欣賞她。」
「怎麼說呢？」她慢吞吞問。
「呃，不知道——也許，妳欣賞她，是因為她對男人懷恨在心。」
更有可能的是，這是他欣賞克萊拉的因素之一，但這時的他尚未領悟到。兩人又沒話可說了。近日以來，保羅的眉頭漸漸緊縮成習慣，尤其是當他和米瑞恩相聚時。她怕他眉宇擠出幾條溝，多想伸手撫平他額頭上的皺褶。愁紋像別人在保羅額頭上蓋章。
碗中的彩葉當中有幾顆血紅色的漿果，他伸手進去掏出一串。
「如果妳在頭髮插幾顆紅莓，」他說：「妳為什麼會比較像小魔女或女祭司，從來不像在狂歡？」
她笑一笑，聲音赤裸而痛苦。
「我不知道。」她說。
溫熱帶勁的雙手把玩著漿果，他情緒激昂。
「妳為什麼笑不出來？」他說：「妳從來不哈哈笑。妳只在遇到怪事或見到不協調的事物，才會哈哈笑一笑，而笑的時候也幾乎像笑了會痛。」
她垂頭，宛如剛挨他一頓罵。
「但願妳能在我面前哈哈笑一下子就好——只要一下子就好。我覺得，這樣一笑能解放某種疙瘩。」
「可是——」她抬頭望他，目光惶恐而掙扎——「我真的在你面前笑過啊——真的。」
「從來沒有！妳笑的時候，總帶有一種激情。妳笑的時候，我老是想哭，因為妳的笑聲好像能展露妳的苦楚。唉，妳害我心靈愁眉苦臉，讓我深思。」

緩緩地，她絕望地搖頭。

「我確定我不想害你。」她說。

「和妳相處，我老是走心靈路線，悶得半死！」他大叫。

她保持沉默，思索著，「既然這麼說，你為什麼不改走別的路線？」但他見到米瑞恩跪坐憂思的模樣，心似乎碎成兩半。

「可是，妳看，秋天來了，」他說：「大家感覺卻像靈魂出竅似的。」

兩人之間另有一份靜謐。這種出奇的傷感振奮米瑞恩的心靈。保羅目光轉暗，看起來太美了，簡直深邃如最深的井。

「妳讓我把所有重心放在心靈上！」他感嘆。「我不想這麼重視心靈。」

含著手指的她這時抽手，嘴巴發出小小一聲「啪」，同時她仰望著保羅，神態近乎挑釁。然而，在她的深邃大眼睛裡，她的心靈依然赤裸裸，同樣有那一份渴求的容貌。假使保羅能一吻純潔的她的芳澤，象徵性的一吻，他一定會吻她。奈何，人不能吻空氣——而她讓他想不出其他辦法。她在他面前顯示渴望。

他短促笑一聲。

「好吧，」他說：「該上法文課了。我們讀一些……一些魏崙[8]。」

「好。」她沉聲說，幾乎帶有聽天由命的意味。她起身取書。她的手緊張通紅，看起來楚楚可憐，他一時衝動，想上前安慰她，吻她。但話說回來，他不敢——或做不出來。有某種事物攔著他。吻她是錯誤的舉動。兩人閱讀到十時，然後進廚房。和米瑞恩的父母相處，保羅恢復自我，態度又快活起來。他的瞳孔顏色變深，目光灼灼，有一份著迷的神色。

他進穀倉想牽腳踏車，竟發現前輪有破洞。

「幫我去拿碗過來，裡面裝點水，」他對米瑞恩說：「太晚回家了，我待會兒儘量趕路。」

他點燃風雨燈，脫掉外套，倒置腳踏車，快馬加鞭進行修繕。米瑞恩端一碗水過來，站在他身邊觀看。她熱愛看著他的手做事情。他身材精瘦有活力，即使匆忙不已，舉止仍有一種安詳。他一忙起來，似乎忘記米瑞恩的存在。她沉醉在他身心裡，如此愛著他。她想伸出雙手，順著他的腰而下。在他不想要她的時刻，她總想擁他入懷裡。

「修好了！」他倏然起身說。「換成妳，妳能比我快嗎？」

「不能！」她笑說。

他打直腰桿，背向她。她雙手伸向他的腰，迅速向下摸一把。

「你太**高雅**了！」她說。

他笑一笑，討厭她的聲音，但被她這麼一摸，他熱血不禁澎湃。目前的他是怎樣的一個人，她似乎渾然不知。連他是人是物都不清楚。她從未明瞭他身為男性的身分。

他點亮單車燈，在穀倉地板上蹦一蹦車子，看輪胎是否堪用，然後扣好外套。

「沒事了！」他說。

她試試煞車。她明知前後煞車都失靈。

「你沒有把煞車修好嗎？」她問。

「沒有！」

---

8 魏崙（Verlaine, 1844-1896），十九世紀法國詩人。

「為什麼不修呢？」

「後煞車還勉強能用。」

「這樣還是不安全啊。」

「不然，我用腳尖磨地也行。」

「但願你能早點修好煞車。」她喃喃說。

「用不著操心——明天下午帶艾格來我們家喝下午茶。」

「可以嗎？」

「一定要來——四點前後。我會出來見你們。」

「很好。」

她心情喜悅。兩人穿越幽暗的院子，來到院子門口。廚房窗戶的窗簾開著，他一眼望去，見到利弗斯夫婦兩顆頭，沐浴在溫暖的光輝中，看起來非常舒適。前方的路相當黑暗，兩旁種著松樹。

「明天見。」他說著跳上腳踏車。

「你保重，好嗎？」她懇求。

「好。」

最後這字從黑幕中飄向米瑞恩。她駐足片刻，看著車燈衝進黝黑的路上。她轉身進門，動作非常遲緩。獵戶星座正從樹梢徐徐升空，隨行的天狼星在他身後閃耀，半暗不明。除此之外，天地一片黑漆漆，鴉雀無聲，只剩牛欄裡的牛呼吸的聲響。她殷切祈禱保羅今晚平安回家。他告別後，米瑞恩就寢時通常焦慮難眠，擔心他是否安然返家。

他騎著單車下坡。路面油滑，於是他放任單車自由行。第二道下坡的坡度更大，腳踏車衝刺而下，他喜上心頭。「我來了！」他說。此舉高風險，因為坡底暗處有彎道，也因釀酒廠的馬車伕常醉酒打瞌睡，險象環生。腳踏車似乎往下墜，整個人騰空，他玩得開心。魯莽行事幾乎是男人對女伴的報復。男人感受不到女伴的重視，會甘冒自毀的風險，好讓她也得不到好處。

單車經過湖邊，他見湖面的星光宛如蚱蜢跳躍著，銀光在黑水表面閃爍。接著是一段漫長的上坡路，然後才到家。

「看，母親！」他說著把彩葉和漿果扔在桌上。

「嗯！」她說，瞄桌上物品一眼，隨即把視線轉回書本。她獨自坐著讀書，照老習慣。

「很漂亮吧？」

「對。」

保羅知道她不高興。過了幾分鐘，他說：

「艾格和米瑞恩明天來喝下午茶。」

她不應。

「妳不介意吧？」

依然不搭腔。

「不介意嗎？」他問。

「你明知我介不介意。」

「我不明白妳為什麼會介意。我常去他們家吃飯。」

「確實如此。」

「那妳幹嘛捨不得請他們喝茶？」

「我捨不得請誰喝茶？」

「妳為什麼鬧彆扭啊？」

「唉，別再說了！你已經邀請她來喝茶，那就夠了。她會來的。」

他對母親的怒火正旺。他明白，母親反對招待的只有米瑞恩。他脫掉靴子甩開，上床去睡覺。

翌日午後，保羅去找艾格和米瑞恩，很高興他們能來。他們在下午大約四點抵達。週日下午，保羅家到處清潔而安靜。莫瑞爾夫人坐著，身穿黑洋裝，圍著黑圍裙。她起身迎接客人。接待艾格時，她的態度和藹，但她板著臉對待米瑞恩，一副勉為其難的模樣。米瑞恩穿著褐色喀什米爾羊毛裙衫，外型標緻，合保羅心意。

他協助母親準備茶點。米瑞恩本想欣然主動幫忙，但她不敢。保羅對自己的家相當得意。他認為，這個家現在多了一份高貴特質。椅子只是木製品，沙發陳舊，但壁爐前的小地毯和軟墊舒適，複製畫張張品味不俗，每件擺飾都顯得質樸，而且圖書眾多。對於自己的家，他從來毫不覺得丟臉，米瑞恩對她家也是，因為兩個家都是正常家庭，居家環境溫暖。另外，這張餐桌也令他引以為傲，因為盤子碟子精緻，桌布也優美。勺子不是銀製品，餐刀柄也非象牙製，這也無所謂，一切賞心悅目就好。子女成長期間，莫瑞爾夫人治家完善，家裡找不到絲毫缺失。

米瑞恩和她聊書幾句。書是她百談不厭的聊天素材。但莫瑞爾夫人態度欠佳，不久將焦點轉向艾格。

做禮拜時，莫瑞爾家自己坐一排，起初艾格和米瑞恩跟他們一起坐。莫瑞爾先生從不進禮拜堂，因為他比較喜歡酒館。莫瑞爾夫人猶如小戰士，端坐首位，保羅則坐排尾，米瑞恩起先會坐他旁邊。一家坐一排，禮拜堂有家的感覺。這間禮拜堂美觀大方，有黑色長椅，有優雅的細柱子，也有鮮花。自從保羅童年起，大家全坐同樣的位子。能坐在禮拜堂裡一個半小時，身邊有米瑞恩，母親也近在眼前，他心愛的兩人在禮拜堂的靈氣中結合，感覺甜蜜而寬慰。此外，他同時能嘗到溫馨、快樂、虔誠的滋味。做完禮拜，他陪米瑞恩走路回家，莫瑞爾夫人則去找老友波恩斯夫人聊一晚。每週日夜陪艾格和米瑞恩兄妹走著，保羅知覺敏銳，活力充沛。每回他晚上路過礦坑，走過亮著燈火的燈屋，走過高聳烏黑的吊車和成排的運煤車，走過徐徐週轉如黑影的扇葉，他總覺得米瑞恩回到他身旁，栩栩如生，迫近到幾乎難以忍受。

她在莫瑞爾家的位子坐不久。她父親再次為家人爭取到一排座位，位於小樓台底下，和莫瑞爾家的位子隔走道對立。保羅和母親進禮拜堂時，利弗斯家的位子總是空無一人。他擔心米瑞恩不來，焦急心慌：米瑞恩住得遠，週日又常下雨。然後，通常拖到非常晚，米瑞恩才邁大步進禮拜堂，低著頭，深綠絨帽遮臉。就坐之後，她的臉總在陰影中，但這幅景象帶給他至為激烈的感受，彷彿整個心靈因而蠢蠢欲動。母親在身旁，他也體會到光輝、幸福、驕傲，但和米瑞恩共處一堂時，他的感受更加美好，少一分人性，被心痛漸次加重，彷彿有某種他可望而不可及的事物。

在這段時日，他逐漸質疑正統教條。他二十一歲，米瑞恩二十。她開始唯恐春天來臨：他變得太狂野，太傷她的心。他橫衝直撞，搗毀她的信仰。艾格喜愛春季。艾格生性愛批評，不為感情而動。然而，保羅快嘴鋒利如刀，是知識份子，米瑞恩雖然愛他，信仰卻被他檢視，常感受到錐心刺骨的痛，畢竟，宗教是她行事的準則，是她個人的依歸。但他不饒人。他對米瑞恩殘酷。兩人獨處時，他變本加厲，彷彿能砍死她的心靈似的。他砍得她的信仰淌血，直到她幾乎喪失意識。

每當保羅走後，莫瑞爾夫人在心中吶喊，「她喜形於色——從我身邊搶走保羅，她喜形於色。」莫瑞爾夫人心想，「她不像一般女人，無法分他一點給我。她想吸收他。她想勾引他，吸收他，直到他毫髮無存，連他自己也分不到一份。他永遠無法自立自足——他會被她吃乾抹淨。」如此，母親坐著，與心魔抗爭，在胸中醞釀怨氣。

陪米瑞恩走完，保羅自行回家，一路上苦悶難耐，邊走邊咬唇，雙拳緊握，步伐倉促。來到過籬梯前，他裹足幾分鐘，沒有動作。他面對著空曠的暗夜，黑暗的上坡有幾簇微小的燈火，最低處是礦坑的一盞火光，全景詭異而恐怖。為何他如此心亂如麻，幾乎徬徨無助，為何無法動彈？母親為何坐在家裡生悶氣？他知道她苦不堪言。但是，她何苦呢？為何他一想起母親，就痛恨米瑞恩，就想對她惡行惡狀？如果害母親生悶氣的人是米瑞恩，那麼，他恨米瑞恩——恨她是易如反掌的事。她為何讓他覺得自己似乎無所適從、自卑、虛無縹渺，彷彿他無能自保，無法防範夜色和空間的入侵？他多麼恨她啊！隨即，直衝腦門的是柔情和謙遜的心情！

剎那間，他再度衝刺，直奔回家。母親見他表情有愁苦的跡象，不多說什麼。但他非逼她講話不可。這時，她氣兒子陪米瑞恩走那麼遠。

「妳為什麼不喜歡她，母親？」他絕望大叫。

「我不知道，孩子，」她可憐兮兮回答：「我確定是盡了力去喜歡她。我試了又試，硬是沒辦法——我沒辦法！」

在兩個女人之間，保羅覺得疲憊無望。

春天是最苦的季節。他喜怒無常，情緒激烈而殘酷。因此，他決定迴避她。時間一到米瑞恩期待相見，母親見他變得坐立難安，他無法做正事，什麼事也做不了，情形好比靈魂被勾向米瑞恩家。索性，他戴上帽子出門，不發一語。母親知道他走了。他一上路，立刻如釋重負嘆息。等到他和米瑞恩相處時，他又變得殘酷。

三月某日，他躺在尼瑟密爾鎮的河堤上，米瑞恩坐在身旁。今天是藍天白雲的光明日，大朵大朵耀眼的雲飄過頭上，影子則悄悄潛行水面上。天空無雲處是清淨凜冽的藍。保羅躺在老草地上，望天。他無法正視米瑞恩。她似乎想要他，而他抗拒著。他一直不斷抗拒。他現在想給她熱情和柔情，他出不了手。他覺得她追求的是他出竅的靈魂，而不是他。透過結合兩人的某種管道，她掏盡他的力量和元氣。她要的並非男女並存，有她也有他。她想將他的身心全吸進她體內，暗暗催促他，熱切到癡狂的程度，令他著迷，恍如服食毒品。

他正在探討米開朗基羅。她覺得，聽見他在講話，宛如她伸手觸摸生命的原生質，觸摸顫動中的器官，帶給她最深刻的滿足感。結果到最後，她怕了。保羅躺著，一頭熱追尋著，語調平坦，幾乎不像人聲，彷彿進入精神恍惚狀態，她愈聽愈畏懼。

「別再講了。」她輕聲懇求，一手貼住他額頭。

他靜止躺著，幾乎無法動彈，肉體已被棄置別處。

「為什麼？妳累了嗎？」

「對，而且再講下去，你也會累。」

他唐突一笑，恍然大悟。

「妳卻老是讓我喜歡講個不停。」他說。

「我不想。」她說，音量非常小。

「妳太過分的時候，妳覺得自己受不了，妳才會想。但是，妳在不知不覺的時候，老是要我講話，而我猜我也想要。」

他繼續以死板的語調說：

「但願妳要的是我這個人，不是要我能滔滔不絕講給妳聽的東西！」

「我！」她忿恨喊——「我！什麼話？你什麼時候願意讓我接納你了？」

「這麼說，錯在我身上。」他說，坐起身來，整理儀容，起立，開始談瑣碎的事。他覺得自己無足輕重。他因此隱隱約約恨她。而他也明白，他同樣應怪罪自己。然而，這也無法避免他恨她。

大約在這期間，有天晚上，保羅陪她走路回家。來到通往樹林的草地上，兩人站住，無法道別。星星露臉之際，雲也來了。剛才兩人曾抬頭望西方，遙望他們專屬的獵戶星座。獵戶的珠寶閃爍片刻，一旁的天狼星低垂，正與泡沫狀的雲朵奮戰中。

對他們而言，在所有星座中，獵戶座的意義居首位。在心情詭異激盪的時刻，兩人曾凝望著他，直到自己似乎活在獵戶座的每一顆恆星上。今晚，保羅心情不佳，一直在鬧情緒。他覺得，獵戶座似乎只是一個普通星座而已。他今晚抗拒著華麗的幻想。米瑞恩仔細觀察男友的心情。然而，他拒絕吐露心聲，直到告別的時刻來臨，他鬱悶地皺眉，站著看聚集而來的雲朵，獵戶座必定仍在雲層裡邁步前行。

保羅家隔天即將辦一小場聚會，她已答應出席。

「我不能去接妳。」他說。

「喔，沒關係，反正天氣不是很好。」她緩緩回應。

「和天氣無關——只是家人不喜歡我去。他們說，我比較關心妳，不關心自家人。妳能諒解吧？妳知道我們之間只有友誼。」

米瑞恩大感驚訝，為了他心痛。這事苦了他。她就此離開，希望避免他再進一步難堪。走在路上，一陣細雨打在她臉龐。她傷透了心；她也鄙視他隨家人擺佈。在她內心最深處，在無意識之中，她覺得保羅是想擺脫她。她死也不肯承認這一點。她可憐他。

這期間在喬丹公司，保羅的身價水漲船高。帕普伍斯先生辭職了，另立門戶，保羅繼續效勞喬丹先生，擔任螺旋部的監督。如果一切順利，年底他的薪水將增加到三十先令。

每逢週五夜，米瑞恩依然常來他家學習法文。保羅去威利農場的頻率變少，她感傷家教課即將結束。更令她難過的是，儘管時有爭執，兩人都喜歡相聚。他們一同閱讀法國作家巴爾札克，寫寫作文，自覺文化素養高於常人。

週五晚是礦工分薪的日子，同礦場的弟兄聚在一起，有時在布雷提鎮的新客棧，有時在莫瑞爾家，全看弟兄的意願。巴克已戒酒，於是弟兄們決定在莫瑞爾家分薪。

安妮已經離家去教書，這天正好在家。她的作風仍像個小男生，目前已訂婚。保羅正在研讀美工設計。每到星期五晚上，莫瑞爾先生總是興高采烈，除非這星期的工資很少。餐後，他趕緊準備洗澡。依照禮教，男人分薪水時，女人應該自行迴避。礦工分薪是男人間的私事，女人不應偷瞄刺探，也不應知道當週進帳的確切數字。因此，當莫瑞爾先生在洗滌間嘩嘩洗澡時，安妮去鄰居家躲一小時。莫瑞爾夫人則忙著烘焙麵包。

「關門——兒啦！」莫瑞爾先生怒罵。

安妮出門後轟然關上。

「老子洗澡，再有人開門，看老子把你打得唉唉叫。」渾身肥皂泡沫的他揚言。保羅和母親聽了皺眉。

未久，他衝出洗滌間，肥皂水滴滴答答，身體冷得直打哆嗦。

「喂，大人們！」他說：「俺的毛巾在哪兒？」

毛巾掛在爐火前的椅子上加溫，否則用到冷毛巾，他會大發一頓牛脾氣。他蹲在熱呼呼的烤爐前擦拭身體。

「冷——颼颼！」他說著，同時假裝冷得發抖。

「拜託你，男人，別耍孩子氣了！」莫瑞爾夫人說：「根本不冷。」

「不信，您自己剝光衣服，進那洗滌間洗澡，」莫瑞爾先生邊說邊揉揉頭髮，「簡直像一個冰屋！」

「我才不會像你那樣大驚小怪。」妻子回應。

「對，怕冷的您會被凍僵，倒在地上，翹辮子。」

「人死都死了，辮子哪會翹？」保羅好奇問。

「呃，俺不知道，大家都這麼講嘛，」父親回答：「不過，洗滌間賊風冷颼颼的，像能吹進肋骨，吹得人七葷八素。」

「吹得進你肋骨才怪。」莫瑞爾夫人說。

莫瑞爾先生低頭看自己的腰身，面貌悲哀。

「俺！」他驚呼：「俺瘦成了一個被剝皮的兔子。骨頭都凸出來了。」

「我倒想知道骨頭從哪裡凸出來。」妻子反駁。

「到處都有！俺簡直像一袋子柴薪。」

莫瑞爾夫人呵呵一笑。莫瑞爾先生的身材依然年輕中看，肌肉發達，毫無一丁點脂肪，皮膚光滑，膚質良好，體態直逼二十八歲青年，只可惜身上的青疤或許太多了，皮下殘存煤礦塵，看似刺青，而且胸毛太茂盛。他一手貼腰身，表情悲哀。他堅信的觀念是，由於吃不胖，他瘦成了一隻挨餓的老鼠。保羅看著父親略帶褐色的粗手，手上佈滿疤痕，有幾片指甲也破損。父親以粗手揉光滑的腰身，粗細之間的落差令保羅心驚。兩者居然出自同一身，感覺很突兀。

「我猜，」他對父親說：「你以前身材不錯吧。」

「啊！」莫瑞爾先生感嘆，回頭望，表情驚愕而怯弱，宛如兒童。

「以前是不錯，」莫瑞爾夫人感嘆，「都怪他橫衝直撞，巴不得鑽進愈小的洞越好。」

「俺！」莫瑞爾先生驚呼——「俺身材好！俺向來都不過是一個皮包骨啊。」
「男人！」妻子大叫：「別一直發牢騷了！」
「事實就是事實！」他說：「認識俺之前，您又沒見過俺，現在把俺講成了健康情況垂直往下掉。」
她坐著喝呵笑。
「你的體質壯得像鐵，」她說。「如果單談體質，沒有人比你的起步更有看頭。可惜你沒見過你爸年輕的樣子。」她忽然對保羅大聲說，挺直腰桿，揣摩丈夫的青年英姿。
莫瑞爾先生含羞看著她表演。他重溫著妻子一度對他懷抱的情慾。這時，情火在她身上燃燒一陣子。他變得害臊，相當惶恐，也表現得謙虛。然而，他覺得逝去的光華復燃了。緊接著，他想到這些年來親手破壞的美景。他想沒事找事做，想逃避這狀況。
「給俺的背洗一洗。」他要求妻子。
莫瑞爾夫人在法蘭絨布上搓搓肥皂，一股腦拍在他肩膀上，嚇他一跳。
「喂，娘們！」他驚呼：「冷死人啦！」
「你上輩子應該投胎當蠑螈才對。」她笑說，洗著他的背。她鮮少為丈夫做如此親暱的事。這種事全丟給子女去代勞。
「下輩子再熱，你照樣嫌冷。」她補充說。
「對，」莫瑞爾先生說：「俺照樣覺得冷颼颼。」
洗完後，莫瑞爾夫人為他擦乾，手法散漫，然後上樓，旋即帶著他的礦工褲回來。擦乾身體後，他吃力穿上絨布襯衫，也穿上礦工褲，紅光滿面，頭髮沖天，站在爐火前，烤著他即將穿上的衣褲。他拿著衣物左轉右轉，裡翻外，對著爐火烤。

「我的媽呀，男人！」莫瑞爾夫人驚叫，「快穿啦！」

「馬褲冷得像一缸水，您願意一股腦兒穿上嗎？」他說。

最後，他脫掉礦工褲，改穿上體面的黑馬褲。穿衣全程在壁爐前進行。如果安妮和她的好友在場，他照穿不誤。

莫瑞爾夫人翻轉烤爐裡的麵包。角落裡有一個盛著麵團的紅陶盆，她從中再抓一把，揉成合宜的形狀，放進錫盤裡。就在這時候，巴克敲門進來。巴克生性沉默寡言，五短身材，看似能一頭撞穿石牆而過。黑髮的他理平頭，顱骨顯著。如多數礦工，他也皮膚也蒼白，但顯得健康，肌膚緊實。

「晚安，夫人。」他向莫瑞爾夫人點頭說，嘆一聲，自己找椅子坐下。

「晚安。」她和藹回應。

「你的鞋跟斷了。」莫瑞爾先生說。

「有嗎？我不曉得。」巴克說。

男人進莫瑞爾先生家，總坐在廚房裡，巴克亦然，但與其說他坐著，倒不如說他儘量淡化自己的存在。

「夫人可好？」莫瑞爾夫人問他。

前陣子，巴克告訴她：我們就快生第三胎了。

「她嘛，」巴克這時搓搓頭回答，「她最近情況還可以，我想。」

「我算算看——什麼時候生？」莫瑞爾夫人問。

「嗯，這兩、三天吧，我也不會驚訝。」

「啊！她被照顧得不錯吧？」

「是的，很周到。」

「有福氣，因為她身體不太好。」

「對。而且，我又做了一件傻事。」

「什麼傻事？」

莫瑞爾夫人知道，巴克絕不會鬧出天大的傻事。

「出門忘了帶購物袋。」

「我的可以借你。」

「不用了，借給我，妳自己沒得用。」

「我用不著。我隨身都帶著網線袋。」

週五夜，她常見巴克去買齊一星期的菜，因此欽佩他。「巴克人矮歸矮，卻抵得過十個你。」她對丈夫說。

就在此時，維森進門來。他身材瘦，容貌羸弱，一副搗蛋男童狀，微笑稍嫌傻氣，而他膝下居然有七子女。但他的妻子是個熱情的女人。

「看來，你搶先我一步了。」他無力笑一笑。

「是啊。」巴克回應。

維森摘下小帽和羊毛大圍巾，尖鼻子紅通通。

「維森先生，你著涼了。」莫瑞爾夫人說。

「是有點冷。」他回應。

「那麼你趕快來火爐前。」

「不用了，我坐這裡就好。」

兩位礦工坐在後面，莫瑞爾夫人再怎麼勸，他們也不肯靠近爐子。爐前是自家人的聖地。

「去坐那張扶手椅吧。」莫瑞爾先生快活嚷嚷著。

「不用了，謝謝你；坐這裡舒服得很。」

「對，來嘛，別客氣。」莫瑞爾夫人堅持。

維森站起來，彆扭走過去，彆扭坐進莫瑞爾先生的扶手椅。他和莫瑞爾先生還沒熟到稱兄道弟的層次。但爐火烤得他樂陶陶。

「你胸部的病好了點嗎？」莫瑞爾夫人質問。

維森再一次微笑，藍眼相當開朗。

「喔，還好。」他說。

「呼吸時，吵得像定音鼓似的。」巴克插嘴。

「呸呸呸！」莫瑞爾夫人急忙說：「你不是想做一件法蘭絨背心嗎？做好了沒？」

「還沒有。」他微笑說。

「為什麼？」她大聲問。

「到時候再說。」他微笑說。

「啊，等到世界末日嘛！」巴克感嘆。

巴克和莫瑞爾先生都對維森感到不耐煩。但話說回來，這兩人的身體都是鐵打的。

快準備好時，莫瑞爾先生推一袋錢幣給保羅。

「數一數，孩子。」他以謙虛的口氣要求。

讀書中的保羅被干擾，不高興推開書本和鉛筆，將袋子裡的錢幣倒在桌上。這一袋有五英鎊，有金幣、銀幣和零錢。保羅迅速數錢，比對採煤量的單據，按照順序將錢擺好。隨後，巴克看一眼採煤單。莫瑞爾夫人上樓，三男人上桌。莫瑞爾先生是一家之主，坐在扶手椅上，背對著熊熊爐火，兩位弟兄坐冷椅子。三人都不數錢。

「咱們說好了，分給辛普森多少來著？」莫瑞爾先生說。辛普森是臨時工，在場三人錙銖計較著小錢，吵了一下子，最後才把他的份挪到一旁。

「比爾．內勒爾的份呢？」

這筆錢也從總數分割而出。

然後，由於維森住在公司提供的房舍，扣抵房租後，莫瑞爾先生和巴克各拿四先令六便士。此外，由於莫瑞爾家已經按照礦工優惠價領到煤，巴克和維森各拿四先令。之後一切順利進行。莫瑞爾先生分金幣，分到金幣分完為止；分半克朗硬幣，分到分完為止；分先令，分到分完為止。最後如果有剩，莫瑞爾先生就收下，請弟兄喝酒。

三人分到薪水，起身離去。莫瑞爾先生趕在妻子下樓前溜走。莫瑞爾夫人聽見關門聲，下樓，匆匆檢查爐中麵包，然後朝桌上瞧一眼，見到她的錢擺在桌上。保羅一直在用功。但現在，他意識到母親正在數這星期的進帳，感受到母親怒火上升。

她嘖嘖罵出聲。

保羅皺眉。母親生氣時，他無法專心用功。她再數一次。

「微薄的二十五先令！」她感嘆：「單子上面寫多少？」

「十英鎊十一先令。」保羅心煩氣躁說。他害怕即將爆發的狀況。

「結果他給我少少二十五先令，還要繳他這星期的會費呢！哼，我懂他的意思。他以為，有你賺錢養家，他不必再維持家計了。現在他一領到錢，全拿去喝個夠。哼，等我找他算帳！」

「唉，母親，不要啦！」保羅大喊。

「不要什麼？我想知道。」她驚嘆。

「不要再鬧了。我沒辦法用功。」

她縮口，壓低音量。

「對，話是這樣說，沒錯，」她說：「可是，你告訴我，我持家的錢該從哪裡來？」

「呃，窮煩惱，有什麼好處呢？」

「我倒想知道，假如你遇到這種事，你能忍受嗎？」

「過一陣子就好了。到時候，我的錢可以交給妳。管他去死。」

保羅繼續用功，她則悶悶不樂繫好帽帶。母親煩惱時，他無法忍受。但現在，他開始堅持母親正視他的感想。

「最上面的兩條麵包，」她說：「過二十分鐘就烤好。你可別忘記。」

「好。」他應聲。她出去買菜。

他繼續獨自用功。但平日全神貫注的他變得心浮氣躁。他聆聽院子門聲。七點十五分，有人輕輕敲門，進來的人是米瑞恩。

「只剩你一人？」她說。

「是的。」

她把這裡當成自己家，摘掉蘇格蘭經典軟帽，脫下大衣，掛好。這情景令他亢奮一陣。這好比是小倆口的家，他和她的天下。掛好衣物後，她走過來，從背後看他在用功什麼。

「什麼東西？」她問。

「靜物設計，用作裝飾，也用在刺繡。」

她近視眼似的，彎腰看他的圖畫。

鑑賞他的作品時，她總是如此細看，宛如想看透他，令他心煩。他進客廳，捧回來一疊淺棕色的亞麻布料，謹慎攤開在地板上。原來是窗簾或門簾，玫瑰圖形以模版印刷印在布上，製作精美。

「哇，好美喔！」她驚呼。

攤開在她腳邊的布料上印著紅玫瑰和深綠枝葉，式樣簡單而美好，不知道為什麼看起來很邪惡。她跪在布前面，黑鬈髮往下垂。保羅見她以嫵媚的身段俯視他的作品，心跳加速。她忽然抬頭看他。

「為什麼看起來這麼殘酷？」她問。

「什麼？」

「這些圖樣，感覺上含有一種殘酷的意思。」她說。

「有或沒有，漂亮就好，」他回應，以愛惜的雙手摺疊作品。

她緩緩起身，思索著。

「你打算怎麼處理？」她問。

「送去自由藝廊。這匹布是我為母親印製的，不過，她好像寧可拿去換錢用。」

「對。」米瑞恩說。他這話含著若有似無的怨，米瑞恩同情他。對她而言，金錢無意義。

他把印花布收好，捧回客廳，回來時，扔給米瑞恩較小的一塊布，圖樣相同，適合用在軟墊上。

「那片是我做給妳的。」他說。

她抖著雙手，無言撫摸這件作品。他尷尬起來。

「天啊，麵包！」他驚呼。

他取出上層的兩條麵包，使勁拍打表皮。烤熟了，他把麵包放在爐前冷卻。接著，他進洗滌間，弄溼雙手，從瓦盆捧起最後的白麵團，放進烤盤裡。米瑞恩仍彎腰欣賞她的彩繪布。他站著揉麵團。

「妳真的喜歡嗎？」他問。

她抬頭看他，眼珠爆發陰沉的情火。他窘迫笑一笑。隨後，他開始談他的美工設計。對著米瑞恩談自己的作品，他能獲得最強烈的快感。他全身的熱情，全身狂野的熱血，全被輸送到這場心靈交媾中，從言談中他能孕育作品的胚胎。她為他帶來靈感。她不明白其中的道理，就好比女人不明瞭子宮如何孕育骨肉。但這對她與他而言就是人生。

兩人對話期間，一名年約二十二的妙齡女子進來。她個頭嬌小，皮膚蒼白，兩眼無神，卻有一種狠心的神態。她是莫瑞爾家的朋友。

「脫掉外套吧。」保羅說。

「不用，我不久留。」

保羅和米瑞恩同坐沙發，她在對面的扶手椅坐下。米瑞恩稍微挪開一些。室內很熱，瀰漫麵包剛出爐的香味。褐皮爽脆的兩條麵包擺在爐前。

「沒想到今晚會在這裡見到妳，米瑞恩．利弗斯，」碧翠絲使壞說。

「為什麼沒想到？」米瑞恩囁嚅說，聲音沙啞。

「為什麼？看妳鞋子就知道。」

米瑞恩依然是木頭人，渾身不自在。

「不看，表示妳不敢。」碧翠絲笑說。

米瑞恩從長裙下面伸腳出來。她的靴子式樣奇特，好像優柔寡斷，相當可悲的模樣，顯示她多麼在意別人的觀感，多麼不信任自我。此外，靴子上沾滿泥濘。

「行行好！妳簡直像一堆爛泥巴，」碧翠絲驚呼：「靴子歸誰清理？」

「我自己。」

「那是妳太閒了，」碧翠絲說：「換成是我，不曉得要勞駕多少男人，今晚才能把我拖來這裡。不過呢，愛情不把泥巴看在眼裡，是不是啊？親愛的使徒？」

「Inter alia。」他說。

「老天啊！你打算賣弄外文嗎？他在講什麼啊？米瑞恩？」

末尾的問句帶小刺，米瑞恩沒聽詳細。

「『諸如此類，』我想是這樣。」她謙虛說。

碧翠絲舌尖伸到上下齒之間，使壞笑著。

「『諸如此類，』使徒？」她學舌說：「妳的意思難道是，愛情看不在眼裡的人也包括父母、兄弟姊妹、男女友人，甚至也不把摯愛的男友看在眼裡？」

她裝出一副懵懂無知的模樣。

「事實上是開懷微笑。」他回應。

「偷偷笑才對，使徒莫瑞爾——你相信我。」她說，隨即邪惡地靜靜再乾笑幾聲。

米瑞恩默默坐著，自我封閉。保羅的所有朋友全喜歡和她作對，而他也臨危不救美——幾乎像趁機報復她。

「妳還在學校嗎？」米瑞恩問碧翠絲。

「對。」
「這麼說，妳還沒接到通知？」
「復活節應該能接到。」
「多可惜啊，只因為妳考試沒過就趕妳走？」
「我也不知道。」碧翠絲冷冷說。
「我姊愛葛莎說，妳的能力和所有老師一樣強。我覺得很荒謬。我搞不懂妳為什麼考試沒過。」
「腦筋少一條吧，對不對，使徒？」碧翠絲短促說。
「妳的腦筋只會咬人。」保羅笑著回答。
「討厭鬼！」她大叫，從椅子衝過去賞他耳光。她的手嬌小玲瓏。保羅握住她手腕，她努力想掙脫。最後，保羅鬆手，被她揪住兩大把濃密的深褐色頭髮。她猛扯。
「碧！」他說著按頭髮弄直。「我恨妳！」
她喜孜孜大笑。
「當心！」她說：「我想坐你旁邊。」
「我倒寧可跟潑婦作鄰居。」他說，卻仍騰出他和米瑞恩之間的位子讓她坐。
「美美的頭髮被抓亂了啦！」她大聲說，掏出梳子，幫他梳直頭髮。「好看的小鬍子也是！」她驚呼。她按他的額頭向後仰，為他梳一梳年輕的嘴上毛。「這鬍子好邪惡，使徒，」她說：「紅色的，代表危險。你有沒有香菸？」
他從口袋掏出菸盒，碧翠絲往裡面瞧。
「想想看，我正要抽掉康妮的最後一根菸。」碧翠絲說著，叼走一根。他點火柴，為她點菸，她嬌滴滴地吞雲吐霧。

「多謝你，親愛的。」她揶揄說。

此語令她心生一股邪惡的快感。

「他的動作很優雅，妳不覺得嗎？米瑞恩？」她問。

「優雅得很哪！」米瑞恩說。

他自己叼一根香菸。

「要不要點菸？老小子？」碧翠絲說，嘴上的菸頭指向他。

他彎腰過去，湊著她的菸頭點菸，她這時候對他眨眨一眼。米瑞恩看見他的眼神閃現調皮的意味，也見他豐滿近乎感性的嘴唇顫抖。他跳脫本性了，米瑞恩難以忍受。以他目前的態度，米瑞恩無法和他心靈交流；世上簡直像是從來沒有她這人。她看見菸在他豐滿的紅唇間舞動。他茂盛的頭髮散落在額頭，她也討厭。

「好乖的孩子！」碧翠絲說著，挑起他下巴，在他臉頰親一小口。

「我也願回您一吻，碧。」他說。

「你休想！」她嘻嘻笑說，跳起來，走開。「他好無恥喔，對不對？米瑞恩？」

「對，」米瑞恩說：「對了，你該沒有忘記麵包正在烤吧？」

「天啊！」他驚叫，衝去摜開烤爐門。

灰藍煙奪門而出，散發麵包燒焦的氣息。

「哎唷，完了！」碧翠絲大叫，走向他身邊。他在爐前彎腰，她從背後看。「這就是罹患愛情健忘症的後果，孩子。」

保羅黯然取出燒焦的麵包，一條的側面被火烤成黑色，另一條硬如岩石。

「可憐的母親！」保羅說。

「建議你磨掉黑皮，」碧翠絲說：「去拿肉豆蔻研磨板給我。」

她調整烤爐裡的麵包位置。保羅取來研磨板，她把燒焦的麵包移到桌上，墊著報紙，剉掉黑皮。保羅開門，讓焦味飄走。碧翠絲一面吞雲吐霧，一面袪除黑皮，削掉可憐麵包表面的煤炭。

「糟糕了，米瑞恩！妳這次倒大楣了。」碧翠絲說。

「我！」米瑞恩愕然驚呼。

「妳最好在他母親回家前溜走。我今天總算知道九世紀的阿爾弗烈德大帝是怎麼把麵包烤焦的。終於知道了！使徒會掰說自己太用功，忘記麵包正在烤，能不能哄騙過關還不一定呢。如果老媽早一步進來，一定會掌摑那個害他忘記的厚臉皮，不會打可憐的小阿爾弗烈德[9]。」

她邊剉麵包邊嘻嘻笑。連米瑞恩也不知好歹笑著。保羅悔恨交加，照料爐火。

院子門砰然開關的聲音傳來。

「快！」碧翠絲驚喊，把剉好的麵包交給保羅。「用溼毛巾包起來。」

保羅進洗滌間去。碧翠絲急忙將燒焦的碎屑吹進爐火，故作無事狀坐下。安妮衝進來。年輕的她個性率直，動作相當敏捷。在強光下，她直眨眼。

「有燒焦的味道！」她驚呼。

「是香菸啦！」碧翠絲端莊回應。

「保羅去哪裡了？」

雷諾德跟著安妮進來。他的臉長而滑稽，眼珠藍色，非常嚴肅。

「我猜，他扔下妳們倆收拾殘局吧？」雷諾德說，朝米瑞恩的方向點頭表達同情，改以略為挖苦的態度面對碧翠絲。

「錯，」碧翠絲說：「他去找他的第九號小老婆了。」

「我才剛遇見五號在找他。」雷諾德說。

「對——我們打算公用他，像索羅門王的寶寶一樣。」碧翠絲說。

安妮聽了呵呵笑。

「喔，是嗎？」雷諾德說：「妳能分到什麼？」

「不曉得，」碧翠絲說：「我會禮讓其他人先下手。」

「妳願意揀剩菜？」雷諾德說，擠出滑稽的表情。

安妮查看烤爐。被冷落的米瑞恩坐著。保羅進來。

「麵包烤成這麼醜，我們家保羅幹的好事。」安妮說。

「嫌醜就不要猛看嘛。」保羅說。

「你想說的是，你應該聽命行事。」安妮回應。

「他應該的，那當然囉！」碧翠絲大喊。

「我猜他忙不過來吧？」雷諾德說。

「路上很難走吧，米瑞恩？」安妮說。

「對——不過，我已經在家窩了一整個星期——」

---

9 源於十二世紀英國傳說，村婦收留阿爾弗烈德，叫他看好爐子裡的麵包，結果麵包不慎燒焦，村婦回家罵他一頓。

「所以妳大概想出來透透空氣。」雷諾德好心提示。

「嗯，妳總不能永遠被困在家裡嘛！」安妮贊同。她的親和力相當強。碧翠絲穿上外套，和雷諾德、安妮一同離開。她想去見自己的男友。

「麵包正在烤，可別忘了，保羅，」安妮喊：「晚安，米瑞恩。大概不會下雨。」

三人走後，保羅取出毛巾裹住的燒焦麵包，打開來，哀戚審視著。

「搞砸了！」他說。

「可是，」米瑞恩不耐煩說：「燒焦了又怎樣嘛——二點五便士而已吧。」

「對是對，不過——這是母親的寶貝麵包，她很珍惜的。算了，再煩惱也沒用。」

他把麵包放回洗滌間。他和米瑞恩之間有一點隔閡。他三七步站在她對面片刻，思考著，反省自己剛才與碧翠絲的互動。他心裡感到愧疚，卻也快活。為了幾乎深不可測的原因，這件事算米瑞恩活該，他不打算懺悔。米瑞恩見他站著不動，納悶他在想什麼事。濃密的頭髮攤在他額頭上。為何不上前去為他撥開，消除碧翠絲為他梳頭的印記？為何不伸出雙手，握住他身體？他的身體看起來好堅實，每一部位皆活生生。他肯讓別的女孩摸，她為什麼不行？

他忽然甦醒。她見他快手撩開額頭上的頭髮，走向她，她顫抖起來，近乎恐懼。

「八點半了！」他說：「我們最好動作快一點。妳的法文本子在哪裡？」

米瑞恩羞怯地取出習作本，動作帶幾分怨氣。每星期，她用法文寫日記給他看，刻畫內心世界。他發現，這是逼她寫作文的唯一途徑。她的日記多半是情書。保羅現在想讀；她覺得自己的心靈史即將被心情不佳的他褻瀆。他坐在她身旁。她看著他堅定而溫暖的手奮力批閱她的作文。他只讀法文字面意義，漠視字裡行間的女孩心。但漸漸地，他的手忘了批改作品。他默念著，全身不動。她顫抖起來。

今晨鳥兒們喚醒我，天剛透光，但我房間的小窗外先是淺灰，隨後變黃，樹林裡的所有鳥兒們起勁高歌，震撼原野。我昨夜夢見你。你也看見奧布河了嗎？幾乎每早我被鳥兒們喚醒，鶫鳥的叫聲總帶害怕的意味，嗓音如此清晰——

米瑞恩坐著打顫，半心羞愧。他保持紋風不動，試圖去理解。他只知道她愛他。他怕她對他的愛。她的愛太好了，他配不上。錯就錯在他的愛，而不是她。羞愧之餘，他訂正她的文章，謙虛在每行上方批改。

「妳看，」他輕聲說：「和 avoir（有）結合的過去分詞應該對應緊鄰的直接受詞。」

她向前彎腰，盡力去理解。沒綁緊的細鬈髮搔著他的臉，嚇他一跳。他被嚇得哆嗦，彷彿被火熱的物體燙到。他見她注視著前方的習作本，紅唇張開，惹人憐愛，柔細的黑髮在黃褐色的紅潤臉頰上蹦跳。她臉紅如鮮豔欲滴的石榴。看著她，保羅呼吸轉為急促。她倏然抬頭看他，深邃眼眸裡的愛意毫不遮掩，畏懼著，渴望著。保羅的目光也深沉，她看得傷心。保羅的雙眼似乎能宰制她。她喪失所有自制力，被暴露在恐懼中。保羅知道，在他能吻她之前，自己必須攆除心中的障礙。對她的一絲恨意再次潛入他心裡。他繼續批閱她的習作。

頃刻間，他扔掉鉛筆，一躍而起，瞬間衝向烤爐，翻轉麵包。看在米瑞恩眼中，他動作太快了。她猛然心驚，身體宛如挨刀剮。即使是他彎腰看烤爐的模樣也傷害到她。他把麵包從烤盤倒出，翻面再放回去，動作飛快，似乎帶有某種殘酷的含義。假使他動作輕柔些，她必定能備感充實溫暖。但以目前情況而言，她受傷了。

他回桌，改完她的習作。

「妳這星期表現不錯，」他說。

她看得出，保羅讀了日記受寵若驚。她並未因此獲得全面性的補償。

「妳有時候真的能大放異彩，」他說：「妳應該寫寫詩。」

她欣喜抬頭，旋即甩一甩，不相信。

「我信不過自己。」她說。

「不試怎麼知道！」

她再一次搖頭。

「我們要不要讀幾頁？該不會太晚了吧？」他問。

「時候不早了——不過，我們可以讀幾段看看。」她懇求。

下一星期，她求得了人生食糧。保羅先叫她抄寫法國詩人波特萊爾的《陽台》，然後朗讀給她聽。他的嗓音柔和，具撫慰作用，但愈讀愈近乎殘暴。他大受感動時，習慣掀唇露齒，顯得激情而怨恨。這時他正有如此表現，令米瑞恩覺得被他踐踏。她不敢正視他，只垂頭坐著。他為何變得如此激動，如此憤慨，她不明白，覺得心好苦。整體而言，她不喜歡波特萊爾——也不愛魏崙。

> 且看她在田裡高歌，
> 那位孤獨的高地姑娘。[10]

這句滋潤她的心。《美人伊尼絲》[11]也是。另外——

美好之夜，祥和而純淨，
如修女呼吸聖肅之氣息。[12]

這句像她本人。此外，他語帶怨氣講法文：

你將記得撫慰之美。[13]

讀完詩，他取出烤爐中的麵包，好的麵包擺上面，燒焦的麵包被埋進陶盆最下面。溼布包著的那條麵包乾仍在洗滌間裡。

「等到明天早上，母親才會發現，」他說：「過一夜，她就不會大發脾氣。」

米瑞恩看著書架，見到他收到的明信片和信件，看見書架上擺著什麼書。她取來他曾感興趣的一本。然後，他關掉煤氣燈，帶她出門。他懶得鎖門。

直到十點四十五，他才回家。母親坐在搖椅上。麻花辮垂背後的安妮一直坐在爐火前的矮凳，手肘撐膝蓋，神情陰鬱。桌上擺著闖禍的麵包，溼布已被打開。保羅進門，上氣不接下氣。沒人開口。母親讀著

10 摘自威廉・華茲華斯（William Wordsworth）的《孤獨割麥女》（*The Solitary Reaper*）。
11 《美人伊尼絲》（*Fair Ines*），湯瑪斯・胡德（Thomas Hood）的詩。
12 修改自華茲華斯的《美好祥和之夜》。
13 出自《陽台》。

本地的小報紙。他脫掉外套，走過去坐在沙發上。為了讓他過，母親移動身體，動作簡慢。沒人開口。他極度窘迫。他從桌上找來一張紙，坐著假裝閱讀幾分鐘，然後——

「我忘了檢查那條麵包，母親。」他說。

母姊二人皆拒不搭腔。

「呃，」他說：「反正只二點五便士而已。我可以賠償妳。」

他氣得放三便士在桌上，推給母親。她偏開頭。她的嘴唇緊閉。

「對，」安妮說：「你不曉得母親有多苦！」

安妮坐著，神態落寞，直瞪爐火。

「苦什麼苦？」保羅問，盛氣凌人。

「哼！」安妮說：「她差點回不了家。」

他仔細看母親。母親面有病容。

「為什麼妳差點回不了家？」他問，口氣仍尖銳。她不應。

「我發現她坐在這裡，臉蒼白得像紙。」安妮以哭音說。

「說啊，**為什麼**？」保羅追問，眉毛緊鎖，瞳孔激動得擴張。

「本事再大的人也會難過，」莫瑞爾夫人說：「抱那麼多包東西——肉和蔬果，還有一對窗簾——」

「咦，妳何苦自己抱呢？沒必要嘛。」

「我不去，誰去？」

「叫安妮去買肉啊。」

「對，可以叫我去，沒錯，不過，我哪知道她想找我去？你自己跟著米瑞恩跑掉了，母親回家，一個人也沒有。」

「妳是哪裡不對勁？」保羅問母親。

「可能是心臟不好。」她回答。她嘴唇四周確實顯得青紫一圈。

「妳以前有這種感覺嗎？」

「有——夠常出現了。」

「那妳怎麼從沒告訴我？妳怎麼不去看醫生？」

莫瑞爾夫人改變坐姿，氣兒子逼問不休。

「是你自己一直粗神經，」安妮說：「你太急著陪米瑞恩出去。」

「是嗎？比妳和雷諾德更過分嗎？」

「我九點四十五就回家了。」

屋內安靜片刻。

「我早該料到才對，」莫瑞爾夫人發怨氣說：「我以為她不會完全霸占你，不會害你烤焦一整爐麵包。」

「碧翠絲也在場。」

「很有可能。不過，我們知道麵包為什麼烤焦。」

「為什麼？」他火氣上升。

「因為你和米瑞恩膩在一起。」莫瑞爾夫人氣沖沖回答。

「哼，好——不是就不是！」他動肝火說。

他心情悲苦。他拿起一張紙，開始閱讀。安妮的上衣沒扣好，長髮紮成麻花繩，不禮貌地向他道晚安，然後去睡覺。

保羅坐著假裝閱讀。他知道母親想訓斥他。他也想知道她為什麼身體不舒服，因為他很苦惱。因此，他按捺著就寢的衝動，坐著等候。一股緊繃的肅靜降臨。時鐘滴答吵鬧著。

「你最好在你父親回家前趕快上床，」母親嚴厲說：「如果你想吃宵夜，最好趕快去吃。」

「我什麼也不想吃。」

週五夜是礦工家庭的奢侈夜，母親習慣帶小吃回家給他當晚餐。今晚，他氣得不想去食品儲藏間找宵夜，侮辱到她。

「假如我**要**你星期五晚上陪我去歇爾比，我能想像你會做何反應，」莫瑞爾夫人說：「反過來說，如果**她**肯陪你去，你永遠不推說太累。既不累，更不想吃喝。」

「我不能讓她自個兒去。」

「不能嗎？那她來這裡做什麼？」

「不是因為我叫她來。」

「你不請她，她怎麼會自己來——」

「好啊，如果我承認我的確要她，那又怎樣——」他回答。

「怎樣？如果合情合理，那也無所謂，不過，如果在泥地跋涉幾英里，半夜才回家，隔天早上又得趕去諾丁罕上班——」

「要是我不去，妳照樣會生病。」

「對，應該會，因為這沒道理。她真的有那麼迷人，把你迷到非陪她走那麼遠不可？」莫瑞爾夫人含怨譏諷他。她坐著，靜止不動，臉偏向一旁，撫摸著圍裙的黑織緞，動作有韻律，時快時慢，令保羅看了心痛。

「我的確喜歡她，」他說：「可是——」

「**喜歡**她！」莫瑞爾夫人的口氣同樣尖酸。「我看來倒覺得，你除了她，什麼東西也看不上眼，誰也不喜歡。現在，安妮、我或任何人，都被你嫌棄。」

「胡扯什麼啊，母親——妳明知我不愛她——我——我告訴妳，我**不愛**她——她甚至不挽我手走路，因為我不讓她。」

「既然這樣，你為什麼三天兩頭飛向她？」

「我真的很喜歡找她聊天嘛——我從沒說我不喜歡。不過，我確實不愛她。」

「找不到別人聊天了嗎？」

「找得到，可惜沒人喜歡聊我們聊的話題。有很多東西妳沒興趣，而且——」

「什麼東西？」

莫瑞爾夫人態度太熱切，保羅見狀開始喘氣。

「什麼——繪畫——書。**妳**對赫伯特．史賓賽[14]沒興趣。」

「對，」莫瑞爾夫人哀傷回應。「等你老到我這年齡，你也不會。」

「哼，可惜我現在有興趣——米瑞恩也是——」

「你怎麼曉得我沒興趣？」莫瑞爾夫人以叛逆的口吻怒罵。「你根本沒試著問過我！」

「母親，妳沒興趣就是沒興趣。以一幅畫打比方好了，妳根本不在乎作品有沒有點綴作用；妳也不在乎**畫風**是什麼。」

---

14 赫伯特．史賓賽（Herbert Spencer, 1820-1903），英國社會哲學家。

「你怎麼曉得我不在乎？你試過嗎？你什麼時候找過我談這些東西？連試都沒試過。」

「可是，母親，有沒有試過都一樣，妳自己清楚。」

「照你這麼說——你說說看，試什麼才有用？」她怒罵道。保羅的眉頭痛苦交織。

「妳老了，母親，而我和她還年輕。」

他的意思僅止於，**她**這年紀的興趣和他不同。但話一出口，他即刻知道說錯話了。

「對，我很清楚——我老了。所以，我也許該靠邊讓路了；我不想再陪你做什麼事了。你只要我伺候你——其他的東西，你找米瑞恩要就有。」

他難以忍受。本能上，他理解，他是母親的生命所繫。另外，母親終究也是他最珍視的事物，是唯一至高無上的事物。

「妳很清楚，是不是如此，母親。妳明明知道事實不是這樣！」

她被他的呼聲感動而憐惜他。

「怎麼看都很像。」她說，絕望的心情減半。

「說真的，母親——我真的不**愛**她。我是常找她聊天，沒錯，不過我還是想回家陪妳。」

他已經摘掉領子和領帶，起身，喉嚨裸露，前去就寢。當他彎腰親她時，她振臂環抱他頸子，臉埋進他肩窩，嗚咽起來，不像她本人的嗓音，令他心酸。她說：

「我受不了了。別的女人可以——唯獨她不行。她不留給我餘地，一點餘地也沒有——」

他一聽，立刻痛恨米瑞恩。

「而我從來沒有——保羅，你是知道的——我從來沒有過一個真正的——丈夫——」

他撫摸母親的頭髮，嘴貼母親咽喉。

「而且，從我身邊搶走你，她顯得欣喜──她不像一般女孩子。」

「呃，母親，我不愛她。」他喃喃低頭說，眼睛苦悶地埋在她肩膀上。母親長吻他，吻得熱烈。

「我的孩子！」她說，顫音夾帶熱愛。

他不知不覺輕撫她的臉。

「好了，」母親說：「該去睡覺了。你明早一定會很累。」話沒說完，她聽見丈夫回家的聲響。「你父親回來了──快走。」她忽然以近乎恐懼的神情看保羅。「也許是我自私。如果你要她的話，就接受她吧，我的孩子。」

母親的表情太詭異了。保羅親她，顫抖著。

「哈──母親！」他柔聲說。

莫瑞爾先生搖搖晃晃走進門來，帽子一邊低垂，遮住眼角。他在門口穩住重心。

「你們又在搞什麼鬼啊？」他狠毒地說。

見丈夫醉醺醺回家，莫瑞爾夫人頓時心生一股仇恨。

「再怎麼搞，我們至少沒醉。」她說。

「哼──哼！哼──哼！」他冷笑著。他進走廊，掛好帽子和外套。接著，母子聽見他朝食品儲藏室走三步。他緊握著一塊豬肉餡餅回來。豬肉餡餅是莫瑞爾夫人為兒子買的宵夜。

「餡餅不是為你買的。你只給我二十五先令養家，自己出去灌滿一肚子的啤酒，我哪可能買豬肉餡餅，填你肚子？」

「啥──講啥？」莫瑞爾先生咆哮，失去重心。「啥──不給俺吃？」他看著手中的這塊豬肉餡餅，凶險的怒火陡然爆發，餡餅被拋進爐火。

保羅赫然站起來。

「要浪費，就浪費你自個兒的東西！」保羅大叫。

「啥——啥！」莫瑞爾先生忽然吶喊，跳起來，握緊一拳。「臭小子，老子給你一點顏色瞧瞧！」

「好啊，」保羅凶狠地說，頭歪一邊。「來呀！」

這時刻有東西可捶，他求之不得。莫瑞爾先生半蹲著，舉起雙拳，準備出擊。保羅站著，嘴角掛著淺笑。

「喝！」莫瑞爾先生喊著，伸直手，揮出一記大外勾，擦過兒子的鼻尖。即使一蹴可幾，他不敢真的碰兒子一根汗毛，只敢揮空拳意思意思。

「好！」保羅將目標放在父親的嘴邊，即將揮拳。手癢的他想揍人。不料，這時他聽見背後傳來微弱的呻吟聲。母親嘴唇變得慘白而陰沉。莫瑞爾先生跳過來，準備再揮一拳。

「父親！」保羅說，兩字在空中迴盪。

莫瑞爾先生嚇一跳，立正站好。

「母親！」保羅悲鳴著。「母親！」

她開始掙扎起身，強睜眼皮看著兒子，但手腳無法動彈。漸漸地，她恢復意識。保羅扶她到沙發躺下，火速奔上樓找一些威士忌，餵了幾次，她終於能喝一小口。淚水從他臉上崩落。他跪在母親前面，不哭出聲音，但熱淚撲簌簌流下臉頰。莫瑞爾先生隔空旁觀，手肘撐膝蓋，目瞪口呆。

「她怎麼了？」莫瑞爾先生問。

「暈了！」保羅回答。

「嗯！」

莫瑞爾先生解開靴子的鞋帶，蹣跚上床。他已打完家中最後一役。

保羅繼續跪在沙發前，撫摸母親的手。

「身體趕快好起來，母親——趕快好！」他反覆說著。

「沒事了，我的孩子。」她喃喃說。

最後他站起來，搬一大塊煤進來，撥撥爐火，接著清理殘局，把所有物品歸回定位，擺好早餐的餐具，為母親端蠟燭來。

「妳能上床睡嗎？母親？」

「能，我待會兒去。」

「母親，跟安妮一起睡吧，不要跟他睡。」

「不行。我要睡我自己的床。」

「不要跟他睡，母親。」

「我要睡自己的床。」

她起身，保羅轉掉煤氣燈，然後為她端著蠟燭，尾隨她上樓。來到歇腳處，他貼近吻她。

「晚安，母親。」

「晚安！」她說。

就寢後，他既苦又怒，鼻子往枕頭鑽。然而，在心靈深處，他感到安詳，因為母親仍是他的最愛。這股安詳不無怨意，是聽天由命的安詳。

隔天，父親努力和解，對他而言是一大羞辱。

一家大小盡量遺忘昨夜風波。

9 米瑞恩敗退

保羅對自己不滿，對一切不滿。他最深切的愛屬於母親。當他覺得自己傷害到母親，或傷害到他對母親的愛，他就無法忍受。如今，時序進入春季，他與米瑞恩之間戰火蓄勢待發。今年，他對她有許多意見。她隱約瞭然於胸。她曾直覺自己勢必成為這份愛的犧牲品，祈禱時也早已以身獻祭，如今，這份直覺已融入她的七情六慾中。內心深處，她不信自己有得到他的一天。主要是，她缺乏自信心：懷疑自己能否滿足他日後對她提出的要求。她斷難想像與保羅幸幸福福過一生。她只能預見悲劇、哀傷、獻祭的前景。在獻祭中，她感到驕傲；在自制克己中，她意志堅強，因為她不信任自己能扛下日常生活的重擔。她已做好心理準備，迎戰大事和深沉的事物，例如悲劇。庸俗生活的日子安康，但她無法信賴。

復活節假期在歡樂的氣氛中展開。保羅這時心情坦率。但她心知，事態將步入歧途。週日下午，她站在臥室窗前，瞭望樹林中的橡樹。在午後晴天之下，橡樹的枝椏扭曲交纏成昏暗的暮色。窗前垂掛著忍冬花灰綠色玫瑰花結狀的葉子，她幻想已初露幾顆花苞。春天到了，她既愛又怕的季節。

聽見院子門喀噠開啟，她站著不敢動。天氣灰濛濛，但天色明亮。保羅牽著腳踏車進院子，單車閃耀著光輝。通常，他進院子會大按鈴鐺，一路呵呵笑走向她家。今天，他雙唇緊閉，神態冰冷殘酷，有點駝背，隱含著冷笑。相處幾年來，她對他的瞭解夠多了，從他今天那副專注的表情和冷漠的身軀，她能預料他內心的波濤。他把腳踏車停好，動作一絲不苟，冷冰冰，她不禁心墜谷底。

她緊張地下樓去。她穿一件網織的新上衣，覺得很合適──高領，有一小圈輪狀皺領，令她聯想到蘇格蘭瑪麗女王一世。她也覺得，這身打扮能襯托她的女人味，增添一份莊重。二十歲的她胸部豐滿，身材婀娜多姿。她的臉仍像一副軟厚的面具，一成不變。然而，她一旦抬起頭，眼睛顯得美好。她怕保羅。保羅會注意到她穿新衣。

心情刻薄的他此時淨講反諷語，娛樂著米瑞恩家人，描述原始衛理公會禮拜堂一位知名佈道師的傳道內容。他坐在餐桌的主位，臉皮活躍，有時能俊美動人的那雙眼睛時而綻放柔情，時而笑眼鮮活，表情一個換一個，接連模仿著他想揶揄的對象。他的揶揄總傷到她的心；太接近現實了。他太慧黠，太殘酷了。她覺得，當他目光無情、攙雜挖苦的恨意時，他不放過自己一馬，也不放過任何人。但是，利弗斯夫人笑得直擦眼油，午睡剛醒的利弗斯先生則揉揉頭含笑。三兄弟穿著襯衫，略顯邋遢，一副想打瞌睡的模樣，不時爆笑出聲。最能討全家歡心的莫過於一場「模仿秀」。

保羅故意冷落米瑞恩。後來，她見他評論她的新裝，見他的藝術眼光表示讚許，卻感受不到他給予一絲溫馨。她很緊張，幾乎拿不動架上茶杯。

壯丁出去擠奶時，她提心吊膽地去找保羅面對面。

「你來晚了。」她說。

「是嗎？」他回應。

雙方詞窮片刻。

「路上不好騎嗎？」她問。

「我倒沒注意到。」

她繼續快手擺餐具，擺完時——

「茶過幾分鐘才泡好。你想不想趁現在去看黃水仙？」她說。

他起身，不吭聲，隨米瑞恩進後花園，來到幾株含苞的李樹。遠山和天空清爽冷冽，萬物看似清洗過，相當蒼勁。米瑞恩望保羅一眼。他臉色蒼白，無動於衷。她覺得殘酷的是，她心愛的那雙明眸和那對眉毛，居然能大傷人心。

「是不是被風吹累了？」她問。保羅表面下有一抹倦意，被她偵測到了。

「不會吧。」他回答。

「一路上，風勢一定很強——樹林被吹得唉唉叫。」

「從雲的走向看得出，現在吹的是西南風，我騎車過來時是順風。」

「原來是這樣的，我不會騎車，所以我不懂。」她喃喃說。

「會騎車才會懂嗎！」他說。

她認為他沒必要話中帶刺。兩人往前走，無言。屋後有一片不修邊幅的草坪，有些地方青草茂盛，有些地方光禿禿。繞過草坪，有一座帶刺的綠籬，黃水仙從下面鑽出來，花瓣掙脫灰綠色尖苞而出，花瓣被凍得略帶綠色，但有幾朵仍綻放出皺皺的金花，大放光明。米瑞恩跪在一叢前，雙手捧著一朵看似野生的黃水仙，把金色的花面轉向自己的臉，低頭以嘴和臉和眉毛去磨蹭。保羅站在一旁，雙手插口袋，看著她。一朵接一朵，她將黃色的花面轉向保羅，故作誘人姿態，不停嬌寵著花朵。

「它們美不勝收，不是嗎？」她喃喃說。

「美不勝收！有點太超過了吧——『美』就行了！」

讚美挨他責備，她低頭親近她的花朵。他看著她駝背熱吻黃水仙。

「妳老是動手摸東摸西的，非摸不行嗎？」他心煩說。

「我就是愛摸它們嘛。」受傷的她回答。

「摸來摸去的，好像妳想把它們的心捻出來才過癮。不這樣做，就不能喜歡它們嗎？妳為什麼不能稍微多一點節制或矜持之類的？」

她抬頭看他，神情充滿苦痛，然後緩慢以黃水仙撫弄自己嘴唇。她嗅到的花香比他仁慈許多，幾乎令她哭泣。

「妳用甜言蜜語勾魂，」他說：「我絕對不會甜言蜜語——再怎麼說，我會坦白講清楚。」他幾乎不明白自己在說什麼。這幾句機械式地從他嘴裡冒出。她看著保羅。他的身體似乎成了一件武器，堅固，無情，對付著她。

「妳老是哀求事物愛妳，」他說：「活像是個討愛的乞丐。即使是花，妳也非得奉承它們不可——」

米瑞恩順著無形的節奏，以唇摩撫黃水仙，搖擺著身子，吸取花香。香味入鼻時，她不斷哆嗦。

「妳才不要愛——妳有一份永遠而不正常的渴望——渴求被愛。妳不是正，妳是反。妳吸收、吸收，彷彿非吸飽一肚子的愛不可，因為妳某個部位空虛。」

她被那殘酷的態度震傻了，聽不進去。他在說什麼，他自己毫無概念。彷彿是他有一股被壓抑的熱情，炙烤著他苦惱而飽受煎熬的心靈，導致這些言語瞬間迸發，猶如電流產生的火花。他說的話，她一個字也沒聽懂，只繼續跪坐在地上，承受他傾瀉而下的殘酷和仇恨。剎那間頓悟是她不曾有過的經驗。凡事，她總是沉思再沉思才領悟。

喝完茶，他冷落米瑞恩，繼續陪艾格和他的弟弟們。在這個期待的假日裡，她極度悶悶不樂，等著他關愛。最後，保羅讓步了，過來找她。今天保羅為何有這種心情？她決心追查源頭。她估計，他今天頂多是因故心情欠佳。

「要不要進去樹林裡散散心？」她問他，心知他從不婉拒正面的請求。他們走下坡，走向兔子窩。在半路上，他們經過一個以冷杉枝葉掩飾的窄馬蹄形陷阱，誘餌是兔子內臟。保羅看一眼，皺眉，被她瞧見了。

「很可怕，對吧？」她問。

「是嗎？比兔脖子被鼬鼠咬住還可怕嗎？是要一隻鼬鼠的命，或是要許多隻兔子的命？鼬鼠或兔子，總要犧牲其中一個嘛！」

他不勝人生怨氣的負荷。她為他感到相當難過。

「我們回房子去吧，」他說：「我不想走太遠。」

他們走過紫丁香樹，見到青銅色的新芽正要吐露。乾草堆只剩一小塊，褐色，方方正正，猶如紀念碑，也像石柱。上次收割後留下一小床乾草在地上。

「我們在這裡坐一會兒吧。」米瑞恩說。

他違背自己心意坐下，背靠乾草堆形成的硬牆，兩人面對著圓形丘陵構成的露天劇場，欣賞夕陽餘暉、醒目的白色小農莊、金色牧草地、深沉但明亮的樹林、顯著的樹梢在遠處此起彼伏。夜雲散盡，晚霞在東方塗上一抹紫紅暈，柔情萬丈，底下是豐饒的陸地，靜靜平躺。

「好美喔！不是嗎？」她語帶懇求意味。

但他只擺臭臉。此時的他反而希望眼前景象醜陋。

就在這時候，一隻大狗衝上前來，張嘴撲向保羅，兩腳踏上他肩膀，舔他的臉。保羅往後退，哈哈笑著。這條牛頭㹴名叫比爾。有比爾蹦出來攪局，保羅感覺像卸下心頭重負。他推開狗，狗卻馬上跳回來。

「走開，」保羅說：「不然別怪我賞你一拳。」但大狗怎麼推也推不走。於是，人狗小戰片刻，可憐的狗一被推開立刻活蹦亂跳衝回來，樂瘋了。人狗繼續纏鬥，前者勉為其難笑著，後者咧嘴開懷笑。米瑞恩在一旁觀戰。保羅的模樣有點可悲。他迫切想獻愛，想溫柔相待。他粗魯推倒比爾的動作其實出自於愛。比爾站起來，喜哈哈喘著氣，褐眼珠在白臉上溜轉，拖著身子衝回來再玩。他喜歡保羅。保羅皺起眉頭。

「比爾，我陪你玩夠了。」他說。

但比爾的兩隻腳重重踩住他大腿，愛得渾身打抖，紅舌對著他吞吐。他往後縮。

「不要，」他說：「不要——我玩夠了。」

片刻之後，大狗快樂地走開，去尋著別的樂子。

他繼續以苦悶的表情凝望遠山，勉強承認靜物之美。他想找艾格一同騎單車，但他沒勇氣離開米瑞恩。

「你為什麼哀傷？」她謙遜問。

「我不哀傷；我何必哀傷，」他回應。「我很正常啊。」

每當他鬧彆扭時，總自稱很正常，她納悶為什麼。

「可是，一定哪裡不對勁吧？」她懇求著，以舒緩的語調誘導。

「沒事！」

「才不呢！」她喃喃說。

他拾起一根棍子，對著泥土亂戳一陣。

「妳最好還是別講話。」他說。

「可是，我想知道——」她回應。

保羅憎恨地笑笑。

「妳老是想知道。」他說。

「這樣對我不公平。」她喃喃說。

尖頭棍子對著地上一直戳戳戳，掀起小塊小塊的泥土，宛如他心情煩躁難耐。她伸出一手，溫柔放在他手腕上，動作堅定。

「別戳了！」她說：「放下棍子。」

他把棍子甩向醋栗叢，向後仰。現在他成了悶葫蘆。

「怎麼了？」她柔聲詢問。

他像木頭人躺著，只有眼睛在動，目光充滿苦惱。

「這樣吧，」他終於開口，語氣倦怠。「這樣吧——我們最好還是分手。」

她怕聽到的正是這句。頃刻間，天地似乎在她眼前頓失光彩。

「為什麼！」她喃喃說：「出了什麼事？」

「沒出什麼事。我們只是瞭解到目前的處境。沒必要再——」

她靜靜等他講完，神態哀傷，按捺著性子。對他不耐煩也無濟於事。他遲早會吐苦水。

「我們事先講好了要純交友，」他接著以沉悶單調的口吻說：「我們**三番兩次**說好了純交友！現在情況卻是——友情路走到這裡停不下來，也走不下去。」

他再度沉寂。米瑞恩陷入沉思。他這話是什麼意思？他實在太累人了。他有某件心事不願傾吐。但她必須對他沉住氣。

「我只能給妳友情——能力所及——這是我個性裡的一個缺陷。我的個性歪一邊——我討厭東倒西歪。我們到此為止吧。」

最後幾句帶有憤怒的熱度。他的意思是，她對他的愛多於他對她的愛。也許，他無法愛她。也許，她缺乏他追求的特質。這份自我猜忌心是她心靈最底層的動因，深到她既不敢去明瞭，也不敢承認。也許她有所缺憾。這份缺憾有如一層薄到不能再薄的羞恥心，屢屢攔著她，不讓她向前走。果真如此，她只好放棄他。今後她再也不放任自己要他。她只想遠觀。

「可是，到底發生了什麼事嘛？」她說。

「沒事——全是悶在我心裡的東西——現在才冒出來。每年到復活節，我們總像現在這樣。」

他的態度如此屈從無助，引她憐憫。至少她自己從未如此可悲地跌跌撞撞。畢竟，蒙受最多羞辱的人是他。

「你想要什麼？」她問。

「我——我不能再常常來找妳了——就這樣。我沒理由霸占妳卻不——告訴妳好了，對待妳，我少了一根筋——」

他想說的是，他不愛她，因此理應禮讓別的男人追她。他是多麼的愚蠢、盲目、笨拙丟臉啊！別的男人對她有何意義？更準確的說法是，男人對她有何意義！她愛的是他的心靈。**他**少了一根筋嗎？也許吧。

「可是，我不懂，」她沙啞說：「昨天——」

晚霞漸沉，昨夜情境在他心中喧鬧起來，惹他厭煩。心苦難熬的她垂下頭。

「我知道，」他大聲說：「妳一輩子不會懂的！妳永遠不信我無法——實體上無法，和我不能學雲雀一飛沖天是同一個道理——」

「無法什麼？」她喃喃說。這下子，她恐懼了。

「愛妳。」

在此刻，他對她恨之入骨，是因為他給她苦頭吃。愛她！她知道他愛她。他真的屬於她。實體上、肉體上不愛她，這僅僅是他乖僻的性情在作怪，因為他自知她愛他。他愚昧如幼童。他屬於她。他的心靈要她。她猜，耳根太軟的他被人說動了。從他身上，她意識到第三者影響力的強硬和異質性。

「家裡的人對你講了什麼？」她問。

「跟家人無關。」他回答。

她一聽就知道是。她鄙視他家人俗不可耐。他們不懂事物的實際價值。

那一夜，他和她話不多。之後，他拋下她，找艾格一同騎單車。

他已回歸母親身旁。這條母子連線是他一生中最穩固的關係。每當他心思飄搖時，腦子裡就容不下米瑞恩，她成了不盡真實、模模糊糊的東西。世上其他人一概不重要。世上有一地方堅實穩固，不會融入非現實：這是母親所在的地方。其他人有可能變得朦朧不清，對他而言近乎虛無，但她不會。感覺上，母親是他人生的錨和支柱，他無法逃離。

同樣地，母親也等著他。如今，母親的人生寄託在他身上。畢竟，對莫瑞爾夫人而言，人生前途見不到太多光明。她明白，當前人生契機在於起而行，而起而行對她而言很重要。保羅即將證明她沒有料錯；他即將成長為頂天立地的男子漢，勢必能成就大事，改造世界。無論保羅人在何方，她覺得自己的心靈隨他而去。無論他做什麼事，她覺得自己的心靈陪伴在他身旁，隨時準備提供工具給他運用。每當他和米瑞恩在一起，她就難以忍受。威廉死了。為了保住保羅，她不惜一戰。

而他回到她身邊了。在他心靈裡，由於他忠於母親，一種犧牲自我的滿足感油然而生。她最愛他；他最愛她。然而，這樣還不夠。他的年輕新生活如此猛烈，如此專橫，被趕往別的方向，令他定不下心而發狂。她明白這一點，含怨希望米瑞恩能帶走初生之犢的他，留根給她。他對抗母親，幾乎和他對抗米瑞恩一樣。

再過一星期，他才又去威利農場。米瑞恩吃了很多苦，害怕再和他相聚。是該忍受被他甩掉的恥辱嗎？被甩應該只是表面的，暫時的。他遲早會回心轉意。她掌握了開啟他心靈的鑰匙。但現階段而言，他勢必與她抗戰，折磨她的心。想到這裡，她裹足不前。

儘管如此，復活節後的週日，保羅前來喝下午茶。利弗斯夫人很高興見到他。夫人猜他心事重重，猜他人生遇到難關。他似乎是前來尋求慰藉。夫人善待他。夫人對待他的溫情幾乎相當於崇敬。

他在前院遇到夫人和米瑞恩的弟弟們。

「你來了，我很高興，」利弗斯夫人說，動人的褐色大眼看著他。「今天出大太陽，我正想下田野去走一走今年的第一趟。」

他認為夫人有意邀他同行。這想法安撫他的心靈。他跟著走，隨心聊，態度溫柔謙恭。夫人以禮待他，他差點感激涕零。他覺得羞辱。

來到乾草場的盡頭，他們發現一個鶇鳥窩。

「要不要我拿蛋出來給妳看？」他說。

「要！」利弗斯夫人回答。「鳥蛋極能代表春天，充滿新希望。」

他扳開荊棘，取出鳥蛋，捧在手心上。

「它們滿熱的——我們大概把鳥媽媽嚇跑了。」他說。

「唉，可憐的東西！」利弗斯夫人說。

米瑞恩忍不住摸鳥蛋。她覺得，他捧蛋的手勢美極了。

「這種暖意好奇怪喔！」她喃喃說，以接近他一點。

「血的熱度。」他回應。

米瑞恩看著他把鳥蛋放回巢裡，身體緊挨樹叢，一手緩緩鑽進荊棘，另一手小心翼翼覆蓋著鳥蛋。他專心一意送鳥蛋歸巢。見他這番舉動，米瑞恩愛著他；他似乎如此單純，如此自給自足。而她無法進入他的心。

喝完茶後，米瑞恩站在書架前，拿不定主意。他取下法國小說家都德的《獵帽人》。兩人又來到乾草堆底下的乾草床坐下。他閱讀兩、三頁，但心不在焉。牛頭㹴比爾又衝過來了，想重拾前幾天的歡樂。比爾用鼻子頂他胸口，他搔一搔狗耳朵，然後推他走。

「走開，比爾，」他說：「我不要你。」

大狗悻悻然離開，米瑞恩心中起疑，畏懼山雨欲來。今天保羅寡言，令她憂心，不敢動作。她懼怕的並非他的怒火，而是他那種沉默不語的意志。

他臉轉向一旁，不讓她看見，然後開口，一字一字痛苦說：

「妳是不是認為——假如我不這麼常來妳家——妳有可能對別人——另一個男人——產生好感嗎？」

原來他放不下的是這件事。

「可是，我又不認識別的男人。你問這做什麼？」她反問，語調低沉，大可視為責備語。

「呃，」他脫口而出，「因為人家說，我無權經常來這裡——如果我們沒有成親的意思——」

是誰膽敢逼婚？米瑞恩感到憤慨。有一次，她父親對保羅意有所指地笑說，他知道保羅為什麼常常上門，她聽見氣壞了。

「是誰說的？」她問，懷疑是不是自家人在搞鬼。不是。

「我母親——還有其他人。他們都說，照這種情形演進下去，大家會認為我已經訂婚了，所以建議我考慮訂婚，不然對女方不公平。而我也一直試圖去理解——我認為我對妳的愛不如男人對妻子的愛。妳有什麼想法？」

米瑞恩心頭烏雲罩頂，垂頭思索。遇到這種惱人事，她很生氣。別人不應管他和她的閒事。

「我不知道。」她喃喃說。

「妳認為我們愛得夠深、深到能結婚嗎？」他斬釘截鐵問，問得她顫抖。

「不能，」她據實回答：「我不認為可以——我們還太年輕。」

「我本來想，也許，」他繼續苦著臉說：「也許因為妳做事熱衷的程度，妳給我的東西——遠勝過我能回報妳的東西。即使到這地步——如果妳認為可以——我們照樣能訂婚。」

現在米瑞恩好想哭。她也一肚子火。他像個小孩，總順著別人的心意行事。

「不要，我認為不好。」她堅定說。

保羅沉思片刻。

「是這樣的，」他說：「以我的個性——我不認為沒有人能獨占我——成為我的一切——我認為永遠不可能。」

她倒是沒考慮到這一點。

「對。」她喃喃說。停頓半拍後，她望向他，陰沉的眼珠閃現怒火。

「這是你母親的心意，」她說：「我知道她向來就不喜歡我。」

「不是不是，」他急忙否認。「這次她開口是為了妳著想。她只說，如果我想繼續走下去，我應該考慮訂婚。」他沉默一陣子。「如果以後我請妳來我家，妳不會不來吧？」

她拒答。這時她已怒不可遏。

「好啊，那我們接下來怎麼辦？」她氣沖沖說：「我最好不要再上法文課了。我才剛剛學上手。不過，我大概可以自修。」

「我倒不覺得有必要停課，」他說：「我還是可以教妳法文，沒問題。」

「嗯——另外還有每星期日晚上。我喜歡上教堂，不可能不去，何況做禮拜是我僅有的交際活動。不過，你沒必要送我回家。我可以自己走。」

「好吧，」他回應，相當不以為意。「不過，如果我要求艾格一起走，他一定會陪我們走，這樣別人就沒法子講閒話。」

兩人無言片刻。如此看來，她的損失並不大。保羅的家人再怎麼勸，兩人的互動也將不會出現太大的變化。她但願他家人能少管閒事。

「妳不會為了這件事耿耿於懷吧？」他問。

「喔，不會。」米瑞恩回答，不看他。

他講不出話。她認為他不夠穩重。他的目標不專一，心無正直的依歸。

「因為，」他繼續說：「男人可以騎單車——要去上班——能做各式各樣的事情。女人卻只能沉思。」

「我不會放在心上的。」米瑞恩說。她說的是真心話。

天氣轉涼了。他們回屋裡。

「保羅臉色好蒼白啊！」利弗斯夫人驚呼。「米瑞恩，妳不應該讓他坐外面的。你是不是著涼了，保羅？」

「才沒有！」他笑說。

但他覺得累透了。內心這場衝突搞得他筋疲力竭。米瑞恩現在可憐他。然而，九點未到，他早早起身告辭。

「你該不會想回家了吧？」利弗斯夫人著急問。

「是的，」他回答：「我說過我想早點走。」他的態度非常彆扭。

「可是，這未免也太早了吧。」利弗斯夫人說。

米瑞恩坐在搖椅上，不開口。他猶豫著，以為她會站起來，如常陪他走向穀倉去牽腳踏車。她留在原位。他不知如何是好。

「好吧——晚安，各位！」他躊躇著。

她和所有家人祝他晚安。然而，正當他路過窗戶，他往窗內瞧。她見到他臉色蒼白，微微皺起的眉頭是他最近的招牌表情，目光深沉，充滿痛苦。

她站起來，走向門口，在他通過院子門時對著他揮別。他慢慢騎過松樹下，感覺自己是個膽小鬼，苦不堪言。下坡時，腳踏車跑得東倒西歪。能一頭摔斷脖子的話，倒也一了百了，他心想。

兩天後，他託人送一本書給她，附上短訊，督促她多多閱讀，避免閒著。

在這段期間，他全心與艾格交友。他太愛利弗斯家人，太愛他們的農場了。對他而言，威利農場是全地球最令他珍視的地方。他愛自己的家不如利弗斯家。在自己的家，他愛的是母親。但話說回來，能隨母親住在任何地方，他都一樣快樂。反觀威利農場，他愛得死心塌地。他愛他們家狹小的廚房，男人的靴子在裡面亂踏，怕被踩中的狗總睜一眼睡覺。夜晚，利弗斯家的油燈懸掛在桌上，萬籟俱寂。他愛他們家低矮狹長的客廳，裡面氣氛浪漫，有鮮花，有書籍，有玫瑰木直立式鋼琴。他愛他們家的花園，愛他們依傍在禿荒原邊緣的紅頂建築。花園朝向樹林蔓生，彷彿想溫存一番，野地順著山谷延展而下，爬上對面丘陵的山腰荒地。只要能置身在其中，對他而言就是一大樂事，渾身舒暢。他敬愛利弗斯夫人，欣賞她質樸無華，愛她妙語諷喻。他敬愛利弗斯先生，欣賞他熱情、年輕、和藹。他愛艾格。艾格每見他上門，總眉開眼笑。就連弟弟們和大狗比爾——甚至名叫色琦[15]的母豬和名叫提普[16]的印度鬥雞，都令他喜歡。這些人事地物全和米瑞恩分不開，他無法割捨。

因此，他前去利弗斯家的頻率不減，但他通常和艾格相處。在晚間，闔家猜字謎或玩其他遊戲，父親也加入。然後，米瑞恩湊合所有人，大家一起閱讀一本賣一便士的《馬克白》，齊心參予。大家玩得不亦樂乎。米瑞恩很高興，利弗斯夫人很高興，利弗斯先生也玩得盡興。隨後，全體圍著壁爐，一同藉首調唱名法學歌。但現在，保羅鮮少與米瑞恩獨處。她等著。做完禮拜，她同艾格和保羅一起回家的路上，或從貝斯伍德鎮文學社走回家時，她聽著保羅振振有詞，表現得離經叛道，就知道他的言行衝著她而來。儘管如此，她很羨慕哥哥艾格，羨慕他能騎單車和保羅往來，羨慕他的週五晚，羨慕他白天下田幹活。因為她的週五晚和法文課消失了。她幾乎總是獨來獨往，進樹林沉思，閱讀，用功，做白日夢，等著。保羅時常寫信給她。

某週日晚，米瑞恩和保羅重溫難得的和諧。那天，艾格留在禮拜堂參加聖餐禮——因為他想體驗一下——莫瑞爾夫人也參加。於是，保羅帶米瑞恩回他家。他多多少少再度臣服於她的魔咒之下。一如往常，兩人討論著佈道內容。目前的他正全心邁向不可知論[17]，但米瑞恩並未因這一種宗教不可知論而大傷腦筋。他們正處於勒南的《耶穌傳》[18]階段。米瑞恩是一座打穀場，供他試煉他所有的信念。他對著她的心靈踐踏自己的想法時，真理會為他脫殼而出。唯有她才是保羅的打穀場。她獨力協助保羅走向領悟的路。她以近乎被動的態度，屈服於他的論點和闡述。不知為何，基於她的原因，保羅逐漸瞭解自己的想法有誤。而他領悟到的道理，她也有所領悟。她覺得保羅不能沒有她。

回到安靜的家，保羅從洗滌間窗戶掏出鑰匙開門入內，同時不停討論道理。他點燃煤氣燈，照料爐火，從儲藏間端一些蛋糕請她。她坐在沙發上不講話，餐盤壓膝蓋。她戴著白色大帽子，上面印著淡粉紅色的花朵。這頂帽子很低俗，但他喜歡。帽簷下的臉沉思中，沒有表情，金褐色而紅潤，耳朵總被短鬈髮覆蓋。她看著他。

她喜歡星期日的保羅。每逢週日，保羅穿黑西裝，能展現他矯健的肢體動作，顯得清爽而俐落。他繼續對米瑞恩訴說個人想法。忽然，他伸手去拿《聖經》。米瑞恩喜歡他伸手向上的動作——快狠準。他迅速翻頁，朗讀聖約翰的一章給她聽。他坐在扶手椅凝神朗讀，思緒融入嗓音，這時她覺得他無意間把她當成工具，被他用來進行他執意完成的工作。她喜歡這樣。他的嗓音若有所思，猶如正想伸手搆東西，而她彷彿是他用來搆東西的工具。沙發上的她往後靠，離他遠一些，卻覺得自己成為他握在手裡的器具。這帶給她莫大的喜悅。

接著，他開始結巴，開始扭扭捏捏起來。「婦人臨盆時會有憂慮，因為她的時刻到了」這句被他漏掉。米瑞恩早覺得他愈讀愈不自在。名句遲遲不來，她畏縮了。保羅繼續朗讀，但她聽不進去。一陣哀傷和羞恥心令她垂頭。若在六個月前，保羅假如讀到這段，必定能直接讀下去。如今，兩人的交往出現摩

15 色琦（Circe），《奧迪賽》裡的女巫，能把人變豬。

16 提普（Tippoo, 1751-1799），十八世紀印度自由鬥士。

17 不可知論（Agnosticism），不信鬼神、上帝、來生的一種哲學。

18 《耶穌傳》（*Vie de Jesus*），一八六三年出版。

擦。如今，她覺得兩人之間的確存在著敵意，存在著兩人都感到羞恥的元素。

她機械式吃著蛋糕。他想重拾剛才的論點，但找不到合適的語調。不久，艾格從禮拜堂過來。莫瑞爾夫人去朋友家了。三人出發前往威利農場。

米瑞恩思索著保羅和她分手一事。保羅一定另有所求。他得不到滿足；他令她無法安寧。雙方之間現在總有爭執的事由。她想試探他的意向。她相信，保羅人生中的主要需求是她。如果她能對自己和他證明這一點，其餘就可有可無；她能順應未來發展。

因此在五月，她邀請他來家中認識克萊拉．鐸斯夫人。他渴望著某種事物。每當他們與克萊拉交談時，她總看見保羅情緒激動，略帶怨懟。他說他不喜歡克萊拉。然而，他卻迫切想認識她。不如把這兩人湊在一起，測試一下。她相信，保羅內心想追求更高遠的境界，也想追求低下的事物，最後勝出的是高遠的慾求。無論如何，他應該試試看。她忘記的是，「高」與「低」是因人而定的。

有機會在威利農場認識克萊拉，他相當興奮。克萊拉．鐸斯夫人來農場待一整天。她的頭髮濃密，灰褐色，盤捲在頭上，身穿白上衣和深藍裙子。不知為何，她所到之處，事物相形見絀，顯得無足輕重。她一進廚房，廚房變得太小，整體而言太寒酸。幽暗精美的客廳顯得死板無趣。利弗斯一家大小全像燭火變暗。一家人認為她相當難相處。然而，她其實為人和善，只嫌態度冷淡，而且相當苛刻。

保羅直到下午才抵達。他其實提前到。他跳下腳踏車之際，米瑞恩見他猴急地在門前東張西望。如果克萊拉沒來，他一定很失望。米瑞恩出去迎接他，被豔陽照得低頭。金蓮花開了，在綠葉涼影下綻放紅彩。黑髮的米瑞恩站著見他，心情愉快。

「克萊拉還沒來嗎？」他問。

「來了。」米瑞恩以歌唱似的語調回答：「她正在讀東西。」

他把單車推進穀倉。他繫著一條他相當得意的好領帶，搭配能互相呼應的襪子。

「她今早就來了嗎？」他問。

「對，」米瑞恩回答，走在他身旁。「你不是說，你會帶自由藝廊那男人的信給我嗎？記得吧？」

「糟糕，忘了！」他說：「妳儘管嘮叨我，我改天帶給妳。」

「我不喜歡嘮叨你。」

「喜不喜歡都一樣。她呢？是不是變得比較隨和？」他繼續問。

「你知道我總覺得她相當隨和。」

他無言。顯然，他今天急著提早上門的理由是克萊拉。米瑞恩已開始吃苦了。兩人一同走向屋子。他取下褲腳夾，儘管領帶和襪子稱頭，他懶得撣掉鞋子上的塵土。

克萊拉坐在涼爽的客廳裡閱讀。他看見她細緻的頭髮往上攏，露出白皙的頸背。她起身，以冷漠的眼神看他。握手時，她伸直手臂，給人的印象是，她既想與對方保持距離，又想丟東西砸對方。她上衣的布料是細薄的平織棉紗，他看得見乳房在裡面起伏，也看見肩膀和上臂的曲線。

「妳選到好日子了。」他說。

「碰巧而已。」她說。

「對，」他說：「我很高興。」

她坐下，不向他的恭維回禮。

「妳整個早上在忙什麼？」保羅問米瑞恩。

「早上嘛……」米瑞恩說，沙啞咳一聲，「克萊拉才跟父親一塊兒來——所以——她還沒坐很久。」

克萊拉挨著桌子坐，保持疏離的姿態。他留意到她的雙手很大，但保養得當，手上的皮膚顯得近乎粗糙、無光澤、白皙，有細微的金毛。雙手被人這樣觀察，她不在意。她有意蔑視他。她沉重的一手臂放在桌上，漫不經心，嘴唇閉著，彷彿剛受辱，臉稍微偏開。

「前幾天晚上，妳參加瑪嘉烈·邦福德的集會。」他對她說。

保羅表現得溫文儒雅，米瑞恩沒見識過他的這一面。克萊拉瞥他一眼。

「對。」她說。

「咦，」米瑞恩問：「你怎麼知道？」

「火車過幾分鐘才進站，所以我進去坐了幾分鐘。」他回答。

克萊拉再度轉開頭，態度相當輕蔑。

「我認為她是個很可親的小婦人。」保羅說。

「瑪嘉烈·邦福德！」克萊拉大聲說：「她的頭腦比多數男人精明好幾倍。」

「呃，我又沒說她不聰明，」他提出反對。「聰明也可親。」

「那當然，可親才最重要。」克萊拉損他。

他摸摸自己的頭，相當困惑，相當惱火。

「可親大概比聰明更重要吧，」他說：「畢竟，再聰明也永遠沒法子上天堂。」

「她追求的不是天堂——而是她在人間的公平待遇。」克萊拉反駁。聽她口氣，好像邦福德小姐被剝奪的權益全是他的責任似的。

「呃，」他說：「我覺得她很熱情，心腸好得不得了——只不過太虛弱了。但願她能舒舒服服坐著靜養——」

「順便幫她丈夫縫襪子。」克萊拉不留情說。

「我相信，連我的襪子也一起縫，她也不會在意，」他說：「我也相信，她一定縫得不錯。假如她叫我幫她擦靴子，我同樣也不在意。」

克萊拉拒絕陪他抬槓。他轉和米瑞恩閒談幾句。克萊拉保持疏離的姿態。

「好吧，」他說：「我想去找艾格了。他在外面幹活兒嗎？」

「我想是的，」米瑞恩說：「他出去載煤了。應該會直接回家。」

「好，」他說：「那我去接他。」

米瑞恩不敢提議這三人一起從事任何活動。保羅起身離去。

在路最高處，黃色的荊豆花盛開，他看見艾格牽著母馬，懶散走著。母馬額頭有一片星形白毛，點著頭，拖著一車叩叩響的煤。年輕農夫艾格一見好友保羅，臉色立刻開朗。艾格相貌端正，有一雙熱情的黑眼珠，衣服老舊，相當見不得人，步態驕傲。

「哈囉！」他說。他看見沒戴帽子的保羅。「你上哪兒去？」

「去接你。我受不了『切莫再[19]小姐』。」

艾格呲牙一笑。

「誰是切莫再？」他問。

「不就是鐸斯夫人嘛——應該改叫她烏鴉夫人，因為她愛講『切莫再』。」

艾格樂得大笑。

「你不喜歡她？」他問。

19 典出美國作家愛倫坡敘事詩《烏鴉》，詩中烏鴉反覆說「切莫再」（Nevermore）。

「門都沒有，」保羅說：「你該不會吧？」

「才不！」他鄭重回答：「不會！」艾格噘嘴。「她跟我看不對眼。」他思索一下，然後說：「咦，你為什麼叫她『切莫再』？」他問。

「她嘛，」保羅說：「一見男人就高姿態說『切莫再』，一照到鏡子就奚落說『切莫再』，一想起往事就懷恨地說，一展望將來就憤世嫉俗地說。」

艾格思索著這套言論，不太能理解典故，只笑說：

「你認為她仇恨男人嗎？」

「**她**自認是。」保羅回答。

「你不認為？」

「不認為。」保羅回答。

「照你這麼說，她沒有和氣對待你？」

「她會**和和氣氣**對待誰？你能想像嗎？」小他幾歲的保羅說。

艾格呵呵笑了。進院子後，兩人合力卸下煤。保羅的動作矜持，因為他知道，如果克萊拉望窗外，一眼就能看見他。克萊拉沒望窗外。

每週六下午的工作是刷洗美容馬匹。保羅和艾格合作，為吉米和小花梳皮毛，塵土激得他們直打噴嚏。

「你有沒有新歌，教我一首吧？」艾格說。

艾格動作一刻不停歇。他彎腰時，露出被曬紅的頸背，握著毛刷的手指粗厚。保羅有時會看著他。

「《瑪麗．莫勒森》如何？」保羅提議。

艾格能接受。男高音的艾格嗓門不錯，保羅能教的曲子，他一概學著唱，以便駕馬車的路上能練唱自娛。保羅屬於男中音，唱腔平平，但他耳力很好。現在他不敢唱太大聲，怕被克萊拉聽見。艾格以清晰的男高音學著唱。有幾次，兩人想打噴嚏，唱到一半中斷，一個噴嚏打完換另一個人打，搞得馬兒好煩。

米瑞恩對男人不耐煩。男人動不動就開心——連保羅也是。保羅有時能徹底沉醉在瑣碎的娛樂中，她認為是他的反常之舉。

忙完後，下午茶時間到了。

「剛才那首歌是什麼？」米瑞恩問。

艾格告訴她。話題轉向歌唱。

「我們相處得很愉快。」米瑞恩對克萊拉說。

克萊拉慢動作吃吃喝喝，姿態莊重。每當有男人在場，她總變得高不可攀。

「妳喜不喜歡聽歌？」米瑞恩問她。

「好歌才喜歡。」她說。

保羅的臉當然綠了。

「妳的意思是，受過訓練的名流？」他說。

「我認為，歌嗓必須先受過訓練，才搬得上檯面。」她說。

「妳乾脆叫大家先去練嗓子，不然不准他們講話，」他回應：「其實，一般而言，人唱歌是為了娛樂自我。」

「自娛也可能吵得別人不舒服。」

「不舒服，他們只好戴耳罩。」他回應。

兄弟們聽了大笑，隨後是一陣沉默。他臉紅到耳根，不吭聲吃喝著。

喝完下午茶，除了保羅之外所有男人外出，利弗斯夫人這時對克萊拉說：

「妳覺得，妳現在日子比較快樂嗎？」

「快樂無數倍。」

「妳滿足嗎？」

「只要能自由獨立就滿足。」

「這樣過日子，妳不會懷念什麼嗎？」利弗斯夫人輕聲問。

「那些東西全被我拋向腦後了。」

對話中，保羅聽得渾身不自在。他起身。

「妳總有一天會發現，被拋向腦後的東西會反過來絆倒妳。」他說。接著，他出門，前往牛舍。他自認剛才妙語如珠，男性尊嚴暴漲。他吹著口哨走在磚道上。

未久，米瑞恩過來找他，問他是否願意陪她和克萊拉散步。三人出發，前往史垂里磨坊農場。他們沿溪行，走在威利農場這邊，透過樹林邊緣的灌木叢，瞧見冠軍草開著粉紅花，在幾束陽光下閃耀，這時他們隔著樹幹和稀疏的榛樹叢，發現另一邊有人。一名男子正牽著一頭棗紅色大馬，穿越乾溝。大馬走路像浪漫的舞姿，踏過昏暗的榛樹，走在樹蔭下，彷彿置身往昔，伴隨即將凋零的藍鈴花——可能是為狄愛德麗[20]或伊索德[21]而開的花，古意盎然。

三人站住，看得入迷。

「騎士人生多美妙啊，」他說：「最好也能在這裡建一座涼亭。」

「被他們抓去關起來也不錯嗎？」克萊拉回應。

「對，」他說：「一邊刺繡，一邊和女傭們合唱。我願舉著妳的白綠纈草旗幟。我願在盾牌畫上『婦女社會政治聯盟』的標誌，臣服於不受管束的女人。」

「我毫無疑問，」克萊拉說：「你寧可為女人而戰，也不願讓女人為她自己奮鬥。」

「是的。女人為自己奮鬥的時候，相當於狗照鏡子，被鏡子裡的自己氣得發狂。」

「而**你**是這面鏡子囉？」她問，嘴唇往上翹。

「不然就是影子。」他回答。

「你恐怕是聰明過頭了。」她說。

「是啊，至於**善良**，我就留給妳去做，」他笑說，反唇相譏。「善良一點吧，乖女孩，聰明交給我來就好。」

但克萊拉已厭倦他的俏皮話。忽然間，他從克萊拉下巴高翹的表情瞧見悲傷，而非輕蔑。他為所有人心軟。他轉頭，溫柔對待一直被他冷落的米瑞恩。

散步到樹林邊緣，他們遇見剛才的牽馬男人。他姓林姆，四十歲的瘦子，皮膚偏黑，在史垂里磨坊租地養牛。他牽著力氣強勁的紅馬，握著韁繩，態度冷漠，好像累了。三人駐足，禮讓他通過第一條溪的踏腳石。保羅欣賞這匹大馬步伐如此輕盈，活力無窮。林姆走來他們前面。

「利弗斯小姐，請轉告妳父親，」他以怪異的尖嗓子說：「他的小馬連續三天撞壞了最底下那道柵欄。」

「哪一道？」米瑞恩顫抖問。

---

20 狄愛德麗（Deidre），愛爾蘭傳說中的悲劇人物。

21 伊索德（Iseult），十二世紀流傳的悲劇故事女主角。

大馬呼吸沉重，後腿頻頻換重心，低著頭，大眼被馬鬃覆蓋，漂亮的眼珠向上看人，狀似懷疑。

「跟我走一小段，」林姆說：「我指給妳看。」

林姆牽馬向前走。駿馬側跳一下，甩甩腳上的白色距毛，面露懼色，踩進小溪裡。

「別搞怪。」林姆語帶溫馨對馬說。

馬踩著碎步蹦上岸，然後再小步涉水過第二條溪。克萊拉走著，步伐是放縱中略帶陰鬱，看著馬過溪，看得有點出神，有點鄙視。林姆止步，指向幾株柳樹下的圍牆。

「就是那裡，妳看得到牠們鑽進去的地方，」他說：「被我的人趕回去三次了。」

「知道了。」米瑞恩說，臉紅起來，彷彿錯在自己身上。

「妳們進不進來？」林姆問。

「不了，謝謝；不過，我們想繞過池塘走。」

「好吧，隨便妳。」他說。

快到家了，駿馬樂得蕭蕭鳴。

「他很高興回家。」克萊拉說。她對這匹馬感興趣。

「對——他今天走了好長的路。」

三人走進院子門，見一人從偌大的農場屋走來。這女人身材嬌小，皮膚偏黑，年約三十五，情緒容易激動似的。她的黑頭髮有幾縷白絲，黑眼珠顯得瘋癲。她雙手握在背後，走過來。她的兄長向前走。大馬見到她，再度蕭蕭叫。她興奮地上前來。

「你回家了，我的孩子！」她柔情對馬說，針對的不是林姆。大馬轉頭面向她，低頭下去，她拿出藏在背後的一顆皺巴巴黃蘋果，塞進馬嘴，然後在馬眼睛附近吻他一下。他樂得長嘆一聲。她捧馬頭入懷。

「他很棒，對不對？」米瑞恩對她說。

林姆小姐望過來。她的黑眼珠直接瞟向保羅。

「喔，晚安，利弗斯小姐，」她說：「妳好久沒下來這裡了。」

米瑞恩介紹兩位友人給她認識。

「妳的馬好帥！」克萊拉說。

「就是說嘛！」她再度吻馬。「鍾情好比任何一個男人！」

「我敢說，比多數男人更鍾情。」克萊拉呼應。

「他是個好孩子！」林姆小姐大喊，再一次擁抱馬頭。

克萊拉迷上了大馬，上前去撫摸他的頸子。

「他挺溫柔的，」林姆小姐說：「大傢伙不都這樣嗎？」

「他是一匹駿馬！」克萊拉回答。

她想直視他眼睛。她希望他正眼看她。

「他不會講話，好可惜。」她說。

「他會啊——只差一點點。」林姆小姐說。

然後，她哥哥牽馬繼續往前走。

「你進不進來？別客氣嘛，這位先生——你姓什麼？我剛才沒聽見。」

「莫瑞爾，」米瑞恩代答：「我們不進去了，只想繞磨坊池塘走走。」

「行——行，去吧。你釣不釣魚，莫瑞爾先生？」

「不釣。」保羅說。

「如果你想釣的話，隨時歡迎你過來釣魚，」林姆小姐說：「我們這裡天天幾乎看不到一個鬼。如果有人來，我就感恩了。」

「那池塘裡有什麼魚？」他問。

他們穿越前花園，踏過水溝，走上池塘的陡岸。池塘位於陰影中，有兩座長滿樹木的小島。保羅陪林姆小姐走著。

「我倒不介意來這裡游泳。」他說。

「歡迎來，」她回應：「你想來，隨時都行。有你來聊天，我哥哥一定樂翻天。他很少開口，因為這裡沒人陪他講話。歡迎你來游泳。」

克萊拉跟上。

「這池子滿深的，」她說：「而且水很清澈。」

「是的。」林姆小姐說。

「妳會游泳嗎？」保羅說：「林姆小姐剛剛說，想游的話，歡迎我們來游泳。」

「我們農場當然也請了幾個幫手。」林姆小姐說。

大家交談片刻，然後走上荒原丘陵，留下眼神落魄的寂寞婦人在池岸。

山腳陽光明媚，草地被兔子掘得禿斑處處。三人默默走著。

「她讓我覺得不舒服。」保羅說。

「你指的是林姆小姐？」米瑞恩問。「對。」

「對。她有什麼毛病？寂寞到腦筋不正常嗎？」

「對，」米瑞恩說：「她不適合過這種日子。我認為，她被埋沒在這裡，是一件很殘酷的事。我真的應該多多來這裡看她。可是——她會讓我難過。」

「她讓我為她遺憾——對，而且她也讓我心煩。」他說。

「大概是，」克萊拉突然插嘴，「她想要一個男人。」

另兩人詞窮半晌。

「不過，害她崩潰的是日子太寂寞。」保羅說。

克萊拉不回應，只邁步上坡。她擺著手走上山，邊走邊踹一團團的草，雙手自然搖擺。她的身體不像在走路，反而似乎踉踉蹌蹌上山。一股熱浪襲上保羅全身。他對克萊拉感到好奇。也許命運之神曾殘酷對待她。他忘了米瑞恩的存在。米瑞恩和他並肩走，對他講話，發現他不應，瞄他一眼。保羅的視線固定在前面的克萊拉身上。

「你還認為她很難相處嗎？」米瑞恩問。

他沒注意到這問題來得突然。和他的想法接近。

「她有個不對勁的地方。」他說。

「對。」米瑞恩回應。

來到小山頂，他們發現一片荒野祕境，兩側有樹林遮掩，另兩側是高大鬆散的山楂叢和接骨木叢。龐雜的樹叢之間有空隙，如果牛能爬上山，或許鑽得進去。這塊地皮平坦如棉絨，有幾個兔子挖洞留下的土堆。原野本身粗燥，從沒被割過的黃花九輪草長得高大。四處可見粗草梗長出一簇簇的高韌性花朵，簡直像專供仙人停泊黃褐色舟船的港口。

「啊！」米瑞恩驚呼。她看著保羅，黑瞳孔擴張。他微笑著。大家一同欣賞滿地鮮花。克萊拉離他們稍微遠，鬱鬱寡歡看著黃花。保羅和米瑞恩走得很近，以含蓄的語調交談。他單膝跪下，快速摘取最美的花朵，一把一把摘，分秒不停歇，同時不斷小聲講話。米瑞恩深情款款採著花，依戀著它們。在她眼裡，保羅的動作總顯得太急，近乎科學化。話雖如此，他摘的花比她多一份天然美。他愛這些花，但他把花當成是自己的，自以為有權占有它們。米瑞恩對它們多一分尊敬：它們擁有她缺乏的特質。

滿地野花非常新鮮，非常甜美。他想喝一口。摘花過程中，他忍不住將喇叭狀的小黃花送進嘴裡嚼。

克萊拉仍在悶悶不樂漫遊。保羅走向她，對她說：

「妳為什麼不摘幾朵？」

「我無法認同。花活在枝葉上比較好看。」

「妳不想摘幾朵嗎？」

「它們想留在原地。」

「我不相信它們想。」

「我才不要帶著花屍到處走。」克萊拉說。

「妳的想法太死板、太忸怩作態了，」他說。「花插在水裡，不會比有根的花死得更快。更何況，花插進花瓶，看起來很美——看起來很快活。看起來像屍體的東西才叫做屍體。」

「是不是屍體不重要？」她反駁。

「我不認為是屍體。死花不是花屍。」

克萊拉不理他了。

「即使如此——你哪有折花的權利？」

「因為我喜歡它們，想要它們——而且花多的是。」

「這理由就算數？」

「對。為什麼不算數？如果妳帶花回諾丁罕，插在房間裡，一定很香。」

「也有福氣看著它們死掉。」

「可是花帶回家後——它們有沒有死，就不重要了。」

語畢他轉身，彎腰繼續摘花。滿地鮮花密集叢生，宛如一團團鮮黃的泡沫。米瑞恩靠近過來。克萊拉跪著嗅黃花的馨香。

「我認為，」米瑞恩說：「如果妳以敬意對待它們，就不會對它們造成傷害。差別在於妳採花時的心態。」

「對，」他說。「呃，不對，摘花是因為妳想要它們，就這麼簡單。」他舉出他摘好的一束。

米瑞恩不語。他再多採幾朵。

「看看這些！」他繼續說：「像小樹堅強又有活力，也像腿胖嘟嘟的小男生。」

克萊拉的帽子擺在不遠的草地上。她跪著，仍舊彎腰嗅花香。她的頸子美極了，令他感到陡然一陣心酸。但她的美現在已經不高傲了。上衣底下的胸部微微晃。她背部的弧線優美而堅強；她未穿支架。保羅突然做出意外之舉，在她頭髮和頸子撒下一把黃花，說著：

「灰歸灰，土歸土，天主若不接妳走，撒旦必定接。」

涼涼的黃花墜落她頸子上。她仰頭看保羅，灰色眼珠顯露近乎可憐、懼怕的目光，納悶他的舉動。花落她臉上，她閉起眼睛。

倏然間，站在她面前的保羅尷尬起來。

「我本來以為妳想辦喪禮。」他窘迫說。

克萊拉怪笑著起身，摘掉頭髮上的黃花。她拾起帽子戴上。一朵花仍被頭髮纏住，他見了卻不願告知。他撿回剛才撒落的黃花。

來到樹林邊緣，藍鈴花在原野上怒放，猶如藍水氾濫。但這些花已接近凋零。克萊拉脫隊走過去。保羅跟進。藍鈴花令他欣喜。

「看，它們溜出樹林了！」他說。

這時，克萊拉轉身，閃現溫馨和感激之情。

「對。」她微笑。

保羅熱血沸騰。

「這讓我想起，樹林野人一走到曠野，一定會很害怕吧。」

「你認為他們會怕嗎？」她問。

「我懷疑比較害怕的是哪一族——是從黑森林衝進光明曠野的人，或是從曠野踮腳尖進森林的人。」

「我認為後者比較怕。」她回答。

「對，妳比較像是曠野族，想逼自己進入黑森林，對不對？」

「我哪知道？」她詭異地回答。

話題到此不了了之。

夜色加深，籠罩大地。山谷裡已陰影幢幢。克洛斯里班克農場對面有一塊明亮之處。丘陵頂也餘光輝煌。米瑞恩慢慢往上爬，臉被手上一大束的黃花遮掩，腳在黃花淹踝的野地跋涉前行。她周邊的樹木漸漸成形，全陷入陰影中。

「我們該走了吧？」她問。

三人調頭回去。三人皆無語。下山的路上，他們看得見山谷對面民宅的燈火，也見到山脊上有細細一條黑輪廓，小燈點點，正是礦工村落連天的交界線。

「這一趟滿不錯的，對吧？」他問。

米瑞恩喃喃附和，克萊拉不吭聲。

「妳不認為嗎？」他追問。

她抬頭走著，依然不回應。她的動作彷彿意味著她沒興趣，保羅從中可見她有一肚子苦水。

在這段期間，有天保羅帶母親去林肯市。她興致高昂無比，但母子對坐在火車廂時，她顯得羸弱。一絲想法掠過保羅腦海，他擔心母親可能不久於人世。他想挽留她，想綁緊她，幾乎想用鏈條拴住她。他覺得自己必須以手握緊她。

接近市區之際，母子望著車窗外，尋找大教堂。

「有了，母親，在那邊！」他喊著。

他們見到雄偉的大教堂聳立平原上，如同抬頭蹲伏的巨獸。

「啊！」她驚嘆。「果然是！」

他注視母親。她的藍眼珠默默看著大教堂。她似乎又脫離他的掌握了。在蒼穹之下，昂首大教堂的長眠姿態憂鬱而高貴，與她相互呼應，襯托宿命。命中註定就是命。憑他再強的青年意志力，也無法撼動。他看見母親的臉，肌膚仍年輕、粉紅、柔嫩，可惜魚尾紋爬上眼角，眼皮僵硬，略為下垂，嘴唇總因美夢破滅而緊閉。她的神態也有相同的長眠狀，彷彿她終於認清命運了。他使盡心靈的力氣對抗命運。

「妳看，母親，大教堂在市區高高在上！想想看，她底下有好多好多街道！她看起來比整個城市還大。」

「是啊！」母親讚嘆，神態恢復生命之光。但他剛才見到母親坐著，定睛望窗外的大教堂，臉皮和眼珠呆滯，映照人生之無情。魚尾紋和緊閉的嘴唇更令他無奈得幾乎瘋狂。

進餐時，她認為這頓飯奢華到極點。

「別以為我會喜歡，」她邊說邊吃炸肉排。「我不喜歡，真的！你的錢是白花了！」

「用不著關心我的錢，」他說：「妳忘了，我是個帶女孩出來逛大街的男士。」

他也買藍色紫羅蘭送她。

「住手，先生！」她命令：「我怎麼做得來？」

「妳什麼都不必做。靜靜站好就行！」

來到鬧區中間，他把花插在她的外套上。

「像我這個老東西！」她嗤之以鼻說。

「妳等著瞧，」他說：「我要大家認為我們神氣得很。所以，要表現跩一點。」

「看我敲破你的大頭。」她笑說。

「跨大步走！」他下令。「學扇尾鴿走路。」

走了一個小時，他才陪母親走完整條街。她站在高橋上，下面是俗稱光輝洞的河道；她站在石弓前方，到處走透透，驚呼連連。

一名男子上前來，脫帽，向她鞠躬。

「夫人，能讓我帶妳參觀本市嗎？」

「不用了，謝謝你，」她回答：「我有我兒子。」

保羅生她氣，認為她回答時少了一分尊嚴。

「少來了！」她大聲說：「哈！哪棟是猶太之家。對了，你記得那場演講吧，保羅——？」

然而，走向大教堂的路上，她幾乎爬不動上坡路。保羅沒有注意到。他突然發現母親講不出話。他帶她進一家酒館，讓她歇息。

「沒事啦，」她說：「只是老心臟有點衰弱，意料之中。」

他不語，只看著她。他的心再次遭火鉗夾緊。他想哭，他氣得想亂砸東西。

休息夠了，母子再上路，一次一腳步，龜速前進。每踏一步，保羅胸口似乎掛著一塊秤砣。他覺得心臟快爆炸了。終於，他們走到坡頂。她駐足望城堡門，看得出神，差不多忘了自己的存在。

「哇，這比我想像來得棒！」她大聲說。

但他不喜歡。他跟著她走，亦步亦趨，心事重重。進大教堂後，母子同坐，在唱詩班席位裡參加一場小儀式。她面露膽怯。

「這儀式開放給民眾參與，是吧？」她問他。

「對，」他回答：「妳以為他們好大的狗膽，竟然想趕我們走嗎？」

「哼，」她感嘆：「你講粗話被他們聽見，保證會害我們被趕走。」

儀式進行中，她的臉似乎又綻放喜悅與祥和，保羅卻一直想發飆、摔東西、大哭一場。

儀式後，母子倆倚著矮牆，眺望下面的市區，他突然說：

「為什麼男人不能有個**年輕的**母親？她為什麼變老？」

「呃，」母親笑說：「這不能由她作主吧。」

「那我為什麼不是長子？聽人家說，撿到便宜的是老么——可是，長子有年輕的母親啊。妳應該把我生成長子才對。」

「順序又不歸我安排，」她告誡他。「其實想一想，該怪罪的人也包括你在內。」

他轉向她，臉色發白，目光火爆。

「妳為什麼要變老啊！」他說，氣自己無力回天。「妳為什麼走不動？妳為什麼不能陪我到處走走看看？」

「以前，」她回答：「我能跑上那座山，比你快好幾步。」

「對我又有什麼好處？」他大叫，握拳捶牆壁。然後，他語調變得平淡。「妳病了，太可惜了。小婦人，這——」

「病了！」她高聲說：「我是有點老，你該多多忍受，就這麼簡單。」

兩人沉默下來，但雙方都難以忍受。下午茶時刻，母子倆又歡歡喜喜。兩人坐在布瑞福碼頭看船，這時他提起克萊拉。母親問他無數問題。

「這樣的話，她和誰住一起？」

「和她母親，家在藍鈴丘。」

「錢夠兩人用嗎？」

「我不認為夠。她們好像做蕾絲貼補家用。」

「她的魅力何在呢？孩子？」

「我倒不覺得她有什麼魅力，母親。只覺得她心地善良。而且她好像很坦白，嗯——城府不深，一點也不深。」

「可是，她比你大好幾歲。」

「她三十歲，我就快二十三了。」

「你看上她哪一點，你還沒告訴我。」

「因為我不知道——她有一種叛逆風格——一種憤怒。」

莫瑞爾夫人思索著。目前的她樂見兒子愛上一個——什麼樣的女人，她不清楚。但他很煩惱，忽然火冒三丈，旋即又變得感傷。她但願兒子能結識一位好女人——至於是什麼樣的女人，她並沒有具體概念。總之，兒子認識克萊拉，她並不反對。

安妮即將成親。雷諾德已前往伯明罕就職。有一週末，他休假回家，莫瑞爾夫人對他說：

「你氣色不太好，孩子。」

「不曉得，」他說：「感覺不怎麼好也不怎麼樣，媽。」

稚氣未脫的他已開始喊「媽」。

「宿舍還舒服嗎？」她問。

「對——對。只不過——很奇怪，他們喝茶都把茶倒進茶碟喝——這樣喝，沒人會發牢騷。不過這種喝法，滋味全沒了。」

莫瑞爾夫人呵呵笑。

「結果你喝得心裡不舒服？」她說。

「不曉得。我想結婚，」他脫口而出，雙手扭擰著，低頭看自己的靴子。他沉默片刻。

「可是，」她驚嘆：「你不是說，你想再等一年？」

「對，我是這麼說過。」他頑固地回答。

莫瑞爾夫人再次思考著。

「何況你也知道，」她說：「安妮花錢有點不知節制。她的存款不超過十一英鎊。另外我也知道，孩子，你存錢的機會不多。」

他臉紅至耳根。

「我存了三十三英鎊。」他說。

「不夠看。」她回應。

雷諾德不語，只扭擰著手指。

「而你也知道，」她說：「我沒什麼——」

「我本來就不要，媽！」他高喊，臉色紅得發亮，苦著心頭抗議著。

「對，孩子，我知道。我只但願有點錢。扣除婚禮和其他東西五英鎊——你們只剩三十九英鎊。那點錢沒多大的作用。」

他繼續扭擰，表現出無力感，態度倔強，抬不起頭。

「可是，你真的想結婚嗎？」她問。「你覺得非結婚不行嗎？」

他的藍眼對她散發坦率的眼光。

「是的。」他說。

「既然如此，」她說：「我們盡力而為吧，孩子。」

他再抬起頭時，眼眶多了幾許淚光。

「我不希望安妮覺得綁手綁腳。」他支支吾吾說。

「我的孩子，」她說：「你狀況穩定——你有個像樣子的住處。如果哪個男人需要我，哪怕他只存了上星期的薪水，我照樣嫁他。起步寒酸，安妮可能會有點難以接受。女孩子各個都有同樣心態。她們全夢想著好好建立一個家庭。我結婚時買了名貴傢俱。錢不是萬能的。」

於是，婚禮幾乎是在轉眼間動手籌備。亞瑟回家了，一身颯爽的軍裝英姿。安妮穿上外觀標緻的柔灰色洋裝，以後做禮拜時也可以穿。莫瑞爾先生罵她，傻瓜才想結婚，對待女婿不冷不熱。莫瑞爾夫人的帽子上插了幾根白羽毛，上衣也有一些白毛，被兩個兒子調侃說她把自己妝點得好高貴。雷諾德表情快活，態度真誠，卻暗罵自己傻到底了。姊姊安妮為何想嫁，保羅仍看不透原因。他喜歡這姊姊，而她也喜歡他。儘管如此，他仍抱著憂傷的心，但願姊姊能有個好歸宿。亞瑟穿紅黃色的軍裝，英氣逼人，他自己心裡有數，但也暗中為制服感到丟臉。安妮即將告別母親，在廚房裡哭得稀裡嘩啦。莫瑞爾夫人也哭了一小陣子，然後拍拍女兒的背說：

「別哭了，孩子，他會珍惜妳的。」

莫瑞爾先生跺跺腳，罵她傻到自願被綁死。雷諾德臉色蒼白，緊張過度。莫瑞爾夫人對他說：

「我就把她託付給你了，孩子。你可要對她盡責任喔。」

「妳儘管放心。」他說，難受得差點斷氣。婚禮順利落幕。

莫瑞爾先生和亞瑟上床後，保羅照常坐下來，陪母親聊天。

「嫁走她，妳該不會難過吧？母親？」他問。

「我不是傷心她嫁人——可是——奇怪的感覺是，她竟然離開我了。更令我難以接受的是，她竟然寧願跟著她的雷諾德走。做母親的人就是這樣——很傻，我知道。」

「妳會為她的將來擔心嗎？」

「我想到自己婚禮那天，」母親回答：「我只希望，她婚後的日子和我不一樣。」

「可是，妳信得過雷諾德能善待她嗎？」

「當然，當然。人家說，雷諾德配不上她。我倒覺得，一個男人如果真誠，像他那樣，而女孩子也對他傾心——那麼——就沒有配不配的問題了。他的條件跟她一樣好。」

「我女兒看上的男人，假如我**直覺**上認為他不是百分之百的真誠，我**萬萬**不會把女兒許配給他。然而，如今她走了，我心頭出現一道裂縫。」

母子倆心情不佳，都希望安妮回來。保羅認為，穿著白毛綴飾的黑絲新上衣的母親看起來好寂寞。

「所以說，妳不介意？」

「再怎麼說，我也永遠不結婚。」他說。

「唉，講這種話的人太多了。你只是還沒遇到好對象而已。等一、兩年再說吧。」

「可是，母親，我不會結婚。我想和妳住在一起，請一個傭人。」

「唉，孩子，話人人會講。到時候再看情況吧。」

「什麼時候？我將近二十三歲了。」

「對，你不是早早結婚的一型。不過，再過三年──」

「我還是會跟著妳。」

「再說吧，兒子，再說吧。」

「妳不想要我結婚嗎？」

「我不想見到的是，你一輩子沒人照顧你──那樣不行。」

「妳覺得，我應該結婚？」

「每個男人遲早都應該結婚。」

「不過，妳寧願我晚一點結婚。」

「我會很難受──非常難受。俗話說得好：

『兒子娶妻忘母，

女兒嫁人，孝心永在。』」

「妳認為，我會讓老婆從妳手上奪走我？」

「呃，你不會要求老婆也嫁給你母親吧？」莫瑞爾夫人微笑說。

「她想做什麼隨她便；她沒必要干預。」

「她不會的——直到她擁有你——到時候，你等著瞧。」

「我永遠不必瞧。只要我有妳的一天，我絕不結婚——絕對不會。」

「可是，我可不希望你娶不成老婆，兒子。」她大聲說。

「妳不會離開我吧？會嗎？妳才五十三歲！假設妳活到七十五好了，我四十四歲，發福了，到那時候，我再娶個穩重的老婆也不遲。懂吧！」

母親坐著呵呵笑。

「去睡吧。」她說——「快去睡覺。」

「到時候，我們可以買一棟漂亮的房子，妳跟我，一個傭人，一切都完滿。以我的繪畫，到時候我大概會是個富翁。」

「你快去睡覺吧！」

「然後，妳有一輛小馬拉的馬車。妳想像一下——小女王維多利亞，到處兜風。」

「還不快去睡覺。」她笑說。

他親她一下，前去就寢。他對將來的規劃總是一成不變。

莫瑞爾夫人坐著沉思——想著女兒，想著保羅，想著亞瑟。她為了失去安妮而憂煩。這家人的關係非常親近緊密。她也覺得，她非活下去不可，以便和子女同在。她的人生前景多麼光明啊。保羅要她，亞瑟亦然。亞瑟從不知道自己多愛母親。他的個性是活在當下。他仍未體驗過被迫發揮潛能的機會。軍隊鍛鍊了他的肉體，但沒有鍛鍊到他心靈。他十分健康，外形非常俊俏，黑頭髮生命力旺盛，緊貼略小的頭。他的鼻子有點稚氣，深藍色眼珠近乎秀氣。然而，蓄一撇褐色小鬍子的他紅唇活潑，腮幫子剛毅。他的嘴像父親，眼鼻則遺傳到母系——外貌出眾，活力不足。莫瑞爾夫人為她憂心。等他瘋夠了之後，他才會平安無事。但是，他的前途何在？

軍隊對他的好處其實不多。他憎恨軍官權威。他討厭守紀律的規定，覺得自己像畜牲。幸好他有理性，不至於反叛。因此，他把注意力轉向盡其在我。他的歌藝不錯，也能與人和好相處。他三天兩頭與人起紛爭，但也只是男人之間的打鬧，很容易小事化無。因此，他的軍中生活尚可，平日必須壓抑自尊。他自信，憑美好的長相、英挺的體格、良好的素養和教育，他能達成多數心願，而他並未因此失望。然而，他心浮氣躁，內心不知有何疙瘩。他一向靜不下來，永遠無法獨處。有母親在身旁，他相當謙遜。他欣賞保羅，愛他也微微鄙視他。保羅也欣賞他，愛他也微微鄙視他。

莫瑞爾夫人的父親辭世後，留給她幾英鎊，她決定為兒子向軍隊贖身。亞瑟喜出望外。如今，他宛如正在度長假的小孩。

他一直對碧翠絲．王爾德有好感，休假的他繼續和她交往。她的力氣較大，也比較健康。兩人常一同去郊遊，亞瑟以軍人風範挽著她手臂，動作相當僵硬。她過來彈鋼琴，他引吭高歌。這時候，亞瑟會解下緊身短上衣的釦領。他臉紅了，目光變亮，歌喉轉為雄渾的男高音。唱完後，兩人一同坐沙發。他似乎在炫耀自己的體魄：她能意識到——結實的胸膛、腰身、緊身長褲裡面的大腿。

和碧翠絲交談時，他喜歡講方言。碧翠絲有時候和他一起抽菸。偶爾，她只借他的菸吸兩、三口。

有天晚上，她又伸手想拿他正在抽的菸。「不行，」亞瑟說。「不給抽。您要的話，俺可以給您一個菸吻。」

「我想抽一口嘛，根本不要吻，」她回應。

「好啊，那俺給您抽一口，」他說：「附加一個吻。」

「我想抽您的菸。」她嚷嚷，手伸向他嘴巴拿菸。

他這時和她並肩坐。她個頭嬌小，動作快如閃電。他適時閃開。

「俺給您一個菸吻。」他說。

「你是個卑鄙的討厭鬼，亞瑟・莫瑞爾。」她說，往後坐。

「要不要來個菸吻？」

他彎腰湊過去，嬉皮笑臉，非常接近她。

「才不要！」她回答，把頭轉開。

他吸一口菸，然後噘嘴向她索吻，剪短的深褐色小鬍子突出，猶如毛刷。她看著噘起來的紅唇，忽然從他手裡奪菸逃逸。他跳起來追，搶走她後腦勺頭髮上的梳子。她轉身，對著他扔菸。他撿起菸，叼在嘴上，然後坐下。

「討厭鬼！」她大叫。「梳子還我！」

這髮型是特地為亞瑟做的，少了梳子，她怕髮型會散掉。她雙手抱頭站著。他把梳子藏進膝蓋之間。

「俺沒拿。」他說。

他忍笑講話，叼菸的嘴唇隨之顫抖。

「騙人！」她說。

「是老實話！」他笑著說，攤開雙手。

「你這個厚臉皮的搗蛋鬼！」她感嘆，衝過去翻找。梳子現在被他夾在膝蓋窩。她和他扭打，猛拉他夾得緊緊的膝蓋，他笑得到在沙發上直發抖，香菸從嘴巴脫落，險些燙到喉嚨。血色衝上日曬均勻的皮膚，他笑到藍眼幾乎盲目，喉嚨腫大，差點窒息。這時候，他坐起來。碧翠絲正把梳子放至定位。

「俺剛被弄得好癢，碧。」他粗啞地說。

玉手如一陣閃光，甩在他臉上。他愣住了，瞪著她看。兩人互瞪片刻。慢慢地，紅暈爬上她臉頰，她視線往下墜，緊接著，頭也垂下去。他悶悶不樂坐下。碧翠絲進洗滌間整理頭髮。在別無旁人的環境，她掉幾滴淚，不知原因是什麼。

當她回來時，她嘴唇噘得老高，但難掩心頭的怒火。他頭髮凌亂，坐在沙發上生悶氣。她在對面的扶手椅坐下，也不講話。在安靜中，時鐘滴答響，響亮如鎚擊。

「妳是個調皮小貓，碧。」他終於說，略帶歉意。

「哼，你剛不應該那麼大膽。」她回應。

兩人再度無言半晌。他吹口哨給自己聽，狀似極為氣憤但叛逆的模樣。突然間，她走向沙發，親他一口。

「親到了，可憐的傢伙！」她揶揄著。

他抬起臉，詭異地微笑。

「再親？」他邀請她。

「我不敢嗎？」她問。

「來啊！」他挑釁，嘴巴翹向她。

慎重地，她帶異樣的笑容，臉皮頻頻顫，笑意似乎蔓延到全身，嘴唇湊向他。他立即展開雙臂擁她入懷。長吻一結束，她馬上縮頭，纖手放在他頸子上，伸進敞開的領子裡。然後，她閉上雙眼，再次忘情接吻。

她的行動完全出自個人意願。她行事隨心所欲，別人管不著。

保羅覺得人生景象逐日變化。青春的環境不見了。如今家裡全是成年人。安妮是已婚婦女。亞瑟追求著家人沒嘗過的快感。長年以來，一家人生活在同一屋簷下，有時外出消遣。但如今，對於安妮與亞瑟而言，人生在母親家以外的世界，等著他們去開創。他們回家是度假和休憩。因此，家中有一股少了半家子的怪異感受，彷彿雛鳥全飛光了。保羅愈來愈沉不住氣。安妮和亞瑟走了。他定不下心，也想跟進。然而，對他而言，有母親在身旁才算一個家。儘管如此，另有某種事物，外界的某種事物，他想追求。

他愈來愈坐不住。米瑞恩無法滿足他。以前想找她的那股癡狂慾望愈來愈薄弱。有時候，他和克萊拉在諾丁罕碰面，有時陪她去參加聚會，有時去威利農場找她。但去農場見她時，氣氛變得緊繃。保羅、克萊拉和米瑞恩蔚為三角情仇關係。面對克萊拉時，保羅的口氣是耍嘴皮、世故、譏諷，米瑞恩聽了很不是滋味。無論在任何情況下都一樣。即使米瑞恩和他相處再親暱或傷心，只要克萊拉一出現，情勢立即逆轉，保羅改對克萊拉獻殷勤。

有天傍晚景色優美，米瑞恩在乾草堆與他相伴。他剛駕著馬車，耙完乾草，過來幫她把乾草束成圓錐形。然後他向米瑞恩傾訴他的希望和絕望，整個心靈似乎為她洞開。她彷彿覺得自己能看穿在他體內跳動的五臟六腑。月亮出來了：兩人一同走路回家。他來找她，似乎是因為他迫切需要她，而她聆聽他的心聲，將她所有的愛和信念獻給他。她認為，他為她帶來他的菁華，要她保存，而她願意終生捍衛。天空對星辰再恆久珍惜，也比不過她捍衛保羅．莫瑞爾的心靈菁華。她獨自返家，對自己的信念感到快慰歡樂。

翌日，克萊拉來了。大家在乾草場喝茶。米瑞恩看著向晚餘暉轉為金色與黑影。保羅一直和克萊拉嬉戲。他堆疊乾草玩跳高，高度漸次往上升，米瑞恩不想玩，站在一旁觀戰。艾格、傑佛瑞、莫利斯、克萊拉、保羅一個接一個跳。體態輕盈的保羅勝出。克萊拉的好勝心被激發了。她能跑得像亞馬遜族女戰士一樣快。她朝乾草堆衝刺，保羅喜愛她那份堅決的神態，看著她跳躍並降落在另一邊，看著她胸部蕩漾，濃密的髮絲鬆脫。

「妳碰到了！」他大喊。「妳碰到了！」

「才沒有！」她生氣說，轉向艾格。「我沒有碰到吧？我成功跳過去了吧？」

「我說不準。」艾格笑著說。

沒人說得準。

「可是，妳明明碰到了，」保羅說：「妳輸了。」

「我哪有碰到！」她高喊。

「瞎子都看得到。」保羅說。

「幫我甩他一個耳光！」她對艾格呼喊。

「不要，」艾格笑說：「我不敢。要打，妳自己去打。」

「再怎麼耍賴，也不能改變妳沒跳過的事實。」保羅笑著說。

她對他氣得跳腳。在這些男孩和男人面前小勝一場的喜悅消失了。她剛才玩到得意忘形，現在被保羅潑了一頭冷水。

「我覺得你很可惡！」她說。

他又笑了，米瑞恩見了心如刀割。

「我就知道妳跳不過那一堆。」他調侃著。

克萊拉轉身背對他。但大家都看得出，能說進她心坎的人唯有保羅，反之亦然。見這一對互鬥，這些男人暗中叫好。但米瑞恩心如刀割。

她認為，保羅能棄高而低就。他也能背叛自我，背叛真實而有深度的保羅．莫瑞爾。他的行為恐將變得輕浮，像亞瑟或父親那一種人，一味追尋感官滿足。米瑞恩想著，哀怨著保羅居然捨棄高尚的心靈，選擇和克萊拉交往，換取隨性低俗的趣味。她默默走著，心情苦悶，另兩人相互打氣，保羅嬉鬧著。

事後，他不願認錯，但他在米瑞恩面前卑躬屈膝，相當為自己難為情。爾後，他的叛逆心再起。

「虔誠不是宗教行為，」他說：「假設烏鴉飛天而過是虔誠的行為好了。可是，烏鴉那麼做，只因為牠想去哪裡就去哪裡，不是因為牠認為飛翔能永生不死。」

但米瑞恩知道，人應時時秉持一顆虔誠的心，無論上帝是什麼，都應認為上帝存在於萬物之中。

「上帝有那麼神嗎？我不信，」他大聲說：「上帝根本不懂事物。上帝本身就是主事者。另外，我也確定祂才沒有心靈。」

這時候，米瑞恩認為，保羅是在為自己強辯，因為他不想聽上帝的話，只想為所欲為，追求個人樂趣。米瑞恩和保羅打起一場持久戰。即使在她身旁，他也徹底背叛她。隨後，他會自慚形穢，接著懺悔，然後恨她，再一次背叛她。同樣的現象週而復始。

她為他憂心，憂進了他的心靈底部。她逗留在他心靈底部——哀戚、惆悵，是一個崇拜者。而他導致她憂傷。他有半數時日為她哀傷，半數時日痛恨她。她是他的良知；而他不知為何覺得，他的良知令他不勝負荷。他無法離開米瑞恩，因為就某方面而言，米瑞恩掌握住他的精髓。他無法和米瑞恩共處，因為米瑞恩不肯接受他剩下的四分之三。於是，為了米瑞恩，他悶氣生到心裡喊痛。

米瑞恩二十一歲那年，保羅寫一封信給她。除了她以外，保羅不可能寫這種信任何人。

「願妳准我再提我們的舊愛最後一次。愛也在變，不是嗎？那份愛，它的軀殼不是已經死了，留給妳一份無懈可擊的心靈嗎？妳知道，我能給你一份心靈的愛，我老早老早已經獻給妳了；但我不能獻給妳情慾的愛。妳，是一位修女。我已經將我能奉獻給修女的東西奉獻給妳了。想必妳對其珍視無比。然而，妳現在卻惋惜——不對，妳以前就開始惋惜——另一種愛。我們所有的關係都不牽扯到肉體。我不透過感官與妳交談，只藉由精神層面。正因如此，妳我才無法循常理相戀。妳我的感情並非尋常的感情。至今我們是血肉之軀，共同生活勢必苦不堪言，因為與妳同在的時候，我無法渴求俗事，而妳也知道，想永遠超脫凡俗之境，必須拋棄血肉之軀。人一旦結婚，必須相親相愛共同生活，天天柴米油鹽而不覺彆扭——不能以心靈互動的方式過日子。這是我的感想。

「我應該寄這封信嗎？——最好不要。但是——最好還是請妳諒解。再見。」

米瑞恩讀這封信兩遍，之後封存。一年後，她拆開來，拿信給母親看。

「一位修女——妳是修女。」這句反覆映入她的心。他說過的話再深刻，也不曾如此直鑽她心底，如同一道致命傷。

聚會兩天後，她回信給他。

「『我們的親密關係本可盡善盡美，只可惜犯了一個小錯。』」她引述寫道。「錯在我嗎？」

保羅幾乎是一接到信立刻從諾丁罕回信，同時附上波斯詩人奧瑪．珈音的一首短詩。

「我很高興妳回信了；妳好鎮定好自然，令我慚愧。我是在太大驚小怪了！妳我常意見相左。但基本上，我認為，我們有可能永遠同在。

『妳對我的素描和繪畫產生共鳴，在此我必須向妳致謝。我有許多作品是為妳而畫的。妳的評論令我既慚愧又榮幸，總是對我讚賞有加，我衷心期待。小開玩笑一場，別在意。再見。』」

保羅第一階段的情路到此為止。如今，他大約二十三歲，雖然仍是處子之身，被米瑞恩長年過度焠煉的性本能變得特別旺盛。通常，當他和克萊拉交談時，血脈澎湃、心跳加速的感受襲來，感覺胸腔閉塞，彷彿裡面多了一個活生生的東西，一個新我，或一個新的意識核心，警告著他，遲早他必須向某個女人求愛。但他歸屬於米瑞恩。對此，她勝券在握，堅信他已賦予她這份權益。

10 克萊拉

保羅二十三歲那年，諾丁罕城堡籌辦冬季美術展，他寄一張風景畫去參加。早已對他興趣濃厚的喬丹小姐邀請他登門作客，他在場認識其他藝術工作者。他的雄心逐漸遠大。

某日上午，他正在洗滌間裡洗身，這時郵差來了。保羅突然聽見母親狂叫一聲，趕緊衝進廚房，發現她站在爐前，拿著一封信猛揮舞，高呼「萬歲！」活像發瘋似的。他驚恐交加。

「怎麼了，母親！」他驚呼。

她飛向兒子，振臂擁抱他片刻，然後揮舞著信，高聲說：

「萬歲，兒子啊！我就知道我們辦得到！」

頭髮灰白的母親身材矮小，平日神態嚴厲，現在竟突然癲狂，令他憂心。郵差折返，唯恐有人遭到不測。郵差的大盤帽從短窗簾頂端露出，屋內人看得見。莫瑞爾夫人衝向門。

「他的畫拿到首獎了，弗列德，」她對郵差高呼，「而且賣到二十基尼金幣。」

「不得了，真了不起啊！」年輕郵差說。這家人從小認識他。

「是摩爾敦少校買的！」她大喊。

「看樣子是件大事啊，真的，莫瑞爾夫人，」郵差說，藍眼晶亮。他慶幸自己捎來喜訊。莫瑞爾夫人進門坐下，頻頻顫抖著。保羅擔心她讀信誤解了，恐怕她空歡喜一場。他拿起信，仔細讀一次，再讀一次。沒錯，他深信這封來信字字屬實。他也坐下，內心歡鑼喜鼓。

「母親！」他喊著。

「我不是早說過嗎？我們一定辦得到！」她說，假裝剛才沒有喜極而泣。

他從火爐取下燒水壺沏茶。

「妳沒想到，母親——」他欲言又止。

「對，兒子——是沒想到——不過我常有這想法。」

「沒想到這麼好的結果吧，」他說。

「對、對……不過，我一直知道我們辦得到。」

後來，她的態度鎮定下來了，至少表面上如此。他坐下，衣領敞開，顯露年輕似女孩的喉嚨，一手拿著毛巾，溼頭髮沖天。

「二十基尼金幣啊，母親！妳一直想用這筆錢為亞瑟贖身。這下子，妳用不著借錢了。用這筆錢就夠。」

「對，但我不能全用掉。」她說。

「為什麼不能？」

「因為我不願意。」

「呃——十二英鎊給妳，我留九英鎊[22]。」

---

22 二十基尼等於二十一英鎊。

母子倆為了分錢討價還價。她只缺五英鎊，不想多拿一文錢，但保羅硬要她多分一些。母子為了紓緩亢奮的情緒而爭吵。

莫瑞爾先生從礦場下工回家，說：

「聽說保羅的畫拿到首獎，而且被貴族亨利．班特里花五十英鎊買走了。」

「哎唷，閒人風言風語的！」她大聲說。

「哈！」莫瑞爾先生回應。「俺就說嘛，包準是騙人的。不過聽人說，是您告訴弗列德．霍吉克森的。」

「我怎麼會告訴他這種鬼話！」

「哈！」莫瑞爾先生贊同。

嘴巴這麼說，他卻難掩失望。

「他拿到首獎，倒是真的。」莫瑞爾夫人說。

莫瑞爾先生一屁股坐在椅子上。

「是嗎，真是要的！」他感嘆。

他定睛凝望廚房另一邊。

「至於五十英鎊嘛——胡說八道！」她噤聲幾秒。「被摩爾敦少校花二十基尼買走了，這倒是真的。」

「二十基尼！怎麼不早說！」莫瑞爾先生驚呼。

「是啊，物超所值。」

「對嘛！」他說：「俺不懷疑。不過，為小小一個畫花二十基尼，以他來說，一、兩個鐘頭就能賺到手！」

他靜下來，為兒子得意。莫瑞爾夫人嗤之以鼻，彷彿這不算什麼。

「他打算怎麼用這筆錢？」莫瑞爾先生問。

「這我就不清楚了。大概等那幅畫寄到他家吧。」

全家安靜下來。莫瑞爾先生凝視砂糖盆，不進餐。他的手臂烏黑，放在桌上，手掌因操勞而瘤繭遍佈，用另一手背揉眼睛，莫瑞爾夫人假裝沒看到，也對他滿臉黑煤塵視而不見。

「對，假如先前另一個兒子沒死，應該也能賺大錢。」他沉聲說。

對威廉的懷念猶如一把冰刀劃過莫瑞爾夫人的心，令她覺得倦怠想休息。

保羅獲邀前往喬丹先生家吃午餐。事後他說：

「母親，我想要一件晚宴西裝。」

「對，我就猜你會想要。」她說。她很高興。隨即，兩人沉默一陣子。「威廉有一件，」她繼續說：「我知道他花了四英鎊十先令，他只穿過三次。」

「妳肯讓我穿他的西裝嗎，母親？」他問。

「可以。我認為那件合你身——起碼外套合身。至於褲子，可能就需要去改短一些。」

他上樓試穿西裝外套與背心，下樓時模樣怪異，法蘭絨衣領與法蘭絨襯衫前襟露在外套和背心外面。衣服大他一號。

「裁縫師能修改，」她說，一手撫平他的肩膀。「這布料很美。我一直捨不得讓你父親穿他的長褲，現在好慶幸。」

她為他抹平絲領之際，不禁想起長子。然而，穿著這套衣服的兒子還活得好好的。她的手順著他的背向下走，以感受他的存在。他活著，是她的兒子。另一個死了。

他穿這套兄長的西裝赴幾場餐會。每一次，母親都滿懷光榮和喜悅。他出人頭地了。她和子女送威廉的飾釘裝飾著他的襯衫前襟。他穿威廉的正式襯衫。但他的身材優雅。他的臉皮粗糙，但面相熱情，相當討喜。他的外表不太像紳士，但莫瑞爾夫人認為他是個相當體面的男人。

席間發生的大小事和對話，他全一五一十稟告母親，讓她有身歷其境之感。他恨不得把母親介紹給晚間七點半宴席上的所有新朋友。

「少來了！」她說：「你憑什麼以為他們想認識我？」

「真的！」他憤慨說：「他們都說他們想認識我，既然這樣，他們一定也想認識妳，因為妳跟我差不多一樣聰明。」

「少來了，孩子！」她笑說。

但她開始呵護雙手。如今她的雙手也因操勞而瘤繭遍佈，皮膚被熱水燙得發亮，指關節也腫大。但她開始小心，不讓手碰到蘇打。嬌小細緻的玉手不再，她悔恨不已。安妮堅持要她改穿較有韻味的適齡上衣，她屈服了。她甚至允許安妮在她頭上加一個黑絨蝴蝶結。然後，她會以諷刺的態度嗤之以鼻，說她一定會被人看笑話。但是，保羅稱讚她像名門仕女，和摩爾敦少校夫人不相上下，姿色更遠遠超出少校夫人。這家人正步步高升中。唯有莫瑞爾先生原地踏步，甚至有緩慢退步的跡象。

保羅和母親現在常深談人生。宗教退居次要角色。任何信念，只要對他造成妨礙，一概被他摒棄，心靈淨空，多少清出了一塊信念基石，供他自我感受對錯的道理，讓他有耐心漸次領悟個人心中的上帝。現在，他比較感興趣的是人生。

「告訴妳，」他對母親說：「我不想被歸入生活優渥的中產階級。我最喜歡平民。我屬於平民。」

「可是，假如人人都這麼說，兒子，難道你不會急著跑掉嗎？**你**最清楚，你自認和任何一位紳士的地位平等。」

「我的歸屬是我本身，」他回應：「不是我的階級或教育或儀表。我是我自己。」

「好吧。那麼，你為什麼提起平民？」

「因為——人之間的差異不在於階級，而是本身。人只能從中產階級取得點子，從平民取得人生本質，溫馨。人能從平民身上感受愛與恨。」

「話是這麼說，沒錯，孩子。不過，既然這麼說，你為什麼不去找你父親的朋友談一談？」

「他們差滿多的。」

「一點也不。他們就是平民。畢竟，現在和你打成一片的平民是哪些人？能和你交換想法的人，例如中產階級。你對其他人不感興趣。」

「可是——人生就是這樣——」

「與其和任何一個受過教育的女孩往來，例如摩爾敦小姐，你能從米瑞恩身上獲得多一點人生嗎？我不信。瞧不起階級的人其實是你自己。」

她其實期許他躋身中產階級。她知道，對他而言並不十分困難。此外，她也期許兒子最後能娶淑女。現在，她開始對抗焦躁無定性的他。他仍維持和米瑞恩的聯繫，但既不一刀兩斷，也不一鼓作氣訂婚。舉棋不定的心態似乎一滴滴流失他的氣力。尤有甚者，母親懷疑他心向克萊拉而不自知。由於克萊拉已婚，莫瑞爾夫人但願兒子能愛上一位人生處境較好的女孩。但愚昧的他拒絕因某女孩階級高他一等而愛上她，甚至連仰慕她也不行。

「兒子，」母親對他說：「儘管你再聰明，再怎麼棄絕舊事物，再怎麼掌握人生方向，你好像掙不到太多快樂。」

「快樂算什麼東西！」他大叫：「對我來說根本沒意義！我快樂了，又能怎樣？」

被兒子頂撞，她心慌了。

「只有你能評斷了，孩子。不過，如果你能認識一位好女人，而她能讓你快樂，而你也開始思考成家立業——等你財力夠的時候——這樣以來，你就能定心工作，拋開這麼多煩惱——對你來說一定好太多了。」

他皺眉。母親摳中了他心中的米瑞恩這道傷口。他撩走額頭上的亂髮，目光充滿痛苦和熱焰。

「妳談的是輕鬆人生，母親，」他大聲說：「那是女人的終身信條——心靈輕鬆，身體安適。這一套我瞧不起。」

「喔，是嗎！」母親回應。「那你的人生信條呢？超凡而不滿足嗎？」

「對。我不在乎超凡不超凡。不過，去妳的快樂！只要人生過得豐豐富富，有沒有快樂就不重要了。恐怕妳的快樂觀會讓我悶得發慌。」

「你從來不給快樂一個機會。」她說。隨即，她對兒子的哀愁突然一併迸發。「重要！誰說不重要的？」她高喊。「你**應該**快樂，你應該試著去快樂，以快樂為生活目標。你的生活過得不快樂，我怎麼捨得！」

「妳自己的生活也夠慘了，母親，到頭來，妳又沒有比快樂族活得更慘。我覺得妳日子過得還不錯。而我也一樣。我日子過得不也還好嗎？」

「你錯了，兒子。戰鬥——戰鬥——受苦受難。就我所知，你經年累月反覆如此。」

「那有什麼不好？我告訴妳，這才是最好的——」

「才不是。人**應該**快樂，非快樂不可。」

激辯到此，莫瑞爾夫人劇烈顫抖著。母子間常鬧這種爭執，她似乎為了對抗兒子的求死慾而奮戰不懈。他擁抱母親入懷中。她面容悽愴。

「沒關係了，小婦人，」她喃喃說：「只要妳不覺得人生貧瘠又悲慘就好，其他，快樂或不快樂，一切不重要。」

她摟緊兒子。

「可是，我要你活得快快樂樂啊！」她悲哀地說。

「啊，親愛的母親——改說妳要我活著吧。」

莫瑞爾夫人感覺一顆心快為他碎了。再如此下去，她知道兒子的命難保。他有那份痛痛快快豁出去的心態，顧不著自己的苦難，自己的人生，相當於一種慢性自殺。想到這裡，她幾乎心碎。個性堅強的她全心恨米瑞恩以這種巧妙的手法奪走他的歡樂。米瑞恩不是故意的，她也不覺得是癥結所在。作用是米瑞恩造成的，因此莫瑞爾夫人恨她。

她全心但願兒子找一位能匹配他的女孩結婚，教育程度一樣高，個性同樣堅強。但他不願考慮高他一等的任何人。他似乎喜歡．克萊拉鐸斯夫人。再怎麼說，他對克萊拉的情愫是正經的。莫瑞爾夫人一再祈禱，盼兒子不要被糟蹋。她的禱告只有一件事——不是求上帝保佑他的心靈或正義感，而是保佑他不要被糟蹋。在兒子就寢後，每晚幾小時她的想法和祈禱全和他有關。

在不知不覺之中，他漸漸脫離米瑞恩，不著痕跡。亞瑟甫告別軍旅，準備成親。嬰兒在婚禮後六個月誕生。莫瑞爾夫人又為他在公司安插一份工作，週薪二十一先令。新人住進一間兩房的小屋。在碧翠絲母親協助下，她為亞瑟打點傢俱。如今他被束縛住了，再踢再掙扎也沒轍，被綁死了。最初一陣子，他被繩子磨破皮，對愛他的新婚妻感到煩躁；稚嫩的嬰兒哭鬧時，他幾乎無心照顧。他滔滔不絕向母親訴苦。母親只說：「唉，孩子，是你自己造成的結果，你只能自求多福。」後來，他終於長出骨幹了。他埋頭工作，肩負起個人責任，認份了。他知道自己屬於妻小，儘可能隨遇而安。他從來不常待在家裡。如今，他完全成了莫瑞爾家的外人。

幾個月的時光徐徐流逝。由於保羅認識克萊拉，在諾丁罕，他多多少少和社會主義、婦女投票權、一位論派人士往來。有一天在貝斯伍德，一位認識他和克萊拉的朋友託他送信給鐸斯夫人。他下班後穿越諾丁罕的史寧頓市場，前往藍鈴丘。他找到克萊拉家。她家門前的馬路窄而卑賤，以碎花崗岩鋪設，人行道鋪著有溝紋的深藍色磚塊。前門比凹凸不平的路面高一階，行人的腳步聲叮叮咚咚。門上的褐色油漆年代久遠，斑駁處裸露木板原色。他在馬路上駐足，敲門。門內傳出沉重的腳步聲，應門的是一位年約六十的高壯婦人，人行道上的他抬頭才與她正面相對。婦人的表情相當嚴峻。

她請他進面向馬路的客廳。這間客廳小而悶，陰氣深沉，桃花心木裝潢，掛有幾張先人的放大碳素相片，洋溢著死氣。婦人姓瑞德富。她容貌莊重，幾乎帶有軍人的威嚴。不久，克萊拉來了。她的臉紅得發亮，保羅則深感困惑。看來，她似乎不喜歡居家環境曝光。

「我剛還在想，不可能是你的嗓音吧。」她說。

既然人都找上門了，她索性邀請保羅離開陵寢似的客廳，進廚房坐。

廚房格局也小，採光不佳，但整間全被白蕾絲盤據。克萊拉的母親瑞德富夫人坐回碗櫥旁，從一大團蕾絲中抽線出來，右手邊有一團絨毛和糾纏的棉花，左手邊是一堆四分之三英寸蕾絲，前方是成山的蕾絲網，堆積在火爐前小地毯上。蜷曲的棉線從蕾絲中抽出，掛在壁爐和圍欄上。保羅裹足不前，唯恐踏壞成堆的白布料。

餐桌上有一台梳理蕾絲的紡紗機，也有一組褐色正方形厚紙板、一疊蕾絲模卡、一小盒針，沙發上另有一堆抽過線的蕾絲。

全廚房滿是蕾絲，既暗又熱，雪白的布料更形醒目。

「你進來吧，不必擔心妨礙到工作，」瑞德富夫人說：「整個廚房快被塞滿了，我知道，不過你還是坐下吧。」

克萊拉至為尷尬，拉一張椅子靠牆請他坐，遠離蕾絲堆。接著，她自己坐在沙發上，一副恥於見人的模樣。

「要不要來一瓶濃黑啤酒？」瑞德富夫人問：「克萊拉，去拿一瓶濃黑啤酒請人家。」

他婉謝好意，但拗不過夫人的堅持。

「以你的樣子，來一瓶對你比較好，」她說：「你的氣色老是這麼差嗎？」

「我皮膚比較厚而已，血色不容易穿透。」他回答。

克萊拉既羞恥又懊惱，端一瓶濃黑啤酒和杯子過來。他為自己倒一些進杯子。

「嗯，」他舉杯說：「祝君健康！」

「感謝你。」瑞德富夫人說。

他喝一口。

「你自己點根菸抽也行，只要別鬧火災就好。」夫人說。

「謝謝妳。」他回應。

「用不著謝我了，」她說：「又能在家嗅到菸味，我可高興了。我認為啊，一家子都是女人，和屋裡不生火一樣死氣沉沉。我又不是蜘蛛，不想窩在角落裡。我喜歡家裡有男人，起碼在我想罵人時有人可罵。」

克萊拉開始工作。她的紡紗機隱隱轉出嗡聲，白蕾絲從她指間蹦上模卡。填滿了；她剪斷，把末端固定在纏繞好的蕾絲上。然後，她在紡紗機另擺一個模卡。保羅看著她。她坐姿端正而雍容。她的咽喉和手臂裸露，耳朵以下的紅暈仍未散。她垂頭，為自己的卑微感到慚愧。她一臉專注於手工。在白蕾絲襯托下，她的手臂乳白而富有生命力。她的大手保養良好，工作時動作四平八穩，彷彿天塌下來也不著急。他目不轉睛看著她而不自知。在她低頭時，他看見肩膀連接頸子的弧線；他看見蜷曲灰褐頭髮；他看著她動作頻頻、亮麗的手臂。

「我聽克萊拉提起你幾次，」母親繼續說：「你在喬丹公司上班，對不對？」她不間斷抽取蕾絲。

「是的。」

「啊，嗯，我記得湯瑪斯．喬丹以前向我討太妃糖吃。」

「有嗎？」保羅笑說：「他討到手了嗎？」

「有時候有，有時候沒有——後來討不到了。因為他啊，他是那種只拿不給的人——或小孩。」

「我覺得他做人相當正直。」保羅說。

「對，嗯，我聽了很高興。」

夫人定睛望著廚房另一邊的他。夫人有一份堅決的神態，令他欣賞。她的臉皮鬆垮，但目光鎮定，表情中另有一種強悍的模樣，使得她不顯老；唯有皺紋和鬆垮的臉頰洩底。她具備盛年婦女的毅力和沉著。她繼續抽拉蕾絲，動作慢而尊嚴。蕾絲網難免被拉上她的圍裙，網尾巴落在她身旁。她的手臂線條纖細，但如陳舊的象牙一般泛黃而光滑，缺乏克萊拉那種令他銷魂的特殊暗沉光澤。

「你正在和米瑞恩．利弗斯交往嗎？」夫人問他。

「呃——」他說。

「對，她是個好女孩，」夫人繼續說：「她非常善良，就可惜她有點太脫俗了，跟我不投合。」

「她是有那麼一點點。」他認同。

「她巴不得哪天長翅膀，在大家頭上飛來飛去，她才會過癮。」夫人說。

克萊拉插嘴，這時保羅才提起有人託他送信。她的口氣謙遜。她做苦工被保羅突襲了。見她變得謙遜，他的情緒不禁高昂起來，彷彿抬頭充滿期待。

「妳喜歡紡紗嗎？」他問。

「不然女人家又能做什麼！」她含怨說。

「是廉價勞工嗎？」

「差不多是。女人做的哪件不是呢？既然女人爭取進入勞動市場，男人就耍這種詭計，再整女人一次。」

「好了啦，不要再抱怨男人了，」她母親說：「要是女人不傻，男人也不會使壞，這是我的看法。哪個男人敢對我使壞，就等我找他算帳他。不過呢，話說回來，天下男人一般爛，這沒人敢否認的。」

「不過，男人其實還不錯，對吧？」他問。

「嗯，他們跟女人的確有點不一樣。」她回答。

「妳想不想回喬丹上班？」他問克萊拉。

「不想。」她回答。

「想，她當然想！」母親大聲說：「要是能回喬丹上班，她感謝天上的星星都來不及了。你可別聽她胡說。她呀，眼睛長在額頭上，結果餓得腰桿那麼單薄，再過幾天，她一定會斷成兩半。」

克萊拉被母親奚落得苦不堪言。保羅覺得自己的眼珠快脫眶掉出來了。畢竟，他該不該把克萊拉平日的數落當真呢？她從容做著手工。一股喜悅在他心頭揚升，因為他猜她可能需要他幫忙。她似乎處處碰壁而貧困。絕不該屈就機械化的手，如今動作如機械；絕不該低垂的頭，垂至蕾絲表面。她似乎擱淺在這團人生垃圾堆中，忙著紡紗。被人生棄之如敝屣的她必定覺得難以下嚥。難怪她想抗議。

她送保羅到門口。出門後，保羅站在卑賤的街頭，仰望著她。她的姿勢和儀態如此高雅，令他聯想起寶座不保的古羅馬主神之妻朱諾。她佇立門口，為這條街和她的處境難為情。

「妳會陪霍吉克森夫人去哈克諾鎮嗎？」

他沒話找話說，只想再看她。她的灰眼珠終於和他相接。她受辱的眼神呆滯，像遭人制伏而哀求對方放過一馬。他受到震撼，不知所措。在他心目中，她原本高高在上，力大無窮。

告別後，他想拔腿跑。恍惚中，他走到車站，回到家才發現自己已經離開她家那條街。

蘇珊在螺旋部擔任監工，他得知蘇珊即將嫁人。隔天，他主動問蘇珊。

「對了，蘇珊，有風聲說，妳快結婚了。說來聽聽吧？」

蘇珊臉紅起來。

「是誰告訴你的？」她回應。

「沒有誰。我只聽見風聲說，妳正考慮——」

「哼，對啦，只不過，你沒必要到處聲張。何況，我但願不要！」

「騙人，蘇珊，我才不信。」

「騙誰？你應該能相信我吧。我倒寧願再回來上班一千遍。」

保羅心緒動搖起來。

「為什麼，蘇珊？」

她臉色漲紅，目光冒火。

「為的正是這個！」

「妳非嫁人不可嗎？」

她以表情代答，看著他。保羅散發一股坦誠和溫柔的氣度，深得女工們信任。他懂了。

「啊，很遺憾。」他說。

熱淚湧上她眼眶。

「不過，到時候，妳一定會沒事的。妳一定能自求多福。」他若有所思繼續說。

「不然還能怎樣？」

「有啊，不然，妳只好自求多禍了。儘量看開一點嘛。」

不久後，他又藉機去拜訪克萊拉。

「妳願不願意回喬丹公司上班？」他問。

她放下手工，把優美的手臂擱在桌上，看著他，頃刻不搭腔。逐漸地，紅暈爬上她臉頰。

「為什麼？」她問。

保羅感覺相當彆扭。

「呃，因為蘇珊正在考慮離職。」他說。

克萊拉繼續紡紗。白蕾絲微微跳動，蹦上模卡。他等著她回答。半晌後，她頭也不抬，以異樣的低嗓說：

「你對別人提過嗎？」

「沒有，只對妳。」

兩人再度無言半晌。

「等徵才廣告出來，我再去應徵。」她說。

「不用等廣告了。一有機會，我馬上通知妳。」

她繼續轉動小紡紗機，不想反駁。

克萊拉來喬丹公司上班了。有幾位較年長的女工，例如芬尼，記得她先前的統御，由衷唾棄那段時光。克萊拉總是「狗眼看人低」、內斂、自視甚高，從不和女工攪和。監工如果找到瑕疵，她會冷言相告，客氣到極點，反而令女工覺得比挨罵更難堪。對於容易緊張的駝背女芬妮，克萊拉更是無時無刻不關愛她，態度溫柔，結果適得其反，芬妮掉的怨淚反而更多，她倒寧願被別的監工臭罵一頓。

克萊拉有一特質令保羅反感，引發他極度好奇心。如果她在附近，保羅總望著她健壯的喉嚨或頸子，觀察短金毛茸生的景象。她的臉皮和手臂上有一層微薄到幾乎無形的細毛，一旦被他發現後，他再也無法視而不見。

上班期間，下午他抽空作畫，克萊拉會過來站在他附近，完全像個木頭人。雖然她不講話也不接觸他，他仍能感受到她的存在。這時候，他再也無心作畫了。他扔下畫筆，轉身和她交談。

有時候，她會稱讚他的作品；有時她語帶批判而冰冷。

「你那一幅很做作。」她會說。如果她的譴責帶有幾分真實性，他會氣得火冒三丈。

也有時候：「這一幅怎樣？」他會興沖沖徵詢意見。

「嗯！」她小聲表達懷疑。「勾不起我太多興趣。」

「因為妳有看沒懂。」他反駁。

「那你何必問我看法？」

「因為我以為妳能理解。」

她聽了會聳聳肩，對他的作品表達輕蔑。她令他火大。他盛怒難遏。然後，他罵她，激動說明作品的意境。她會覺得好氣又好笑，精神為之一振。但她從不承認自己看走眼。

從事女權運動十年以來，她耳濡目染到相當多學識，也因她如米瑞恩同樣擁有受教育的熱忱，因此自學法語，能勉強閱讀法文讀物。她自認不是尋常婦女，更覺得和自己的階級格格不入。螺旋部女工全出身好人家。這產業的規模不大，路線專精，有一定的名聲。兩間工廠都有一股不俗的氣氛。即使如此，克萊拉也和同事疏遠。

然而，這些事她全瞞著保羅。她不是輕易交心的人。她有一種神祕感。她如此內斂，令他覺得她埋藏內心的事物數不清。表面上，她的身世公開，但內涵卻不足為外人道。保羅覺得很有意思。後來，有幾次，他逮到克萊拉偷瞄他，審視的眼神近乎鬼祟、陰鬱，令他動作加快。通常，她會和他四目相接。但在這種情況下，她的目光總蒙上一層布，拒絕露餡。她獻給他寬容的淺笑。對他而言，她極能引人深思，因為她深藏學識不露，握有他可望而不可求的經驗果實。

有一天，他在她的作業台上見到一本法文短篇小說集《磨坊文札》[23]，作者是都德。他拿起來看。

「妳看得懂法文書，是嗎？」他高聲問。

克萊拉有意無意瞥一眼。她正在製作淡紫色絲質彈性襪，緩緩轉動螺旋機，動作均衡而規律，偶爾彎腰檢查作品或調針，這時候，在粉紫色光滑的絲布襯托下，薄薄一層細毛的美頸光華奪目。她再兜機器幾圈，然後停下來。

「你剛說什麼？」她甜甜一笑問。

保羅的眼睛微微噴火，氣她斗膽輕忽他。

「妳看得懂法文，我怎麼不知道。」他說，非常客氣。

「你不知道？」她回應，面帶諷刺意味、若有似無的淺笑。

23《磨坊文札》（*Lettres de mon Moulin*），為都德（Alphonse Daudet）短篇小說集，一八六九年出版。

境界。

「擺什麼臭架子！」他含在嘴裡罵。

他氣得閉嘴看著她。她似乎藐視自己透過機器製造的成品；然而，出自她手中的襪子逼近十全十美的境界。

「妳不喜歡螺旋部的工作。」他說。

「唉，所有的工作都是工作。」她回應，彷彿她看透了箇中玄機。

她的冰霜態度令他暗暗稱奇。以他來說，無論什麼事，他總做得一頭熱。她必定很特別。

「不然妳寧願做什麼？」他問。

她以放任的態度對著他笑一笑，同時說：

「我能選擇的機率小之又小，所以我根本懶得考慮這一點，省得白費工夫。」

「什麼話！」他說，這時也語帶輕蔑。「妳講這種話，只因為妳太驕傲，不肯承認自己想要卻弄不到的東西。」

「你對我非常瞭解嘛！」她冷冰冰回敬。

「我知道妳自認了不起，也嫌做工是一輩子的屈辱。」

他非常氣憤，非常粗魯。她只偏開頭，以示輕蔑。他吹著口哨走開，去和秀達打情罵俏，有說有笑。

事後，他捫心自問：

「我幹嘛對克萊拉那麼囂張？」他對自己的行為相當惱火，同時也高興。「算她活該；驕傲的啞巴，臭臉臭翻天。」他氣得自言自語。

下午，他下樓來。他想卸下心頭的某種負擔，考慮請她吃巧克力。

「來一顆吧，」他說：「我買了一大把，解解饞。」

她接受了，令他大鬆一口氣。他坐在她機器旁的作業台，拿著一片絲布纏繞著手指。他的動作靈活而出人意表，宛如一隻幼獸，她很喜歡。他一面思考著，雙腳一面擺來擺去。巧克力散放在作業台上。她低頭湊向機器，有節奏地磨著，然後彎腰查看因重量而垂掛在機器下面的襪子。他看著優美的背部弧線，看著圍裙繩落在地上。

「妳總是有一種在等待的神色，」他說：「每次我見妳在做事情，妳其實不在場：妳在等——就好比正忙著織布的奧德修斯之妻珀涅羅珀。」他忍不住嘴癢。「我就稱呼妳珀涅羅珀好了。」他說。

「有差別嗎？」她說，仔細移除一支針。

「有沒有差別不重要，只要我高興就好。提醒妳一下，妳好像忘了我是妳的主管。我剛剛才想到。」

「主管又怎樣？」她冷冷問。

「我有權對妳發號施令。」

「你對我有什麼怨言嗎？」

「唉，我想說的是，妳犯不著擺臭臉嘛。」他生氣說。

「我不知道你想怎樣。」她說，繼續工作。

「我要妳善待我，尊重我。」

「或許也尊稱你『長官』？」她沉聲問。

「對，叫我『長官』。比較中聽。」

「既然這樣，我但願你能回樓上，長官。」

他閉上嘴巴，皺眉出現在臉上。他陡然跳下作業台。

「妳太目空一切了。」他說。

語畢，他走向其他女工。他覺得，他沒必要氣成這副德性。其實他也微微懷疑自己是在裝模作樣。既然做了就做到底吧。克萊拉聽見他在隔壁和女工談笑，是她討厭的那種笑聲。

晚上，女工下班後，他走過螺旋部，見到巧克力擺在克萊拉的機器前面，一顆也不少。他不帶走。隔日上午，巧克力仍在，而克萊拉已開始上班。有一名嬌小的棕髮女工名叫米妮，綽號貓咪。她對保羅呼喚：

「喂，有巧克力，不請大家吃一顆？」

「對不起，貓咪，」他回答：「我買了想請大家吃，結果竟然忘了。」

「你好像忘了。」她說。

「下午我買一些回來請妳。巧克力擱了一天，妳大概不想吃吧？」

「喔，不太想。」貓咪微笑道。

「對啊，」他說：「都沾滿灰塵了。」

他走向克萊拉的作業台。

「抱歉，我的東西擺在這裡沒收走。」

她面紅耳赤。他把巧克力收進手中握著。

「現在全髒了，」他說：「妳昨天怎麼不拿去吃？我本來想叫妳想吃就吃。」

他把巧克力全拋向窗外，掉進樓下的院子。他只瞥她一眼。她皺眉，迴避他眼神。

下午，他再買一包回公司。

「要不要來幾顆？」他說，先請克萊拉吃。「這包比較新鮮。」

她接下一顆，放在作業台上。

「喂，多拿幾顆嘛——比較幸運。」他說。

她再拿兩顆，同樣擺在作業台上。然後，她疑惑地回頭繼續工作。保羅去隔壁。

「送妳的，貓咪，」他說：「別太貪心喔！」

「只請她吃嗎？」其他女工驚叫，一擁而上。

「當然不是。」他說。

女工爭相聚集而來。貓咪退開。

「走開啦！」她高喊：「我可以先選一顆吧，保羅？」

「要好好相處喔。」保羅說，然後走開。

「你真是個大好人。」女工們大叫。

「十便士。」他回說。

路過克萊拉，他不吭聲。她覺得，她一碰這三顆奶油巧克力，一定會被燙到。她鼓足勇氣，才把巧克力收進圍裙口袋。

女工們對他既愛戴又害怕。他好心時是個大好人，一旦不高興，他會變得疏遠，對她們目中無人，或只把她們視為捲繞紗線的筒管子。如果她們太放肆，他會輕聲說：「麻煩妳回去辦正事，可以嗎？」然後站著監工。

過二十三歲生日時，莫瑞爾家陷入危機。亞瑟即將成親，母親生病，逐漸年邁的父親因意外而跛足，收入貧乏。米瑞恩不斷引起他自責。他覺得對她有所虧欠，卻又無法投奔她。更何況，這個家需要他力挺。種種責任令他焦頭爛額。生日將至，他並不高興，反而心懷怨懟。

他上午八時抵達公司。多數職員仍未到。女工們八點半才上班。他脫掉外套時，聽見背後有人說：

「保羅，保羅，我有事想找你。」

是駝背女芬妮。她站在樓梯頂，隱含祕密的臉容光煥發。保羅錯愕地看著她。

「我有事想找你。」她說。

他呆立著，手足無措。

「下來嘛，」她慫恿著。「你先別看信。」

他踏下六七階，進入乾燥狹隘的「成品室」。芬妮走在他前面：她的黑上衣很短——腰身在她腋下，黑綠喀什米爾裙顯得冗長。她邁大步帶著他走，而他姿態優雅。她走到狹窄的盡頭，來到自己的位子，窗戶打開時面向煙囪管帽。她的白圍裙鋪在前面的作業台上，她興奮扭擰著圍裙，保羅看著細手和乾癟的紅手腕動作著。她遲疑一下。

「你該不會以為我們忘掉了吧？」她問，語帶責備。

「為什麼？」他問。他忘記今天過生日了。

「竟然問『為什麼』！『為什麼！』為了這個啊，看！」她指向月曆，保羅看見黑色大字「21」被數百個鉛筆畫的小叉叉包圍[24]。

「喔，我的慶生吻，」他笑道。「妳怎麼知道？」

「對啊，你想知道嘛，是不是？」芬妮糗他，大為快慰。「每個人都有——除了貴婦克萊拉之外——有些人還畫兩個。至於我畫多少，不告訴你。」

「哎唷，我知道，妳是個情痴。」他說。

「那你就錯了！」她憤慨大聲說。「我的心絕對不會那麼軟。」她的語調剛強而低沉。

「妳老是裝作妳的心腸很硬，」他笑說：「你妳自個兒很清楚，妳比誰都多愁善感——」

「我寧願被罵多愁善感，也不想被罵冷凍肉。」芬妮脫口而出。保羅知道她在暗批克萊拉，微笑以對。

「妳們會在我背後罵我這麼難聽的話嗎？」他笑說。

「才不呢，鴨鴨，」芬妮撒嬌回答。她三十九歲。「才不呢，鴨鴨，因為你不會以大理石像自居，不會把我們當成糞土。我跟你一樣高尚，不是嗎，保羅？」她喜孜孜問。

「我們哪有誰比誰高尚？有嗎？」他反問。

「可是，我跟你一樣高尚，不是嗎，保羅？」她斗膽追問。

「當然。如果比高尚，妳比我高一級。」

她相當畏懼這狀況。她擔心自己會樂得歇斯底里。

「我想趕在同事上班前過來——就怕她們笑我奸詐！好了，閉上眼睛吧——」她說。

「也要張開嘴，看上帝賞賜什麼東西，」他順勢接話說，以為嘴裡即將多出一顆巧克力。他聽見圍裙的窸窸窣窣聲，以及微弱的金屬碰撞聲。「我準備睜眼囉。」他說。

他打開眼睛。芬妮修長的臉頰紅了起來，藍眼爍亮，凝視著他。前方作業台上擺著一小堆管狀顏料。他臉色變白。

「不行啊，芬妮。」他急忙說。

「我們所有人合力送的。」她趕緊說明。

「可是——」

「沒有買錯吧？」她問，喜悅得發抖。

「天啊！這種是型錄裡最高級的一款。」

---

24 打叉表示吻。

「可是，合不合你心意呢？」她大聲問。

「等我哪天發財了，我想買的東西當中，這是其中一項。」他咬咬唇。

芬妮喜不自勝。她非岔開話題不可。

「為了這事，她們全都很著急呢；每個人都出錢，希巴例外。」

希巴女王是克萊拉。

「她不肯加入嗎？」保羅問。

「她沒等到機會。我們一直瞞著她。這一齣戲，我們才不想讓她跳進來攪局。我們不想讓她參加。」

保羅對著她呵呵笑。他深受感動。最後，他非走不可了。她靠得非常近。忽然間，她振臂摟住他脖子，對著他熱吻。

「我今天可以親你一下，」她語帶歉意說：「你的臉色好蒼白，我看了心疼。」

保羅也親她，然後離開。芬妮的手臂瘦得可憐，他也心疼。

同一天，午餐時間到了，他跑下樓去洗手，遇見克萊拉。

「妳竟然留下來吃午餐！」他驚呼。克萊拉鮮少在公司吃午餐。

「對。外科用品舊貨的味道全跑進我嘴巴了。我現在非走不可了，否則，我會從頭到腳都覺得像餿掉的印度橡膠。」

她徘徊著。保羅即刻領會她的心意。

「妳急著去哪裡嗎？」他問。

兩人結伴前去逛城堡。外出時，她總穿得十分樸素，接近難看的地步。在室內，她總顯得賞心悅目。

她陪著保羅走，步伐遲疑，頭壓得低低的，偏頭不看他。由於服裝老氣，姿勢也垂頭喪氣，她的外形不雅。他幾乎認不出她原有的那份蓄勢待發的勁樣子。她顯得近乎無足輕重，身段被駝背壓垮，縮小以免被眾人看見。

城堡周遭蓊鬱而清新。登陡坡直上的他有說有笑，但克萊拉不語，似乎在沉思某心事。方形的城堡矮胖，雄踞岩壁頂端，但關門時刻在即，他們不入內，倚靠在城牆上，城堡公園位於岩壁正下方。在砂岩懸崖上，鴿子在洞裡動嘴整理羽毛，柔聲咕咕叫。小樹生長在峭壁底下的大道兩旁，各自撒下一小團影子，豆大的行人忙進忙出，像身負重任似的，簡直滑稽。

「感覺像，一伸手就能撈起像蝌蚪的人，捧在手上。」他說。

克萊拉笑一笑，回應：

「對；不必離太遠，就看得出人類和物體的比例差多少。樹比人類大太多了。」

「體積大而已。」他說。

她尖酸笑一笑。

在大道以外的地方，一條條鐵軌壓住板條，週邊有幾小堆原木，旁邊有冒蒸汽的玩具火車頭在奔波。運河是一條銀流蘇，在黑色隆起物之間左拐右彎。更遠處，沖積平原上有非常密集的民宅，看似黑色毒草，有些密密排成幾列，有些簇擁成一團，向外延展，散見較高的植物穿插其中，一直延伸到河邊。象形文字般的大河波光瀲灩，穿越鄉野。河對岸的險崖顯得渺小。浩瀚的鄉村遍佈黑樹，有麥田的地方才稍顯明亮，擴展進薄霧中，藍色的遠山從灰幕之中聳立。

「市區沒有延伸到更遠的地方，讓人感覺很安慰，」克萊拉．鐸斯夫人說：「目前只在鄉野上形成小傷口。」

「一點小結痂。」保羅說。

她哆嗦一下。她討厭市區。她黯然放眼這片可望而不可及的鄉野，臉色冷漠而蒼白，散發敵意，令保羅聯想起哀怨天使。

「可是，市區還好吧，」他說：「只不過是權宜之計而已。市區是用來應急的，練習用的，粗燥而拙劣，只等我們構思出一套理念。最後，城市一定能出脫得更好。」

樹叢之間有岩石堆，鴿子躲在裡面咕咕叫，狀似舒適。往左望，宏偉的聖瑪麗教堂拔地而起，與城堡相伴，俾倪宛如殘垣斷瓦的市區。鐸斯夫人爽朗微笑著，瞭望鄉下。

「我心情好多了。」她說。

「謝謝妳，」他回應：「很棒的讚美！」

「唉，你表錯情了！」她笑說。

「嗯！右手給了，被左手反過來搶走，絕對是，」他說。

她對著他，好氣又好笑。

「不過，妳今天到底是怎麼一回事？」他問：「我知道妳有特定一件心事。從妳臉上，我一眼就能看穿。」

「我不想告訴你。」她說。

「好吧，繼續抱著心事。」他回應。

她臉紅起來，咬唇。

「好，」她說：「是同事的關係。」

「她們怎麼了？」保羅問。

「一個星期以來，她們一直不知道在耍什麼心機，今天更是變本加厲。每個人都一樣，揮舞著她們的機密來羞辱我。」

「有嗎？」他關心問。

「我不應該在意的，」她繼續以鐵板、憤怒的口吻說。「可是，她們硬要當著我的面耍弄——炫耀她們有個祕密，不讓我知道。」

「女人不都這樣嘛。」他說。

「耀武揚威的，小心眼又卑鄙。」她激動說。

保羅啞然無語。他知道女工們耀武揚威的祕辛。又引發一次對立，他感到遺憾。

「她們的祕密再多，我也無所謂，」她繼續懷恨在心說：「可是，犯不著守著祕密又自鳴得意似的，害我比以前更孤立。感覺——感覺幾乎難以忍受。」

保羅思考幾分鐘。他的心神動盪不安。

「她們在耍什麼，我告訴妳好了，」他說，臉色蒼白而緊張。「今天是我生日，所有女工合力送我一組高級顏料。她們在吃妳的醋。」——聽到「吃醋」，克萊拉冷冷一怔，他體會到了——「只因為我有時候會送妳一本書，」他慢慢接著說。「但是，算了，這只不過是小事一樁。別為了這事傷神，好嘛——因為——」他匆匆笑一笑——「呃，我們來這裡，假如被她們發現，她們今天贏妳一局又算什麼呢？」

被他拙劣影射兩人之間有親密關係，她生氣了。講這種話幾乎是厚顏無恥。然而，他變得好沉默，她還是原諒他了，白氣一場。

他們的兩手放在城垛的粗岩上。他傳承到母親細嫩的膚質，手小而帶勁。四肢粗大的克萊拉手也大，但顯得白皙，看似有力。保羅看著她的手，看懂了她的心意。「她要對方牽她手——儘管她瞧不起我們，」他在心裡說。她只看見他兩隻手，溫暖而有生命力，似乎為她而活。他陷入沉思，眉毛深鎖，凝望著鄉下。

地表形形色色的小景物消失了，僅剩哀傷與悲劇交織而成的浩瀚黑幕，所有民宅——沖積平原、人類、鳥類亦然，唯有形狀互異而已。輪廓已不復存在，形體仍覆蓋地表，揉合成黑黑一團，代表掙扎和苦痛。工廠、女工、母親、巍峨聳立的教堂、房舍叢集的市區，全混合成大氣層——各個黝暗、深沉、哀傷。

「鐘剛敲兩下嗎？」克萊拉驚訝說。

保羅愣了一愣，眼前萬物的輪廓復原，各個獨立成形，顯得快活，渾然忘我。

他們急忙趕回工作崗位。

保羅趕著準備今晚待寄的郵件，檢查芬妮那間製作的成品——那間充滿熨斗味——這時候，夜班郵差走進來。

「『保羅．莫瑞爾先生，』」郵差說著交給保羅一個包裹。「筆跡是女士喔！可別讓女工們看見。」

郵差自己也得女人寵，欣然調侃女工對保羅的溫情。

包裹裡有一本詩集，附上短箴一則：「請容許我致贈薄禮，讓我能突破孤立之境。我也認同你，祝你安康。——C.D.」是克萊拉．鐸斯。保羅臉皮變得火辣。

「老天爺！鐸斯夫人。怎麼能讓她破費。老天爺，誰想得到她會送我東西！」

他突然由衷深受感動，內心盈灌她的暖意。在這股溫熱之中，他幾乎意識到她的存在——她的手臂，她的肩膀，她的胸部，似乎看得見它們，能感受它們，幾乎能包含它們。

克萊拉此舉拉近兩人的距離，兩人走得更近。女工們留意到，每當保羅遇見鐸斯夫人，眼睛總是瞪大，散發特別亮的目光迎接她，她們點滴在心中。克萊拉知道他渾然不覺，她也不動聲色，只在兩人偶然相遇時，故意偏頭不看他。

午餐時刻，這一對經常相約外出散步，舉動相當開放，相當坦蕩。人人似乎感覺到，他對自己的心境相當無知，渾然不知哪一點不對勁。現在，他對克萊拉講話時，帶有他以前和米瑞恩交談的那份熱絡，但他的心不在談話內容上；他不在乎談出什麼結論。

十月某日，他們相約去藍卜里喝茶。走到山頂，他們突然站住。他爬上院子門，坐在上面，克萊拉則坐上過籬梯。午後平靜無風，瀰漫一層薄霧，日光照透黃葉。兩人無言。

「妳結婚時幾歲？」他輕聲問。

「二十二。」

他語氣保守，近乎屈從。她現在願意傾訴了。

「是八年前的事了？」

「是的。」

「妳什麼時候離開他？」

「三年前。」

「五年了！妳嫁給他的時候愛他嗎？」

她沉默一陣子，然後緩緩說：

「當時以為愛——多少有吧。當時我沒考慮太周到。而且當時他要我。我那時候非常矜持。」

「所以說，妳不考慮一下就結婚了？」

「對。那時，我好像昏睡了將近一輩子。」

「得了夢遊症？可是——後來妳什麼時候覺醒的？」

「有沒有醒，我不清楚——從小到大好像一直沒醒。」

「妳小時候一睡就長大成女人了？太奇怪了！他也沒有叫醒妳？」

「沒有；他從沒走到那一步。」她回答，語調平板。褐色的野鳥飛掠過綠籬，玫瑰實紅豔而赤裸。

「走到哪一步？」他問。

「我心裡。他一直沒辦法左右我的心。」

這天午後的暖意溫和，天色微暗。小屋的紅屋頂在藍霧中承受日曬。他愛這一天的景色。克萊拉想說什麼，他能心領，卻無法理解。

「可是，妳為什麼離開他？是他對妳不好嗎？」

她微微哆嗦一下。

「他──他有點輕視我。他得不到我，所以想欺負我。後來，我覺得好想逃避，彷彿我被五花大綁似的。而且，他也顯得齷齪。」

「瞭解。」

他其實完全不瞭解。

「他一直都齷齪嗎？」他問。

「有點，」她慢吞吞回答：「然後，他似乎不太能對付我。然後，他變得野蠻──他變得好野蠻！」

「妳最後為什麼離開他？」

「因為──因為他對我不忠──」

兩人沉默半晌。為穩住重心，她伸一手按著門柱。他伸手壓住她的手，心跳加速。

「不過，妳呢──妳有沒有──妳有沒有給他一個機會？」

「機會？怎麼說？」

「讓他能接近妳的心。」

「我人都許配給他了——而且我也願意——」

兩人皆致力穩定語調。

「我相信他還愛著妳。」他說。

「看樣子是。」她回應。

他想縮手回來，但縮不了手。幸好先縮手的人是她，為他解套。經過一段沉默，他再度開口：

「是妳先不把他當一回事的嗎？」

「是他先離開我。」她說。

「我猜，他當時無法對妳產生任何意義？」

「他為了在我心中奠定地位，想逼迫我接受。」

但這段對話已進行到兩人無法觸及的深度了。突然間，保羅跳下來。

「走吧，」他說：「我們去找茶喝。」

他們找到一間小屋，坐進冷冷的客廳，克萊拉為他倒茶。她不吭聲。他覺得她又縮回殼子裡了。喝完茶，她心事重重凝視著杯底，不停扭轉著結婚戒指。心不在焉的她摘下戒指，立在桌上，轉動起來。迴旋中的金戒指幻化為一顆熠熠生輝的半透明金球。戒指最後傾斜，在桌上顫抖幾下。她拿起來再轉，一次又一次。保羅看得出神。

但她是已婚婦女，而他認定單純的友誼才行得通。他認為，和她交往的過程中，他的態度完全合乎禮教。兩人的交往僅止於男女人之間的友誼，是文明人之間常見的往來。

他和許許多多同年齡的青年一樣。在他心中，性事已變得盤根錯節，就算他想要克萊拉或米瑞恩，或他認識的任何女人，他也一概否認。性慾望是一種事不干己的東西，不屬於婦女。他以心靈愛米瑞恩。一想到克萊拉，他渾身發燙，在心中對抗她，認得酥胸和肩膀的弧度，直如這些曲線早已模鑄在他心中；但話說回來，他並未真正動情。他會至死矢口否認。他相信自己其實和米瑞恩心靈相繫。在遙遠的將來，假如他想結婚，他的責任是娶米瑞恩回家。這道理，他暗示給克萊拉，要她諒解，而她不說話，讓他自行去作主。一有機會，他會來找克萊拉。他也頻頻寫信給米瑞恩，偶爾登門拜訪她。冬天就這樣過去了，但他似乎不太煩惱。母親也對他較為鬆懈。母親以為，他正一步步脫離米瑞恩。

米瑞恩如今知道，克萊拉和他之間的吸引力多強。儘管如此，她確信，他求好的一面必定能戰勝黑暗。克萊拉終究是已婚婦女，他對她的情愫膚淺而稍縱即逝，豈能和他對米瑞恩的愛相比？他遲早會回來的，米瑞恩深信。也許到時候，他的青春氣息會少幾分。他追求的低俗事物，別的女人比她更能給他，也許到時候，他對這些事物的欲求會減少。倘使他內心對她真誠，非回歸她不可，那麼，苦再多，她也願意吞。

他看不出自己的處境有何異常。米瑞恩是他的老友、情人，她屬於貝斯伍德鎮，屬於家鄉，屬於青梅竹馬的年代。克萊拉是新交的朋友，屬於諾丁罕，屬於人生，屬於世界。他認為這是明顯可見的事實。克萊拉和他之間有過許多次冷卻期，兩人少有相見的機會，但冷卻期一結束，兩人總能再相逢。

「妳有沒有虧待巴克斯特．鐸斯？」他問克萊拉。此事似乎困擾著他。

「哪一方面？」

「呃，不知道。只不過，妳以前有沒有虧待他？有沒有做了什麼事，把他整得落花流水？」

「什麼？說明一下。」

「害他覺得自己一文不名——我知道。」保羅高聲說。

「你的腦筋很靈光嘛，朋友。」她冷言說。

話題中斷了。她對保羅冷漠一段時日。

如今她鮮少和米瑞恩見面。兩女人的友誼並未結束，只是薄弱許多。

耶誕節剛過，克萊拉問他，「星期日下午，你要不要進來聽音樂會？」

「我答應過要去威利農場了。」他回答。

「喔，那就算了。」

「妳不介意吧？」他問。

「我何必介意？」她回應。

他差點惱怒。

「告訴妳，」他說：「從我十六歲那年算起，我就認識米瑞恩了，兩人交情深厚，到現在已經有七年了。」

「滿久了。」克萊拉回應。

「對，不過，不知道為什麼，她——感覺上，怎麼也不對——」

「怎麼說？」克萊拉問。

「她好像一直一直拉我過去，連我身上掉落的一根毛髮也不放過——全被她保留住了。」

「可是，你喜歡被保留。」

「錯，」他說：「我不喜歡。我但願那段情能正常一點，有施也有受——像我和妳這樣。我要女人保住我，但不想被收進她口袋。」

「但是，如果你愛她，感情就無法正常化，不能像你我這樣。」

「對，如果真的是這樣的話，我應該會更愛她。她要我要到我拿不出東西給她了。」

「怎麼個要你法？」

「要我的靈魂離身。我忍不住從她身邊退縮。」

「而你卻愛她！」

「錯，我不愛她。我連一次也沒吻過她。」

「為什麼？」克萊拉問。

「我不知道。」

「我猜你在怕。」她說。

「我才不怕。我內心有個芥蒂，令我像見鬼似地退縮——在我不好的方面，她太好了。」

「你憑什麼認為她太好？」

「我就是知道！我知道她追求的是一種心靈合體。」

「可是，你怎麼知道她追求什麼？」

「我和她交往七年了。」

「而你居然連她的一點點心意都沒察覺到。」

「什麼心意？」

「她才不要拉你的心靈參加聖餐禮。那是你自己的想像。她要的是你。」

保羅反覆思索這句話。也許他料錯了。

「可是，她似乎——」他開口說。

「你從來沒試過。」克萊拉回應。

11 米瑞恩的考驗

春天降臨，往年的風波與對抗再起。如今，他自知非奔向米瑞恩不可。然而，他為何躑躅不前？他告訴自己，都怪她和他心中各有一份超強的童貞觀念，兩人皆無法破除。他原本可能娶她，但以莫瑞爾家目前的情況，結婚是一件難事。此外，他不想成親。婚姻是終身大事，而且由於他和米瑞恩長年親近，他不覺得成為夫妻是必然的結果。他不認為自己想和米瑞恩成家。他但願他有這份意念就好了。他不惜拋頭顱，也盼能感受到那份想娶她、擁有她的歡喜慾望。既然如此，他為何無法貫徹到底？婚姻的路上某種障礙；是什麼障礙？問題出在肉體上的束縛。一想到肢體接觸，他畏縮不前。為什麼？與她同在時，他覺得內心受到制約。他無法朝她的方向挺進。他內心有所掙扎，但他無法朝她邁進。為什麼？她愛他。克萊拉說，米瑞恩甚至要他；既然如此，他為何無法走向她，吻她，和她做愛？兩人散步時，米瑞恩怯生生挽他手臂，他為何獸性爆發想逃走，想退卻？他對她有所虧欠，想把自己獻給她。也許，退卻和畏縮是強烈矜持的初步反應。他並不排斥她，正好相反；問題在於強烈慾望槓上更強烈的羞怯和童貞觀念。感覺上，童貞似乎是一股良性動力，在兩人身上都鬥贏了。與她同在的時候，他覺得難以克服這份羞怯；然而，最貼近她的人是他，唯有與她同在，他才有突破窒礙的契機。而他虧欠她。然後，如果一切順利，兩人可以結婚；但是，除非內心有一股強烈的喜樂，否則他絕對不願成親。如果和米瑞恩論及婚嫁，他無法面對母親。他覺得，為了一場他不想要的婚事而犧牲自我，等於是作賤自己，會瓦解他的一生，畢生將會作廢。他想嘗試他**可以**做的事。

此外，他對米瑞恩有一份壯盛的柔情。她總是哀傷，總是做她的宗教夢；對她而言，他幾乎是一種宗教。他狠不下心辜負她。如果兩人努力看看，一切應該會沒事的。

他四下看看。他認識的人當中，有無數正直男人都和他一樣，全被童貞觀念束縛，難以掙脫。他們對自己的女人太敏感了，與其傷害女人，他們寧可一輩子不要女人，因為傷害女人是不公不義的事。這些男人的父親言行粗暴，違反他們善待女性的這份神聖義務，因此這些男人本身變得太害羞，太唯唯諾諾。他們與其犧牲個人權益，也不會引發女人責難。因為，女人就像他們的母親，而他們事事總為母親著想。他們寧可忍受禁慾之苦，也不願意冒犯他人。

他回到米瑞恩身邊。他看著她，不知看穿了什麼，幾乎令他淚崩。有一天，安妮正在彈鋼琴，米瑞恩獻歌藝，他站到她背後。米瑞恩高歌時，嗓音似乎了無希望，宛如對天引吭的修女，他不禁聯想到義大利文藝復興時期畫家波提且利的聖母圖旁歌者的口與眼，多麼聖潔。痛苦再一次從心底上揚，熾熱如鋼鐵。他為何一定要求她給予另一種東西呢？他的熱血為何和她相持不下？但願他能時時刻刻對她溫柔體貼，與她共同呼吸幻想與宗教夢的氣息，他就能對她伸出右手。傷害她，對她不公平。她身上散發一種終身守童貞的感覺。當他想起她母親利弗斯夫人時，他見到一位褐色大眼珠的處女，她儘管生養七個子女，本身的童貞差點全被嚇跑了，幸好還不至於全失。他們的出生幾乎是違背她本意，好像孩子不是她生的，而是她被強迫中獎。因此她永遠無法讓他們走，因為她始終不曾擁有他們。

莫瑞爾夫人又見他和米瑞恩互動頻繁，感到心驚。他不對母親多說什麼。對自己的行為，他不解釋也不求諒解。如果他拖太晚回家，挨她罵，他會皺眉，以跋扈的態度頂撞：

「我愛幾點回家就幾點回家，」他說：「我的年紀夠大了。」

「她非留你到這麼晚不可嗎？」

「想待到這麼晚的人是我。」他回答。

「而她也任你待到這麼晚？好吧，算了。」她說。

她去就寢，為了遲歸的兒子不鎖門。但她睡不著，等著兒子回家，而通常兒子後，她仍久久睡不著。他回歸米瑞恩，帶給她滿腔怨氣。然而，她明白，再進一步干預也無濟於事。如今的他是以成年人的身分前往威利農場，不再是小孩，她無權攔阻。母子之間堆積成一座冰山。他有事幾乎不再稟告母親。被拋棄的她繼續照料兒子，為他煮食，心甘情願做牛做馬；然而，她的表情再度僵硬成面具。現在，除了家事之外，她無事可做；其他事物，他一律去找米瑞恩就有。莫瑞爾夫人無法原諒他。米瑞恩扼殺了他的喜悅和熱心。從前，保羅是個快活的小孩，充滿最誠摯的溫情，如今卻變冷了，愈來愈暴躁易怒，神色也變得更陰鬱。這令她聯想起長子威廉，但保羅比威廉更糟。保羅做事更投入，行事更有主見。莫瑞爾夫人知道，保羅因缺乏女人的滋潤而受苦，看著他去找米瑞恩。如果他已下定決心，天塌下來也無法改變他。莫瑞爾夫人累了。最後，她終於開始釋手；她找不到事可做了。她成了礙事者。

他堅決一意孤行。他多少領悟到母親的感想，因此意志更加堅決。他讓自己對母親硬起心腸；但這好比對個人健康硬起心腸似的。此舉很快讓他自食惡果，但他堅持走下去。

有天晚上，他拜訪威利農場，舒服坐在搖椅上。他已經找米瑞恩談幾星期了，卻仍未觸及重點。這一次，他突然說：

「我就快二十四歲了。」

她原本一直在沉思。她突然被嚇到，抬頭看他。

「對。為什麼這樣說？」

氣氛帶有某種緊繃的意味，令她畏怯。

「湯瑪斯．摩爾爵士[25]說，二十四歲的人可以結婚。」

她淡淡笑一笑，說：

「結婚要等他批准嗎？」

「不用，不過，這差不多是應該結婚的年齡。」

「喔。」她深思著，等待著。

「我不能娶妳，」他繼續慢慢說：「現在不行，因為我們沒錢，而且我要撫養家人。」

她坐著，半心忖度後續言論。

「但是，我想現在就結婚——」

「你想結婚？」她跟著說。

「一個女人——妳懂我意思。」

她沉默不語。

「終於，就是現在，我非結婚不可。」他說。

「喔。」她回應。

「妳愛我嗎？」

她含著怨氣笑一笑。

「妳為什麼覺得羞恥？」他說：「妳在妳的上帝面前都不羞恥，為什麼在凡人面前會？」

「哪有，」她莫測高深回答：「我不會羞恥。」

「會就會，」他語帶怨氣，「而且都怪我不好。不過，妳知道，我自己也沒法子——像我這樣——妳能諒解吧？」

「我知道你沒法子。」她回答。

「我愛妳愛得不得了——只是，缺了一個東西。」

「哪裡缺？」她看著他說。

「唉，在我心裡啊！該羞恥的人是我——我就像個心靈殘廢。我很羞恥。苦不堪言。為什麼會這樣？」

「我不知道。」米瑞恩回答。

「我也不知道，」他附和。「妳難道不認為，在所謂的純潔方面，我們太認真了？妳不認為，這麼害怕，這麼排斥，本身就是一種齷齪？」

她以驚愕陰沉的目光望著他。

「以前每次遇到不純潔的東西，妳老是退縮，我有樣學樣，也跟著退縮，也許有過之而無不及。」

室內沉寂片刻。

「對，」她說：「的確是如此。」

「妳我已經親密相處了這麼多年，」他說：「在妳面前，我已經覺得夠赤裸了。妳瞭解嗎？」

「應該能。」她回答。

「妳愛我嗎？」

25 湯瑪斯·摩爾爵士（Sir Thomas More, 1478-1535），十六世紀英國作家，《烏托邦》作者。

她笑笑。

「沒什麼好怨的。」他懇求。

她看著他，為他感到難過；他陰暗的目光裡含有苦楚。她為他感到難過；擁有這份洩氣的愛，與永遠找不到合適伴侶的她相形之下，他吃的苦更多。他性情好動，時時奮勇向前，努力找尋出路。他可以依個人喜好行事，可以從她身上獲得他喜歡的東西。

「不會，」她輕聲說：「我一點也不怨。」

她自覺能為他忍受任何事；她願意為他受難。他的坐姿挪向椅子前端，她一手放在他膝蓋上。他牽起她的手，親一下，但這動作令他心痛。他感覺自己正在置身事外。他坐著，為她的純潔犧牲奉獻，而這份純潔反而比較像虛無的東西。深情吻手會嚇跑她，空留痛苦，他怎麼吻得下去？然而，他緩緩拉她靠近，吻她。

兩人彼此太熟悉了，無須虛情假意。她吻他之際，她注視他眼睛；他雙眼凝望對面牆壁，目光裡有一團詭異的黑火，令她著迷。他渾身靜止不動。她能感受他的心臟在胸腔重擊。

「你在想什麼事？」她問。

眼中火顫動一下，變得無所適從。

「我在想，我一直愛著妳。我一直很頑固。」

她埋頭進他胸膛。

「對。」她回應。

「就這麼簡單。」他說，語調似乎篤定，嘴巴吻向她的喉嚨。

隨即，她抬起頭，以充滿愛意的目光直視他眼睛。眼中火掙扎一下，似乎想逃離她，隨後被撲滅。他趕緊偏開頭。這是苦悶時刻。

「吻我。」她低聲說。

他閉上眼睛吻她，環摟她的雙手愈抱愈緊。

兩人一同穿越田野回家的途中，他說：

「我慶幸自己回妳身邊。和妳在一起的感覺好單純——好像什麼事都用不著隱瞞。我們以後能快快樂樂嗎？」

「能。」她喃喃說，淚水湧進眼眶。

「我們心靈裡有某種百轉千迴的因素，」他說：「迫使我們不想追求我們最想要的東西，甚至想逃避。我們一定要對抗那因素。」

「對。」她說。她覺得震驚。

站在路邊，在枝葉低垂的刺棘樹蔭下，保羅吻他，手指漫遊她臉龐。在黑暗中，他看不見她，只能憑觸覺感應，這時熱血激盪他全身。他雙手牢牢套緊她。

「有機會，妳願意接納我嗎？」他喃喃說，臉埋進她肩膀上。此言難以出口。

「現在不行。」她說。

他的心和希望往下墜。一陣倦怠感襲捲全身。

「對。」他說。

抱緊她的手鬆軟了。

「我愛你的手放在**那邊**的感覺！」她說。她指的是摟腰的一手。她緊緊按住那支手。「讓我有安心的感覺。」

他再加強摟腰的力道，好讓她安心。

「我們相知相許。」他說。

「對。」

「既然這樣，我們為什麼不能身心全許給對方？」

「可是——」她欲言又止。

「這樣要求太沒分寸了，我知道，」他說：「不過，對妳來說，風險其實並不大——不會害妳像浮士德女友葛蕾茜那樣。這方面，妳信得過我嗎？」

「喔，我信得過你啊。」她的回答快而堅定。「問題不是這個——完全不是——只不過——」

「只不過什麼？」

她埋臉進他頸子，微微叫苦一聲。

「我不知道啦！」她大聲說。

她似乎略為歇斯底里，但也不乏一份恐懼。他胸腔裡的心停息了。

「妳不嫌那種事醜陋？」他問。

「不會，現在不會了。你教過我，那種事不醜陋。」

「妳在怕嗎？」

她趕緊穩定心神。

「對，我只是害怕而已。」她說。

他給她溫柔一吻。

「沒關係，」他說：「妳高興就好。」

忽然間，她抓住摟著她的雙臂，身體變得僵直。

「你**儘管**占有我吧，」她咬牙說。

他的心著火似的，再度蹦跳起來。他抱緊她，唇貼她喉嚨。她受不了，縮身退開。他放開她。

「你回家會不會太晚了？」她柔聲問。

他嘆氣，幾乎聽不見她的話。她等著，但願他趕快走。終於，他匆匆吻別，爬牆，四下看看，見到她的臉化成白白一團，在樹蔭底下。她的形體虛無了，徒剩白白一團。

「再見！」她柔聲呼喚。她的肉身不見了，只有語音與晦暗的一張臉。他轉身走，握緊雙拳衝向下坡路，來到湖畔的圍牆時，他挨著牆，幾乎目瞪口呆，看著黑水。

米瑞恩穿越牧草地衝回家。她不怕人言人語；她怕的是和他做那件事。是的，如果他堅持，她願意讓他占有。然而，決定之後，她再考慮時，心卻又往下沉。他一定會失望的，他一定得不到滿足，然後他會一去不回。話說回來，他太堅持了。為了這件她不認為是天大的事，兩人的愛卻可能因而瓦解。再怎們說，他和其他男人沒兩樣，只想追求個人滿足。唉，不過，他另有一份特質，他沒有那麼膚淺！儘管七情六慾作祟，她信得過他的深度。他說，占有是人生重大的一刻。所有強烈的情緒全匯聚在占有的那一刻。也許真是如此吧。那件事當中有神聖的含義；她願屈服，帶著虔誠的心，為他犧牲。他應該占有她。思緒一來到這關頭，她全身不由自主繃緊，彷彿想對抗某種外侮。但是，人生迫使她強渡這道難關，她願意屈從。再怎們說，這樣做，他能獲得他追求的東西，而這才是她最深沉的願望。她沉思再沉思，再三深思熟慮，傾向於接納他。

現在，他把她當成女友一樣來追求。通常在他慾火高漲時，她會把他的臉捧起來，逼視他雙眼，他的目光無法和她交接。她的目光充滿愛意，探尋的意味殷切，逼得他轉頭。她時刻不准他忘記。重新來過，他必須折騰自己，逼自己多一份責任感，也對她負責。肉慾是一種饑渴難耐、有性無靈的東西，他絕不自我鬆懈，不肯讓自己屈服於肉慾；他必須被驅策，回歸一個審慎、自省的真我。彷彿被激情沖昏頭，恢復理智後，她把他關回個人關係的小框框裡。他無法忍受。「少來煩我——少來煩我！」他想吶喊；但她要他深情款款看著她。他那雙有性無靈、陰火猖獗的眼睛不屬於她。

農場上的櫻桃大豐收。米瑞恩家後面種植幾株非常高大的櫻桃樹，嫣紅、血紅的果實躲在葉蔭下，壓得枝椏低垂。有天傍晚，保羅和艾格爬樹採收櫻桃。白天是大熱天，現在黑雲飄來，暑氣未消。保羅爬得高，高過房舍的紅屋頂。風勢強而穩，咻咻吹得整棵樹輕輕晃，感覺刺激，挑發血脈。年輕的保羅在細枝上顫巍巍，晃到感覺微醺。他向下伸手，摘樹枝底下的紅嫩櫻桃，一把接一把採收光滑、清涼的果實。伸手向前時，櫻桃碰觸他的耳朵和頸子，果肉的觸感沁心涼。果實的色澤不一而足，從金朱紅色到深濃的血紅都有，在葉蔭底下隱隱發光，和他的視線接觸。

西下的夕陽突然照到殘雲，大放異彩，東南方天空中，柔和的黃光炫目。原已暮色灰沉的天地頓時驚醒，反射出金光。四面八方的樹與草，遠處的河湖，似乎從晚霞中甦醒，抖擻閃耀。

米瑞恩出門讚嘆。

「喔！」保羅聽見她以舒緩的嗓音呼喚，「好美喔，不是嗎？」

他向下看。一縷淡薄的金光照耀她臉上，把臉龐襯托得十分柔美。她抬頭看樹上的他。

「你爬得那麼高啊！」她說。

身旁種著幾棵大黃，葉子上有四隻死鳥，是被槍斃的櫻桃賊。樹上掛著幾顆只剩枯骨的櫻桃，果肉絲毫不剩。他再低頭望米瑞恩。

「雲著火了。」他說。

「好美！」她呼喊。

樹下的她顯得好矮小，好柔美，好嬌嫩。他對著她扔一把櫻桃。她既驚訝又惶恐。他嘿嘿沉聲笑一笑，拿櫻桃砸她。她跑去躲起來，順手揀幾顆。她在左右耳上各掛一對櫻桃當耳環，然後再抬頭。

「你還沒摘夠嗎？」她問。

「快了。樹上的感覺好像搭輪船。」

「你想搭多久？」

「到夕陽不見為止。」

她去圍牆邊坐，看金雲碎裂開來，大片大片的瑰麗殘雲直奔夜空。金色燃燒成嫣紅，灼亮如傷痛。接著，嫣紅黯淡成瑰紅，再轉為深紅，不久後，熱情從天空中消失了。天地如今是一片深灰色。保羅趕緊帶著籃子下樹，襯衫袖子不慎被勾破。

「嬌滴滴的。」米瑞恩邊說邊把玩著櫻桃。

「袖子被勾破了。」他說。

她摸一摸三角形的破洞，說：

「我幫你縫。」破洞接近肩膀處。她伸手指進破洞。「好暖！」她說。

他呵呵一笑。他的嗓音裡多了一份奇異的調調，令她喘息。

「我們就待在外面吧？」他說。

「會不會下雨？」她問。

「不會，我們散散步，不要走太遠就好。」

他們順著田野走下去，進入茂密的樹園和松林。

「想不想進樹林？」他問。

「你想嗎？」

「想。」

冷杉林裡非常陰暗，針葉刺戳著她的臉。她怕了。保羅不吭聲，態度怪異。

「我喜歡黑暗，」他說：「但願這林子更濃密就好了——濃得化不開的黑暗。」

他似乎幾乎不把她當成一個人來看待：此時對他而言，她只是一個女性。她好害怕。

他靠在松樹幹站著，擁抱她入懷。她委身於他，但在這場獻祭中，她隱約覺得恐怖。在她眼裡，這位嗓音沉重、態度冷淡的男子是陌生人。

後來，雨嘩嘩落下。松樹香味濃郁。保羅躺下，以枯死的松葉為枕，聆聽窣窣雨聲——聲聲急的持續聲響。他的心情非常沉重。現在他領悟到，她一直不在他身邊，她的心靈一直站到一旁，懷抱著恐懼。他的肢體進入休息狀態，但他的心不再安定。他的心非常疲乏，非常哀傷，一碰就痛，手指漫遊她臉上，動作可悲。現在，她又深愛他。他溫柔而俊美。

「下雨了！」他說。

「對——你被滴到了嗎？」

她雙手摸他頭髮，摸他肩膀，看看他是否被打溼。她衷心愛他。他側躺著，臉壓松針感覺寧靜無比。被雨打溼了，他也不在乎：他想躺著，渾身溼答答：他覺得，一切都不重要了，彷彿生命被扯向另一個世界，而這世界鄰近他，相當宜人。這種輕飄飄飛向冥界的怪滋味令他感到新鮮。

「我們該走了。」米瑞恩說。

「好。」他回應但無動作。

對現在的他而言，人生似乎是一團陰影，白天是白影，夜晚是死亡，是死寂，是休止。目前的情況似乎像**人生**。活著，急著，汲汲營營——那是**非人生**。最高境界是融入黑暗，在黑暗中飄搖，認同於上帝。

「雨淋到我們身上了。」米瑞恩說。

他起身，扶她站起來。

「好可惜。」他說。

「可惜什麼？」

「該走了。我覺得好安寧。」

「安寧！」她附和。

「一輩子從來沒有這麼安寧過。」

他和她牽手走著。微感恐懼的她握得緊。這時候的他似乎飄走了；她唯恐失去他。

「冷杉就像黑暗中的幽靈：每一棵只代表一個幽靈。」

她感到害怕，講不出話。

「有點像一種寂靜：整個夜晚在疑惑中沉睡了。我猜，人死後也一樣——在疑惑中沉睡。」

先前，她怕他的獸性，如今她怕怪力亂神的他。她默默在他身旁往前行。雨落樹梢，沉沉對樹林喊「肅靜！」最後，他們來到堆放推車的儲藏室。

「我們在這裡躲一陣子吧。」他說。

雨聲遍地，淹沒了一切。

「我覺得很怪，很安寧，」他說：「和天下萬物一樣。」

「對。」她耐著性子回應。

他似乎又忘記她的存在，只不過，他仍緊緊牽著小手。

「能卸除我們的個體性——我們的意志，我們的努力——能毫不費力過生活，進入一種詭異的睡眠狀態——那才美妙絕倫，我想。那才是人死後的境界——我們的永生。」

「是嗎？」

「是——美妙絕倫的境界。」

「你不常講這方面的事。」

「對。」

一會兒後，他們走出儲藏室。人人皆以異樣的眼光看這一對。他仍維持寡言的態度，目光沉重，語氣安寧。基於直覺，大家都不去煩他。

大約在這段期間，米瑞恩的祖母病倒了。祖母住在伍林敦的一棟小屋，家人派米瑞恩去打點家事。祖母家環境優美。小屋前有一座大花園，以紅磚牆圍住，李子樹緊挨牆腳種植。屋子後面另有一座花園，有一座高聳的老綠籬隔離田野。環境非常美觀。米瑞恩的任務不多，因此常有空閱讀她心愛的書籍，也常寫寫幾段她感興趣的內省文章。

耶誕佳節期間，祖母康復了，被送到德貝去借住女兒家一、兩天。她是個脾氣不佳的老嫗，可能第二天或第三天回家，於是米瑞恩獨守小屋，心情愉悅。

保羅常騎腳踏車過去，兩人如常相處快樂，共度祥和的時光。他不太令她尷尬；但兩人說好了，在耶誕假期的星期一，他陪她在小屋一整天。

那天晴空萬里。他告別母親，說明他即將前往的地方。母親即將獨守空屋一整天，保羅的心情蒙上陰霾，但他有三天能自由發揮，他想隨心所欲。早晨騎車穿梭巷弄間的感覺甜美。

抵達小屋時已大約十一點。米瑞恩忙著準備午餐。她在洗滌間裡忙得臉色紅潤，有板有眼。他吻她，坐下來看。廚房狹小而溫馨。屋內狹小溫馨。覆蓋沙發的是一種亞麻布，紅色和淺藍方塊交錯，洗舊了但仍美觀大方。角落碗櫥上擺著盒裝的貓頭鷹標本。窗台上種植香水天竺葵，陽光穿透葉子而來。她烹調全雞餐招待他。這棟小屋今天歸這一對專用，一人是夫，另一人是妻。他為她打蛋、削馬鈴薯皮。他認為，米瑞恩持家的感覺幾乎像他母親。爐火烘得她臉紅，鬈髮直往下掉，沒人能比她更美。

午餐煮得色香味俱全。他以年輕丈夫的身手切割全雞。兩人邊吃邊聊，興致不曾稍減。她洗餐具，他負責擦乾，然後兩人出去逛田野。附近有一條清澈的小溪流進陡坡底的沼澤，他們漫步至此，摘幾支金花驢蹄草和許多大朵的藍色勿忘我。然後，她坐在岸邊，鮮花滿手，多數是金花。她湊近驢蹄草聞香時，被黃花粉沾滿整張臉。

「妳的臉好亮麗，」他說：「像個四不像。」

她望著他，面帶疑問。他帶著懇求的意味笑她，雙手按著她的手，然後吻她手指，接著吻臉。

天地間陽光普照，相當安寧，但不至於呼呼入睡，而是期待得微微顫抖。

「我從沒看過比這更美的景象。」他說。他一直緊握小手。

「溪水邊跑邊唱歌給自己聽——你也喜歡嗎？」她愛意濃濃望著他。他的目光非常深沉，非常炯亮。

「妳不覺得今天是美好的一天嗎？」他問。

她喃喃贊同。她的確很快樂，他看得出來。

「而且是專屬妳我的一天——別無旁人。」他說。

兩人再逗留一小陣子。隨後，他們踩著香甜的百里香，他別無含義看著她。

「我們回去吧？」他問。

兩人牽手回小屋，一路上不語。一群雞追著她而來。他鎖門，整棟小屋成了兩人世界。

當他解開衣領時，她躺在床上，他永生難忘那副景象。起初，他僅僅看見她的美，美得眼花繚亂。他曾想像過的胴體中，最美的一人非她莫屬。他看傻了眼，無法動作，無法言語，只呆呆看著她，臉皮似笑非笑。這時候，他要她，但正當他上前之際，他舉起雙手，做出懇求的小動作，注視著她的臉，止步。她的褐色大眼睛看著他，目不轉睛，一副任人擺佈的模樣，嬌滴滴。她躺著，彷彿已決心獻身：這具胴體即將送給他。然而，他望穿她的眼神，看見牲口等待獻祭的神態，不禁及時打住，熱血霎時冷卻。

「妳確定妳要我嗎？」他問，彷彿被一道冷影籠罩全身。

「對，我很確定。」

她非常安靜，非常鎮定。她只是理解到，這件事是為他而做。他幾乎無法忍受。她躺著獻身，因為她死心塌地愛他。而他必須犧牲她。一時之間，他但願自己是無性生物，或是死屍一具。之後，他又在她面前閉眼，血脈繼續澎湃。

事後，他愛她——徹頭徹尾愛她。他愛她。但不知為何，他也想哭。為了她，有某方面他無法忍受。他陪她陪到深夜。騎車回家路上，他覺得，他終於得道了，不再是小孩了。既然如此，為什麼心靈有一股苦悶？為什麼死亡、來生顯得如此甜美，如此快慰？

這星期，他陪伴米瑞恩，熱情讓她無法招架。每一次，他以近乎任性的態度，逼自己不把她當作一回事，憑個人情緒的蠻勁行事。而他也無法常做，事後總仍有一份失敗感，感覺像行屍走肉。倘使他想真正與她同在，他必須拋棄自我，拋棄他的慾望。倘使他想擁有她，他必須拋棄她。

「我來找妳的時候，」他問，眼神陰沉，帶有痛苦和恥辱，「妳不是真的想要我，對不對？」

「想啊！」她快口回答。

他看著她。

「才怪。」他說。

她開始發抖。

「是這樣的，」她說著捧起他的臉，轉移到肩膀上，以免看見——「是這樣的——以我們目前的身分——叫我怎麼適應你呢？等我們結婚以後，情況就會正常化。」

他抬起她的頭，看著她。

「妳的意思是說，現在，每次都帶給妳太多震驚？」

「對——而且——」

「和我在一起，妳老是憋得好緊。」

她激動得顫抖。

「是這樣的，」她說：「我不習慣的觀念是——」

「妳最近很習慣啊！」他說。

「可是，我從小到大，母親一直教我：『婚姻當中，有一件事每個新娘都害怕，不過，妳一定要忍耐。』而我聽信了。」

「到現在還相信。」他說。

「不！」她趕緊大聲否認。「我和你一樣相信，兩人相愛，即使是那一種愛法，是生命的巔峰。」

「這不能改變妳從來不要這種愛的事實。」

「對，」她說，擁抱他的頭入懷中，絕望搖擺著。「別這麼說嘛！你不明白。」心痛的她搖擺著。「難道我不想要你的骨肉嗎？」

「但妳不想要我。」

「你怎能講這種話？不過，我們一定要先結婚，才能生小孩——」

「既然這樣，我們乾脆結婚好了？我要妳懷我的骨肉。」

他崇敬地吻小手。她哀傷思索著，觀望著他。

「我們還太年輕。」許久之後她才說。

「二十四歲和二十三歲——」

「還不是時候。」她懇求著，悽苦地搖擺身子。

「等妳願意再說吧。」他說。

她垂頭，神色凝重。他言語中絕望的語調深深刺傷她的心。這種絕望的語調總讓兩人觸礁。不作答的她是默認了他的感受。

男歡女愛一星期之後，週日晚間就寢前，他突然對母親說：

「我不會再這麼常去米瑞恩家了，母親。」

她感到詫異，但她不肯過問。

「你自己看著辦吧。」她說。

於是，他上床睡覺。但在這之前，莫瑞爾夫人就納悶他為何多了一份沉默。她幾乎猜中了。儘管如此，她不想去煩他。躁進可能搞砸事情。她旁觀困守愁城的兒子，懷疑他將有什麼樣的下場。他病了，變得太沉默寡言，眉頭終日微微鎖著，如同他從嬰兒期延續多年的模樣。如今，那份表情回來了。她愛莫能助。他只能獨自奮鬥，自求多福。

他繼續對米瑞恩忠實。因為他曾經掏心掏肺愛過她。但愛一去不復返。失敗感愈來愈深重。起初，他僅有一絲傷感。後來，他漸漸覺得，這條路走不下去了。他想逃避，想出國，做什麼事都行。逐漸地，他不再要求她擁有他。停止要求後，兩人非但不能結合，反而漸行漸遠。爾後他明瞭到，意識到，這樣下去不是辦法。再試也是白搭：這事在兩人之間斷無成功的機會。

幾個月下來，他不常和克萊拉互動。兩人偶爾在午休期間出去散步半小時。但他總為米瑞恩守身。話說回來，和克萊拉相處時，他的眉頭鬆懈，心情再度輕盈起來。她以溺愛小孩的態度寵他。他自以為他不介意。但在表層之下，這種舉動隱隱令他惱怒。

有時候，米瑞恩問：

「克萊拉呢？我最近一直沒聽到她的消息。」

「我昨天陪她散步大概二十分鐘。」他回答。

「她說些什麼？」

「不知道。大概是我一直喋喋不休吧——老毛病嘛。我大概是告訴她罷工的事，說婦女對罷工有什麼反應。」

「對。」

就這樣，他自談自己的事。

但在不知不覺間，在他潛意識裡，他對克萊拉的好感逐日拆散他和米瑞恩。他覺得自己對米瑞恩身負一份責任，也自認屬於她。他認為，自己對她相當忠實。用情的深淺冷熱難以丈量，唯有在情慾追隨女人而去才可測度。

他開始多花時間與哥兒們相處。其中一位是藝術學校的同學傑索普，一位是大學化學課的示教講師史韋恩，一位是中小學教師紐頓，另外還有米瑞恩的兄長艾格以及弟弟們。他推說要忙正事，去找傑索普作畫、研習。他去大學拜訪史韋恩，兩人結伴去「下城區」。他和紐頓一同搭火車回家，一起進月星酒館打撞球。如果以哥兒們為藉口不和米瑞恩相處，他覺得理直氣壯。母親的心情開始鬆懈下來。他無論去哪裡，總向母親稟告。

夏季，克萊拉有時穿軟棉質、袖子鬆垮的洋裝，手一抬起，袖子退縮，秀麗、健壯的手臂露出來面世。

「半分鐘，」他大喊：「停手別亂動。」

他素描克萊拉的手和臂，刻劃他對實物的一些嚮往。米瑞恩總鉅細靡遺過濾他的書本和紙張，發現他的素描。

「我覺得克萊拉的手臂好美。」他說。

「對！你是什麼時候畫的？」

「星期二，在廠房。妳應該知道，那裡有個角落可以讓我專心作畫。通常，我能在午餐前做完分內的所有事，下午我就能做自己的事，等晚上再處理公事。」

「對。」她說，翻閱著素描本。

他頻頻恨米瑞恩。他恨她彎腰爬梳他的個人物件。他恨她不厭其煩盤查他，把他當作是一份無窮盡的心理學報告似的。和米瑞恩同在時，他恨她懂他的心意，卻也不太懂他的心，因此折騰她。他說，她搶走一切，卻完全不付出。至少，她不付出暖意。她從來不像生物，毫無生命活力。看著她，就好像看著不存在的事物。她只是他的良知，不是她的伴侶。他猛烈仇恨她，也對她更加無情。兩人的交往一直拖到翌年夏季。他見克萊拉的次數愈來愈頻繁。

最後，他開口了。有天晚上，他坐在家裡作畫。他和母親之間有一種特殊的互動，彼此能坦白挑對方的錯。莫瑞爾夫人已康復，又能站起來走動。他不打算再死守米瑞恩了。很好，母親會繼續漠然以對，等他開口直說。這場風暴在他胸口醞釀多時，等待著爆發的場合。這天晚上，母子間瀰漫著懸疑的怪氣氛。他奮力作畫，動作機械式，想忘記煩惱。時辰不早了。門開著，屋外偷偷飄進來聖母百合的花香，彷彿它在屋外潛伏。他倏然起身，步出門外。

夜色美得令他想狂嘯。半月散發黃昏的金光，沉進花園盡頭那棵黑暗的懸鈴樹背後，月光將夜空渲染成暗紫色。在較近之處，一排淺白百合縱貫花園，周遭的空氣似乎被花香擾動，彷彿花香具有生命力。他穿越粉紅石竹花床，刺鼻的香味侵略百合花搖曳厚沉的花香，駐足在白花形成的障礙旁邊。花兒朵朵全垂頭，彷彿在喘氣。花香迷醉了他。他走進田野，想看月落。

乾草場盡頭有一隻長腳秧雞，啼叫不休。月亮下降的速度相當快，月光多了一分紅暈。在他背後，大花彎腰，彷彿正在呼喚誰。這時候，他宛如觸電，又嗅到另一陣花香，原始而粗糙。他四處尋索，發現紫色鳶尾花，觸摸它們肉感的咽喉以及會勾人的深紫手。他總算找到了。鳶尾花昂然挺立暗夜中，香味野蠻。月亮融進山頂，不見了，天地漆黑一片。長腳秧雞仍咯咯不休。

他摘下一朵粉紅石竹花，忽然進屋內。

「來吧，孩子，」母親說：「你該上床睡覺了。」

他駐足，花貼嘴唇。

「我打算和米瑞恩分手，母親。」他鎮定說。

莫瑞爾夫人從眼鏡上緣看著他。他回眼看，堅定不移。兩人視線相接片刻後，她摘下眼鏡。他臉色蒼白。雄性在他內心抬頭了，主宰一切。她不想看他看得太清楚。

「可是，我還以為——」她說。

「呃，」他回應：「我不愛她。我不想娶她——所以乾脆喊停。」

「可是，」母親訝然感嘆，「我以為，你最近下決心擁有她，所以我不想多嘴。」

「我本來已經——我本來想要——但現在我不想了。再交往下去不好。我打算星期日和她分手。我應該分手，對不對？」

「最清楚的人是你。我很久以前就說過了，你知道。」

「現在講這個也於事無補了。我星期日就和她分手。」

「嗯，」母親說：「我認為這樣最好。不過，最近，我認定你決心擁有她，所以我不想多嘴，也應該少管閒事。不過，我一貫的說法是，我不認為她適合你。」

「我星期日就分手。」他說，嗅一嗅粉紅石竹花。他把花含進嘴裡。未經大腦思考，他露牙，慢慢嚼花，滿嘴是花瓣，然後吐向火爐，親母親一下，上床就寢。

星期日，正午過後不久，他前往威利農場。他先前寫信給米瑞恩，提議一起散步去哈克諾鎮。莫瑞爾夫人對他非常溫柔。他不說什麼。但她看得出這事多麼令他傷神。他臉上的奇特表情令她鎮定。

「不要緊，兒子，」她說：「事情過後，你會比現在好很多。」

保羅快速瞥母親一眼，訝異兼憎恨。他不想要別人同情。

米瑞恩在巷尾和他碰面。她穿著新的短袖花紋紗洋裝。保羅見她穿短袖，見到手臂的褐皮膚外露——如此可憐、聽天由命的手臂——令他心痛如絞，讓他的心多一分殘暴。她為了他打扮得如此清秀。她這朵花似乎為他一人綻放。每次他看著這位如今已成熟的年輕婦女，看著新裝秀美的她，他受太多拘束的心差點爆破。但他的心意已決，無法更改。

來到小山上，他們坐下，他以她的大腿為枕，讓她撫摸他的頭髮。以她的說法，她知道「他人在心不在」。通常，他在她身邊時，她對他尋尋覓覓，怎麼也找不到他。但這天下午，她毫無準備。

接近下午五時，他才告訴她。兩人這時候來到山澗旁，坐在草地邊緣，下面是黃土窪地，他拿著棍子戳土。心情不寧，思想殘酷時，他有此舉動。

「我一直在想，」他說：「我們應該分手。」

「為什麼？」她驚呼。

「因為再交往下去不好。」

「為什麼不好？」

「不好就是不好。我不想結婚。我永遠不想結婚。如果我們不準備結婚，繼續交往下去也不是辦法。」

「可是，你為什麼現在才講？」

「因為我下定決心了。」

「你最近這幾個月告訴我的東西，是什麼意思？」

「身不由己啊！我不想再走下去了。」

「你不想再陪我？」

「我想和妳分手——妳脫離我而自由，我脫離妳而自由。」

「那麼，我們最近幾個月的交往有什麼意義呢？」

「我不知道。我對妳講的話當時句句屬實。」

「那麼，為什麼你現在變心？」

「我沒變啊——我和以前一樣——只不過，我知道，再交往下去不好。」

「你還沒告訴我為什麼不好。」

「因為我不想走下去——我也不想結婚。」

「有多少次你提議娶我，我卻不願意？」

「我知道；不過，我希望我們能分手。」

兩人沉默不語一段空檔，他惡毒猛戳泥土。她垂頭思量。他是一個不講理的小孩，猶如飲料喝過癮後，一把砸碎杯子的小孩。她看著他，衝動想揪住他，看能不能從他身體擰出半滴定性。但她徬徨無助。隨即，她大聲說：

「我說過你才十四歲大——你其實只有四歲！」

他仍對著土地猛戳。他聽見了。

「你是個四歲小孩子。」她氣得再罵。

他不回應，只在心中說：好吧，如果我是四歲小孩，妳要我怎麼辦？我才不想要另一個母親。但他不語，雙方都不作聲。

「你已經告訴家人了嗎？」她問。

「我對母親提過。」

兩人之間再沉默半晌。

「那你想要什麼？」她問。

「我說過了，我希望我們能分開。這麼多年來，我們彼此互相依靠，現在該喊停了。我想自己走自己的路，妳走妳自己的路。妳可以自己過獨立的生活。」

儘管她忿恨在心，這話裡仍有一份真理，她忍不住領悟到。她知道，她覺得被綁在他身上，她無法控制，令她痛恨。自從愛他太深的那一刻起，她就恨自己愛他。由於她愛他，也由於他宰制她，她打從內心深處恨他。她一直抗拒著他的宰制。為此，她曾為自己的自由抗爭。她掙脫他了，她獲得的自由比他更多。

「而且，」他繼續說：「以後我們應該永遠互相關心彼此做的事。妳對我的貢獻很大，我對妳也一樣。現在，我們應該開始過自己的生活。」

「你想做什麼？」她問。

「沒什麼——只想自由自在。」他回答。

但她由衷明瞭，他受克萊拉耳濡目染，想爭取解放。但她不說話。

「我怎麼告訴我母親？」她問。

「我對母親說過了，」他回答：「說我想分手——一刀兩斷。」

「我不想告訴家人。」她說。

他皺眉說：「隨妳便。」

他知道他害她陷入泥淖，讓她進退維谷。想到這裡，他很生氣。

「就告訴妳家人說，妳一直不願意嫁給我，乾脆分手，」他說。「夠接近事實了。」

她鬱鬱寡歡咬著手指。她思索著兩人交往的經過。她早知會有今天這種結局；她始終有預感，和她的哀怨期望互相呼應。

「一直是——一直都是這樣！」她大喊：「我們的交往是一場長年的戰役——你一直想掙脫我而去。」

這話出乎她意料之外，宛如晴天霹靂。保羅心跳靜止。她對這段情的感想，難道如此不堪？

「可是，我們相處時，有過不少美好時光，不少美好日子！」他語帶懇求。

「從來沒有！」她大叫：「從來沒有！一直都是你想掙脫我。」

「不是一直——起先沒有啊！」他語帶懇求。

「一直都是——從第一天就是——一直都沒變！」

她講完了，但她已經講夠多了。他瞠目結舌地坐著。他想說的是：交往過程很順利，但是，路已經走到盡頭。在他瞧不起自己的那些日子，他對她的愛有信心，如今她卻認定兩人的愛從來不是愛。「一直想掙脫？」照她這麼說，那段過程必定有如糞土。兩人之間始終不存在真愛；一直在憑空想像愛情的人是他。而她早就知道了。她的領悟很多，告訴他的卻少之又少。她始終知道。一直以來，這些事實始終被她壓在心底！

他哀怨坐著不講話。最後，他覺得，一股刻薄的意味滲入整件事。她其實一直在玩弄他，而不是被他玩弄。對他，她隱瞞所有的譴責，一味奉承他，鄙視他。她現在鄙視他。他改以知識分子的態度講話，殘酷對待她。

「妳應該嫁給一個崇拜妳的男人，」他說：「這樣一來，妳就能對他為所欲為。很多男人會崇拜妳的，前提是妳要潛進他們不為人知的本性。妳應該嫁給這種人。他們永遠不會想掙脫妳。」

「謝謝你！」她說：「不過，我不准你再建議我嫁給誰。這種事你以前就做過了。」

「那就算了，」他說：「我不會再囉嗦。」

他靜靜坐著，感覺自己挨了一擊，而非打中對方。八年的友情與愛情，他一生長達八年的歲月，一筆勾銷。

「你是什麼時候考慮分手的？」她問。

「星期四晚上才下決心。」

「我料到會有這種事。」她說。

他聽了心喜，不無怨氣。他心想：「唉，那就好！既然她料到了，分手的提議不至於害她措手不及。」

「你有沒有對克萊拉說什麼？」她問。

「沒有；但我改天會告訴她。」

兩人又陷入沉默。

「去年差不多現在，在我祖母家，你講過的東西，你記得嗎？——甚至是近幾個月你講的事，記得嗎？」

「記得，」他說：「我記得！全是真心話！路走不下去了，我也沒辦法。」

「走不下去，是因為你另有所求。」

「有求無求，都一樣走不下去。**妳**對我從來都沒有信心。」

她怪笑一聲。

他默默坐著。他內心充滿一種感覺，好像上她的當了。他以為她崇拜他，其實卻鄙視他。她讓他亂講話，不予反駁。她任憑他單打獨鬥。然而，鯁在喉嚨的是，他以為她崇拜他，其實被她鄙視。她應該是一挑到毛病就告訴他才對。她的這種玩法不公平。他恨她。幾年下來，她表面上把他捧成英雄，私底下卻視他為嬰孩，傻男娃一個。既然如此，她為何放任傻男娃亂來？面對她，他的心腸硬起來。

她坐著，怨氣滿懷。她早就心裡有數了——唉，她太清楚了！他不在身邊時，她不停拉他回來，看透他的窩囊，他的卑微，他的愚昧。她甚至防守著自己的心靈，以免被他傷到。她沒有被推翻，不曾沮喪，甚至沒受到太多傷害。她早就知道了。奇怪的是，坐在那邊的他，為何對她依舊有一股冥冥的宰制力？他的一舉一動令她著迷，彷彿被他催眠了。話雖如此，他為人可鄙、虛假、表裡不一、小心眼。為什麼她仍被束縛住？天下大亂沒關係，為什麼他手臂動一下，就能讓她心湖蕩漾？為什麼她被綁在他身上？即使是現在，為什麼只要他看著她，對她下令，她就非遵命不可？再小的命令，她都願意遵守。但是，一旦她照他的意思去做，她知道，她就能操控他，對他隨心所欲。她對自己有信心。只不過，他有了新歡！啊，他不是男子漢！他是個小嬰兒，哭著要最新的玩具。他的心靈羈絆再多，也留不住他。算了，他終究要走。但是，陪新歡玩累了，他終究會回頭。

他對著泥土砍劈，嚇得她半死，她只好起身。他繼續坐著，把一塊塊泥土彈進山澗。

「我們在附近喝個茶吧？」他問。

「好。」她回答。

喝茶時，兩人閒聊著不相干的瑣事。祖母客廳的裝潢觸發他對裝飾品的熱愛，他這時不停漫談著，也高談裝飾品美學。她態度冰冷，話不多。走路回家的路上，她問：

「以後，我們不能再會面囉？」

「對——或者少少幾次。」他回答。

「也不能再寫信？」她問，語氣近乎諷刺。

「隨妳便，」他回答：「我們又不是陌生人——無論發生什麼，永遠都不該不聞不問。我以後會偶爾寫信給妳。妳想不想回，自己看著辦。」

「瞭解！」她苛刻回應。

但到這地步，再苛的字眼也傷不了他。他的人生已被劈出一道大裂痕。當她說，這段情衝突不斷，他飽受震驚。其他都不重要了。既然從來都不值得一提，如今結束了，也沒必要大驚小怪。

他在巷尾告別她。她獨自回家的路上，穿著新衣服的她即將面對家人，而他靜靜站在大馬路上，既羞愧又痛苦，惦記著他為她造成的折難。

為了提振個人的自尊心，他進柳樹酒館喝一杯。四名女孩下班相約出來玩，各喝一小杯波特甜酒，桌上有幾顆巧克力。保羅點威士忌，坐在她們附近。他留意到，女孩們交頭接耳，彼此用手肘頂撞著。未久，一位膚色偏黑的俏妞挨過來，對他說：

「要不要來一顆巧克力？」

其他女孩被她的大膽之舉逗得爆笑。

「好啊，」保羅說：「給我硬一點的——包堅果的那種。我不喜歡奶油巧克力。」

「好，這顆給你，」女孩說：「這裡面包了一個杏仁。」

她以兩指拿起巧克力。他張嘴。她放巧克力進嘴裡，臉紅起來。

「妳的心地真好！」他說。

「呃，」她回應：「剛才我們見你心情不好，她們慫恿我，叫我請你吃巧克力。」

「不妨再來一顆吧——換換口味。」他說。

未久，他和她們併桌，五人笑成一團。

到家時已九點，天色暗淡。他無聲進家門。等著他夜歸的母親焦急地起身。

「我告訴她了。」他說。

「我很高興。」母親回應，卸下心頭一塊巨岩。

他疲憊地掛好帽子。

「我說我們最好一刀兩斷。」他說。

「對，兒子，」母親說：「她一時會覺得難以接受，不過長期而言，這是最好的作法。我知道。你本來就不適合她。」

他一面坐下，一面抖音笑一笑。

「我在酒館認識幾個女孩，玩得挺開心的。」他說。

母親看著他。他已經遺忘米瑞恩了。他向母親描述柳樹酒館裡的女孩。莫瑞爾夫人看著他。他的心態如此輕盈，她覺得不甚真實。歡樂的表面下深藏著太多惶恐和辛酸。

「好了，吃點晚餐吧。」母親說，語氣至為輕柔。

餐後，他若有所思說：

「母親，她從來不認為她能擁有我，從一開始就這樣，所以她不失望。」

「恐怕，」母親說：「她還沒有對你死心。」

「對，」他說：「大概沒有。」

「你以後會發現，分手還是比較好。」她說。

「我不知道。」他絕望說。

「算了，不要去管她了。」母親回應。於是，保羅不再去找她，讓她獨處。在意她的人很少，她在意的人也非常少。她維持獨處的狀態，等待著。

12 情火

他逐漸能靠賣畫維生了。自由藝廊買下他設計的幾種美工圖形，印製在商品上，他也能在一兩地，將作品應用在刺繡、祭壇布等等。目前，他進帳不十分多，但仍有發展的空間。他結識陶瓷器公司的一位設計師，向對方討教。應用藝術令他極為感興趣。在此同時，他慢慢苦心揮灑筆下的作品。他熱愛大型人像畫，光線充足，但他畫的不是光影交綜的印象派，而是明確的形體，像米開朗基羅的人像畫具有某種光明的特質。他看準比例，把這些人像融入風景畫之中。他善用他認識的所有人，多半憑記憶作畫。他對自己的作品深具信心，自認作品不錯，也有價值。儘管有時憂鬱，有時信心縮水等等，他對自己的作品有信心。

第一次對母親講信心十足的話是在他二十四歲那年。

「母親，」他說：「我立志做一個大家重視的畫家。」

她怪里怪氣哼一聲，好比在內心有幾分歡喜時聳聳肩。

「也好，孩子，再說吧。」她說。

「一定會的，小鴿子！總有一天，妳會打扮得風風光光！」

「現在的我很知足，孩子。」她微笑道。

「可是，妳遲早會變。看看妳和米妮的互動！」

米妮是十四歲小女僕。

「米妮又怎樣？」莫瑞爾夫人語帶尊嚴說。

「今早被我聽見了：『呃，莫瑞爾夫人！我正要去呢，』妳冒雨出去鏟煤進來，」他說：「看起來很像妳懂得差遣傭人了！」

「嗯，那只是米妮乖巧罷了。」莫瑞爾夫人說。

「而且妳還向她道歉：『妳總不能同時做兩件事吧？』」

「她當時正在洗東西。」莫瑞爾夫人回應。

「結果她怎麼說？『待會兒再洗也行啊。這下子，妳看妳走起路來活像個鴨子！』」

「對——嘴沒遮攔的小丫頭！」莫瑞爾夫人微笑說。

他看著母親，呵呵笑著。她的態度轉回和煦，臉上多了血色，對他充滿關愛。一時之間，彷彿所有陽光全照在她身上。他繼續欣然作畫。母親快樂時顯得健康無比，令他暫時忘記她的頭髮已經灰白。

同一年，保羅帶母親去懷特島度假，母子倆覺得太刺激，景色太美了。莫瑞爾夫人滿心喜悅和驚奇。但他但願母親能多陪他走幾段路。有一次，她暈倒在地上，面如土色，嘴唇發青！他看了好心疼，感覺宛如胸口被捅一刀。後來，她康復了，他也忘記這件事，但內心那份焦慮仍在，像一道遲遲不癒合的傷口。

和米瑞恩分手後，他幾乎是直奔克萊拉。分手後的星期一，他下樓進廠房。她抬頭見他，微笑一下。無意間，兩人變得至為親密。她看出他多了一份爽朗。

「哇，希巴女王！」他笑說。

「怎麼說呢？」她問。

「我認為這封號很適合妳。妳今天穿新衣服。」

她紅著臉問：

「新衣服又怎樣？」

「很適合妳——太難看了！我可以幫妳設計一套。」

「怎麼設計？」

他站在克萊拉面前，闡述時目光亮晶晶。他扣住她的視線。然後，他突然握住她。她有點被嚇得退縮。他拉緊上衣的布料，抹平胸前的皺褶。

「設計得更合身！」他解釋。

但兩人之間有某種默契。隔天早上，在火車進站前，他帶她進電影院幾分鐘。坐下後，他看見她一手放在他附近。掙扎了片刻，他不敢伸手去摸。影片在螢幕上蹦跳、顫慄。然後，他握起她的手。她的手大而厚實，占滿了他的掌心。他緊緊握住。她既不移動，也不作任何表示。離開電影院時，火車即將進站。他遲疑一陣。

「晚安。」她說。他衝向馬路對面。

隔天，他又來找她聊天。她以優越感相待。

「星期一，妳想不想出去散個步？」他問。

她把臉偏向一旁。

「你要不要向米瑞恩報備啊？」她酸他。

「我和她分手了。」他說。

「什麼時候的事？」

「上星期日。」

「你們吵架了？」

「沒有！我只是下定決心而已。我斬釘截鐵告訴她，我想恢復自由之身。」

克萊拉不回應，他只好回工作崗位。話那麼少，態度那麼高傲！

星期六晚間，他約克萊拉去餐廳喝咖啡，下班時會合。她來了，看起來非常內斂，非常疏遠。他的班車四十五分鐘之後才到。

「我們散步一小段路吧。」他說。

她同意，兩人通過城堡，進入公園。他怕她。走在他身旁的克萊拉神態鬱悶。他怕牽她的手。

「想走哪條路？」他問。這時兩人走在黑暗中。

「我無所謂。」

「那我們走台階上去。」

他忽然轉身。這時，兩人已通過公園台階。她站定，恨他突然拋下她。他東找西找她。她孤傲站著。突然，他勾住她手臂，使勁勾著不放手，親吻她，然後才鬆手。

「來吧。」他說，語帶悔意。

她跟著走。他牽起她的手，吻指尖。兩人默默散步。來到有燈光之處，他放開她的手。走到車站，兩人才再開口。這時候，兩人四目相對凝視著。

「晚安。」她說。

他去搭火車。他的肉體做出機械式舉動。有人對他講話，他聽見微弱的回音回應對方。他陷入語無倫次狀態。星期一再不趕快來，他覺得自己快發瘋了。星期一，他就能再見到克萊拉。他的整個身心全被拋向星期一。星期日從中作梗。他受不了。等到星期一，他才又見得到她。星期日從中作梗——一小時又一小時的煎熬。他想對著車廂門撞頭，但他坐著不動。回家路上，他喝一點威士忌，但愁更愁。絕對不能驚動母親。他脫衣褲，趕緊上床。他坐在床上，衣褲仍穿著，膝蓋縮到下巴，凝望窗外，看著燈火稀疏的遠山。他既不想事情也睡不著，只紋風不動坐著凝望。最後，他終於冷到恢復理智，發現手錶停在兩點半。時辰已過凌晨三點。他精疲力盡，時光才走到週日清晨的事實依然折磨著他。他睡了。然後，他騎掉整個白天，騎到沒力氣。而他幾乎不清楚路過哪些地方。但是，明天就是星期一了。他睡到凌晨四點。然後，他躺在床上思考。他愈來愈接近自己了——他看得見自己，有血有肉，在前方某處。她下午將陪他散步。下午！感覺像還要等幾年。

時光一小時一小時慢慢爬行。父親起床了，他聽見父親走來走去。然後，父親出門去採礦了，沉重的靴子在院子磨出聲響。公雞仍在啼叫。路上有一輛貨車經過。母親起床了。她捅一捅爐火。未久，她輕聲呼喚他。他以半睡半醒的口氣回應。這副臭皮囊還挺會演戲的。

他走路去火車站——再走一英里！火車接近諾丁罕了。會不會在隧道之前停車？不重要；午餐之前到站就可以了。他來到喬丹公司。再過半小時，克萊拉即將抵達。再怎麼說，她會近在咫尺。他處理完信件。她應該開始上班了。也許她還沒進公司。他衝下樓。啊！隔著玻璃門，他見到她正在工作，肩膀微微下垂。他覺得不宜上前打擾，但他憋不住了。他走進去。他臉色蒼白，神態緊張彆扭，渾身發冷。她會不會誤解他的意思？以這副臭皮囊，他寫不出真我。

「對了，今天下午，」他強擠出話。「妳會去吧？」

「應該會。」她喃喃回答。

他站在克萊拉面前，吐不出一個字。她藏住臉，不給看。即將喪失意識的感覺再次蒙上他心頭。他咬咬牙，回樓上。一切都準備妥當了，接下來的事他也將力求完善。整個上午，周遭事物顯得虛無縹緲，他覺得自己被哥羅仿麻醉了。他覺得身體被布條緊緊束縛住。他的分身在遠處，正在動作中，在紀錄簿上寫東西，而他謹慎監督這分身，以免他出差錯。

但是，這種苦悶和壓力不能再延續下去。他埋首不停苦幹。儘管如此，時間才走到十二點。他彷彿將自己的衣褲釘在辦公桌上，強迫自己站著工作，逼自己寫下一筆一劃。十二點四十五分；他可以走了。這時候，他飛奔下樓。

「兩點在噴泉和我碰頭。」他說。

「我兩點半才能去。」

「行行好！」他說。

他的眼神黑暗而瘋狂，她看懂了。

「我會儘量趕在兩點十五到。」

而他不知足不行。他去吃午餐。這時候，哥羅仿的藥效尚在，每一分鐘漫漫無絕期。他走了好幾英里的路。然後，他認為他會遲到。兩點五分，他來到噴泉。接下來十五分鐘的折騰精純到無以言喻。這種苦，是活體和臭皮囊結合的苦。然後，他看見她了。她來了！他也在。

「妳遲到了。」他說。

「只遲到五分鐘。」她回應。

「和妳有約，我絕對不會遲到。」他笑說。

她穿深藍色套裝。他看著她窈窕的身段。

「就缺幾朵花。」他說著，走向最靠近他們的一間花店。

她無言跟進。他送她一束磚紅色康乃馨。她把花放進外套裡，臉紅起來。

「顏色好美！」他說。

「我倒比較喜歡色澤柔和一點的。」她說。

他呵呵笑。

「現在妳感覺像不像一團朱紅色顏料在逛大街？」他說。

她垂頭，唯恐被路人看見。走在路上，他斜眼看著她。她耳邊臉上有一許閉月羞花的嬌媚，他好想摸一下。此外，她也有一份沉重，宛如飽滿的麥穗太重，隨風輕輕點著頭，令他覺得天旋地轉。他感覺像在街頭打轉前進，萬物跟著兜圈子。

坐上街車後，她沉重的肩膀挨著他，他牽起她的手。他覺得麻醉藥消退了，他漸漸恢復意識，能開始呼吸。她的耳朵在金髮下若隱若現，很靠近他，他想親一下，誘惑力幾乎太強了。無奈，街車上層另有其他乘客。他仍有吻耳朵的衝動。畢竟，他不是他本人，而是她的某些特質，例如撒在她身上的陽光。

他連忙轉移視線。剛下過雨，城堡的大懸崖上雨痕遍佈，俯瞰平坦的市區。街車橫越中部線火車的寬黑軌道，通過泛白的牛欄，然後奔下污穢的韋佛路。

她隨著街車的動作搖曳，倚在他身旁，帶動他。他是個活力充沛的瘦子，精力源源不絕。他的臉粗獷，五官如亂鑿的雕像，如同平民一般，但濃眉底下的眼睛充滿生命力，令她著迷。他的眼睛似乎在跳舞，在歡笑邊緣忍笑，一不小心就摔跤。他的嘴也一樣，眼看就要得意大笑一場了，被他硬吞下去。他的神態有一股鮮明的懸疑。她心事重重地咬牙。他的手蓋住她的手，緊緊握著。

在旋轉門，他們繳半便士兩枚，過橋去。特林特河水位非常高，從橋下默默奔走，步伐陰險，身段柔軟。最近降雨豐沛，洪水氾濫至岸上，水光粼粼一大片。天空灰沉沉，偶見幾許銀光。在韋佛教堂的院子裡，大理花被雨打溼，糊成黑紅色的花團。青蔥的河邊草地旁有一條步道，兩旁是柱廊般的榆樹，路上見不到人。

一層若有似無的薄霧覆蓋銀黑色水面與岸邊草地，榆樹閃現金光。河水滔滔流，無聲無息，流速快，自相交纏，宛如某種微妙而複雜的生物。克萊拉悶悶不樂走在他身旁。

她終於開口，語音相當突兀。「你為什麼和米瑞恩分手？」

他皺眉。

「因為我**想要**和她分手。」他說。

「為什麼？」

「因為我不想繼續和她交往。而且，我不想結婚。」

她沉默片刻。兩人在泥濘小徑上謹慎前進。水珠子從榆樹滴落。

「是你不想娶米瑞恩，或是你不想和任何人結婚？」她問。

「都是，」他回答：「都是！」

由於積水遍地，兩人步步為營，向過籬梯前進。

「她怎麼說？」克萊拉問。

「米瑞恩？她說我是個四歲小娃兒，說我一直都想掙脫她。」

克萊拉反芻這句話片刻。

「不過，你是真的和她交往一段時間了？」她問。

「對。」

「結果現在，你不想再和她交往了？」

「對。我知道再交往下去不好。」

她再次思索著。

「你對她有點狠心，你不認為嗎？」她問。

「對，我早該在幾年前就分手。不過，再繼續下去也沒用。錯加錯不等於對。」

「你到底幾歲了？」

「二十五。」

「我知道。」

「而我三十了。」她說。

「我快三十一了——咦，已經三十一了嗎？」

「我既不知道也不在乎。有那麼重要嗎！」

兩人已來到克里夫頓園入口處。草地之間的河岸有一道陡升坡，紅土路被雨打溼，腐葉已發黏，兩旁的榆樹如柱，枝幹拱成一道雄偉的走廊，廊頂高聳，枯葉從上面墜落。四處無人，靜謐，溼答答。她站上過籬梯頂端，手被他握住。笑嘻嘻的她低頭注視他眼睛，然後縱身一躍，胸部落向他胸膛；他擁抱她，吻如雨下，落在她臉上。兩人踏上滑溜的紅土陡坡路。未久，她放開他的手，改讓他環抱她的腰。

「你握得太用力，我手臂裡的血管被你壓扁了。」她說。

兩人繼續走。他的指尖感應到酥胸搖晃的震動。四面八方無聲無人。左邊，在榆樹幹和枝椏的缺口，可見犁過的紅土田。右邊，往下看，深處可見榆樹梢，偶然聽得見河水咕嚕咕嚕。有時候，他們向下望，看得到滿水位的特倫特河和緩流動，也依稀看到氾濫草地上散見一小群牛。

「科格．懷特[26]小時候常來這裡，現在風景和那時候差不多。」他說。

但他其實定睛在她耳朵以下的喉頸處，見到紅暈融入蜜白的肌膚，芳唇悶悶不樂噘著。身邊的她走著，擾動他的腰，而他的身體宛如繃緊的琴弦。

宏偉的榆樹柱廊上到一半，克里夫頓園俯瞰特倫特河，這時兩人進無可進。他牽她手走出步道，踏過草地，從樹下鑽過去。紅土峭壁下面是大樹小樹，再下面是特倫特河，在枝葉間沉沉閃耀。岸邊的氾濫草地青翠欲滴。他和她相依站著，不說話，內心惶恐，肢體緊挨。河面傳來一陣急促的咕嚕聲。

「妳為什麼恨巴克斯特．鐸斯？」

明快一個動作，她轉向他，對著她獻唇，獻頸子；她的眼睛半閉；她的胸部傾斜，彷彿對他有所求。他小笑一聲，閉眼，正面獻上長長一吻。她的嘴與他融合為一，兩人的身體彼此緊閉封死。幾分鐘後，兩人退開。身邊這條路是公共步道。

「妳願不願意下去河邊？」他問。

她看著他，逗留在他掌握中。他走向陡坡邊緣，開始走下去。

「很滑。」他說。

「沒關係。」她回應。

紅黏土坡幾乎是垂直下降。他從一簇草滑向另一簇草，抓住樹叢穩定腳步，來到一棵樹下面的小平台，等克萊拉跟進，興奮笑著，鞋子黏滿紅土。她走得辛苦。他皺眉。最後，他握住她的手，她站到他身旁。懸崖聳立在一邊，另一邊是陡降坡。他臉色紅潤，她眼珠炯炯發光。他看著腳下的斜坡。

「很危險，」他說：「就算不危險，也可能很髒。想不想往回走？」

「不要為了我而調頭。」她趕緊說。

「好吧。不過，我幫不了妳。我只會幫倒忙。妳的小包裹和手套給我。妳的鞋子好慘！」

兩人杵在樹下的陡坡面上。

「好，我下去囉。」他說。

他連溜帶滑，踉蹌到下一株樹，整個人撲向樹幹，害他差點斷氣。她戒慎恐懼跟著下來，抓著小樹枝和雜草。如此，兩人分階段下到河濱。他黯然發現，河水已吞噬河邊小路，紅土直接碰觸河面。他的鞋跟陷入爛泥巴，猛然往上爬，不料，褐色小包裹的纏繩「啪」一聲斷了，滾落地上，蹦進水裡，順手穩穩流走。他抱樹穩住。

「哇，我該死！」他氣得直呼。隨即，他哈哈笑起來。她膽戰心驚爬下來。

「當心！」他警告。他背對樹幹站著等。「可以過來了。」他張開手臂呼喚。

她開跑，奔向他，被他抱住，兩人一同站在欣賞黑水沖淘河岸裸土。包裹早已漂到看不見的地方。

「不要緊。」她說。

他緊緊摟著她，吻她。這地方小到僅供四支腳立足。

「我們上當了！」他說。「不過，這裡有一條人走出來的痕跡，所以，只要我們繼續走，大概能再找到步道。」

豐沛的河流汩汩交纏滑行，對岸有一群牛正在荒涼的沖積平原上啃草。在保羅和克萊拉右邊，峭壁高高在上。兩人挨著樹幹站，臨水無言。

「我們試試看能不能往前走。」他說。紅黏土上有男人釘靴的印記，他們順著走，舉足維艱。兩人熱

---

26 科格・懷特（Kirke White, 1785-1806），英年早逝的英國詩人。

得臉紅，鞋底黏著地面，腳步沉重。最後，他們發現步道的遺跡，遍地是洪流沖刷上岸的漂浮物，幸好走起來比剛才輕鬆。他們拿小樹枝清靴子。他的心跳快如鼓。

忽然間，他們來到一小片平地，他見到兩名男子靜靜站在水邊。他的心蹦一下。這兩人正在垂釣。他轉身，舉起一手警告克萊拉。她蹉跎不前，扣好外套，然後和保羅一同再前進。

釣客轉頭，好奇看這兩人擾亂孤寂。釣客的營火快熄滅了。到處一片安寧。釣客把頭轉回去，繼續站著釣魚，猶如雕像佇立著，腳下是微光閃動的灰河。

克萊拉垂頭走，紅著臉，他暗笑著。他們直接走進柳樹後面，避開眼線。

「那兩個最好淹死。」保羅輕聲說。

克萊拉不語。兩人奮力走在水邊的一條窄道。忽然，路不見了。前方是堅硬的紅黏土斷崖，向下傾斜入水。他駐足，低聲咬牙咒罵。

「太難走了！」克萊拉說。

他站得直挺挺，四面張望。正前方不遠處，河流中有兩座小島，柳枝遍佈，但從這裡無法登島。兩人頭上是高聳的斜坡峭壁。後方，釣客正在附近。對岸遠處有一群牛，在荒涼的午後默默吃草。他再度沉聲重重咒罵一句。他仰頭看陡峭的河岸。是應該死心嗎？攀爬回到民眾使用的步道？

「先在這裡停一下子。」他說。他側踏紅土陡坡站穩，一腳接一腳往上爬，身手敏捷。每到一棵樹的樹根，他就望一眼。最後，他找到理想的地方。斜坡上有兩株山毛櫸並立，中間的樹根上形成一小塊平地，上面堆積潮溼的落葉。但這片平地可將就一點使用。釣客距離夠遠了。他扔下雨衣，鋪在平地上，揮手要她過來。

她爬到他身旁，抵達時看著他，目光沉重、麻木，頭靠上他肩膀。他東張西望，同時抱緊她。這裡夠安全了，只有對岸寂寞的小乳牛看得見這一對情侶。他唇落她喉嚨上，感受到沉重的脈搏。萬物一片寂靜。這段午後時光，四下無動靜，唯獨兩人相依偎。

她起身時，不停看地上的他突然發現，潮溼的黑樹根上多了好幾片康乃馨的紅花瓣，猶如斑斑血滴。小滴的紅汁從她胸部灑下，從上衣流到腳。

「妳的花被壓爛了。」他說。

她把頭髮攏整齊，看著他的眼神沉重。倏然間，他指向她臉頰。

「表情為什麼這麼沉重？」他語帶責備。

她感傷微笑一下，彷彿芳心孤寂。他伸出手指撫摸她臉頰，吻她。

「別這樣嘛，」他說：「您不要煩惱！」

她緊抓住他的手指，震顫地呵呵笑起來。然後，她放下他的手。他為她撩起眉毛上的秀髮，輕撫並吻她的太陽穴。

「您不要擔心嘛！」他以方言柔聲說，語帶懇求。

「我才不擔心！」她柔媚笑一笑，態度順從。

「有啊，怎麼沒有！您可別擔心。」他再以方言懇求，撫摸著她。

「才沒有！」她安慰他，吻他。

想回路面，兩人仍有一段陡坡要攀爬。這段足足耗了十五分鐘。他終於爬上平坦的草地後，脫帽扔掉，擦拭額頭的汗水，嘆氣一聲。

「我們回到一般人的層次了。」他說。

她在禿斑處處的草地上坐下喘息。她的臉頰紅暈。他吻她，她拋開疲勞，心情喜悅起來。

「現在，我來為您清理靴子，讓您能體面見人。」他說。

他跪在她腳前，拿棍子和一撮撮青草，和鞋子上的泥濘奮戰。她手伸進他的頭髮，抱他的頭上來吻一下。

「叫我怎麼辦呢？」他看著她，哈哈笑著問：「是要我清鞋子，或是要我談情說愛？快回答我啊！」

「我高興就好。」她回答。

「目前我是妳的擦靴童，其他事一概不做！」但兩人繼續凝視對方的眼睛，呵呵笑著。接著，兩人小口小口接吻。

「嘖——嘖——嘖——嘖！」他學母親嘖舌說：「我告訴妳，只要有女人插手，正事絕對辦不成。」

他重回擦學童的崗位，輕輕唱著歌。她撫摸他豐濃的頭髮，他親吻她手指。他清理著她的靴子。最後，靴子相當體面了。

「好了，妳看！」他說：「我很高竿吧？恢復妳可敬的容貌了。站起來！妳看起來和不列顛女神像一樣，無可挑剔！」

他稍微清自己的靴子，用一小攤水洗手，唱著歌。他們走向克里夫頓村。他癡狂愛著克萊拉；她的一舉一動，她服裝的每一道皺褶，都顯得楚楚動人，都在他全身點燃熾燄。

這一對上門後，飲茶室的老婦人變得快活喜悅。

「但願天氣好一點就好了。」老婦人說，徘徊不去。

「什麼話！」保羅笑道。「我們剛還在說，天氣好棒。」

老婦人好奇看著他。他渾身散發一種異樣的神采和魅力。他的眼神深邃含笑。他以欣快的動作抹一抹小鬍子。

「哪來的好天氣啊！」她感嘆，年邁的眼睛迸發光輝。

「真的啊！」他笑說。

「好吧，那我就依你吧。」老婦人說。

她沒事找事做，逗留不肯走。

「不曉得，妳想不想也來一點白蘿蔔，」她對克萊拉說。「我的菜園裡種了幾棵——另外也長了一支小黃瓜。」

克萊拉臉紅了。她的模樣非常迷人。

「那就麻煩妳了，我想吃白蘿蔔。」她回答。

老婦人喜孜孜，拖著腳步離去。

「要是被她發現啊！」克萊拉小聲對保羅說。

「哼，她不會發現啦。更何況，這表示我們倆很登對。妳的模樣差不多能滿足天使長，而我相信，我看起來也不像壞人——所以——如果妳模樣不錯，別人招待我們時也高高興興，也讓我們開心——這樣的話，我們也不算騙得別人團團轉吧！」

兩人繼續吃吃喝喝。臨別時，老婦人怯生生帶來三小朵盛開的大理花，花瓣縝密無缺，散佈著紅白斑點。她站在克萊拉面前，很得意說：

「不曉得這會不會——」她說著，伸出年邁的手，捧花送克萊拉。

「喔，好美喔！」克萊拉驚呼收下。

「全送給她一個人嗎？」保羅問老婦人，語帶譴責。

「是的，全送給她，」她回答，喜形於色。「你的花已經夠大朵了。」

「啊，我只好叫她分給我一朵！」他逗趣說。

「那得看她意思囉。」老婦人微笑說。語畢，她微微行屈膝禮，神態喜悅。

克萊拉話不多，心情窘迫。離開飲茶室後，他邊走邊說：

「妳該不會覺得自己是犯人吧？」

她以驚愕的灰眼珠看著保羅。

「犯人！」她說：「我才不會。」

「不過，妳好像覺得自己做錯事？」

「沒有，」她說：「我只是在想，『要是被他們發現的話！』」

「假如被他們發現，他們不會諒解。照目前的情況來看，他們確實能諒解，而且他們看了也喜歡。何必管他們呢？在這裡，到處只有樹和我，妳該不會有一滴滴做錯事的疙瘩吧？」

他挽起她的手臂，讓她轉身面對他，四目相視。有某件事令他心煩。

「沒有違背禮教吧，我們？」他說，微微皺眉不安。

「沒有。」她回答。

他吻她，笑一笑。

「我相信，妳喜歡心裡有一絲絲內疚，」他說：「我相信，夏娃縮著頭離開伊甸園的時候，她一定也喜在心中。」

話雖如此，克萊拉散發某種光輝和沉靜，令他欣喜。他獨自上火車後，發現自己快樂得七橫八豎，乘客顯得和善到極點，夜色也柔美，萬事皆稱心如意。

他進家門時，母親正坐著讀書。莫瑞爾夫人健康大不如前，臉上多了一分象牙白的病容，他從來沒注意到，而事後他永生難忘。她不對兒子提起身體欠佳的事實。畢竟，她心想，不是很嚴重。

「你這麼晚才回家！」她看著兒子說。

他的目光晶亮，臉龐似乎透光。他對母親微笑。

「對，我陪克萊拉去克里夫頓園玩。」

母親再看他一眼。

「不怕閒言閒語嗎？」她說。

「怕什麼？大家知道她鼓吹婦女投票權之類的。何況，愛講閒話，隨他們去講啊！」

「當然，你們可能沒做錯什麼事，」母親說：「不過，你也知道大家愛管閒事。哪一天，如果她成了話題人物——」

「唉，我管不著啦。再怎麼說，他們的嘴巴又不是天下無敵。」

「我認為，你應該為**她**著想。」

「我有啊！別人又能講什麼閒話？——說我們走在一起嗎？我相信是妳在吃醋吧。」

「你應該明白，假如她不是已婚婦女，我會比較**高興**。」

「哼，親愛的母親，她已經和丈夫分居了，而且常上台演講，所以她早就被人盯上了，我倒看不出她有什麼好擔心的。沒錯，對她來說，人生已經沒意義了，所以，沒意義的東西能有多少價值？她和我交往——這已經是事實了。既然這樣，她要付出代價——我們兩個都要付出代價！大家都怕付出代價——他們寧願被餓肚子等死。」

「算了，兒子。結局如何，我們拭目以待。」

「算了，母親。我會守到結局登場。」

「再說吧！」

「何況她——她的條件**好得不得了**，母親；她真的是！是妳對她不瞭解！」

「這和娶她不能相提並論。」

「說不定更好。」

母子詞窮片刻。他想問母親一件事，卻害怕啟齒。

「妳想不想認識她？」他猶豫說。

「好，」莫瑞爾夫人冷冷說：「我想瞭解她是怎樣的一個人。」

「她很不錯啊，母親，真的！一點也沒有平民的味道！」

「我從沒這樣暗示過。」

「可是，妳好像以為她——她沒有高級到——告訴妳好了，她比百分之九十九的人都高級！她甚至更好，真的！她外表好看，做人誠實，而且沒有城府！她從來不陰險，也不表現得高人一等。妳可別講她壞話。」

莫瑞爾夫人臉紅起來。

「我相信我沒有講她壞話。她可能如你所言，不過——」

「妳不接受。」他為她完成句子。

「你指望我接受嗎？」她冷言回應。

「對！——對！——要是妳有點眼光的話，妳會中意的！妳到底想不想見她一面？」

「我剛說過我想。」

「那我改天帶她——要不要我帶她回家？」

「隨你高興。」

「那我就帶她回家——挑一個星期日——請她來喝茶。如果妳嫌她哪一點不好，我絕不原諒妳。」

母親笑了。

「原不原諒有什麼重要才怪！」她說。他知道他贏了。

「可是啊，她在的時候，感覺好好！她有女王的儀態。」

有幾次，做完禮拜，他仍陪米瑞恩和艾格走一小段路，但不會一路走到他們家。反觀米瑞恩，她對待保羅的態度差不多沒變，他和她相處時也不覺尷尬。有天晚上，兩人單獨相處，起先談論讀書心得：這是兩人之間百談不厭的話題。莫瑞爾夫人曾說，他和米瑞恩的關係猶如書燒出來的一團火——燒到沒書可燒，火自然會熄滅。米瑞恩自詡能讀穿保羅的心，手隨時一指，就能點出某某章的某一行。容易輕信別人說法的他信以為真，認定米瑞恩比任何人更懂他的心。因此，他樂於找她暢談自己的事，滿足最單純的自我意識。聊沒幾句，話題轉移到他的所作所為。對方對他的興趣濃厚無比，他會覺得受寵若驚到無以復加的程度。

「你呢？最近在忙什麼？」

「我嘛——喔，不多！我最近在花園素描貝斯伍德鎮景，終於快畫到滿意了。試過九十九次了。」

話題如此演進。然後她說：

「你最近沒出去玩吧？」

「有，我星期一下午帶克萊拉去克里夫頓園。」

「星期一天氣不太好吧。」米瑞恩說：「不是嗎？」

「可是我想出去玩嘛，所以沒關係。特倫特河漲得好高。」

「你們去了巴爾頓嗎？」她問。

「沒有，我們去克里夫頓喝茶。」

「是嗎！一定很棒吧。」

「的確是！老店主的個性好開朗！她送我們幾朵彩球大理花，很漂亮，是妳喜歡的那種。」

米瑞恩低頭沉思。他講話不經大腦，不懂得對她有所隱瞞。

「店主為什麼送花給你們？」她問。

他笑一笑。

「因為她喜歡我們——因為我們很開心吧，我想。」

米瑞恩一指伸進嘴唇間。

「你很晚才回到家吧？」她問。

他終於開始憎恨她的語調。

「我趕上七點半的火車。」

「哈！」

兩人默默繼續走，他一肚子火。

「克萊拉呢？她最近怎樣？」米瑞恩問。

「還好吧，我想。」

「那就好！」她說，語帶些許反諷。「對了，她丈夫最近怎麼了？好像從來沒聽說他的事。」

「他另外交了一個女朋友，也還不錯，」他回答：「至少我這麼認為。」

「原來如此——你自己也不清楚。女人置身這種處境很辛苦，你不覺得嗎？」

「苦到沒力！」

「太不公平了！」米瑞恩說：「男人呢，可以為所欲為——」

「那麼，也應該讓女人為所欲為。」他說。

「女人怎麼為所欲為？如果真的想做什麼就做什麼，她的處境會怎樣！」

「處境會怎樣？」

「日子過不下去啊！你不懂女人會喪失——」

「對，我不懂。不過，如果一個女人只靠美好的名聲過活，那她的糧食未免太單薄了，連驢子都會被餓死！」

如此，她至少明白保羅的道德觀，知道他會依照自己的道德觀行事。她不曾劈頭直接問話，卻能迂迴取得夠多情資。

後來某天，保羅又見到米瑞恩，話題轉向婚姻，然後轉向克萊拉與巴克斯特的婚姻。

「妳知道嗎？」他說：「克萊拉從來沒體會到婚姻的價值多珍貴。她以為，兩人一結婚，就能得到婚姻的真諦——是遲早會來的東西。而巴克斯特——哼，有太多女人不惜出賣靈魂，也想網住他，所以，何不嫁給他呢？婚後，她漸漸成了法文裡所謂的『被誤解的女人』，而我敢打賭，克萊拉也虧待他。」

「克萊拉離開他，是因為他不懂她的心？」

「我猜是。我猜她非走不可。整體而言，問題不在懂不懂她的心，而是死活的問題。和巴克斯特在一起，她只活一半，另一半進入休眠期，快沒命了。休眠期的女人是被誤解的女人，她非被喚醒不行。」

「那麼，巴克斯特呢？」

「我不清楚。我倒傾向認為，他盡了力去愛克萊拉，只可惜他是個笨蛋。」

「他們的婚姻像你父母。」米瑞恩說。

「對。只不過，我相信，我母親起先能從父親身上獲得真正的歡樂和滿足感。我相信，母親曾對他有一股熱情；所以她才不離不棄。再怎麼說，他們被綁在一起了。」

「對。」米瑞恩說。

「我想，一個人**非有不可**的，」他繼續說：「就是針對某人的一股真的、真的熱火——一次就好，只要一次，哪怕只延續三個月也行。以我母親來說，看起來，她曾經**擁有**生存和發展的一切要素。她全身裡外上下挑不出一絲絲枯燥乏味。」

「對。」米瑞恩說。

「起初，她和我父親相處時，我相信她的確有真情。她很明白，她動過真情。妳從她的態度感覺得到，從我父親的態度感覺得到，從妳每天接觸的幾百人都可以。一個人一旦動了真情，再少的滋潤也能生存、成熟。」

「他們之間到底出了什麼事？」米瑞恩問。

「很難說，不過，和某人真正結合之後，人的心會遇到大地震，幾乎能為心靈施肥，讓人能走下去，能成熟。」

「你認為，你母親也從你父親那裡得到過這種肥料？」

「對，所以她現在內心深處感激他，即使兩人的心如今相隔千山萬水。」

「而你認為，克萊拉從來沒得到過這種東西？」

「我敢確定。」

米瑞恩思索著。她看得出他追求的是什麼——似乎是一種情火中燒的洗禮。她理解到，除非他受到情火洗禮，否則他永遠不滿足。或許對他而言，對有些男人而言，年少輕狂是本性，傻事做多了，滿意了，就不會再輕舉妄動，能定下心來，將一生託付到她手上。既然他非流浪不可，哼，就讓他去流浪個夠——去體會他口中的大地震。再怎麼說，等他體會到了，他就不會想要——這是他親口說的；到時候，他會想要她能給他的另一種東西。他會想被擁有，以便安心作畫。令她怨恨的是他非流浪不可，但她既然能讓他進客棧喝一杯威士忌，就能放任他去找克萊拉，只求他能藉此滿足欲求，最後任憑她占有。

「你有沒有對母親說過克萊拉的事？」她問。

米瑞恩心知，這問題能測驗他對女人是否真心：她知道，如果保羅稟告母親，那麼，保羅投向克萊拉求的是事關重大的要素，不是像男人召妓所求的那份快感。

「有，」他說：「克萊拉星期日要來喝茶。」

「去你家？」

「對，我要介紹她給母親認識。」

「啊！」

兩人講不出話。情況的演進比她的設想來得快。一股怨氣在她心中陡增；她怨他竟能和她分手如此乾脆，如此徹底。此外，莫瑞爾家對她敵意沖天，能接受克萊拉嗎？

「我去做禮拜，可能會順路去你家拜訪，」她說：「好久沒見到克萊拉了。」

「也好。」他訝異說，無意識中也感到憤怒。

週日下午，他去科斯頓火車站接克萊拉。他佇立月台上反思，想知道自己是否有預感。

「我是不是**感覺**她會來？」他自問，拚命想找到答案。他覺得心臟好像有收縮的異狀。感覺像不祥的預感。隨即，他產生不祥的預感，預知她不會來！果然，她不會來了。他曾憧憬帶她穿越田野回家，如今，他只好空手而回。火車誤點了，今天下午是白忙一場，晚上也是。他恨她爽約。既然她不想守信，當初為何要承諾？也許她沒趕上火車——他自己也常常沒趕上火車——但是，她沒理由錯過這一班次。他對她生悶氣；他火冒三丈。

忽然，他看見火車龜速繞過轉角，來了，進站了，但是，她當然沒在車上。綠色火車頭沿著月台嘶嘶響，褐色車廂尾隨而至，幾道車門打開。沒錯，她的確爽約了！沒錯！錯了，啊，她來了！她戴著一頂黑色大帽子！他瞬間來到她身旁。

「我還以為妳不會來呢。」他說。

她笑得有點上氣不接下氣，對他伸出一手，四目相接。他急忙帶她走在月台上，講話似連珠炮，以掩飾心情。她的外表俏麗大方。帽子上有幾大朵絲質玫瑰花，顏色近似失去光澤的黃金。黑布套裝包住胸部和肩膀，襯托得姿色豔麗。保羅走在她身旁，感覺臉上有光，覺得認識他的站務人員都在斜眼瞄美女，充滿敬畏和讚賞。

「我本來相信妳不會來了。」他抖音笑說。

她也以笑聲回應，幾乎小小哭一聲。

「我上了火車也在想，如果你沒來接我，我該怎麼辦才好！」她說。

衝動之下，他抓起她一手，走進窄巷。他們踏上前往納托爾鎮的路，走過瑞肯寧農場。天高氣爽的日子。枯葉散落滿地，林邊薔薇叢有無數紅果子。他摘幾顆送給她佩戴。

「只不過，其實，」他邊為她戴在外套胸前邊說：「為了鳥兒著想，妳應該反對我摘這些。不過，在這一帶，野鳥能吃的東西多的是，其實不太喜歡薔薇果。春天常見漿果熟爛浪費了。」

如此，他絮絮叨叨不休，不太知道自己在講什麼，只知道自己的手正把果實插在她外套胸前，她為他耐心站定。她看著他快手來去，活力充沛，這才想到，自己一輩子從來沒有看清任何事物。一直到現在之前，一切都模糊不清。

來到採礦場附近。採礦架矗立在麥田之中，靜止而黝黑，堆積如山的礦渣幾乎比燕麥還高。

「這裡有個採煤坑，多煞風景啊！」克萊拉說。

「妳覺得煞風景嗎？」他回應。「我嘛，從小看慣了，妳不說，我根本沒看見。我倒喜歡這裡一座、那裡一座的礦坑。我喜歡成排的貨車、吊車，喜歡白天的蒸汽和晚上的燈火。我小時候總認為，礦場白天是一柱雲，晚上是一柱火。有蒸汽，有燈火，有火紅的豎井口——我小時候總以為，主就守在礦坑上面。」快接近莫瑞爾家時，克萊拉默然走著，腳步似乎想落後。他握緊她的手指。她臉紅了，但沒有反應。

「妳不想去我家嗎？」他問。

「我想去。」她回答。

他沒想到的是，帶她回家，她的處境特殊而難堪。對他而言，這無異於帶哥兒們回家給母親認識，差別在於，克萊拉比他們更棒。

莫瑞爾家這條街位於陡坡上，街景醜陋，不堪入目。莫瑞爾家比多數鄰居優越，雖然老舊骯髒，卻有大凸窗，而且房屋屬於半獨立式。然而，室內顯得陰霾。進門後，保羅打開面向花園的門，一切立即改觀。午後明媚的陽光來了，宛如置身異境。花園走道上種植著艾菊與小樹。窗前有一片向陽草，有老紫丁香環繞。花園裡，豔陽下，有一叢叢凌亂的菊花，更遠處有懸鈴樹，有原野，更能眺望山上幾棟紅頂小屋，沐浴在秋季午後的光輝中。

莫瑞爾夫人坐在搖椅上，身上是一襲黑絲罩衫，灰褐色頭髮從額頭和醒目的太陽穴向後直梳，臉色相當蒼白。憂心的克萊拉跟隨保羅進廚房。莫瑞爾夫人起身。克萊拉以為她是貴婦，只不過姿態稍嫌僵硬。

克萊拉非常緊張，表情幾乎若有所思，幾乎帶有聽天由命的意味。

「母親——克萊拉。」保羅介紹雙方。

莫瑞爾夫人伸出一手，微笑。

「他常跟我提起妳。」莫瑞爾夫人說。

克萊拉的臉頰頓時火熱。

「希望妳不介意我登門打擾。」她結巴說。

「他說他想帶妳回來，我聽了很高興。」莫瑞爾夫人回應。

旁觀的保羅覺得心疼得收縮。在絢麗的克萊拉面前，母親看起來好渺小，面帶土色，一副來日不長的模樣。

「今天的天氣好美啊，母親！」他說：「我們在路上看見一隻藍鴉。」

母親看著剛轉身面對她的兒子。兒子身穿高級深色衣褲，充滿男人風範，母親心想。他臉色蒼白，一副事不干己的樣子。任何女人若想保住他，勢必煞費苦心才行。莫瑞爾夫人的心亮起來，隨即，她為克萊拉感到遺憾。

「妳的東西可以留在客廳。」莫瑞爾夫人和氣告訴克萊拉。

「喔，謝謝妳。」她回應。

「跟我來，」保羅說著帶她進小前廳，裡面有老鋼琴、桃花心木傢俱、泛黃大理石壁爐架。壁爐裡有火，其他地方隨處可見書本與畫板。「我的東西都隨地擺，」他說：「想用的時候比較省事。」

她喜愛這些繪畫用品，也喜愛家裡的書籍以及家人相片。不久，他告訴克萊拉：這個是威廉，這個是威廉的女伴穿著晚禮服，這個是姊姊安妮和姊夫，這個是弟弟亞瑟和弟媳和小嬰兒。她覺得宛如正承蒙這家人接納。他展示相片、書籍、素描給她看，兩人閒聊兩三句，然後重返廚房。莫瑞爾夫人合起手上的書，放到一旁。克萊拉穿著高級真絲雪紡綢上衣，有黑白相間的細紋，盤捲在頭上的髮型素簡。她看起來相當莊嚴矜持。

「妳搬去住在史寧頓大道上？」莫瑞爾夫人說。「我還是女孩子的年代——女孩子，見笑了！——我年輕的時候，我們家就住在旻諾瓦台階。」

「喔，是嗎！」克萊拉說：「我有個朋友住在六號。」

話匣子就此開啟。兩位女人閒聊諾丁罕以及諾丁罕人，談得興味盎然。克萊拉依然相當緊張；莫瑞爾夫人的態度仍有幾分尊貴，咬字清晰精準。但兩人的互動融洽，保羅看得出。

莫瑞爾夫人掂一掂彼此的斤兩，發現自己在韌性方面勝對方一籌。克萊拉較順從。克萊拉知道保羅對母親的敬意出奇之高，因此一直視此行為畏途，以為母親冷冰冰難應付。她赫然發現，瘦小的母親很容易攀談，而且一副很感興趣的模樣。隨即，克萊拉產生和保羅相同的感受：最好不要違逆莫瑞爾夫人的心意。夫人有一種硬心腸和篤定的調調，彷彿她一生中不曾有過一絲疑慮。

未久，午睡完的莫瑞爾先生下樓，打著哈欠，滿頭亂髮，搔搔灰白的頭，腳丫隔著襪子啪啪踏地而來，掛在襯衫外面的背心敞開。他顯得格格不入。

「父親，這位是鐸斯夫人。」保羅說。

莫瑞爾先生振作起精神來。從他鞠躬握手的動作，克萊拉看得出保羅的身影。

「喔，是嗎！」莫瑞爾先生大聲說。「我非常高興見到妳——是真的，我向妳保證。不要被我干擾到了，妳隨便坐坐，非常歡迎妳光臨。」

老礦工好客的心意泉湧而來，令克萊拉詫異。他的態度如此有禮，如此殷勤！她覺得莫瑞爾先生非常好相處。

「妳大老遠過來嗎？」莫瑞爾先生問。

「只從諾丁罕而已。」她說。

「諾丁罕人啊！天氣這麼好，妳一路上一定有眼福吧。」

後來，莫瑞爾先生進洗滌間洗手臉，積習難改的他仍拿毛巾來爐前擦身。下午茶期間，克萊拉感受到這家庭有修養，態度沉著。莫瑞爾夫人神色是絕對的從容自在。倒茶水、照顧客人的舉動在無意識間進行，不至於干擾到她的言談。橢圓形餐桌上的空間充足。在光面桌巾襯托下，杯盤上的深藍色柳樹圖樣宜人。桌上有一小盆黃色小菊花。圍桌坐下時，克萊拉覺得自己填補了圓圈的缺口，她心中洋溢喜悅。然而，她相當畏懼這家人的冷靜自持，父親也包括在其中。她意會到他們的語調具有一種均衡感。這家裡的氣氛淡雅、乾脆，各人有各人的定位，相安無事。克萊拉喜歡這種氣氛，但內心深處揮不去一股恐懼。

母親和克萊拉對話時，保羅收拾餐桌。克萊拉意識到他來來去去，肢體敏捷帶勁，宛如被風颳著跑，幾乎像葉子隨風到處飄，來去出乎意料。她的心思泰半追隨著保羅。從她向前傾、彷彿在聆聽的姿勢，莫瑞爾夫人能猜她嘴巴講著話，心其實飄到別處。莫瑞爾夫人因此再度為她感到遺憾。

收拾完餐桌，保羅丟下兩女人去閒聊，自己進花園蹓躂。午後有薄霧，陽光充沛，溫度和煦。克萊拉向窗外瞄他的背影，見他在菊花叢之間閒逛。她覺得自己彷彿被某種幾乎具體的東西綁在他身上，而他舉手投足卻顯得輕鬆，懶散優雅，一副事不干己的模樣。有些花太重，他正把花纏在插地棍上，她無助到想慘叫。

莫瑞爾夫人站起來。

「讓我幫忙妳洗餐具吧。」克萊拉說。

「呃，餐具不多，一分鐘就能洗好。」莫瑞爾夫人說。

克萊拉還是幫忙擦乾茶具，很高興能和保羅母親和好相處，但她心癢難熬，巴不得去花園和他會合。終於，她允許自己進花園，感覺像腳踝上的繩索被鬆綁。

午後金光播灑在德貝郡丘陵上。保羅站在前院花園的另一邊，身旁有一叢淺色紫苑。他看著最後一批蜜蜂爬進蜂窩。聽見克萊拉走來，他輕鬆一個動作轉身，面向她說：

「這些小傢伙收工了。」

克萊拉站到他身旁。院子紅色的矮牆外是鄉野景觀和遠山，一切皆金黃而微暗。

正值此刻，米瑞恩從花園門進來。她看見克萊拉走向保羅，見保羅轉身，看見雙方相依偎。別無旁人，只有這一對，由此可見他們的關係已成定局，以米瑞恩的說法是，他們已經結婚。花園的形狀修長，米瑞恩慢動作走在空心磚步道上。

克萊拉剛從蜀葵花梗摘下一枚種籽莢，正要扳開取籽。她低著頭，粉紅色的蜀葵花凝視著，彷彿想護衛她。最後一批蜜蜂降落在蜂窩上。

「妳在數錢吧。」保羅笑說，見她扳開疊成硬幣狀的扁平種籽，一顆顆拿出來。她看著他。

「我發財了。」她微笑說。

「多少錢？啐！」他彈一彈手指。「可以讓我把它們變成黃金嗎？」

「恐怕不行。」她笑說。

兩人四目相對，呵呵笑著。就在這一刻，他們察覺到米瑞恩在場。無形的喀嚓一聲，一切事物為之改觀。

「哈囉，米瑞恩！」他驚呼。「妳果然來了！」

「對。你忘了嗎？」

她和克萊拉握手，說：

「在這裡遇見妳，感覺有點怪。」

「對，」克萊拉回應，「來這裡的感覺是有點怪。」

兩人遲疑一陣。

「這裡好美，對不對？」米瑞恩說。

「我非常喜歡。」克萊拉回答。

這時候，米瑞恩明白，她自己始終無法打進莫瑞爾家，克萊拉卻被接受了。

「只有妳一個人來嗎？」保羅問。

「對，我剛去阿嘉莎家喝茶。我們想一起去做禮拜。我只是順路進來看看克萊拉。」

「妳怎麼不早點來喝茶。」他說。

米瑞恩急促笑一笑，克萊拉不耐煩地轉身。

「妳喜歡我們家種的菊花嗎？」他問。

「喜歡，它們長得不錯。」米瑞恩回答。

「妳最喜歡哪一種？」他問。

「不知道。青銅色的吧。」

「我們家的種類很多，有些妳可能沒見過。過來看一看。克萊拉，妳也過來看哪一種是妳的最愛。」

他帶兩女人回到他個人的花園，五顏六色的花叢種在通往田野的小徑兩旁，凌亂無章法。就他所知，他對這現象不覺得尷尬。

「妳看，米瑞恩，這幾棵是妳家花園的白菊花。種在這裡就遜色了點，不是嗎？」

「對。」米瑞恩說。

「可是，這一種韌性比較強。植物如果保護得太周到，會長得高，會變得嬌柔，很容易死。我喜歡這些小黃花。妳要不要摘幾朵？」

賞花期間，禮拜堂的鐘聲噹噹傳來，響徹大街小巷和田野。米瑞恩看著鐘塔，見鐘塔巍峨矗立在叢聚的屋頂之上，回想起他曾帶來給她鑑賞的素描。當時情況不同，但當時他甚至還沒和她分手。她向他借一本書帶回家讀。他衝進屋子裡。

「什麼！米瑞恩來了嗎？」母親冷言問。

「對，她說過她會順路過來見克萊拉。」

「所以是你告訴她的？」母親話中帶刺。

「對，有什麼不好？」

「絕對沒什麼不好。」母親說完繼續看書。母親的反諷令他縮縮脖子，煩躁地皺眉頭，心想：「我為什麼不能隨心所欲？」

在花園裡，米瑞恩問克萊拉：「妳沒見過莫瑞爾夫人嗎？」

「沒有，不過她為人很和善！」

「對，」米瑞恩說，垂頭下去，「她有些方面非常和善。」

「我也這麼認為。」

「保羅有沒有常向妳提起她？」

「他常提。」

「哈！」

兩人不再交談，直到保羅帶著書走回來。

「我能借多久？」米瑞恩問。

「隨便妳。」他回答。

克萊拉轉身走回屋內，他則送米瑞恩走向院子門口。

「妳什麼時候能來我們家？」米瑞恩問。

「不一定。」克萊拉回答。

「母親叫我轉達說，如果妳願意上門來，她會很高興見到妳，隨時都可以。」

「謝謝妳，我想去拜訪，但時間還沒辦法決定。」

「喔，沒關係！」米瑞恩高聲說，語帶幾分怨氣。她轉頭。

她走在走道上，保羅送的小花被舉到嘴邊。

「妳確定妳不進來坐坐嗎？」他說。

「不用了，謝謝。」

「我們正要去做禮拜。」

「啊，那我們在禮拜堂裡碰頭吧！」米瑞恩這話說得怨氣濃厚。

「好。」

米瑞恩走了。他對她懷抱一份歉疚。她有怨氣，她蔑視他。她相信，保羅仍屬於她，但他能擁有克萊拉，能送她回家，做禮拜時能帶她坐在母親身旁，把多年前送米瑞恩的讚美詩集轉送給她。她聽見他快步奔回屋內。

但保羅並未直接進門。他在草地上駐足，聽見母親正在講話，隨即是克萊拉的回應：

「我最討厭的是米瑞恩那種尋血獵犬心態。」

「對，」莫瑞爾夫人急忙附和，「對，就是嘛，多讓人討厭！」

他的心發燙，氣她們講米瑞恩壞話。她們有什麼權利講這種話？這話含有一種寓意，刺戳他的心，引發一團仇恨米瑞恩的心火。隨即，他的心激烈抗議克萊拉隨意詆毀米瑞恩。再怎麼說，他認為，這兩個女人之間，米瑞恩比克萊拉優質。他進家門。母親看似興奮。她一手放在沙發扶手上，有節奏地敲擊著，這是女人快撐不住時的習慣動作。他見這動作受不了。三人面面相覷，無語片刻，然後他才開口。

在禮拜堂，米瑞恩見他為克萊拉翻開讚美詩集，為她找到特定的一頁，動作一如他往年對待米瑞恩的態度。佈道期間，保羅見米瑞恩坐在另一邊，帽子的黑影蒙住她的臉。她看見克萊拉與他同坐，不知做何感想？他不想考慮這一點。他覺得自己想殘酷對待米瑞恩。

做完禮拜，他帶克萊拉去逛潘特里奇鎮。秋夜幽暗，他們先向米瑞恩道別，他見米瑞恩獨行，心如刀割，但他告訴自己，「她活該。」能伴隨這位健美女子惹她眼紅，他幾乎沾沾自喜。

暗夜中瀰漫一股潮溼落葉的氣息。兩人散步時，克萊拉的手在他手中感覺暖和而溫吞。他內心充滿爭戰，吵得他有走投無路之感。

上潘特里奇丘途中，克萊拉挨著他走，讓他一手攬腰。他藉手臂感受到她強健的肢體動作，米瑞恩導致的苦悶因而紓解，熱血在他體內澎湃。他愈摟愈緊。

這時候，她輕聲問：「你跟米瑞恩還有往來吧。」

「講講話而已。我和她之間除了講話，從來都沒有太多其他互動。」他語帶怨氣地說。

「你母親不喜歡她。」克萊拉說。

「對，否則，我有可能娶她。不過，這一切都是空談！」

忽然，他的語音因恨意而激動起來。

「假如我和她在一起，現在可能會高談一些『基督教神蹟』云云的垃圾。謝天謝地，現在沒交往了！」

兩人繼續走，幾分鐘無言。

「可是，你不太能真的放棄她吧。」克萊拉說。

「我沒有放棄她，因為本來就沒有能放下的東西。」他說。

「她就有。」

「我和她雖然不交往，總能當一輩子的朋友吧，為什麼不能？」他說：「不過，只能當單純朋友。」

克萊拉擺脫他的手，脫身不再挨著他。

「妳為什麼縮身離開？」他問。

她不回答，只離他更遠。

「妳為什麼想自己一個人走？」他問。

依然不答。她低頭踏著憎恨的腳步前進。

「因為我說我想和米瑞恩維持朋友關係！」他大喊。

「我告訴妳，我和她純粹是言語交流。」他堅稱，又想去攬她腰，被她抗拒。

她不肯對他回應。

忽然間，他箭步站向前面，擋住她。

「可惡！」他說：「妳到底想怎樣？」

「你最好跑去追米瑞恩。」克萊拉嘲諷。

火熱的血氣直沖他腦門。他咧齒站著。她鬱鬱寡歡駝著背。這條巷子黑暗，相當孤寂。他突然雙手環抱她，向前彎腰，嘴湊向她的臉，盛怒之中想索吻，慌張的她轉頭迴避。他抱得很緊，索吻的嘴來得無情，不達目的不停止。她的胸部被他的胸壁壓得疼痛。無助之下，她在他懷中鬆弛肌肉，他吻她，再吻她。

他聽見山上有幾人走下來。

「站好！站好！」他粗啞地說，抓得她的手臂發疼。若是他鬆手，克萊拉一定癱倒地上。她嘆氣，暈頭轉向走在他身旁，兩人無言走著。

「我們走過田野去看看，」他說。隨後，她甦醒了。

她讓保羅攙扶她翻越過籬梯，默默伴隨他走過第一片黑田。這條路能通往車站和諾丁罕，她知道。他似乎在東張西望。兩人來到一座禿頂的小山頭，這裡有一座陰森森的報廢風車。走到這裡，保羅停下腳步。兩人一同站在高高的山頂，置身黑暗中，瞭望零零散散的燈火、五六個火光聚集點、以及海拔高低不等的幾座村落。

「就好像走在星星之間。」他說，笑聲帶抖音。

然後，他擁抱她入懷，緊緊抱住。她偏頭問，語氣固執而低沉：

「現在幾點？」

「幾點沒關係吧？」他粗啞地懇求。

「有啊——怎麼沒關係！我該走了！」

「時候還早。」他說。

「現在幾點？」她追問。

暗夜包圍四面八方，點綴著閃爍的燈火。

「我不知道。」

她一手按著他胸膛，想摸索懷錶。他感覺全身變成熔爐。她伸進他背心口袋摸索，他則站著喘息。在黑暗中，她看得見淺色的圓形錶面，但看不清指針。她彎腰看。他喘著氣，想再抱緊她才甘心。

「我看不見。」她說。

「那就別看。」

「不行，我該走了！」她說著轉頭。

「等一下！我看就是了！」但他光說不看。「等我劃火柴。」

他暗中希望她來不及趕上火車。她見他拱手圍住火柴，形成燈籠狀，見他的臉被火柴照亮，他定睛在錶面上。轉瞬間，天地恢復黑暗。她眼前化為一團黑，只見火柴落地在腳邊紅紅一點。他去哪裡了？

「幾點？」她問，語帶恐懼。

「妳趕不上了。」他在黑暗中有聲無影。

她愣一陣子。她覺得他能擺布她。從他的語調，她聽得出不對勁。她感到惶恐。

「現在幾點？」她輕聲問，語氣堅決而無望。

「差兩分九點。」他回答，勉強吐實。

「從這裡到車站，十四分鐘能到嗎？」

「不能。再怎麼說——」

她又能隱約辨識他的黑身影，在一、兩碼之外。她想逃走。

「我趕不上嗎？」她懇求著。

「匆忙一點的話可以，」他粗魯地說：「即使錯過，輕鬆走七英里就能搭上街車。我可以陪妳走。」

「不要，我想搭火車。」

「為什麼不要？」

「不要就不要——我想搭火車。」

他的語調突然生變。

「算了，」他說，語氣乾澀無情。「跟我來吧。」

他毅然衝進黑暗。她追過去，好想哭。現在的他硬心腸，想對她殘酷。她跑步追過凹凸不平的黑原野，喘不過氣，隨時可能腿軟倒地。幸好，車站前的兩列燈光愈來愈近了。突然：

「火車來了！」他驚呼，拔腿衝刺。

這時傳來一陣微弱的震動聲，右邊可見一串列車如發光毛毛蟲，破夜而來。震動聲止息。

「火車正要過高架橋。妳可以趕上。」

克萊拉上氣不接下氣飛奔，最後倒進車廂。列車長鳴汽笛。他走了。走了！——而她置身在客滿的車廂中。她感受到其中的殘酷。

他轉身衝回家。不知不覺中，他回到廚房裡。他的臉色非常蒼白，目光陰沉凶險，彷彿醉酒。母親看著他。

「哇，你的靴子髒成這副德性！」她說。

他看自己腳下。然後，他脫掉大衣。母親懷疑他是否喝醉了。

「這麼看來，她趕上火車了？」她問。

「對。」

「希望她的腳沒你這麼髒。不知道你究竟拖著她去哪兒！」

他半晌不講話，也沒動作。

「妳喜不喜歡她？」他終於勉為其難問。

「對，我喜歡她。不過，兒子，你總有一天會厭倦她的；你知道你會。」

他不回應。母親注意到他呼吸多麼沉重。

「你跑很遠嗎？」她問。

「不跑趕不上火車。」

「你會累出病的。最好去喝一杯熱牛奶。」

熱牛奶是最佳提神藥，但他拒喝，直接上床。他趴在床罩上，憤怒和痛苦的淚水直流。他的身體有一種痛楚，痛得他咬唇到皮破血流，內心的波濤洶湧到無法思考，幾乎也沒有感覺。「她竟然這樣對待我，是嗎？」他在心中反覆問自己，臉貼著床罩的拼花布。他痛恨她。他回憶剛才的場景，再一次恨她。

隔天，他多了一份孤傲。克萊拉對他非常溫柔，幾乎含情脈脈，但他的態度疏離，略帶輕蔑。她嘆息，繼續溫柔相待。他態度好轉了。

同一星期，有一晚，法國巨星莎拉·伯恩哈特[27]在諾丁罕皇家劇院登台，演出《茶花女》。保羅想欣賞這位老牌名演員的表演，邀請克萊拉同行。他請母親為他將鑰匙放在窗戶裡面。

「我去訂位子，好嗎？」他問克萊拉。

「好。你要穿晚禮服喔，可以嗎？我從來沒見你穿過。」

「可是，老天爺啊，克萊拉！我穿晚禮服去劇院，能見人嗎！」他斥責。

「不然你寧願不去嗎？」她問。

「妳要我穿，我就穿，不過我會覺得自己像傻子。」

她嘲笑他。

「那就為了我，當一回傻子，一次就好，可以嗎？」

這要求令他火氣暴漲。

「我只好遵命。」

「你帶手提箱做什麼？」母親問。

他臉紅到耳根。

「應克萊拉要求。」他說。

「你們坐哪一區？」

「圓區——一張票三便士五先令！」

「唉，我相信是！」母親挖苦他說。

「千載難逢的機會。」他說。

下班，他在公司著裝，外面加一件大衣，戴一頂小帽，在快餐店和克萊拉碰面。她另有一位女權運動友人同行。她穿著老舊的長大衣，不適合她風格，頭上也纏著小頭巾，他嫌礙眼。三人一起前往劇院。

在階梯上，克萊拉脫掉外套，他發現裡面是一套半晚禮服，手臂、頸子、以及部分酥胸暴露在外。她頂著時髦的髮型。這套禮服式樣簡單，質料是綠縐紗，很適合她。他覺得，她看起來相當高貴。他看得見

27 莎拉．伯恩哈特（Sarah Bernhardt, 1844-1923），法國演員，時人稱讚她是「世界上最知名的女演員」。

裹在衣服底下的胴體，彷彿布料緊貼她的曲線似的。光是兩眼看著她，他幾乎能感受到她挺拔身軀的緊緻和柔軟。他握緊雙拳。

如今他被迫整晚坐著，身邊是裸露的美臂，只能乾瞪眼看強健的胸脯和強健的咽喉，乾瞪眼看綠布料包住的胸部，看肢體在緊身禮服底下的玲瓏曲線。能近看卻不能伸手，克萊拉太折騰人了吧？他再度暗暗恨她。她的頭不偏不倚，眼睛直視前方，嘴唇微噘，若有所思，紋風不動，彷彿礙於命運太強勢，她只好屈服，他見狀愛著她。她自己也無計可施；她受制於太強大的東西，無力翻轉。她有一種恆久的神態，狀似沉思中的人面獅身像，迫使他非親一口不可。他故意把節目單丟在地上，彎腰撿拾之際吻玉手和手腕。她的美豔對他而言是一種折磨。她一動也不動坐著。唯有在燈光轉暗後，她才鬆懈，稍微靠向他，他愛撫著她的手和手臂。他嗅到淡淡香水味。在這段期間，一陣陣白熱的巨浪不斷席捲而來，能短暫扼殺他的意識。

舞台劇持續演出。戲全在遠方，全在某處進行中，地點何在，他不清楚，只覺得在內心遙遠的地方。他成了克萊拉白皙壯碩的手臂，成了她的喉嚨，成了她起起伏伏的酥胸。他似乎變成了這些部位。在此同時，戲照演，而他的身分融入劇情中。他本人不見了。克萊拉灰黑色的明眸，起伏的酥胸，被他雙手握住的手臂，只剩這些存在。後來，他覺得自己渺小無助，強勢的她高大威武。

中場休息時間，燈亮了，他才有明確的痛感。他想逃跑，去哪裡都行，只求燈光再熄滅。他走迷宮出去買飲料。然後，燈光暗下，詭異瘋狂的克萊拉世界再度制住他，他又陷入剛才的慘劇。

舞台劇持續上演。但他滿腦子想吻她臂彎那條細小的青筋。他摸得到。他整張臉似乎懸浮在半空中，只等嘴唇降落臂彎。非吻不可。這麼多人，怎麼辦！最後他匆匆彎腰，以唇碰觸臂彎，小鬍子刷到敏感的肌膚，令克萊拉倒抽一口氣，縮手回去。

劇終，燈光再起，觀眾報以掌聲，他恢復意識，看錶。火車走了。

「我只好走路回家！」他說。

克萊拉看著他。

「太晚了嗎？」她問。

他點頭。接著，他幫她穿上外套。

「我愛妳！妳穿這套衣服好美。」他喃喃從她後面說，在熙來攘往的人群中。

她保持沉默。他們一同離開劇院。他見幾輛出租馬車等著載客，人來人往。感覺上，他好像見到仇恨他的一對褐眼珠。但他腦筋一時轉不過來。他帶著克萊拉走開，動作機械化，朝車站的方向前進。

火車走了。他只好步行十英里回家。

「無所謂，」他說：「散散心也好。」

「這樣吧，」她紅著臉說：「不如來我們家過一夜？我可以和母親擠一間。」

他看著她，她的眼珠轉過來打照面。

「妳母親會怎麼說？」他問。

「她不會介意。」

「妳確定？」

「很確定！」

「我應該去嗎？」

「就看你願不願意。」

「好吧。」

他們離開車站，改在最靠近的一站搭街車。清風拂面，感覺舒暢。市區漆黑一片，疾行的街車搖搖晃晃。他緊握她一手坐著。

「妳母親早就睡了吧？」他問。

「可能。希望不要。」

黑靜的小街上只有腳步匆忙的這一對。克萊拉趕緊進家門。他怯步不前。

他蹦上門階進去。克萊拉的母親瑞德富夫人出現在門廳，體形龐大，來意不善。

「妳帶什麼人回來？」夫人問。

「是莫瑞爾先生啦；他沒趕上火車。我想我們可以讓他住一晚，省得他走十英里回家。」

「嗯，」夫人感嘆。「那是妳的事！如果妳已經邀請人家，那我無所謂，我歡迎他。反正當家的人是妳！」

「如果妳不喜歡，我可以離開。」他說。

「什麼話，什麼話，用不著走人！快進來吧！我幫她準備好晚餐，就怕不合你胃口。」

晚餐是一小盤薯條和一片培根。餐桌只隨便擺一人份的餐具。

「培根另外還有，」夫人繼續說：「薯條就沒了。」

「叨擾妳了，不好意思。」他說。

「唉呀，快別不好意思了！我可不領情！你不是請她去看戲了嗎？」

最後這句挾帶諷刺意味。

「那又怎樣？」保羅不太自在，呵呵一笑。

「怎樣？一英寸的培根值多少？快脫大衣吧。」

高大挺直的夫人正在暗估眼前狀況。她在碗櫥前忙一陣。克萊拉幫他掛大衣。在油燈下，廚房非常溫暖舒適。

「我的媽呀！」夫人驚呼。「你倆是一對金童玉女啊，我不得不說！幹嘛打扮成這樣？」

「我相信，連我們也不清楚。」他說，自覺像受害者。

「花枝招展到半天高，這個家容不下一對俊男美女呀！」她譏嘲著，語意苛刻。

他穿著晚禮服，克萊拉穿著露臂綠洋裝，兩人都感到困惑不解。在這間狹小的廚房裡，兩人必須互相照應。

「看看那朵花！」夫人指著女兒繼續說：「為什麼打扮成那樣？」

保羅看著克萊拉。她的臉色瑰紅，頸子發燙，紅斑處處。三人一時無言。

「妳看得喜歡吧，對不對？」他問。

這兩人被夫人制住了。保羅心跳如鼓，因焦慮而神經緊繃。但他願意對抗夫人。

「我喜歡看啥！」夫人驚呼：「她害自個兒丟人現眼，我幹嘛喜歡看？」

「我見過更丟人現眼的傻瓜。」他說。克萊拉現在受他的庇蔭。

「喔，對呀！怎麼會更丟人現眼？」夫人語帶諷刺反駁。

「把自己打扮成醜八怪的時候。」他回答。

高大而嚇人的夫人站在爐前，握著叉子不動。

「兩種人都是傻瓜。」她久久之後回應，然後轉向荷蘭鍋。

「妳錯了，」他奮勇抗戰說：「人應該儘可能打扮得體面。」

「打扮成**那樣**，你認為叫做體面啊！」夫人大叫，叉子指向克萊拉，態度輕蔑。「那樣——那副德性，簡直和衣不蔽體沒兩樣！」

「我相信妳是因為沒機會風光一下，所以才嫉妒。」他笑說。

「我！老娘想要的話，跟任何人都可以穿晚禮服出去！」夫人輕蔑回應。

「那妳為什麼不想？」他順勢問。「或者，妳**已經**穿過了？」

夫人許久不語。她翻一翻荷蘭鍋裡的培根。保羅心跳加速，唯恐冒犯到克萊拉母親。

「我！」她終於大聲說。「我才沒穿過呢！在我還在幫傭的時候，每次一見女傭露肩走出來，就知道她是什麼樣的貨色，一定是趕著去六便士舞廳！」

「妳太高尚嗎？從不去六便士舞廳？」他說。

克萊拉垂頭坐著。他的眼睛黑亮。夫人從火爐拿起荷蘭鍋，站向他附近，為他的餐盤添碎培根。

「脆酥酥的一片給你！」她說。

「別把最好的一片給我！」他說。

「**她**要的已經在她盤子上了。」夫人回應。

夫人的語調是寬容不失輕蔑，保羅因此得知，她息怒了。

「還是多吃幾片吧！」他對克萊拉說。

她抬頭，灰眼珠望著他，既羞辱又寂寞。

「不用了，謝謝！」她說。

「為什麼不要？」他漫不經心問。

他血管裡的熱血沸騰中。夫人坐回位子，巨大懾人而冷漠。他不想再理克萊拉，改應付夫人。

「聽說莎拉．伯恩哈特今年五十歲。」他說。

「五十歲！她已經六十啦！」夫人輕蔑回答。

「呃，」他說：「意想不到啊！即使到現在，她還讓我想哇哇大笑。」

「我倒想看看自己對**那個**臭虎姑婆哇哇大笑一陣呢！」夫人說：「都當上老祖母了，還不照照鏡子，還敢尖著嗓門，活像個悍婦[28]——」

保羅笑了。

「雙體船是馬來民族用的船隻。」他說。

「也是老娘用的字。」她駁斥。

「我母親有時候也用，我可不敢糾正她。」他說。

「她大概會甩你耳光。」夫人快慰地說。

「她想，她也說她會，所以我搬來一個小板凳給她墊高。」

「我母親最糟糕的就是這一點，」克萊拉說：「她從來用不著板凳。」

「不過，她想打人的話，找來一根長棍子，也搆不著那一個小姐。」夫人對著保羅反駁。

「我倒認為，她不想被人拿棍子碰，」他笑說：「我就不敢。」

「對準你的頭猛敲一下，對你們倆可能有好處。」夫人突然笑說。

「妳為什麼把我當成仇家？」他說：「我對妳又沒偷沒搶。」

「對，我會盯緊你的。」夫人笑說。

不久，晚餐結束，夫人坐在椅子上當衛兵。保羅點菸。克萊拉上樓，帶回一套睡衣褲，攤開在壁爐圍

28 此處原文用 catamaran，另作「雙體船」之解。

欄上透透氣。

「哇，我都忘記家裡有這套衣服了！」夫人說：「是從哪裡蹦出來的？」

「放在我抽屜。」

「哼！妳買來送巴克斯特，結果他不肯穿，對吧？」——哈哈大笑一陣。「說他在床上不穿長褲。」夫人轉向保羅，告密說：「他**受不了**睡衣褲那種東西啊。」

保羅坐著吐煙圈。

「各人喜好不同嘛。」他笑說。

接著，大家閒聊幾句睡衣褲的好處。

「我母親喜歡我穿睡衣褲，」他表示。「她說我像白衣丑角。」

「很適合你，我能想像，」夫人說。

過了一會兒，他瞥一眼壁爐架上滴答響的小時鐘。十二點半。

「說也奇怪，」他說：「看完戲，要等幾個鐘頭，心情夠平靜了，才會想睡覺。」

「早該去睡了。」夫人邊說邊收拾餐桌。

「妳呢？累不累？」克萊拉問。

「一點也不。」她回答，避開他的視線。

「要不要玩一局克里比奇牌？」他說。

「我忘了怎麼玩。」

「我可以再教妳一次。我們可以玩克里比奇嗎，瑞德富夫人？」他問。

「你們自己看著辦吧，」她說：「不過，時辰很晚了。」

「玩個一兩局，我們會比較想睡。」他回應。

克萊拉取出紙牌。保羅洗牌時，她坐著轉動手指上的婚戒。夫人正在洗滌間裡盥洗。夜愈來愈深，保羅覺得情勢也愈發緊繃。

「十五──二，十五──四，十五──六，兩個八──！」

鐘擺敲一下，凌晨一時。繼續打牌。夫人做完睡前瑣事，把門鎖好，為燒水壺添滿水，保羅依然在發牌數牌。他被克萊拉的手臂和喉嚨迷住了。他相信自己能看見乳溝的開端。他無法離開她。克萊拉看著他快動作的雙手，覺得自己的關節融化了。她接近到宛如他一伸手即可觸及，卻還差那麼一步。他內心的銳氣被激發了。他恨瑞德富夫人。夫人坐在椅子上打瞌睡，態度堅決頑強。保羅撇她一眼，然後看克萊拉。她的視線轉過來和他相接，見他眼神憤怒、嘲諷、鋼鐵無情。她的眼神以羞愧回應。他明白，對方儘管不動聲色，心意也與他一致。他繼續打牌。

終於，肢體僵硬的夫人打起精神說：

「夠晚了吧，你們倆還不想睡嗎？」

保羅繼續打牌，不搭腔。他恨不得宰掉夫人。

「再半分鐘。」他說。

夫人起身，頑固地飄進洗滌間，端他的蠟燭出來，放在壁爐架上。然後，她又坐下。保羅血管裡對她的恨意火辣，逼得他放下紙牌。

「好吧，我們別再玩了。」他說，但口吻仍帶挑釁意味。

克萊拉見他緊閉雙唇。他又瞄她一眼。感覺像達成默契。她低頭湊向紙牌，咳一咳，清清嗓子。

「嗯，我慶幸你們倆玩夠了，」夫人說：「來，帶走你的東西──」她把烘暖的睡衣褲塞進他手上──

「這蠟燭給你。你的房間在這裡的正上方。我們家只有兩個臥房，你不可能錯到離譜。好了，晚安。希望你好好休息。」

「我相信我會的；我向來睡得好。」他說。

「是啊，你這年齡應該能睡得好。」她回應。

保羅向克萊拉道晚安，然後上樓。迴旋樓梯的木頭被刷洗到泛白，每踩一步就吱嘎一聲。他的步伐頑強。樓上兩臥房的門對立，他進自己房間，關上門，不扣上門閂。

這間小臥房有一張大床。克萊拉的幾支髮夾放在梳妝台，上面也擺著她的梳子。她的衣物和裙子掛在角落，以布帘遮住。椅子上居然掛著一雙絲襪。他在臥房裡探索，發現書架上有兩本他的書。他脫掉衣服摺好，坐在床上聆聽聲響。然後，他吹熄燭火，躺下去，兩分鐘後差點睡著。這時候，喀嚓！——他睡意全消，痛苦翻覆一陣，猶如在夢鄉邊緣突然被咬一口，不由得光火。他盤腿坐起來，看著幽暗的環境，毫無動作，聆聽著聲響。他聽見外頭有一隻貓；接著傳來夫人沉篤的腳步聲；最後是克萊拉的清晰嗓音：

「幫我解開上衣，好嗎？」

無聲片刻。終於，母親回應了：

「現在夠晚了吧！妳還不想上樓？」

「暫時還不要。」克萊拉心平氣和回答。

「哼，隨便妳！如果妳嫌不夠晚，那就再拖一點時間吧。怕就怕我睡著了，妳一上樓會吵醒我。」

「我不會拖太晚的。」克萊拉說。

緊接著，保羅聽見母親緩步拾階而上。他從門縫看見外面有燭光搖曳。夫人的衣服擦門而過，他陡然心驚。接著，房門外回歸黑暗，他聽見對面門閂的喀嚓聲。夫人就寢的準備動作確實是非常悠閒。拖了半天，對面才歸於平靜。他繃緊神經，坐在床上，微微發抖。他的門打開一寸。等克萊拉待會兒上樓，他會上前攔截。他等候著。萬籟俱寂。時鐘敲兩下。接著，他聽見樓下壁爐圍欄傳來輕擦聲。現在，他把持不住了。他抖到無法控制的程度。他覺得自己再不下樓就等著一命嗚呼。

他下床，佇立片刻，哆嗦一陣。接著，他直接走向門。他努力放輕腳步。下樓梯時，他踏的第一階「嘎」一聲，宛如槍響。他豎耳傾聽。夫人在床上動一動。樓梯間陰暗。一道光線從樓梯底的門下鑽進來，門的另一邊是廚房。他駐足片刻。然後，他繼續下樓，步伐機械式，步步踩出嘎聲，他的背毛直豎，唯恐背後樓上房間裡的夫人開門。來到樓梯尾，他摸索著門把。門閂轟然打開。他進入廚房，回頭把樓梯門關好，又發出嘈雜聲。這下子，老夫人不敢下來了。

然後他站著，愣住了。克萊拉正跪在壁爐前的小地毯上，前方有一堆白色內衣。她正在取暖。她不回頭看，繼續坐在小腿上，圓潤的美背正對著他，他看不見臉。她正藉著爐火暖和身體，尋求慰藉。火光將她的正面照得瑰紅，另一邊是黑影和暖意。她的手臂自然下垂。

他劇烈發打著寒顫，咬緊牙根，握緊雙拳按捺著性子。然後，他走向她，一手放在她肩膀上，另一手伸向她下巴，抬起她的臉。被他的冰手如此一碰，她渾身哆嗦，隨即再哆嗦一陣。她維持垂頭的姿勢。

發現自己的手冰冷，保羅喃喃說：「對不起！」

這時候，她抬頭看他，一臉驚恐，如同怕死的模樣。

「我的手好冷。」他喃喃說。

「我喜歡。」她閉眼低語。

她說話時，吐氣落在他嘴上。她伸出雙臂抱住他膝蓋。男睡衣褲的束帶晃來晃去，觸及她身體，令她哆嗦。隨著暖意輸入他身體，他的寒顫也逐漸紓緩。

他再也站不住時，才抱她起來，她埋頭在他肩膀上。他雙手緩緩愛撫她，動作是無限輕柔。她緊貼著他，想把自己藏進他胸懷。他抱得非常緊。最後，她看著他，默默企求著，不知自己該不該覺得丟臉。

他的目光陰沉，非常深邃，非常幽靜。這情形彷彿是她的美傷害到他，他接受她的美也傷到自己，令他感傷。有點痛的他看著她，心惶惶。在她面前，他是如此的卑微。她熱吻他的眼睛，先一眼，然後另一眼，身體正面貼向他。她獻出自己。他緊緊抱住她。在這一刻，場面緊繃到近乎苦楚。

她站著讓他盡情仰慕，盡情為了擁有她而欣喜顫抖。她剛才受傷的自尊因而痊癒。這一刻療癒了她，令她欣快，令她覺得再一次昂然自傲。她的自尊曾受傷。她曾被視為糞土。如今她再度因喜悅與驕傲而光彩奪目。這是她的重生，她獲得的賞識。

然後，他看著她，面容光彩。兩人相視一笑，他抱她緊貼胸膛。秒針滴答走，時光一分接一分流逝，兩人依然站著緊緊相抱，嘴對嘴，宛如一尊合體雕像。

然而，他的手指再度不安份，漫遊起來，周遊她全身，得不到滿足。熱血一波波席捲。她頭靠他肩膀上。

「妳進我房間來。」他嚅嚅說。

她看著他，搖搖頭，噘嘴憂鬱，目光因激情而沉重。他目不轉睛看她。

「快答應！」他說。

她又搖頭。

「為什麼不要？」他問。

她看著他，眼神依然沉重，哀傷，頭再次搖一搖。深情從他的目光逸散一空，他讓步了。

後來，他回到床上，納悶克萊拉為何拒絕陪他進房間。她如果進來，母親會發現，等於是對母親攤牌，兩人的感情也勢必成定局。而她也大可陪他共渡一夜，不必急著去母親臥房。愈想愈奇怪，他百思不得其解。想到這裡，他幾乎瞬間睡著。

早晨他一覺醒來，發現有人對著他講話。他睜開眼睛，看見高大莊嚴的瑞德富夫人低頭看著他，手上端著一杯茶。

「你想一覺睡到世界末日嗎？」她說。

他聽了立刻大笑。

「現在應該才差不多五點吧。」他說。

「哼。」夫人回應，「都七點半了，管它末日不末日。來，我幫你端來一杯茶。」

他揉揉臉，撥開額頭上的亂髮，打起精神。

「怎麼睡到這麼晚了！」他嘟囔說。

他討厭被叫醒。夫人覺得好氣又好笑。從法蘭絨睡衣露出的頸子圓潤白皙似女孩，夫人看見了。他抹一抹頭髮，有點惱怒。

「搔破頭也沒用，」她說：「日子不會比較好過。喂，你以為老娘打算端茶杯伺候你多久？」

「唉，什麼茶杯不茶杯的！」他說。

「誰叫你不早點上床睡。」夫人說。

他抬頭看，放肆笑一笑。

「我比妳早上床耶。」他說。

「對，老天爺，你是比我早！」她感嘆。

「茶端到床上請我，」他邊說邊攪動茶水，「難以想像啊！我母親會認為我被慣壞了，一輩子等人伺候。」

「她從來沒端茶給你？」夫人問。

「她連做夢也沒想到過。」

「我嘛，老是把自個兒人給寵壞了！難怪他們各個不長進。」老夫人說。

「妳只生了一個克萊拉，」他說：「而瑞德富先生已經上天堂了。所以我猜，變壞的另一個是妳自己。」

「我哪裡壞？我只是心太軟，」她邊說邊離開臥房。「我只是個傻瓜，真的！」

早餐桌上，克萊拉惜言如金，但她的態度似乎視他為己物，令他無限欣喜。夫人顯然看他看得順眼。他開始談自己的繪畫。

「有啥用呢？」夫人感嘆道，「你那樣左一筆，右一劃，對著圖扭扭捏捏窮煩惱的，對你有啥好處，我倒想知道。最好是你自己高興就好。」

「可是啊，」保羅提高嗓門說：「我去年賺了超過三十基尼金幣。」

「是嗎！哇，錢不虧是動機一個，不過呢，跟你耗在作畫上的時間沒得比吧？」

「另外還有人欠我四英鎊。有人找我幫他夫妻作畫，規定要把狗和小木屋畫進去，畫好可以付我五英鎊。我去他家畫，把雞鴨畫進去，沒畫狗，他不高興，我只好少收他一英鎊。我很煩，我不喜歡他那條狗。我還是幫他畫好了。他付我四英鎊的時候，我該怎麼花這筆錢？」

「少來了！你的錢，你自個兒曉得怎麼花。」夫人說。

「不過，我想揮霍這四英鎊。我們去海邊度假一兩天，意下如何？」

「誰跟誰去？」

「妳跟克萊拉和我。」

「什麼？用你的錢！」夫人高喊，喜怒參半。

「為什麼不行？」

「你跑的是障礙賽，跑沒幾步，包準你摔斷脖子！」她說。

「無所謂，只要我的錢能花在刀口上！妳想去嗎？」

「不想；你們倆自個兒去決定。」

「這麼說來，妳願意囉？」他問，驚喜不已。

「你隨你自己高興吧，」夫人說：「別管我願不願意。」

13 巴克斯特・鐸斯

保羅帶克萊拉去看戲後不多久，有天他隨幾名友人進酒缸酒館酒敘，這時克萊拉的丈夫巴克斯特正好進來。巴克斯特發福了，眼瞼無力下垂，褐眼半睜，健康的肌肉彈性漸失。一眼可辨的是，巴克斯特的人生正值下坡路段。他剛和胞姊鬧翻了，搬進低級旅店。他的情婦也跟人跑了，因為對方願意娶她。他曾因酒醉鬥毆而入獄一夜，此外他也曾涉及非法聚賭。

保羅與他是不折不扣的仇敵，但雙方卻也不無一種奇特的親密感，彷彿兩人私底下走得近。此一現象時而存在於彼此從不交談的雙方。保羅常想起巴克斯特・鐸斯，常想找他，想和他交朋友。他知道巴克斯特也常想起他，知道鐸斯常因機緣等因素被他吸引。但是，兩人相見面時，除了敵意只有敵意。

由於保羅在喬丹公司的職位高於巴克斯特，照常理他應請巴克斯特喝一杯。

「你想喝什麼？」他問巴克斯特。

「才不和你這種混帳一起喝酒！」他回答。

保羅心煩至極，轉身離去時以肩膀動作表達略顯鄙視的意味。

「所謂的貴族階級，」保羅說：「說穿了是一種軍隊。以當前的德國為例，德國有成千上萬的貴族，唯一的生存方式是靠軍隊。他們窮得半死，生活也無聊透頂，所以希望打仗。戰爭對他們來說是生存的契機。沒仗可打的時候，他們是閒著沒事做的飯桶。戰爭一來，他們躍居領袖和司令官。所以嘛——他們對戰爭**求之不得**！」

在小酒館與人辯論時，由於保羅個性太急躁也太狂妄，並不受酒客青睞。他態度果決，目中無人，更令巴克斯特心煩。酒客們默默聽保羅演講，結束時並不遺憾。

巴克斯特打斷保羅口若懸河的演說，高聲冷笑問：

「你的知識很豐富嘛。是那天晚上在戲院學到的嗎？」

保羅看著他，兩人四眼正面接觸。剎那間，保羅明瞭，他和克萊拉步出戲院時瞥見的人正是巴克斯特。

「戲院？說來聽聽吧。」保羅同夥人之一問。這人嗅到肥餡，慶幸有機會挖苦保羅。

「他呀，穿著有尾巴的晚禮服，裝模作樣的！」巴克斯特冷笑說，下巴甩向保羅，一副損人狀。

「很了不起嘛，」這位兩人都認識的朋友說：「身邊有個騷包嗎？」

「騷包，媽的，當然有！」巴克斯特說。

「繼續講啊，講給大家聽聽！」這名友人起鬨。

「你有耳福了，」巴克斯特說：「我敢說，莫瑞爾小子那晚可爽了。」

「媽呀！」這名友人說。「那騷包，正不正啊？」

「騷包，我他媽的——正啊！」

「你怎麼知道？」

「喔，」巴克斯特說：「我敢說他睡了——」

此言引發多人取笑保羅。
「喂，那女人到底是誰啊？你認識她嗎？」友人問。
「**廢話**。」巴克斯特說。
又引爆哄堂大笑。
「那就趕快講清楚吧。」友人說。
巴克斯特搖搖頭，灌一大口啤酒。
「他口風守得這麼緊，怪事一個，」巴克斯特說。「待會兒，保證他拿出來吹噓。」
「保羅，別拖拖拉拉了，」友人說：「再保密也沒用，乾脆承認吧。」
「承認什麼？說我碰巧請朋友看戲嗎？」
「哎唷，拜託，快告訴大家她是誰嘛，小子。」友人說。
「她的長相還可以。」巴克斯特說。
保羅氣炸了。巴克斯特以手指抹一抹金毛小鬍子，冷笑著。
「我不信——！是那一種女人嗎？」友人說。「保羅，兄弟，我對你刮目相看噢。巴克斯特，你認識她嗎？」
「只稍微認識，才怪！」
他對其他人眨眨一眼。
「不陪你們玩了，」保羅說：「我想走了！」
友人一手壓住他肩膀，挽留他。
「不行，」友人說：「小子，你這一走，豈不太便宜你了？這件事，我們想聽你從頭到尾完整敘述一遍。」

「想聽，就叫巴克斯特自己講！」他說。

「兄弟，你自己做的事，總不能賴帳吧。」友人告誡。

這時候巴克斯特講了一句話，導致保羅將手中的半杯啤酒潑向巴克斯特的臉。

「喂，莫瑞爾先生！」女侍應驚呼，連忙按鈴請出「保鏢」。

巴克斯特吐掉髒水，衝向保羅。就在這當兒，一名壯漢來干預了。壯漢的袖子高高捲著，長褲的腰臀部位緊繃。

「別鬧了！」壯漢挺胸擋在巴克斯特面前。

「給我滾過來！」巴克斯特大叫。

保羅面無血色，頻頻打抖，挨著吧台的銅桿。他痛恨巴克斯特，希望巴克斯特在這一刻被瞬間粉碎。在此同時，他見巴克斯特額頭黏著溼頭髮，覺得他模樣可悲。保羅不敢動。

「給我滾過來，你——」巴克斯特說。

「鬧夠了吧，巴克斯特。」女侍應吆喝。

「別鬧了，」保鏢說，堅持的語氣不失親切，「你該走了。」

保鏢寸步將巴克斯特逼退至門口。

「全是那個小王八蒸出來的！」巴克斯特嚷嚷，指著保羅．莫瑞爾，態度略帶畏縮。

「哎唷，少蓋了，鐸斯先生！」女侍應說：「每次起火點都是你，你自己最清楚。」

保鏢持續挺胸逼退他，他則一步步向後退，直到他退到門口，來到門階上，然後他轉身。

「好吧。」他說，直接對著對手點頭。

保羅興起一陣莫名其妙的悲憫，幾乎含有關愛的意味，混雜著粗暴的恨意。彩色的酒館門擺一擺，室內恢復寂靜。

「趕得好，是他自作孽！」女侍應說。

「不過啊，拿啤酒潑人家眼睛，太過分了吧。」友人說。

「告訴你，我覺得他潑得好，」女侍應說：「要不要再來一杯，莫瑞爾先生？」

她舉起保羅的空杯詢問。保羅點點頭。

「巴克斯特．鐸斯這男人啊，鬼神都嚇不倒他。」某人說。

「啐！是嗎？」女侍應說：「他那種人啊，只仗著一個大嘴巴而已，狗嘴吐不出金子。想找個惡魔互槓，也該找個伶牙俐齒的惡魔啊！」

「保羅啊，小子，」友人說：「最近幾天，你可要好好自我保重噢。」

「你最好不要讓他有機可乘。」女侍應說。

「你懂拳擊嗎？」一名朋友問。

「一竅不通。」保羅回答，血色仍未回歸臉上。

「我可以教你一兩招。」友人說。

「謝了，我沒空。」

未久，保羅告辭。

「陪他走一段，詹肯森先生。」女侍應低聲說，歪頭對著詹肯森先生眨一眼示意。

詹肯森點頭，戴上帽子，說：「各位，晚安！」語調豪邁，隨即跟著保羅走，呼喊著：

「等我一下，老兄。你和我好像走同一條路。」

「莫瑞爾先生不喜歡這檔子事，」女侍應說：「以後，我們不會太常見到他了。很可惜，他是個好相處的人。巴克斯特・鐸斯嘛，他最想被抓去關起來。」

保羅寧死不肯讓母親得知此事。他飽受羞辱與自卑感的煎熬。目前他生命中有諸多不宜向母親傾訴的事。母子的生活相隔甚遠，性生活是一例。除此之外，母親依然活躍。但他覺得有些事必須瞞著母親，他因而心煩。母子之間偶有難言之隱，而在沉默中，他覺得自己必須自我辯解，因為他認為母親默默譴責著他。另外，有時候，他恨母親，拉扯著母親對他的束縛。他的人生想掙脫母親的掌握。人生如圓圈，走完一半調頭回去，再也無法前進。母親孕育他，疼愛他，保護他，他以愛回報，如此一來，他無法自由走出自己的人生大道，無法真正愛別的女人。在這段期間，渾然不覺中，他抗拒母親的影響力。他有些事不告訴她；母子之間有一道鴻溝。

克萊拉很快樂，幾乎確定他真心。她覺得自己終於獲得他了，然而不久後，她再度覺得沒把握。他以玩笑的口吻說出酒館對峙事件，惹得她臉色漲紅，灰眼珠閃現怒火。

「那完完全全是他的作風，」她大聲說——「像個幹粗活的人！他不適合和有頭有臉的人往來。」

「而妳竟然嫁給他。」保羅說。

此事被他提起，令她光火。

「是啊！」她大聲說：「不過，當年我怎麼曉得？」

「我認為，以前他也許滿善良的。」他說。

「你認為，他有今天，是我一手造成的後果！」她驚呼。

「不對不對！是他自己闖的禍。不過，他有一種特質——」

克萊拉細看著情夫。她討厭他的某一點——他有時會以事不干己的態度批判她，言詞冰冷，令她的女人心硬起來反制他。

「你打算怎麼辦？」她問。

「什麼怎麼辦？」

「怎麼對付巴克斯特。」

「沒啥好對付的啊，有嗎？」他回應。

「如果不得已，你可以和他打一架，對吧？」她說。

「不行。『拳腳』方面，我一點也不在行。說來也好笑，多數男人的本能是握拳揍下去，我欠缺這種本能。我只好去找一支刀子或手槍去應戰。」

「那你最好隨身帶著。」她說。

「不要，」他笑說：「我又不是扁鑽幫的混混。」

「你不帶在身上，他一定會對你不利。你不清楚他的心性。」

「好吧，」他說：「到時候再說。」

「你肯讓他對你動粗？」

「也許吧，不得已的時候。」

「假如他宰了你呢？」她說。

「我會很難過，為他也為我遺憾。」

克萊拉沉默片刻。

「你真的讓我好生氣！」她感嘆。

「這不是新鮮事。」他笑說。

「你為什麼這麼傻？你不懂他的心性。」
「不懂也不想知道。」
「可以。不過，你該不會讓人對你為所欲為吧？」
「我又能怎麼辦？」他笑著回答。
「要是我，我會帶著一把左輪在身上，」她說：「我確定他是個狠角色。」
「帶槍，我怕會轟掉自己的手指。」他說。
「不會。你不肯帶槍嗎？」她懇求。
「不肯。」
「說什麼也不肯？」
「不肯。」
「所以你願意讓他——？」
「對。」
「你是個大傻瓜！」
「這是事實！」
她氣得咬牙切齒。
「我好想抓住你肩膀，搖你搖到你覺醒！」她高喊，激動到顫抖。
「為什麼？」
「怎麼能讓**他**那種人對你為所欲為？」
「如果他打贏了，妳可以回到他身邊。」他說。

「你要我恨你嗎？」她問。
「我不過是說說而已。」他說。
「而**你**竟然說你**愛**我！」她沉聲罵，滿腔憤懣。
「難道要我宰了他來取悅妳嗎？」他說。「如果我真的動手了，妳就看得出他對我施的魔咒多強。」
「你把我當成傻瓜嗎！」她大喊。
「完全沒有。不過，妳不瞭解我，親愛的。」兩人一時無言以對。
「至少你不能讓自己**不設防**。」她懇求。
他聳一聳肩。

純淨無罪愆，
正義之君子，
斷毋須寶劍，
毋須毒箭矢。[29]

他引述。
克萊拉看著他，探尋他的心意。
「但願我能瞭解你就好了。」她說。
「真的沒啥好瞭解的。」他笑說。
她垂下頭去，陷入沉思。

連續幾天，保羅沒見到巴克斯特。後來，某日上午，保羅從螺旋部奔上樓之際，差點和高壯的鐵匠巴克斯特撞個正著。

「搞什麼——！」巴克斯特大叫。

「抱歉！」保羅說著繞過他。

「抱歉！」巴克斯特冷笑說。

保羅輕聲吹著口哨，曲子是《讓我去坐女生那邊》。

「臭小子，吹什麼吹！」巴克斯特說。

保羅置之不理。

「那一晚你搞的醜事，你遲早會付出代價的。」

保羅走向他位於角落的辦公桌，翻開紀錄簿。

「去告訴芬妮，我要097訂單，快！」他吩咐小弟。

巴克斯特站在門口，身形高大，面貌猙獰，看得見保羅的頭頂。

「六加五等於十一，一加六等於七。」保羅高聲計算著。

「你聽見沒！」巴克斯特說。

「五先令九便士！」保羅寫下數目字。「哪裡來的？」他說。

「我可以教你。」巴克斯特說。

保羅繼續大聲計算數字。

29 出自美國第六任總統亞當斯的《致莎莉》一詩。

「你這個小王八──，你沒膽好好面對我！」
保羅快手拿起一把大尺。巴克斯特嚇一跳。保羅在紀錄簿裡畫幾條線。巴克斯特火氣正旺。
「等我哪天逮到你，不管是在哪裡，看我敢不敢收拾你，你這個小豬公！」
「好。」保羅說。
巴克斯特聽見他回應，從門口踏著沉沉的腳步逼近。就在這時候，傳聲筒傳來尖哨聲。保羅走過去。
「對！」保羅說，然後聽著。「呃──對！」他再聽，然後笑了。「我待會兒就下樓去。我這裡有個訪客。」
巴克斯特從他的語調得知，傳聲筒的另一端是克萊拉。他向前跨一步。
「你這個小妖魔！」他說。「給我不到兩分鐘，看我『訪客』你半死！以為我會乖乖聽你耍嘴皮子嗎？」
倉庫裡其他職員紛紛望過來。保羅的辦公室小弟來了，握著某種白色物件。
「芬妮說，誰叫你昨晚不講，她早就準備好了。」小弟說。
「好，」保羅回應，看著白襪。「出貨吧。」巴克斯特氣得莫可奈何。保羅轉身。
「抱歉，我有事離開一下。」他對巴克斯特說，即將拔腿下樓。
「媽的，看老子打得你跑不動！」巴克斯特叫囂，攫住他手臂。他迅速轉身。
「喂！喂！」小弟驚呼。
湯瑪斯．喬丹走出玻璃小辦公室，直奔進這一間。
「出了什麼事，出了什麼事？」他說，老人腔尖銳。
「我正想收拾這個小──就這麼一回事。」巴克斯特氣急敗壞說。

「什麼意思？」湯瑪斯・喬丹怒問。
「我不是才說過嗎？」巴克斯特說，但遲遲不出手。
保羅倚靠著櫃檯，表情羞愧，略帶著奸笑。
「到底是怎麼一回事？」湯瑪斯・喬丹怒問。
「不曉得。」保羅搖頭聳肩說。
「怎麼不曉得，怎麼不曉得！」巴克斯特吼叫，氣憤的俊臉往前衝，握拳舉起。
「你還沒鬧夠嗎？」喬丹邁步向前。「趕快住手，不要醉醺醺來上早班。」
巴克斯特將偌大的身體緩緩轉向老闆。
「醉醺醺！」他說：「誰醉醺醺啊？再醉也不會比**你**更醉！」
「老調了，我們全都聽過，」老闆怒罵。「你快住手吧，別再胡鬧了。上班竟敢鬧事。」
鐵匠巴克斯特看著矮一大截的老闆，態度輕蔑。巴克斯特的大手骯髒，卻因苦勞而形狀健全，這時候兩手不停碎動著。保羅記得這雙手屬於克萊拉的丈夫，一股恨意頓時竄燒肺腑。
「在我趕人之前，你還不趕快走？」老闆怒罵。
「誰敢攆我走？」巴克斯特說，開始冷笑。
喬丹先生箭步上前，揮手想趕走鐵匠，肥短的手指在大臉前揮舞，嘴巴說著：
「滾出我的地——快滾！」
他揪住巴克斯特的手臂，向後折彎。
「放手！」巴克斯特說，陡然抽手，肘部打得老闆往後跌撞。
旁人來不及營救之下，老闆撞上薄弱的彈簧門。門被撞開，老闆摔下五、六階，掉進芬妮的作業室。

眾人一時看傻眼，旋即，不分男女鳥獸散。巴克斯特駐足片刻，滿臉怨氣瞪著眼前景象，然後離開。

湯瑪斯．喬丹飽受驚嚇，身上也有瘀傷，所幸無大礙。但他怒不可遏。他對巴克斯特下革職令，向法院申告他肢體攻擊。

審判庭上，保羅．莫瑞爾出庭陳述證據，被問及紛爭因何而起時，回答說：

「巴克斯特藉機侮辱鐸斯夫人和我，因為我某天陪她去看戲，然後，我對他潑啤酒，所以他想報仇。」

「癥結在女人！」地方法官以法語引述文學經典名言。

法官斥責鐸斯是討人厭的傢伙，然後宣布不審理本案。

「沒告成，都是你害的。」喬丹先生罵保羅。

「好像不是我吧，」保羅回應。「何況，你本來就不希望他被判刑吧？」

「那我何必告他？」

「呃，」保羅說：「如果是我講錯話了，那我對不起你。」

克萊拉也非常生氣。「有必要把我的名字拖下水嗎？」她說。

「講開了，總勝過被人耳語相傳。」

「真的完全沒必要講。」她高聲說。

「我們又不會少一塊肉。」他漠然說。

「也許礙不到你。」她說。

「礙到妳了嗎？」他問。

「根本沒有必要提起我的名字。」

「對不起。」他說，但他的口氣絲毫無歉意。

他輕鬆告訴自己：她遲早會釋懷的。果然她釋懷了。

保羅對母親說喬丹先生跌倒、告鐸斯進法院一事。莫瑞爾夫人仔細看著他。

「你對整件事有什麼感想？」她問兒子。

「我認為他是個笨蛋。」他說。

話雖如此，他於心難安。

「你有沒有想過，冤冤相報何時了？」母親說。

「沒想過，」他回答：「難關總有自動化解的一天。」

「對，照常理，結果可能不盡人意。」母親說。

「不盡人意，只好忍耐了。」他說。

「你會發現，你的『忍耐功』沒你想像那麼強。」她說。

他繼續快筆設計圖案。

「你有沒有問過她的意見？」母親久久之後問。

「哪方面的意見？」

「對你的意見，對整件事的看法。」

「我不在乎她對我的意見。她愛我愛得半死，只不過不是非常深。」

「你對她的愛，倒也不見得深到哪兒去。」

他抬頭看母親，目光怪異。

「對，」他說：「妳知道，母親，我認為我一定哪個地方有毛病，因為我**缺乏**愛的能力。平常她在我身邊的時候，我確實愛她。有時候，我把她當成**女人**看待時，我就愛她；不過，在她講話和語帶批判的時候，我通常聽不進去。」

「然而，她和米瑞恩一樣講理。」

「也許吧。而且，我愛她勝過米瑞恩。可是，**為什麼**她們留不住我？」

最後這疑問近乎惋惜。母親坐著，偏開臉，望向另一邊，不吭聲，臉色凝重，一臉克己的表情。

「可是你卻不想娶克萊拉？」她說。

「對。起先我或許願意。可是，為什麼——為什麼我現在不想娶她，也不想娶任何一個人？我有時候覺得自己好像辜負我的女人了，母親。」

「辜負？怎麼說呢，兒子？」

「我不清楚。」

他繼續作畫，神態相當絕望；他剛觸及問題的核心。

「至於想不想結婚，」母親說：「時日還多的是。」

「不對，母親。我甚至愛著克萊拉，我以前也愛過米瑞恩，但是，把**自己**奉獻給婚姻，我就下不了手。我無法歸屬於她們。她們似乎要**我**，而我永遠也沒法子奉獻給她們。」

「你還沒遇到適合的女人。」

「而只要妳在世，我永遠也不會遇到適合的女人。」他說。

莫瑞爾夫人噤聲不語。現在，她又開始覺得累了，彷彿她已經走不下去。

「再說吧，兒子。」她回應。

人生兜著圈子轉的感覺令他氣憤。

克萊拉的確激情愛著他，而在激情方面，他也熱愛著克萊拉。在白天，他常不把她放在心上。她在同一棟樓房裡工作，但他卻渾然不覺。他忙著辦正事，她的存在對他毫不重要。反觀克萊拉，她在螺旋部上班，時刻意識到保羅在樓上，肉體能感受到他在同一棟樓房裡工作。每一秒，她預期他進門來，而當他果真進來時，她有觸電的感受。但他對她的態度往往倉促無禮，常以長官對下屬的態度發號施令，和她保持距離。她以僅存的理智聽取他的命令，不敢誤解或記錯，對她而言是一種虐待。她想觸摸他的胸膛。在那件背心底下，他的胸肌呈何形狀，她瞭若指掌，而她想觸摸一下。聽見他以機械式口吻下達工作指令，她怒火中燒。她想衝破假象，搗毀公事公辦的表象，摳掉他表面的硬殼，再揪出裡面的真人。然而，她心懷畏懼，而在她來得及伸手感受他的溫暖之前，他走了，她再度苦悶。

他知道，見不到他的每一晚，她寂寞難耐，所以他儘可能陪她。她常覺得白天難熬，夜晚對雙方而言通常是喜事。但入夜後，兩人常相對無言，幾小時下來，不是同坐一室，就是摸黑散步，對話不多，幾乎全是意義空泛的言語。但他把她的手握在手裡，酥胸在他胸膛留下暖意，他便覺得自己很完滿。

某天晚間，他們沿著運河散步，有件心事困擾著他。克萊拉知道他心在別處。一路上，他自顧自的，不斷輕聲吹著口哨。她旁聽著，覺得從哨聲聽出的心聲反而多於言談。他吹的曲子哀傷而不滿——她聽了覺得他不願和她廝守。她默默繼續走。來到開合橋，他坐在巨柱上，凝望著倒映水面上的星斗。他離開很遠。她一直在想事情。

「你會終身待在喬丹公司嗎？」她問。

「不會，」他直覺回答。「不會，我想離開諾丁罕，出國去——不久以後。」

「出國！為什麼？」

「我不知道！我覺得坐立難安。」

「可是，你出國想做什麼？」

「我得先找一些穩定的設計工作，先賣幾幅畫再說，」他說：「我慢慢走出自己的路了。我自己很明白。」

「你考慮去哪裡？」

「不知道。母親還在，我不能走太遠。」

「你放不下她？」

「不能離開太久。」

她看著黑水上的星星。繁星躺在水面上，非常白，瞪著人看。知道他將離她而去是一份心痛，但有他在身旁幾乎也算心痛。

「如果你賺大錢了，你有什麼規劃？」她問。

「去倫敦附近買一棟漂亮的房子，和母親住在一起。」

「原來如此。」

兩人沉默半晌。

「到時候，我照樣能回來看妳，」他說：「唉，不知道。別問我有什麼規劃。我不知道。」

兩人再度無言。星星在水面上發抖，碎裂。一陣清風襲來。他忽然湊近她，一手放在她肩膀上。

「別問我未來的事，」他苦著臉說：「我什麼也不知道。無論發生什麼事，妳現在一定要跟著我，可以嗎？」

她擁他入懷裡。畢竟，她已有家室，甚至無權接受他給的東西。他迫切需要她。她抱著他，他愁眉苦臉。她以體熱包圍他，安慰他，愛他。她願讓此時此刻凍結。

一會兒後，他抬頭好像想說話。

「克萊拉。」他掙扎著說。

她激情抱緊他，一手按著他的頭，壓在胸脯上。她無法忍受他語氣中的悽苦。她心靈裡感到害怕。他想占有她的任何東西都行——但她**不想知道**。她覺得自己無法忍受。她想要他接受她撫慰——撫慰。她站著環抱他，愛撫他，而他是她無法洞悉的事物——幾乎詭譎難測的東西。她想撫慰他，讓他進入忘我的境界。

不久後，內心的掙扎沉澱到心靈底部，被他遺忘。但這時候，他心中的克萊拉不見了，只剩一名女子，暖呼呼的，是他愛到幾乎崇拜的事物，躲在黑暗中。但那不是克萊拉，而她對他言聽計從。他對她的愛是一股赤裸裸的飢渴，是必然，是原始狀態裡的一種剛強、盲目、無情的元素，在此時此刻幾乎令她叫苦。她知道他是多麼空虛孤獨，他的投奔令她欣慰。她接納他，純粹是因為他的需求比她或他本身都龐大，而她的心靈仍滯留在她體內。她在他有需求時為他做這件事，因為她愛他，即使哪天他離她而去也一樣。

在此同時，鳳頭麥雞在原野裡啾啾叫不停。他回過神來，納悶近在眼前的是什麼東西，為何能出聲，為何在暗夜裡生氣蓬勃。隨即他發現是滿地青草，是鳳頭麥雞在啼叫。暖意來自克萊拉起起伏伏的呼吸。他抬起頭，望進她眼睛深處。這雙眼睛深邃、晶亮、怪異，是一個原始狂野的生命體，瞪進他的生命，與他素昧平生，卻和他打照面。他臉貼她咽喉，內心恐懼。她是什麼東西？一個堅強的野生怪獸，在暗夜時分與他一同呼吸。這一切全比兩介草民大無比，他不敢吭聲。雙方在此面晤，共襄盛舉的是叢聚的草梗、啁啾的鳳頭麥雞、流轉的星辰。

起身時，他們看見另有情侶沿著對面綠籬潛行。情侶來這裡是很自然的事；有黑夜包容他們。

渡過如此一夜之後，兩人變得沉默寡言，因為雙方都體認到激情何其浩瀚。兩人都覺得自己渺小、幼稚、充滿疑問、略帶恐懼，如同亞當夏娃喪失純真，被迫離開天堂，淪落到人間忍受無垠的日夜，徹悟神力何其大。對兩人而言，這是一種入會儀式，也有一種滿足感。能得知自己比草芥還虛無，能明瞭自己時時刻刻被人生洪流沖刷帶動，他們內心感到安祥。如果如此大的神力能傾覆他們，能視他們為同類，好讓他們明白自己只是兩粒草籽，只在神力撼動每支小草、每株大樹、所有生物時隨之飄搖，那麼，何苦自尋煩惱呢？他們能任憑人生擺佈，彼此在對方心中感受到一種安寧。兩人一同獲得了一種驗證，天塌下來也無法註銷，再強的勢力也無法奪走，幾乎成了他們倆對人生的信念。

但克萊拉不滿足。某種巨大的事物存在著，她知道；她被某種巨大的事物包住。但它留不住她。清晨一到，情況將改觀。雙方都**明瞭**這事實，但她無法留存這一刻。她想再擁有一次；她想要恆久一點的東西。她不完全明瞭。她以為她要的東西是保羅。保羅對她而言並不保險。存在兩人之間的情愫可能一去不復返；他可能離她遠去。她並沒有獲得他的心；她不滿足。她體驗過了，但她沒有抓住某種東西，某種她也不清楚是何物、卻急欲擁有的東西。

早晨一到，他相當安寧，樂在心中，幾乎彷彿他已體會到慾火洗禮的滋味，如今別無所求。但體會到的不是克萊拉，而是因她而起的某種現象，總之不是她。雙方幾乎沒有再靠近一步，彷彿兩人是一股龐大勢力中的兩個盲從代理人。

那天在工廠，克萊拉看見他，頓時心臟化為一團火，眼中只有他的身體，他的眉宇。火團在她胸中燒得更加熾熱；她非抱他不可。但他今早話不多，極為含蓄，只對她下達指令。她跟隨他進入陰暗醜陋的地下室，抬起雙臂抱他。他吻她，激情的熱度再度焚燒他全身。有人進門了。他奔上樓，她回作業室，行動恍惚。

事後，心火緩緩降溫。他愈來愈覺得，這份體驗無關個人，不能和克萊拉劃上等號。他愛克萊拉。兩人之間有一份浩大的溫柔，如同熱情激盪之後兩人共同體會到的柔情。然而，能穩定他心靈的並非克萊拉。他對她的期望事與願違。

而她被慾求沖昏理智。一見保羅，她忍不住想觸摸他。在工廠，他對她提起螺旋襪時，她偷偷伸手去攬他的腰。她跟隨他進地下室匆匆親一口。她總帶著默然渴慕的眼神，充滿毫無羈絆的熱情，定睛注視他。他怕她，擔心戀情在女工面前曝光。午餐時間，她每天在離開公司前等著他擁抱。他覺得她似乎徬徨無助，幾乎對他構成負擔，惹他心煩。

「妳老想親嘴擁抱的，為什麼？」他說。「凡事總要看時間做嘛。」

她看著他，眼神多了一分恨意。

「我哪有**老是**想親你？」她說。

「對，即使我只是來問公事。我在辦公的時候，不想跟愛扯上關係。工作就是工作——」

「那麼，愛算什麼？」她問。「愛也有時間表嗎？」

「有；在下班以後。」

「所以你照老闆的收工時間來排時間表？」

「對，另外也要看各項業務有沒有完成。」

「只能在閒暇時刻談情說愛？」

「對，而且不能全是——不是親親嘴的那種愛。」

「在你看來，愛只算這樣？」

「這樣就夠了。」

「你這麼想，我很高興。」

之後，她有段時間對他冷漠——她恨他。在她冷漠輕蔑的期間，他於心難安，直到她原諒他為止。但當兩人重修舊好時，彼此的距離並未拉近。他留著她，因為他一直無法滿足她。

冬去春來，兩人一同前往海邊，在歇德索普近郊租小屋，過著夫妻生活。克萊拉的母親有時候會一起來。

保羅．莫瑞爾和鐸斯夫人正在交往中，這事在諾丁罕傳開了，但由於兩人的互動並不醒目，而且克萊拉總獨來獨往，他也顯得單純而天真，並未對兩人造成太大的影響。

他喜愛林肯郡沿岸，她也喜愛海邊。清晨，兩人常結伴去弄潮。破曉時分的灰沉，遠方遭嚴冬摧殘的荒涼溼地，沼澤植物叢生，景象蒼勁，足以振奮他的心靈。走過小屋前的木板橋，踏上大馬路，環視一望無際、一成不變的平原，地的色澤比天空稍深，隔著沙丘，海潮聲令大海聽起來像小海，內心因灌滿人世間不屈不撓的景象而堅實。這時候，她愛他。他孤寂，堅強，眼睛散發美麗的光芒。

他們冷得打哆嗦，然後兩人在路上賽跑，來到草皮橋。她擅長跑步。沒幾步，她的臉色轉紅，喉嚨暴露涼風中，目光炯亮。他愛她如此豐腴，腳程卻能如此敏捷。他體重輕盈；她奔跑的姿態優美。跑著跑著，兩人都熱起來，改為牽手散步。

一許紅暈滲入天空，垂在西方半空中的月亮無精打采，沉進地平線下。在半暗不明的陸地上，景物開始具體成形，大葉子的植物變得清晰可見。海灘上有幾座寒冷的大沙丘，他們從兩山之間走向海邊。漫長的潮間帶荒涼，平鋪在黎明與汪洋之間。大海是一條黑暗平坦的帶子，鑲著白邊。在陰沉的海面上，天空漸漸紅。火勢迅速蔓延至雲層，拆散雲朵。血紅轉為橙紅，橙紅轉為深金色，旭日在輝煌的金光中露臉，見浪頭就灑下細小的火花，彷彿有人提桶走過，光從桶中溢灑而出。

長長的碎浪參差不齊，一波波衝向岸上。小海鷗像水花，在海浪線上空盤旋，叫聲大於形體。海岸延展至遠方，融入晨光，亂草一叢叢的沙丘似乎沉沒到與海灘等高。他們往右邊看，梅波索普鎮顯得渺小。兩人獨占這片平坦的岸邊、大海、朝陽、微弱的水聲、海鷗的尖叫。

他們在沙丘找到一個暖窟，海風吹不進來。他站著，瞭望大海。

「景色非常好。」他說。

「你可別強說愁噢。」她說。

見他凝望大海，宛如詩心大發的孤獨過客，她看了心煩。他哈哈笑起來。她趕緊脫衣服。

「今早的浪很美。」她得意洋洋說。

她的泳技比他強；他看著她，自己沒動作。

「你不一起下水嗎？」她說。

「待會兒。」他回答。

她的皮膚雪白如絨布，肩膀厚實。海面吹來一小陣風，打在她身上，撥亂她的頭髮。

晨光的色澤是美好的清澄金光。薄紗似乎從北方和南方飄散，趕走陰影。被風一吹，克萊拉微微縮身，纏捲著頭髮。裸身潔白的女體背後是高聳的海邊草。她瞥向大海，然後看著他。他以深沉的目光看著她，她愛這眼神，看不透內涵。她雙手抱胸，畏縮著，笑說：

「啊，一定很冷！」她說。

他傾身向前吻她，突然抱緊她，再吻一次。她站著等。他凝視她眼睛深處，然後改看白沙。

「快去啊！」他沉聲說。

她振臂環抱他脖子，拉他過來，熱吻他，臨走前說：

「你不一起來嗎？」

「待會兒。」

她沉沉踏沙前進，沙地軟如絨布。他佇立沙丘上，觀望廣大的沙灘包圍她。她漸行漸小，比例失衡，只像一隻大白鳥向海跋涉。

「頂多只像海灘上的一大顆白色鵝卵石，頂多只像一團泡沫被颳得在沙灘上翻滾。」他自言自語說。在聲勢浩大的海岸，她的行動似乎遲緩如蝸步。看著看著，她不見了。她被眩目的晨曦變走了。旋即，他又看見她，小小一白點，沿著呢喃細語的白海濱移動。

「看她多麼渺小啊！」他自言自語。「像迷失在海灘上的一粒沙——像密集的一小點被風颳著跑，像一個小海沫，在晨曦中幾乎不算什麼。她為什麼如此吸引我？」

整個早晨，海邊不見閒人：她已經下水了。遠近處的海景，青藍色的濱草在沙丘搖曳，海光瀲豔，共同在一望無垠、不受干擾的孤寂中閃耀。

「她究竟是什麼？」他自言自語：「現在是早晨，這裡是大而美的永恆海灘，她在那裡，煩惱著，永遠不滿足，和泡沫一樣稍縱即逝。她究竟對我有何意義？她代表某種東西，好比泡沫代表大海。但是，她究竟是什麼？我在意的不是她。」

無意識間的思緒泉湧而出，咬字清晰，全天下都聽得見，令他心驚。他脫掉衣褲，在沙灘上衝刺。她以眼神靜候著他。她對他舉起一手，被潮水推高，下降，肩膀沉浸在一灘銀水中。他破浪跳躍前進，不一會兒，她的手摸到他肩膀了。

他的泳技不佳，在水裡待不久。她在身旁戲水，耀武揚威，凸顯優越感，他不情願地向她臣服。豔陽穩穩立足在海面上。兩人在海裡歡笑一兩分鐘，然後賽跑回沙丘。

兩人擦乾身體，張嘴猛喘氣，這時他看著她氣喘吁吁的笑臉、明亮的肩膀、搖晃的酥胸。她揉擦著乳房，他見狀心慌了，再度想著：

「可是，她好壯麗，甚至比整個早晨和大海都大。她是——？她是——？」

她見到他深沉的眼光正在凝視她，哈哈一笑，停下擦身的動作。

「你在看什麼？」她說。

「妳。」他笑答。

她的視線與他相接，不一會兒，他親吻著她的白色「雞皮疙瘩」肩膀，心想：

「她是什麼？她是什麼？」

她喜愛早晨的他。這時，他親吻時有一份事不干己、剛硬的意味，力道自然，彷彿他只意識到自身的意志，絲毫沒有察覺到她，沒有察覺到她要他。

同一天，他後來出去作畫。

「妳，」他對她說：「陪妳母親去薩頓玩。我太無趣了。」

她站著看他。他知道她想陪伴他，但他寧可獨處。有她在，他有一種囚禁感，彷彿無法自由深呼吸，彷彿有異物壓在身上。她體會到他有意擺脫她。

晚上，他回到她身邊。兩人在黑暗中散步海灘上，然後在沙丘避風窟坐一陣子。

兩人凝望黑暗的海面，不見一絲光線。「感覺上，」她說：「感覺上，你好像只在晚上愛我——好像你白天不愛我。」

他握起一把冷海沙，任其從指間流失。被克萊拉指責，他感到內疚。

「夜晚時間給妳自由支配，」他回應。「至於白天時間，我想留給自己。」

「為什麼？」她說：「我們來這裡渡個小假，為什麼連現在也不能例外？」

「不知道。白天做愛讓我很悶。」

「可是，兩人在一起，不表示一定要做愛啊。」她說。

「一定是，」他回應，「妳和我在一起的時候。」

坐著的她滿懷怨氣。

「妳有沒有考慮和我結婚？」他好奇問。

「你呢？考慮過嗎？」她回應。

「有，沒有；我但願我們能生幾個小孩。」他慢條斯理回答。

她低頭撥弄著海沙。

「不過，妳不太想和巴克斯特離婚，對不對？」他說。

她拖幾分鐘才回答。

「對，」她說，語氣十分慎重。「我不太想。」

「為什麼？」

「我不知道。」

「妳覺得妳屬於他嗎？」

「我覺得不是。」

「不然是什麼原因？」

「我認為他屬於我。」她回答。

保羅沉默幾分鐘，聆聽海風颳過幽暗嘶啞的海面。

「妳從沒真正想要**屬於我**？」他說。

「我確實屬於你。」她回答。

「才不，」他說：「因為妳不想離婚。」

這個繩結怎麼解也解不開，兩人只好歇手，自取所需，無法獲得的東西索性忽略算了。

「我認為妳虧待了巴克斯特。」他隔一陣子問。

他本以為克萊拉可能會以母親的口吻回答：「你關照自己的事就好，不要管別人閒事。」但克萊拉居然重視這番話，幾乎令他詫異。

「怎麼說？」她說。

「我猜，妳把他當成一棵嬌滴滴的鈴蘭看待，把他種在合適的花盆裡，悉心照料他。妳決定把他當成鈴蘭，哪怕他其實是牛蘿蔔，妳也不管。」

「我絕對沒有把他當成鈴蘭看待過。」

「總之是，妳把他當成別的東西看待。女人就是這樣。女人自以為知道什麼東西對男人最好，決心讓男人獲得那種東西。不管他餓不餓，他坐著吹口哨，想吃他要的東西，結果女人把他當成囊中物，只給他對他有益的東西。」

「在這種情況下，你怎麼辦？」她問。

「我正在考慮該吹什麼曲子的口哨。」他笑說。

她非但不賞他耳光，反倒認真思考他的觀點。

「你認為我想給你對你有益的東西？」她問。

「希望如此，不過，愛應該給對方一種自由感，而不是囚禁對方。米瑞恩以前讓我覺得像被套在柱子上的驢子，只能啃她的草地，不准我去別的地方覓食。嘔氣啊！」

「你呢？願意讓女人做她喜歡做的事嗎？」

「願意；我希望她喜歡愛我。如果她不喜歡——算了，我不留她。」

「如果你像你說的那麼理想——」克萊拉回應。

「那我就成了驚世金童。」他笑說。

兩人無語片刻，暗中恨對方，表面上卻笑呵呵的。

「愛是馬廄裡的一條狗。」他說。

「你和我，哪一個是這條狗？」她問。

「那還用說嘛，妳。」

兩人就此開戰。她自知永遠無法完全擁有他。他內心有個重大而關鍵的一區，她無力掌握住，也絲毫不想占有，更從不想理解它的奧祕。而保羅也隱然明白，她仍自視為鐸斯夫人。她不愛巴克斯特．鐸斯，從來不曾愛過他，但她相信巴克斯特愛她，至少仰賴著她。對於巴克斯特，她有某種篤定感，但對保羅．莫瑞爾，她從未有過相同的篤定。保羅觸發的情慾曾盈灌她心靈，曾給予她某種滿足感，曾紓解自我疑慮，排除疑問。再怎麼百感交集，她內心至少是踏踏實實。這情況幾乎像她取得了自我，如今自身變得獨立而完整。她已獲得了確認，但她從來不信自己的人生屬於保羅．莫瑞爾，也不信保羅屬於她。兩人最終將各分東西，而她的餘生將徒留一份渴慕他的酸楚。但無論如何，如今她明瞭，她對自己有信心。保羅也幾乎有同樣的體認。兩人透過彼此，一同接受人生洗禮，但如今兩人的使命互不相干。他想去的地方，她無法隨行。這一對勞燕分飛是遲早的事。縱使兩人共結連理，對彼此忠誠，他仍必須離開她，走自己的路，而她勢必只好在他回家時照料他。然而，這是不可能的事。人人都想要伴侶隨侍在側。

克萊拉陪母親去諾丁罕的馬普利區住一段時日。某天晚上，保羅和她在伍德波洛路上散步，這時巴克斯特迎面而來。從巴克斯特的姿態，保羅看得出異狀，但他暫時無法從思緒中自拔，因此只以繪畫工作者的眼光審視這位陌生人的外觀。接著，他突然轉向克萊拉笑一聲，一手放在她肩膀上，笑著說：

「我們走在一塊兒，我卻神遊到倫敦去了，跟想像中的威廉．奧本[30]辯論。妳呢，去哪裡了？」

就在這當兒，巴克斯特走過身旁，幾乎擦撞到保羅。保羅瞥一眼，見到深褐色眼珠散發怒火，充滿仇恨卻難掩疲態。

「剛剛那人是誰？」他問克萊拉。

「是巴克斯特。」她回答。

保羅縮手回來，回頭看一眼，想起剛才那人迎面走來的身形：巴克斯特的步姿依然挺拔，渾厚的肩膀向後開，下巴抬高，但目光帶有偷偷摸摸的神色，給人的印象是他不想被路人認出長相，以懷疑的態度瞄人，想知道路人對他的想法。此外，他似乎一直想隱藏雙手。他穿舊衣服，長褲膝蓋有破洞，纏在脖子上的手帕骯髒，但歪戴的小帽仍遮住一眼，以示叛逆。克萊拉一見他便內疚。他臉上有一抹倦意和絕望，令她恨他，因為她看了心痛。

「他看起來很陰險。」保羅說。

但此言語氣裡的憐憫責備到她，她因而硬起心腸。

「他露出死老百姓的本色了。」她回應。

「妳恨他嗎？」保羅問。

「你常提起女人的殘酷，」她說：「我倒但願你知道男人蠻勁大發時有多殘酷。男人根本不知道世上有

30 威廉．奧本（William Orpen, 1878-1931），愛爾蘭裔英國畫家。

女人。」

「我也這樣嗎？」他說。

「對。」她回答。

「我不知道妳的存在？」

「**我的心**，你一無所知，」她忿恨說——「我的心！」

「不比巴克斯特知道的更深？」他問。

「也許不比他深。」

保羅感到困惑，感到無助，生氣。兩人曾一同歷經重大體驗，如今走在身旁的她卻是一團謎。

「可是，妳對**我**的認識卻很透徹。」他說。

她不應。

「妳對巴克斯特的認識和妳對我的認識一樣深嗎？」他問。

「他不肯讓我深入。」她說。

「我呢？我讓妳認識我嗎？」

「重點在於男人**不准**女人做的事。男人不准女人太接近他們。」她說。

「我也不准妳嗎？」

「你准，」她慢吞吞回答：「不過，你從來不靠近我。你無法脫殼而出，沒辦法。在這一方面，巴克斯特比你在行。」

保羅邊走邊思索。他氣克萊拉捨他而偏袒巴克斯特。

「妳失去了巴克斯特，才開始珍惜他。」保羅說。

「不對；我只看得出他和你的差異點。」

但他覺得她對她懷恨在心。

某天晚上，兩人穿越原野回家，她以驚人之語問他：

「你認為值得嗎？——呃——性那方面？」

「做愛那檔子事嗎？」

「對；對你來說，性有任何價值嗎？」

「咦，妳怎麼能純粹討論性呢？」他說：「性是一切的最高境界。我們所有的親密關係全以性為最高點。」

「對我來說不是。」她說。

他啞然無語。一股對她的恨意湧現心中。畢竟，克萊拉對他不滿，即使在他自認兩人相互滿足時也一樣。但他無條件相信克萊拉。

「我覺得，」她繼續慢慢說：「好像我沒有得到你，好像你的身心都不在，好像你正在占有的人不是我——」

「不然是誰？」

「一個能讓你獨享的東西。其實還好，所以我不敢想太多。不過，你要的是**我**，對吧？或者你要的是**性**？」

他又覺得內疚。難道他輕忽了克萊拉，只把她當普通女人看待？他認為如此細究太吹毛求疵了。

「我和巴克斯特在一起的時候，真正擁有他的時候，當時的確覺得擁有他的全部。」她說。

「比較好嗎？」他問。

「對，對；比較完整。我並不是說，你給我的不比他多。」

「或者說，『能夠』給妳的。」

「對，也許吧；不過，你從來沒有把你自己獻給我。」

怒火蹙緊他的眉毛。

「如果我開始和妳做愛，」他說：「我就變成一片被風吹著跑的樹葉。」

「同時也不把我當作一回事。」她說。

「照妳這麼說，性對妳毫不重要？」他問，幾乎因懊惱而語音死板。

「有點意義；有時候，你把我帶走了——魂都飛了——我知道——而且——我也因此尊敬你——不過——」

「沒什麼『不過』這『不過』那的。」他說，按捺不住內心一把火，匆匆吻她一口。

她屈服了，不出聲。

他說的是真話。平常，但他開始做愛時，情緒強烈到能橫掃一切——理智、心靈、熱血——能像特倫特河，有漩渦，有交纏的水流，無聲無息帶走落水物。逐漸地，小小的批判，小小的指責也悉數被洪流沖走，連思想也一併流失。他不再是心智健全的男人，而是一股巨大的本能。他的雙手宛如生物；他的四肢、軀體，全是有意識的獨立生命體，完全不被他的意志左右。活潑的寒星也和他一樣生龍活虎。他和星斗被同一股脈動的火焰焚身，眼前的蕨葉也同因力大而欣喜，同樣和他的身體硬邦邦，彷彿保羅、繁星、黑暗中的植物、克萊拉，全被巨大的火舌舔舐，向前向上直衝。萬物伴隨他急促前進著；萬物和他一同全然靜止。萬物各個安祥的這種美好感受，隨著人生極樂的清風飄曳，儼然昇華到了幸福美滿的最高境界。而克萊拉知道這是他心繫於她的關鍵，因此將身心託付給這股情慾。然而，情慾卻十之八九辜負她，通常攀不上鳳頭麥雞啁啾那一夜的巔峰。漸漸地，機械化的努力破壞了性愛的美感。有時候，即使兩人體驗到欣快感也是各自體驗到，完滿但不通透。經常，他覺得自己像在獨跑；兩人通常領悟到，這事做了但沒成功，有違當初的心意。他離開她時，心知這一夜只在兩人之間徒增一小道裂痕。性愛變得愈來愈機械化，見不到暢快絢爛。兩人漸漸開始出新招，想重拾過去的滿足感。他們愈來愈靠近河邊，近到幾乎有落水的危險，黑水近在他臉旁，能感受到小小的刺激。有幾次，在市郊，兩人躲進路旁圍牆底下的小窪地，偶然有路人經過，他們聽見腳步聲接近，幾乎能感受鞋底踏地的震動，也能聽見路人以為沒人聽得到的奇言。事後，雙方都相當羞慚，導致兩人之間再生隔閡。他開始略微鄙視她，彷彿這是她自找的！

有一夜，他離開她，獨自走過原野，前往戴布魯克車站，當時天非常黑，儘管入春早有一段時日，卻有即將降雪的跡象。保羅趕時間，一味往前走。市區邊緣有一處深窪地，繁華的景象在此幾乎陡然消失。在黑暗中，有幾間民宅亮著黃燈。他翻越過籬梯，迅速深入原野中的窪地。來到果園，豬玀頭農場的窗內透出溫暖的光輝。保羅四下看一看。背後有幾棟民房，坐落於窪地邊緣，背景是黑色天空，宛如野獸瞪著黃眼珠，好奇看著陰暗的窪地。容貌野蠻放蕩的是他背後的市區，正怒視著烏雲。農場池畔的柳樹下有動物在蠢動。天太黑了，他看不清楚是什麼動物。

接近下一座過籬梯時，他看見一個男人的黑影斜倚梯子上。男人站向一旁。

「晚安！」男人說。

「晚安！」保羅回禮，不留意對方。

「保羅．莫瑞爾？」對方說。

保羅這時才發現他是巴克斯特．鐸斯。對方站住。

「被我逮到了吧？」他彆扭說。

「我快趕不上火車了。」保羅說。

他看不見巴克斯特的臉。對方講話時，牙齒似乎在格格打顫。

「這下子，你可要挨我揍了。」巴克斯特說。

保羅想往前走，對方擋在他面前。

「你是想脫掉那件大衣呢？」他說：「還是想在倒地時還穿在身上？」

保羅擔心巴克斯特精神不正常。

「可是，」保羅說：「我不懂得怎麼打架。」「也好。」巴克斯特回應。保羅尚未反應過來，臉已經挨一拳，整個人向後踉蹌。

天地頓失無光。他剝掉大衣和外套，閃躲一拳，把衣服甩向巴克斯特。巴克斯特惡狠狠咒罵。保羅穿著襯衫，如今變得機警而盛怒，覺得全身宛如一支出竅的爪子。他不會打架，只好善用機智。在他眼裡，巴克斯特的身形變得更清晰，襯衫的胸襟更是分外明顯。巴克斯特被保羅的衣服絆倒，然後直衝向前。保羅的嘴巴在流血。他拚死想回擊的是對方的嘴，打人的慾望強烈而苦悶。他趕緊跨越梯子，趁巴克斯特跟進之際，以閃電攻勢打中他的嘴，樂得不禁打一陣哆嗦。巴克斯特吐掉血水，緩步逼近。保羅怕了；他繞過去，想再回到過籬梯前面。忽然間，一拳出其不意重擊他耳朵，他不支向後傾倒，聽見巴克斯特沉重喘息聲，宛如野獸。巴克斯特旋即踹他膝蓋，痛得他爬起來，盲目跳開。拳腳落在他背上，他看不到，只有感覺，卻不覺得疼痛。他像野貓似的緊抓著壯漢巴克斯特，直到巴克斯特失神倒地。保羅和他一起栽到地上。純靠本能，保羅雙手掐住對方喉嚨，既痛又慌張的巴克斯特來不及自保，頸子被保羅以圍巾緊緊束住，咽喉也被保羅的指關節死死壓制。他純粹憑本能行事，毫無理性，毫無知覺。他的軀體剛強無敵，緊貼著掙扎中的對方，渾身沒有一條筋肉鬆弛。他喪失意識，僅剩肉體掌權，執意向對方奪命。至於保羅本人，他既沒有知覺，也毫無理性。在地上的他緊貼敵手，肉體自我定位，以掐死對方為單一目標，在適切時機反抗，以恰到好處的力氣反抗。對方的掙扎無聲無息，專心一意，毫不改變。保羅的指關節逐漸深入咽喉，對手的掙扎變得更狂亂慌張。身體愈壓愈緊，宛如壓力漸增的螺絲，不到筋骨斷裂不休。

隨後，充滿驚異與疑慮的保羅突然鬆懈下來。巴克斯特一直在讓步。保羅發現自己正在做的事有違常情，頓時痛感竄燒全身，徹底徬徨起來。巴克斯特突然又奮力掙扎。保羅的雙手被扭開，行凶用的圍巾也連帶被扯掉，整個人被推走，無助。他聽見對方在喘息，聲音恐怖，但他躺著無法動彈。接著，仍無法回神的他感覺對方朝他身體連踹幾下，意識隨之消失。

巴克斯特痛得呻吟，音調宛如野獸，對著保羅匍匐的身體亂踢一陣。突然，火車汽笛聲從兩座田以外的鐵道傳來，巴克斯特轉身，狐疑地怒視。什麼東西來了？他見到火車燈光橫越視野，感覺有人即將趕到。他越過田野進入諾丁罕，邊走邊隱約意識到剛才靴子踹中保羅骨頭時的那份感受，而當時腳丫的感受如今似乎迴盪在體內，於是他加快腳步，想逃避靴撞筋骨的暴行。

保羅漸漸甦醒了。他知道置身何處，明白事發經過，但他不想動。他靜靜趴著，細雪刺癢著他的臉。能好好地靜靜趴著是一件樂事。時光一秒秒流逝。在他不想被鼓舞的時候，細雪持續鼓舞他。最後，他的意志力終於啟動了。

「我不能倒在這裡，」他說：「太蠢了。」

但他依然不動。

「我剛說過我要爬起來，」他說：「為什麼還趴著不動？」

再過一段時間，他才攢足意志力，抖動幾下，接著慢吞吞爬起來。劇痛令他暈眩反胃，但他腦筋清晰。天旋地轉的他摸索著大衣和外套，穿上，將大衣扣到耳下。再找一陣子，他才找到小帽。臉上的傷口是否已止血，他不清楚。他盲目走著，每一步都痛得反胃。他回到池塘邊，洗手洗臉。冰水凍痛了他，但有助於他恢復意識。他遲緩往回走上坡路去搭街車。他想回家找母親——非回家見母親不可——全憑盲目的意向。他儘量蒙著臉，按捺住反胃感前進。每踏出一步，他總覺得地面向下塌，感覺像一腳踩錯了，掉進太空中，反胃感因而更強烈。宛如身陷夢魘裡，他朝家的方向移動。

全家都睡了。他照鏡子，看見臉上青腫有血痕，幾近死屍模樣。他洗臉後就寢，整晚睡得夢囈連連。隔早他醒來，發現母親在看他。母親的藍眼珠——這是他只想看見的景象。她來了：他有她的呵護。

「沒啥大不了的，母親，」他說：「是巴克斯特．鐸斯打的。」

「哪裡痛，告訴我。」她輕聲說。

「我不知道——肩膀。就說是騎單車發生意外吧，母親。」

他的一支手臂無法動作。未久，小女傭米妮端茶上樓來。

「你母親暈倒了，我差點被嚇破膽。」她說。

他覺得再也無法支撐了。母親照顧著他；他對她道出事情原委。

「全交給我處理吧。」她輕聲說。

「好的，母親。」

她為兒子蓋被。

「別再想這件事了，」她勸告：「只管儘量睡覺就好。醫生十一點以後才來。」

保羅肩膀脫臼。隔天，他爆發急性支氣管炎。母親這時面如死灰，非常瘦弱。她坐著看兒子，然後兩眼變得無神。母子倆之間隱含著某件事，雙方都不敢提起。克萊拉來探望他。她走後，保羅對母親說：

「她讓我好累，母親。」

「對；我希望她不要來。」母親回應。

另有一天，米瑞恩也來了，但保羅幾乎覺得她是陌生人。

「母親，我不想見她們。」他說。

「我就擔心你不想見她們，兒子。」她哀傷回應。

此事對外的一致說法是，保羅騎單車發生意外。不久後，他又能上班了，但心臟有一種揮之不去的噁心感與抹不平的疙瘩。他去找克萊拉，但見了面好像沒見到人。他無心辦公。他與母親幾乎像彼此閃躲著，不想碰面。母子間有個雙方皆受不了的祕密。他並不明白這一點。他只知，人生似乎失去平衡，彷彿即將傾覆成碎片。

克萊拉搞不懂他是怎麼一回事。她發現保羅似乎察覺不到她的存在。即使在他來找她的時候，他也顯得察覺不到她的存在；他總是魂不守舍。她覺得自己伸手想抓他，他的心卻飄到別處。她飽受折磨，因此她反過來折磨他。整整一個月，她和他保持距離。他幾乎恨她，也身不由己投奔她。多半時日，他與男性朋友為伍，不是去喬治酒館，就是去白馬酒館。母親病了，態度疏遠，變得寡言，陰影罩頂。他擔心著某件事；他不敢正眼看她。她的目光似乎愈來愈黯淡無光，面如白蠟，照常拖著羸弱的身子做家事。

聖靈降臨週來了，保羅說他想和朋友紐頓去海邊的黑潭鎮玩四天。紐頓是個心寬體胖的男人，有點人來瘋的個性。保羅勸母親去雪斐爾，在安妮家住一星期，換個環境，也許有助於身心康復。莫瑞爾夫人去諾丁罕看女性專科。醫師診斷說，她的心臟欠佳，消化不良。她雖然不願意，還是同意去雪斐爾住一陣子。現在，她願意凡事照兒子的意思去做。保羅說，假期第五天，他會來雪斐爾和她會合，待到假期結束才走。就這麼說定了。

保羅和紐頓開開心心前往黑潭鎮。保羅向母親吻別時，母親的氣色相當活躍。一進火車站，保羅立刻擺開煩惱。四天的假期，他毫無一絲焦慮，腦袋淨空。兩個年輕人盡情玩樂。保羅和一般男人沒兩樣。舊我全被他拋棄了——不再有令他心煩的克萊拉、米瑞恩、母親。他寫信給這三人，給母親的信寫得特別長，全寫得歡歡喜喜，她讀了笑呵呵。年輕人到黑潭鎮無不玩得開懷，他也不例外。在快樂的表面底下有一層擔憂她的陰影。

保羅玩得盡興，期待著前往雪斐爾陪母親住幾天。紐頓也跟著去玩一天。火車誤點了。兩個年輕人有說有笑，叼著菸斗，把行李甩上街車。保羅買了一個真蕾絲做的小衣領，想送母親，看她穿戴，然後尋她開心。

安妮與夫婿雷諾德的居家環境不錯，也請了一名小女傭。保羅歡喜奔上樓，本以為母親會在走廊笑臉相迎，沒想到開門的人是姊姊安妮，態度疏遠。他愣住了，心慌起來。安妮讓他吻臉頰。

「母親病了嗎？」他說。

「對，她的身體很不舒服。不要惹她不高興。」

「她在床上嗎？」

「對。」

隨即，一種詭異的心情席捲而來，彷彿身心所有陽光全被驅散，僅剩陰影。他放下行李，奔上樓去，遲疑一下，開門。母親坐在床上，穿著灰玫紅的睡袍。她看著他，神情近乎為自己感到慚愧，面帶懇求意味，顯得謙遜。他看出她面容枯槁。

「母親！」他說。

「我還以為你不來了呢。」她高興回應。

但他只在床邊跪下，臉埋進床單，痛哭著說：

「母親——母親——母親！」

她伸出枯瘦的手，慢動作撫摸他的頭髮。

「別哭，」她說：「別哭嘛——沒事。」

但他覺得血彷彿溶入熱淚中，恐懼與心痛交加。

「別哭——別哭。」母親結巴說。

她慢動作摸著兒子的頭。震驚到難以自扼的他繼續哭，淚水痛至全身每一條筋骨。突然，他不哭了，但他依然以床單遮臉，不敢抬頭。

「這麼晚才到。你去哪裡了？」母親問。

「火車誤點。」他回答，聲音被床單模糊。

「是嘛，可惡的中部線火車！紐頓也來了嗎？」

「來了。」

「你們一定餓了吧。午餐早準備好了，為你們留著。」

他悲痛抬頭看她。

「妳怎麼了，母親？」他蠻橫問。

她回答時轉移視線：

「孩子，不過是一點點腫瘤而已，你用不著操心。腫一塊，已經好久了。」

淚水再度湧現。他的理智清晰強硬，但肉體無法止哭。

「在哪裡？」他說。

她伸一手摸腰。

「這兒。幸好你也知道，醫生能用燒灼療法治好腫瘤。」

他站起來，感覺暈眩而無助，宛如幼兒。他思考著，她說的是否屬實。是真的，他叫自己放心。但在此同時，他的五臟六腑全確信真相是什麼。他在床緣坐下，握住她一手。她今生只佩戴一戒指——結婚戒指。

「妳什麼時候病倒的？」他問。

「昨天開始的，」她唯唯諾諾回答。

「會痛嗎？」

「會，不過不比我在家時更痛。我相信安瑟爾先生是個愛亂發警報的醫生。」

「妳不應該單獨出遠門的。」他說，對象與其是她，倒不如像是在告誡自己。

「跟遠行哪裡扯得上關係！」她連忙回應。

兩人沉默片刻。

「還不快去吃午餐，」她說：「你一**定**餓壞了。」

「妳吃過了嗎？」

「吃了。我吃掉一條漂亮的比目魚。安妮對我太好了。」

母子繼續聊一會兒，他才下樓。他的臉色非常蒼白，表情緊繃。紐頓愁苦坐著表示同情。

午餐後，他進洗滌間，幫忙安妮洗餐具。小女傭出去辦事了。

「真的是腫瘤嗎？」他問。

安妮又開始哭了。

「她昨天痛的時候——我從沒看過有誰痛成那樣！」安妮哭訴著。「雷諾德像個瘋子，衝出去找安瑟爾醫生。她上床時對我說：『安妮，看看我腰裡的這個瘤。我懷疑這到底是什麼病？』我一看，差點跌到地上。保羅，我跟你實話實說好了，那個瘤比我的拳頭大一倍。我對她說：『我的老天爺啊，母親，什麼時候發現的？』她說：『唉，孩子，老早就有了。』我聽了差點嚇死，保羅，真的。在家的時候，她已經痛好幾個月了，沒人照顧她。」

淚水湧上他眼眶，隨即突然變乾。

「可是，她去諾丁罕看過幾次醫生——她從來沒告訴我。」他說。

「假如我還住在家裡，」安妮說：「我會親眼看她哪裡痛。」

他覺得自己像陰陽界裡的行屍走肉。下午，他去找醫師。這位醫師態度精明，和藹可親。

「究竟是什麼病？」他說。

醫師看著他，然後交纏雙手十指。

「有可能是一顆大腫瘤，長在薄膜裡，」醫師慢條斯理說：「不無可能治好。」

「你不能動手術嗎？」保羅問。

「那部位不行。」醫師回答。

「你確定嗎？」

「很確定！」

保羅思索一會兒。

「你確定是腫瘤嗎？」他問：「諾丁罕的詹姆森醫生怎麼一直沒診斷出來？幾個星期以來，她去看病好幾次了，醫生只治療她的心臟和消化不良。」

「莫瑞爾夫人從未告訴詹姆森醫生她身體腫一塊。」醫師說。

「你**確定**是腫瘤嗎？」

「我不確定。」

「不然**有可能**是什麼病？你問過我姊姊，家裡有沒有人得過癌症。有可能是癌症嗎？」

「我不知道。」

「你打算怎麼治療？」

「我想請詹姆森醫生檢查一下。」

「那就請他檢查啊。」

「這事應該由你安排。從諾丁罕過來，他的索費不會少於十基尼金幣。」

「你希望他哪天來？」

「我今晚找他討論一下。」

保羅告辭，咬唇離開。

母親能下樓喝茶，醫師說。保羅上樓去攙扶她。她穿著雷諾德送安妮的灰玫紅睡袍，臉上多了一點血色，年輕了不少。

「妳穿這件挺好看的嘛。」他說。

「對；我覺得很好看，差點認不出自己了。」她回應。

然而，她一站起來走動，血色霎然消失。保羅攙扶他，等於是抱著她走。來到樓梯最上端，她腿軟了。他趕緊抱她下樓，讓她躺沙發。她身形羸弱輕盈，發青的嘴唇緊閉，臉色宛若死屍。她睜著眼睛——眼珠子依舊湛藍不變——以懇求的目光看著他，幾乎要他原諒她。他倒一杯白蘭地，湊近她嘴邊，但她不肯張嘴。她一直以親愛的眼神望著他。她只是為他難過而已。淚水一直順著保羅的臉龐流下，持續不間斷，但他全身沒有一條肌肉在動作。他一心一意想把一小口白蘭地送進她嘴唇裡。不久後，她能吞嚥一茶匙。她向後躺下，累壞了。熱淚持續流下他的臉。

「很快就沒事了，」她喘氣說：「不許哭！」

「我又沒哭。」他說。

過了一會兒，她體力恢復了。他在沙發旁邊跪下。母子四目相對。

「我不要你太操心。」她說。

「好，母親。妳要靜靜休養，很快就能康復。」

但他臉色蒼白到連嘴唇都發白，相視的兩對眼睛瞭然於胸。她的眼珠好藍——像勿忘我花的沁心藍！他認為，假使母親的眼睛是另一種藍，他心裡會比較好受一些。他的心臟似乎被慢慢扯離胸腔。他跪在沙發旁，握著她一手，母子都講不出話。後來，安妮進來了。

「妳還好嗎？」她怯弱地喃喃對母親說。

「當然。」母親說。

保羅坐下，對她訴說他在黑潭鎮的見聞。她很好奇。

過了一兩天，保羅去諾丁罕找詹姆森醫師，安排醫師前來看病。保羅幾乎是一文不名。幸好他借得到錢。

每週六上午有公家辦的醫療諮商，看病只需付工本費，母親去過幾次。這星期六，保羅自己前去，見到候診室裡滿是窮女人，大家耐心靠牆坐在長椅上。保羅想像著，母親穿黑色小套裝也坐這裡。醫師遲到了。女病人各個面露惶恐狀。保羅問在場的護士，能否在醫師一進來馬上商量，護士答應了。四面牆的長椅坐滿耐心的女病人，全以好奇的眼光看這位青年。

終於，醫師來了。他年約四十，面貌端正，皮膚偏褐色。心愛的妻子病死後，詹姆森醫師專門治療婦女疾病。保羅報自己姓名和母親姓名。醫師不記得。

「四十六號M。」護士說。醫師查看診療簿裡的病例。

「她腫了一大塊，可能是腫瘤，」保羅說：「不過安瑟爾醫師說過，他會寫信給你。」

「啊，對！」醫師回應，從口袋取信出來。他非常和氣、慈祥、忙碌、親切。他答應隔天前往雪斐爾出診。

「你父親從事什麼工作？」他問。

「他是礦工。」保羅回答。

「家境不太好吧？」

「這——這包在我身上。」保羅說。

「你呢？」醫師微笑問。

「我在喬丹用品工廠擔任職員。」

醫師對他微笑。

「呃——去雪斐爾出診嘛！」他說，十指的指尖互碰，微笑擴散到眼睛。「八基尼金幣？」

「謝謝你！」保羅說，紅著臉起立。「你明天來嗎？」

「明天——星期日？可以！下午的火車幾點出發，你知道嗎？」

「中部線有一班四點十五到。」

「我怎麼去府上呢？走路可以到嗎？」醫師微笑問。

「有街車可以搭，」保羅說：「西園街車。」

醫師記下。

「感謝你！」他說著和醫師握手。

隨後，保羅直接回家去看父親。家裡有米妮照顧他的起居。莫瑞爾先生・莫瑞爾如今已白髮蒼蒼。保羅找到他時，他正在花園裡挖土。保羅曾寄信給他。他和父親握手。

「哈囉，兒子！您剛到？」父親說。

「對，」兒子回答：「不過我今晚就走。」

「這麼急啊！」礦工莫瑞爾先生感嘆。「你吃了沒？」

「沒有。」

「您就是這樣子，」莫瑞爾先生說。「快進來吧。」

莫瑞爾先生擔心兒子提起莫瑞爾夫人的狀況。父子倆進門。保羅默默用餐，莫瑞爾先生滿手泥土，袖子捲起，坐在對面的扶手椅看兒子。

「呃，她情況怎樣？」莫瑞爾先生久久之後才問，音量微弱。

「她能坐起來了，也可以被抱下樓喝茶。」保羅說。

「有福氣啊！」莫瑞爾先生高聲說。「照這麼說，希望很快就能讓她回家。諾丁罕的大夫怎麼個說法？」

「醫生明天去幫她做身體檢查。」

「是嗎！花費不小吧！」

「八基尼金幣。」

「八基尼！」莫瑞爾先生喘不過氣地說：「我們只好去別的地方湊湊錢吧。」

「我可以付。」保羅說。

父子間再度無言片刻。

「她說她希望你和米妮相安無事。」保羅說。

「對，俺還好，但願她也好，」莫瑞爾先生回應。「不過，米妮是個傻妞，願上帝保佑她的心！」他臉色淒慘。

「我三點半就要走了。」保羅說。

「兒子，東跑西跑的，辛苦您了！八基尼金幣！她什麼時候才可以跑這麼遠？」

「要看看明天醫生怎麼說。」保羅說。

莫瑞爾先生沉沉嘆息。家裡有一份異樣的空蕩感，保羅覺得父親顯得失落、失意、年邁。

「你下星期應該去看她，父親。」保羅說。

「希望她到時候已經回家了。」莫瑞爾先生說。

「如果還沒有，」保羅說：「那你一定要去看她。」

「車錢哪來，俺不曉得。」莫瑞爾先生說。

「我會寫信，把醫生的診斷轉告給你。」保羅說。

「可是，您寫的那樣，俺看不懂啊。」莫瑞爾先生說。

「好，那我寫淺白一點。」

叫莫瑞爾先生回信也沒輒，因為他除了自己姓名之外，大字不認得幾個。

醫師到火車站了。雷諾德覺得租馬車相迎是他的職責。醫師三兩下就檢查完畢。安妮、亞瑟、保羅、雷諾德全在客廳焦急等候。醫師下樓來。保羅看他們一眼。他從來不抱任何希望；自欺的時刻例外。

「**可能**是腫瘤，目前只能等著瞧。」詹姆森醫師說。

「如果是的話，」安妮說：「可以用燒灼療法治好嗎？」

「也許可以。」醫師說。

保羅在桌上擺八枚一英鎊金幣和一枚半英鎊硬幣，醫師數一數，從皮包取出一枚兩先令弗羅林銀幣，放置桌上。

「謝謝你！」醫師說。「很遺憾莫瑞爾夫人病得如此嚴重。不過我們一定會儘量想辦法。」

「不能開刀嗎？」保羅說。

醫師搖搖頭。

「不行，」醫師說：「即使可以，她的心臟恐怕受不了。」

「她的心臟有危險？」保羅問。

「是的；你們一定要小心照顧她。」

「非常危險？」

「不——呃——不會，不會！小心一點就是了。」

語畢，醫師告辭。

保羅上樓去抱母親下樓。她像小孩乖乖躺著。但當他開始下樓時，她雙手環抱他頸子，黏著他。

「這樓梯好恐怖，嚇死我了。」她說。

保羅也害怕。下次他會請姊夫抱她下樓。保羅覺得自己抱不動。

「他認為只是腫瘤而已！」安妮大聲對母親說：「而且，燒灼療法就能治好。」

「我就**知道**能治。」莫瑞爾夫人輕蔑駁斥。

她假裝沒留意到保羅已離開客廳。保羅坐進廚房，抽著悶菸。一陣子後，他發現外套上有個灰色的菸灰，正想伸手去彈走，仔細看再，卻發現是母親的一根白頭髮。好長！他捻起來，頭髮飄向煙囪。他放手。白髮飄浮著，遁入黝黑的煙囪裡。

翌日，他上班前吻別母親。這時是大清早，只有母子倆醒著。

「你可不要煩惱啊，孩子！」她說。

「不會的，母親。」

「那就好，煩惱是傻子才做的事。你也要好好照顧自己。」

「好，」他回應。一會兒後，他又說：「我星期六會再來，要不要帶父親一起來看妳？」

「他應該想來吧，」她回答：「總而言之，如果他想，你只好讓他來。」

他再吻母親一次，撫弄著她太陽穴的頭髮，動作輕盈柔緩，把她視為女友。

「你不怕遲到嗎？」她喃喃說。

「我這就走了。」他說，音量非常低沉。

話雖如此，他繼續坐幾分鐘，撫弄太陽穴的褐髮和灰髮。

「妳病情不會惡化吧，母親？」

「不會的，兒子。」

「保證？」

「保證；我的病情不會惡化。」

他吻母親，雙手抱她一下子，然後才出門。在光明的晨曦中，他直奔火車站，一路上一直哭泣，原因不明。她想念著兒子，藍眼珠瞪得渾圓。

下午，他找克萊拉一同散步，兩人坐在小樹林中，藍鈴花在地上綻放。他握住她一手。

「我向妳預測，」他對克萊拉說：「她永遠不可能康復了。」

「唉，你哪知道！」克萊拉回應。

「我知道。」他說。

衝動之下，她抱他過來貼胸。

「儘量不要去想吧，親愛的，」她說：「儘量不要去想。」

「好。」他回應。

她的胸脯暖洋洋讓他依偎，雙手伸進他頭髮裡，感覺窩心，他伸出雙臂擁抱她。但他無法不去想。他只能換個話題聊。母親的病情一直在他心上。當她感覺到苦悶即將冒出頭之際，她向保羅大聲說：

「不要胡思亂想了，保羅！不要胡思亂想，親愛的！」

她把他的頭壓向胸脯，輕輕搖著他，把他當成小孩撫慰。於是，為了她，保羅將煩惱暫時擱一邊，等別無旁人時再哀愁。別無旁人時，他動不動就哭，哭得機械化。他的心思和雙手在忙，臉卻在哭，他不知道為什麼。是他的血脈在哭。無論和克萊拉相處，或在白馬酒館與朋友相聚，他同樣孤單，只有內心的壓力相依傍，世上只剩這個伴。有時候，他拿起書報閱讀。不能讓腦筋閒著沒事做。而克萊拉正是讓腦筋沒得閒的方式之一。

週六到了，莫瑞爾先生前來雪斐爾。他身形落魄，看似被放逐的男人。保羅奔上樓。

「我父親來了。」他說著吻母親一下。

「是嗎？」她疲倦地回應。

老礦工帶著惶恐的心，走進臥房。

「老婆，您怎麼了？」他說著上前吻妻子，動作急促而怯弱。

「我嘛，還好。」她回答。

「俺看得出來。」他說。他站著，低頭望著病人。然後，他拿手帕拭眼。他顯得無助，彷彿被放逐，只站著低頭看。

「你日子過得還可以吧？」妻子問，倦意相當重，彷彿和丈夫交談很費勁似的。

「還可以，」他回答：「有幾次，她做事拖拖拉拉的，妳也曉得。」

「她有沒有幫你準備午餐？」莫瑞爾夫人問。

「午餐嘛，有一兩次，俺罵過她。」莫瑞爾先生說。

「如果沒準備，你一定要罵她才行，不然，她會拖到最後一分鐘才動手。」

她對丈夫交代幾聲。他坐著看她，幾乎覺得她像陌生人，自己的態度是彆扭又謙虛，也像自己心慌了想逃跑。基於這份想逃的心情，再加上探病的場景令他如坐針氈，而他又必須多坐一段時間，否則怕人說閒話，因此他更加坐不住。他的眉毛緊蹙，苦不堪言，拳頭握著，擺在膝蓋上，大難當前感覺很彆扭。

莫瑞爾夫人的病情變化不大。她在雪斐爾住了兩個月。若硬說有何變化，她的病情其實比以前嚴重。但她想回家。安妮有自己的小孩要帶。莫瑞爾夫人想回家。因此他們從諾丁罕張羅到一輛汽車——因為她病到不適合搭乘火車——讓她乘坐汽車行駛在豔陽下。當時才八月，萬物明亮而溫暖。在藍天底下，人人都看得出她死期將近。然而，她卻心情快活，幾個星期以來沒有這麼高興過。大家有說有笑。

「安妮，」她驚呼，「我剛看到一隻蜥蜴，從那塊大石頭上溜過去！」

她的眼珠流轉明快，生命力依然旺盛。

莫瑞爾先生知道她即將回家。他開著前門等她。大家都急切期待中。整條街有半數人家出來等候。大汽車噗噗噗的聲音傳來了。大家見到莫瑞爾夫人面帶微笑，被汽車載進這條街上。

「看，好多人啊，大家全出來看我！」她說。「不過，換成我，我八成也會跑出來看。妳好嗎，馬修斯夫人？妳好，哈里遜夫人。」

鄰居全聽不見她的寒暄，但大家都看得到她在微笑點頭。一眼即知她臉上只剩半條命，大家都這麼說。莫瑞爾夫人回家是本街大事。

莫瑞爾先生想抱她進門，但他太老，抱不動。亞瑟把她當小孩抱進去。家人在爐前為她準備一張有深度的大椅子，取代她搖椅的位置。等她脫掉外衣坐好，喝了一點白蘭地，她環視四周。

「安妮，妳可別以為我不喜歡妳家，」她說：「不過，能回自己的家真好。」

莫瑞爾先生沙啞地回應：

「是啊，老婆，的確是。」

小鬼靈精女傭米妮說：

「我們很高興能歡迎妳回來。」

花園裡有糾結成一團的黃花，甚為美觀。她望窗外。

「我的向日葵開了！」她說。

14 解脱

保羅在雪斐爾期間，某天晚上，安瑟爾醫師說：「對了，本地傳染病醫院最近收了一個諾丁罕來的病人——姓鐸斯。他好像在這世上無依無靠似的。」

「巴克斯特·鐸斯！」保羅驚呼。

「正是他——本來體格滿健壯的，我想。最近情況有點糟。你認識他嗎？」

「他以前是我同事。」

「是嗎？你對他有幾分認識？他一直在生悶氣，否則現在早該痊癒了。」

「我不清楚他家裡的情況，只知道他和妻子分居了，最近心情不太好，我相信。不過，請你告訴他說，我最近會過去探望他，好嗎？」

保羅又見到醫師時，對醫師說：

「鐸斯怎樣了？」

「我告訴他說，」醫師回答，「『你認不認識一個諾丁罕人，姓莫瑞爾？』他聽了瞪著我，活像他想跳過來掐死我似的。所以我說：『看樣子，你聽過這姓，他全名叫保羅·莫瑞爾。』然後，我轉告他說，你最近想去看他。他聽了說，『他找我幹什麼？』把你當成警察似的。」

「他有沒有說他想見我？」保羅問。

「他什麼也沒說——好話、壞話、不好不壞的話，一句也沒有。」醫師回答。

「為什麼不講話？」

「我也想知道。他一直躺在病床上生悶氣，不分日夜。怎樣也沒辦法從他嘴裡套出訊息。」

「你建議我去看他嗎？」保羅問。

「可以。」

兩人雖敵對，卻有一種彼此相繫的感覺，發生鬥毆事件之後，這份感覺更加強烈。就某方面而言，保羅對他心懷歉疚，覺得自己多少該負點責任。以他當前的心境而言，他對同樣苦海無邊的鐸斯有著一份惺惺相惜，幾乎到了心疼的程度。此外，兩人恨到極點，不打不相識，無形中變得心心相映，肝膽相照。

保羅前往隔離醫院，帶著安瑟爾醫師的名片。修女是一位健康年輕的愛爾蘭女子，她帶保羅走向病房。

「有人來探望你，吉姆．克勞[31]。」修女說。

巴克斯特陡然翻身，驚愕呻吟一聲。

「呃？」

「呱！」修女調侃著。「他只會學烏鴉呱呱叫。我帶一位紳士來探望你。還不快說『謝謝』，好歹禮貌一點嘛。」

---

31 吉姆．克勞（Jim Crow），主張種族隔離制，Crow可另有烏鴉之意。

巴克斯特的目光錯愕而陰森，視線急忙從修女移向背後的保羅。巴克斯特的神態充滿恐懼、猜忌、仇恨、哀苦。保羅的視線和他相接，躊躇不前。兩人都畏懼著死對頭的過去。

「安瑟爾醫師告訴我說你在這裡。」保羅舉出一手。

巴克斯特伸手和他握，動作機械化。

「所以我就來了。」保羅繼續說。

對方不吭聲。巴克斯特躺著，凝視對面牆壁。

「快說『呱』啊！」護士揶揄他。「快說『呱』！吉姆．克勞。」

「好得很吶！他成天躺在床上，想像自己快死翹翹了，」護士說：「結果，把自己嚇成啞巴一個。」

「他的情況還好吧？」保羅問護士。

「只要是人，**絕對**非找人講話不可。」保羅笑說。

「就是說嘛！」護士呵呵笑著說。「這裏只有兩個老頭子和一個哭不停的男孩子。觸楣頭嘛！我呢，好想聽聽吉姆．克勞講話，都快想瘋了，結果他只肯偶爾『呱』一聲！」

「對妳太不仁慈了！」保羅說。

「不是嘛？」護士說。

「我猜我是天上掉下來的東西。」他笑說。

「對呀，直接從天堂掉下來的！」護士笑說。

未久，護士走了，留下兩人大眼瞪小眼。巴克斯特瘦了一圈，回復五官線條明顯的模樣，但活力似乎不足。正如醫師所言，他躺著生悶氣，不願舉步踏上康復之道，似乎心臟每跳一下，他就埋怨一聲。

「你最近不順心，是嗎？」保羅問。

突然，巴克斯特的視線再度轉向他。
「你來雪斐爾幹什麼？」他問。
「我母親病倒在我姊姊家，在瑟斯頓街上。你來這裡做什麼？」
不回答。
「你住院多久了？」保羅問。
「我也說不準。」巴克斯特不情願回答。
他躺著，凝視對面牆壁，彷彿盡力相信保羅不在病房裡。保羅覺得自己心腸變硬，生氣起來。
「安瑟爾醫師告訴我說你住院了。」他冷冷說。
巴克斯特不應。
「傷寒症挺麻煩的，我知道。」保羅不肯放過他。
忽然間，巴克斯特開口說：
「你來這裡幹什麼？」
「因為安瑟爾醫師說，你在這地方無依無靠，是真的嗎？」
「我走遍天下都無依無靠。」巴克斯特說。
「這個嘛，」保羅說：「是因為你自願的吧。」
對方再次無語。
「我們想儘快安排母親回家。」保羅說。
「她生什麼病？」巴克斯特說，表達病人對病痛的興趣。
「她得癌症。」

對方又沉默。

「不過，我們想帶她回家，」保羅說：「我們想找一輛汽車。」

巴克斯特躺著思考。

「去找湯瑪斯・喬丹商量，看他肯不肯借，總可以吧？」巴克斯特說。

「車子不夠大。」保羅回答。

巴克斯特眨一眨晦暗的眼珠子，繼續思考。

「不然，去找傑克・皮金頓，他會借你的。你認識他。」

「我想我還是租一輛好了。」保羅說。

「租車是冤大頭。」巴克斯特說。

臥病榻的巴克斯特變得削瘦，五官線條又明顯起來。保羅為他感到難過，因為他的眼神好疲倦。

「你是不是在這裡找到工作了？」保羅問。

「我只來一、兩天就病倒了。」巴克斯特回答。

「建議你進康復之家。」保羅說。

巴克斯特的臉色再度陰沉。

「我才不進康復之家。」他說。

「我父親在希索普就住過，而且住得高興。安瑟爾醫師會幫你寫推薦函。」

巴克斯特思考著。明顯可見的是，他不敢再面對世界。

「現在海邊景色一定很不錯，」保羅說：「陽光照在沙丘上，海浪就在不遠的前方。」

對方不應。

「去他的！」保羅內心太愁苦，不太計較措辭：「知道又能下床走動，而且還能游泳，病就全好了。」

巴克斯特匆匆瞥他一眼。他的黑眼珠唯恐和天下任何人打照面。然而，保羅語氣散發一股真心悲楚和無助，令他感到寬慰。

「她是不是病重了？」巴克斯特問。

「她像一根快燒完的蠟燭，」保羅回答：「不過，她倒是很愉快——心情很活躍！」

他咬咬唇。一分鐘後，他站起來。

「好了，我該走了，」他說：「這半克朗，你收下吧。」

「我才不要。」巴克斯特嘟噥說。

保羅不應，把硬幣留在桌上。

「好，」保羅說：「下次我再來雪斐爾，我會抽空來看你。我姊夫在派克洛夫茲上班，我叫他過來看你，如何？」

「我又不認識他。」巴克斯特說。

「他是個好人。要不要我叫他來看你？他可以帶報紙來給你讀。」

巴克斯特不吭聲。保羅走了。巴克斯特在他心中勾起強烈情緒，在他壓抑之下，渾身不禁顫抖。

他不向母親透露探望巴克斯特一事，但隔天午休期間，他對克萊拉說了。兩人雖然已經不常一同相約去散步，但這天他邀克萊拉一起去城堡庭園。兩人坐下，在豔陽下繽紛多彩的是紅色天竺葵和黃色蒲包花。近來她的防禦心總是很重，對他的憎惡也不輕。

「巴克斯特感染到傷寒，住進雪斐爾醫院了，妳知道嗎？」

她的灰眼珠瞠目以對，臉色變白。

「不知道。」她惶恐說。

「病情有起色了。我昨天去看他——是醫生告訴我的。」

這消息似乎對克萊拉造成打擊。

「他病得很嚴重嗎？」她充滿內疚問。

「本來是。現在正在康復中。」

「他對你說了些什麼？」

「喔，沒什麼！他好像一直在生悶氣。」

兩人之間出現一道鴻溝。他進一步告知情況。

之後，克萊拉的態度冷漠，話不多。後來兩人再一同散步時，她從他的臂彎縮手回來，和他保持距離。他迫切想得到她的慰藉。

「妳為什麼不對我好一點？」他問。

她不答。

「怎麼一回事？」他說著伸手搭在她肩膀上。

「不要！」她說著縮身退卻。

他不再煩惱她，自己退回個人思緒中。

「是不是巴克斯特的事令你嘔氣？」他久久之後問。

「我以前的確是**虧待**他！」她說。

「我說過好幾次了，妳沒有好好對待他。」他回應。

兩人之間存在一股敵意。各人思索著各自的心事。

「我對待他——嗯，我對他太過分了，」她說：「現在換成你對我太過分。算我活該吧。」

「我哪裡對妳太過分了？」他說。

「是我活該，」她說：「我從沒珍惜過他，現在你也不珍惜我。不過，這是我罪有應得。他對我的愛勝過你對我的愛一千倍。」

「才不是！」保羅抗議。

「是就是！再怎麼說，他的確敬重我，你卻辦不到。」

「他哪有敬重妳！」他說。

「有！是我害他變成那副嘴臉的——我知道是我的錯！是你教我體認到的。他對我的愛勝過你對我的愛一千倍。」

「好吧。」保羅說。

他現在的煩惱太多，幾乎無法承受，不想再添煩惱。和克萊拉相處只對他增添一分折騰，令他疲倦。離開她時，他不覺得遺憾。

她一有機會，趕緊赴雪斐爾探望夫婿。兩人見面不歡而散。但她留下玫瑰、水果和錢給他。她想補償他。這並不表示她愛他。她看著巴克斯特躺在病床上，並未因愛而感到窩心。她只想在他面前表現謙虛，想對他屈膝下跪。她現在想自我犧牲。畢竟，她無法成功讓保羅真心愛她。她的心靈惶恐不安。她想以苦修來贖罪。因此，她對巴克斯特下跪，而巴克斯特因而心生一股微妙的喜悅。但兩人之間依然相隔萬重山——相差太遠了。巴克斯特因而感到惶恐。克萊拉幾乎因而雀躍。她喜歡這種隔千山服侍他的感覺。現在她覺得驕傲。

保羅再去探望巴克斯特一兩次。兩個男人之間培養出某種友誼，同時也維持死對頭的心態。但兩人絕口不提三角戀情中的女主角。

莫瑞爾夫人的病情逐日加重。起初，她可以被抱下樓，有時候甚至能進花園。她靠坐在椅子上，微笑著，姿態多優美。蒼白的手上戴著結婚金戒指，頭髮經精心梳理過。她看著糾結的向日葵垂死，看著菊花怒放，看著大理花。

保羅和她互相畏懼。他知道，她也明白，她來日不多。但母子倆強顏歡笑。每早，保羅起床後，總穿著睡衣褲進母親房間。

「妳睡得著嗎，親愛的？」他問。

「睡得著。」她回答。

「睡得不太好吧？」

「很好啊！」

他一聽即知她徹夜無法成眠。被單遮著，他看不見，但他知道母親一手按著腰止痛。

「痛得厲害嗎？」他問。

「不會。會痛一點點，但不值得一提。」

接著她以習慣動作嗤之以鼻，表示不屑。躺在床上的她看似小女孩，藍眼珠一直盯著兒子。然而，她的眼袋深沉，隱含痛楚，又令他心酸。

「今天是太陽天。」他說。

「天氣好棒。」

「要不要我抱妳下樓？」

「再說吧。」

他下樓去為她準備早餐。一整天，他的意識裡只容得下母親。這種慢燉的心酸令他渾身發燙。入夜後，他下班回家，從廚房窗戶望進家裡，沒看見母親；她整天沒下床。

他直奔上樓親她。他幾乎不敢問：

「妳沒下床嗎，小鴿子？」

「沒有，」她說：「都怪嗎啡不好，害我好累。」

「我覺得醫生開藥太重了。」他說。

「應該是。」她回應。

他在床緣坐下，愁眉苦臉。她習慣蜷縮側躺，宛若兒童。灰色和褐色的頭髮散落在耳朵上。

「這樣不癢嗎？」他邊說邊輕輕為她撥開頭髮。

「會。」她回答。

他的臉湊近母親的臉。母親的藍眼珠展露笑意，正對他眼睛，如同女孩的笑眼——溫馨含笑，充滿柔情，令他因恐懼、心痛、愛而喘息。

「把頭髮紮成一條辮子好了，」他說：「妳躺著別動。」

保羅走到母親背後，小心攏開頭髮，梳散開來，褐色與灰色的長髮柔如絲。她的頭縮在肩膀之間。保羅輕輕為她梳頭髮，為她綁辮子，咬著嘴唇，感覺頭暈目眩。此情此景似乎不真切，他無法理解。

夜裡，他常在母親房裡作畫，三不五時抬頭看她，往往撞見母親的藍眼珠盯著他看。四目相接之際，她會微笑。他繼續再作畫，動作機械式，不知不覺中佳作一幅接一幅。

有時候，他進母親房間，他蒼白如紙，沒動作，目光警覺而飄忽不定，如同醉得半死的男人。母子都怕兩人之間即將被撕破的薄紗。

爾後，她佯裝病情好轉，快活地和兒子閒聊，為了瑣碎的消息而大做文章，因為兩人為順應情勢，不得不拿小事出來渲染一番，以免雙方因找不到話題而逼不得已談最大的一件。一旦碰觸到禁忌話題，各自獨立的人生勢必因而瓦解。兩人都怕，只好輕鬆談瑣事，語氣快活。

有時候，她躺著，保羅知道她正在回憶往事。她的嘴漸漸緊閉成一條直線。她僵著身體躺著，按捺著即將奪喉而出的哀嚎，冀望自己臨終時不會如此慘叫。他永遠難忘她緊閉數星期的嘴形，模樣純然寂寞而固執。有時候，情緒較舒緩，她會聊一聊丈夫。現在，她恨丈夫。她不原諒他。丈夫一踏進房間，她便無法忍受。此外，有幾件事，幾件她含怨最深的事，再度從心底猛烈爆發，她攔不住，只好向兒子傾訴。

他覺得人生似乎在內心一片片瓦解。經常，淚珠突然噗簌簌留下。他奔向車站，淚水灑落人行道上。經常，他無法辦正事，寫字中的筆無法再動。他坐著發呆，腦筋一片空白。回神後，他覺得身體不舒服，手腳顫抖。他從不質疑自己哪裡不對勁。他的頭腦不想分析，不想理解。他只順其自然，眼睛閉著，任事物吞噬他。

母親也差不多。她想著病痛，想著嗎啡，想著明天，幾乎從不想到死亡。她知道，死神即將來臨。她必須臣服。但她絕不求死，也不與死神交好。她視若無睹，面無表情，黯然被推向陰間的門口。日子一天天過，一週週過，一月接著一月過去了。

有時候，在晴天的午後，她幾乎顯得快樂。

「我儘量回想美好的時光——我們出遊的那幾趟，去梅波索普、羅賓漢灣、尚克林，」她說：「畢竟不是所有人都有福氣見到那麼美的地方。那裡真的好美，不是嗎！我儘量往好的地方想，不去想其他事。」

但也有些日子，她一整晚不開口，保羅亦然。母子倆在一起，姿態僵硬，固執，沉默。最後，他回房準備就寢，全身倚門框，彷彿癱瘓，無法再走一步。他的意識全消。一陣莫名其妙的狂風暴雨肆虐著他內心。他靠著門框站，屈從著，從不質疑。

早晨，母子倆恢復常態，只不過她的臉色因服用嗎啡而灰白，身體覺得像死灰。儘管如此，兩人的心情又開朗起來。通常，尤其是安妮或亞瑟回家時，他不想理母親。他不常見克萊拉。他常和哥兒們相攪和。他反應快，活潑好動，但哥兒們如果見到他整張臉白如紙，眼睛閃爍著陰光，大家會對他多一分猜忌。有時候他去找克萊拉，但她的態度近乎冰冷。

「接納我！」他只這麼說。

偶爾她會。但她心裡害怕。他占有她的時候，她不知為何，總有一份不太自然的感受，總想退縮。她變得畏懼他。他變得好沉默，神態奇怪。她害怕這個人在心不在的男人，她感受不到空殼男友的內心。對方成了內心猙獰的人，她心中充滿恐懼。她開始對他感到害怕，幾乎把他當成罪犯似的。他想要她——他占有她，她卻覺得自己被死神緊緊扣住。她身體躺著，內心驚恐。空殼裡面沒有人愛著她。她幾乎恨他。隨即是一小陣一小陣來的柔情。但她不敢同情他。

巴克斯特轉往席利上校康復之家養病，地點在諾丁罕近郊。保羅去探望他幾次，克萊拉只偶爾去。兩男之間培養出特殊友情。巴克斯特復原的速度非常遲緩，顯得非常虛弱，似乎能放心讓保羅照顧。

十一月初，克萊拉提醒保羅，她的生日到了。

「我差點忘記。」他說。

「我想也是。」她回應。

「我們去海邊玩一個週末好了？」

兩人去海邊，天氣寒冷，天空陰沉。她等著保羅態度增溫，對她溫柔一些，可惜保羅似乎不太能意識到她的存在。在火車上，他坐著往窗外，聽見克萊拉對他開口，他居然嚇一跳。他並不是在想事情。對他而言，事物似乎不存在。她移過去，和他坐同一邊。

「怎麼了，親愛的？」她問。

「沒事！」他說：「那些風車帆，看起來很單調，不是嗎？」

他握著她一手。他無法交談，也無法思考，但能如此坐著握她的手，他感受到慰藉。她不滿足，內心愁苦。他無法和她相隨；她虛無縹緲。

晚上，他們坐在沙丘之間，望著黑沉沉的大海。

「她永遠不會投降的。」他幽幽說。

克萊拉的心往下沉。

「對。」她回應。

「死的方式有幾種。我父親那邊的親戚對死感到惶恐，非得像肉牛被繩索套住脖子、拖進屠宰場那樣，才願意死。我母親那邊的人則要從後面推，一寸一寸往前走。他們個性固執，不肯死。」

「對。」克萊拉說。

「她也不肯死。她沒辦法死。前幾天，郊區牧師任蕭先生來我們家，對她說：『想想看！妳就快到另一個世界，即將能見到父母親、姊妹和妳兒子了。』她聽了說：『沒有他們，我已經忍受這麼久了，再忍一陣子也無妨。我要的是活的人，死人我不要。』即使是現在，她照樣想活下去。」

「唉，好慘！」克萊拉說，怕得無法言語。

「而且她看著我，想待在我身邊，」保羅繼續以單調的語氣說：「她的意志力好強，簡直像她永遠不走——永遠不走！」

「別再想了！」克萊拉大聲說。

「而且，她以前信教——現在她也信教——可是，一樣沒用。她硬是不肯放棄。另外，我星期四對她說：『母親，如果我只有死路一條，我會走上死路。我會使出意志力叫自己死。』她聽了，尖起嗓子對我說：『你以為我不想嗎？你以為人可以說死就死嗎？』」

他閉嘴噤聲。他不哭，只是繼續以單調的語氣說話。克萊拉好想逃走。她四下看一看，只見黑茫茫、回音繚繞的海岸，上面是漆黑的天空。她心慌站起來。她想去有燈的地方，想去有其他人的地方。她想脫離保羅身旁。保羅垂頭坐著，絲毫無動作。

「我不想讓她吃東西，」他說：「她也明白這一點。我問她：『妳想不想吃點東西？』她幾乎害怕說『想。』她說，『泡一杯班格[32]好了。』我對她說，『妳喝了只會更有精神。』她說，『對』——她幾乎是哭著說——『可是，老空著肚子，總覺得胃糟糟的，受不了。』我只好去幫她泡一杯。讓她胃糟糟的其實是癌啊。我但願她快點解脫！」

「走吧，」克萊拉粗魯地說：「我想走了。」

保羅跟隨她踏上漆黑的沙地。他不挨著她走。他似乎渾然不知她的存在。而她也怕他，不喜歡他。

在同樣熾烈的迷霧中，兩人回到諾丁罕。保羅總是在忙，總是有事可做，總是不停找哥兒們相聚。

星期一，他去探望巴克斯特・鐸斯。巴克斯特神情渙散，臉色蒼白，起身迎接他，一手伸向他，另一手撐著椅子。

「你不該站起來的。」保羅說。

巴克斯特重重坐下，面有疑色，瞅著保羅看。

---

32 班格（Benger's），粉末營養食品。

「如果你有正經事要忙，」他對保羅說：「就不要來這裡浪費時間了。」
「是我自己想來的，」保羅說：「我帶一些糖果給你，收下吧！」
不良於行的巴克斯特把禮物放到一旁。
「週末過得不怎麼樣。」保羅說。
「你母親情況怎樣？」巴克斯特問。
「差不多沒變。」
「你星期日沒來，我恐怕她情況惡化了。」
「我去斯凱格內斯玩了，」保羅說：「想出去透透氣。」
巴克斯特看著他，目光陰沉。他似乎等著對方解釋，不太敢問，相信對方願意自述。
「我和克萊拉一起去。」保羅說。
「我就知道。」巴克斯特輕聲說。
「我以前答應過她。」保羅說。
「你想做什麼是你自己的事。」巴克斯特說。
正面提起克萊拉，這是兩人之間頭一遭。
「唉，」保羅慢條斯理說：「她厭倦我了。」
巴克斯特又看著他。
「從八月起，她就開始嫌我煩。」保羅說。
兩人話不多。保羅提議玩一盤跳棋。他們默默玩著。
「等我母親過世以後，我想出國。」保羅說。

「出國！」巴克斯特說。

「對，做什麼都可以。」

兩人繼續下棋。巴克斯特占上風。

「我想從零起步，」保羅說：「我猜你也想吧。」

他攻下巴克斯特的一個棋子。

「我哪曉得從哪裡起步。」巴克斯特說。

「不動作也不是辦法，」保羅說：「現在不管做什麼事都不起勁——起碼是——算了，我也不知道。給我幾個太妃糖吧。」

兩人吃著甜食，再下一盤西洋跳棋。

「你嘴上的疤是哪來的？」巴克斯特問。

保羅伸手，匆匆摸嘴唇一下，轉頭望花園。

「騎腳踏車出意外。」他說。

巴克斯特移動棋子的手顫抖起來。

「都怪你那天譏笑我。」他沉聲說。

「哪天？」

「那天晚上在伍德波洛路上，你一手放在她肩膀上，和我擦身而過。」

「我從來沒有譏笑過你啊。」保羅說。

巴克斯特的手停在棋子上。

「一直到你走過我身邊的那一秒，我才認出是你。」保羅說。

「被你笑，我才忍無可忍。」巴克斯特沉聲說。保羅再吃一顆太妃糖。

「我笑的不是你，」保羅說：「我只不過是時時刻刻都在笑。」

兩人下完棋子。

那天夜裡，保羅不想太早回家，因此徒步從諾丁罕走回去。鑄造廠的爐火把布維爾上空烤得通紅，烏雲看似低矮的天花板。歸程長達十英里，他踏上大馬路，感覺彷彿靈魂出竅，行走在黑天與黑地之間。然而，這條路的盡頭只有病榻。如果他走了再走，永遠走不停，最後也只能到一個地方。

接近家的時候，他若非不累，就是累了也不自覺。隔著原野，他看得見母親臥房窗戶裡的紅火蹦跳著。

「她死後，」他自言自語，「那盞燈火也將熄滅。」

他靜靜脫靴子，悄悄上樓。母親的房門敞開，因為她仍獨睡一間。紅火光灑在樓梯頂。他動作輕盈如影，探頭進門。

「保羅！」母親喃喃說。

他的心似乎又碎了。他進門，在床鋪旁邊坐下。

「你這麼晚才回家啊！」她喃喃說。

「不算太晚，」他說。

「什麼？幾點了？」喃喃話語單調而無助。

「才十一點而已。」

保羅說謊，其實時辰已近一點。

「喔！」她說：「我以為時間沒那麼早。」

長夜無絕期的難以言喻之苦，他瞭然於胸。

「妳睡不著嗎，小鴿子？」他說。

「對，睡不著。」她語帶哭音。

「不要緊，小婦人！」他以兒語說：「不要緊，我的愛。我過半小時再來看妳，小鴿子，也許妳會比較好睡。」

他坐在床邊，指尖慢慢地、有節奏地輕撫她眉毛，輕輕為她闔上眼皮，安撫著她，另一手握住她手指。其他房間傳出安睡的呼吸聲，他們聽得見。

「好了，去睡吧。」她喃喃說，在他的手指與愛的撫慰下靜靜躺著。

「妳睡得著嗎？」他問。

「應該可以了。」

「妳感覺比較好了，對不對，小娃兒？」

「對。」她說，表現如吵鬧不休、不肯徹底安份的小孩。

時光如常流逝，一天接一天，一星期接一星期過。他幾乎不再去找克萊拉了。但他坐立難安，想求助於人，一個找過一個，求不到慰藉。米瑞恩寫溫情信給他。他去找米瑞恩。見到保羅時，她的心酸楚，因為保羅變得蒼白、枯槁，雙目無神而迷惘，她由衷憐惜，心痛到無法自持。

「她情況怎樣？」米瑞恩問。

「沒變──沒變！」他說：「醫生說她撐不久了，不過我知道她會再撐下去。她會活到耶誕節。」

米瑞恩哆嗦一陣。她拉他過來抱，壓他貼胸脯，親吻他，再親吻他。他屈從，但也覺得是一種折磨。她吻不到他的苦悶。他的苦悶是孤立的、自成一格的個體。她吻他的臉，振奮他的血脈，然而心靈自絕於肉體之外，正與瀕死的苦悶搏鬥中。她吻他，指觸他的身體，直到他接近瘋狂，他才離她而去。此刻他要的不是這檔子事。而她自以為已經安撫成功，舒坦了他的身心。

時序進入十二月，下了一些雪。這期間，他一直待在家。家裡請不起看護。安妮也來照顧母親。教區的看護早晚來一次，深受他們喜愛。保羅和安妮交替照顧母親。晚間，朋友來訪，大家聚在廚房裡，常笑成一團，笑得前仰後合。這是對現狀的反動。保羅生性滑稽，安妮是個鬼靈精，逗得大家笑到掉淚，拚命想遏制笑聲。莫瑞爾夫人兀自躺在暗室，聽見樓下的歡笑，怨歸怨，卻也不無如釋重負之感。

然後，內疚的保羅會躡手躡腳上樓，看看她是否聽見笑聲。

「要不要我端牛奶給妳？」他問。

「一點點。」她回答的語氣平淡。

他會在牛奶裡摻水，以免給她太多養分。只不過，他愛母親勝過他個人的生命。

她每晚服用嗎啡，心臟變得不安定。安妮睡在她旁邊。安妮清早起床後，保羅會進去探望。嗎啡藥效之故，莫瑞爾夫人在早上會顯得精神萎靡，面如死灰，目光一日比一日黯淡，瞳孔擴散到整顆眼珠，苦不堪言。每天早晨，倦怠加痛楚嚴重到難以忍受，但她無法——不願意——哭泣，甚至也不常叫苦。

「妳今早睡得比較晚一點，小娃兒。」他會對她如是說。

「是嗎？」她回應，語帶苦惱的倦意。

「對，現在快八點了。」

他站著望窗外。在白雪覆蓋下，整片鄉野蒼涼無生氣。接著，他為母親把脈，摸到強弱相間的脈動，像聲響和回音的搭配。據說這是末日將近的預兆。她讓他把脈，心知他想要的是什麼。

有時候，母子倆注視彼此眼睛，雙方幾乎像達成協議，幾乎像他也同意跟著死。但她不同意結束生命；她不願意。她的肉身憔悴成一小片灰燼，目光陰暗，飽含苦難。

「你不能開給一種能終結苦難的藥嗎？」保羅終於問醫師。

但醫師搖搖頭。

「她再撐也撐不了幾天了，莫瑞爾先生。」醫師說。

保羅進門。

「我再也受不了；再過幾天，大家全都要發瘋了。」安妮說。

姊弟倆坐下來吃早餐。

「米妮，我們吃早餐的時候，妳去坐著陪她。」安妮吩咐。但小女傭害怕。

保羅去鄉間散步，穿越樹林，踏雪而過。他見到白雪上有野兔野鳥的蹤跡。他漫遊到好遠好遠。朦朧紅的夕陽徐徐下沉，沉痛的霞光戀棧不去。他以為母親今天將辭世。在樹林邊，一匹驢子踏雪走向他，頭靠在他身上，走在他身旁。他雙手摟驢頸，耳朵磨蹭牠臉頰。

母親不出聲，仍活著，嘴唇黯然緊閉，被整到半死的眼神卻苟延殘喘。

耶誕將近，又下雪。安妮和保羅覺得日子過不下去了。儘管如此，母親黯淡的眼睛依然有生命力。莫瑞爾先生沉默而惶恐，自我封閉。有時他會進去看一眼，隨即退出，一臉迷惘。

她持續在人世間徬徨。礦工在耶誕節前大約兩週結束罷工。米妮帶著餵食杯上樓。這時是礦工復職後兩天。

「男人們是不是說他們手痠啊，米妮？」她問，語氣微弱而帶牢騷意味，不肯投降。米妮愣一下。

「就我所知是沒有，莫瑞爾夫人。」她回答。

「不過我打賭他們喊手痠，」莫瑞爾夫人說，疲倦嘆息一聲，移動頭的位置。「不過，這星期總算有錢能買東西了。」

莫瑞爾夫人依然能掌握全局。

「妳父親的礦工裝要好好透氣一下，安妮。」她在復工後對安妮說。

「妳用不著操心，親愛的。」安妮說。

有天夜裡，看護在樓上，樓下只有安妮和保羅姊弟倆。

「她會活過耶誕節的。」安妮說。兩人滿心恐慌。「她不會的，」他黯然回應：「我會給她嗎啡。」

「雪斐爾醫生開的全部。」保羅說。

「啊——行！」安妮說。

「什麼嗎啡？」安妮說。

隔天，他在母親臥房裡作畫，母親似乎睡著了。他輕聲前後走著，端詳自己的作品。忽然，母親微細的哭音來了：

「不要走來走去，保羅。」

他轉頭。宛如黑泡泡的兩顆眼珠從她臉上望著他。

「好，親愛的。」他柔聲說。心臟似乎再斷一條筋。

同一天晚上，他取走所有的嗎啡藥丸，帶下樓，謹慎壓碎成粉末。

「你做什麼？」安妮說。

「我想把藥粉摻進她睡前喝的牛奶。」

語畢，姊弟倆笑了起來，如同兩個串通搞怪的小孩。惶恐到死去活來的姊弟倆仍能激盪出這點明智之舉。

這一夜，看護並未前來為莫瑞爾夫人睡前做準備。保羅上樓，端著餵食杯，裡面是熱牛奶。這時是九點。

她靠坐在床上，保羅將餵食杯放進她嘴裡，寧可自己一死也不願傷害母親。她啜飲一口，旋即推開杯口，看著他，目光陰沉而驚訝。保羅看著她。

「哇，味道好苦啊，保羅！」她說，微微苦笑一下。

「這是大夫新開給妳的一帖安眠藥，」他說。「大夫認為，妳早上會比較舒服點。」

「我希望不要。」她說，口氣像小孩。

她再喝一些牛奶。

「可是，真的好難喝啊！」她說。

他看著羸弱的手指握著餵食杯，嘴唇嚅嚅動。

「我知道——我剛嘗過了，」他說：「妳先喝完吧，我再給妳純牛奶喝。」

「也好。」她說，然後繼續喝藥。她像小孩，聽他的話。他懷疑母親是否心裡有數。她艱難地飲用著，他看見她憔悴的咽喉上下動。然後，他跑下樓添牛奶，見杯底毫無藥渣。

「她喝了嗎？」安妮悄聲說。

「喝了——她說味道好苦。」

「喔！」安妮咬著下唇笑說。

「我騙她說是一帖新藥方。牛奶在哪？」

姊弟倆上樓。

「奇怪，看護為什麼沒來幫我整理床鋪？」母親抱怨說，口氣如幼童，若有所思。

「她說她要去聽音樂會，母親。」安妮回答。

「是嗎？」

沉默片刻。莫瑞爾夫人一口氣喝掉少少的純牛奶。

「安妮，剛才那帖藥好苦啊！」她淡淡說。

「是嗎，母親？沒關係啦。」

母親再次以嘆氣傳達倦怠感。她的脈搏非常不規律。

「讓**我倆**幫妳整理床鋪吧，」安妮說：「說不定看護很晚才來。」

「唉，」母親說：「試試看吧。」

姊弟為母親掀開被褥。保羅看母親穿著法蘭絨睡袍，蜷縮側躺著，宛如女孩。姊弟倆迅速整理半邊床，抱她過去躺，然後整理另一半，拉直睡袍，遮蓋小腳，然後為她蓋被子。

「好了，」保羅說，輕輕撫摸她。「好了！妳可以睡了。」

「好，」她說：「沒想到你們能把床鋪弄得這麼舒服，」她接著說，語氣近乎愉悅。隨即，她蜷縮身體，一手墊著臉頰，整顆頭窩在肩膀之間。保羅為她把細長的灰髮辮拉到肩膀上，親吻她。

「妳可以睡了，母親。」他說。

「好，」她回應，語帶信賴。「晚安。」

姊弟倆熄燈，一切安寧。

莫瑞爾先生睡了。看護沒來。約莫十一時，安妮和保羅進來看她。她似乎一如往常服藥後睡覺的模樣，嘴巴微張。

「我們要不要熬夜？」保羅說。

「我照常陪她睡吧，」安妮說：「她可能會醒。」
「好吧。如果有異狀，妳再叫我過來。」
「好。」
兩人在臥房爐前流連，感覺屋外的暗夜巨大、黑暗、冰雪遍地，只剩兩個人獨守全世界。最後，保羅去隔壁房間就寢。
他幾乎是一躺下就睡著，但每隔一段時間便醒來。後來，他進入熟睡狀態。安妮輕聲喊「保羅、保羅！」驚醒他。他見胞姊穿著白睡袍，背後垂著一條長辮子，佇立黑暗中。
「什麼事？」他低聲說，撐上身坐起來。
「快來看她。」
他下床。病房裡亮著一小盞油燈，母親一手墊臉頰，蜷縮側躺著，一如就寢時的姿勢，但嘴巴大開，大口大口呼吸，聲音沙啞，近似打鼾，間隔冗長。
「她快走了！」保羅低聲說。
「對。」安妮說。
「她這樣多久了？」
「我剛剛才醒。」
安妮拉緊睡袍瑟縮著，保羅拿一床褐色毛毯裹身。這時是凌晨三點。他撥一撥爐火。然後，姊弟倆坐下來等候。大口打鼾似的呼吸進行中——暫停幾秒——旋即再續。兩次呼吸有一段間隔——綿長的空檔。隨即繼續。繼續大口打鼾似的呼吸。他彎腰近看她。
「好慘，對不對？」安妮低語。

他點頭。姊弟倆再度無助坐下。大口打鼾似的呼吸再續。中止幾秒。然後再呼吸，長而沙啞。不規律的呼吸聲響徹全屋子，空檔如此之大。睡在自己房間的莫瑞爾先生繼續睡。保羅和安妮駝背坐著，瑟縮著，成了木頭人。大口打鼾似的呼吸再起——屏息時的空檔令人心痛——隨即沙啞的呼吸聲又來。時間一分接一分過。保羅再彎腰近看她。

「她可能會像這樣拖一段時間。」他說。

姊弟倆無言。他望窗外，依稀可見覆蓋花園的白雪。

「妳去我的床鋪睡吧，」他對安妮說：「我坐著守。」

「不要，」她說：「我陪你一起守。」

「我倒寧願妳不要。」他說。

最後，安妮悄悄離開房間，留下他獨守。他拉緊褐色毛毯，在母親面前駝背瑟縮，守護著她。她下唇鬆弛落下，面容嚇人。他看守著。有時候，他以為大口呼吸就此打住了，不會再來。等候再等候，他無法忍受。突然，沙啞的大口呼吸又起，嚇他一跳。他再添柴火，無聲無息。千萬不能驚擾到她。時光蝸步流逝。一口一口呼吸聲中，夜晚跟著離去。每次呼吸聲一來，他感覺聲聲扭擰著他的心，直到最後已麻痺大半。

父親起床了。保羅聽見他穿襪子、打呵欠。然後，穿著上衣和襪子的父親進來。

「噓！」保羅說。

莫瑞爾先生站著觀望。然後，他看著兒子，一臉無助，內心恐懼。

「我還是待在家吧？」莫瑞爾先生低聲說。

「不要。去上工吧。她會挺過今天。」

「不會吧。」
「會。上工去吧。」
莫瑞爾先生再看妻子，畏懼著，聽話離開房間。保羅看見父親的吊帶在雙腿之間晃蕩。
再過半小時，保羅下樓，喝一杯茶，然後回樓上。莫瑞爾先生穿好礦工裝，再次上樓。
「我可以走了嗎？」他說。
「可以。」
幾分鐘後，保羅聽見父親沉重的腳步聲劃破死寂的雪地。街頭上，礦工吆喝著，結伴上工去。可怕的間歇呼吸聲持續下去——大口喘——大口喘——大口喘，然後是一段冗長的空檔——隨即——啊……！繼續再呼吸。雪蓋不住遠方鐵工廠的嗚嗚聲。一聲接一聲，轟轟隆隆，有些聲響小而遠，有些較近，也有採礦場與其他工廠的號角聲。接著，四處一片平寂。他添柴火。大口呼吸聲打破寂靜——她的容貌依舊。他撩開窗簾，向外望。屋外仍黑暗。或許暗度稍減一些。也許雪多了一份藍。他打開窗簾，著裝。隨後，他打著哆嗦，從盥洗台拿來一瓶白蘭地喝一口。雪的確是愈來愈藍了。他聽見一輛推車叩叩叩走在街上。沒錯，七點了，天邊微微透光。他聽見一些呼喊的人聲。世界正在甦醒。一道灰沉沉、死氣深重的晨曦爬上雪地。對，他看得見民房了。他熄滅煤氣燈。周遭似乎非常暗。呼吸聲持續不斷，但他幾乎聽慣了。他看得見母親。母親的容貌不變。他暗忖，假如搬來一堆厚重的衣物壓住她，不知能否止住呼吸。他看著她。那人不是母親——完全不是。假如把毛毯和厚外套一起壓住她——
突然間，門開了，安妮進來。她看著胞弟，面帶疑問。
「老樣子。」他平心說。
兩人低語一分鐘，然後他下樓吃早餐。這時是七點四十分。不久，安妮也下樓。

「好慘啊，不是嗎！她看起來好慘啊！」她悄悄說著，心慌到恍神。

他點點頭。

「她的樣子好恐怖！」安妮說。

「喝點茶吧。」保羅說。

兩人再上樓。未久，鄰居來了，以害怕的口吻詢問：

「她情況怎樣了？」

同樣的情形延續下去。她一手墊著臉，嘴巴張開，大口打鼾似的怪聲音來來去去。

上午十時，看護來了。她表情奇異，面帶愁容。

「看護，」保羅大聲說：「她這種情形會延續好幾天嗎？」

「不會的，莫瑞爾先生，」看護說：「她不會的。」

雙方語塞片刻。

「好可怕，不是嗎！」看護哀嚎說：「誰曉得她能撐到現在？下樓吧，莫瑞爾先生，下樓吧。」

最後，大約上午十一時，保羅下樓，去鄰居家坐一坐。安妮也下樓去。看護和亞瑟在樓上。保羅一手托腮坐著。冷不防，安妮從院子飛奔而來，臉色驚慌，高喊著：

「保羅——保羅——她走了！」

頃刻間，他回自己家中，來到樓上。母親蜷縮側躺著，一手墊著臉，毫無動靜，看護正為她擦嘴。大家全讓開。保羅下跪，臉湊向她的臉，雙臂環抱她：

「吾愛——吾愛——喔，吾愛！」他反覆呢喃著。「吾愛——喔，吾愛！」

接著，他聽見看護在他背後哭著說：

「她解脫了，莫瑞爾先生，她解脫了。」

他抬起頭，臉離開仍有餘溫的母親，直接下樓去，開始將皮靴擦黑。

該忙的正事很多，也有許多信待寫。醫師來了，看她一眼，嘆息。

「唉——可憐的東西！」醫師說，然後轉身。「好了，六點左右去找診所開一份死亡證明書。」

四點左右，莫瑞爾先生下工回家，默默拖著腳步進家門坐下。米妮忙著為他準備午餐。疲憊的他將烏黑的雙臂放在餐桌上。午餐是他喜歡吃的蕪菁甘藍。保羅懷疑父親是否得知死訊。沉默一段光景，無人開口。最後，兒子說：

「你應該注意到，窗簾全關著吧？」

莫瑞爾先生抬頭看。

「沒注意到，」他說：「為什麼——她走了嗎？」

「對。」

「啥時候？」

「差不多中午。」

「嗯！」

莫瑞爾先生片刻不發聲，然後開始進餐，彷彿什麼事也沒發生似的。他默默吃著蕪菁甘藍。飯後，他洗身，上樓去換衣服。亡妻房間門關著。

「妳見過她了嗎？」安妮見父親下樓問。

「沒有。」莫瑞爾先生說。

不一會兒，莫瑞爾先生出去了。安妮也外出，保羅前去找殯儀館、神職人員、醫師、戶政處，事務繁多，回家時已近八點。殯儀人員即將前來為棺材丈量尺寸。屋裡空著，只剩她。他端著蠟燭上樓。

長時間暖呼呼的房間如今清冷。鮮花、玻璃瓶、餐盤、所有的病房雜物，全被清走了，房間變得冷峻而陰鬱。她躺在床上，墊高的雙腳下床單平整，猶如一床白淨的雪，如此幽靜，遺容宛若沉睡中的少女。他一手端著蠟燭，彎腰看她。她像個睡夢中的女孩躺著，憧憬著心愛的人。嘴巴微張，彷彿苦海中人問蒼天，但她的面容年輕，額頭清晰而潔白，彷彿不曾受塵世污染。他再看眉毛，看著微歪的迷人小鼻子。她恢復年輕了。唯有頭髮顯老。太陽穴的頭髮混雜銀絲，弧形優美，兩條輕簡的辮子各掛一肩，褐絲和銀絲交雜。她還會醒來。她會睜開眼皮。她依然與他同在。他彎腰，熱情吻她，但嘴唇只有冰冷的觸感。驚恐之餘，他咬咬唇。看著她，他覺得自己萬萬無法讓她走。不行！他撩撥著太陽穴的頭髮。觸感同樣冰冷。他見那張微開的嘴，痛得錯愕而喊不出聲音的嘴。接著，他蹲在地上，對她悄悄說：

「母親，母親！」

葬儀社人員是保羅的老同窗，抵達時，他仍在母親身旁。他們以崇敬的態度觸摸她，話不多，動作專業。他們不正眼看她。保羅旁觀著，嫉妒著。他和安妮堅決守護著她，不肯讓任何人進來看，鄰居因而感冒。

過一陣子後，保羅出門，去朋友家打牌，半夜才回家。見他進門，父親從沙發站起來，以平淡的語氣說：

「俺還以為您永遠不回家呢，小子。」

「我沒想到你在等我。」保羅說。

父親的老臉寫滿惆悵。莫瑞爾先生一生天不怕地不怕。保羅陡然領悟，家裡只剩父親和亡妻，父親不敢上床睡覺。他感到難過。

「我忘了家裡只剩你，父親。」他說。

「不想吃點東西嗎？」莫瑞爾先生問。

「不用了。」

「來——俺幫您熱了一點牛奶。坐下吧，涼了一點，正好可以喝。」

保羅喝下。

片刻之後，莫瑞爾先生起身前去就寢，匆匆走過緊閉的房門，進自己房間，門不關上。不久後，保羅也上樓。他如常進房間吻母親，道晚安。裡面冷又暗。他怪殯葬業者沒有在房裡生火。母親繼續做著青春大夢。但她會覺得好冷。

「我親愛的！」他低語著。「我親愛的！」

他不吻母親，因為他擔心母親的觸感會冰冷陌生。見她睡相如此安詳，他能放鬆心情。他輕輕關上她的房門，不想吵醒她。他去睡了。

早晨，莫瑞爾先生聽見安妮在樓下，聽見保羅在樓梯另一邊的房間裡咳嗽，因此鼓起勇氣，開門走進窗簾緊閉的房間，昏暗中見到抬高的白色遺體，但他不敢直視遺容。困惑之餘，過度惶恐的他身心官能蕩然無存，只好退下，走出房間。他再也沒看她的臉。幾個月以來，他一直不敢看她。而今，她已恢復少婦人妻的樣貌。

早餐後，安妮不客氣問父親，「你去見過她了嗎？」

「見了。」莫瑞爾先生說。

「她的樣子好安詳，你不覺得嗎？」

「對。」

不久後，莫瑞爾先生出家門，終日似乎踮著腳尖，對這個家左閃右躲。保羅四處奔波治喪。他去諾丁罕見克萊拉，兩人一同去快餐店飲茶，回復開朗的心境。見喪事並沒有打倒保羅，她內心無限寬慰。

後來，親戚接連前來致哀，喪事變成公眾場合，三子女也搖身成為社交人物，暫時把私心擱置一旁。入土的時刻，風雨交加，溼透的黏土亮著水光，白花朵悉數泡湯。安妮抓住保羅手臂，傾身往下看，見到亡兄威廉的黑棺材一角。母親的橡木棺沉穩下降。她走了。豪雨傾盆倒進墓穴中。黑衣送喪隊伍撐著水光閃閃的雨傘，轉身離開。在冷雨氾濫中，墓園變回荒涼的景象。

保羅回家，忙著為賓客供應飲料。「自視甚高」的親家坐在廚房，莫瑞爾先生陪伴他們，啜泣著，訴說她生前是個多麼好的女人，訴說自己傾全力照顧她——傾全力，自稱終生拚了命照顧她，不留自責的餘地。她走了，他對她盡心盡力。他拿白手帕拭眼。他重複說自己沒有自責的餘地。一輩子對她盡心盡力。

他就是以這種方式打發掉亡妻。他絕不緬懷她的往事。深埋內心裡的所有往事，一概被他否決。保羅恨父親坐在廚房裡肉麻感懷她。保羅知道，父親會去酒館上演同樣的戲碼。儘管莫瑞爾先生裝得若無其事，其實內心是真正悲愴。事後，有幾次，他午睡醒來，下樓，臉色蒼白，畏畏縮縮。

「我夢到您母親了。」他小聲說。

「是嗎，父親？我每次夢見她，她總是健健康康的模樣。我常夢見她，不過她每次都顯得健康而自然，好像什麼都沒變似的。」

但莫瑞爾先生嚇得蹲在爐火前。

幾星期過了，日子過得渾渾噩噩，不太痛苦，任何感覺都不太多，也許是有那麼一點如釋重負感，多半是像法文所謂的「白晝之夜」。坐不住的保羅到處遊走。自從母親病情加劇後，保羅有幾個月不曾和克萊拉交歡，而她也像啞巴一樣面對他，態度相當疏遠。巴克斯特見她兩三次，但鴻溝甚寬，雙方的距離無法拉近一寸。三人一同順著時光往前流。

巴克斯特康復極緩慢。耶誕節期間，他在斯凱格內斯的康復之家休養，幾乎完全復原了。保羅去斯凱格內斯海邊度假幾天。父親在雪斐爾安妮家。巴克斯特從康復之家退宿，前來保羅的旅社，兩男之間的情誼儘管淡如水，卻似乎心繫對方。巴克斯特現在仰賴著保羅。他知道保羅和克萊拉等於是分手了。

耶誕節後兩天，保羅即將返回諾丁罕。前一晚，他在爐火前坐著，和巴克斯特一起抽菸。

「克萊拉明天來這裡，你知道嗎？」保羅說。

巴克斯特瞄他一眼。

「知道，你告訴過我。」巴克斯特回應。

杯中剩一口威士忌，保羅一飲而盡。

「我告訴房東太太說，你妻子明天會來。」他說。

「是嗎？」巴克斯特畏怯著，但也幾乎把自己託付在對方手裡。他站起來，動作僵硬，伸手想接保羅的空杯。

「我幫你加滿。」他說。

保羅一躍而起。

「你好好坐著。」保羅說。

但巴克斯特抖著手，繼續為他調酒。

「夠了說一聲。」他說。

「謝了！」保羅回應。「只不過，勞駕你站起來，太麻煩你了。」

「站一站對我有好處，老弟，」巴克斯特回應。「我開始覺得又健康了。」
「你是差不多康復了，你知道。」
「對，絕對是。」巴克斯特自顧自地點著頭。
「我姊夫說，他可以協助你安頓在雪斐爾。」
巴克斯特再瞥他一眼，目光陰沉，贊同著對方每一句話，或許有一些些受制於對方。
「說來也好笑，」保羅說：「從零起步。我覺得我的人生比你更混亂幾倍。」
「怎麼說，老弟？」
「不曉得。我不清楚。只覺得，我好像掉進一個亂七八糟的洞，裡面黑漆漆，很淒涼，四處找不到出路。」
「我知道——我能體會，」巴克斯特點頭說：「不過，你遲早能破解難關的。」
他的語氣含有撫慰作用。
「希望如此。」保羅說。
巴克斯特叩叩敲著菸斗，一副絕望的態度。
「你不像我這樣，沒把自己整得不成人形，」巴克斯特說。
保羅看見他的手腕，見他握著菸斗柄敲掉菸灰的手蒼白，動作彷彿對人生不存任何憧憬。
「你今年幾歲？」保羅問。
「三十九。」巴克斯特說，望他一眼。
那雙棕色的眼睛充滿失敗意識，近似在懇求對方安慰，求人攙扶他重新站起來，給他溫情，再讓他能挺直腰桿。保羅見他這種眼神，不禁憂心。

「你才剛進入盛年，」保羅說：「看起來不像人生已經走到盡頭。」
巴克斯特的棕眼倏然閃現火光。
「對，」他說：「我還走得動。」
保羅望向他，呵呵一笑。
「我倆的活力還夠多，能再闖蕩一下。」他說。
兩男四目接觸，互使一眼色，彼此看出對方熱情難耐，於是舉杯共飲威士忌。
「沒錯，天啊！」巴克斯特喘不過氣說。
雙方停頓片刻。
「另外，我也覺得，」保羅說：「你不妨再走你走過的那段路。」
「什麼——」巴克斯特意有所指說。
「對——重建你以前的那個家。」
巴克斯特遮臉搖搖頭。
「辦不到。」他說，隨即抬頭，臉上掛著反諷的微笑。
「為什麼不能？只因為你不想嗎？」
「大概吧。」
兩人默默吞雲吐霧。巴克斯特咬著菸斗，露牙。
「你的意思是，你不要她了？」保羅問。
巴克斯特抬頭看壁爐架上的圖畫，表情刻薄。
「我哪知道。」他說。

菸霧裊裊騰升。

「我相信她要你。」保羅說。

「你這麼認為嗎？」巴克斯特回應，語調柔和、諷刺、心不在焉。

「對。她從來沒有和我定情——你始終在背後沒走遠。所以，她才一直不肯和你離婚。」

巴克斯特繼續凝視圖畫，神態諷刺。

「和我交往的女人全是這樣，」保羅說：「她們瘋了似的要我，卻不想歸屬於我。從過去到現在，她一直歸屬於你。我早就知道了。」

耀武揚威的男性尊嚴在巴克斯特心裡抬頭。他的牙齒露得更白。

「搞不好我以前太傻了。」巴克斯特說。

「你以前的確是個大傻瓜。」保羅說。

「不過，在**當時**，說不定你比我更傻。」巴克斯特說，語氣不無一絲耀武揚威和惡意。

「你這麼認為嗎？」保羅說。

兩人無言半晌。

「總之，我明天退房。」保羅說。

「瞭解。」巴克斯特回應。

接著，雙方無話可說。想痛宰對方一頓的本能重返兩人心中。雙方幾乎彼此閃躲著。

兩人同睡一房。準備就寢時，巴克斯特似乎心不在焉，想著事情。他穿著襯衫，坐在床緣，看著自己的腿。

「你不冷嗎？」保羅問。

「我在看這兩條腿。」巴克斯特回答。
「腿怎麼了？看起來還好吧。」已上自己床的保羅回應。
「看起來是還好，不過有點水腫。」
「水腫又怎樣？」
「你過來看一看。」
保羅不情願地下床過去看。巴克斯特的雙腿相當健美，深金色腿毛密佈，晶瑩閃爍著。
「看這裡，」巴克斯特指著小腿腹。「看看皮下有積水。」
「哪裡？」保羅說。
巴克斯特以指尖按壓後縮手，留下小小的凹痕，慢慢恢復原狀。
「沒什麼啊。」保羅說。
「你按按看。」巴克斯特說。
保羅伸手指試試看，果然按出小凹痕。
「嗯！」他說。
「爛掉了，對吧？」巴克斯特說。
「怎麼會？沒啥大不了吧。」
「腿水腫的人稱不上是男子漢。」
「有差別嗎？我倒看不出來，」保羅說：「我嘛，肺不好。」
他回自己床上。
「我猜我其他器官都還好。」巴克斯特說完熄燈。

隔天早上，外面下著雨，保羅整理行李。海面灰沉、澎湃、陰鬱。他似乎與現實人生漸行漸遠，此舉帶給他一種邪惡的快感。

兩男來到火車站。克萊拉下火車，踏著月台走來，姿態挺拔，鎮定如冰霜，穿著長大衣，帶著粗呢帽。見她如此淡定，兩男都恨在心中。在柵欄邊，保羅和她握手。巴克斯特倚在書報亭邊觀察著。嘩嘩下著雨，他把大衣的釦子扣到下巴。他臉色蒼白，肅靜的神態略顯貴族風範。他走過來，微微跛足。

「你的氣色應該比這樣好吧。」她說。

「喔，我現在康復了。」

三人佇立在車站，不知所措。她讓兩男在她身旁躊躇著。

「要不要直接去旅社？」保羅說。「或者想去其他地方？」

「乾脆回去吧。」巴克斯特說。

保羅走在人行道外面，巴克斯特和克萊拉跟著走。三人客氣寒暄著。旅社交誼廳面海，灰沉澎湃的潮汐在不遠處嘶嘶擾動。

保羅搬一張大扶手椅過來。

「坐下，老兄。」他說。

「我不想坐那張椅子。」巴克斯特說。

「坐下！」保羅再說。

克萊拉脫掉大衣和帽子，放在沙發上。她散發一絲憎恨的意味。她伸出手指撩起頭髮，坐下，姿態相當高傲鎮靜。保羅奔下樓通知房東太太。

「妳大概很冷吧。」巴克斯特對妻子說：「過來靠近壁爐坐吧。」

「謝謝你，我身子滿暖和的。」她回應。

她望窗外的雨景和海景。

「妳什麼時候回去？」她問。

「呃，房間訂到明天，所以他要我留下。他今晚回去。」

「你呢？你考慮去雪斐爾嗎？」

「對。」

「你身體恢復到能開始上班嗎？」

「我有這個打算。」

「你真的找到工作了嗎？」

「對——星期一報到。」

「你看起來還沒康復。」

「是嗎？」

克萊拉以再望窗外的動作代答。

「你在雪斐爾找到住處了嗎？」

「找到了。」

她又轉頭望窗外。嘩嘩落的雨滴打糊了玻璃窗。

「你的錢夠用嗎？」她問。

「應該能吧。不能也得硬撐！」

保羅回來時，兩人沉默以對。

保羅進來時說著，「我想搭四點二十那班。」

無人搭腔。

「妳怎麼不脫掉靴子呢？」他對克萊拉說。

「我有雙拖鞋可以借妳。」

「謝謝你，」她說：「靴子沒溼。」

他把拖鞋放在她腳邊。她無動於衷。

保羅坐下。兩個男人似乎徬徨無助，神情相當恐慌。但現在，巴克斯特變得寡言，有讓步的表示，保羅則似乎龜縮。克萊拉心想，怎麼從沒見過保羅如此渺小，如此卑微，簡直像他想鑽進小得不能再小的洞。保羅來來去去，安排著事務，坐下來聊天，看在克萊拉眼裡，總覺得他有些虛假，不太對勁。她看著保羅未知的一面，在心裡嘀咕，這男人缺乏定性。他心情好的時候，舉止高尚，態度熱情，能對她奉上人生美酒。如今，他顯得貧瘠，微不足道，裡裡外外找不到一丁點定性。丈夫巴克斯特多他一份男性尊嚴。巴克斯特再怎麼差勁，也不至於隨風搖擺不定。她心想，保羅有一種稍縱即逝的特質，輕浮而虛假，永遠無法為任何女人提供穩固的立足之地。她憎恨保羅萎縮成小人。她丈夫至少有男子漢氣概，被擊倒時能認輸，保羅卻死也不肯承認被擊垮，只會原地兜圈子，匍匐著，縮小身段。她憎惡保羅。儘管如此，她的目光仍投向保羅而非巴克斯特，三人的命運線似乎攤在保羅掌心裡，因此招她恨。

如今她似乎更能瞭解男人，明白男人能做或肯做的事。她比較不怕男人了，對自己多一份信心。如今她知道，男人不是她想像中的自我中心的小人，心裡舒服多了。她學到許多教訓——幾乎是她想學的全都學到了。她的人生酒杯一直滿水位，至今仍滿到她端得動的程度。整體而言，保羅走了，她也不會遺憾。

午餐後，三人圍爐坐著，吃著堅果，喝著飲料，不談一句正經事。但克萊拉理解到，保羅正從三角關係中撤退，讓她有機會與丈夫重修舊好。這份心意令她憤怒。保羅得到他想要的東西，如今將她退回給原主，終究是個小人。她忘記的是，她也得到她要的東西，內心深處其實也希望被退還。

保羅覺得像被揉捏成一團，感到寂寞。母親真的一直在扶持他，他也愛母親，母子倆事實上攜手面對世界。如今她走了，他身後永遠有這麼一條溝，薄紗裡有這麼一道縫，讓他的人生徐徐流失，彷彿整個人被拖向冥界。他想要的是一位能自動自發扶持他的人。較不重要的事物，保羅漸漸鬆手放開，唯恐自己追隨母親去叩鬼門關。克萊拉無法站穩，不能讓他求助。她要他，但無法理解他。保羅認為，她要的是一位能頂天立地的男人，而非如今落難的真保羅。現在的保羅對她而言太費事了；他不敢把現在的保羅託付給她。她無法應付他。這令他羞慚。竊自羞慚是因為他落入天大的困境，也因為他掌握不住人生，也因為沒有人能掌握他，自覺無足輕重、單薄如影，彷彿自己在塵世一文不值，因此，他讓自己愈縮愈渺小。他不想死；他不願放棄。但他不怕死。如果沒人肯伸援手，他只好隻身獨行天涯。

巴克斯特曾被逼上人生絕境，心生恐懼。他能走向死亡邊緣，能趴在崖邊和死神打照面，然後，懼怕、惶恐的他只好匍匐後退，如同乞丐，接受他人施捨。巴克斯特的經歷當中有某種貴族味。如克萊拉所見，被擊敗的他肯認輸，有沒有倒下都希望對方再接納他。這一點，她能為他辦得到。現在是下午三時。

「我想搭四點二十那一班，」保羅再次告訴克萊拉。「妳要一起走，或是晚一點再走？」

「我不知道。」她說。

「我和我父親約七點十五在諾丁罕碰頭。」他說。

「這樣的話，」她回應，「我晚點再走。」

巴克斯特陡然抽動一下，彷彿被繩子纏住。他望海但不發一語。

「角落有一兩本書，」保羅說：「我不想帶走。」

約莫四時，保羅走了。

「以後再見兩位了。」他握手說。

「大概吧，」巴克斯特說：「也許——哪一天——我能還你錢，只要——」

「我一定會來討債的，你走著瞧，」保羅笑說：「在我垂垂老矣之前，我一定會窮得身無分文。」

「唉——這嘛——」巴克斯特說。

「再見。」他對克萊拉說。

「再見。」她說，對他伸出一手，然後再瞄他最後一眼，啞然無言，神態謙虛。

保羅走了。鐸斯夫婦又坐下。

「天氣這麼壞，不適合出遠門。」巴克斯特說。

「對。」她回應。

兩人有一句沒一句閒聊，直到天黑。房東太太端茶水出來。巴克斯特拉椅子坐到餐桌旁，不請自來，如同丈夫的模樣，然後謙遜坐著等人斟茶。她以妻子的姿態奉茶，不徵求他意見。

茶後，時辰接近六點，他走向窗前，屋外景物一片漆黑，海水咆哮著。

「雨還在下。」他說。

「是嗎？」她回應。

「妳今晚不走了吧？」他遲疑地說。

克萊拉不答。他等著。

「要是我，雨這麼大，我不會走。」他說。

「你希望我留下嗎？」她問。

剛撥開黑窗簾的他停止動作，手顫抖著。

「對。」他說。

他維持背對她的站姿。她起身，緩步走過去。他放下窗簾，轉身，蹉跎一陣，走向她。她稍息站著，望著他，神態凝重難解。

「你要我嗎？巴克斯特？」她問。

他回答時嗓音沙啞。

「妳想回我身邊嗎？」

她發出哼唉一聲，舉起雙臂，環抱他頸子，拉他過來。他臉埋她肩膀上，牢牢抱住她。

「重新接納我吧！」她低語著，口氣欣喜若狂。「重新接納我，重新接納我！」她伸手梳進他柔細的黑髮中，彷彿陷入半意識狀態。他把她抱得更緊。

「妳還要我嗎？」他語不成聲囁囁說。

15 天涯淪落人

克萊拉隨夫婿遷居雪斐爾，保羅從此鮮少見到她。沃特．莫瑞爾似乎被困境沖垮了，在泥濘中爬行，一如既往。父子情薄弱如游絲，但彼此覺得不能一刀兩斷，以免急難時求助無門。由於家事無人照料，也由於父子都受不了家中的空虛感，因此保羅在諾丁罕租屋，莫瑞爾先生則去貝斯伍德投靠友人。

對保羅而言，人生似乎破碎了。他無法作畫。他在母親過世那天完成的作品令他滿意，但他從此畫不出東西。上班時，克萊拉不在工廠。回家後，他無法再提畫筆。人生成了一片空白。

於是，他總在市區東晃西晃，喝喝酒，和哥兒們攪和。這種日子讓他過得很累。他和女侍應閒聊，任何女人都聊，但他眼睛散發倦怠的陰光，彷彿他正在獵捕什麼似的。

人生一切都顯得截然不同，虛幻不實。人們為何走在街上，民房為何在大白天擠在一起，似乎毫無道理。這些事物怎麼會占據空間，為什麼不留白，他也想不出道理。朋友對他講話，他聽得見聲音，也應答如流，但是，為什麼世上有言語的聲響，他無法理解。

獨處時，或在工廠賣命做著機械化動作時，他感到最自在。在工廠，他能渾然忘我，遁入無意識空間。但上班到最後總要下班。事物喪失真切感，令他心痛。第一場雪花飄落了。他看見細小如珍珠的雪片點綴灰色景物。曾幾何時，下雪能讓他興奮異常。如今，雪花來了，對他似乎毫無意義。頃刻之後，雪融了，不再占地方，原有的空間恢復原狀。夜裡，高大亮麗的街車行往返街頭。街車為何不辭辛勞忙來忙去，幾乎像奇蹟一樁。他問大街車，「何苦搖搖晃晃走過特倫特橋呢？」感覺上，有無街車並無差別。最真切的東西是深夜時分濃密的黑暗。在他看來，黑夜是完整、可理解、安詳的東西。他能委身於其中。忽然間，一張紙從腳邊被吹跑，順著路面飛去。他靜靜僵著不動，握緊雙拳，一股苦悶的熾燄竄遍全身。母親臥病榻的景象重回腦海，他見到她的眼睛。無意識之間，他一直與母親同在，陪伴母親。飛竄的紙屑提醒他，母親已不在人間。但他一直與母親同在。他希望一切靜止不動，好讓他能再與母親團聚。

日子一天天過，幾個星期過去了，但萬物似乎黏融成一大團。他分不出昨今明的差異，每一星期也和上星期沒兩樣，所有場所都是同一個地方。人事地物全模糊不清，分不出差別。他常喪失意識，每次往往長達一小時，對剛才的言行毫無印象。

某晚，他深夜回到住處，所有人都已就寢，爐火悶燒著，他添加幾塊煤，瞥一眼餐桌，想省略晚餐。然後，他在扶手椅坐下。四處全然寂靜。他渾然不覺得周遭事物，卻看見一股煙幽幽飄上煙囪。未久，兩隻小老鼠走出來，謹慎啃嚙著落地的碎屑。他看著小老鼠，覺得老鼠遠在天邊。教堂響起兩陣鐘聲。遠方傳來火車廂尖銳鏗鏘聲。不對，火車其實不遠。鐵軌其實很近。但是，他本人究竟在何方？

時光流逝。兩隻小老鼠東奔西竄，斗膽從他拖鞋上跑過去。他紋風不動。他不想動。他不想任何事。這樣比較輕鬆。什麼東西都不知道，就不會痛苦。隨後，三不五時，其他意識在腦海機械化運作，製造出尖刻的語句。

「我在做什麼？」

在半醉的恍惚中，有人回答：

「自毀自滅。」

隨即，一股稍縱即逝的感受悶悶告訴他，自毀是不對的。一陣子後，問題忽然來了：

「為什麼不對？」

又找不到解答，只有執拗不認命的信念在心胸裡抗拒著自滅的意識。

一台沉甸甸的推車咔咔從路上走過。倏然間，電燈熄滅，投幣式電錶發出討厭的「啪」聲。他不動，只呆呆坐著凝視前方。小老鼠逃走了，炭火在黝暗的房間裡閃紅光。

接著，對話又在他心中啟動，來得機械化，比剛才更清晰。

「她死了。她奮鬥一輩子——為的是什麼？」

他本著絕望的心，想追隨母親而去。

「你還活著。」

「她死了。」

「她還在——在你心裡。」

他忽然覺得背負這份重擔好累。

「你應該看在她份上，繼續活下去。」內心意志告訴他。

心裡有個東西正在生悶氣，怎麼挑也挑不動。

「你應該傳承她的生命，延續她的志業，繼續走下去。」

但他不想。他想放棄。

「你可以繼續作畫啊，」內心意志告訴他。「不然，你也可以養育下一代。這兩件事都能傳承她的理念。」

「作畫又不算生活。」

「那麼，你就好好過日子吧。」

「娶誰呢？」生悶氣的心問他。

「儘可能娶個條件最好的。」

「米瑞恩？」

但他不信任這解答。

他陡然起立，直接上床去。他走進臥房，關上門，握拳站著。

「母親，我親愛的——」他開始說，用盡心靈的全力，但他講不下去。他不肯說。他不願承認他想死，不願承認完蛋了。他不肯承認自己被人生擊垮了，或敗在死神手下。他直接上床，轉瞬間睡著了，放縱自己沉入夢鄉。

幾個星期如此過去了。他總是獨來獨往，心靈飄忽不定，一下子往死路靠近，一下子又朝生路邁進，步伐固執。真正苦悶的是，他無處可去，無事可做，無話可說，本身更是一無是處。有時候，他發狂似的，在街上奔跑。有時候他瘋了。事物一會兒在那裡，一會兒又不在，令他喘不過氣來。有時候，他去酒館，走向吧台，叫一杯酒來喝。萬物突然從他周遭向後退。他看見女侍應的臉，看見暢飲的酒客，看見自己的酒杯在潮溼的桃花心木板上，全在遠方。他和其他事物之間有隔閡。他無法碰觸。他不想要他們；他不想要他的酒。他陡然轉身出去。跨越門檻之際，他駐足，看著燈火明亮的街頭。然而，他不是街頭人，也不是街景。某種東西將他隔絕在外。街燈地下發生的事物全與他絕緣，他無法接觸到。他覺得他摸不著電線桿，伸手也搆不著。他能上哪兒呢？他沒地方可去，既不能回旅舍，也不能前進任何地方。他覺得窒礙難行。天地容不下他。他內心的壓力漸增，覺得整個人快爆炸了。

「我不該走。」他說著，盲目轉身回酒館喝酒。有時候，酒能澆愁，有時卻愈澆愈愁。他在馬路上奔跑。永遠坐不住的他東晃西晃，到處晃。他決定作畫，但才畫六筆，就激烈仇恨鉛筆，起身外出，趕忙前往俱樂部打牌或玩撞球，去酒館和女侍應打情罵俏。對女侍應而言，他和她斟酒用的銅桿子半斤八兩。

他變得枯槁，腮幫子變得方正。他不敢照鏡子正視自己的眼睛；他絕不看自己。他想逃離自我，卻苦找不到施力點。絕望中，他想起米瑞恩。也許——也許——？

爾後，某週日傍晚，他湊巧去一位論派教會做禮拜，全體起立唱到第二首聖歌時，他看見米瑞恩在他前方。她唱歌時，下唇反光瑩瑩。她看似已擁有某種東西，就算不是在人間擁有某種希望，就是是可望上天堂。她的慰藉和人生似乎全寄託在來生。她勾起保羅內心一股溫馨、強烈的感受。在她歌唱之際，她似乎渴望著天堂的奧祕與慰藉。保羅將希望寄託在她身上。他期盼禮拜快結束，急著想找她交談。

信徒簇擁著她離開，走在他前方幾步，他幾乎伸手可及。她不知道他在背後。他看見褐色謙遜的頸背，覆蓋在黑鬈髮之下。他願意將自己託付於她。她比他好，比他大。他願依賴她。

米瑞恩盲從著，從一群群信徒之間穿梭而過，來到教堂外。在人群中，她總顯得如此迷惘，如此突兀。他上前去，一手抓住她手臂，她赫然震驚，棕色大眼珠嚇得擴張，見到他，隨即亮出問號。他微微畏縮。

「我借住在表姊安妮家。」

「什麼風把妳吹來諾丁罕？」他問。

他轉移視線。剛才突發的希望又黯淡了。

「我也一樣。」他說。

「我不知道你也——」她結巴說。

「哈！住多久？」

「明天就走。」

「妳急著回去嗎？」

她望著保羅，隨即低下頭，以帽簷遮臉。

「不急，」她說：「不急；我沒必要直接回去。」

他轉身走，米瑞恩跟上。兩人在教堂人流之間蛇行。聖瑪麗教堂的風琴聲依然悠揚。黑黑的身影從光亮的門魚貫而出，走下階梯。彩色大玻璃窗在夜色中放異彩。教堂宛如大燈籠高高掛。保羅帶米瑞恩走過空岩區，搭乘前往特倫特橋的街車。

「妳只要陪我吃晚餐就好，」他說：「然後我送妳回去。」

「好。」她回應，嗓音低沉而沙啞。

坐在街車上，兩人幾乎一路皆無言。橋下的特倫特河水位高而黑暗。前往科維克途中，周遭一片漆黑。他住宏姆路，地點位於不毛的市郊，隔著河濱草地可以遙望史寧頓隱士窟以及科維克樹林陡峭的一隅。洪水開始氾濫了。幽靜的河水和暗夜在左邊漸漸擴散。兩人幾乎是踏著恐懼的步伐，匆匆走過民房旁。

晚餐上桌了。他闔上窗簾。桌上有一盆小蒼蘭和紅色銀蓮花。她彎腰近看，指尖仍接觸著花瓣之際，抬頭對保羅說：

「它們好美，不是嗎？」

「是的，」他說：「妳想喝什麼——咖啡？」

「我喜歡。」她說。

「那麼等我一下。」

他去廚房端咖啡。

米瑞恩脫掉外衣和帽子，游目張望。保羅的房間空蕩簡樸，牆上掛著她的相片，也有克萊拉和胞姊安妮。她去畫板看他最近畫什麼，只見幾條線，看不出端倪。她去看他最近讀什麼書。顯然只在讀一本通俗小說。架子上的信件來自安妮和亞瑟，另外有幾個男人或她不認識的人名。舉凡他觸摸過的物品，哪怕只和他有一絲關聯，她全仔細鑑賞，躑躅不去。保羅脫離她好久了，她想重新探索他，瞭解他當前的處境，他的立場。可惜，房間裡能幫助她的東西不多，陳設冷清無溫情，只讓她感傷。

她好奇檢視著素描本時，保羅端咖啡回房間。

「裡面沒什麼新東西，」他說：「有意思的畫一幅也沒有。」

他放下托盤，走過去，從她背後看素描本。她緩慢翻頁，專心檢視每一幅。

「嗯！」他說。見她翻到一幅素描停下。「我忘了畫過這一幅。還不賴吧？」

「對，」她說。「我不太能理解。」

他把素描本拿過來翻閱，再次發出怪聲音表達驚訝和愉悅。

「這裡面有幾幅還不賴嘛。」他說。

「好得很。」她凝重回應。

他再度察覺米瑞恩對他作品感興趣。或者，米瑞恩感興趣的是他？為何總是透過他的作品，她的興致才最高昂？

兩人坐下吃晚餐。

「對了，」他說：「我好像聽說妳自力更生了？」

「是的。」她回答，頭垂在咖啡杯正上方。

「結果怎樣？」

「我只是去布勞頓的農牧學院進修三個月而已，結業後可能會被留下來教書。」

「我就說嘛——聽起來很適合妳！妳老是想過獨立自主的生活。」

「是的。」

「妳為什麼不早告訴我？」

「我上星期才知道。」

「可是，我一個月前就聽說了。」他說。

「對，不過，當時還沒定案。」

「妳想試試看的時候，」他說：「就應該告訴我了。」

她進食的姿態審慎而矜持，簡直像因為他太瞭解她，她不太敢公然做任何事。

「我猜妳很高興吧。」他說。

「非常高興。」

「對——前景不錯。」

他相當失望。

「我認為前景棒透了。」她說，語調幾近孤冗、憤慨。

他短促笑一聲。

「你憑什麼否定我？」她問。

「我嘛，不是認為前景不是大好，只是以為，總有一天，妳會發現，自力更生不是人生最重要的事。」

「對，」她硬嚥一口後說：「我不認為是最重要的事。」

「我猜，對男人來說，工作幾乎**可以是**人生最重要的事，」他說：「只不過我例外。至於女人，女人工作時只盡一部分的心血，實際的、關鍵的心血全保留給自己。」

「男人就能在工作上盡**全部**心血嗎？」她問。

「對，可以說是。」

「女人只能發揮不重要的心血？」

「沒錯。」

她看著他，瞳孔因憤怒而擴張。

「如果真的是這樣的話，」她說：「那也未免太可惜了。」

「的確。話說回來，我又不是萬事通。」他回應。

晚餐後，保羅搬一張椅子給她，兩人面對面，圍爐坐下。她的洋裝是深酒紅色，能烘托她偏黑的皮膚和明顯的五官。儘管如此，她的鬈髮柔細奔放，臉孔卻老了許多，褐色喉嚨也纖瘦許多。在他眼裡，米瑞恩老了，年紀比克萊拉大。米瑞恩的青春年華已迅速隕落，取而代之的是一種僵硬，近乎木然。她沉吟一小陣子，然後看著他。

「你最近過得怎樣？」她問。

「差不多，還好。」他回答。

她看著他，靜候著。

「才怪。」她以非常低沉的嗓音說。

她的雙手緊張，交疊在一邊膝蓋上，仍散發缺乏自信或鎮定的意味，看起來幾乎歇斯底里。保羅看見她的手，不禁蹙眉。隨即，他哈哈乾笑一下。她伸手指進嘴唇。椅子上的保羅細瘦、烏黑、受盡折磨。她突然抽手出嘴，看著他。

「你和克萊拉分手了嗎？」

「對。」

「你知道嗎，」她說：「我認為我們應該結婚。」

數月來視而不見的他總算睜開眼睛，充滿敬意仔細聽她。

「為什麼？」他說。

「看看你自己，」她說：「你是在浪費生命嘛！假如你病了，假如你死了，我永遠不會知道——就好像我們根本不認識似的。」

「如果結婚了又怎樣？」他問。

「最低限度，我可以預防你再浪費生命，淪為其他女人的獵物——像克萊拉那型的女人。」

「獵物？」他微笑說。

她垂頭不語。保羅又覺得絕望感在內心孳生。

「我倒不確定結婚能帶來多大的好處。」保羅慢吞吞說。

「我心裡只有你。」她回應。

「我知道。不過——妳太愛我了，簡直想把我塞進口袋似的。我恐怕會被妳悶死。」

她低下頭，指尖伸進嘴唇間，怨氣湧進心中。

「不然你想怎樣？」她問。

「不知道——繼續混吧，我猜。說不定，過一陣子，我會出國。」

聽他這番灰心頑強的語氣，米瑞恩被逼得離開座位，改跪在爐火前的小地毯上，非常靠近他，駝著背，身形宛如被異物壓扁，抬不起頭。保羅的雙手擺在扶手上，惰性相當重。她意識到他雙手無動靜。她覺得，如今保羅任憑她支配。如果她能站起來，擁他入懷，對他說：「你是我的人。」那麼，他勢必將自己交付給她。但是，她敢嗎？她能輕易犧牲自我。但是，她敢提出自我主張嗎？她意識到身穿黑衣、身材消瘦的保羅，只剩一口氣，擱在她身旁的椅子上。可惜她沒膽；她不敢振臂擁抱他身體，不敢抱他站起來，不敢對他說：「這具軀體是我的。交付給我吧。」而她想這麼做。這份慾望召喚著她身心所有的女性本能。然而她繼續駝背跪著，不敢行動。她怕保羅不肯。她怕這麼做太過火了。保羅的軀體繼續坐在椅子上，被遺棄。她知道她應該抱它起來，對它宣示主權，據為己有。但是，她做得出來嗎？在保羅面前，面對他混沌不明的心意，面對他的需索，她無能為力，陷入絕境。她的雙手舞動幾下，半仰著頭，眼珠子顫動著，懇求著，幾近茫然，陡然對他企求起來。同情她的保羅這時候心跳暫停。他握起米瑞恩的雙手，拉她過來，安慰她。

「妳願意擁有我，嫁給我嗎？」他以非常低沉的口吻說。

唉，他為何不接納她？她的心靈徹徹底底歸屬於他。既然是他的，他為何不乾脆接納？長年以來，米瑞恩一直歸屬於他，殘酷的他卻遲遲不肯對她宣示主權，她隱忍太久了。如今，他再一次向她施壓。她不勝負荷。她縮頭向後移，雙手握住他的臉，直視他眼睛。不行，他的心冷硬。他另有所求。她傾盡所有的愛，懇求他，不要讓她作主。面對他，她應付不來，也不知能拿出何種本事來應對。然而，她被壓制到即將崩潰。

「你要嗎？」她問，語氣非常凝重。

「不太想。」他語調沉痛回答。

她偏開臉，然後秉持尊嚴，挺直腰桿，把他的頭抱向胸脯，輕輕搖動著他。如此看來，她無法擁有保羅！她只能安慰他。她伸手梳進他的頭髮中。對女方而言，這是自我犧牲的苦甜參半。對男方而言，這是再次敗退的恨與哀愁。他無法忍受——她以溫暖的胸脯哄著他，不為他挑重擔。他多麼希望把沉重的包袱移到她身上，希望落空後，內心除了磨難之外只有磨難。他退開。

「不結婚，我們什麼也不能做？」他問。

他心痛到嘴唇掀開，露出白牙。她把小指伸進嘴唇間。

「對，」她說，語氣沉如喪鐘。「最好不要。」

兩人就此劃下句點。米瑞恩無法接納他，無法肩挑他的個人責任。她只能對他犧牲自我——日日欣然自我犧牲。這並非他想要的結果。他要米瑞恩抱住他，以喜悅和權威的口吻說：「定下心吧，不要再和死神對抗了。你是我的終身伴侶。」她沒有這份氣力。她追求的真的是伴侶嗎？或者，她把他視為基督來追求？

保羅覺得，離開她，等於是耽誤女方的人生。但他明瞭，假如與米瑞恩廝守，他必須平息內心這個走投無路的人，等於是否決他自己的人生。而他不希望以否決自己人生的方式來對她託付終身。

她不吭聲坐著。保羅點菸抽。煙霧裊裊上升，飄搖著。他想到母親，忘掉了米瑞恩。米瑞恩忽然看著他。怨氣湧上心頭。如此看來，她的犧牲是白費了。保羅冷漠坐在那裡，毫不關心她。霎那間，她再度認清保羅是個缺乏宗教信仰的人，是個心無定性的人。他遲早會像壞小孩一樣自毀。哼，一定會！

「我想我該走了。」她輕聲說。

從她的語調判斷，他知道她在鄙夷他。他默默站起來。

「我陪妳走一段。」他回應。

她駐足鏡子前，別緊帽子。捧著自己對他獻祭，竟然被他拒絕，她滿懷是難以言喻的怨氣，怨啊！人生的前景毫無生趣，彷彿黯淡無光。她低頭，臉湊向桌上的鮮花——小蒼蘭多麼甜美，春意盎然，紅銀蓮花正花枝招展。在桌上插這些花，很接近他的作風。

他在房間裡走動，舉止篤定、敏捷、有板有眼、無聲無息。米瑞恩明白自己無法應付他。他會像鼬鼠一樣從手中溜走。然而，生命中若沒有保羅，她的人生路將走得有氣無力。沉思中，她觸摸桌上的插花。

「送妳吧！」他說，伸手拔出廣口瓶裡的花束，水滴滴答答。他趕緊進廚房。她等著，然後接下鮮花，兩人一同外出，他講著話，她有心死的感覺。

如今，她即將離開他身邊。坐上街車後，愁苦難耐的她斜倚保羅身上。他無動於衷。他將何去何從？他的終點站在何方？不知他該哪裡落腳，她受不了這種空虛感。他太傻了，太不懂珍惜，從不定下心。如今，他何去何從？苦心被他白費了，他在乎嗎？他不信教，只在乎及時行樂，不在乎較有深度的事物。無所謂，她願意靜候保羅日後的發展。等他風景看透，他總有一天會屈服，終將回頭奔向她。

來到表姊家，他在門口和米瑞恩握手告別。轉身離去的時候，他覺得內心最後一套羈絆不見了。坐上街車後，市景從鐵軌彎道向外延展，燈火如煙覆蓋地面。在市區以外，在鄉村，也有小小的蒸汽光點，意味著更多城鎮——大海——夜空——無窮無盡！而天地容不下他！無論他在何處站定，他只有孤獨的份。無垠的虛空從他的心胸、他的口舌逸散而出，背後也是一片虛空，到處都是。街上行人匆匆來去，踩不散他內心的匱乏。行人是小小的陰影，他聽得見腳步和言語，但每個行人內心都有同一片夜空，同一份靜謐。他下車。在郊外，萬籟俱寂。小星星在高空熠熠生輝；小星星擴散到氾濫的河水上，蔓延到遠方，在地表蔚為另一片蒼穹。瀚邈的黑夜雄踞四面八方，威震天下，只被白晝短暫侵擾，隨即反攻成功，最終勢將逼得萬物永世噤若寒蟬也不敢發光。**時間**不存在了，世上唯有**空間**。誰能說她母親有沒有來過世上走一遭？她待過一地，目前置身另一地，如此而已。而保羅的心靈無法離開她，追隨她到海角天涯。如今她出境了，遁入黑夜，保羅仍與她同在。母子團聚了。然而，他的肉體，他的胸膛倚著過籬梯，雙手放在木桿上。這具肉身形同異物。這裡是什麼地方？——一個細小、直豎的軀體，比滄海一粟還不如。他無法忍受。前後左右，廣袤沉靜的黑夜似乎在壓迫他，想撲滅他這粒小火苗，然而，儘管他近乎虛無，黑夜也無法撲滅他。在萬物盡失的夜晚，黑夜向外伸展，殺進星日的範疇。星與日，少數幾顆光點，被嚇得團團轉，相互擁抱，在黑暗中跑不贏夜神，顯得渺小而膽怯。在虛無世界的核心，他和許許多多事物顯得無限小，卻也不至於小到虛無。

「母親！」他沉吟著——「母親！」

在這片天地之間，唯一能扶持他的是母親。如今她走了，化為繚繞的煙霧。他要母親觸摸他，帶著他同行。

然而，他不願屈從。他陡然轉身，毅然踏向金螢光通透的市區。他的雙拳緊握，他的雙唇緊抿。他不願走向黑暗，不願追隨母親。他走向隱隱喧擾的萬家燈火，加緊步伐邁進。

D·H·勞倫斯年表

一八八五年　九月十一日，大衛·赫伯特·勞倫斯（David Herbert Lawrence）出生於英國諾丁罕郡伊斯伍德鎮，在家中排行第四。母親莉迪亞·畢爾佐（Lydia Beardsall）出身中產階級，曾任教師、蕾絲工廠工人。父親亞瑟·勞倫斯（Arthur Lawrence）為煤礦工人。

一八九一年　就讀博維爾公立小學（Beauvale Board School），一八九八年畢業。畢業時成為當地首位獲得郡議會獎學金的學生。

一八九八年　進入諾丁罕中學（Nottingham High School）繼續就讀。一九〇一年畢業。

一九〇一年　於倫敦工作的長兄恩斯特（William Ernest Lawrence）病逝，得年二十三歲。勞倫斯輟學，在海伍德手術用品工廠短暫任職，為期僅三個月。開始與潔希·錢伯斯（Jessie Chambers）交遊，潔希即為《兒子與情人》中米瑞恩的原型人物。

一九〇二年　罹患肺炎，辭去海伍德工廠職務。病癒後在伊斯伍德鎮上小學當老師。

一九〇四年　轉至尤克斯屯擔任教師。

一九〇六年　在州級入學考獲得佳績，取得大學學院獎學金，進入諾丁罕大學攻讀教師合格證書。同年開

一九〇七年　始寫一部題名《萊蒂夏》（*Laetitia*）的小說，即日後的《白孔雀》（*The White Peacock*）。贏得《諾丁漢郡衛報》（*Nottinghamshire Guardian*）的短篇小說比賽，文學才華首度受到大眾矚目。

一九〇八年　獲得教師合格證書，離家前往倫敦，於南倫敦克羅伊頓大衛森路（Davidson Road）小學任教。

一九〇九年　潔希代為投稿幾則詩作給英美文學重要推手《英語評論》（*The English Review*）編輯福特・馬多・福特（Ford Madox Ford），成功刊登。短篇小說《菊花香》（*Odour of Chrysanthemums*）亦獲刊登。倫敦海涅曼出版社（Heinemann）主動向勞倫斯邀稿出版。勞倫斯的作家生涯可謂正式展開。

一九一〇年　著手寫《保羅・莫瑞爾》（*Paul Morel*），即日後的《兒子與情人》。同年終止與潔希的感情，與露意・波若斯（Louie Burrows）訂婚。十二月，母親病逝，勞倫斯深受打擊。

一九一一年　《白孔雀》出版。《保羅・莫瑞爾》完成後仍交由潔希過目並給予建議，潔希建議修改方向應更忠於現實。同年勞倫斯結識愛德華・賈涅（Edward Garnett），愛德華與其子大衛（David Garnett）成為其良師益友，給予許多《保羅・莫瑞爾》的修改提議。

一九一二年　《踰矩者》（*The Trespasser*）出版。勞倫斯再度罹患肺炎，病況緊急，康復後辭去大衛森路小學教職，取消與露意・波若斯的婚約。為打聽一份德國教職工作，登門拜訪諾丁罕大學現代語言系教授爾尼斯特・韋克禮（Ernest Weekley），結識韋克禮夫人芙莉達・韋克禮（Frieda Weekley），兩人一見鍾情，私奔至德國，勞倫斯一度遭指為間諜被逮捕，最後兩人於義大利落腳。芙莉達可能影響正在改寫中的《保羅・莫瑞爾》裡的人物克萊拉。

一九一三年　經過前後共四版改寫，再由愛德華・賈涅刪去約一百多頁篇幅，《保羅・莫瑞爾》更名為

《兒子與情人》並正式出版。返回英國後開始與文學評論家約翰・密多頓・穆瑞（John Middleton Murry）以及作家凱瑟琳・曼殊斐爾（Katherine Mansfield）交好。

一九一四年　七月，與成功離婚的芙莉達正式結婚。發表《普魯士軍官》（*The Prussian Officer and Other Stories*）。夫妻倆再返義大利，勞倫斯動手創作《虹》（*The Rainbow*）、《戀愛中的女人》（*Women in Love*）。

一九一五年　與佛斯特（E.M. Forster）、羅素（Bertrand Russell）、奧托蘭・莫雷爾夫人（Lady Ottoline Morrell）、辛西亞・阿斯奎士夫人（Lady Cynthia Asquith）建立友誼。同年，《虹》出版，十一月因內容猥褻遭起訴而成禁書。

一九一六年　遊記《義大利的黃昏》（*Twilight in Italy*）出版。勞倫斯夫妻遷居至英國康威爾郡。

一九一七年　因芙莉達的德國血統，勞倫斯夫婦涉嫌間諜案，遭軍政府下驅逐令，離開康威爾。

一九一九年　大戰結束，夫妻倆再次離開英國，前往義大利。

一九二〇年　《戀愛中的女人》和《迷途女》（*The Lost Girl*）出版。

一九二一年　旅行文學《海與薩丁尼亞島》（*Sea and Sardinia*）與《心理分析與潛意識》（*Psychoanalysis and the Unconscious*）出版。

一九二二年　離開義大利，前往錫蘭，隨後轉往澳洲。《亞倫的手杖》（*Aaron's Rod*）出版。後從雪梨航向舊金山，隨後約三年半的時間創作與社交重心都在美國新墨西哥州陶斯。短篇小說集《英格蘭，我的英格蘭》（*England My England*）出版。

一九二三年　中短篇小說《情人》（*The Ladybird*）、《上尉的娃娃》（*The Captain's Doll*），以及《狐》（*The Fox*）發表。也出版文學評論《美國經典文學名著研究》（*Studies in Classic American*

Literature）、長篇《袋鼠》（*Kangaroo*）、詩集《花鳥獸》（*Birds, Beasts, and Flowers*）。重返英國。

一九二四年　父親逝世。

一九二五年　短篇小說《聖摩爾》（*St. Mawr*）發表。與芙莉達一起再返義大利，晚年多旅居義大利，偶爾回英國。開始認真作畫。

一九二六年　《羽蛇》（*The Plumed Serpent*）出版。

一九二七年　《墨西哥早晨》（*Mornings in Mexico*）出版。

一九二八年　《騎馬出走的女人短篇小說集》（*The Woman Who Rode Away and Other Stories*）、《查泰萊夫人的情人》、《詩集》出版。與芙莉達遷居瑞士。

一九二九年　勞倫斯在倫敦開畫展，警方認定畫面淫穢，將畫作查禁。

一九三〇年　三月二日，勞倫斯於法國旺斯辭世，享年四十四歲。五月，《少女與吉卜賽人》（*The Virgin and the Gipsy*）出版。

GREAT! 59 **兒子與情人**

作者	D．H．勞倫斯（D. H. Lawrence）
譯者	宋瑛堂
封面設計	之一設計
排版	張彩梅
責任編輯	徐 凡
總編輯	巫維珍
編輯總監	劉麗真
發行人	凃玉雲
出版	麥田出版 地址：10483台北市中山區民生東路二段141號5樓 電話：(02)2500-7696　傳真：(02)2500-1967
發行	英屬蓋曼群島商家庭傳媒股份有限公司城邦分公司 地址：10483台北市中山區民生東路二段141號11樓 網址：www.cite.com.tw 客服專線：(02)2500-7718｜2500-7719 24小時傳真專線：(02)2500-1990｜2500-1991 服務時間：週一至週五09:30-12:00｜13:30-17:00 劃撥帳號：19863813　戶名：書虫股份有限公司 讀者服務信箱：service@readingclub.com.tw
香港發行所	城邦（香港）出版集團有限公司 地址：香港灣仔駱克道193號東超商業中心1樓 電話：+852-2508-6231　傳真：+852-2578-9337
馬新發行所	城邦（馬新）出版集團【Cite(M) Sdn Bhd】 地址：41, Jalan Radin Anum, Bandar Baru Sri Petaling, 57000 Kuala Lumpur, Malaysia. 電話：+603-9057-8822　傳真：+603-9057-6622 電郵：cite@cite.com.my
麥田部落格	http://ryefield.pixnet.net
印刷	漾格科技股份有限公司
初版一刷	2023年8月
售價	620元
ISBN	978-626-310-475-4（平裝）
EISBN	978-626-310-479-2（EPUB）

國家圖書館出版品預行編目（CIP）資料

兒子與情人／D．H．勞倫斯（D. H. Lawrence）著；宋瑛堂譯. -- 初版. -- 臺北市：麥田出版：英屬蓋曼群島商家庭傳媒股份有限公司城邦分公司發行, 2023.08
面：　公分. --（Great!；RC7059）
譯自：Sons and Lovers
ISBN 978-626-310-475-4（平裝）

873.57　　112007606

城邦讀書花園
www.cite.com.tw

Printed in Taiwan.
本書若有缺頁、破損、裝訂錯誤，請寄回更換。